ペテロの葬列

宮部みゆき

集英社

「聖ペテロの否認」
レンブラント

（1660年アムステルダム国立美術館蔵）

ペテロの葬列

装幀　緒方修一
装画　杉田比呂美

杉村三郎を巡る人物相関図

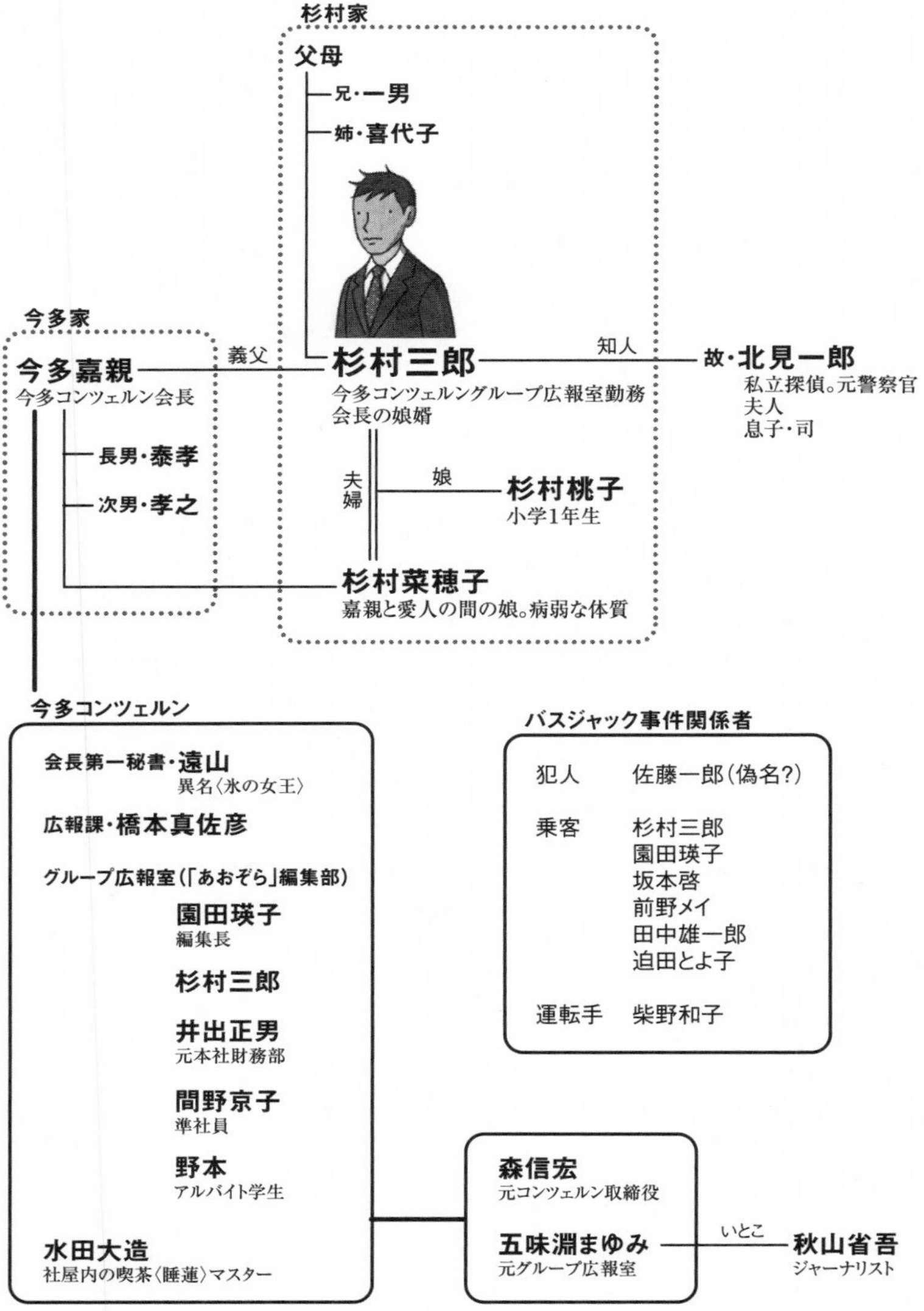

杉村家
父母
兄・一男
姉・喜代子
杉村三郎
今多コンツェルングループ広報室勤務
会長の娘婿
夫婦
娘
杉村桃子
小学1年生
杉村菜穂子
嘉親と愛人の間の娘。病弱な体質
知人
故・北見一郎
私立探偵。元警察官
夫人
息子・司
今多家
義父
今多嘉親
今多コンツェルン会長
長男・泰孝
次男・孝之
今多コンツェルン
会長第一秘書・遠山
異名〈氷の女王〉
広報課・橋本真佐彦
グループ広報室（「あおぞら」編集部）
園田瑛子
編集長
杉村三郎
井出正男
元本社財務部
間野京子
準社員
野本
アルバイト学生
水田大造
社屋内の喫茶〈睡蓮〉マスター
バスジャック事件関係者
犯人　佐藤一郎（偽名?）
乗客　杉村三郎
園田瑛子
坂本啓
前野メイ
田中雄一郎
迫田とよ子
運転手　柴野和子
森信宏
元コンツェルン取締役
五味淵まゆみ
元グループ広報室
いとこ
秋山省吾
ジャーナリスト

プロローグ

後になって、誰が誰だったか思い出しきれないほど多くの人びとから、私は尋ねられた。あのとき何を考えていたか、と。あるいは、何か考えることができたかと。

いつも、私はこう答えた。「よく覚えていないんです」

問われて答える機会が重なるにつれて——私の答えを聞いてうなずき、同情し、労《いたわ》ってくれる人びとの顔を、彼ら自身も気づかぬほど素早くよぎる好奇と猜疑《さいぎ》の色を目にすることが重なるにつれて、私は狡賢《ずるがしこ》くなり、ちょっと間を置いてこう言い足すようになった。

「言葉の綾じゃなく、頭が真っ白になってしまってね。何か考えていたのかもしれませんが、今では思い出せないんです」

そして、私もまた彼らと一緒にうなずいてみせるようになった。そうすることで、彼らの顔をよぎった好奇と猜疑の色が、すぐには戻ってこないようにすることができると学んだからである。共に、心地よい安堵を分け合うことができるとわかったからである。

あのとき何を考えていたか。

事態が収拾されたばかりのころ、私は、私に向かってそう問いかけ、答えを引き出す資格がある人物は、一人しかいないと思っていた。妻である。七歳の娘は年齢制限でひっかかるし、そもそも事の詳細を知らない。こんなケースでは、知らせないことが親の義務でもある。

あのとき何を考えていたか。

案に相違して、妻は私にその問いを投げなかった。彼女を悩ませていたのは、私には思いがけない疑問だった。

「あなたばっかり、どうしてこんな目に遭うのかしら」

　私は、その場で思いついたことを言った。

「僕は飛び抜けて幸運な人間だから、神様が、たまにはバランス調整をしないと不公平だと思うんじゃないかな」

　妻は微笑した。何となく点けっぱなしにしていた深夜のテレビに映った古いB級映画のなかで、気の利いた台詞《せりふ》を聞いた——というくらいの微笑みだった。

「そんな上手なことを言うなんて、あなたらしくない感じがする」

　妻は少しも納得していなかったし、同時に、このことではどれほどしつこく私を問い詰めても、彼女の求める答えは返ってこないと諦めているようでもあった。

「もう忘れようよ」と、私は言った。「事件は片付いたんだし、みんな無事だった」

　そうねと、彼女はうなずいた。瞳は少しもうなずいていなかった。

「君はあのとき何を考えていたか」と私に問う資格を持つ人物は、実はもう一人いた。私はその人物を除外していたというより、畏《おそ》れと遠慮と後ろめたさに追われて、その人物から逃げていた。

　妻の父、私の義父の今多嘉親《いまだよしちか》である。今多コンツェルンという一大グループ企業を率いる会長で、財界の要人で、今年八十二歳になるが、若き日に〈猛禽《もうきん》〉と称された鋭い眼光と、その眼力の源泉である頭脳の切れにはいささかの衰えもない。私の妻の菜穂子《なほこ》は、彼の外腹の娘だ。

　菜穂子はいかなる形でも今多グループの経営に関わってはいないし、将来も関わる可能性はない。会長の娘という権威は身にまとっても、権力は持たない立場だ。一方、菜穂子の夫である私は、会長の婿という権威さえ身につけていない。ただ結婚の条件として、そのころ勤めていた小さな出版社を辞め、今多コンツェルンの一員となり、会長室直属のグループ広報室で社内報の記者兼編集者として働くことを提示され、私はその条件を呑んだ。結果、義父は私の雲上人のような上司になり、私は今多コンツェルンの末端の社員となった。だから今多嘉親には、身内としても上司としても、私に質問する資格があった。

「ああいうとき、人間は何か考えられるものだろうかね」

正確には、義父は私にそう尋ねたのだった。

「申し訳ありません」と、私は答えた。

義父はちょっと顎を引いた。

「誰か君に謝れと言ったか」

「いえ、ですが……」

「そんなにあわてて謝るところを見ると、さては君、あのバスのなかで、菜穂子と桃子《ももこ》以外の女の顔でも思い浮かべていたんだな」

桃子は私と妻の一人娘の名前である。

私がB級映画の台詞のようなことを言おうと狼狽《うろた》えているうちに、義父は笑った。

「冗談だよ」

そのとき我々は義父の私邸の書斎で、机を挟んで向き合っていた。このやりとりを聞いているのは、書架を埋め尽くした大量の本と、書架の隙間《すきま》に飾られている数点の美術品だけである。

「実際、何か考えられるものだったか？　君には失礼かもしれないが、私は純粋に好奇心で訊いているんだ」

義父の目には、確かに知的好奇心の発露を示す光が宿っていた。

「会長はいかがですか」と、私は問い返した。「これまでの人生で、命の危険にさらされたことがおありでしょう。そんなとき、何かお考えになりましたか」

義父の目が、光を宿したまま瞬きをした。

「そりゃまあ、あったさ。我々は戦争世代だからな」

第二次世界大戦の終盤、義父は徴兵されて従軍している。だがこれまで、どんな機会にどんな場で尋ねられても、それについて詳しく話したことがない。自分には語るほどの経験がない、というのが本人の弁だ。

「しかし、君が巻き込まれたような事件と、戦争とは比較の対象にならないよ。だからこそ好奇心がうずくんだ」

私は義父の顔から目をそらし、義父の背後にある、見事な革装の世界文学全集の背表紙へと視線を投げた。

「会長は以前、私にこうおっしゃったことがあります。殺人行為は、人がなし得る他者に対する極北の権力行使だと」

二年ほど前、私たちグループ広報室のメンバーが被害を受けたある事件の際に、義父は怒りを隠さずそう述懐したのである。

「ああ、言ったな」

「そんなことをするのは、その者が飢えているからだと。その飢えが本人の魂を食い破ってしまわないように餌《えさ》を与えなくてはならない。だから他人を餌食にするのだ、と」

義父は、机に肘をついて指先を合わせた。ここではよくこのポーズをとる。すると私は、神父に向き合う信者のような心地になる。

「先日の事件でも、私はそうした権力行使の対象にされたことになるわけですが」

拳銃を突きつけられ、言うとおりにしなかったら射殺すると脅されたのだから。

「何故か、あの犯人からは、会長がおっしゃったような〈飢え〉を感じなかったのです」

義父は私を見つめている。

「だから怖ろしくなかったというわけではありません。私も、一緒に人質になった人たちも怯《おび》えていました。犯人が本気でなかったとは思いません」

「現に撃ったんだからな」と義父は言った。

「はい」

「君には、あの結末が予見できたか」

かなり長いこと世界文学全集を見据えて考えてから、私はゆっくりとかぶりを振った。それからやっと、義父の顔を見た。

「事態がどう転がるか、まるで予想ができませんでした。しかし、あの結果になったときには、それが当然のように感じられました」

落ち着くところに落ち着いた、と。

「目の前で起こった出来事ですが、あまりにも呆気《あっけ》なかった。瞬きする間に終わっていたような気がします」

発生から収拾まで三時間余りの事件だった。国内で発生したバスジャック事件のなかでは、最短で解決した事例だという。

「子供の自転車を……見ていました」

訝《いぶか》しげな義父に、私は微笑した。

「バスの駐まっていた空き地の隅に、乗り捨てられていたんです。グリップとサドルが赤い、小さな自転車でした。乗降ドアのガラス越しに、私にはよく見えました」

今にも、ふいと持ち主の少年か少女が現れて、赤いグリップに手をかけ、スタンドを蹴ってサドルにまたがりそうな気がして、たまらなかった。

「お義父《とう》さん」と、私は言った。「お尋ねを受けて、やっとわかりました」

義父は黙ったまま、わずかに身を乗り出した。告解を促す神父のように。

「私はあのとき、何も考えられませんでした。だから今になって、考えずにいられません」

あの場にあるべきだった〈飢え〉が、どこかに残っているのではないか、と。

1

九月も三週目に入り、残暑もようやく薄れ始めたころだった。私と編集長が向かおうとしているのは海辺の家で、インタビューが長引いて帰りが日暮れ過ぎになると、背中を押す潮風で思いのほか身体が冷えることを、二人とも学習していた。これで通算五度目の、そして最後の訪問になる予定だったから。

大判のトートバッグのなかに薄手のカーディガンを丸めて突っ込んで、園田瑛子《そのだえいこ》編集長は、私に言った。

「ねえ、予備のICレコーダーを持ってくれた？　こないだみたいに、途中でいっぱいになっちゃったら困るんだから」

我らがグループ広報誌「あおぞら」の編集部は、社員三名に準社員一名、アルバイト一名のこぢんまりした所帯だ。高層インテリジェント・ビルである本社の裏にひっそりと佇む、三階建ての別館の三階にある。

ここは別天地であると同時に孤島だった。それも流人《るにん》の孤島である。

菜穂子と結婚して十年、つまり今多コンツェルンの末端社員の一人となって十年以上が経つ私だけれど、未だにこの膨大なグループ企業の全貌をつかむことができないでいる。義父は、自身の父親から受け継いだパレット輸送を主とする小さな運送会社を、一代でここまで巨大で複雑な企業体へと育てあげた。今も〈本家〉は物流会社だが、それはいわば大木の幹の部分であり、枝葉には多種多様な傘下の会社がくっついている。

義父はかねがね、そんな複合企業体に働く数多《あまた》の従業員たちの同床異夢――コミュニケーション不足が気になっていたらしい。そこであるとき、もう十数年前になるが、グループ全体に行き渡る横断的な社内報を発行しようと思い立った。それが「あおぞら」創刊のきっかけだ。だから発行人は今多嘉親その人である。

園田瑛子は、創刊時からの編集長だ。会長直々の抜擢《ばってき》だった。大学を出て新卒で今多コンツェルンに就職し、事務職として様々な部署を渡り歩き、傘下の会社に出向した経験も豊富なベテラン女子社員――いわゆるお局様《つぼねさま》の彼女が、その社歴のどの時点で会長の目にとまったのか、私も正確なことは知らない。

「あたしは本社の社内報編集部にいたことがあるからね。そのときの書きっぷりがお気に召したんじゃないの」

というのが本人の弁で、実際それ以上の理由はないのかもしれない。ただ、彼女の処遇に謎めいた所以《ゆえん》を感じる向きは多く、だから園田瑛子が会長の愛人（もしくは元愛人）だという噂は根強い。この真偽を、園田女史曰《いわ》く〈会長の婿殿〉である私に問い質《ただ》すような猛者《もさ》は見あたらず、仮に問われたとしても、私にもわからない。ただ、菜穂子はこの噂を笑い飛ばしている。

「園田さんは、今多の奥様とも、うちの母ともタイプが違い過ぎるもの」

ほかでもない自分の母親が今多嘉親の愛人だったことがある娘の言うことだ。私は手放しで信用する。そして菜穂子が、自分の父親の正妻であり、歳の離れた二人の兄たちの母親でもある亡き女性を指して〈今多の奥様〉と呼ぶときの目の色が、

「あたしは会長の愛人なんかじゃないわよ」

と、苦笑いしながら言うときの園田瑛子の目の色と驚くほどよく似ていることも、私の信用を裏書きしてくれる。

ともあれグループ広報室はそういう場所だ。だからここに配属される社員たちは、どんな意味合いであれ前線から外された者たちばかりである。すなわち流人だ。彼または彼女がルーキーであるかロートルであるかによって、島流しの時期と理由が異なるだけだ。

園田瑛子は、その島の長《おさ》である。必然的に異動が多くなるこの広報室内にどっかりと腰を据え、多くの流人を受け入れ、見送ってきた。受け入れた流人のなかでも、扱いにくい筆頭がこの私だと思うけれど、彼女はそんな私を上手にこき使い、しばしば〈会長の婿殿〉〈今多家の使い走り〉とからかって、私と周囲とのあいだに溜まるガスを抜くことまで周到にやってのける。賢い人なのだ。私が面と向かって、実は私は貴女《あなた》をちょっぴり尊敬しているんですよと言ったら、彼女はどんな顔をするだろう。

つまり私は、園田瑛子の編集長ぶりに、まったく不満がないのだ。ただ、彼女の機械オンチぶりだけは、少々持て余すことがある。

「この前、ＩＣレコーダーが止まったのは、いっぱいになったからじゃありませんよ。電池が切れたんです」

それに予備の録音機器なら、言われるまでもなく私は常に携帯している。もうひとつのＩＣレコーダーと、旧式のカセットテープを使うレコーダーだ。後者は、私が純然たる趣味で手放せないでいるものだった。

「編集長のレコーダーなら、さっき僕が電池を取り替えて、動作テストをしておきましたから、大丈夫ですよ」

パソコン画面でレイアウトのチェックをしていた野本《のもと》君が、我々を振り返って言った。半年ほど前に採用したアルバイトの大学生で、国際経済学を学ぶ二十歳の青年だ。万事にまめまめしく気の利く、こざっぱりとお洒落《しゃれ》な男の子で、ここで働き始めて三日後には〈ホスト君〉という綽名《あだな》をつけられた。

だそうだ。

本人はまったく嫌がらない。本当にバイトでホスト業をしようと、面接を受けて落ちたことがあるのだそうだ。

「あたしのレコーダーに触ったの？　嫌だ、データを消しちゃったりしなかった？」

「消してませんけど、バックアップのコピーはとりました」

だから、編集長がフォルダを間違えてかぶせ録りしちゃっても大丈夫ですよ——という言葉を口にはせず、目顔で私に合図して寄越した。私は顔の半面、彼の方を向いている側だけで笑って応えた。

園田編集長はトートバッグを探ってＩＣレコーダーを取り出すと、本当に野本君の言うとおりなのか確かめるようにいじり始めた。

「あの爺さん、話が長いのよ」

「今日で終わりですよ」と私は言った。

「今まで録った分、みんなバックアップしてあるの？　それなら、前回のテープ起こしをやっといてくれないかしら」

「僕がやっていいんですか？　井手《いで》さんに叱られちゃうんじゃないかな」

井手正男《まさお》はここの同僚の一人である。「あおぞら」の歴史上、園田瑛子以外では初の、今多コンツェルン本家からきた社員だ。

「僕、嫌われてるから」

野本君は頭を搔く。染めていない黒髪、今風の気取ったカットで、園田編集長は最初の面接の後、「あのジャニーズくずれの髪型を何とかしたいわね」と言っていたが、いっこうに何ともされる様子はない。実は気に入っているのかもしれないと、私は思う。

「安心しなさい。井手さんが嫌ってるのはあんただけじゃない」

「いいんですか、そんなこと言って」

「本人がいないんだから、いいじゃない。ここだけの話よ。会長の婿殿が秘書室に告げ口するかもしれないけど」

私はへらへら笑って言った。「編集長、足が痛いからって、八つ当たりはいけませんね」

園田瑛子は「あおぞら」の編集長に就任すると同時に、制服はもちろん、キャリアウーマン然としたスーツやパンプスとも縁を切った。季節を問わずいつでも、エスニック風の色とりどりでひらひらしたパンツルックで通している。

だが、彼女が「あの爺さん」と呼ぶ取材の相手——昨年春まで今多コンツェルンの取締役の一人だった森信宏《もりのぶひろ》氏が、初訪問の際の彼女の出で立ちにいたくご立腹になったので、仕方なしなし、このロング・インタビューの時だけは、クロゼットの奥から引っ張り出したスーツを着込み、「葬式用よ」と本人が自己申告する黒いパンプスを履いているのである。六センチヒールのそのパンプスは、気ままなファッションに慣れきった彼女の足にとっては、魔女狩りの拷問具に等しいらしい。で、機嫌が悪くなるのだ。

「ホントに今日で最後なのよね」

口を尖《とが》らせ、私を睨《にら》んで編集長は言った。

「あの爺さんがまだしゃべり足りないなんて言い出したら、あたし悲鳴をあげちゃうわ」

「インタビューは五回の約束です。今日で終わりですよ」

「記事は間野《まの》さんが書くんですよね？」

と、野本君が訊いた。椅子を回してこっちへ向き直っている。

「あたしが編集長のゴーストライターをやるんだって、張り切ってましたよ」

間野京子《きょうこ》は四人目の編集部員だ。

「文章、巧いですもんね。店にいたときも、お客さんに配るペーパーとか、ホームページの記事とか、みんな間野さんが書いてたんだって言ってた」

のどかなグループ広報誌にも、昨今の経済危機の波は押し寄せている。社員、準社員四名とアルバイト一名という編成は、これまででもっとも小さい。しかも、そのうちの一人の井手さんはほとんど戦力外ときている。

一方、本人が自負するとおりに文章の巧い間野さんはよく働いてくれており、アルバイトとはいえ貴重な戦力である野本君とも仲がいい。彼女は三十歳になったばかりで、編集部内では野本君といちばん歳が近いということもあるのだろう。

「あのね、何度も言わせないで」

園田編集長が険しく目を細め、野本君を叱った。スーツに合わせて濃いめにメイクしているので、そんな表情をすると、瞼《まぶた》の上のシャドウが光る。

「〈店〉って言うのはやめなさい。せめて〈前の職場〉って言うのよ。また井手さんの神経に障るんだから」

「だって、いないからいいって」

「いないときに言っていいのは、悪口よ。こういうことは、いないときにこそ、しっかり習慣をつけとかないと駄目なの」

間野京子の前の勤務先は、義父が買収して傘下に入れた高級エステサロンである。義父のすることに無意味なことはない。ここは高名な舞台女優の御用達で、宣伝や広告は一切せず、紹介のない客は受けず、法外な代金をとるが顕著な効果をあげるという。これには菜穂子の保証がある。

間野さんは腕のいいエステティシャンで、それも菜穂子の折り紙付きだった。ところがその彼女が、家庭の事情のために、顧客の都合によっては不規則な勤務を強いられることのあるその仕事が続けられなくなった。普通ならただ辞めてしまうところだが、その腕前と明るい人柄に惚れ込んだ菜穂子が、また元の仕事に戻れるようになるまで、九時五時勤務で確実に週休二日がとれる「あおぞら」編集部へ、彼女を推挙したのだ。「お父様、お願いがあります」と。

私の妻、杉村《すぎむら》菜穂子は、どのような形でも今多コンツェルンには関わらない。まして人事に口出しするなど、これまで一度もなかった。間野さんのことは例外中の例外だ。そして義父は、愛娘のこの異例の行動に驚き、喜んだ。思うに、義父は、いっぺんぐらい菜穂子がこういうわがままを言ってきてくれないかと、密かに待っていたのかもしれない。

どんなに鼻の下を伸ばしていようが今多嘉親は今多嘉親だった。義父は菜穂子には知らせず、間野京子の評判や能力を調べさせた。こういうときに活動（暗躍）するのは、言葉の真の意味で会長直属の秘書室の連中で、彼らの調査報告を受けて満足した義父は、迷わず間野さんを「あおぞら」に引っ張った――という次第だ。

こうしたいわば情実人事に、園田編集長は動じなかった。なにしろ私、杉村三郎《さぶろう》という厄介なお荷物を背負っているのだ。今さら何があっても驚かない。会長のご指示どおりにいたします、と一礼するだけだ。

間野さんは明るく気取りのない人柄だった。仕事熱心で、意外な文章力があることも、義父は調査して知っていたのだろうし、間もなく我々も知ることになった。どこにも問題はない。

ただ、井手さんが絡むと、少しばかりこんな不協和音がたつ。で、大ざっぱなようでいて意外に神経の細かい編集長が、裏に回って気を使うというわけだ。

「僕は井手さん、大人げないと思うけどな」

野本君は不満そうに呟《つぶや》いて、右の耳たぶをいじった。ピアス穴が三つある。もちろん、ここで勤務しているあいだは、穴だけだ。

「だってあの人、いくつです？」

「四十七歳よ」

「うちの親父とひとつしか違わないや。いい加減、小学校の優等生みたいなカラ威張りはやめるべきですよ」

編集長は横目になった。「ホスト君、あんた、四十七歳になる日を楽しみに待ってなさい。あたしがタイムマシンに乗って現れるから。で、チェックしてあげる。あんたが部下に向かって空威張りするサラリーマンになってないかどうか」

午前十一時、園田編集長と私は東京駅から特急に乗った。

「あたしの子供時代なら、泊まりがけで海水浴に行ったような場所よ」

この台詞を聞くのも五回目だ。

「まだ納得いかないなあ。森さんって、絶対に海辺の別荘地で隠居するようなタイプじゃないもん。現役感バリバリなんだし」

「だから話も長いんです」

「でしょ？　だったら都心に住んで、どっか系列会社の監査役か何かやればいいのよ」

大ざっぱなようでいて繊細な園田瑛子は、繊細なようでいて意外な死角を持つ人物でもある。大手都銀から引き抜かれ、今多コンツェルンの財務畑ひと筋を歩んできた森取締役は、なるほど七十歳になったからといって隠居するような人物ではない。彼がすべての役職から退き、房総半島の海辺にある別荘地〈シースター房総〉に引っ込んだのは、彼自身のためではなく、認知症を患っている夫人のためだ。編集長がそれに気づかないのは、当の夫人がまったく私たちの前に現れないからだろうし、しかもその上に誤解を重ねている。きっと見高《けんだか》な〈奥様〉で、窓際族のグループ広報誌の編集部員になんか、挨拶するには及ばないと軽んじているのだろう、と。他には何の根拠もないのに、一途にそう思い込んでしまうところは、流人の島の長にもそれなりの鬱屈《うっくつ》とコンプレックスがあるからだろう。それが死角をつくるのだ。

森夫人の病状を、私は事前に知っていた。義父から聞いていたのだ。そして、本人が言い出さない限り話題にしてはいけないと釘を刺されていた。

だが、インタビューは今日で終わりだ。編集長がいつか、まるで見当違いなところで森夫妻の闘病について聞かされ、深い自己嫌悪に陥るのを防ぐために、打ち明けてもいいタイミングだと思ったから、私はそうした。

ペットボトルの緑茶を手に、しばらく黙り込んでから、彼女は訊いた。「あのへんに、いい病院があるのかしら」

「専門の介護施設があるんですよ。いよいよとなったら、夫人をそこに入院させる予定だそうです」

「そう……」

またちょっと黙ってから、気の強い小学生のような顔をして、編集長は言った。

「でもやっぱり、森さんの話は長いわよ」

目的の駅のホームに降りると、潮風に吹かれながら、我々は駅舎のすぐそばにあるファミリーレストランに向かう。ここで昼食を済ませ、午後一時ジャストに森邸のインタフォンを鳴らすというのが毎回の段取りだ。住み込みの家政婦さんが我々を出迎え、外房の海を見おろすことのできるリビングに通してくれて、インタビューが始まる。

三時になると休憩をとり、家政婦さんが茶菓を持ってきてくれる。三十分ほど休んでまた再開し、終わるのは毎回六時過ぎだ。社内報に載せる記事を書くにしては長すぎるインタビューになっているのは、この聞き書きを元に、グループ広報室の編集で森取締役の回想録を出そうという企画があるからだった。もっともこちらは、実現するかどうかまだ確定していない。出版については、インタビューを原稿に起こしたものを森氏が読んで、彼の仕事人生に照らして恥ずかしくないものになっていると確かめてから決めるという。

精悍《せいかん》な小兵である義父とは対照的に、森信宏氏は偉丈夫だ。若いころには美丈夫と呼ばれたろう。ゲルマン系のDNAが混じっていそうな彫りの深い顔立ちで、肌は白く瞳の色は淡い。このインタビューでは持ち出せない話題だが、かつては財界人のなかでも指折りのモテ男だったそうだ。

挨拶を済ませると、いつものようにてきぱきと、森氏はインタビューに取りかかった。麻のシャツの上にジャケットを着ている。日焼けしているのはゴルフのせいだ。その気にさえなれば、今でも充分な艶福家《えんぷくか》になれることだろう。

最終回の今日は、森氏が今多コンツェルンの財務トップの座に就いてからの話になる。ときどき、どきりとするほど鋭い今多嘉親批判が飛び出して、そのたびに編集長が横目で私を見るのが可笑《おか》しい。失敗は失敗、善政は善政、今はまだそれを判断できる段階ではない事柄には、はっきりとそう言う。私はむしろ爽快だった。きっと義父もそう言うだろう。

休憩後の後半は、インタビュー全体を概観したまとめの話になった。森氏の人生論も混じり始めたので、家族のこと、夫人のことが話題になってもおかしくなかったから、私は少し緊張したが、我らが〈金庫番〉の明晰《めいせき》な頭脳と滑らかな口舌には、それは余計な心配だった。

「まあ、だいたいこんなところかな」

肘掛け椅子に座り直し、脚を組んで森氏は言った。リビングのフランス窓の外には、水平線に茜色《あかねいろ》をひと筋残して、暮れゆく海の絶景が広がっている。

「書き起こしてもらった原稿を見て、手入れが必要なところには書き込むよ。私の記憶が曖昧《あいまい》な部分もあるだろう」

「畏れ入ります」

並んで頭を下げる我々に、森氏は笑いかけた。「疲れたろう。私はクタクタだよ」

「毎回、長い時間を頂戴してしまいました」

「いや、暇な身体だからそんなのはいいんだ。ただ、この歳になると、思い出すってことそのものが大儀なんだよ。蓋をしておきたいことが一緒に出てきてしまうのを、いちいち押し戻さなくちゃならないからね」

家政婦さんを呼んでコーヒーをお代わりすると、「君らも、熱いのを飲んでいきなさい。いつも何の愛想もなくて申し訳なかった」

「とんでもないことです」

姿勢はそのままに、森氏のモードが切り替わったのを、私は感じた。

「杉村君」

「はい」

「菜穂子さんはお元気ですか」

眼差しが柔らかくなっていた。

「おかげさまでつつがなくしております」

「それはよかった。僕は菜穂子さんが独身時代に、うちの家内の活動の関係でお会いしたことがあるんですよ」

自称が〈私〉から〈僕〉になり、ですます言葉になったのは、元部下ではなく今多家の親族である私に話しかけている、というアピールだろう。賢明な編集長は、しとやかに録音機器やメモの後片付けをしている。

「家内は、いろいろと手広くボランティアみたいなことをしていたからね」

菜穂子がそれを手伝ったことが、何度かあったのだそうだ。

「あれは、視覚障害者向けの録音図書を充実させようっていうグループ活動だったかな」

「菜穂子は図書館で、児童書の読み聞かせボランティアをしています。独身時代から続けていることのようです」

「ああ、じゃあそっちのスキルを買って、家内がお願いしたんでしょう」

家政婦さんが来てコーヒーカップを並べ替えるのを、編集長が手伝った。

「うちのは何しろ顔が広くって、人使いが荒かったから、菜穂子さんにもご迷惑をおかけしたかもしれません。しかし素晴らしいお嬢さんで、感嘆しました。あのときばかりは会長が羨《うらや》ましかったなあ」

「ありがとうございます」

「うちに息子がいたら、菜穂子さんを嫁にくれとねだるのにと、家内も言っていた。それから間もなくですよ、君にさらわれてしまったのは」

私に何も言わせず、「いやはや伏兵でした」と笑って、続けた。「でもね、なまじグループ内の誰かと姻戚関係になるよりも、君のような自由な男と結婚して、菜穂子さんは幸せですよ。僕も……そうだな、この歳になって、ちっとは生臭さが抜けてきたから、そんなことを思うんだろうけど」

編集長がしとやかに微笑してくれているので、私も同じ表情を決め込んだ。

「君もいろいろ気苦労が多いでしょうが」

森氏は私の目を見て言う。

「菜穂子さんの幸せを守ってあげてください。ほかのどんなことよりも、生涯の伴侶と決めた女性を幸福にすることが、男にとって最大の務めです」

私はまた頭を下げた。「お言葉、肝に銘じておきます」

過去四回にはなかったことだが、森氏は辞去する我々を玄関先まで送ってくれた。家政婦さんが先に立ち、車回しの先の門扉を開けに行く。

「おしまいに来て弁解するようだが、家内が一度もご挨拶をせず、失礼しました」

このタイミングで言おうと準備していたのだろう、淀みない口調だった。

「杉村君の耳には入っているんでしょう。家内はだいぶ、状態がよくなくてね」

私は曖昧にうなずき、編集長はその私に、何のことかしらと問うような顔をした。行きの特急で打ち明けておいてよかった。

「認知症なんだよ」と、森氏は編集長に言った。「この家で、一年ぐらいは一緒に暮らせるかと思っていたんだが、どうも無理のようだ。私も辛いし、家内にはもっと酷だろう。いや、本人はもう何もわからんと医者は言うんだけれど、私にはね、今の家内のなかに閉じこめられてしまった昔の家内が、自分のこんな姿を見ないでくれと、泣いて怒っているのがわかるんだ」

家政婦さんは門扉のそばで待っている。強い海風に、彼女のエプロンの裾《すそ》がひるがえる。

「私が言うのも何だが、才色兼備の、そりゃいい女だった。婆さんになってからも、いい女だった。菜穂子さんにも負けないくらいの」

言って、森氏は私の肩をぽんと叩いた。

「余計なことを聞かせました。ところで、いつもタクシーを呼ばないのかな?」

我に返ったように、編集長が姿勢を正した。「はい。バス停がすぐ近くにございますから」

「〈しおかぜライン〉という、あの黄色いバスだね?」

駅からこの〈シースター房総〉を通って巡回する路線バスである。一時間に一本ぐらいの運行なので、行きはタイミングが合わずにタクシーを使うが、時刻表をチェックしてみたら、帰りはちょうどいい頃合でバスが来るとわかって、便利に乗っている。「あおぞら」もご多分にもれず緊縮財政だから、節約できるところは節約する方がいい。車体がきれいで乗り心地がよく、いつもガラガラのバスで、しかも帰りの特急の乗り継ぎにもぴたりと合っていた。

「あのバス会社は、ここのデベロッパーが買い取って子会社化したんだよ。引退してから別荘地に定住しようなんていう年寄りの夫婦だと、自家用車の運転ができない場合もあるからね」

「それは存じませんでした」

空いている割にはいい車体なのも、それを聞けば納得がいく。

「ほかにもあと三路線ぐらい走らせているはずだ。赤字ばっかりの小さいバス会社だけども、潰れてしまえば地元の人たちの足がなくなる。環境破壊をしまくって、銭金のことしか考えてないと言われるデベロッパーだって、たまには善行を為《な》すわけさ」

私は言った。「そのことに、本のなかで触れてはいかがでしょうか。あとがきでもよろしいかと思いますが」

森氏は軽くまばたきした。「そうだね。いい考えかもしれない。今の私がどんな場所にいて、昔を振り返って偉そうな口をきいているのか、読者にことわりを入れた方がいいかもしれないしなあ……。まあ、何人いるか怪しい読者だけども」

別れ際になって、森氏は気さくで温かな人柄の片鱗《へんりん》を見せてくれた。現役時代、外部の金融関係者からも、直属の部下たちからも、夢に出てくるほど恐れられた怖い〈金庫番〉は、実は秘書室の女性たちのあいだではいちばん人気の取締役だったということを、私は思った。

「会長に、どうぞよろしく伝えてください」

一礼して、森氏は言った。

「ご配慮、有り難く身に染みていると」

我々も丁重に挨拶を返し、門扉を通って別荘地内の道路へ出た。芝生や花壇に縁取られ、ぶらぶら歩いて心地よく、車で通って便利な舗装道は、〈シースター房総〉の建物の配置と同じように、人間工学的に考え抜かれた設計をなされているに違いない。

いつも我々が乗るのは、十九時ちょうどに〈シースター房総　サンセット街区〉というバス停に来る便だ。三分も歩けばたどりつくそのバス停が、今日の私には遠く感じられた。六センチヒールのせいばかりではなく、編集長も同じように感じているらしい。

「あたし、まだまだ素人だわ」

ふくらんだトートバッグを肩に、

「さっきみたいな言葉を、せめて二回目のインタビューで引き出せなくちゃ、プロじゃないよね」

もっと話を聞きたかったたな、と呟いた。

「チャンスはまだありますよ。さっきの感じだと、単行本の企画にも、すんなりとゴーサインが出そうじゃありませんか」

ぶらぶら歩いてゆくうちに、〈サンセット街区〉のバス停が見えてきた。透明な樹脂製で、近未来的なフォルムの雨よけに守られた黄色いベンチが、夕闇のなかにぼんやりと光っている。バス停の表示柱も、雨よけやベンチとデザイン・色調共に揃えてある。森氏の話を聞いて今さらながら気づいたが、これらの設備も、デベロッパーによって買収後に整備されたものなのだろう。

編集長と私はベンチに腰をおろし、てんでにパソコンと携帯電話の着信やメールをチェックした。いつもの習慣だ。月刊の「あおぞら」の発行業務は、最終校了日を除いてはさしてハードなものではないが、コンツェルン内の全業務・全企業にくまなく目配りする内容のものである以上、細かな修正や微妙な気配りを要することは多くて、その分、取材対象とのやりとりを頻繁に行うことになる。毎回、森氏のインタビューに午後を費やしてここに座ると、編集長も私も結構な量の返信待ちメールや留守録に対面するのだった。

「もう、嫌ねえ」

携帯電話の画面を見て、園田編集長が舌打ちした。

「〈ウエルネス〉が、また写真の差し替えを言ってきてる」

グループ内の健康食品・サプリメントの通販専門会社である。

「お試し七日間セットのパッケージを変えるんだって。そんなの前から決まってたことなんだろうから、先に言えっていうのよね」

私の携帯メールには、菜穂子からの伝言があった。義姉から急なお声がかりで、桃子を連れて夕食に行くからよろしく、という内容だ。午後三時過ぎに着信している。

〈了解　返信が遅れてごめん〉と、私はメールを返した。そして、ふと思いついた。

「編集長、どうでしょう、今夜は一杯やりませんか」

園田編集長は、「これから動物園に行きませんか」と言われたみたいな顔をした。

「何で？」

「何でって……インタビューがひと区切りついたし」

「でも、誰か残ってるかしら」

毎回、このインタビュー後に機材を置きに編集部に戻っても、誰か残業していたことはない。そういう時期ではないからだ。

「編集長と副編集長の飲み会じゃ駄目ですかね？」

私は一応、副編なのだ。

「あたしが会長の婿殿とサシで飲むわけ？」

「たまにはいいでしょう」と、私は笑った。「新橋に、旨い焼鳥屋があるんです。以前、谷垣《たにがき》さんに連れていってもらったんですよ」

谷垣さんは、グループ広報室の元メンバーだ。定年退職し、今は夫人とのんびり暮らしているはずである。

園田編集長お得意の〈会長の婿殿〉というフレーズは、私の綽名としてはきわめて穏当な方だ。陰では、スパイとかゲシュタポとか、腰巾着《こしぎんちゃく》とか言われていることを、私は知っている。今多一族の寄生虫とか、会長の娘のヒモという陰口も。

頻繁に顔ぶれの変わるグループ広報室のメンバーと、私はこれまで仲良く働いてきた。それでも、表向きはうち解けて仲良くなったとしても、誰かが私に「一杯どうですか」と誘ってくれることはなかった。それでなくても腰掛け的な職場にいて、いったいどんな奇特な社員が、会長のスパイで会長の娘のヒモなんかと親しくなりたがるだろう。なって得があるならいいが、何にもないのに。

だが、谷垣さんはそんな私に、「一杯やろう」と誘ってくれた。今でも、私はときどき無性にあの人が懐かしくなる。今夜のように、妻が急な外食などで娘を連れて家を空けるとき、一人でぶらりと件《くだん》の焼鳥屋へ行ってみたこともあるくらいだ。

「美味《おい》しいの？」

「焼鳥はもちろん、煮込みも最高ですよ」

「へえ、いいわねえ」

編集長が携帯電話をしまいこんだとき、バスが見えてきた。

〈しおかぜライン〉のバスの車体は、まったく近未来的ではない。旧式なステップのある乗り合いバスで、前の扉から乗り込み、中央の扉から降りる。運賃は全ルート百八十円均一だ。

白い車体に、幅広の黄色いラインが、バスの左右の窓を挟むように走っている。この黄色がとても鮮やかなので、印象としては「あの黄色いバス」になるのだ。フロントガラスのまわりは、涼やかなブルーのラインで囲んであるのだが、こちらはあまり目立たない。

昨今の路線バスはだいたいそうだが、窓ははめ殺しで開閉できず、その分、サイズが大きいので、遠目からでも車内が見通せる。

ベンチから腰を上げ、編集長が言った。

「珍しいこともあるもんね。今日はお客さんがいっぱいよ」

実は、いっぱいというほどではなかった。六、七人の乗客がシートに座っているのが見えるだけだ。ただ、それでも「いっぱい」と表現したくなるほど、このバスががらんとしていることに、私たちは慣れていた。

白と黄色の車体がゆっくりとバス停に寄ってきて、停車した。中央の降車ドアは閉じたまま、前の乗車ドアだけが、ぷしゅうと圧搾空気の抜ける音をたてて開いた。

「お待たせいたしました。〈シースター房総　サンセット街区〉です」

編集長が先にステップを上り、運賃を支払った。真ん中の通路を歩いて、後部座席へと進んでゆく。私も続いた。

「ご利用ありがとうございます」

水色の制服に制帽をかぶった、女性の運転手だ。歳は三十代半ばぐらいだろうか。前回乗ったときもこの人が運転していて、私は顔を覚えていた。色白で下ぶくれで、ちょっと眉の薄いところが、私の姉に似ていたからである。但《ただ》し、この女性運転手の甘やかなアナウンスは、姉の声とはまったく違う。姉は何でもはっきり言う人で、声音もその気性によく合っていた。

手すりにつかまりながら奥へ進んで、編集長は最後列の座席に座った。

「発車いたします。おつかまりください」

私は編集長からひとつ席を空けて、並びに座った。バスはゆらりと傾《かし》いで発車した。

中央の降車ドアから前は、一人掛けの座席が左右に並んでいる。降車ドアから後ろは、ステップが二段あがっていて、二人掛けの座席が三列、通路を挟んで、前部と同じように左右対称に並んでいる。

そして最後列には、車体の幅いっぱいに五つの座席が並んでいる。

乗客は、私と編集長を除いて六人だった。前部の一人掛けに四人、後部の二人掛けに二人。この二人はバラバラに座っているから、連れではなさそうだ。

右の窓際の座席で、編集長がおやという表情になった。

「ねえ、杉村さん。あれ」

指でちょいちょいと正面をさす。乗車口の上部に設置されている液晶の掲示板だ。二行になっていて、上の行にはこのバスの路線名と番号が表示され、下の行には次のバス停の表示が出る。いつもはそれだけなのだが、今は下の行の表示の文字が、右から左へ動いていた。

「しおかぜライン　02系統はただ今運行を見合わせています　ご迷惑をおかけいたします　しおかぜライン　02系統は」

この路線は03系統である。駅から真《ま》っ直《す》ぐ南下して市街地を抜け、〈シースター房総〉の広大な敷地に達すると、その外側を時計回りにまわって走っている。

「02系統って、どこを走ってたっけ」

何があったのかしらねという編集長の呟きに、私のひとつ前の二人掛けの通路側にいた乗客が、こちらを振り返った。

「〈クラステ海風《かいふう》〉へ行くバスなんですけどね。交通事故で、道路が通行止めになっちゃってるんです」

六十年配のご婦人である。白髪を薄紫色に染めたショートヘア、襟元に刺繍《ししゅう》のついた黒いアンサンブル。軽快でお洒落な出で立ちだが、隣の席には大きなボストンバッグが置いてある。

「事故を起こしたトラックの積み荷のせいで、何だか大騒ぎらしいですよ」

〈クラステ海風〉とは、近々森夫人が入るであろう介護施設の名称だ。〈シースター房総〉の東側に隣接している。事故が起こったという道路は、そこへ通じているのだろう。

「トラックが事故って、積み荷を道路にばらまいちゃったんですか？」

編集長が前の座席の背もたれに手を乗せて、身を乗り出した。

「そうらしいですよ。ひどい臭いなんですって。何ていうんですか、ホラあの、蒸発するような」

「揮発性ですか？」

「そうそう、そういうものを積んでたから、道路沿いの家の人が避難したとか」

あらまあと目を丸くして、編集長はまた携帯電話を取り出した。ニュースをチェックしようというのだろう。

「事故は何時ごろのことですか」と、私はご婦人に訊いた。

「さあ、バスが止まったのは一時間ぐらい前だったかしらねえ」

「〈クラステ海風〉の方々も避難したんでしょうか」

人体に有害な揮発性の液体が道路にぶちまけられたのであれば、これは大事だ。お隣の〈シースター房総〉にも、何らかの情報がもたらされて然《しか》るべきだろう。

「あっちは風上だから、大丈夫だったみたいですよ」と、ご婦人は言った。「心配ないって、アナウンスがありましたから」

私はちょっと考えて、理解した。どうやらこのご婦人は、事故の一報が入ったとき、〈クラステ海風〉にいたらしい。誰かの見舞いか、あるいは職員なのか。それで現場で、当施設に事故の影響はないという情報を得たのだ。

「ニュースには出てないなあ」

携帯を閉じて、園田編集長が言った。

「ネットのニュースも、意外と遅いことがあるのよね」

あるいは、ご婦人の言葉から我々が勝手に推測するほどの大事故ではないのかもしれない。揮発性の液体といってもいろいろある。たとえばペンキでも臭いはひどいだろうし、道路は一時通行止めになるだろうが、それで死傷者が出るようなことはなかろう。

「次は〈シースター房総　メインゲート前〉です」

女性運転手の甘やかなアナウンスが響いた。バスがスピードを落とし始める。

〈サンセット街区〉のバス停から終点の駅前ターミナルまで、バス停は七つある。距離は四キロ弱ぐらいだ。〈メインゲート前〉を後にすると、バスのルートは〈シースター房総〉を離れ、海沿いからも遠ざかり、畑や雑木林のなかを抜けながら市街地に向かってゆく。

乗車用のドアは開かなかった。前部の一人掛けに座っていたサラリーマン風の男性が、降車ドアから降りていった。黒い鞄を提げて、メインゲートの先にある〈シースター房総〉の総合管理事務所へ向かってゆく。

「発車いたします。おつかまりください」

アナウンスが終わるのを待って、編集長はまたご婦人に話しかけた。「ご近所にお住まいなんですか」

「わたしは西船《にしふな》から通ってるんですよ。母が〈海風〉におりますんで」

「まあ、それは大変ですねえ」

薄紫の白髪染めのご婦人は、にこやかに笑って軽く片手を振った。

「いえいえ、母はあちらでよくしていただいてますから、安心なんです。でも今日はホントにびっくりしました。いきなりバスが止まっちゃって」

０２系統が動いていないので、〈クラステ海風〉の敷地内を歩いて、

「別荘地のなかの〈イースト街区〉っていうバス停がいちばん近いって教えてもらって、そこからこ

のバスに乗ったんです」

編集長も、ご婦人の隣席の重そうなボストンバッグに気づいていたらしい。ちょっと憤激した口調になって、

「〈クラステ海風〉じゃ、乗り物を手配してくれなかったんですか。ケチねえ」

「急でしたから、しょうがないですよ」

ご婦人の方はおっとりしている。

「お二人は、別荘の方ですか」

〈シースター房総〉の住人かという意味だろう。今度は我々が笑って手を振った。

「とんでもない。仕事で行ってたんです」

「そうですか。素晴らしい別荘地ですよねえ」

「〈クラステ海風〉も、わたしは外側からしか見たことありませんけど、素敵ですよね」

「本当はお高いんですよ。入居料がね」

ご婦人はまわりを憚《はばか》る顔になった。

「うちの母は運がよくって、県が補助金を出してる部屋にあたったんです。昔っから、くじ運だけは強い人でしてねえ。おかげさまでわたしは本当に楽になりました」

次のバス停〈滝沢橋〉が近づいてきた。アナウンスが流れるが、ボタンを押す乗客はいない。

二車線の道路の両脇に藪と空き地と、痩せた畑が広がっている。このあたりは住宅地ではなく、工場地でもない。市街地と〈シースター房総〉に挟まれて、もろもろの開発から置いてきぼりを食ったような、寂しい眺めだ。バス停の名称になっている滝沢橋も、狭い用水路の上にかかった、赤錆《あかさび》の浮いた小さな鉄橋である。スペースがなかったのか、ここはバス停もリニューアルからはじかれていて、昔風の台座付きの丸い看板だけがぽつりと立っている。

「〈滝沢橋〉を通過いたします」

女性運転手のアナウンスで、編集長とご婦人のおしゃべりにも区切りがついた。編集長はまた携帯を取り出し、薄紫の白髪染めのご婦人は、進行方向に向き直った。

空は既に、浅い夜に変わっている。街路灯の光が届かない部分は真っ暗だ。都心からたかだか一、二時間程度の距離でも、開発に見合う条件が揃わなければ、こんな景色になってしまう。

走行中のバスのなかで、右側の一人掛け席の真ん中に座っていた男性が立ち上がった。薄い灰色の背広の上下姿だが、サイズが合わないのか、妙にぶかぶかだ。手すりにつかまりながら危なっかしく足を運んで、運転席に近づいてゆく。

痩せて小柄で、まばらな頭髪は真っ白で、背中が少し曲がっている。かなりの年配者だ。右肩から斜めに幼稚園掛けしたバッグに右手を突っ込み、何か取り出そうとしている。

運転手と乗客の距離が近い乗り合いバスでは、ときどきこんな光景を見かけるものだ。誰でも経験があるだろう。何かちょっとした用件で、乗客が運転席に近づくのだ。このバスは○○というバス停に停まりますか。すみませんが、○×まで行きたいんだけども、どこかで乗り換えないといけませんか。一日乗車券はありますか。回数券をください。定期券を買いたいんだけども、営業所はどこですか。両替してもらえますか。

乗り合いバスの乗降口には、乗客への「お願い」が掲示してある。走行中に立ち上がらないでください。みだりに運転手に話しかけないでください、と。

よちよちと運転席に近づくあの白髪頭の老人は、しもぶくれの顔と甘やかな声の女性運転手に、何を言おうというのだろう。気にするというほどではないが、私はぼんやりと眺めていた。

運転席と通路を隔てる金属製の横棒に、左手でしっかりとつかまると、乗降口のステップを背にして足を踏ん張って立ち、白髪頭の老人は、女性運転手の方にかがみ込んだ。それとほとんど同時に、幼稚園掛けのバッグから右手を引っ張り出した。

バスはちょうど赤信号で停車した。女性運転手が老人の方に目を向けた。運転席の明かりに照らされて、帽子の庇《ひさし》の下のにこやかな横顔が、最後列の私からもよく見えた。

白髪頭の老人がバッグから取り出し、彼女の顔の真ん中に——目と目のあいだに、眉間《みけん》にくっつきそうなほどの近さで、ぐいと突きつけたものも、よく見えた。

拳銃だった。

我々の生活のなかには、数多の道具が存在する。ごく日常的なもので、誰でも名称と用途を知っているものもあれば、日常的に過ぎるので、用途は知っているし使ったこともあるけれど、正式名称は知らないというものもある。

それとは対照的に、頻繁に目にするけれど、使ったことはないというものもある。名称も用途も知っているけれど、普通の人間には用のない道具だ。いや、普通の人間が手にしたり使うことを禁じられている道具だ。走行中のバスのなかで、みだりに運転手に話しかけてはいけないという以上の、強い禁忌に縛られている道具だ。

拳銃は、その代表選手だろう。

白髪頭の老人はそれを手にして、女性運転手に銃口を向けている。

私はそれを見た。その光景を見た。それなのに、のんびり座っていた。

たぶん、ほんの数秒のことだったろう。でもそのときの私の気分は、確かに〈のんびり〉だった。目の前の出来事があまりに突飛だったからではない。誰かが誰かに拳銃を突きつける。そんな場面を、我々現代人は見慣れている。ドラマや映画などの映像のなかで、毎日のようにお目にかかっている。いささか食傷するくらい、数え切れないほどの「手をあげろ」シーンを目撃している。

だから私は〈のんびり〉していた。それが映像のなかの出来事ではなく、目の前の現実の一断片だと理解するまで、脳が手間取ってしまったからだ。

それは私一人ではなかったらしい。女性運転手の表情も、すぐには変わらなかった。銃口が目の近くにありすぎて、とっさに瞳の焦点が合わなかったのかもしれない。

拳銃を突きつけながら、白髪頭の老人は何か囁《ささや》きかけている。

私は我に返った。女性運転手も事態を認識した。彼女ははっと身じろぎ、白い手袋をはめた手が、ハンドルの上で滑った。

「ウソぉ」と、誰かの声がした。

運転手ではない。右側の一人掛けの座席の先頭にいる、若い女性の声だった。

「嘘でしょ？　何これ」

ほとんど笑い出しそうな声だった。座席から立ち上がって中腰になっている。

白髪頭の老人は、あのよちよちした足取りとは裏腹な素早さで、蛇が鎌首をもたげるように、さっと銃口を彼女の方に向けた。

「すみませんが、お嬢さん。静かに座っていてください」

このバスは、アイドリング・ストップのバスだった。信号待ちやバス停で停まると、エンジンも止まるのだ。だから車内は静かで、拳銃を手にした老人の嗄《しゃが》れたような囁き声を邪魔する騒音はなかった。

若い女性は中腰のまま凍りついた。私は座席のシートから腰を浮かせた。前の席の年配の婦人の表情は見えないが、今、隣の座席のボストンバッグを引き寄せたところを見ると、事態を認識してはいるらしい。

編集長は？　横目で見ると、窓ガラスに頭を持たせかけて居眠りしている。

さっき一人降りたので、老人も入れて乗客は七人だ。

「おい、爺さん。何のつもりだ」

野太い声で呼びかけたのは、左側の一人掛け席に座っている紺地のポロシャツの男性だった。私のところからでは肩胛骨《けんこうこつ》から上しか見えないが、それでも充分に大柄だとわかる体軀である。ポロシャツの背中はぱつんぱつんで、横皺《よこじわ》が寄っている。

「運転手が女だからって、からかっちゃいかん。そんな玩具《おもちゃ》、とっとと引っ込めろ」

太いのは声と身体だけではなく、肝っ玉も同様であるらしい。ポロシャツの男性は席から立ち上がると、前に出ようとした。

白髪頭の老人は、彼に拳銃を向けた。また素早い動きで、銃口はまったく揺れない。

「ちょっと！　やめた方がいいです」

編集長のふたつ前、二人掛けの窓側の席から声が飛んだ。こちらは若い男性だ。スポーツマン風の短髪に、半袖の黄色いTシャツ。思わずというように片手をあげ、ポロシャツの男性を制止してから、その手をじわじわと引っ込めた。

「玩具なんかじゃない。この人、本気ですよ」

中腰のままだった若い女性が、ゆっくりと身をよじり、彼らの方を振り返った。

「嘘でしょ」と、若い女性はまた言った。可愛らしい声だが上ずっている。白いブラウスにチェックのキュロットスカートをはき、白いズックの踵《かかと》を踏んづけている。

「嘘よね？　それ本物じゃないでしょ？　モデルガンですよね？」

白髪頭の老人は、にこりともせずに、彼女の引《ひ》き攣《つ》った笑顔を見返した。そして手にした拳銃に、ちらっと目を落とした。

「いえ、本物のはずです」

彼は無造作に右手を持ち上げ、銃口をバスの天井に向けた。我々の誰も、何も言えず何をする間もない瞬時のことだった。

パン、と発砲音がした。

私は一瞬、目をつぶった。

バスの天井の凹凸のあるパネルに穴が空いた。発砲音にかぶって、パネルが割れる音が響いた。そちらの方がずっと大きな音だった。

編集長が飛び起きた。目を丸くしている。

みんな無言だった。誰もその場を動かない。呼吸さえ止めていた。

「なあに？　どうしたの？　事故？」

とんちんかんな問いを放って、園田編集長が私の方に身を寄せた。そしてようやく、運転席の脇に突っ立っている小柄な老人の手のなかにあるものに気づいた。

「あれ、ピストルじゃない」

誰も動かず、答えない。

「何やってんのよ」

部下の広報部員が出した伝票に疑義を呈するときのような口調だった。ちょっと、これは何よ？納得いくように説明しなさい。それがあまりに園田瑛子らしかったので、私は笑い出しそうになった。まったくマイペースな人だ。その感情が、私に己を取り戻させてくれた。

「編集長、静かに。じっとしていてください」

「そうです。皆さん、お静かに願います」

そう言って、白髪頭の老人はにっこり笑った。今や銃口は天井ではなく、我々に向けられている。女性運転手以外の六人ならば、いつでも、誰を撃つこともできる位置と高さに。

「わかっていただけましたか、お嬢さん。これはモデルガンじゃありません。本物の拳銃なんですよ」

白いブラウスの若い娘は、ぶるぶると小刻みにうなずいてみせた。

「わ、わかりました」

キュロットスカートの裾も震えている。彼女の膝が笑っているのだ。

「あなたもわかってくださいましたか」

老人はポロシャツの男性にも訊いた。いつの間にか、彼は完全に立ち上がっている。

「わかったよ」

答えて、ゆっくりと両手を上げ、ついでその手を頭の後ろに持っていって、指を組んだ。

「これでいいか？」

「ありがとうございます」

老人は丁重に言って、また微笑した。

「皆さんも、この方と同じようにしていただけますか。ああ、立たなくて結構です。座ってください」

指示に従い、我々は座席に腰をおろしつつ、のろのろとホールドアップの姿勢をとった。

運転席を横目で見て、老人は言った。「運転手さんもお願いします」

女性運転手の手はわなないていた。白い手袋のせいで、はっきりわかる。

こんな格好をすると、やたらと目が動いてしまうものだ。いわゆる〈泳ぐ〉のだ。と、遊泳中の私の目が前列の年配のご婦人をとらえた。彼女は手を頭に持っていって、上品な薄紫色に染めた髪にくっついた異物に気づいた。さっき飛び散った天井のパネルの破片だ。どうするかと思えば、当たり前のようにさっさと払い落とした。それから頭の後ろで指を組み合わせた。私はまた笑い出してしまいそうになって、きつくくちびるを嚙《か》みしめた。

「ねえ、質問があるんですけど」

編集長が、まだ伝票の数字に釈明を求めるような口調のまま、やや声を張り上げた。

「これって強盗なのかしら。あなた、お金がほしいんですか」

これまた園田瑛子らしく端的だった。ホールドアップしていなかったら、私は手で目を覆うところだった。

同じ気持ちの乗客が、少なくとも一人はいるようだ。黄色いTシャツの青年が、信じられないというように目を剝《む》いて、編集長を振り返ったのだ。

すぐさま老人が声を上げた。「そこの君、動かないでください」

Tシャツの青年は、半端に身を捩《よじ》ったまま静止した。目も剝いたままである。

「強盗ではありません、奥さん」と、老人は依然、丁寧な口調で答えた。しかも外見とはまるでそぐわない、張りのある若々しい声なのだ。まるで、枯れてしぼんだ老人の身体のなかに、働き盛りのビジネスマンが隠れているかのようだ。

「あたし、奥さんじゃないんですけど」

「編集長、いい加減になさい」

思わず私が口を出したら、老人は拳銃を構えたまま、またにっこり笑った。

「あなた方お二人はご夫婦ではなくて、上司と部下なんですね。出版社にお勤めですか」

編集長は口を尖らせて答えない。老人も、強いて返答を求めなかった。

「では次の段階に進みましょう。皆さん、携帯電話をお持ちですね？　まことに申し訳ありませんが、一時、私に預けてください」

老人は半歩右に動いて、白いブラウスの娘に目を向けた。「まず、あなたからです。携帯電話を出してください。ゆっくりとね。取り出して、私に見せてください」

「手を、動かしていいの？」

「いいですよ。でもお嬢さん」

慇懃《いんぎん》に、老人は彼女に言いきかせた。

「あなたが何か余計なことをしたら、後ろの席の黄色いTシャツを着た彼が死ぬことになります」

件の若者がびくっとした。白いブラウスの娘は振り返り、彼を見た。

「お嬢さんだけではありません。ほかの方々にも申し上げます。どなたかが私の隙をついて何かしようとしたら、彼の黄色いTシャツにほかの色が混じってしまいますよ」

「わ、わかりました」

当の若者が、老人にではなく我々に言った。頭も首も動かさず、ただ顎だけがガクガクしている。

「皆さんも動かないでくださいね」

「わかったよ。動かんから」

ポロシャツの男性の野太い声は、いささか不穏な怒気をはらんでいる。

「ほらあんた、さっさとやれよ」

男にせっつかれて、白いブラウスの娘は膝の上のバッグの中身を掻き回し始めた。あわてているので、なかなか見つからない。

「こ、これ。わたしのケータイです」

パールピンクの小さな携帯電話をつかんで、老人の方に差し出そうとする。

「床に置いてください」

彼女は前屈みになってケータイを床に置いた。老人の手のなかの拳銃は、その動きにはつられず、ぴたりと黄色いTシャツの青年に狙いをつけている。

「では、私の足元へ滑らせてください。ゆっくりとね」

彼女は指示に従った。パールピンクの携帯電話は、ほんの五十センチほど床を滑って、老人の靴の爪先で止まった。光沢のない黒い革靴だった。

「ありがとう」

彼女に笑いかけ、銃口はそのままに、老人はさっと足を動かして、その携帯電話を横様に蹴った。携帯電話は派手な音をたてて、前部の乗降口のステップを落ちていった。

「次はあなたです。携帯電話を取り出して見せてください」

老人はポロシャツの男性に言った。銃口が動いて、ブラウスの娘に狙いをつけた。

「今度は、ほかの方々が余計なことをすると、このお嬢さんが悲しいことになります」

ポロシャツの男性は、ズボンの尻ポケットから携帯電話を取り出すと、顔の高さに掲げてみせた。

「では席を立って、しゃがんで床に置いてください」

指示に従うポロシャツの男性の息が荒い。私のいるところからでもわかる。大柄だから息が切れやすいのか。それとも、怒りと緊張で今にもブチ切れそうなのか。

「私の足元に滑らせてください」

ポロシャツの男性は、その指示に従わなかった。携帯電話を床に滑らせて、直接、前部のステップの下へ落としたのだ。大きな音がした。

手を上げ、後頭部で指を組んだまま、白いブラウスの娘が震え上がった。

「これでいいんだろ」

床にしゃがんだまま、ポロシャツの男性は上目遣いで、歯を剥くようにして言った。

「はい、手間が省けました。席に戻ってください」

老人の穏やかな口調は変わらない。白いブラウスの娘が、ほうっと息を吐いた。老人との距離が近いせいもあって、この娘がいちばん怯えている。

「次は君です」

老人は黄色いTシャツの青年に目を向けた。銃口は白いブラウスの娘から動かない。

うなずいて、青年は携帯電話を探し始めた。Tシャツの裾をめくり、穿《は》いているジーンズのポケットを叩く。見つからない。

「あれ？　あれ？」

白いブラウスの娘の両肘が揺れている。

「ご、ごめんなさい。ケータイがないんだ」

身体に火がついて、それを叩き消そうとでもしているかのようだ。

老人は落ち着きはらっていた。「シートの上に落ちていませんか」

青年はシートを手探りした。Tシャツの襟元の色が変わっている。冷汗の色だ。

「あった！」

勢い余って、つかんだ携帯電話を放り出してしまった。それは左側の空いた座席の上にまで飛んでいった。

「そのまま動かずにいてください」

老人は青年を制すると、私の前のご婦人に声をかけた。

「すみませんが奥さん——あなたは〈奥さん〉でよろしいでしょうか」

薄紫色の白髪染めがお洒落なご婦人は、ちょっと顎を引いただけで無反応だ。

「きれいな髪ですね」と、老人は彼女に笑いかけた。

「ああ、わたし？」

ご婦人は要領を得ない。だが老人は焦《じ》れない。笑顔は優しく、口調は辛抱強い。

「彼の携帯電話を拾って、手に持って、ステップを降りてきていただけますか」

銃口を向けられたまま、座席のなかで半身になってこちらを見ている白いブラウスの娘の頬が濡れている。泣いているのだ。

「泣かないでください、お嬢さん」

拳銃を手にした老人は、諭すような口調で若い女性に言った。

「皆さんが私の言うとおりにしてくだされば、そんなふうに泣かなくてはならないほど悲しいことも、怖ろしいことも、何ひとつ起こりません。お約束します」

「ご、ごめんなさい」

白いブラウスの若い女性は、鼻声で謝った。下を向いて震えながら、頭だけがくがくと動かす。息が乱れている。

「わ、わたし怖がりなんです。ごめんなさい、ごめんなさい」

黄色いTシャツの若者の携帯電話を手にしたまま、白髪染めのご婦人は中央のステップの縁に突っ立っている。

「これ、そっちに持って行けばいいんですね」

こちらは落ち着きはらっている。異様なほどの冷静さに、私は一瞬、このご婦人は事態を理解していないのではないかと疑った。あまりに突飛な出来事なので、この人には何が起こっているかわからないのではないか。

「まず、ステップを下りてください。奥さん、足元に気をつけて」

白髪染めのご婦人は、ためらう様子もなく動き出した。座っているときは気づかなかったが、足が悪いらしい。右手で携帯電話を握りしめ、左手で座席の背もたれにしっかりとつかまって、たった二段のステップを、身体を横にしてそろそろと下りてゆく。

「それじゃ、その携帯電話を私の足元に滑らせてください」

ご婦人はしゃがむ動作も慎重だった。膝を折るのが辛いらしい。

「……はい」

返事と共に携帯を手から放った。意外に勢いよく放ったので、小さな電話機は滑るというより床の上を低く飛んで、一度落ちて跳ね返ってころころと転がった。

「ありがとうございます」

またその携帯を乗降口の下に蹴り落とし、老人は微笑した。

「では、次は恐縮ですが奥さんご自身の携帯です。同じようにしていただけますか」

ご婦人はまた無言で自分のバッグを探る。

こんな場合でなければ苛《いら》ついてしまうような鈍重な動きで、ご婦人は老人の指示に従った。次は私か編集長だと思ったら、老人は白髪染めのご婦人に指図を続けた。

「奥さん、次はそちらの会社員の方の携帯を受け取って、同じことを繰り返してください」

私は携帯電話を差し出した。私の携帯を蹴り落としてしまうと、編集長の番だった。

単調な繰り返しだった。若い女性の涙は止まり、乱れていた呼吸も鎮まった。誰も取り乱していない。

この場面を冷静な観察者の目で眺め、考えてみたら、チャンスだと思うだろう。老人の隙をついて拳銃を奪うとか、老人に飛びかかるとか、何かできそうなものだと思うだろう。振り返ってみれば私だってそうだ。

だが我々乗客は、みんな頭の後ろに手をやり、ぼさっと座って、携帯が床の上を滑ったり転げたりしているのを漫然と見守っていた。私自身の頭にも、勇敢で思い切った決断は浮かばなかった。

まだ、どこか絵空事のような気がしていた。本物の拳銃を持ってはいても、弱々しい老人が一人きりだ。無理をしなくても、自然に何とかなりそうな気がした。自然に？　何が自然だ。こんな不自然な状況で。

ようやく、乗客全員の携帯電話が前方の乗降口の下へと消えた。

老人は白髪染めのご婦人を労った。「ありがとうございました、奥さん。膝が痛いのはお辛いですね」

「関節炎なんですよ」と、彼女は言った。ここが病院の待合室で、たまたま隣り合わせた老人に、「あなたはどこが悪いんですか」と話しかけられて答えた——というくらいの口調だった。やっぱりピントがズレている。

「それじゃ、運転手さん」

女性運転手に向き直り、銃口も彼女にぴたりと向けて、老人は言った。「すみませんが前のドアを開けてください」

一瞬、ためらったような間があいた。それからドアが開いた。

「皆さん、動かないでください」

老人は後ずさりして乗降口に近づき、一段下りると、携帯電話を外に蹴り落とし始めた。

「あ」と、小さな声がした。黄色いTシャツの若者だ。自分の携帯電話が蹴り出されるのを見て、思わず反応してしまったのだろう。

老人が微笑んだ。「すまないけれど、念のためにね。後で回収できるから、ちょっとのあいだ我慢してください」

若者に語りかけ、笑いかけつつも、老人の目も銃口も女性運転手から動かない。

私の脳裏を、通路を走り、老人に飛びついて、彼と彼の手のなかの拳銃ごとバスから外へ転がり出る自分自身の姿が浮かんだ。やればできそうに思えた。造作もないことのように思えた。

「さあ、これでいい。ドアを閉めてください」

老人がさっきの位置に戻り、ドアが閉まった。私の空想も終わった。

「運転手さんのお名前は、柴野《しばの》さんですね」

車内には運転手の名前が表示されている。

「柴野さん、バスを発車させてください。念には及びませんが、静かに出してくださいね」

急発進させろ——と、私の心のなかの私が言った。バスを揺らせて、あのじいさんを転ばせてしまえ。

「この人の携帯電話はいいのか？」

誰かと思えば、野太い声の持ち主、ポロシャツの男性だった。

「運転手だって携帯を持ってるぞ。いいのかね」

「かまわないんですよ。気にかけてくださってありがとう」

老人がにこやかに答え、バスのエンジンがかかった。車体が震えた。

そのときになって、私は気づいた。滝沢橋を過ぎたこのあたりで、駅までの一本道は切り通しにさしかかる。もちろん道は舗装されているし、切り通しといったところで峻険《しゅんけん》な場所ではない。普段なら気にもとめずに通り過ぎるだけだ。

が、今は違った。この場所には大きな意味があることに、私は気づいた。老人が拳銃を取り出し、さっきの地点でバスを停めさせたことには、ちゃんとした理由があったのだ。

この先で、道はL字型に右に曲がっている。急発進したら、バスは切り通しのコンクリートの壁にまともに衝突してしまうのだ。

ゆらりと、バスが動き出した。私の頭も動き出した。アクション映画の主人公のような自分自身を夢想するためではなく、この状況をちゃんと把握するために。

この老人は、自分のやっていることをよく心得ている。弱々しい外見や動作を見くびってはいけない。

急発進できない場所で停車させたこと。乗客全員の携帯電話を始末するために、誰かを動かさなければならないという局面で、素早く動くことのできないあのご婦人を選んだこと。

そして今、バスを走らせ始めた運転手のこめかみに銃口を近づけていること。

「どうぞ、余計なことをせずにお願いします」

バスがL字型の角を曲がりきった。

「柴野さん、三晃化学《さんこう》へ向かってください」

老人の声は穏やかだ。

「場所はわかるでしょう？　三晃化学の工場です。閉鎖になってから二年ばかり経ちますかね。ずっとあのままですが、買い手がつかないんですかね」

行き先も決めている。老人は、この先の計画を立てているのだ。思いつきでやっていることではない。

「三晃化学なら知っていますが、あの前の道には、このバスは入れません。手前の三叉路《さんさろ》の高架下をくぐれないんです」

柴野運転手の甘やかな声は、わずかにかすれていた。

「脇道があるでしょう。ぐるっとまわって、通用門まで行ってください。以前は従業員用駐車場だったところが、空き地になっていますよね」

わかりましたと、柴野運転手は答えた。

まるでタクシー運転手と客の会話だ。どちらもこの地元に詳しい。サンコウカガクの場所も、その工場が閉鎖されて現在まで無人の状態であることも、そこへ通じる脇道があることも、女性運転手と老人には周知の事実なのだ。

「皆さん、どうぞお静かに」

老人は、柴野運転手に視線と銃口を向け、揺れる車内でしっかりと両脚を踏ん張って立っている。

「しばらくそのままご辛抱願います」

「なあ、じいさん」

ポロシャツの男性が、焦れたように声をかけた。ついでに手も下ろそうとする。

「あんた、何が目的なんだ」

「すみませんが手を上げてください」

ポロシャツの男性はわざとらしくため息をついてから、頭の後ろで手を組み直した。

「わかったよ。でもなあ」

「私の目的については、おいおいお話しいたします。今は、皆さんが余計なことをなさると、柴野さんが悲しいことになるということだけを考えていてください」

「——運転手さんを撃ったら、バスも事故っちゃいますよ」

Tシャツの若者が抗議するように言った。こちらはことさら殊勝に、頭のてっぺんでしっかりと指を組んでいる。

「それは困りますねえ」と、老人は真面目に言った。「ですから撃たせないでください」

事故を起こしても大事にはなりそうもないスピードで、バスは正規のルートから逸れてゆく。いつもは横目で通り過ぎるだけの、畑のなかを抜ける一車線の道に入った。

「おじいさん、本気なんですか」

老人は答えない。Tシャツの若者も、それ以上は訊かずに口を閉じた。

道なりに走って、やがて前方に、ひとかたまりのくすんだ建築物が見えてきた。〈合成化学肥料三晃化学株式会社〉という古びた看板。スレート屋根の建物と、複雑に交差するパイプの群れ。錆びた煙突に、曇った窓ガラス。

対向車はいない。周囲に点在する人家に明かりはあるが、人影は見えない。自転車一台通りかからない。

老人が一瞬、柴野運転手から目を離した。左手首の腕時計を見たのだ。

「少しスピードを上げてください。このバスが終点に着く時刻までに、三晃化学に行きたいんですよ」

柴野運転手は答えなかったが、バスは加速した。私は横目で編集長の表情を窺《うかが》った。さっき、「あたしは奥さんじゃない」と言い返したときのまま、ムスッとしている。怯えて泣くより不機嫌である方が、この人らしい。

三晃化学の廃工場には、まだところどころに明かりが点いていた。敷地全体をぐるりと取り囲む灰色のコンクリート塀の上に等間隔で細い鉄柱が突き出していて、その上にライトが取り付けてあるのだ。鉄柱のあいだには鉄条網が巻き付けてあり、侵入者を防いでいる。場内にもいくつか夜間照明がついている。くっきりとしたグリーンの非常灯も見えた。

「何だ、ここは」と、ポロシャツの男性が怒ったような声を出した。「倒産したのかね。物騒だなあ」

柴野運転手は確かにこの場所をよく知っているらしく、迷わずにバスを走らせて、元の従業員用駐車場へと向かった。私にもそれとわかったのは、傾いた表示板が見えたからだ。

〈三晃化学社員専用駐車場　無断駐車の場合は警察に通報します〉

白地に赤ペンキ文字の看板は、風雨にさらされて色褪《いろあ》せていた。

「──社員寮だわ」

編集長が、ムスッと閉じていた口を開いて呟いた。元の駐車場、今はただの空き地の右側に、四階建てのビルが立っている。こちらはまったく明かりがない。コンクリート塀のライトに、薄ぼんやりと外郭が浮かび上がり、窓が並んでいるのが見えるだけだ。

「どうしてわかります？」と、私は小声で訊いた。

「看板があったの。今は誰も住んでないみたいね」

会社も工場も閉鎖され、社員はみんな去った。今では鼠《ねずみ》の巣になっていることだろう。

頭を少し動かして、私は窓から見える景色を確かめた。人家のものらしい窓明かりが、バスの後方、道を隔ててかなり遠くに並んでいる。あの感じではアパートかもしれない。こんな時刻に、〈しおかぜライン〉の黄色いバスが、何で廃工場の駐車場なんかにいるんだろうと不審に思う、気の利いた住人がいてくれるといいが。

それ以外の暗闇は、ただの夜か、田圃《たんぼ》か畑か、いずれにしろ何も訝ってくれる存在ではなさそうだった。

バスのタイヤが砂利を踏みしめる音がする。バウンドするように揺れる。

「できるだけ塀に近づけて駐めてください」

老人の指示に、ハンドルを取りながら柴野運転手が問い返した。

「どちら側を向きますか」

「バスのドアがある側が、塀に平行になるように付けてください」

老人は言って、にこりとした。

「あなたの腕ならできますよね」

「ぴったり付けていいんですか」

「ぎりぎりまでくっつけてください」

老人の意図は明白だった。三晃化学のコンクリート塀で、バスの出入口を塞いでしまうつもりなのだ。

縦列駐車の要領だ。切り返し、少し前に出てまた切り返し、バスの横っ腹にコンクリート塀が近づいてくる。

「ストップ」

乗降口がある側の窓の外に、くすんだ灰色のコンクリート壁が迫って、バスは駐まった。

「エンジンを切ってください。ありがとう」

両替でもしてもらったみたいな軽さで、しかし本当に感謝しているように聞こえた。

「後ろの席の皆さん」

老人は柴野運転手に拳銃を突きつけて、我々四人に呼びかけた。白髪染めのご婦人、Tシャツの若者、編集長と私だ。

「どうぞ前に出てきて、空いた席に座ってください。私は立ったままでいいですから、気にしないでください」

真面目なのか冗談なのか。

Tシャツの若者が真っ先に動いて、白いブラウスの女性のすぐ後ろの席に移った。私は編集長を促した。編集長は白髪染めのご婦人に、「一緒に移りましょう」と声をかけた。

白髪染めのご婦人は、また苦労してステップを下りた。ポロシャツの男性のひとつ前の席に座る。編集長はTシャツの若者の後ろに座った。

左側の先頭、老人にいちばん近い席が空いた。最初から、私が移るつもりだった席だ。私がそこへ近づいてゆくあいだ、老人は私を見ていた。柴野運転手に向いている銃口が、いつこちらを向くかと、私は身構えた。銃口は動かなかった。

「狭くて申し訳ない」と、老人は言った。

バスの前半分では、席と席の間隔がかなり違っている。最前列の前に機械を格納した部分が飛び出しているので、左側の方が狭いのだ。さらに右側の方は、車椅子やベビーカーの乗客が乗って来たときには座席をたたんでスペースをつくれるように、ゆったりと間隔をとってあった。

「まるで車掌のような言い方ですね」

特に勇気を奮ったわけではなく、思わず、私は老人に話しかけた。

老人もまた、力むことなく返してきた。「そうですな。私を、風変わりな車掌だと思っていただけると有り難い」

「ふざけたことを」

吐き出すように、ポロシャツの男性が言った。今度は手は動かさなかったが、はっきりと表情が変わっていた。怒ると同時に、老人を侮っている。

「何だか知らんが、こんな粋狂に付き合わされる身にもなってくれ。じいさん、あんた頭がおかしいわけじゃないいんだろ？　いい加減でこんな茶番はやめにしてくれ」

「では、終わりにしましょうか」

言葉と同時に銃口が動き、ポロシャツの男に狙いをつけた。私は首筋の毛が逆立つのを感じた。最初に天井板を撃ってみせたときと同じだ。無造作に、まばたきもせず、老人は引き金を引く。その指に力がこもるのを、私は見たのだ。

ポロシャツの男も、見た。感じた。顔色が変わった。血の気が引く音が聞こえた。

瞬間、私は目をつぶった。

何度思い返しても情けない。私にできたのは、また、ただ目をつぶることだけだった。

発砲音がした。今度もパン！　と乾いた音だった。軽い音だった。何の害もなさそうな音だった。

何かがぱっと舞い上がった。座席の背もたれの詰め物だ。銃弾は、バスの後方の二人掛けの席のひとつ、今は誰も座っていない背もたれに撃ち込まれたのだ。

私が目を開けると、ポロシャツの男も目を開けるところだった。

みんな凍りついていた。動かない。白髪染めのご婦人だけが、ゆっくりまばたきをした。

「あなた」と、ご婦人は老人に言った。一転して目つきが険しくなった。「そんなもの振り回して、危ないじゃありませんか」

どうにも認識が遅い。しかし、ここで声を出して怒るのは私よりもはるかに勇敢だ。

「奥さん」私はできるだけ穏やかに声をかけた。「このご老人も、遊びでこんなことをしているわけではなさそうですから——」

ご婦人は私なんかには目もくれない。真っ直ぐに老人を見据えている。

「わたし、何度かクリニックであなたを見かけたことがありますよ。顔に見覚えがあるんです。わたし、人の顔を覚えるのは得意なんですよ」

老人は骨張った指でしっかりと拳銃を握りしめ、ご婦人の講釈を聞いている。銃口は依然、ポロシャツの男性に向けたままだ。

「あなた、どこか悪いんですね。重い病気なんでしょう。だからって自棄《やけ》になっちゃいけません。近ごろはね、お薬も手術の仕方なんかも、本当に進んでるんですよ。ほんの二、三年前には治らなかった病気も、立派に治るんです。わたしの母だって、今まで何度も命を落としかけましたけど、そのたびに先生が助けてくださいました。あなた、自棄になったらいけませんよ」

ご婦人を見つめ返す老人のこけた頰の線が緩んだ。まなざしも和らいだ。

「ご忠告ありがとうございます、奥さん」

あなたはいい方ですね、と言った。

「柴野さん」

呼ばれて、女性運転手がびくりとした。

「はい」

「運転席を離れてください。あなたにはバスを降りてもらいます」

凍りついて首を縮めたままのポロシャツの男が、目玉だけ動かして柴野運転手を見た。

老人は運転手を降ろすつもりだ。バスを乗っ取ったのは、どこかへ移動するためではない。このバスはここが終点だ。

「後ろへ行って、非常出口を開けてください」

バスの乗降口の反対側、さっきまで編集長が座っていた側の窓は、緊急用の非常ドアになっている。いざというときはシートの座部を持ち上げ、足元のレバーを操作するのだ。

私はこれまで様々な場所で公営バスに乗ってきたけれど、幸いなことに、非常レバーを操作しなくてはならない局面に遭遇したことはない。ただ、それがそこにあることは知っていた。たいていのバスで同じ位置にあり、同じような操作説明書きが貼ってある。

柴野運転手は運転席から動こうとしない。老人の横顔に向かって言った。

「申し訳ありませんが、わたしはこのバスから降りられません」

震えを帯びてはいるが、あの甘やかな声だ。

「この状況で、お客様を置いてわたしだけバスを降りることはできないんです」

老人は横目で彼女の表情を窺った。その気になればいつでも彼女を、あるいはポロシャツの男を撃つことができる位置に立っている。猫背で、ぶかぶかのスーツで。

「会社の規則ですか。違反すると解雇されるのですか」

「そういう問題ではありません。運転手としての責任があるからです」

一瞬、くちびるを固く結ぶと、意を決したように彼女は続けた。「非常ドアは開けます。そこからお客様を降ろしてください。人質はわたし一人で充分でしょう」

「そ、そうだな」

ポロシャツの男が、飛びつくように賛成した。冷汗をかき、目だけきょときょとさせている。

「そりゃ名案だ。そうしよう。じいさん、あんただって人質が大勢じゃ手に余るだろう」

老人が動いた。私と白髪染めのご婦人の前を素早く横切り、ポロシャツの男に迫った。左手で彼の二の腕をつかむと、右手の拳銃の銃口を彼の顎の下に持っていった。たるんだ肉に食い込むように、ぐいと突きつけた。

「柴野さん、非常ドアを開けてください」

ポロシャツの男はすくみあがった。目玉が上ずり、銃口から逃げようとして首を伸ばす。

「どうぞ、手早くお願いします」

「運転手さん」

黄色いTシャツの若者が声を出した。

「今は言われたとおりにした方がいいです。非常ドアを開けてください」

彼の前で若い女性もうなずいている。

「いい判断です」

にこりともせず、ポロシャツの男にぴたりと寄り添ったまま、老人は言った。

「彼は賢明です。柴野さん、あなたは間違っている。何が充分で何が充分でないかを決めるのは、あなたではなく私なんですよ」

女性運転手の口元がわなないている。

「さあ立って。ああ、その前に、あなたの携帯電話はどこにありますか」

「座席の下の物入れです」

「取り出してください。ゆっくりとね」

前屈みになって物入れを開け、柴野運転手は銀色の携帯電話を取り出した。

「料金箱の上に載せてください。じゃあ、立って運転席から降りてきてください」

立ち上がり、仕切りのバーを上げて、彼女は一段高い運転席から降りてきた。

「皆さん、お静かに。動かないでください」

老人は女性運転手を見つめ、ポロシャツの男の首の肉に銃口を食い込ませて、淡々と言った。「私はこんな年寄りです。皆さんが束になってかかってきたら、とてもかないません。しかし、拳銃というのは便利なものでね。皆さんに取り押さえられる寸前に、一秒の十分の一でもあれば、引き金を引けます。するとこの方は死にます。即死はしなくても、かなり大変なことになるでしょう。この方だけが貧乏くじです。それは気の毒です。とても気の毒です。皆さんもそう思うでしょう？」

「わかってます」と、Tシャツの若者が言った。「誰もバカな真似はしませんよ」

彼の前で、白いブラウスの若い女性が、ほっそりとした喉をごくりとさせた。

「そうだ柴野さん、そこにある小銭を持って行きなさい。何かで要ることもあるでしょう」

料金箱の脇の、回数券や一日乗車券を挟んであるポケットに、千円札が数枚入っている。

女性運転手は黙って指示に従った。千円札を胸ポケットに入れ、後方へと通路を歩く。

レバーを操作するにはしゃがみこまねばならず、彼女の姿は完全に我々の視界から消えてしまう。

だが老人に慌てる様子はなかった。

がたん、という音がして、最後部の右側の窓枠が動いた。背もたれの向こうで、柴野運転手が身を起こした。

「開けました」

両手を開いて目の高さに上げた。私のいる場所からでは、本当に非常ドアが開いたのかどうかは見えない。かすかに外気を感じるような気がしたが、錯覚かもしれない。

拳銃を手にした老人は、すぐ前にいる白髪染めのご婦人に、親しげに笑いかけた。

「奥さん、あなたのお名前を教えてください」

ご婦人は眉をひそめ、身を引いた。

「あなたはいい方です。今日の記念にお名前を教えてください」

「お、教えてやれよ」

首を圧迫されているせいで、ポロシャツの男の声が喉にこもる。

「教えてやってくださいよ、頼むから」

「――迫田《さこた》です」

「では迫田さん、あなたにはバスを降りていただきます。手荷物を忘れないように。後ろの座席にボストンバッグがありますよね」

「持っていっていいんですか」

「かまいません。柴野さん！」

手を上げたまま、女性運転手は「はい」と応じた。

「迫田さんがバスを降ります。こっちに来て手を貸してあげてください」

迫田さんは膝をかばいつつ、背もたれにつかまって立ち上がった。その目が順繰りに我々を見た。編集長、Tシャツの若者、泣いている若い女性。そして私。

「わたし一人で降りるんですか。ほかの皆さんはどうなるんです？」

「それはあなたが心配することじゃありませんよ、迫田さん」

柴野運転手が戻ってきて、中央のステップの縁に立った。迫田さんに手を差し伸べる。

「まず、バスから降りましょう。お荷物はわたしが上からお渡しします」

狭い通路で身体を入れ替え、迫田さんは非常ドアへと進んでゆく。歩みは見るからにぎこちなく、膝が痛そうだった。柴野運転手が後ろをついてゆく。迫田さんが非常ドアの位置までたどり着くと、紫色のお洒落染めをした前髪が、外気にふわりと揺れるのが見えた。

「こんな高いところ、降りられないですよ」

迫田さんは非常ドアから後ずさりした。

「飛び降りなきゃならないじゃありませんか。できませんよ」

確かに、非常ドアはタイヤの脇にあり、普通の乗降口よりもかなり位置が高い。

「申し訳ないが、降りてください。柴野さん、何とか手伝ってあげてください」

老人が運転手で、柴野運転手が車掌で、不測の事態が起きて非常ドアから乗客を降ろさねばならなくなり、怖がる年配者をなだめたりすかしたりしている。まるでそんな局面のようだ。

「手伝いましょう」と、私は言った。老人との距離が近くなったので、大きな声を出す必要はなかった。

「余計なことはしません。約束します。運転手さんは女性ですから、一人じゃ無理ですよ」

老人は私の目を見た。私も老人の目を見た。

「運転手さんは、日ごろ、こういうときのために訓練を受けているはずです。柴野さんは大丈夫ですよ」

老人の目が、私の目を覗き込んでそう答えた。冷静な返答であって、それ以上のものではなかった。

銃口は依然、ポロシャツの男の顎の下に食い込んでおり、動きはない。

私は軽くうなずき、後方に目をやった。Tシャツの若者も白いブラウスの女性も編集長も、非常ドアの方を見ている。

「迫田さん、いっぺんここに座ってください。そうそう——座って、ゆっくりと下にずり落ちる感じで降りれば怖くないですよ」

柴野運転手は、迫田さんを非常ドアの縁に座らせたらしい。

「駄目ですよ。高いんだもの」

「大丈夫です。やってみてください」

「高いから怖くって」

「じゃ、ちょっと待っててください。そのまま座っていてくださいね」

通路を戻ると、柴野運転手は迫田さんのボストンバッグを抱え上げた。サイズは大きいが、さして重そうではない。

「迫田さん、このバッグの中身は何ですか。壊れ物は入っていますか」

「母の着替えです。洗濯物ですよ」

「それじゃ、これを使わせてください。足元に置いてクッションにしましょう」

白いブラウスの女性が、これを聞いてほっと息を吐いた。

Tシャツの若者が、ちらっと彼女を見やった。目が合って、彼の方が先にうなずいた。若い女性もうなずき返した。二人のあいだに、こんな場合でも微笑ましい何かが通った。

「――歳をとるとね」

老人が、彼もまた後部の二人のやりとりに目をやりながら、呟くように言った。

「若い人には何でもないことが、難しくなるんですよ」

「だったら乗降ドアを開けて、普通に降ろしてあげりゃいいじゃないの」

我らが編集長のご発言だった。相変わらずむっつりとして、眉間に皺を寄せている。グループ広報室内で、誰かのミスを指摘するとき、誰かの提案を「アイデア倒れだ」と退けるとき、いつも披露するお馴染みの皺だ。

老人は目元だけで笑うと、私を見た。今度はその目に、かすかだが面白がっているような色が見えた。

「あなたの編集長は気難しい方ですね」

私が何か答える前に、バスの後方でどさりと音がした。迫田さんが地面に降りたのだ。

「大丈夫ですか？　怪我はありませんか」

柴野運転手が大声で呼びかける。返事はないが、女性運転手はすぐにこっちを向いた。

「迫田さんが降りられました！」

こんな状況でも、ひとつのことが上手くいくと、人は元気になれるのだ。柴野運転手の表情は明るかった。

「ほら、大丈夫だったでしょう？」

老人は私に言って、後方に首を伸ばした。

「柴野さん、よく聞いてください」

開け放った非常ドアのすぐ脇で、女性運転手はまた両手を耳の高さに上げた。

「あなたもバスを降りるんです。降りたら、どこかで電話を借りてください。このあたりには交番はありませんし、パトカーの巡回もありません。三晃化学の敷地内には入れませんから、無駄に遠回りをしないで、近所の家を訪ねる方が無難です」

「電話を……借りるんですか」

「そうです。だって警察に通報しなくちゃならんでしょう」

私の不機嫌な上司が疑わしげに目を細め、若い男女が目を丸くするなかで、老人はてきぱきと女性運転手に指示を飛ばした。

「先に会社に電話してもいいですが、そのへんの判断はあなたにお任せします。あとあとのことを考えたら、緊急マニュアルに書いてあるとおりにした方がいいでしょうね」

「――警察に通報していいんですか」

「あなたの立場で、通報しないわけにいかないでしょう。しっかりしてくださいよ、柴野さん」

老人はいっそ楽しげだった。私の不機嫌な上司は、呆れたように天井を向いた。ついでに、頭の上で組んでいた手を下ろし、ああ疲れたというようにぶらぶら振ってほぐして、また元の姿勢に戻った。

これまでにも私は、いろいろな局面で、園田編集長の様々な〈個性〉と対面してきた。付き合いにくい個性もあれば、付き合い甲斐《がい》のある個性もあった。しかし、これはどっちに評価すればいいのだろう。剛胆なのか、強がりなのか。現実を甘く見ているのか、現実に呑まれにくいのか。

「あなたの携帯電話をお借りします」

老人は女性運転手に向かって呼びかけた。「ですから、これから私と連絡をとりたい向きには、あなたの携帯電話の番号を教えてください。電池切れになったらそれまでですが」

女性運転手は黙ってその場に立ったままだ。と、手を動かして制帽を脱いだ。

「私は車内に残ります。この帽子を迫田さんに渡して、警察に通報してもらいます。わたしの帽子があれば、証拠になりますからすぐ信じてもらえるでしょう」

「あなたご自身が通報し、あなたご自身が営業所の偉い人たちと話す方が、はるかに確実です。拳銃を持った男にバスを乗っ取られた。乗客が五人、人質にとられている。場所は三晃化学の脇の空き地だと」

「でも」

ためらう女性運転手に、声が飛んだ。「行ってください」

Tシャツの若者だ。やはり疲れたのか、彼の肘も下がってしまっているが、声にも表情にも凜《りん》としたものがあった。

「運転手さん、バスを降りて通報してください。その方がいいです」

私も声を出した。「そうしてください。今はそれが、あなたの責任を果たすことだ」

柴野運転手はかぶりを振った。「できません。お客様を置き去りにするわけにはいきません」

「あなたは女性ですよ」若者が言った。「こういう場合、女性から先に解放されるのが筋ってもんです」

「でしたら、そちらの女性のお客様を二人、先にバスから降ろしてください。わたしは職場を離れません」

きかん気の子供のように言い募り、柴野運転手はこちらへ戻ってこようとした。すかさず、老人はポロシャツの男をさらに引き寄せ、首筋に銃口を押しつけ直した。ポロシャツの男は不自然に首をねじ曲げられて低く呻《うめ》き、運転手はつっかかったように足を止めた。

「——わたしも、あなたのお顔に見覚えがあります」

震える声で、運転手は老人に言った。

「何度か、02系統のバスにお乗せしました。わたしたちは輪番で三つのルートを走りますから」

老人は答えない。

「〈クラステ海風〉付属のクリニックに通っておられるのではありませんか。さっき迫田さんもおっしゃっていましたが、どこかお加減が悪いんですか。だったら、こんなことをしていたらお身体に障ります」

考え直してくださいと、声を振り絞った。

「今なら、まだ間に合います」

車内に沈黙が落ちた。しじまのなかで、我々の鼓動が波動になって空気を震わせたのだろうか。一発目の銃弾で壊された天井板の破片が、今ごろになってひらりと落ちてきた。

「柴野さん、バスを降りてください」

老人の辛抱強い口調に変わりはなかった。「あなたの帰りが遅くなったら、ヨシミちゃんが可哀相でしょう」

一撃だった。女性運転手は見えない棒にでも叩かれたかのようによろめいた。顔から血の気が引いた。

「どうしてうちの娘の名前を知って」

「私は用意周到な人間なんです」

それだけ言って、老人は柴野運転手から目を切ると、ポロシャツの男に問いかけた。

「あんた、立てますか」

男は目を泳がせ、何とかうなずいた。

「それじゃ、立ちなさい。これからひと仕事してもらいます」

「だったら、銃を何とかしてくれ」

「私は一歩下がりますが、いつでもあんたを撃てますよ」

「わかってるよ」

ポロシャツの男の腕をつかんだまま、老人は几帳面に一歩だけ彼から離れた。男は呻くような声をあげて座席から腰をあげた。

「運転手さんがバスを降りたら、あんた、後ろへ行って非常ドアを閉めなさい。元通りにきっちり閉めるんですよ」

そのとき、私は老人の新しい表情を目撃した。冷笑だ。それ以外の表現がない。

「あんたがその気になれば、飛び降りて逃げることもできる。あんたが逃げた後、この車内で何が起こるか、誰がどうなるかは、あんたには関係ないことだからね。だが、女性を二人も置き去りにして、尻に帆をかけて一人だけ逃げ出せば、これから先のあんたの人生は、あんまり明るいものじゃなくなるだろうね。それでも、命あっての物だねだと思うなら、かまわないから逃げなさい。非常ドアは、あんたより男気のある人に閉めてもらうことにするから」

老人は怒っているのだ。さっき柴野運転手が、自分がバスに残るから乗客を解放してくれと頼んだとき、飛びつくように賛成したこの男を怒っているのだ。

「――逃げやしないよ」

当の本人にも、その怒りは伝わっているらしい。まだ目が泳いではいるが、ポロシャツの男のいかつい顔に生気が戻ってきた。

「そんなもんで人を脅かして、偉そうに説教しやがって。言っとくが、俺はあんたみたいな老いぼれが怖いわけじゃないよ。こんなところで死ぬわけにはいかないってだけだ」

「その意気です」と、老人は言い返した。

柴野運転手がバスから降り、ポロシャツの男が非常ドアに近づき、片手でシートにつかまりながら宙に腕を伸ばして開いたドアを引き寄せ、けっこう苦労してドアを閉め、さらにしゃがんでシートの後ろに姿を隠し、非常ドアの操作レバーを元通りの位置に戻し、また立ち上がる――一連の行動がすべて終了するまで、私は半信半疑だった。心の半分では、男は開いた非常ドアから地面に飛び降りて、振り返りもせず逃げ出すに決まっていると思っていた。

いや、正確に半信半疑と言っていいかどうかは疑問だ。なぜなら、残った心の半分は、後頭部に押しつけられた銃口の硬い感触を味わうことで手一杯だったからだ。老人は、さっき男にしたように、私に寄り添って腕をつかもうとはしなかった。するりと私の背後に回って、私に拳銃を見せず、ただ銃口の存在を感じさせるだけだった。

私の方が危険だと思って、逆襲されにくい位置に移動したのか。それとも、私の方があの男よりずっと弱いので、まともに銃口を見せつけたらパニックになると思われたのか。

私と銃口の、両方を同時に見つめる編集長の顔から、ようやくあの不機嫌が消えた。

「杉村さん」と、編集長は言った。囁くような声だった。

「大丈夫ですよ」と、私は言った。「おとなしくしていれば撃たれません」

老人は黙っていた。私も編集長も黙った。私には、夢にも思ったことがない経験だった。笑わず、怒らず、口を尖らせることもなく、かすかに目尻を引き攣らせて押し黙る園田編集長を目の当たりにするとは。

「これでいいのか？」

バスの後方で、作業を終えたポロシャツの男が声を張り上げた。息が荒い。

老人も大声で訊いた。「柴野さんと迫田さんは、まだそこにいますか？」

男は窓から外を覗《うかが》った。「いるよ」

「早く行くように言ってやってください」

ちょっとためらってから、男は平手で窓を叩いた。それからその手で、しっしと追い払うような仕草をした。

「行けよ！　早く逃げろ！　さっさと一一〇番しろってんだよ！」

私の後頭部から銃口の感触が消えた。老人が一歩下がったのだ。

「では皆さん、床に座ってください」

若い男女が顔を見合わせ、今度もまた彼が先にうなずいて、座席から降りた。白いブラウスの若い女性は彼に身を寄せ、キュロットスカートの膝を抱えて体育座りをした。Tシャツの男性は正座している。

私はゆっくりと座席を離れ、立て膝をして床に尻をつけた。編集長はまだシートに腰かけたままだ。その膝頭が震えていることに、私は初めて気がついた。

「編集長」

私が声をかけると、編集長はぶるりと身震いし、やおら足をばたつかせて、六センチヒールのパンプスを脱ぎ捨てた。そして腰を上げ、私に背中を向け、両手で身体を抱きしめるようにして座り込んだ。

「あなたもこちらへ戻ってください。さっきまでと同じように、両手は頭の後ろで組んで」

呼びかけられて、まだ最後列にいたポロシャツの男は、未練がましく非常ドアを一瞥《いちべつ》した。やっぱり逃げておけばよかったと、その横顔が白状していた。それを眺める私も、逃げておけばよかったのにバカ正直な人だ——と思っていた。ついさっきは心のなかで、雲を霞と逃げ出すこの男の姿を思い描き、一方的に軽蔑していたのに。

大柄な男は、狭い通路を横歩きで引き返してきて、バスの真ん中の段差まで戻ると、唸《うな》り声をあげてそこに腰かけた。

「じいさん、俺は椎間板ヘルニアなんだよ。そんなとこに座ったら、十分もしないうちに腰痛が出ちまう。ここでいいだろ」

「では、下の段に座ってください」

男は素直にステップを一段下がった。ほとんど同時に、車内の照明が消えた。老人が運転席のスイッチを切ったのだ。

真っ暗ではない。コンクリート塀の上に並んでいるライトの明かりが、窓から差し込んでくる。ただ、二年ものあいだ放置され、掃除されていないだろうライトの光は黄色く濁り、淀んでいた。

何のモードであれ、それが切り替わったことを、私は感じた。

2

「嫌な色のライトですな」

私の後ろで老人が呟いた。

「皆さん、黄疸《おうだん》になったみたいな顔色だ」

だったら車内灯を点けてよと、我らが編集長は言わなかった。振り返りさえせず、固く膝を抱いている。彼女のモードも切り替わったのだ。

「この三晃化学という会社はね、けっして業績が悪かったわけじゃないんですよ。同族会社で、経営権をめぐって身内の争いが起こりましてね。傷害事件にまで発展してしまった。それでケチがついて」

まるで自分の会社であったかのように、老人の口調は悔しげだった。

「廃業した後も、こうやって施設や建物を野ざらしにしているところをみると、まだゴタゴタが解決していないんでしょう。しかし、セキュリティのためにも、もっと明るいライトに替えるべきだと思いますね」

あの——と、小さな声がした。白いブラウスの若い女性だ。

「手を下げてもいいですか。痺《しび》れてきちゃったんです」

私は身をよじり、運転席の脇に立っている老人を仰いだ。ぎょっとするほど間近に銃口があった。

「もういいでしょう。せめてご婦人方だけでも楽な姿勢にしてあげて」

言いかけた私の目の前で、老人は拳銃を構えたまま、空いた手で幼稚園掛けしたバッグのなかから何かを取り出した。

白いビニールテープ。絶縁テープだろうか。使いかけで、輪が小さくなっている。

「お嬢さん、お名前は」

黄色く濁った光のなかでも、彼女が目を瞠《みは》ると、その瞳がきれいに澄んでいるのがわかった。

「前野《まえの》です」

「では前野さん。このテープを使って、皆さんの手足をぐるぐる巻きにしてください」

言って、老人は可笑しそうに笑った。

「何とも幼稚な表現ですが、私の言いたいことはわかるでしょう?」

「――わかります」

前野嬢はビニールテープを受け取った。

「皆さん、両手と両足首を揃えて、私に見えるよう前に出してください。君、お名前は」

正座している若者だ。黄色いTシャツの下は、くたびれたジーンズだった。

「僕? ですか」

「お名前を教えてください」

「坂本《さかもと》といいます」

「じゃあ坂本君、体育座りをしてください。前野さん、坂本君から順番に、ぐるぐる巻きにしていってください。あわてなくていいですからね」

はい、と前野嬢はうなずいた。ビニールテープの扱いに苦労している。彼女は爪を短く切り揃えていた。

「椎間板ヘルニアの方、お名前を教えてくださいますか」

バスの中央のステップで、ポロシャツを着た大柄な男は老人を睨《ね》めつけている。

「——嫌だ」

向こうっ気が強いかと思えばだらしなく、いわゆる〈ヘタレ〉かと思えばこんなふうにヘソを曲げるところもある。

「困りましたね。ずっと〈椎間板ヘルニア〉さんとお呼びせねばなりません」

「人に名前を訊くなら、まず自分から名乗るのが礼儀だろう」

「ああ、そうですね」老人は穏やかにうなずいた。「失礼しました。私は佐藤一郎《さとういちろう》です」

誰にもウケなかった。ポロシャツの男がフンと鼻息を吐いた。

「じゃあ、俺は田中《たなか》一郎だ」

「わかりました。次はあなたです。お名前を教えてください」

編集長に訊いている。返事がない。私は編集長の斜め後ろにいて、彼女がうつむいているので、頬も目元も見えない。

「——園田です」

普段の彼女の声が百ワットの電球ならば、今の彼女の返事には、バスの外から差し込んでくる淀んだ黄色いライトほどの明るさしかなかった。

「いつもはどのように呼ばれているんですか」

また返事がない。私は代わりに答えた。「ほとんどの場合、〈編集長〉です」

「では、私もそうお呼びしましょう」

いいですねえ……と、老人は微笑んだ。

「〈編集長〉。いい響きだ。私も若いころ、出版社で働きたいと思っていたことがあるんですよ。羨ましい」

老人は軽く身をかがめ、一段と声をやわらげて、園田編集長に語りかけた。

「今でも出版人に憧れています。こうして〈編集長〉と口にすると、何だか私も編集者になったような気がしますよ」

うつむいたまま、園田編集長が小さく言い捨てた。「出版社なんかじゃないわよ」

老人が、言葉の意味を問うように私の顔を見た。

「編集長も私も、出版社勤めではありません。物流業の会社で、社内報の編集をしているんです」

「はあ、社内報ですか」

老人が目をしばたたく。編集長がようやく顎を持ち上げ、横目になって彼を見た。

「会長が道楽で出させてる、毒にも薬にもならない社内報ですよ。あたしの肩書きだって、ほとんど冗談みたいなものよ。陰じゃ物笑いのタネになってる。本当は窓際族なんだもの」

老人は私を見た。「あなたも同意見ですか」

「百パーセント一致しているわけじゃありません。それに園田さんは優秀な編集長です」

老人がうんうんとうなずくと、銃口も一緒に上下した。

「話が前後しましたが、あなたのお名前は」

「杉村です」

「編集長の直属の部下ですか」

「肩書きは副編集長です」

「〈副編〉ですね」にっこりして、老人は言った。「それも格好いい響きです」

「佐藤さん」と、私は言った。「私のフルネームは杉村三郎といいます。兄と姉が一人ずついまして、兄の名前は一男《かずお》です。私の年代でも、まだ子供にそういう古風な命名をする親はいるんです」

「政治家には小沢一郎という人がいますね。まあ、あの人はあなたよりだいぶ上の世代か。私よりは若いけれど」

老人は楽しそうだった。

「忘れちゃいけない、鈴木一朗さんもいます。世界のイチローだ。彼は素晴らしいですね」

前野嬢がポロシャツの田中一郎氏の手首と足首をぐるぐる巻きにして、次は編集長の処置に取りかかった。キュロットスカートから覗く膝頭が汚れている。しゃがんだまま、膝をついて動いているからだ。

「ですからあなたが本当に佐藤一郎という名前でも、別に驚きはしません。でも、佐藤さんと呼んでいいんですか。それとも〈佐藤様〉の方がいいのかな」

私としては、拳銃を振り回して我々をいいようにしているこの老人に、精一杯の皮肉を込めたつもりだった。自分の鼓動が速くなるのを感じて、情けなかった。口に出してみると、ちっとも気の利いた皮肉ではなかった。

「呼び捨てでもかまいません。〈じいさん〉のままでもいいくらいです。ああ、そうだな。私のことは〈じいさん〉で通してください」

少しも動じずに、老人は言った。まなざしは、むしろ和らいだ。

「皆さんをこんなことに巻き込んで、本当に申し訳ありません。ただ私は、自分の憤懣《ふんまん》や欲求不満を解消するために、こんな事態を引き起こしているのではありません。自棄になっているわけでもないんですよ。迫田さんには叱られてしまったが……」

前野嬢が私の手首と足首にビニールテープを巻き始めた。巻きつけ方は緩いが、テープは分厚く、粘着力が強いので、意外と自由がきかない。こんなところにも、老人の計画性が覗いていた。

「自己紹介も済んだことですし、まわりがうるさくなる前にお話ししておきましょう。私は皆さんを人質に――皆さんを盾にしているわけですが、それにはちゃんとした目的があるのですよ」

「金か」と、ポロシャツの田中一郎氏が吐き捨てた。「借金でもあるのかよ。じいさん、いくら欲しいんだ？」

老人は素早く切り返した。「田中さん、あなたはいくら欲しいですか」

田中氏は目をしばたたいた。「え？」

「お金ですよ。何のヒモもついていないお金がもらえるとしたら、あなたならいくら欲しいですか」

「何なんだよ、いったい」

「真面目にお尋ねしてるんです。ぱっと頭に浮かぶ金額は、いくらぐらいです？」

さすがにひるんだのか、田中氏は答えない。すると〈じいさん〉は坂本君に目を向けた。

「君は学生さんかな」

坂本君はきょとんとしている。作業を終えた前野嬢が、彼の隣に戻ってきた。

「あの、前野さんはどうしますか」と、彼は訊いた。「彼女もぐるぐる巻きにしないといけないんでしょう」

前野嬢も生真面目に緊張している。

「あなたはそのままでいてください。ビニールテープは座席の下にでも置いてください。もう用はないから」

「でも……」

前野嬢はかえって不安げになった。

「わたしだけですか」

「もう少し、お手伝いを願いますからね。難しいことじゃありませんから、そんな顔をしなくても大丈夫ですよ」

前野嬢は坂本君の顔を見ると、いっそう身を縮めて膝を抱え、彼に寄り添った。

髪型こそスポーツマンタイプにすっきりと短く、背丈もそこそこあるが、坂本君は全体に痩せ気味で、けっして体格がいいとは言えない。だが、若い女性に頼られて、男気を出せないほどの腰抜けではなさそうだ。目元が引き締まった。

「僕は学生でした」

「大学生だね」

「先月までです。中退しちゃったんです」

「ほう……」

老人は本当に驚いているようだ。

「勉強して、せっかく受かったのに辞めてしまったんですか。どこの大学？」

「……大したところじゃありません。おじいさん、きっと知らないですよ。三流以下の私立だから」

「そうですか。何を学んでいたの？」

「工学部にいましたけど、ほとんど授業には出てなかった」

ちょっと考えてから、老人は訊いた。「雀荘《ジャンそう》に入り浸っていたという口かな」

「まさか」思わずというふうに、坂本君は短く笑った。「それって古いですよ」

老人はまた驚いた。「今時の大学生は、麻雀《マージャン》なんかやらんですか」

「やらなくはないですけど……。しょっちゅう雀荘にいるような連中もいますけどね。今はもう、おじいさんが言ってるみたいな感じで、授業に出ない大学生が集まるのは雀荘、っていう時代じゃないと思うなあ」

「それなら君は、授業に出ないで何をしていたんですか」

坂本君の口元から、さっきの短い笑いの名残が消えた。急に現実に返ったというふうに見えた。ただこの場合の現実は、我々がバスジャックの人質になっているという現実ではなかった。彼はこんなことを呟いた。

「マジな質問ですね」

「失礼だったら申し訳ない」

「いえ、いいんです。ただ僕、親とか先生とかにも、こんなふうに率直に訊かれたのは初めてです」

「君が大学を中退したいと言ったとき、ご両親はその理由を訊かなかったの？」

「そんなことないです。あれこれ訊かれたし、もちろん僕も説明したけど……。でも、授業に出ないで何してたんだ？　なんてことはいっぺんも訊かれなかった」

口を丸くして、ほう、と老人はまた言った。

「……何もしてなかったんです」と、坂本君は呟いた。

編集長が顔を上げ、首をよじって彼を見ている。

「だらだら寝てたり、コンビニで立ち読みしたり、メールしたりパソコンいじったり。だから」

何故かひどく決まり悪そうに、彼は隣の前野嬢を盗み見て、早口に言った。

「ほかにやりたいことがあるから授業に出なかったんじゃないです」

「そういうのはな、小僧。サボりというんだ」

聴衆役になっているうちに、元気を取り戻したらしい。田中氏が叱りつけるように言った。

「ただサボってのらくらしてただけだ。いちいち考えて答えるようなことじゃねえよ」

「そうですね。すみません」

可笑しそうに、編集長がふっと笑った。「ごめんなさい、笑ったりして。だけど、何でこんな話をしてるのかしらね」

「あ、そうですね」

途端に現実に戻ったのか、反射的にまた後頭部で手を組もうとして、坂本君は手首を固定されていることを思い出した。

「これから先は、何をしたいですか。大げさに言うなら、君の人生の目的です」

老人は話を打ち切るつもりがないらしい。淡々と穏やかな語調で質問を続けた。

「ちなみに、サボってのらくら暮らしたいというのだって、立派な目的ですよ。私はそう思います」

「だけどそれじゃ……」

「暮らしに不自由しない程度のお金があれば、好きなようにのらくらできます。君にはいくらぐらい必要でしょうね」

老人はそう言って、編集長に笑いかけた。

「話の舵《かじ》をとってくださってありがとうございます」

坂本君はまた前野嬢を盗み見たが、彼女は目をまん丸にして老人の顔を見つめていた。そして言った。「そんなの、見当もつかないですよ。遊んで暮らすっていっても、どんなふうに遊ぶのかによって、必要なお金は全然違ってくるでしょうし」

「それじゃ前野さんは」老人は切り返した。「ヒモつきでなく、自由に使えるお金をもらえるとしたら、いくら欲しいですか」

税金もかからずに——と、冗談のように言い足して、老人は目を細めた。

坂本君が割り込んだ。「変な言い方だけど、僕、金にはそんなに困ってないんです。一人っ子だし、親は二人とも元気で働いているし」

「それは、君のご両親が働いておられて定収入があるというだけで、君のお金じゃないでしょう」

「そうだけど」

「俺は欲しいよ。いくらでも欲しい。一億でも二億でも三億でも」

腹立たしそうに鼻を鳴らし、歪《ゆが》んだ笑みを浮かべて、田中氏が吐き捨てた。

「会社の運転資金になるからな。一億あれば、新しい機械も買える。従業員にボーナスも出してやれるし、滞納してる源泉税も払える」

「ああ、あなたは会社を経営しておられるんですか」

「おられるような会社じゃないよ。吹けば飛ぶような零細企業なんだから」

「どんなお仕事ですか」

「金属加工業だよ。ボルトとかナットとか」

「従業員は何人いますか」

「女房は頭数に入れなくて、五人」

「大事な五つの人生を、あなたが預かっておられるわけだ。立派なことです」

編集長がまた笑った。今度のは明らかに失笑だった。「何なの、これ。何してるんですか」

「私はただ、皆さんに質問しているだけです。編集長、あなたにも同じことを伺ってよろしいですか」

「あたしはお金なんか要りません」

「まあ、そう突っ張らずに」

老人は余裕の笑顔で、すっかりくつろいでいる。私は突飛な想像をして、頭に浮かんだそのイメージに、一人で勝手に混乱した。夜道で突然、バスが故障して立ち往生してしまった。運転手は救助を求めてこの場を去り、残った我々は、事態が打開されるのを待つだけで所在ないし、イライラする。すると年配の乗客が年の功で、皆の気持ちを落ち着かせるために世間話を始めた。我々は床に車座になり、その世間話に付き合って、だんだんと興が乗ってきた。そんな無駄話なんかくだらないというへそ曲がりも、老人の話術に引き込まれかけている――

「じゃ、設定を変えましょう。私はこうして皆さんにご迷惑をかけている。皆さんを脅しているのも事実です。ですから、後で賠償金をお支払いします。慰謝料と言ってもいいかな。皆さんの現実的な損害を埋め合わせ、なおかつ私の謝罪の気持ちを金銭に換えてお支払いするわけです。さて皆さんは、それぞれどれくらいの額をご所望になりますか」

まず、田中さんは一億円で決定と、老人は田中氏に言った。「私の財政状況から、上限は一億円とさせていただきます。本当はもう少し捻出できなくもないんですが、一億円がきりがいいところでしょう」

前野嬢と坂本君は呆れている。

「おじいさん――」

「リッチなんですね」

孫のような若い二人の素朴な声に、老人は嬉しそうに笑み崩れた。

「はい。私は金持ちなんですよ」

「だったらどうして」

勢い込んで身を乗り出した前野嬢の眼前に、老人は拳銃を突き出した。前野嬢は水をかけられた犬のように震え上がった。

「すみませんが、動かないでください」

まだ脳裏に居残っていた私の突飛な想像も、それで破れた。我々は人質で、いつ射殺されてもおかしくない状況で、これはバスジャックなのだ。

「申し訳ないね。私としても、皆さんにはできるだけリラックスしてお付き合いいただきたいのですが、急に動かれると、やっぱり警戒してしまうんですよ」

ごめんなさいと、尻で後ずさりして前野嬢は呟いた。背中をぴったりと坂本君の肩に押しつけている。

「わかった。わかりました。これはゲームですね。そう思えばいいんだ」

坂本君はうなずいて、妙に力のこもった声を出した。テープで拘束された両手を、大きく上下に振っている。

「僕らは時間つぶしにゲームをしてる。人生ゲームだ。おじいさん、知ってますか」

「昔、そういうボードゲームがありましたな」

「やっぱ古いな。今はパソコンゲームになってますよ。鉄道会社を経営して、いろんなところに路線を敷いて収益を上げて、土地を買収して駅やショッピングモールを造るんです。いちばんリッチになったプレイヤーが勝つんです」

「楽しいゲームですよね」

いい加減な相槌《あいづち》ではなく、老人は本当にそのゲームを知っているように、私は感じた。

「じゃあ坂本君は、このゲームで何を目指しますか」

「僕は、えっと、まず」

世界旅行をしたい、と言った。

「バックパッカーじゃなくて、ちゃんとした旅行です。だってそれなりの備えがなくっちゃ、世界には危険な場所もあるから」

「はい、はい」

「それにはどれぐらいかかるのかな。どう思う？」

坂本君は前野嬢に訊いた。まださっきの恐怖から立ち直りきっていない前野嬢は、首を横に振るばかりだ。

「クィーンエリザベス二世号に乗りたいっていうんじゃなければ、一千万円あれば足りるんじゃない？」

我が編集長の助言だった。目元に冷笑を残しながらも、少しは話に参加する気になったらしい。

「とんでもなく辺鄙《へんぴ》な場所にある世界遺産を観たいとかいうオプションは別にして」

「一千万円ですか」

「いつもファーストクラスに乗るわけにはいかないかもしれないけど」

「いいです。それで手を打ちます」

陽気に言って笑い、坂本君は急にちくりと刺されたみたいな顔をした。

「でも、何かそれ、駄目だな」

「何故ですか」と、老人は優しく問いかけた。

「濡れ手に粟《あわ》の一千万円でしょ。そんなの、僕一人で使っちゃうわけにいかない」

「ほほう」

「一千万円あったら、その分だけ、親の住宅ローンを繰り上げ返済できるから……」

編集長が吹き出した。「つまんないわねえ。ただのゲームなのに」

「それはそうですけど」

拘束された手を持ち上げて、坂本君は頭を掻こうとした。もちろんできやしないが、彼の気持ちはよくわかった。

「うちの親父、三十五年の住宅ローンを組んでるんです。まだ半分も返せてない。途中で金利が上がっちゃったのに、残業カットで年収は下がってるし、家の資産価値なんかあってないようなもんだし」

「君はご両親想いだね」

老人の言葉に、坂本君は照れた。黄色く濁った光のなかでも、若者の素直な含羞《がんしゅう》は輝いて見えた。

「僕の入学金も学費もまるっきり無駄になって、すごく叱られるって覚悟してたのに、二人とも何か優しいんですよ」

「君を大事に想っておられるからですよ」

「こんな駄目息子なのに？」

呟いて、坂本君は縛られた手の甲で鼻の下を拭いた。

「自分の人生の目標を見つけるまで、ゆっくり考えなさいって言ってくれました。ホントはそんな余裕なんかないだろうに」

「そうよ。お金に困ってないというのは、あなたの独りよがりだわよね」

厳しく決めつけて、編集長は身体ごと老人の方に向き直った。「住宅ローンなら、あたしも背負ってます。猫の額みたいな2DKのマンションですけどね。そのローンを全額、耳を揃えて銀行の担当者に突きつけてやれたら、きっと気分いいでしょうね」

老人は面白そうに眉毛を動かした。近くで見ると、眉にまじった白髪が光っている。

「ローン契約のとき、何か不愉快な目に遭われたんですか」

「独身女性ですからね。店先に飛んできたコンビニの空き袋みたいに扱われましたよ」

「銀行の連中はみんなそんなもんだよ」と、田中氏も乗ってきた。「あいつら、てめえの金でもねえのに、威張りくさりやがる」

「では、こうしましょう」

老人は我々を見回した。

「坂本君と編集長には、それぞれの住宅ローンの残額に一千万円を上乗せした金額をお支払いします。ローンに相当するお金が賠償金で、上乗せの一千万円が私の慰謝料です」

「俺は一億円ぽっきりかよ」

田中氏が口を尖らせたので、私は思わず笑ってしまった。前野嬢も吹き出した。

「合計でいくらになりますか」

編集長が即答した。「三千五百万円」

坂本君は首をかしげる。「親父のローン、細かい額まではちょっと」

「ざっとでいいわよ。ざっくり」

「一千万円足すと、やっぱり三千五百万くらいじゃないかなあ……」

「前野さんはいかがです」

老人に目を向けられて、彼女はまたちょっと反射的に肩を縮めたが、笑みは残っていた。

「わたし……わたしは、学費があると助かります」

「学費？」老人のまなざしが、さらに親密なものになった。「そうか、あなたも学生さんなんですね」

「まだ、これからなんです。今はそのためにバイトしてるんです」

「何を勉強したいんですか」

彼女は恥ずかしそうに目を伏せた。小声で何か言ったが、聞き取れない。

「うん？ すみませんがもう一度」

「──パティシエになりたいんです」

老人が訝しげに編集長を見た。彼女はすぐに答えた。「ケーキ職人ですよ。今はそういう洒落た呼び方をするんです」

そして、久しぶりに〈お局・園田瑛子〉の目つきになった。「今日日《きょうび》、あなたみたいな娘さんがなりたがる職業のナンバー・ワンだわよね」

〈お局・園田瑛子〉の眼力は、永年、今多コンツェルンという組織のなかで鍛え上げられている。無《む》垢《く》な前野嬢などイチコロだ。

「わ、わたし、本当にちゃんと」

「実はきつい仕事らしいわよ。ああいう世界には徒弟制みたいなヒエラルキーが残ってるから、一人前になるまでは人間扱いされないしね。ドラマでやってるみたいなきれいな商売じゃないわよ」

前野嬢は小さくなってしまった。すかさず、坂本君がレスキューに出動だ。

「けど偉いよ。ちゃんと自分の目標があって、そのために働いてるんだもん。オレなんか」

編集長が遮った。「料理人は、学校出ただけじゃ駄目ですからね。修業しないと」

「すげえ意地悪ですね。この人、若い女の子にはいつもこうなんですか」

坂本君は私に矛先を向けてきた。私が答える前に、編集長が言い捨てた。「あたしは現実的なの。つまり大人だってことよ」

微笑を浮かべてこの応酬を聞いていた老人が、つと目を上げてバスの後方を見た。その瞬間、私も気づいた。

「楽しいお話の途中ですが、私たちの現時点での焦眉《しょうび》の現実が到着したようです」

老人は小声で言った。みんな、バスの後方を振り返った。パトランプの光が車内に差し込んできたのだ。

緊急車両の回転灯は、現実を負の方向に変質させてしまう圧倒的な力を備えている。それがそこで光っているというだけで、ほとんどの場合、人は不安を覚えるものだからだ。たとえば夜半、帰宅途中で家の近くに回転灯の光を見つけたら、誰でも思うはずだ。どこで何があったんだろう、うちは大丈夫だろうかと。

だが希《まれ》には、同じその回転灯に、人が安堵の想いを抱くこともある。周囲の現実の方が、先に負に変換されている場合だ。

その希な体験が、私にはこれ以前にもあった。ほんの二年前のことだ。そのときの事態と現状とはかなりの違いがあるが、回転灯を見てほっとしたことに変わりはなかった。

「やっとおでましだ」

のろくさしやがって——と、田中氏が毒づいた。同意する声はなかった。

「パトカーですね」

坂本君が呟いて、老人に顔を向けた。

「おじいさん、警察が来ちゃいましたよ」バスの外に新しい光源が現れたせいで、三晃化学がおざなりに取り付けた塀の上の電球が放つ光は、〈明かり〉と表現されるものから、気の滅入るような黄色い薄暗がりへと格下げになったようだった。そのなかで、坂本君の表情は無理に明るかった。

「今ならまだ、ギリギリセーフです。こんなこと、やめにしましょう。冗談だってことにしちゃいましょうよ」

老人は彼には答えず、バスのリアウインドウに目をやって、言った。

「パトカー、停まりましたね」

回転灯の接近が止まったのだ。バスの斜め後ろ——どれくらい離れているのか、床の上に座っている状態では見当がつかなかった。

「前野さん、すみませんが後ろの窓から顔を出してあげてください」

「でも」彼女は小声で言って、相談するように坂本君を見た。

「いいんです、やってください。そうだな、窓からお巡りさんに手を振って、その手でバツ印を作ったらいいでしょう」

冗談には見えないようにね——と、老人は優しく言い足した。

前野嬢はのろのろ立ち上がると、後部へと移動した。我々は彼女が座席の上に膝立ちになり、外に向かって両手を振り、その手でバツ印を作るのを眺めた。

前野嬢は大きく身振り手振りをして、すぐに声を出して呼びかけ始めた。

「だから、バスジャックなんです。わたしたち、人質に、とられてるんです！」

右手で拳銃の形を作り、こめかみにあてがってみたりしている。

「どうも、伝わらないようですなあ」

老人がのんびりと言って、何故か私に笑いかけてきた。「どうしたらいいと思いますか、杉村さん」

「とろいんだ。田舎の警察だ」田中氏がさらに忌々《いまいま》しそうに吐き捨てた。「窓を開けろよ。俺が大声でわめいてやるから」

「窓は開かないんですよ」

「運転席の右側の窓は開くはずだぞ。俺は見たことがある」

「窓は開けません」

口調も表情も変わらないが、その一瞬、ひやりと酷薄な色が老人の目の奥をよぎった。黄色い電球のせいでも、回転灯の光のせいでもない。

私は老人に言った。「こちらから電話をかけてみたらどうですか」

「一一〇番するんですか？」

老人は意外そうに目をしばたたいた。

「どこでもいいんです。この事態の裏付けになる言葉を、外部の人に聞かせるんですよ」

「今さら、まどろっこしいですなあ」

車内に真っ白な強い光が差し込んできた。どうやら、後方に停まったパトカーが、ヘッドライトをハイビームにしたらしい。車内の様子を窺おうというのだろう。

「まったく、もう！」

眩《まぶ》しそうに手を上げて顔を覆い、前野嬢が腹立たしげに叫んだ。こっちを振り返り、

「運転手さんが一緒に乗ってるんですよ。一生懸命説明してくれてるみたいなのに、お巡りさんたち、本気にしてない感じです」

柴野運転手が来ているのか。それなら——と思ったとき、はかったように彼女の携帯電話が鳴り始めた。

「可愛い呼び出し音だ」

老人は微笑んだ。柴野運転手の携帯電話の着メロには、私もどこかで聞き覚えがあった。きっと〈ヨシミ〉という娘さんの好きなメロディなのだろう。歳も、うちの桃子と同じくらいなのかもしれない。

老人は左手で携帯電話を取り上げた。着信を知らせる小さなライトの色が、点滅するたびにカラフルに変化する。しばらくそれを眺めてから、彼はそれを私の右の耳に近づけた。

「杉村さん、出てください」

そう言って、通話ボタンを押した。着信音が止まり、「もしもし？」と呼びかける男性の声が聞こえてきた。

また、私の目と鼻の先に銃口がある。

「もしもし？　もしもし？」

皆の視線が私に集中している。

「——はい」

私が声を出すと、編集長がはあっと息を吐いて目をつぶった。身をよじってこちらを向いていた前野嬢が、窓にへばりつくようにして外を覗いた。

「すみませんが、あなたはどなたですか？」電話の向こうの男性の声が訊いた。皮肉なことに、それはちょうど、我々が道に迷って交番を訪ねるときのような口調だった。引ったくりや窃盗に遭って、交番へ駆け込むときの口調ではなかった。つまりのどかなのである。

「このバスの乗客です」と、私は答えた。老人が私にうなずきかけた。

「そうですか。今、こちらにですね、このバスの運転手だという女性が来てるんですよ。それでですねえ」

「その人の言っていることは本当です。私たちは拳銃を持った乗客の一人に人質にとられています」

ちょっと間があいた。驚いているのだ。しっかりしてくれと、私も毒づきたくなった。

老人が私に囁きかけてきた。「こういう事態に対処できる人を呼んでくれと言ってやってください」

私は忠実に伝えた。「犯人は、こういう事態に対処できる人を呼ぶように要求しています。バスのなかでは既に発砲がありました。幸い、まだ怪我人はありませんが」

私が話している途中で、老人が携帯を遠ざけ、通話を切った。

「ありがとうございました」

言葉とは裏腹に、彼の目元の微笑の残滓《ざんし》は消えていた。

「あなたは冷静な人ですね。私はあなたをあてにできる。お仲間も人質の皆さんも、あなたをあてにできる」

「どういう意味でしょうか」

老人は携帯電話を料金箱の上に置いた。そして呟いた。「乗っ取り犯がバスの乗客で、人数は一人だということを、上手に伝えたものです。とっさに頭が回ったんですか」

そんなことまで、私は考えていなかった。

「意図的に伝えたわけじゃない――」

「発砲があったことを告げたのは余計でしたが、怪我人は出ていないと言ってくれたので、差し引きゼロになりました。日本の警察は、こういう事件への対処が慎重過ぎるほど慎重で、マスコミに弱腰だと責められることもしばしばありますが、怪我人がいるとなると頭に血がのぼって、途端に強硬措置をとる。彼らにはゆっくり考えて行動してもらいたいので、私はそれでは困るのです」

「パトカー、行っちゃいます」

バスのリアウインドウに張りついたまま、前野嬢が声を上げた。

「バックしていきます。あ、また停まった」

「気にしなくていいですよ。前野さん、こっちに戻ってきてください」

「見張ってなくっていいんですか」

どっちの側なのかわからなくなるようなことを、どっちの側なのかはっきりしないような口調で、彼女は言った。本人はその発言のおかしさに気づいていないようだ。

老人は笑った。「あなたは人質ですよ」

「バックしやがったって？　ったく、何やってんだ税金泥棒め！」

田中氏は激怒する。前野嬢が、前方に戻ってくる途中で彼の脇を通るとき、そのうずくまった大柄な身体に触れないように、おっかなびっくり足を運んだ。

「そうイライラしないことです」

老人が宥《なだ》める。田中氏は怒りを露《あら》わに顔を歪め、勢いよくステップをずり降りた。

「じいさん、あんた何をのんびり構えてるんだよ。本気なのか？」

大声と同時に、彼の尻がごん！　とバスの床にぶつかる音がした。前野嬢が目を瞠った。

「本気ですよ。杉村さんのおかげで警察も本気になったでしょうから、まあ、少し様子を見ようじゃありませんか。ちょうどいい、田中さん、こっちへいらっしゃい。私がそのステップに座らせてもらいます」

携帯電話を幼稚園掛けしたバッグに入れ、尻でずって移動する田中氏をちょっと介添えして、老人はさっきまで田中氏が陣取っていた場所に腰をおろした。そのわずかな間、銃口が我々から逸れたけれど、いかんせん距離があり、ぐるぐる巻きのテープのせいで、私も坂本君も素早い行動を起こせなかった。田中氏なら老人に体当たりするチャンスがあったが、今の彼には期待するだけ空しいようだ。

「本気だっていうんなら、さっきの話もウソじゃないんだな？」

金のことで頭がいっぱいだ。

「何だか知らんが、あんたがこの騒ぎで目的を遂げたなら、俺に一億円、確かにくれるんだな？」

「差し上げます」と、老人は答えた。

「やめなさいよ」

園田編集長だ。テープでつながれた両腕の輪のなかに膝小僧を入れて、ちんまりと座っている。女性としては小柄な人ではないが、そんな格好のせいか、縮んで見えた。

「お金の話なんかやめてください」

声も少し縮んでいる。驚いたことに、べそをかいていた。

足かけ十年、私はこの人の下で働いてきた。辛いことや意地悪なことをさらりと言い、人を褒めることは少なく、それでいて人の評価をほとんど間違うこともない園田瑛子を、私なりに理解しているつもりだった。だが、ここにきて自信が薄れてきた。さっきから、拳銃を前にして平気で辛辣《しんらつ》なことを言うかと思えば、急に縮こまったり、むっつりと無反応になったり、めまぐるしい。この場で泣き出されたら、私の方が取り乱してしまいそうだ。

「ちょっと」と、坂本君が顔を上げた。「聞こえませんか？　にぎやかになってきた」

腕時計を見ていなかったので、正確にどれぐらい時間がかかったのかわからない。体感では、せいぜい三十分ぐらいのものだったろう。気がついたら、我々のバスは警察の装甲車に囲まれていた。

乗降口のある側はもともとコンクリート塀に寄せられているので、三方を固められた形だ。正面の装甲車は我々が座り込んでいる目の高さからも見えたが、横と後方は見えない。そちらの方は、また前野嬢が老人の指示で外を見て教えてくれたのだ。

ついでに彼女はとんちんかんなことを言って、老人を笑わせた。

「こんなにいっぱい護送車が来て、どうするんでしょうね？　わたしたちを乗せるの？」

楽しそうにクックックッ笑う老人に代わって、坂本君が教えてやった。「護送車じゃないよ。装甲車だよ」

「だってあれ、囚人を乗せる車でしょう？　窓に凄い鉄条網みたいなのがついてる」

「装甲車もそうなってるんだよ。中に乗ってる警官を守るために、ごっつい造りになってるんだよ」

パトカーも数え切れないほど駆けつけてきた。回転灯の光がうるさい。光も〈騒音〉になり得るのだと初めて知った。

周囲の家々にも変化があった。これまでは暗かった窓に煌々《こうこう》と明かりがつき、人声が騒がしくなってきた。遠くで拡声器を通して何か呼びかけているのも聞こえる。警察の広報車だろう。

その三十分ぐらいのあいだに、柴野運転手の携帯電話が何度も鳴った。老人はほったらかしにしていた。周囲が静まるのを待っているらしかった。

装甲車の移動が済んで、パトカーの動きも落ち着いたころ、また携帯電話が鳴り出した。老人は前野嬢に言った。

「前野さん、杉村さんに運転席に座ってもらいます。手を貸してあげてください」

前野嬢は目をパチパチさせて、空っぽの運転席を見た。「杉村さんにバスを運転させるんですか？」

「あなたは気だてのいい娘さんだが、あわてんぼうでいけない」

老人に優しく咎《とが》められて、前野嬢は首をすくめた。「ごめんなさい」

立ち上がるのはさほど難しくなかったが、運転席に上がる狭いステップは難物だった。両足跳びなど、運動会の父母対抗レースの種目にもない。よろけて運転席の後ろの仕切りにしたたか額をぶつけ、目から火が出た。

「ご苦労でした。杉村さん」

老人は中央のステップにいるので、少し声を張り上げている。

「運転席の操作盤に、照明のスイッチがあるでしょう。ヘッドライトを点けてください。それからクラクションを二度鳴らして、ヘッドライトを消してください」

「じいさん、何の合図だ？　外に仲間がいるのかよ」

ひたすら一億円の空想に浸っていたらしい田中氏が、久しぶりに現実に戻ってきた。私もとっさに同じことを考えたから、老人の指示に従わないようにする——せめて先延ばしするにはどうしたらいいか、あわただしく考えていた。

だが老人はこう言った。「仲間なんぞいませんよ。これは、そうだな、交渉開始の合図とでもいいましょうか」

「交渉開始？」

「そうです。警察にやってもらいたいことがありますのでね」

また携帯電話が鳴り始めた。

「杉村さん、私の言うとおりにしてください」

私は老人からいちばん遠い位置にいるし、いざとなれば運転席の仕切りに身を隠すこともできる。だが、他の人質たちには何もない。

警察が車内に突入しようとするなら、あの非常ドアを使うしかないだろう。老人も、当然そう思っているはずだ。だが平気な顔でステップに座り、当の非常ドアには背中を向けたままでいる。

私は年寄りだと、老人は言った。皆さんが本気を出せば、取り押さえることなど容易《たやす》いだろうと。しかし誰か一人、運の悪い者は撃たれる——かもしれない。相手が警察でも同じことだ。突入という事態になれば、老人は誰かを撃つ。少なくとも、そのつもりだと示している。

可能性としてはさして高くない〈撃たれるかもしれない〉という不安と、慰謝料だという金の話と、どこから見てもこんな事件にはそぐわない弱々しい外見と、穏和で優しい言葉のやりとりで、我々は何となく老人に丸め込まれてきた。こんな経験は初めてだからほかと比べようがないが、フィクションのなかの事件と引き比べてみても、人質というものは、普通はもっと恐怖と緊張に支配されるものなのではないか。乗っ取り犯の方も、もう少し興奮したり威嚇したりするものなのではないか。〈丸め込む〉というのは、今の我々にとって、けっして不適切な表現ではない。この小一時間ほどの展開には、異様なものがあると思わざるを得ない。

この際、事態を動かすには――

私は大型の免許を持っていないが、バスの動かし方ぐらいわかる。前方を塞ぐ装甲車なら、急発進して衝突しても大丈夫だろう。

「杉村さん」

老人が私に呼びかけてきた。運転席から身を乗り出してバスの内部を振り返ると、老人の顔にはいつもの微笑が浮かんでいた。彼の足元には、濁った黄色い光のなかに、坂本君と前野嬢と田中氏と編集長の白い顔。

「早く、あの人の言うとおりにして」

編集長が小声で言って、下を向いた。

私はバスのヘッドライトを点け、テープでくくられた手首でハンドルの真ん中を二度叩いた。唐突なクラクションには劇的な効果があって、バスの周囲がざわりと沸き立った。それがさざ波のように広がって、広報車が走り回っている遠くの家々の方まで届くのが目に見えるようだった。

私はヘッドライトを消した。

「ありがとう。あなたはやはり冷静な方です。常に正しい判断を下すことができる」

私の考えを、老人は見抜いていた。

携帯電話の呼び出し音が切れて、またすぐに鳴り始めた。

「杉村さん、運転席から降りられますか」

老人の言葉に、前野嬢が立って私に近づいてきた。私は彼女を目で制して、言った。

「ここにいてはいけませんか。外がどんな様子か、あなたに教えてあげられますよ」

装甲車やパトカーの後ろで、制服に身を包んだ警察官たちが動き回っている。我々が日常見慣れた巡査の制服ではなく、それこそ映画やドラマのなかだけでお馴染みの、特殊部隊の隊員用の黒か濃紺一色の制服だ。分厚いブーツの底が、空き地全体にまだらに敷き詰められている砂利を踏みしめて行き交う音が聞こえるというのは、私の空耳だろうか。

「あれは機動隊かな。それとも、こういう場合に出てくるのは、SAT《サット》とかいう部隊ですかね。大勢出張ってきています」

運転席から外を眺めながら、私はみんなに聞こえるように言った。すると老人もまた、他の人質たちにも見えるように、ことさら楽しげに大きな笑顔をつくった。

「直接、訊いてみましょうか」

そして、ようやく携帯電話に出た。

「もしもし」

ひと言応じて、相手の声を聞く。時折、「はい」と返事をする。その間も銃口を持ち上げ、目も上げて、人質たちを見ている。

電話をするとき、人は自然に、視線も身体の向きも電話の方につられるものだ。そちらに気を取られてしまうからである。だから駅のホームで携帯電話をかけていて電車に接触するなどという信じがたい事故も起こるのだが、老人はまったくそんなふうではなかった。

自分に注目している複数の人間の前で電話をかけたり受けたりして、少しも臆することがない。集中も切れない。私はそんな人間を、ほかには一人しか知らなかった。私の義父、今多コンツェルンを率いる今多嘉親である。

「わかりました。それでは一旦電話を切らせてもらいます。皆さんと相談してみますから、そうですね……十分経ったらまたかけ直してくださいますか」

丁寧に言って、老人は通話を終えると、携帯電話を膝の上に置いた。

「県警の特務課というところに所属している、山藤《やまふじ》さんという方です。警部さんだとか」

これ以上老人のペースにはまってはいけないと、何とか抗おうとしている私なのに、その邪気のない口調——我々を落ち着かせ、励まそうとでもいうような言葉の優しさ温かさに、また本末転倒した錯覚に襲われた。

我々全員、老人も含めた六人で、我々のうちの誰のせいでもなく、厄介な事態に巻き込まれている。だからみんなで励まし合って、ここから抜け出そう。やっと外から救助の手も差し伸べられた。みんな、あとひと息だ。頑張ろう。老人はリーダーとして、我々を元気づけている——

「山藤さんのような役目の人は、交渉人とかいうんですかね。ああ、公証役場の公証人じゃなくて」

「ネゴシエイターの方の〈交渉〉ですよね」と、坂本君が言った。「それくらい、僕にもわかります」

「ほう、わかりますか」

「映画で観たから。僕は、おじいさんが今言った〈コウショウヤクバ〉の方がわかりません」

「そうか、君にはまだ縁がないんだろうね」

「ごちゃごちゃうるせえ」と、田中氏が声を荒らげた。「小僧、余計なことをしゃべってんじゃねえよ。じいさん、警察は何て言ってるんだ？」

「乗っ取り犯は私かと尋ねるので、はいそうですと答えましたが」

田中氏が焦れて体温と血圧が上がるのが、運転席にいても感じ取れるようだった。

「じいさん、ふざけてンじゃねえよ。あんた、やっぱり頭がどうかしてるんだな」

老人はにこにこしている。「私が正気かというお尋ねなら、正気ですよ」

「あんた、目的があるんだろ？　早いとこ警察に言って、何とかさせろよ。俺はもう付き合い切れん」

「ちゃんと付き合ってくださらないと、一億円は払えませんが」

慰謝料ですからねと、ケロリと言った。

「慰謝に値するような辛抱を、それ相応の時間、堪えてくださらないと」

杉村さん、と編集長が私を呼んだ。たまりかねたような大声だった。

「そんなとこに座ってたら、あなたが犯人だと思われるわよ。狙撃されたらどうするつもり？　早く降りて！」

私は驚いた。坂本君も前野嬢も驚いたのだろう、編集長の方に身を寄せて、そんな心配はないと口々に言った。

「日本の警察は、そんな乱暴なことしませんよ」

「おじいさんが交渉人と話してるんですから、杉村さんが誤解されるなんてことは」

「うるさい！」

編集長は叫び、いっそう固く身を丸めた。

「あんたたち、みんなどうかしてる！　あたしたち人質なのよ？　わかってんの？」

悲鳴のような声の残響が消えるまで、誰も何も言わなかった。

「——私は少し喉が渇いたので、飲み物を差し入れてもらおうと思うのですが」

老人がゆっくりと言い出した。

「こういう場合、睡眠薬などを混ぜられる危険がありますのでね。栓をしてある瓶やペットボトルの飲み物しか要求できませんが、皆さん、お好みのものはありますか」

若い二人は、うっかり「コーラ」とか言ったらまた叱られるかもしれないという顔で、編集長の様子を窺っている。今この瞬間には、二人が恐れているのは拳銃を持った老人ではなく、ヒステリックに激昂《げっこう》した編集長の方だった。

私の喉元まで笑いがこみあげてきた。とっくにバスを降りて今は安全な場所にいるはずの迫田さんが、事態の重大さを認識しないまま、髪にくっついた天井のパネルの破片を無造作に払い落としたのを見たときと同じように、出し抜けで強烈で、理不尽な笑いだった。それが顔に出ないように、全力で抑えなければならなかった。

抑えて正解だったということは、後になってわかった。運転席に座り、バスの車内からただ一人顔を覗かせている私の姿は、可能な限りの方向から撮影されていたからだ。そこで笑ったりしようものなら、想像以上に面倒なことになったろう。

我々は滑稽だ。私は思った。老人も一緒になって滑稽だ。可笑しくないのは、ただ彼の手のなかにある拳銃だけだ。

「お水を飲むと、トイレに行きたくなっちゃうかも……」

蚊の啼《な》くような声で、前野嬢が呟いた。

「そうですね、そちらの心配もある。トイレに行きたい方はいませんか」

「今はだいじょぶ？」

坂本君が前野嬢に顔を寄せて小さく訊いた。彼女が恥ずかしそうにこっくりすると、彼は続けて編集長にも声をかけた。

「あの、気分はどうですか。具合が悪いんじゃありませんか」

「あたしにかまわないで」鋭く言い捨てて、編集長は横を向いた。「ほっといてちょうだい」

「おじいさんは大丈夫ですか」

坂本君の質問に、私も驚いたし田中氏は露骨にうんざり顔をしたが、当の老人は予測していたらしい。

「ありがとう。君は優しいね」

「僕がおじいさんだったら、こんなことやってるだけで心臓がバクバクしちゃってどうしようもないと思うから」

「私は年寄りだけど、身体が弱くはないんだよ。だから平気だ」

携帯電話が鳴り出した。

「このバスには使い捨てトイレの紙パックが常備してあるはずだから、差し迫ったらそれを使っていただくということで、とりあえずはいいですかな」

「使い捨てトイレなんてあるんですか？」

「運転席の下の非常備品袋のなかにあるはずなんだ。前野さん、調べてみてくれますか」

前野嬢が運転席にやって来て、私の足元にしゃがんで探し始めた。それを横目に、拳銃を持ち直して老人は電話に出た。

非常備品袋は、メタリックな銀色の大きな巾着だった。ごそごそと中を開けて、あ、ホントだと前野嬢が声を出した。

「はい、皆さん、今のところは大丈夫だそうですよ。ただ飲み物が欲しいんですが……」

老人は山藤警部と話している。と、運転席にいる私の視界の端に、何か新しいものが映った。

いわゆる〈カンペ〉だ。制服姿の警官が一人、バスの斜め前にうずくまり、Ｂ４サイズぐらいの紙――たぶんスケッチブックだろう――を私の方に掲げている。

〈YESなら右　NOなら左を向け〉

私はさりげなく右を向いて、そちらの方向に目をやるふりをした。

〈乗っ取り犯は一人か〉

私は横目でカンペを盗み見て、そのまま右を向いていた。

〈拳銃は一丁か〉

「まだ新手のパトカーが来るなあ」

呟いて、私は右を向いていた。老人は携帯電話のやりとりを続けている。

〈人質は何人か〉

すぐにカンペがめくられた。

〈運転手からの情報では5人　5人で正しいか〉

私は右を向いたまま、何となく頭を掻いてみせた。

〈人質はバスの後部にいるか〉

私は左を向き、ついで下を向いて、まだ巾着のなかを漁《あさ》っている前野嬢に言った。

「それ、薬だね」

彼女が調べているのは、口を密封できるようになっている小さなビニール袋だった。

「そうですね。救急絆創膏に、湿布に包帯に傷薬に……こっちは下痢止めです。運転手さんのでしょうか」

「いや、会社から支給された備品でしょう。路線バスにしては用意がいいね」

目を上げると、カンペも警察官も消えていた。老人の電話も終わった。

「お客さんがキモチ悪くなったときに使う紙袋もありました。出しておきましょうか」

「そうですね。ありがとう。料金箱の上に置いておいてください」

老人は携帯電話を上着のポケットに入れ、拳銃をいったん左手に持ち替えた。

「けっこう重たいものなんですよ」

右手をぶらぶらさせてから、また持ち替えて構え直した。

「ペットボトルの水を差し入れてもらうことになりました。それでですな、皆さん」

問題が発生しました、という顔だ。

「警察は、差し入れと引き替えに誰か一人解放しろと要求しています。どうしたもんでしょうね？」

誰がすぐに答えられるだろう。

「まあ、こういう場合の標準的な段取りなんでしょうから、私も予想はしていたけれど」

呟いて、老人は我々を見回した。

「おかしな年寄りだと、皆さんが思うのは当たり前です。でも、慰謝料の話もしたことですし、もう少し立ち入ったことを聞いていただいてよろしいですか」

誰が嫌だと言えるだろうか。

「私もね、本当ならこんなことをしたくはなかった。自分がやっていることは立派な犯罪だと認識しています。ただ、こうしないと警察が動いてくれないものだから」

おじいさん、と坂本君が言った。「いったい、警察を動かして何をさせたいんですか」

老人は真顔で、真っ直ぐに若者を見た。

「行方のわからない人を捜してほしいんですよ」

気を揃えたように同じタイミングで、坂本君と前野嬢がぽかんと口を開いた。

「それは、あの、い、い、い」

「家出人？」

二人とも目が輝いている。理解できて嬉しいのだ。

「家出人を捜してほしいんですか？　おじいさんの家族？　奥さんとか子供さんとか」

「いえいえ、私の身内じゃありません。家出じゃないんです」

「じゃあ何だってんだよ」田中氏は苦り切っている。「逃げた女房を捜して連れて来させて撃ち殺そうとかいうんじゃねえなら、何なんだ？」

「妙に具体的ですな」老人は目を丸くして彼を見た。「まさか身近な経験がおありですか」

「バカなこと言うなよ。何年か前に、そんな理由で人質とって立てこもった男がいて、大騒ぎになったことがあるだろ？」

「名古屋の方でしたっけ？　僕も覚えてますよ。いつだったかな」

「そんなのどうでもいいってば」

前野嬢は老人ににじり寄った。両手をしっかり握りしめ、前のめりになっている。

「誰にしろ、おじいさん一人じゃ捜し出せない人なんですね？　でも大事な人？」

「大事……」

呟いて、老人はつと口元を引き締めた。

「私にとって大事というより、世の中にとって大事な人かもしれません」

途端に、熱が冷めたというか〈ケツが割れた〉という顔で、田中氏が吐き捨てた。

「何だじいさん、宗教がらみかよ！」

「ほう、なぜそう思います？」

「だって、もったいぶってさ」

「世の中にとって大事な人というと、田中さんはすぐそちらの方を連想するんですね」

「何かよくわかんねえが、ああいう変な宗教の信者とか、そんなことばっかり言うじゃねえか。私どもの教祖は世界の救世主です、とかさ」

びっくりするほど朗らかに、老人は笑い出した。「そうですねえ。私もああいう手合いは苦手ですよ」

「じゃ、おじいさんは違うんですか」

前野嬢の問いかけに、老人は少し考えた。彼の言うとおり、前のめりにあわてんぼうの気味がある彼女に言って聞かせる言葉を選んでいるようだった。

「訂正しましょう。世の中にとって大事なのではなく、〈世の中の一部の人にとって大事〉な人――いえ、人たちです」

「一人じゃないの？」

「ええ、三人」

「その人たち、どんな人なんですか」

老人はまた少し間を置いた。今度は、自分の返答が前野嬢にショックを与えることが予見できるので、ワンクッション挟んだという印象を、私は覚えた。

「悪人です」と、老人は言った。「だからこそ大事な人たちなんですよ」

ここで初めて、私と田中氏の目が合った。

誰かが誰かを指して〈悪人〉などという言葉を口にのぼらせるときは、たとえその誰かが拳銃を持っていなくても用心するべきだというのが、大人の分別だ。もちろん、とっくに用心も警戒もしなくてはならない状況にハマっている我々ではあるけれど、ようやく開陳された老人の動機の一端に、これまでになく歪《いびつ》なものを、私は感じた。

きっと田中氏もそうなのだろう。何だこれはと、きょときょと動く彼の目が言っていた。このじいさん、やっぱり相当ヤバいんじゃねえのか。

「じいさん」

呼びかける口調も、これまでより慎重だ。

「そういうことなら、わかった。とっとと警察に頼むといい」

「ちょっと待って」前野嬢が遮った。「おじいさんの話はまだ」

「ねえちゃん、黙ってな」

前野嬢は傷ついたような顔をした。老人の目にも、落胆の色がありありと見えた。

「田中さん、私は正気だと申し上げたのに、信じていただけないようですね」

「ンなことはない。あんたはまともだ。俺にはわかる」

「わかっておられない。一億円差し上げるという約束も、ホラだと思い始めていますか？」

「そんなの、最初から信じちゃいないよ」

「いいえ、あなたは信じていました。あなたも世間を知っているだろうが、私も知っている。人を見る目はあります。あなたは、私のようなわけのわからん老人の言うことでも、さっきは真に受けていた。裏返すなら、それほど金が欲しいということだ」

こんな場合でなければ面白い眺めだった。今度は田中氏のプライドが傷ついている。

携帯電話が鳴った。老人はすぐに出て、「はい、はい」と二度応じただけで切った。

「飲み物の用意ができたそうです。運転席の右側の窓を開けて、受け取ります」

「一人解放するという話は？　そっちが先でなくていいんですか」私が問うと、

「これは信義の問題ですが」と、老人は言った。「どちらかが先に賭けなくてはね」

私は運転席から周囲の様子を見た。ここから見渡す限りでは、目立った動きはない。

「重たいから申し訳ないが、前野さん、よろしくお願いします。杉村さん、あなたは運転席から降りてください」

前野嬢に肘をとってもらって、私は慎重にステップを降りた。もしもカンペが見えたらあわてずに対応するよう伝えたかったが、うかつに囁きかけたりしたら、今の彼女はビックリして、それを顔に表してしまいそうだ。

「この窓、開くんですね」

前野嬢は、取っ手と鍵がついた窓に、あらためて驚いている。

「しょっちゅう乗ってるのに、わたし、気づきませんでした。田中さんもよく知ってましたね」

前野嬢が窓を開けると、また携帯電話が鳴った。老人は通話ボタンを押して耳をあて、前野嬢にうなずきかけた。

「受け取ったら、窓を閉めてください。粛々と手順よく片付けていきましょう。私には皆さんの協力が必要なんです」

窓から少し身を乗り出した前野嬢が、透明なビニール袋に入った半ダースほどのペットボトルを引っ張り上げる。バスの床に座ってしまうと、見えるのはそれだけだった。

ペットボトルを運んできた警察官が、彼女に何か声をかけたらしい。怪我をしていませんか、というような言葉の断片が聞き取れた。前野嬢はひとつうなずいて、荷物を運転席におろすと、律儀にすぐ窓を閉めてしまった。

「受け取りました。ありがとう」

老人は携帯電話に言って、

「それはまた皆さんと相談して決めます。私は約束を守る人間ですからご安心を」

警察が先に賭けてくれた以上、信義にもとる行いはしないということか。

通話を終え、前野嬢に微笑みかけた。「キャップを開けて、皆さんに配ってあげてね」

編集長はペットボトルを受け取らなかったので、前野嬢は彼女の分を床に置いた。そして坂本君の隣の定位置に戻ると、おそるおそるという感じでボトルの水をひと口飲んだ。

「冷たい」と呟いて、うつむいた。「外、凄い騒ぎになってます」

彼女の手が震えているので、ペットボトルのなかの水が揺れている。怖がりの前野嬢が戻ってきたようだった。

「大変……。これ、大変な事件なんですよ。わたし何か現実味がなかったけど、だけど」

「そうです。大変なことです」老人はうなずいて、優しく言った。「でもあなたはよく対処しておられます。ありがとう。感謝のしるしに、あなたをバスから降ろしてあげましょうか」

前野嬢が何か応じる前に、老人は坂本君に訊いた。「君も異存ありませんよね？」

坂本君が何か言う前に、前野嬢が震えながらかぶりを振った。「いいえ、わたし降りません。残ります」

たちまち、大きな目に涙が溢《あふ》れる。

「わたし一人だけ降りるわけ、いきません」

泣きながら自分に寄り添ってくる彼女に、坂本君が強く肩をくっつけて応えた。

「わたしだけ降りたら、きっと後悔するから」

老人は訊いた。「だけどあなたは、田中さんほどお金が要るわけじゃないでしょう？」

意地悪な言い方ではなかった。前野嬢も素直に答えた。「お金の問題じゃありません。あの、お金のこと、本気にしてるとかそういう問題でもないって意味です」

「わかります。あなたは誠実な人ですね」

前野嬢はボロボロ泣き、ペットボトルを傍らに置いて、ブラウスの袖で顔を拭いた。

「じゃ、田中さん。あなた降りてください」

このときの田中氏の顔は、その後も長く私の記憶に残った。常識と非常識がせめぎ合い、現実と幻想が闘う。このじいさんが一億円くれるなんて、そんなバカな話があるわけない。まともじゃねえ。でももし本当だったら？　百分の一、百万分の一でも本当だったら？

「俺も残るよ」と、彼は言った。「あの迫田とかいうばあさんのときに、ミソをつけて男を下げたばっかりだからな」

忙《せわ》しなくまばたきし、うっすらと鼻筋に汗を浮かべて、彼は苦笑いした。

「じいさん、俺はあんたを信じてるわけじゃない。あんたのやってることも言ってることも変だよ。でも、俺はそこそこ世間を知ってる。ここで俺だけ先に降りたら、後が怖いよ」

老人の目元と頬に、あの微笑みが戻った。「マスコミに叩かれますか？」

「そんなもんは知らん。俺のまわりの世間が怖いってことだ。ついでに言うなら倅《せがれ》も怖いな。人質に女が二人もいるのに、親父、真っ先に逃げてきやがったのかってよ」

「息子さんがおられるんですね」

田中氏は老人から目を背けた。そして深くため息をついた。「俺には五千万円の生命保険がかかってるんだがな」

事故や事件で死ぬと倍額保障になるんだ、と言った。

「一億円だ。面白いだろう」

「死なずに一億円もらう方が、もっと面白いはずですよ」

老人の言葉の後に、沈黙が来た。私はうなだれて膝を抱えている編集長を見た。

「この人を降ろしてやるといい。だいぶ辛そうだから」

園田瑛子に顎をしゃくってみせて、私が言おうとしたことを、田中氏が先に言ってくれた。

「なあ、あんた。遠慮しないでいいから降りなよ」

編集長は反応しない。私も老人に言った。「そうしてください。警察に連絡を」

「では、そうしましょう」

老人が電話をかける。「これから女性が一人降ります。どうぞよろしくお願いします」

またぞろ、老人も乗っ取り犯ではなく人質の一人で、救助を待つ身であるかのようだ。

電話の向こうも了解したらしい。それでも編集長は動かない。じっと固まったままだ。

「先に降りてください」と、坂本君も言った。「顔色が悪いです。編集長さんは残っちゃいけません」

「前野さん、編集長さんのテープをとってあげてください」

前野嬢が進み出て、爪をたててテープを剝《は》がした。すみません、痛いですかと声をかけても、やっぱり編集長は無言だ。

「後ろの非常ドアから出てください。ドアの開け方は、表示を見ればわかるでしょう」

老人に促され、園田瑛子はやっと顔を上げた。その目に宿った敵意に、私は驚いた。

「あたし、あなたのような人を知ってますよ」

老人を見据え、恫喝《どうかつ》するような低い声で、編集長は言った。私がこれまで耳にしたことのない、彼女の身体の奥深くに秘匿されていた声だ。

「嫌いだから、すぐわかるんです。あなたの同類」

老人は微笑するだけで、応じない。

「あなたこそ教祖みたいなもんじゃないの。何を企んでるんだか知らないけど、いい加減にしなさいよ！」

編集長はきつく睨めつけ、老人はその視線を受け止める。いや、吸い込んで無力化してしまっている。

園田瑛子の肩から力が抜けた。頭を下げ、よろけながら立ち上がった。足を引きずり、一歩ずつ老人に近づいてゆく。彼の脇を通り抜けてステップをのぼらなければ、非常ドアまでたどり着けない。

「私も、最初からお察ししていました」

編集長が傍らをすり抜けたとき、老人は前を向いたまま言った。

「さぞかし嫌な思い出があるんでしょう。私はああいう連中の同類ではないが、連中のやり方はよく知っている。お詫びいたします」

謎のようなやりとりに、若いカップルと田中氏が目顔で問いかけてきた。私は素早くかぶりを振った。何の話だかさっぱりわからない。

しゃがんで開けるレバーを操作して、それだけで力が尽きてしまったというように、編集長はシートの背もたれに手をついた。そのとき、置き去りにしていたバッグの存在を思い出したようだ。後戻りすると、それをいっぺんしっかり抱きしめてから、肩にかけた。

非常ドアを開けた。風向きのせいだろうか。運転席の窓が開いたときとは違い、一気に外気が流れ込んできた。その外気には、周囲を囲んでいる警察官たちの緊張と、野次馬やマスコミの喧噪が含まれていた。目には見えないが質量はある。私はそれを感じることができた。ほとんど味わえるほどだった。

回転灯の光が、編集長の額や頬に映る。こちらを向いて、今にも泣き出しそうに顔を歪め、そして彼女はバスから飛び降りた。

3

編集長が去ると、老人が自ら非常ドアを閉めた。しばらくしてまた電話が鳴った。老人は彼女が無事保護されたことを確かめると、

「こちらから連絡するまで、しばらくかけてこないでください」

携帯電話を切って、少しずつ啜《すす》るようにしてペットボトルの水を飲んだ。その仕草に、ちらりと疲労の色が見えた。

坂本君と前野嬢は、不安そうに老人を見守っている。この二人を、昨今の若者にしてはあまりに初《う》心《ぶ》すぎると感じるのは、私が現代社会の若者を誤解しているからだろうか。あのつるつると人渡りの巧いうちの野本君も、この場にいたら、やっぱり坂本君と同じように老人に転がされてしまい、同情して案じるのだろうか。

そういえば、うちには間野さんという女性部員がいる。〈まの〉と〈まえの〉は一字違いの名字だ——などと、ぼんやり考えながら私も水を飲んだ。他所《よそ》では見かけたことのないラベルの天然水だった。

「警察は編集長さんから、いろいろ聞き出すことでしょう」

ペットボトルを脇に置き、老人は顔を上げた。「何をしゃべられても、私は困るわけではありませんが、皆さんにとっては拙《まず》いことがある。慰謝料の件です」

田中氏のまばたきが止まった。

「ですから、ここはひとつ口裏を合わせましょう。私は皆さんにそんな話をしなかった。皆さんも、

私からそんな話は聞いていない。そうでないと、最悪の場合は皆さんも共犯にされてしまいますからね」

　若い二人が顔を見合わせた。坂本君が言った。「共犯って、おじいさん」

「バスジャックの共犯という意味ですよ」

「そういう意味じゃなくて、あなたはやっぱり、警察にその三人の人を連れてこさせて、撃ち殺すつもりなんじゃありませんか」

　老人はゆっくりと二度かぶりを振った。「撃ち殺したりなんぞするもんですか」

「でも！」

「私はただ、その三人にまた会いたいだけなんです」

　だから安心して協力してください、と言う。

「慰謝料も必ずお支払いします。ついては、その受け渡し方法なのですがね」

「どうするつもりなんだよ？」

　田中氏が飛びつくように訊いた。唾《つば》が飛んだ。前野嬢が顔を歪めた。

「証拠が残るようなことは、一切できません。しかも、この場で私が皆さんの住所を聞いたところで、無意味です」

「ほら、どうしようもねえじゃねえか」

「田中さん、あなたちょっと意地汚いですよ」初めて、坂本君が声を高め、怒気を露わにした。「僕は、おじいさんにこれ以上罪を重ねてほしくない。そのための協力なんかできません。あなたもいい歳の大人なんだから、金のことばっかりじゃなくて、少しは」

　田中氏が怒鳴り返した。「少しは何だよ？　金にこだわって何が悪い？　おまえみたいな小僧に、いい歳の大人がどれほど金に苦労するかわかるってか！」

「なぜ無意味なんです？」

私も声を張り上げて割り込んだ。皆が私を見た。私は真っ直ぐ老人を見ていた。

「我々が今ここであなたと後日の約束をすることが、どうして無意味なんです」

老人はいつもの微笑を浮かべた。「杉村さん、つまらないことを訊いて私をがっかりさせないでください。わかっているはずだ」

おじいさん――と、前野嬢がまだ涙のにじんだ目をしばたたかせて呟いた。

「捕まるつもりなんですね？」

「そうですよ。こんな事件を起こして捕まらないわけがない」

「だってそんな」

「それだけの代償を支払っても、私は目的を遂げたいのです」

だから協力してくださいと、また繰り返して我々に頭を下げた。深々と頭を垂れる老人の、手も一緒に下がっている。銃口は完全に下を向いていた。

誰も何もしなかった。私も動けなかった。

「私は皆さんとの約束を守ります」頭を上げて老人は言った。「皆さんに、悪いようにはいたしません」

誰も何も言わなかった。

「昨今は便利なものでね」

にわかに口調を明るくして、老人は我々を見回した。若いカップルがきょとんとする。

「いや、便利という表現は語弊があるが、ネットの情報網というのは凄いでしょう」

いきなり何を言い出すのか。

「だからこそ皆さんには多大なご迷惑をおかけすることになりますが、まあ人の噂も七十五日といいますからね、その迷惑の分も慰謝料の内と考えて、堪えてください」

私にはまだ話の筋が見えない。田中氏は苛立ってまばたきを始め、坂本君も当惑している。しかし前野嬢は察しがよかった。自由な両手で口元を押さえ、両目をいっぱいに見開いた。

「え？　そういうこと？」

老人は、孫娘の賢さを喜ぶように目を細めた。「そういうことです」

「何だよ」と、田中氏がまた嚙みつく。

「おじいさんは、わたしたちが解放されて事件が終わったら、わたしたちが人質だったってことが、ネットで広く知られるようになるって言ってるんですよね？」

そこまで聞いて、私もやっと理解した。そうか。

「一般のマスコミも——新聞やテレビや週刊誌の記者たちもね、もちろん皆さんのところに殺到するでしょう。でも彼らは、皆さんの個人名までは出しませんよ。しかし」

しかし、ネット上では話が別だ。

「こういう事件報道に興味を持つ人たちが集まる場所、サイトというんですか？　そこでは皆さんの個人情報がだだ漏れになるでしょう。別段、皆さんが悪いことをしたからじゃない。ただ人質にとられたというだけなのにね。でも、人質がどこの誰だったのか知りたい、どうしても知りたいという人の好奇心を満たすために、調べる人がいる。あるいは書き込む人がいるからです」

「あんた、それを」

田中氏の目も大きく広がった。

「そうです。私には仲間はいませんが、後始末を頼んである者がいますのでね。その者が、ネットで皆さんの個人情報をつかみます」

そして皆さんのもとに、確実に慰謝料をお届けします——と言った。

「宅配便を使います。差出人は、このバス会社にしましょう。それなら、第三者に送り状を見られても支障ないでしょうから」

「後始末を頼んである者？」

私の反問に、老人は苦笑した。「杉村さん、そんな顔をするもんじゃない。けっして悪い人間じゃありません。私に頼まれて、簡単な仕事をするだけの者です」

見ている方が落ち着かなくなるほど激しくまばたきしながら、田中氏はしきりとうなずいている。

「なるほど、単純だが巧い手かもしれないな」

「単純な手段ほど確実なものです」

「だけどわたし」

まだ両手で口を押さえたまま、前野嬢はうろたえている。

「わたしのことをネットに書き込むような知り合いなんていません。そんな余計なことをする人なんて」

「いますよ」

きっぱりと、諭すように老人は言った。

「必ず現れます。誰がやったのか、あなたにはまったくわからないかもしれない。本人も知らん顔をしているでしょうからね」

悪意じゃないんだと、慰めるような口調になった。「ただ野次馬なだけです。人間とはそういうものなんです。そういう場があれば、手を出す人が出てくるものなんですよ」

「僕にも心当たりがないけど」

呟いて、坂本君は決まり悪そうに前野嬢の顔を見た。「でも、おじいさんの言うことはあたってるような気がするよ」

老人は言った。「もし、誰もあなた方の個人情報を流してくれないんじゃないかと心配なら、解放された後、少し積極的に騒いでごらん。自分は人質の一人だった、怖かった、辛かった、とんでもない体験だったとね。そういう話はすぐ広がるから、必ずどこかで誰かが、あなたが人質だったと書き込んでくれるよ」

「運転手さんも？」

前野嬢の目はまた新しい涙でいっぱいだ。

「人質の個人情報がさらされるくらいなら、運転手さんなんて真っ先ですよね？」

「きっとそうだろうね」老人はうなずいた。「柴野さんは、心ない人から非難されるかもしれない。だからあの人にも慰謝料を送りますよ」

警察の考える〈しばらく〉の時間が過ぎたのだろう。携帯電話が鳴った。

老人は通話ボタンを押し、諌《いさ》めるように強い声を出した。「そうあわてなさんな。今、私の要求と引き替えに、人質を解放する順番を相談しているところです。話がまとまったらこっちから知らせるから、静かにしていてくださいよ」

電話を切ると、老人は小首をかしげて私を見た。「そういえば、杉村さんには、まだご希望の金額を聞いていませんでしたね」

言って、前野嬢に目を向けると、「あなたは坂本君と同じ金額にするからね。あなたに必要な学費が、私にはちょっとわからないから」

若いカップルは、にこやかな笑顔につられるようにうなずいてしまった。すっかり老人のペースにはまって、抜け出せない。

「あんた、どうなんだ」

田中氏が険悪な目つきで私を睨んだ。「一人だけきれい事じゃ済まねえぞ」

「いいスーツを着ておられる」と、老人は私に言った。「趣味もいい。それ、オーダーでしょう」

我らが〈金庫番〉森信宏氏を訪ねる際は、私も服装に気を使っていた。義父が紹介してくれた――というより、私が利用することを許してくれたテーラー「キングス」で仕立てたスーツを、必ず着ることにしていた。

「杉村さんは裕福な方のようだ。お勤めの会社で相当なポジションにおられるのではありませんか」

私はかぶりを振った。自然に、情けなく口元が緩んだ。微笑しようとしたのか、苦笑いしようとしたのか、自分でもわからない。

「私は社内報の副編で、平社員です。ただ、家内が資産家の娘なんですよ」

「ああ、そういうことか。それで納得がいきました」

老人の目にも、つい先ほど若い二人の目を輝かせた光があった。理解の光だ。

「失礼ですが、あなたは金持ちのボンボンのようには見えない。だが身につけているものは高級品だし、それを品よく着こなしておられる。不思議に思っていたんですよ」

田中氏の剣呑《けんのん》な表情に、私に対する強い侮蔑が上書きされたような気がするのは、私の被害妄想だろう。

「いいご身分なんだな」と、彼は吐き捨てた。「じゃ、慰謝料なんか要らんだろう。この人の分は俺に回してくれよ、じいさん」

老人は彼を無視した。「この騒ぎであなたの個人情報がさらされると、奥さんに迷惑がかかることになりますか」

「それは田中さんだって同じでしょう。家族がいれば――」

「いいや、私はそういう意味で訊いたのではありません。おわかりでしょう？」

老人がどこまで察して訊いているのか、私には計りかねた。

「家内は資産家の娘ですが、本人は平凡な主婦です。騒がれて困るような立場ではありません」

答えてしまってから、これは部分的には嘘だと思った。菜穂子は迷惑しなくとも、今多コンツェルンには多少の厄介をかけることになるだろう。二年前の一連の騒動の時と同じように、今多会長の秘書の長、〝氷の女王〟の異名をとる遠山《とおやま》女史と、彼女の腹心で本物の対外的広報担当の橋本《はしもと》氏が、また火消しに奔走してくれることになるのだろう。

私は今多家の厄介者だ。おとなしくしていられることだけが取り柄で婿に取り立ててもらった男なのに、どうしてこう次から次へと事件に巻き込まれるのだろう。

「ついでにもうひとつ、私が不思議に思っていることをお尋ねしてもよろしいか」

杉村さんはどうしてそんなに落ち着いていられるのですかと、老人は訊いた。

「あなたはずっと冷静沈着だ」

「そんなことはありませんよ。ほら、冷汗だらだらです」

私は両手を持ち上げて顔を拭う仕草をしてみせた。老人は取り合ってくれない。

「どうしても、ただのサラリーマンのように見えなくってね」

「いえいえ、ただのサラリーマンです」

「最初は、ひょっとしたら警察関係のお仕事じゃないかと思いました」

「とんでもない！」

「そのようですね。だったらもうひとつの可能性は、あなたが事件慣れしているということだ。以前にも、こういうトラブルに巻き込まれた経験をお持ちなんじゃないですか」

若いカップルと田中氏が、私が突然裸になり始めでもしたかのような顔をして、てんでに目を瞠っている。

「それほど不運な人間でもありません」

私は嘘をついた。今度は全面的な嘘だ。

「皆さんと同じようにビビっているし、当惑しています。私が冷静に見えるのは、そういう性格だからでしょう。それと佐藤さん、あなたのやり方が変わっているからですよ。犯人の行動が突飛だから、人質の対応も非常識的になってしまうんです」

「私は変わっていますか」

「大いに変です」

老人は一気に破顔した。手放しで嬉しそうだった。「そうですか、変わってますか。他人と違うことをするのは大好きです。突飛なことも大好きですよ」

怖がりで泣き虫の前野嬢の涙が、何とかおさまったようだ。老人はそれを待っていたのかもしれない。彼女に向き直ると、親しげに言った。「携帯メールは打てますね？」

「は、はい」

「それじゃ、これから警察にメールを打ってもらいます。ちょっと待っていてくださいね」

老人は交渉人の山藤警部に電話をかけた。お待たせしましたが——と前置きし、

「これから私の要求を申し上げます。三人の人物の名前と住所を伝えますから、その人たちをここに連れてきてください。一人連れてきたら、人質を一人解放します。そうです、私が指名する三人の人物を連れてきて、このバスに乗せるんです。そうでないと人質は解放できません」

山藤警部が何か言っているが、老人は途中で遮った。「口頭だと聞き間違いがありますから、メールを打ちます。そちらのアドレスを教えてください」

書く物はないかなあ？　と、老人が前野嬢に訊いた。「警部さんのメールアドレスを書き留めたいんだけどねえ」

「それなら大丈夫です。言ってくれれば、わたし覚えられます」

「本当かい？」

「はい。そういうの得意なんです」

半信半疑の様子ながら、老人は山藤警部が告げるメールアドレスを、声に出して言った。前野嬢はいちいちうなずきながら聞いていて、老人が一旦通話を切ると携帯電話を受け取り、すぐ登録し始めた。

「先方はパソコンですね。これで間違いないと思います」

画面を見せると、老人はつと顔を遠ざけて、「私には字が小さくて見えないよ。いっぺん、〈テスト〉って打ってみてくれる？」

前野嬢が言われたとおりに送信すると、老人はすぐ電話をかけ直した。

「テストのメールが着きましたか？　着いた？」

着いたってと、嬉しそうに前野嬢にうなずきかける。まるで、おじいちゃんが孫娘に携帯メールの使い方を習っている景色だ。

「それじゃあ、これから送ります」

前野嬢が携帯電話を手にスタンバイする。老人は、ひと言ずつ区切るように、三人の人物の名前と住所を告げていった。完全にそらで覚えているらしい。一人は男性の名前、二人は女性の名前。最初に告げられた男性は埼玉県の住所で、あとの女性二人は都区内だ。

そんな必要があるかどうかわからないが、私も記憶しておこうと試みた。が、老人が三人の個人情報を告げ終え、前野嬢が入力を終えて送信ボタンを押すと、たった今聞いたばかりの三人の情報が私の頭のなかで入り混じり、あやふやになってきた。最初の男性は確か〈クズハラ　アキラ〉だ。次の女性が〈ソウトウ〉——いや、そんな名字はないか。〈コウトウ〉だったかな。三人目は？　〈ナカフジ〉？　いや〈フジナカ〉だったか。

私の記憶力が悪いのか。普通はこんなものなのだろうか。田中氏と坂本君の表情を覗ってみても、答えは見つからなかった。二人とも前野嬢の指先に釘付けだ。

着信音がして、ランプが点滅した。勢いとは怖ろしいもので、前野嬢はそのまま電話に出てしまいそうになり、ハッと気づいてあわてて老人に携帯電話を差し出した。

老人は笑って受け取り、「もしもし?」と明るい声を出した。「そうですよ、その三人です。ぜひとも連れてきてください。制限時間は一時間です。一時間以内に、一人でも連れてこられなかったら」

言葉を切り、老人は相手の話に聞き入る。

「大丈夫ですよ。少なくとも一人はすぐ見つかります。警察の威信を見せてください」

この言葉のはらんでいる些細な違和感は、あとあと意味を持つ小さな種だった。こんな要求をしながら、なぜ老人は「警察の威信」などという表現を使うのか。警察が威信を見せて対峙《たいじ》すべき相手は、バスを乗っ取り人質をとって立てこもっている老人その人なのに。

「さて、あとは待つだけです」

老人はステップに尻を乗せ直した。

「お尻が痛いね。腰も辛いけれど、窓から顔を見られるわけにいかないのでね。皆さん、辛抱してください」

田中氏は頰をふくらませ、ややあって、ぶしゅうという音をたてて息を吐いた。前野嬢が嫌そうに顔を背けた。

「じいさん、そいつら三人、何をやった?」

「何をやったといいますと」

「惚《とぼ》けるなよ。あんた、そいつらに恨みがあるんだろう。だから仕返ししたいんだろ?」

ロクな連中じゃないんだろう、と続けた。

「だからって、警察に引っ張ってこさせて、どうするんだ。撃ち殺すつもりがないんなら、ほかの手は限られてるよなあ。マスコミが集まってるところで、あんたに謝らせるか」

不本意ながら、私は田中氏を少し見直した。妥当な推測だったからだ。

「あの三人は善良な市民ですよ」

老人はまったく動じない。声の調子も変わらない。

「私はただ、また会いたいだけなんです」

「ンなことがあるもんか」

「住所がわかってるなら、どうして捜すんですか」坂本君が訊いた。「さっさと会いに行けば済むことじゃないのかな」

「あのね坂本君、ちょっと工夫したり、役場の窓口の人に小さな嘘をついたりすれば、ある人がどこに住民登録しているか調べることは易しいんですよ。でもね、その住民登録の場所に、必ずその人が住んでいるとは限らないでしょう」

坂本君は、尻をずって老人に近づいた。「田中さんが言ったこと、あたってるんですね？　おじいさんはその三人に恨みがあるんですね？　だからその人たちも、おじいさんから逃げてるんじゃありませんか」

そのとき、前野嬢がびくりと身を強張《こわば》らせた。両の掌《てのひら》を床にくっつけている。

「どうしました？」と、老人が訊いた。

「今、揺れませんでした？」

前野嬢は怖がっている。

「地震かな。わたし、地震大嫌いなんです」

「ねえちゃん、小学生並みだな」

田中氏が冷やかし、彼もまた尻を移動させて、シートの肘掛けに寄りかかると、唸るようなため息をついた。「しかし、疲れるなあ」

私は老人を見ていた。ちょっと頭を傾け、耳を澄ますような顔をしている。

「佐藤さん」

私が呼びかけると、老人はまばたきした。そして今さらのように私の顔に銃口を向けた。拳銃は、今やたいした脅威ではなくなりかけている——というのは私の錯覚で、まともに向き合うと背中の芯がひやりとした。ただの銃口ではなく、その上にぽっかりと浮かぶ老人の双眸《そうぼう》と、眼力とセットになると、だ。

この人は何者なのだろうと、私は思った。この変梃《へんてこ》なバスジャックでは、犯人が何をしようとしているのかではなく、犯人が何者なのかということの方が、より重要なのではないか。

「皆さん、困った知りたがり屋ですね」

老人は、彼が我々の上司か教師で、我々が彼の機嫌を損じた部下か生徒であるかのように嘆息してみせた。

「人間、一度知ってしまったことを忘れることはできません。だから、皆さんは余計なことは知らない方がいいんです」

「余計なことじゃねえぞ！」

思い出したように田中氏がいきまいた。

「こっちは命がかかってるんだ」

「命じゃなくて、金でしょ」すかさず坂本君が混ぜっ返した。「田中さんは、命より一億円の方が大事なんでしょう」

茶化すような言い方だったが、そのとき前野嬢に軽く肘で小突かれて、彼は口をへの字に曲げた。

「何だよ」

前野嬢は決まり悪そうに、坂本君ではなく田中氏から目をそらすと呟いた。

「ホントに……お金が要るのかもしれないから」

田中氏は上目遣いになって前野嬢を睨めつけている。

「小学校のとき、同級生のお父さんが自殺しちゃったことがあって」と、前野嬢は囁き声で続けた。

「ずっと忘れてたんだけど、思い出しちゃった。そのお父さん、借金で悩んでて、自分が死んだら生命保険のお金で借金を返してくれって、遺書を残してたんです」

「そうか……。さっき、田中さんがご自分の生命保険金のことを話したから、そんなことを思い出したのだね」

老人は穏やかに言い、前野嬢は彼にうなずきを返した。

「その同級生には、本当に辛いことだったろうね」

「転校しちゃいました」

「元気でいるといいが。あなたと仲良しの子だったんですか」

前野嬢はかぶりを振った。何か言うかと思ったら、ただそれだけだった。

田中氏が低く笑って、テープで縛られた手を持ち上げ、親指の付け根を使って器用に顔を拭った。

「まったく、こんな小娘に同情されるようじゃなあ」

「あなたは今日、なぜ〈クラステ海風〉におられたんですか」

老人の問いに、田中氏はまばたきした。

「ああ、俺もじいさんと同類だよ。クリニックの方さ」

「診察を受けていたんですか」

「検査だよ検査。ああいうところは、何であんなに時間がかかるんだかね」

「どこがよくないんです？」

「どこって……」田中氏はふふんと笑った。「あっちもこっちもさ。肝臓が悪い、尿酸値もコレステロールも高い、糖尿病の気もある」

「おやまあ」

老人が素直に目を丸くして、その表情に前野嬢が微笑んだ。

「尿酸値が高いって、それって痛風ってことですか」と、坂本君が訊いた。

「俺の持病だよ。痛いのなんのって」

「痛風って、美食してるとかかる病気でしょう」

またぞろ坂本君が田中氏の気に障りそうなことを言ったので、私はやんわり窘《たしな》めた。

「そんな単純なものじゃない。ほとんどは体質で、食生活に気をつけていたって発症する場合がある」

そういえば森氏も痛風持ちだった。親父譲りの持病だと話していた。それでも親父はビール党でね。医者に止められても、薬を飲みながら、酒はビール一本槍だった。私はワインの方が好きだけれど。

そんな話を聞いたのはいつだったろう。遥か昔の遠い出来事のような気がする。今閉じこめられているこの空間が異様だからというのではなく、不自然な黄色い闇のせいだろう。

沈黙が落ちた。老人が期限と決めた一時間、和やかな雰囲気を保つために、しゃべりっぱなしにしゃべっていなくてはならない理由はない。沈黙に、私は少しほっとした。

「じいさん」と、田中氏が呼んだ。もう少し静かにしていてくれればいいのに。

「一時間経っても、警察が、あんたが指名した奴を連れてこなかったら、誰かを撃つのか」

老人は心持ち首をかしげ、銃口を田中氏の方に向けただけで黙っている。

田中氏は、いくらか顔がむくんでいた。

「撃つわけねえよな。下手なことをやって突入されたら、元も子もねえんだから。だったらこう、もうちっと巧く警察を転がして、とっとと事を進める方策はないもんかね」

そんなことを自発的に言い出すあんたがいちばん転がされている。

「何か良い考えがありますか」

老人に問い返されて、田中氏はまた親指の付け根を使い、今度は頭を掻いた。

「俺に訊くかよ」

「申し訳ありません」

何を拗《す》ねたのか、ずっと口をへの字にしたままの坂本君が言った。「おじいさんが指名した三人が本当に善良な市民なら、警察は絶対に連れてきませんよ」

「駄目でしょうかね」

「僕らと引き替えになんかしませんよ。同じ善良な市民なんだから」

「でも、見つけてはくれるでしょう」

坂本君は目を見開き、ちょっとくちびるを噛んだ。「やっぱり」

見つけてもらうことが目的なんだ——と、一語一語に力を込めて言った。

「坂本君、知りたがり屋は良くないと申し上げたばかりですよ」

何気なく彼に銃口を向け直して、老人は言う。その目尻の皺が深い。

「その人たちも、人質の僕らと同じように、ネットでさらし者になりますよ。おじいさんはそれを狙ってるんでしょ？」

意外なことに、老人はあっさりうなずいた。これには私だけでなく、田中氏も前野嬢も驚いた。

「何だ、それだけのことなのかよ」

「それだけのこととおっしゃいますが、一人でやろうと思ったら難しいことですよ」

「じいさんが自分でそいつらをさらしてやりゃあ済むことじゃねえか」

「それじゃ誰も注目してくれません」

「じゃ、あの三人に会いたいっていうのは嘘なのね」

前野嬢に、老人はかぶりを振ってみせた。

「会いたいのです。会って直接、彼らに言いたい。これからあんた方は大変だよ、とね」

前野嬢が気が抜けたように息を吐き、両手で身体を抱いた。「——怖い」

「そうです。私は怖いことをやろうとしているのですよ」

「けど、世間の噂なんて七十五日だって」

「それは君たちの場合だけですよ、坂本君。彼らは違う」

彼らには罪があるからです——と、老人は言った。

私はそのとき、ちょっと気が散っていた。さっきの前野嬢は、けっして怖がりで錯覚をしたのではない。今、車体が揺れた。かすかだが確かに揺れたのを、私は感じた。

吊革が揺れるほどの振動ではない。周りに目をやっても、揺れを確認することはできなかった。その代わり、あらためて車内を見回しているうちに、私はあることに気がついた。

バスの床に、四角く区切られた部分がある。老人が腰掛けている中央のステップと、我々人質が座り込んでいるバスの前部の、ちょうど真ん中あたりだ。やや老人の方に近いか。

点検口だろう。上げ蓋式になっていて、ここから車体下部の機械部分を覗くことができるようになっているのだろう。

床にこんなものがあることを、普段は気づかない。気づいても気にしない。私自身、今の今まで目に見えていたはずなのに、そこから先は何も考えなかった。

だが、今は違う。

これが点検口なら、どうやって開ける?

四角い枠に、ネジ山が見あたらない。私は黄色い薄闇のなかで目を細める。見えないのではない。確かにネジ山はない。

どうやって開けるんだという問いは間違っていた。どちら側から開けるんだという問いが正しい。また車体が揺れたような気がした。

「杉村さん」

老人に呼ばれた。私はすぐには目を上げなかった。私が何を見ているか老人に悟られてしまう。疲れて、うなだれているようなふりをしなくては。

「杉村さん、お休みですか」

私はかったるそうに頭を持ち上げた。「ホントにしんどいですね。さすがにトイレに行きたくなってきたし」

「使い捨てトイレを使いますか」

「いや、それはちょっと。よほど我慢できなくなるまでとっておきます。警察に連絡してから、どれぐらい経ちましたか」

老人は即答した。「三十五分ですよ」

「やっと半分ですか。やれやれだ」

前野嬢がそわそわした。「あの、わたし、もしよかったら、後ろの方へ行きますけど」

トイレのことを言っているのだ。恥ずかしそうだった。

「平気平気、まだ我慢できるから」

「身体によくないですよ」

田中氏が吹き出した。「このネエちゃんは愉快だな。こういうのを〈天然ボケ〉っていうんだろう」

坂本君がキッとなった。「前野さんをからかわないでくださいよ！」

「おまえも面白いなあ。うちの倅も、俺の知らないところじゃ、こんなふうに面白いもんなのかねえ」

後段の言葉には、寂しさが滲《にじ》んでいた。

「倅は、うちじゃ俺には口もきいてくれないんだよ。じいさん、あんた子供は？」

言ってから、田中氏はひゅっと口をすぼめた。「まさか後始末を頼んだってのは、あんたの子供じゃねえだろうな」

「とんでもない」老人は笑った。「あなただってもしも私と同じ立場で、私と同じことをやろうとしたら、家族は巻き込まないでしょう？」

「そりゃ……まあ。だけど、どっちにしたって、あんたが捕まったら家族も巻き込まれることになるんだぞ」

「その心配はないんです」

田中氏の目が翳《かげ》った。黄色い薄闇のなかでさえ、翳りが見えた。

「あんた、天涯孤独か」

「そうです。ええ」

うなずいて、老人の目は明るい。

「テンガイコドクという表現を、久々に聞きました。田中さんの年代までですかね。こういう言葉を普通に使うのは」

「独りぼっちっていう意味でしょう？」と、前野嬢が言った。「わたしも知ってます」

「はいはい、わかったよ」

「わたし、天然ボケじゃないです。今までそんなふうに言われたことないし」

「はいはい、はいはい」

「愉快だなんて言われたこともないです」

わたし、つまんない人間だもんと、前野嬢は言った。今度は彼女の口がへの字だ。

「前野さんは、今日は何の用事で〈クラステ海風〉にいたんですか」

初めて、私は積極的に彼女に話しかけた。この微妙な車体の揺れについて、もう彼女に騒がれたくない。できるだけ会話を続けて、彼女の注意をそらしておきたい。

前野嬢の答えはシンプルだった。

「わたし、あそこでバイトしてるんです」

「働いていたんですか」と、老人が言った。「うらん、ただのバイトです。厨房で洗い物をしたり、配膳をしたりしてるんです」

「毎日？」

「週に五日です」

「その給料も学費のために貯めているの？」

「ほんのちょっとずつですけどね。お小遣いに使っちゃうから」

老人は微笑ましそうに目元で笑い、次に私がしようと思っていたことをやってくれた。

「坂本君にも、なぜこのバスに乗っていたのか訊いてもいいかな」

「僕は、あそこに面接を受けにいった帰りで」

やっぱりバイトと、前野嬢に向かって言った。あらと、彼女は驚いた。やっと二人ともへの字の口をやめた。

「厨房じゃないでしょ。介護補助？」

「うらん、清掃員」

「わあ、キツい仕事だよ」

「介護の方がもっとキツそうだもん」

「そうかもしれないけど……」

「クリニックじゃ、いつも看護師と介護士を募集してるぞ」と、田中氏が割り込んだ。「キツい仕事で給料が安いから、人が居着かないんだ。あんな豪勢な施設なのによ」

「ハコにかけるお金と、人件費じゃ違うんでしょう」

「入居者から大枚をとってるのに」

「田中さん、知ってるんですか」

「俺の主治医が言ってたんだ。医者の給料も安いんだってよ。〈クラステ海風〉はたいていの病院と逆で、外来患者の診療は午後だけなんだよ。だから先生、ほかの病院とかけ持ちできるんだそうだ」

「じゃ、まだ若い先生なんでしょうね」

坂本君の言葉に、前野嬢が大きくうなずいた。「若い先生ばっかりよ。先生もバイトって感じ。だって、本格的な治療とか手術とかが要る患者さんは、〈クラステ海風〉には入れないもの。骨折だって、手術のレベルになるとあそこじゃ診ないんだよ。市内の病院と提携してるの」

「だったら何を診てるの？」

「それこそ高血圧とかの、年配者に多い持病のお薬を出して、あと腎臓透析はやってる。リュウマチや関節炎の人も多いから、理学療法をしてる。酸素ボンベを引っ張って歩いてる入居者もよく見かけるけど、いちばん多いのはやっぱり……認知症と、寝たきりのお年寄りね」

「だからこそ、高い金ふんだくってもやってられるんだよ」と、田中氏が言った。「払える金なら払うから、うちの年寄りをどうにかしてくれっていう家族がいるから」

話がはずんでいるあいだに、今一度、私は車体の揺れを感じた。

「認知症のお年寄りって、時間の感覚が失くなってきて、ちょっと前のことでもすぐ忘れちゃうのね。だからホント、自分がご飯食べたことも忘れちゃうの。わたし、あそこでバイトするまでは、そんな話をニュースとかで見ても、信じられなかったけど」

「厨房にいても、そういうお年寄りに会ったりするんだね」

「一人いるの。いつもきれいな格好をしてるおばあちゃんだけど、自分の担当の介護士さんがご飯を盗んで食べちゃうんで、いつもお腹が減って飢え死にしそうだって、厨房まで押しかけてくるんだよね」

「え！　怒鳴り込んでくるのかよ」

前野嬢はしょんぼりと首を振った。「怒ったりしない。いつも泣いてる。何でもいいから食べるものをくださいって。もちろん厨房じゃ一切そういうことはできないし、そのおばあちゃん糖尿病だから、もともと食事制限がかかってるし……」

話に引き込まれているふりをしていた私は、老人が私を見ていることに気づいた。私の表情を観察している。

何人かのグループが談笑している場で、発言している者ではなく、黙って聞いている者に注目するのは、どういう立場の人間だろう。どういう〈職種〉といってもいい。

再び思う。この老人は何者か。

「何分経ちましたか」と、私は老人に訊いた。

老人は微笑した。「時間が気になりますか」

「実はその……やっぱりトイレが」

あわてんぼうの前野嬢の反応は予想以上だった。パッと膝立ちになり、

「わ、わたし後ろに」

老人の声が飛んだ。「座りなさい！」

前野嬢は、まだ完全に立ち上がってさえいない。中腰の姿勢から、ぎくしゃくと腰をおろした。

「ありがとう。本当にあなたはそそっかしいね。そこが可愛らしいけれど」

おだてられても、彼女の頬の強張りは消えなかった。ついでに言うなら、坂本君の方がもっと強張っている。縮こまって膝を抱えた彼女に寄り添い、非難の眼差しで老人を見た。

「そんな大きな声を出さなくたって」

「おや、大きな声でしたか？　それは申し訳ない。私もビックリしたもので」

坂本君が老人にストレートな怒りをぶつけるのと、それを老人がいなす場面は、これが初めてだ。

老人が指定した時間制限が利いているのだ。一時間経ったら何が起こるのか、みんな頭の隅で想像している。ただ、とりあえずこの場は和やかだから、それをかき乱したくなくて――かき乱したらどうなるかまったく想像がつかないので、みんな黙っている。

「前野さん、そこにいてください。私が動きます」

できるだけ決まり悪そうな顔をして、私は一同に笑いかけ、老人を見た。

「また運転席のステップを上がって、仕切りの陰で用を足しますよ。それならいいでしょう。ついでにちょっとだけ窓を開けさせてもらえれば、その、臭いも、ねえ」

老人はすぐ言った。「運転席に上がるのはいいですが、窓はいけません」

「わかりました」

素直に承知して、私は身を起こした。

ステップを上がるまでは、また前野嬢が手を貸してくれた。さらに、使い捨てトイレの紙パックを袋から取り出してくれた。

「今だけでも、手首のテープを解《ほど》いたら駄目ですか？」

彼女が遠慮がちに老人に問いかけた。老人は黙っている。銃口は田中氏に向いている。

「このままで平気だよ、前野さん」

使い捨てトイレは、水分を吸収して固まる青色のジェルが入った紙袋だ。使用後は、袋の口元の紐を引っ張って閉じて、そのまま〈燃えるゴミ〉として処分できると書いてある。商品名は「スキットイレ」。

森信宏氏を訪問する際は、取材者の身で中座する失礼がないように、事前には水分を控え、インタビュー中は茶菓をとらないように心がけていた。おかげで、今も切迫した要求はない。精神が緊張状態に置かれているせいもあるのだろう。

最初から芝居するつもりだったが、いざその場になって〈両手を縛られた状態で苦労して用を足す〉ふりをするのは難しかった。本当に用を足してしまう方が、ずっと楽だったろう。私はごそごそ動き、身を捩り、しゃがみこみ、紙袋を握ってかさかさと音をたててみせた。仕切りの向こうから、田中氏が話しているのが聞こえてくる。

「――クリニックでいきなり尿検査するって言われて、困ったことがあるんだよ。こっちだって先に聞いてりゃ、そのつもりでいるのにさ。抜き打ちじゃあな。出ねえもんは出ねえって看護師に文句垂れたら、出るまで頑張れって言いやがった。何をどう頑張れっていうんだよ」

田中氏が私の意図を察知して援護射撃してくれているのかどうかはわからない。若い女性の前で堂々とシモの話ができることを楽しんでいる、セクハラ親父の語りにしか聞こえなかった。

今度は運転席に座れるわけではないので、そこに上がったときに一度、周囲の様子を素早く盗み見ただけだ。その限りでは、バスを囲む状況に変化はなかった。戻る際に、しゃがんでいる姿勢から立ち上がり、運転席のステップから降りるときはどうだろう。

口を縛った紙袋を運転席の隅に隠して、

「よいしょっと」

声をかけて、私は起き上がった。

「わあ、腰が痛いな。身体がガチガチだ」

そんな声を発しつつ、頭は動かさずに、横目を働かせて窓の外を見た。

変化はない。装甲車に取り囲まれ、あちこちでライトがついているだけ。

「おっと」

よろけたふりをして、私はハンドルにもたれかかった。クラクションを鳴らしたかったのだが、巧くそこに肘をぶつけることができなかった。

わずかな時間稼ぎのあいだにも、動きはなかった。私は、自分が運転席に上がりさえすればまたカンペが現れるという無根拠な自信を抱いていたので、その瞬間、ひどく裏切られたような気分になった。

猿芝居は無用だったか。あるいは、もうカンペが不要になったのか。

「杉村さん、そっちへ行っていいですか」

前野嬢の声に、私は済まなさそうな声を出してみせた。「いいよ、一人で大丈夫。手を洗ってないから、悪いからね」

田中氏が、下卑たセクハラ親父の笑い声をたてた。「ご清潔なこった」

一人でステップを下りようとしてもたつき、私は運転席の上で粘った。カンペは現れない。人の動きも見えない。そろそろ一時間を過ぎるのではないか。警察から電話がかかってくる頃合ではないか。

カンペは現れない。

三十代も後半になったら、両足首をくくられた状態で、幅の狭いステップを飛び降りる行為は推奨できない。よほど鍛えている人でない限り、バランスを崩す。私は前のめりになって、左側の座席の前にある出っ張りに激突した。かろうじて正面からではなく、右肩から倒れ込んだけれど、ごつんと大きな音がして、肩が外れそうなほどの衝撃がきた。

「危ない！」

前野嬢が飛びついてきて、そのまま床に転がってしまいそうになる私を支えてくれた。体格が違うので、彼女も危うく私の道連れになるところだった。

「大丈夫ですか？　どっか痛くしてない？」

せっかちに案じられても、すぐ答えられないほど痛かった。

「大丈夫、大丈夫」

痛いだけでなく、肩から肘にかけて痺れている。冷汗が出た。

「あんた、この分の治療費だけでももらった方がいいな。俺の取り分から分けてやるよ」

田中氏が、金に汚い中年男に戻って言った。と、その声が急に頓狂に跳ね上がった。

「おい、じいさん！」

「何ですか」

老人の声は抑揚を欠き、低く聞こえた。田中氏の方は、今にも目が飛び出しそうだ。老人に食いつきそうだ。

「金額はどうするんだよ？　俺たちとここで相談したって、あんたの後始末をする奴に伝えようがねえだろ？」

「またそんなことばっかり」

坂本君が呆れたように呟くのに、田中氏はムキになって言い返した。「そんなこともこんなこともあるか！　危ねえったらありゃしねえ。じいさんに騙《だま》されるところだった！」

「私は皆さんを騙したりしませんよ」

「白々しいな！　あんたは捕まるんだから、ここで俺たちの住所や連絡先を聞いたって意味がねえって言ったろ？　だったら金額のことだって一緒じゃねえか！」

「それぐらいの短い情報なら、接見に来た弁護士を通して外に伝えることができますよ」

「弁護士ぃ？　あんた弁護士なんか雇えるのかよ」

「雇えなくても、お上が付けてくれます。そうでないと公判が開けませんからね」

私は転んだ場所にそのまましゃがみこみ、前野嬢は私にぴったり寄り添って、右肩をさすってくれている。老人は口先で田中氏に応答しながら、そんな私を凝視している。

今まででいちばん、その目が厭《いと》わしかった。さっき運転席でやろうとしたこと、私がカンペを期待していたことまで、すっかり見抜かれているような気がした。

「舌先三寸だ」と、田中氏が吐き捨てた。「じいさんの言うことなんざ、これっぱかしも信用できねえ」

「それなら、あなたとは取引できない。一億円は差し上げません」

あっという間に勢いが消し飛んで、田中氏はみるみる狼狽《ろうばい》した。

「佐藤さん」私は呼びかけた。声に力が入らない。本当に怪我をしたらしい。「そんな意地悪なことを言わないで、田中さんと取引してあげてください。私の分は田中さんの一億円に上乗せするということで結構です。何だか肩を脱臼したような感じがしますが、その治療費も要りません」

前野嬢が私の肩をさする手を止めた。「脱臼なら、下手に触らない方がいいかも」

「うん。ありがとう」

私の右肩と右腕はまだ痺れていた。今、テープを解いてもらっても、右腕は上がらないかもしれない。

前野嬢はしゃがんだままそろそろと坂本君の隣に戻った。彼女の定位置だ。

「その代わり、佐藤さん、私には情報をくれませんか」と、私は言った。「あなたにとって害になる情報じゃない。あなたが逮捕されるなら、いずれはオープンになる情報です。でも、職場の人間関係に関わることなので、私は早く知りたいんですよ」

「どういう情報でしょうか」

老人の視線だけでなく、銃口も私の顔の上にぴたりと据わった。

「あなたの素性、具体的には職業です。年齢的に、今は引退しておられるだろうから、かつての職業というべきかな。あなたは何をして生計を立てておられたんですか」

老人は、ゆっくりとひとつまばたきをした。田中氏も坂本君も前野嬢も、そのまばたきを見ている。

「うちの編集長がバスを降りるとき、あなたとおかしなやりとりをしたでしょう。編集長は、〈あなたのような人を知ってる〉と言いました。〈あなたの同類が嫌いだ〉というようなことも言っていた」

若い二人は忙しなくうなずいた。「うん、言ってた」

「実は僕もちょっと気になってました」

「うちの編集長はもともと物言いのキツい人ですが、あのときは本当に嫌そうだった」

だけど――と、私は苦笑いした。肩が痛くて、自然に歪んだ笑いになった。

「私には、あの編集長がそんなに嫌う〈あなたのような人〉というのが、まるっきり見当つかないんですよ。皆さんお察しでしょうが、園田編集長は勝ち気ですからね。嫌な人や物事に遭遇しても、そうやすやすと、顔や言葉に出しません。負けたような気がするからでしょう」

「でしょうね」と、老人が応じた。視線も表情も、銃口も動かない。「園田編集長のような方を、私は大勢見てきました。だがああいうタイプの人は、一度折れると根元から折れてしまう。強いが脆《もろ》い。そういう気質です」

目ばかりぐりぐりさせている田中氏が老人に何か言いかけ、やめた。若い二人も緊張して見守っている。

「そうです。ご明察です」私はうなずいた。「あなたはうちの編集長の性格をよく見抜いている。彼女にも〈最初から察していた〉〈さぞかし嫌な思い出があるんでしょう〉と言っていましたよね。あれはどういう意味です？」

「お詫びいたします、とも言ってた」

前野嬢が囁き声で、老人の機嫌を覗うように、下からそうっと問いかけた。

「何をお詫びしたんですか、おじいさん」

老人は彼女に目をやらなかったが、目元が和らいだ。

「知らない人には、なかなか説明が難しいんですよ」

そのとき、携帯電話が鳴った。

老人は左手で携帯電話を取り上げた。着信でディスプレイが明るくなる。そんな小さな光でも、濁った黄色の薄闇のなかでは新鮮だった。その光が老人の顔を照らし、老人が携帯電話を耳にあてると、彼の痩せた顎の線を照らし、耳元の白髪を照らした。

「はい。約束の一時間になりま――」

それが、我々人質が耳にした、老人の最後の肉声になった。

下から突き上げるような力に、車体が大きく揺れた。バウンドするような揺れだった。次の瞬間、破裂音が響いて、バスの床のあの四角い上げ蓋が真上に吹っ飛んだ。そこから何かが車内に投げ込まれた。

突然、視界が真っ白な光で溢れた。鼓膜が千切れてしまいそうな大音響が轟《とどろ》いた。

私はかつてはプロの編集者で、今でもそこそこ本を読む。文章上では、「目がくらむような眩しさ」「耳を聾《ろう》するような轟音」という表現に出くわしても、珍しいと思わない。むしろ決まり文句で、表現としては陳腐だとさえ思う。

だが現実に、瞬間的に目がくらんでしまうほどの強い光と、衝撃で耳が機能を止めてしまうほどの大音響を体験したのは、このときが初めてだった。

あとになって、交渉役を務めていた山藤警部が教えてくれた。あのとき床の点検口から車内に投げ込まれたのは〈音響閃光手榴弾《スタングレネード》〉というもので、強烈な閃光と音響で瞬時にその場にいる人間の視覚と聴覚をマヒさせる。立てこもり事件などで警察が建物や車両の内部に突入する際、それが可能な状況ならば、しばしば使用するものだという。形状は手榴弾に似ている。

目がくらみ、耳がわんわんして何も聞き取れなくなり、本能的に頭を下げて縮こまっているうちに、あちこちから人の手や足がぶつかってきて、やがて頭を押さえられた。

「じっとして、じっとして！」

外部からの風圧で、頭の奥へ押しやられていた鼓膜が、ゆっくりと定位置まで戻ってくる。そんな感じで聴覚が戻ってきた。

「もう大丈夫です！　皆さん落ち着いて！」

バスの後方から、カクホ、カクホという声も聞こえてきた。カクホが〈確保〉という意味だと悟って、私は頭を上げようとした。するとまた誰かの手で優しく、しかし断固として押さえられた。

「まだ動かないでください。じっとして」

バスの床すれすれのところにある私の目に、突入隊員の制服のズボンの裾と、頑丈そうなブーツが見えた。女性が手放しでわあっと泣き出す声が聞こえた。前野嬢だ。

「皆さん、怪我はありませんか。ゆっくり起き上がって顔を見せてください」

我々は起き上がり、互いの顔を確認した。田中氏の目は飛び出しそうなだけではなく、真っ赤に充血していた。

「何だこりゃ！」

短く吼《ほ》えるように言って、田中氏は顔を歪めて低く呻いた。どこか痛めたらしい。泣きじゃくる前野嬢を、坂本君が両腕の輪のなかに抱え込んだ。彼も声を呑んで泣いている。

さっきまで老人が座っていたステップに、今、見えるのは彼の二本の脚だけだった。付け加えるなら靴底も見えた。

老人は長々と仰向けに伸びていた。車内には数人の突入隊員がいたが、誰も老人を拘束してはいない。

だが老人は動かなかった。

「死んじゃった！」

涙で顔をびしょびしょに、しゃくりあげながら前野嬢が叫んだ。

「死んじゃった！　おじいさん、死んじゃった！」

うっすらと漂う薬臭い煙の向こうに、バスの後部座席が見える。その一角に、返り血が跳ね散っていることに、私は気づいた。

老人の拳銃は見あたらなかった。

私の頭を押さえていたらしい隊員は、ものものしい装備をとけば、ごく普通の体格だろう。声音は落ち着いていて、ヘルメットのバイザーからのぞく鼻筋がすうっと通っていた。予想外に若い感じがした。

「皆さんには前の乗降口から降りていただきます。バスを動かしますので、申し訳ないですがあと少しこのまま待っていてください」

別の隊員が、田中氏の手足のテープを剝がしていた。前野嬢は泣き叫ぶのをやめて、坂本君にしがみついて目をつぶっていた。

後部の非常ドアが開いていた。隊員たちはそこから出入りしているのだ。見事に吹っ飛んだ床の点検口は、わずかに右にずれただけで、元の場所に着地していた。

非常ドアからブルーシートが持ち込まれ、隊員が二人がかりで、倒れている老人の身体を隠した。それが我々に対する思いやりからとられた措置なのか、現場保存のためなのか、私にはわからない。いずれにしろ、彼らが老人の死体をとっとと運び出すことも、我々に老人の死体を跨《また》がせて、非常口から降りろと促すこともなかった。

その後の私の記憶は切れ切れで、一貫性がない。鮮やかに目に残っているのは、どれも些末なことばかりだ。たとえばシートの返り血。たとえば点検口の縁が割れていたこと。

鮮やかに耳に残っているのは、たとえば前野嬢が泣き叫ぶ声。たとえば田中氏の呻き声。

バスを降りると、外の世界は喧噪に満ちていた。まるでお祭り騒ぎだと、私は感じた。

我々四人の人質は、奇矯なバスジャック犯と奇妙な数時間を過ごした。だから、我々の体験から生まれる感情が、この種の事件のすべてに普遍性を持つものだとは思わない。

私は寂寥《せきりよう》感を覚えていた。外の世界のすべてが自分とは無縁な気がした。我々の無事を喜んでくれているはずの人びとも、そこには大勢いるはずなのに、雑草がしょぼしょぼと生えた駐車場の地面に降り立ち、最初に感じたのは疎外感だった。

立ちすくんだまま動かない私に、突入隊員の一人と、救急隊員が近寄ってきた。

「歩けますか？　目眩《めまい》がしませんか」

救急隊員が私に酸素マスクを差し出した。私が手でそれを押し返そうとすると、

「これを付けて深呼吸してください。爆発のせいで、瞬間的に酸素が薄くなったんです」

突入隊員が言った。別の救急隊員がストレッチャーを押してきて、私は促され、そこに腰かけた。

酸素は美味だった。全身に沁《し》みた。救急隊員が私の脈拍と血圧を測った。

前部の乗降口に近いところにいた私が最初に降りたので、ストレッチャーに座ったまま、あとの三人が降りてくるのを待った。私の次は田中氏で、見るからに足元が危なっかしい。救急隊員に両側か

ら支えられ、別のストレッチャーに苦労して横たわった。

「腰だ、腰だよ」

言い訳するように、彼は私に言った。

「どかん！　で、ギックリきやがった」

泣き腫らした目をして、前野嬢が降りてきた。突入隊員につかまっていても、立っていられない。駆け寄ってきた救急隊員が毛布で包みこんで、突入隊員が毛布ごと彼女を抱き上げた。彼女は毛布のなかに埋もれて私の脇を通り過ぎた。

坂本君はしっかりしていた。まだ目が赤いが、涙は止まっていた。私と同じように酸素マスクを付け、立ったまま数回深呼吸すると、自分でそのマスクをはずして救急隊員に返した。額が汗で濡れていた。

「前野さんが心配なんですけど……」

「人質の女性ですね。本部にお連れしました」

「じゃ、僕もすぐ行きたい」

足早にバスを離れようとして、彼は振り返った。「杉村さん、肩を診てもらった方がいいですよ」

私は忘れていた。坂本君は手早く、救急隊員にも説明した。「運転席から降りるとき、車内の出っ張ってる部分にぶつけたんです。機械が格納されてる四角いところがあるでしょう？　脱臼したんじゃないかって」

救急隊員が、驚くふうもなく私の肩を診てくれた。触られると激痛が走った。

車内で会った、鼻筋の通った突入隊員がバスから降りて、私に近づいてきた。

「運転席に座っていた方ですね」

「はい。杉村三郎です」

「ご協力ありがとうございました」

カンペの件だ。救急隊員に肩を動かされて、私は大きく顔をしかめてしまった。

「大胆なことをするんだなあと驚きました」

「柴野運転手の証言で、犯人が小柄な年配者であることはわかっていましたし、犯人と皆さんが車内のどのあたりに位置しているのか、あの時点でつかめていました」

私は痛くてしかめっ面をしているというのに、その目に浮かんだ疑問に、彼は気づいて答えてくれた。

「サーモグラフィーを使いました」

映画で観たことがある。熱源を感知してその位置や大きさや動きを表示する機器だ。エンジンを切ったバスのなかの人間とか。

「ひとつ教えていただけますか」

この外の世界で、バイザーの向こうにある彼の眼差しは、唯一、人間くさい。そんな気がして、私は問うた。今ここで、彼の口から教えて欲しかったから。

「あなた方があの老人を撃ったんですか」

隊員の口元が、一瞬だけ引き攣った。

「いいえ。自死でした」

4

元人質の我々四人は、まず対策本部に集められ、それから救急車で市内の病院に運ばれた。坂本君は前野嬢の車に同乗したがったが、かなわなかった。四人はバラバラに移動して、バラバラに健康状態のチェックを受けた。

私の右肩は骨折でも脱臼でもなく、打ち身だった。いちばんの重症者は田中氏だろう。椎間板ヘルニアなのだという彼の言に嘘はなく、治療のために数日間は入院するという。

病院にいるうちに、それぞれの家族が駆けつけてきた。個々の病室で、巡査の立ち会いのもとで面会できることになった。

私の妻、杉村菜穂子は、予想通り広報課の橋本氏に付き添われてやってきた。ただ、病室に入るときは一人きりだった。

菜穂子は心臓肥大の気味があり、病弱だ。子供のころには二十歳まで生きられないのではないかと危ぶまれていた。妻が妊娠・出産という難事を乗り越え、我々が桃子という一人娘に恵まれたのは、先進医療と幸運のおかげだった。

掛け替えのない妻と娘だ。その二人に、これで何度、私は心配をかけるのだろう。

妻は泣いていなかった。青ざめて、さっきの前野嬢のように震えていた。突入直後の前野嬢が坂本君にそうしていたように、私にきつくしがみついてきた。よかった、よかったと繰り返して、涙声になった。しばらくのあいだ、我々夫婦のやりとりに、無表情の巡査は居心地が悪そうだった。

「桃子は？」

「うちに、お父様と一緒にいます。ニュースは見せてないけど、お父様がちゃんと言い聞かせてくれているから」

義父に任せておけば安心だ。よくできた家政婦さんもついている。

「今はあまり時間がとれないのよね」

「これから事情聴取があるだろうからね」

「あなたも一緒にいた皆さんも、ゆっくり休んで栄養をとらなくちゃいけないからよ」

「ひと晩も人質にとられていたわけじゃないんだから、大丈夫だ」

「でも肩を怪我したって」

「バスのなかで転ぶなんて、自分でも予想外だったよ。歳かなあ」

妻は私を責めなかった。あなたったら、どうしてこんなふうに事件にばっかり巻き込まれるのと責めなかった。むしろ、彼女自身を責めているように見えた。私は妻の微表情を観察することにかけては手練《てだ》れなのだ。

「そんな顔をしないで」

私が笑顔をつくると、妻も微笑もうとした。その拍子に涙がこぼれた。

「今度はわたし、一緒にいられなかった」

二年ほど前、広報室でアルバイトしていた女性が、解雇を巡って我々とトラブルになり、それがこじれた挙げ句、我が家に乗り込んできて、桃子を人質に台所に立てこもるという事件を起こしたことがある。その際には、まず妻が彼女に遭遇し、連絡を受けた私が駆けつける形だったが、桃子の救出と事件の解決の瞬間には、二人で一緒にいた。

「もしも君も乗り合わせていたらなんて、想像するだけで心臓に悪いよ」

「どうせなら、お父様の方が心強かった？」

妻がこんな冗談を言うとは思わなかった。

「いや、いちばん心強いのは――」

「遠山さんよね」

今多会長の懐刀《ふところがたな》、〝氷の女王〟だ。私も妻も、同時に笑い出した。笑いながら、私は頭の片隅で現実的に考えていた。そうだ、あの老人の話術に対抗できるのは遠山女史ぐらいかもしれない、と。ちょうど、義父の個人的な意向に（その必要があるというぎりぎりの判断の下で）異議を唱えることができるのが、彼女だけであることと似ている。

私は、妙にあの老人と義父を重ね合わせて考えている。二人の、どこに共通するものがあるというのか。

「園田さんがご一緒だったんでしょう？」

「編集長に会った？」

「わたしは会ってないけど、橋本さんが秘書室の人を付き添いに遣《や》ってくれたわ」

園田編集長の実家は、確か北九州だ。老母と兄夫婦がいると聞いている。飛行機に飛び乗っても、すぐには着くまい。

「わたし、いったん帰って着替えを取ってくる。ひと晩入院することになるでしょうから」

「それより家で待っててくれた方がいいな。帰るときに電話するから」

そう言って、遅まきながら私は気づいた。「今までどこにいたんだい？」

「県警の会議室で待たせてもらっていたの。ほかの皆さんは救出まで身元がわからなかったけど、あなたのことは園田さんが解放されてすぐわかったから、うちに連絡が来たの」

私の心臓は止まりかけた。

「その連絡、君が受けたの？」

妻は私を宥めるように、包帯に包まれた肩を撫《な》でてくれた。「最初に連絡を受けたのは会社の方よ。園田さんがそうしろって言ってくれたの」

優しい方ね、と言った。

「お父様は、私が警察に行くことに反対だったの。いつものことだけどね」

「僕がその立場でも反対する」

「でも遠山さんが橋本さんを寄越してくれて、家にいるより現場の近くにいる方がわたしのためだって説得してくれたのよ」

「優しい方だからね」

妻の笑顔がいっそう明るくなり、私は安堵した。「待っているあいだに、警察から何か説明はあった？」

「必ず無事に救出しますって」

言って、妻は声をひそめた。「先に解放された運転手さんが、自分が犯人を説得するからバスに戻してくれって、とても取り乱していたみたい」

私は胸が痛んだ。「女性の運転手さんでね、責任感の強い人だった。立派なふるまいだったよ。小さい娘さんがいるらしいけど」

妻は軽く目を瞠った。「それでも、バスに戻ろうとしたのね」

病室のドアにノックの音がした。立ち会いの巡査が開けると、橋本氏の顔が覗いた。

「失礼いたします」

ドアの外で一礼し、警察官にも黙礼して、その場に留まったまま言った。「広報課の橋本です。杉村さん、ご無事で何よりでした」

「またぞろ申し訳ありません」

私の謝罪には特に応じず、「菜穂子さん、そろそろ……」

妻はうなずくと、「どうぞよろしくお願いいたします」と、巡査に頭を下げた。橋本氏が恭《うやうや》しく下がって道を開けた。

常に礼儀正しく沈着冷静だが冷酷には見えず、弁舌爽《さわ》やかで如才ないが嫌味ではない。我らが今多グループの本物の広報課の精鋭である橋本氏を、あの老人ならどのように評価し、どんな弁舌で立ち向かうだろう。そんなことを考える私は、心に余裕が生まれてきたのか、それともまだ事件に興奮しているのか。

「杉村さん、森さんから連絡がありました」

さすがの橋本氏も、今多グループを離れた森信宏氏を、ただの〈森さん〉と呼ぶことにはまだ慣れていないらしい。そこだけ、声が硬くなった。

「ニュース速報で事件を知って、ずっと案じておられたそうです。すぐ会いに来たいのだが、この時間に家を空けるわけにはいかないからと、謝罪しておいででした」

夫人を置いては出られまい。

「もったいない。森さんが謝る必要などないことです」

「先方としては、そうは思えないのでしょう」

〈先方〉の方が、まだ発声が滑らかだった。

「家内をよろしく頼みます」

「承知いたしました。お任せください」

また一礼して、言い足した。「申し上げるまでもありませんが、会長もお喜びです」

「お叱りを覚悟していますよ」

「わたしが家を出てくるときには、お父様、桃子を膝に入れて座っていらしたの。あんなこと、何年ぶりかしら」

妻が笑って、私に手を振った。私も手を振り返した。大きな安堵感に、夫婦でティーンエイジャーに戻ったようだった。

二人が去ると、私は巡査に会釈した。「ありがとうございました。まさか、こんなに早く家族に会えるとは思っていなかった」

巡査は中年で、防刃ベストの腹が出っぱっていた。まるでダガーナイフのようだったあの突入隊員と比べると、こちらは菜切り包丁ぐらいの感じだ。無言で私に会釈を返した。

「実は私は、以前にも事件に巻き込まれた経験がありまして、だいたい察しがつきますが、事情聴取はここでするんですか。我々の記憶が新しいうちでないとまずいでしょう」

巡査は、そんな質問に答える資格は自分にはないのだというふうに、当惑顔になった。

「事情聴取が終わるまでは、ほかの人たちに会うことはできないんですよね」

当惑顔の巡査は、防刃ベストの腹にちょっと手を触れて私の顔から視線をそらすと、ぼそぼそと答えた。

「皆さん、医師の診察を受けていますから、今はまだ会えません」

「先にバスを降りた会社の同僚がどうしているか心配なんですが……。園田という女性です。彼女と会うのもいけませんか」

巡査の当惑顔が深まった。私の要求ではなく、妙に落ち着いた要求ぶりに困惑しているのだろう。

「ともかく今は、ゆっくり休んでいてください。間もなく、交渉役を務めた山藤警部が杉村さんにお話を聞きに来るはずです」

わかりましたと、私はおとなしく引き下がった。横になるほど疲れてはいなかったけれど、今はそうしておいた方が、私も制服巡査も居心地がよさそうだ。枕に頭をつけて、目を閉じた。

と、五分もしないうちにドアにノックの音がした。巡査がドアを開け、敬礼した。

「失礼します」

背広姿の男性が二人、前後して病室に入ってきた。二人とも四十代で、一人は四十代の坂を登り切るところ、もう一人は同じ坂を登り始めたばかりのように見えた。入れ替わりに巡査が出て行き、ドアが閉まった。

県警の特務課所属だという山藤警部の声を、私は一度も聞いていない。姿も目にしていない。だが、四十代の坂の終わりに近そうな、年下の相方よりも小柄な男性の顔を一瞥しただけで、私にはそれが件の交渉役だとわかった。

その顔に、この数時間で見慣れた表情の片鱗が浮かんでいたからだ。煙《けむ》にまかれたような、狐《きつね》につままれたような——佐藤一郎と名乗った老人と共に過ごした、我々人質たち全員が顔に浮かべていた表情の片鱗。私自身の顔にも浮かんでいたに違いない表情の片鱗。それがあくまで片鱗にとどまっているのは、山藤警部だけは、あの老人の目を見ていないからだ。少なくとも、命の灯がともっていたときのあの目を。

私はベッドに起き上がり、三人で挨拶を交わした。間近に提示された県警の警察手帳は、当然だろうが警視庁のそれとは少しデザインが違っているように思えた。そんな些末なことが頭に引っかかるのは、性分だろうか。

山藤警部の相方は、やはり県警特務課の今内《いまうち》警部補という人だった。手にした手帳を開きながら、この人が先に口を切った。

「気分はいかがですか」

「大丈夫です」

「まず、お手間ですがもう一度お名前を伺います。杉村三郎さんですね」

「はい」

「ご住所と勤務先を教えてください」

私が述べる言葉を、手帳を参照しながら、警部補は確認した。

「杉村さんの鞄は、こちらで保管しています。社員証や運転免許証もお預かりしています」

「わかりました。ありがとうございます」

「申し訳ないんですが、皆さんの鞄の中身を調べさせていただきました。乗っ取り犯が、皆さんの手荷物に何かを隠した可能性も考えられましたので」

あの老人に、そんな機会がなかったことはわかっているが、私はうなずいた。

「それと、携帯電話も回収済みです。一緒にお返しできます」

バスの乗降口から蹴り落とされたぐらいでは、今日日の携帯電話は壊れたりしないだろう。

「さっき妻に会いました。事件のあいだ、県警で待たせていただいたそうで、お世話をおかけしました」

二人の刑事はちらりと視線を交わした。その様子に、もしかすると杉村菜穂子は、すんなりと警察で〈待たせていただいた〉わけではないのかもしれないと、私は察した。意外とゴネたり泣いたりしたのかもしれない。県警に対して、財界の大物である父親の影響力をちらつかせたかもしれない。どちらも彼女らしくないふるまいだが、絶対にそんなことがないとは言い切れない。なにしろ非常事態だった。

今多コンツェルンは千葉県内に物流センターを持っているし、大きな支社もある。県警に通じる人脈があっても不思議はない。

相方の視線を受けて、山藤警部は私に目を返し、言った。「乗っ取り犯と、電話で交渉していたのは私です」

「はい、お名前を知っていました。あの老人が教えてくれたので」

二人とも動じなかった。人質仲間の誰かから、既に聞いているのか。

「カンペも、私が指示して出しました。驚かせて申し訳ありませんでした」

わざと軽く、私は笑った。「映画やドラマでは見たことがないやり方でしたから、ちょっと面くらいました」

病室の壁際に、スタッキングタイプの椅子が二つ重ねてある。三角巾で固定された右腕を浮かせて、私はそれを示した。

「お掛けになりませんか。座っていただいた方が、私も話しやすいのですが」

補佐役らしく、今内警部補が椅子を並べた。山藤警部は進んで腰をおろした。それで場が落ち着いた。もしも警部が座りながら、「よっこらしょ」とか「やれやれ」とか呟いても、私は気を悪くしなかったろう。

「確かにこの方が楽です」

微笑して、山藤警部は言った。薄い笑みが、彼の顔に浮かんでいたあの表情の片鱗を消し去った。

「皆さんには大変な経験でしたから、本来はご無理を申せません。正式な事情聴取は、医師の許可を得た上で、明日、皆さんに県警に移っていただいてから行う予定です。少しでも早く帰宅されたいお気持ちでしょうに、申し訳ありません」

「大丈夫です。それより、早々に妻の顔を見ることができてほっとしました。ご配慮に感謝しています」

ほかの人質仲間ももう家族と対面できているのかどうか、ちょっと怪しくなってきた。杉村菜穂子を守護する今多コンツェルンの傘の端っこで、私は厚遇されている可能性がある——のかもしれない。

「ただ、早急に伺っておきたいことがいくつかあります。よろしいですか」

どうぞと、私はいずまいを正した。

「乗っ取り犯の老人は、名乗りましたか」

「佐藤一郎と名乗っていました」

私は我々人質と老人が名乗り合うことになった経緯をざっと語った。

「するとその後、被疑者と皆さんは名前を呼び合ってやりとりしていたわけですね」

私の目を覗き込む山藤警部の右眉の端に、小さいが目立つ黒子《ほくろ》がひとつあった。

「では、ここでは私も佐藤と呼ぶことにしましょう。杉村さんは、佐藤と面識がありましたか」

「まったくありません」

「どこかで顔を見かけたことがあるという程度でも？」

「ありません」

「一緒に人質になっていた方のなかに、佐藤と面識がありそうな人はいましたか。杉村さんはそう感じた、という程度で結構なのですが」

「最後まで一緒にいたメンバーのなかにはいません」

私の返答が思わせぶりだったのか、二人の刑事の瞳が動いた。私は急いで続けた。

「ただ運転手の柴野さんは、あの老人の顔に見覚えがあると、本人に言っていました。何度かバスに乗せたことがある、と。それとあの老人は、柴野さんに小さな娘さんがいることと、佳美《よしみ》ちゃんという名前まで知っていました。事前に下調べをしたとかで、それを聞いて柴野さんは大変動揺していました」

山藤警部は軽くうなずいた。「その際、佐藤は柴野運転手に対して脅迫的な言葉を発しましたか」

慎重に答えるべき質問だと思ったので、私は少し考えた。

「柴野さんが先にバスを降りることを拒否したので、あの老人が、早く帰らないと佳美ちゃんが可哀相だと言ったんです。あの場で、小さな子供のいる母親が、自分の子供の名前を持ち出されるのは非常に怖ろしかったろうと思いますが、老人の口調や態度が特に脅迫的なものだったとは思いません」

刑事が敢えて「佐藤と呼びます」と言っているのに、私の方は逆に「あの老人」と呼んでいる。躊躇《ため》いがあるからだ。私は思いきって質問した。「すみません、あの老人は本当に佐藤一郎という名前だったんですか」

警部も警部補も、私の質問が聞こえなかったかのように無視した。

「佐藤は車内で、柴野運転手の携帯電話を使っていたそうですね」

「そうです。柴野さんに携帯を置いていかせて、ずっと使っていました」

「自分の携帯電話を持っていましたか」

「わかりません。ショルダーバッグを持っていましたが、彼がそこから取り出したのは拳銃と、ビニールテープのロールだけでした」

「佐藤が、我々警察関係者以外の誰かと連絡をとることはありましたか」

「ありません」

「確信がありますか」

「ありますよ」

思わず、ちょっと苦笑してしまった。「我々は、ずっと彼と顔をつき合わせていたんです。あの老人がやることは、すべて見ていました」

警部も警部補も、私の苦笑につられない。

「佐藤が皆さんに、外部に協力者がいると話したことはありませんか」

私の耳の奥に、田中一郎氏の声が響いてきた。しゃべるなよ。しゃべらないでくれ。しゃべらないでおこう。そうでないと俺の一億円が――

「杉村さん？」

薄い眉毛の端に、ピリオドを打ったように目立つ黒子。私はそこに視線をあてて、答えた。「事件の後始末を頼んである者がいると言っていました。自分の頼みをきいてくれる者だけれど、仲間ではないとも」

「どういう後始末でしょうか」

私の耳の奥の田中氏の声が一段と高まり、悲痛にかすれて消えていった。俺の一億円。

「あの老人は人質の我々に、迷惑をかけて済まないから、後で慰謝料を払うと言ったんです。後始末とはそのことです」

具体的な金額と、それが誰の発言であったかということだけを伏せて、老人と我々の金をめぐるやりとりを説明するのは難しかった。私は考え考えしゃべった。それが刑事たちの目には疑わしく映ったとしても、仕方がない。

「あなたはその慰謝料の話を信じましたか」

山藤警部の声が少し、ほんの少しだが柔らかくなった気がして、私は彼の眉の端のピリオドから、彼の双眸に視線を移した。我々一般市民に、容易にその内側を見透かされるはずがないだろう警部の目は、こうして観察するとちょっと充血していた。

「本気で信じてはいませんでした。今も、あれは我々を宥めるための作り話だったろうと思っています」

「何故でしょう」

間髪を入れず問い返されて、私は笑った。しゃっくりのような声が出た。

「あまりに途方もない話だからです。それに辻褄《つじつま》も合いません。あの老人がそれほどの資産家なら、その金を使って、いくらでも彼の目的を達することができたはずだと思います。何もわざわざバスジャックなんかやらかさなくたって、ほかに手があったでしょう」

「佐藤の目的とは何ですか」

「警部さんに要求していたでしょう？　特定の人を現場に連れてくることです。三人、名前をあげていましたね。老人はその人たちに何かしら恨みを抱いていて、制裁を加えたいと思っているようでした」

「制裁ですか。単に恨みを晴らすのではなく」

「私はそう感じました」

私が老人がネットの事件サイトについて語ったことを説明した。

「あの年代の人にしては、ネットに詳しいようだという印象も受けました。でも、携帯メールを打つことには慣れていなかったようで、人質の女性が代わりに打ちました」

そこまでしゃべって、私はひとつ息をついた。二人の刑事は、私が呼吸するのを見つめている。まるで私の呼気《こき》に色がついていて、そのスペクトルを解析することで、証言の真偽が確かめられるかのように。

「私の身元を照会していただければ、すぐわかることだと思いますが」

二年ほど前にも事件に巻き込まれたことがありますと、私は言った。

「私の勤めている今多コンツェルンのグループ広報室で、アルバイト社員の解雇をめぐってトラブルがありました。新聞で報道されたこともあるので、あるいはご存じでしょうか」

「グループ広報室の皆さんが、アルバイトの女性に睡眠薬をもられたという傷害事件ですね」

山藤警部はよどみなく言った。

「その後、その女性はあなたのご自宅に押しかけて、刃物で奥さんを脅し、娘さんを人質にとって立てこもった」

「やっぱりご存じでしたか」

「バスジャックの最中に、署で奥様から得た情報です。大変でしたね」

私は黙ってうなずいた。

「奥様は、だから、あなたはこういう事態に落ち着いて対処できるはずだと言っておられました」

「家内がそんなことを申しましたか」

「子供が人質にとられるという、親にとっては最悪の事態を経験したことがある人だから、夫はたぶん今、このバスにいるのが自分でよかった、娘じゃなくてよかったと考えているだろう、だからけっして慌てたりしないとおっしゃいましたよ」

山藤警部が私に笑いかけてきた。「実際、杉村さんは冷静に行動してくれました」

「家内が申したようなことを考えていたわけではありません。私はそんな胆力のある人間ではありませんよ。でも、今こうして聞くと、あの場の自分がそうであったように思えてくるから不思議ですね」

今内警部補も微笑した。私はやっと、この二人組が守っている閂《かんぬき》に触れることができたようだ。触れただけで、動かすことはとうてい無理だろうけれど。

「何度、どんな経験をしようと、私はただのサラリーマンですから、事件に慣れることはできません。でも、事件後のこうした事情聴取には、少しだけ慣れた気がします。錯覚かもしれませんが、慣れたと言わせてください」

私はまたひとつ深呼吸をした。

「というのは、私は過去の経験で学んだからです。こういうときは、たとえ脈絡がなかろうが、記憶違いがあろうが、自分が経験したことをありのままに話すのがいちばんだと」

山藤警部がゆっくりとうなずいた。

「でも、今はその自信が揺らいでいます。我々四人があの老人と一緒にバスのなかで過ごした数時間は、異様な時間だったからです」

どれほど率直に話そうと、あの場にいなかった第三者に、我々のあいだで起こったことを信じてもらえるだろうか。

「あの老人は確かに二度発砲しましたし、我々は彼に銃口を向けられていました。でも私は、彼が我々を本気で撃つとは思っていませんでした。少なくとも、バスがあの空き地に落ち着いて以降は、そんなことは起こらないだろうと感じていました。それくらい、老人が我々をしっかり掌握していたからです。それが——その掌握の仕方が異様でした」

「慰謝料という名目の大金を、皆さんの前にちらつかせたからですか」

今内警部補が私に訊いた。上司である相方が、つっと横目で彼を見た。

「それも大きな要素でしたが、金だけの問題ではありません。何というか」

私が言葉に詰まってくちびるを噛むと、二人の刑事は石のように静かになった。

「ある種の連帯感のようなものが、あの老人と我々のあいだに生じてしまいました。特に、老人が名指しで連れてこさせようとした三人の人たちを、〈彼らには罪がある〉と説明してから後は、その雰囲気が濃くなったような気がします」

今内警部補が何か言いかけたので、私は急いで先を続けた。「今の段階で、ほかの三人がどんな話をしているか、私にはわかりません。わかりませんが、たぶん相当混乱しているでしょうし、率直にお話しできずに、何か隠そうとしているかもしれません。しかしそれは、我々のなかの誰かがあの老人の共犯者だからではありません。そんなことはけっしてありません。この事件が起こるまで、我々は赤の他人同士でした。誰もあの老人を知りませんでした」

私はうっすらと汗をかいていた。

「誰も共犯者ではありません。さっき、連帯感という言葉を使いましたが、それも我々があの老人に協力したという意味ではありません。ただ逆らわなかった――積極的に反撃したり、制止しなかった。成り行きを見守って、あの老人が本当に何をやろうとしているのか見届けようという空気があったという意味なんです。わかっていただけるでしょうか」

二人の刑事は、わかったともわからないとも言わなかった。

「そういう空気が生じたのは、皆さんが佐藤に拳銃で脅されていたからではないと、杉村さんは考えているんですね。だから、掌握の仕方が異様だったとおっしゃる」

山藤警部の言葉に、私は勢い込んでうなずいた。「そうです、そうです」

「では拳銃ではなく、他の何を使って、佐藤は皆さんを掌握していたんでしょう。お考えはありますか」

私には答えの用意があった。だが、すぐには口に出せなかった。自信がなかった。

「――弁舌です」

信じてもらえないかもしれない。警察に通用する供述ではないかもしれないが、私にはそう思えた。

「ただ弁舌だけです。あの老人は、言葉で我々を支配し、コントロールしていました。私は自分がそういう状態に置かれていることには気づいていましたが、それでも抗えなかった。それぐらい巧みな掌握でした」

「ほかの人質の皆さんも、コントロールされていることに気づいていたでしょうか」

「何かうまく言いくるめられていると感じていたとは思います。特に田中さんは――あの、腰を痛めている男性ですが」

「はい、わかります」

「何度か、老人の言葉が信じられないと抗議していました。でも、ちょっと説得されると、それ以上は突っ込めないんですよ」

今内警部補が身動《みじろ》ぎして、背広の胸ポケットに手を入れて立ち上がった。

「失礼します」

携帯電話に着信があったのだろう。さっと病室を出ていった。

私と二人になると、山藤警部は軽く身を乗り出してきた。

「若い二人の方はどうでしたか。坂本さんと前野さんです」

「前野さんは老人の命令に従って、細かい作業をしていました。それはもちろん、目の前に拳銃があったからですから」

「わかっています。彼女を疑って訊いているのではありません」

私を宥めるように、山藤警部は軽く右手をあげてみせた。

「あの老人は小柄でしたし、見るからにひ弱そうでした。運転手の柴野さんの言うとおりなら、あるいは〈クラステ海風〉のクリニックの患者だったのかもしれません。前野さんはあそこの厨房で働いているそうですし、相手が年配者で病人かもしれないということで、真っ先に老人のペースにはまってしまって、うまく利用された感じがしました。だからって責める気はありません。とても気の優しい女の子なんだと思いました。それは悪いことじゃないでしょう?」

山藤警部の右眉の端のピリオドが、位置を変えた。彼が目を細め、ちょっと笑ったからである。

「いや、すみません。笑い事じゃないんですがね。前野さんは今も佐藤に同情的です。先ほど私は、〈被疑者〉と言ってから〈佐藤〉と言い直しましたよね」

「はい……」

「あれは前野さんに叱られたからなんですよ。私が〈被疑者〉と言ったら、おじいさんをそんなふうに呼ばないでくれ、ちゃんと名前があるんだと泣かれてしまいました」

私は呆れもせず、笑いもしなかった。前野嬢の心境を思うと、胸が痛んだ。

「もしかすると前野さんは、その、あの、老人が自分自身を撃つところを見てしまったんじゃないでしょうか」

そのことはずっと心配だった。

「それはまだわかりません。とりあえず、今の前野さんには安静にしていてもらうのが得策のようです」

わかっていたとしても、私には言えないか。

「杉村さんは、二年前の事件の後、犯罪者の心理に興味がわいて、何か読んだり調べたりなさいましたか」

何故そんなことを訊くのだろう。

「そういう興味は持ちませんでしたが、もともと家内がミステリー好きなので……。ああでも、家内もあの事件の後は、あまりミステリーを読まなくなってしまいましたが」

「そうですか。では、〈ストックホルム症候群〉という言葉をご存じですか」

知らなかった。

「ストックホルムって、スウェーデンの首都の」

「ええ」私の素朴な反応がおかしかったのか、山藤警部はまた微笑した。「でもこれは、誘拐事件や立てこもり事件などで、犯人と人質とのあいだに、まさに先ほど杉村さんがおっしゃったような、一種の連帯感が生じてしまう現象をさす言葉なんです」

「我々もそういう状態にあると？」

「さあ、そういう診断は私の専門外ですからね。ただ、ストックホルム症候群が生じるには、普通はもっと時間がかかるようです。たかだか三時間程度では難しいらしい」

山藤警部はまた目を細め、一段と私に近づいて、声をひそめた。

「ここだけの話でお願いします。私の個人的な好奇心から伺いたいことなので。よろしいですか」

私は少し息を詰めてうなずいた。

「杉村さんは、佐藤という老人を何者だと思いましたか」

「何者といいますと……」

「職業や立場です。どういう人間だと思いましたか。感じで、印象でかまいません」

私はまじまじと警部の顔を見つめた。個人的な好奇心ということわりは建前かもしれないが、彼が本気でそれを知りたがっていることは確かだと思えた。

「私も気になって、本人に訊いてみました」

「佐藤は答えましたか？」

「はぐらかされてしまいました。何とか聞きだそうとしているうちに、突入になって」

そうかと、警部は眉根を寄せた。

「今はどう思います？　彼は何者でしょうね」

「本当に印象だけでいいんですか。あてずっぽうですよ」

「かまいません。聞かせてください」

教師だと、私は答えた。すると山藤警部の目が晴れた。彼はつと身を起こした。

「実は私もそうなんです。やりとりしていて、これは教員だな、と思いました」

「だとすれば、言葉を操って人心を掌握するスキルを持っていても、不思議はありませんよね」

「何を教える、どういう教員だったかという問題は残りますが」

私は大事なことを思い出した。「私の会社の、園田瑛子とはもう話をされましたか」

「あなたの上司の編集長ですね」

「彼女は……お話ししているでしょうか。園田は何か、あの老人の正体というか、生業《なりわい》というんですか、そこに思い当たるところがあったらしいんです」

山藤警部の顔のピリオドが、最初の位置に戻った。「どういうことでしょう。どうぞお聞かせください」

では、編集長は警察に話していないのか。

私の表情を読んだのか、警部は言った。「園田さんもこの病院にいます。だいぶ取り乱していたので、事情聴取は見送って、鎮静剤で休んでもらっています」

あの園田瑛子が取り乱している。扱いにくいバイト社員にテープカッターを投げつけられて怪我をしても、睡眠薬をもられても、しぶとく立ち直ってきた園田瑛子が。

「あんな状況でしたから、正確に覚えているかどうか怪しいですが」

私はあの老人と編集長とのやりとりを説明した。あなたのような人間を知っている、私も最初からお察ししていました、さぞかし嫌な思い出があるんでしょう、お詫びいたします——

山藤警部は懐から取り出した手帳にメモを取った。眉間に皺が寄る。

「なるほど」と言って、手帳を閉じると皺も消えた。

「ご理解いただきたいのですが、今夜こうして、事件に巻き込まれた皆さんをバラバラに隔離したような形をとっているのは、けっして我々が皆さんに疑いを抱いているからではありません。早い段階で皆さんが顔を合わせて、バスのなかの出来事について話し合うと、皆さんの記憶が摺《す》り合わされてしまう危険があるからなのです」

記憶の摺り合わせとは、つまり、個々の記憶が自立性を失い、ひとまとまりの〈筋書き〉になってしまうということだろう。

「そうなると、事件の流れははっきりしますが、半面、些細だが具体的な事実が消えてしまうことがあるんですよ」

警察としては、私と田中氏、坂本君や前野嬢の記憶の細部に食い違いがあっても——あって当然だろうと思うが——それを統一せずに、できるだけ生のままの情報が欲しいわけだ。私が見ていて坂本君が気づかなかったこと、田中氏が気づいて前野嬢が知らなかったこと。あるいはみんなで同じものを見ていて、解釈が違っていること。

「明日、署で皆さんに集まっていただきます。柴野運転手にも、先に降りた迫田さんにも来ていただきます」

「お二人とも無事ですか。迫田さんは非常口から降りるとき、だいぶ苦労していた」

「幸い、怪我はありません。柴野運転手も元気ですよ」

「妻から聞いたのですが、柴野さんは、バスに戻りたいと言っていたそうですね」

山藤警部はうなずいた。「非常に責任感の強い人のようです」

「我々を残してバスを降りたことで、まさか会社から処分を受けるようなことはありませんよね？」

「それは——ないと思いますが」

「柴野さんは、自分が残るから女性の乗客を先に解放してくれと、老人に訴えていたんです。それを押し切られて」

そこで、私はふと思い至った。

「どうしました？」

山藤警部は敏感だ。どんな小さな事柄でも、私の頭をよぎる思考を知りたがっている。

「私の思い過ごしかもしれません」

「どうぞ、言ってください」

「柴野さんは、言ってみればあの場の責任者ですよね。それにふさわしい言動もとっていました。それと迫田さんは……ちょっと申し訳ない言い方になりますが、お歳のせいでしょうか、いくらか現実認識が甘いというか、老人が我々を威嚇するために発砲した後でも、何となくのんびりしていたんです。事の重大性がわかっていない感じがしました」

だからこそ、老人は真っ先にあの二人をバスから降ろしたのではないか。

「二人とも、老人のコントロールが利きにくい人でした。だから最初に排除された。そういうことだったのかもしれない」

山藤警部はまばたきをした。「では、ペットボトルの水と引き替えに解放された園田さんはどうです？」

「園田の場合は、むしろ我々が勧めてバスから降ろしたんです。だいぶ疲れているようだったし、私が知っているいつもの園田らしくなくて――」

私は目を細め、あの場でのやりとりを思い出してみた。

「あのとき、老人は田中さんに降りるように言ったんです。いや、その前に前野さんだ。彼女が老人の指示に従っていくつかの作業をこなしたので、御礼にバスから降ろしてあげると言ったんです」

「前野さんはどうしました？」

「断りました。自分だけ降りたら後悔すると言って、泣き出して」

「次が田中さんと」

「彼も断りました。こんな場合に、女性を二人も残して男の自分が先に降りたら、後になって世間の目が怖いと」

いや、ちょっと待て。

「彼はそれ以前に、老人に脅されていたんですよ。最初は、柴野さんが自分が人質として残るから乗客を降ろしてくれと言ったとき、彼がその提案に飛びついたんで、老人が怒ったんです。いや、怒ったように見せただけかもしれないですが、わざと田中さんに拳銃を突きつけて」

私は左手で自分の顎の下に触れた。

「ここに銃口をくっつけて、柴野さんに、後ろの非常ドアを開けるように命じたんです」

しゃべりながら、私は目の前の病室の備品や山藤警部の姿ではなく、自分の記憶を見ていた。あのとき、田中氏の肉の厚い顎にくいこんでいた老人の銃口。田中氏の目玉が飛び出しそうだったこと。そして老人の冷たい目。

「それで……柴野さんと迫田さんを降ろした後、開けっ放しの非常ドアを、田中さんが閉めました。あの老人が彼に閉めさせたんですが、そのときも脅したんです。あんたも飛び降りて逃げようとすれば逃げられるが、そんなやり方は男気がないとか何とか」

そして田中氏はふてくされ、逃げやしないと言い返したのだった。

「そのあと、人質が五人になったところで慰謝料の話が出てきて、田中さんは、そんな甘い話は信じられないと言いながらもつり込まれてしまって、だからあのときはもう、降りろと言われても田中さんが降りるわけはなかったんですよ。そういう雰囲気だった」

「飴《あめ》と鞭《むち》ですね」

ぴしりと短い山藤警部の発言に、私は記憶から離れて現実に戻った。

「コントロールですよ」と、彼は続けた。「前野さんのようにナイーブではなく、現実的で何かとうるさい田中さんを、そうやってまんまと手中に収めた。金の話は耳に甘いし、男気とか世間体という言葉は、あの年代の社会人には効果的です」

今さらのように唖然として、私はうなずいた。「老人が最初に発砲したのは、拳銃がモデルガンではないことを見せつけるためでした。でも二度目の発砲は、田中さんが老人を侮って、莫迦《ばか》なことをするなとか何とか言ったときでした」

「つまり田中さんは扱いにくかった。だがコントロールが利いた。園田瑛子さんはコントロールが利かなかったし、佐藤について、ほかの人質の皆さんにはわからないことを察しているらしい節があった。だから彼女も早めに解放した」

老人が排除したのだ。

「――我々が園田を選んでバスから降ろしたとばかり思っていました」

「それもコントロールです」

「坂本君はどうなのかな。彼は若いし、その気になればあの老人を殴って拳銃を奪い取ることぐらいできそうでした。老人から見れば、いちばん危険だ。どうして彼を残しておいたんだろう」

「考えてみてください。わかるでしょう」

私は山藤警部の顔を見た。「坂本君は前野さんを心配していたから……」

「実際に心配だったのでしょうし、そういう心の動きが強まるように、彼もまたコントロールされていたと思えませんか」

こうなると、すべてがそう思えてくる。

「じゃ、私はどうです？　私もコントロールしやすかったんでしょうか」

思わず口をついて飛び出した問いだった。

「さて」山藤警部は気さくな感じで腕組みをすると、私に微笑みかけた。「もしも佐藤にそう思われていたら、杉村さんは心外ですか」

「心外も何も……。ずっと、うまく言いくるめられているなあと感じていましたから」

「これはまた私の個人的感想ですが、杉村さんは調整役として残されたのだと思います」

「調整役？」

「乗っ取り犯一人と、人質が四人。一対四で、しかも佐藤は老齢者です。体格も小柄でした。暴力による支配に慣れたチンピラの類いとは違いますから、拳銃を見せつけるだけでは皆さんを抑えきれないかもしれないし、言葉によるコントロールには微妙な力関係のバランスが必要です。ちょっと誰かが興奮したり、前後を忘れたりすれば、呆気なくバランスが崩れて、何がどうなるかわからない。そういう危険を最小限にするために、佐藤は、いざというとき進んで場を収めてくれるキャラクターを、人質の側にも一人用意しておきたかったんでしょう。それが杉村さんですよ」

私には何とも答えようがなかった。

「そもそも佐藤は、最初から短期決戦のつもりだったはずです。皆さんを自分のコントロール下において、長時間自由に操れるとは思っていなかったはずだ。せいぜいが五時間から十時間。それで目的を達する計画だったろうと、私は睨んでいます」

「でも、その程度の時間内に、彼が名指しした三人をあの場に連れてこられたとは思えません。警察が乗っ取り犯の要求に応えて、無関係の市民を巻き込むはずがないし」

「おっしゃるとおりです」

腕組みしたまま、山藤警部は顎をうなずかせた。その目に光が宿り、すぐに消えた。一瞬、天井の蛍光灯が瞳に映っただけであるかのように。だがその光は、極細の氷の針にも似て、私の心に鋭く、冷たく刺さった。

「今さらですが、私とこんなことを話していいんですか」

「ですから、個人的な好奇心ですよ」

我々元人質は、今度はこの元交渉役にコントロールされる成り行きなのかもしれない。

「杉村さんは、ずっと〈あの老人〉ですね」

山藤警部は言って、腕組みを解いた。

「田中さんは〈じいさん〉、坂本さんと前野さんは〈おじいさん〉です。誰も彼を佐藤と呼ばないし、

〈犯人〉とも呼ぼうとしない」

不思議です、と言った。

「佐藤が本名だとは思えませんし、〈犯人〉と呼ぶのは何だか忍びない気がするんです」

忍びない——と言葉にしてみて、気がついた。「あの人が死んでしまったからかもしれません。生きて逮捕されたなら、何のこだわりもなく犯人と呼べたかな」

「佐藤が自殺したことは、誰に聞きました？」

「遺体を見ましたので……」

「突入隊員が射殺したとは思いませんでしたか」

「ですから訊いたんです。あなた方が撃ったのかと。そしたら自死だと」

言ってしまってから、私は慌てた。「ひょっとして、隊員の方がそんな質問に答えるのはまずかったんですか。だったら今の話はなかったことにしてください。私が動揺して訊いたから、教えてくれたんです。私を落ち着かせるために教えてくれたんだと思いますから」

ピリオドのような黒子を動かし、山藤警部はやわらかく笑った。「ご安心ください。現場の者に、お気遣いをありがとうございます」

お邪魔しました——と立ち上がり、手際よくスタッキング椅子を元に戻した。

「だいぶ遅くなりましたが、これから食事が出るはずです。あとはひと晩、ゆっくり眠ってください。寝付きが悪いようなら、看護師に言えば薬を出してくれますよ」

今内警部補は結局戻らず、山藤警部は一人で病室を出ていった。制服巡査も戻ってこないので、私は完全に一人になった。

急に、現実感が遠のいていった。

疲れているはずなのに、眠気はなかった。身体が重いのは、心の重さの反映だろう。

——おじいさん、死んじゃった!

そうだ、佐藤一郎は死んでしまった。以前の彼が何者であったにしろ、今は死者だ。

そして私は、その死者を悼んでいた。ほかには何もできることがなかったから。

翌朝九時ちょうどに、私と田中氏、坂本君と前野嬢の四人は、警察差し回しのヴァンに乗って、千葉県警海風警察署内に移動した。我々がひと晩泊まった病院からは車で五分ほど、幹線道路沿いにある赤煉瓦ふうの古い建物で、バスジャック事件の捜査本部もここにある。

四階の会議室に通されると、そこには既に山藤警部を含めて数人の刑事たち、女性警官が一人と、柴野運転手と迫田さんが待っていた。制服姿の柴野運転手には、背広を着込んだ上司らしい中年男性が並んで立っている。

会議室中央の大テーブルの上には、大判の模造紙を二枚貼り合わせたものが広げてあった。そこにはバスの車内の見取り図が描いてあり、柴野運転手と我々乗客の名前を書いた葉書大のカードが脇に置いてあった。

山藤警部が我々に座るよう勧めてくれたが、その間もなく、制服を着た警察官が二人入ってきて、厳《いか》めしい顔をして挨拶した。顎まわりも体格もでっぷりしている年長の方が署長で、彼より十歳くらい若そうなスマートな方が管理官だった。

「皆さん、おはようございます」

挨拶の区切りがついたところで、山藤警部が前に出た。

「今日はこれから、昨日の車内での出来事を皆さんに再現していただく作業を行います。お疲れのところ恐縮ですが、約二時間の予定ですので、よろしくご協力をお願いいたします」

署長と管理官は立ち会い役らしく、大テーブルから離れたところに腰を落ち着ける。と、柴野運転手に付き添っている中年男性が、そわそわと山藤警部に目配せした。

「ですが、その前に」

と、山藤警部はその視線を受けて、一歩退いた。背広姿の中年男性は、彼一人だけ未だに人質にとられているかのような強張った顔をして前に出た。

「乗客の皆様、〈しおかぜライン〉を運行しております株式会社シーライン・エクスプレスでございます」

気をつけの姿勢で、きっちりと最敬礼する。柴野運転手もそれに倣った。

「このたびは大変なご災難でございました。乗客の皆様の生命安全をお預かりする重大な責任を負う我々シーライン・エクスプレスとしても、このたびの事態はまことに遺憾であり、深くお詫び申し上げる次第でございます。本来でしたら、何をおいても社長の藤原厚志《ふじわらあつし》がこの場にお伺いし、皆様にお詫びするべきところでございますが、藤原は迅速な事後対応を行うため、現在は会社を離れることがかないません」

表情が硬い割には、口調は滑らかだった。

「そこで私、運行局長の岸川学《きしかわまなぶ》が取り急ぎ、こうしてまかりこしました次第でございます。皆様、この度はまことに申し訳ございませんでした」

また、柴野運転手と共に一礼する。我々元人質も、気まずい感じで礼を返した。

「今後は全社を挙げて警察の捜査に協力し、また皆様の被られた心身の損害を一日も早く回復するべく、誠意を持って努めて参る所存でございます」

ここで柴野運転手が半歩前に出た。制帽の下の顔は青白く、くちびるに色がない。

「運転手の柴野でございます。あらためまして、皆様に深くお詫び申し上げます」

額が膝頭にくっつきそうなほど深く頭を下げて、そのまま動かない。その脇で、岸川運行局長が続けた。「今日の再現実験には、この岸川も立ち会わせていただきます」

「いや、いいよ、そんなの」

発言したのは田中氏だ。こざっぱりしたシャツと折り目のきいたズボンに着替えているが、足は靴下にサンダル履きだ。一緒にヴァンに乗り込んだときから動きがぎくしゃくしていたが、今は露骨に不快そうな顔をしている。腰が痛いのだろう。

「柴野さんが悪いわけじゃなかったんだし、ここに上司のおたくさんがいたんじゃ、正確な再現をしにくいでしょう」

ねえ？　と、田中氏は山藤警部の顔を見た。小柄な交渉人役は、つい面白がってしまった——という目の動きを素早く消して、真顔でうなずいた。

「そうですね。この再現作業は、現場におられた方達だけで行いたいと思います」

女性警官の先導で、岸川運行局長が名残惜しそうに会議室から出て行くと、田中氏は回転椅子をひとつ引き寄せて、どっかりと腰をおろした。

「すみませんが、もう限界だ。腰が辛くって」

それで場がほぐれた。山藤警部に促され、我々は大テーブルを囲んで座った。私は田中氏の隣で、我々と向き合う位置に若い二人。柴野運転手は迫田さんの肩を抱くようにして、彼らの並びに座った。

戻ってきた女性警官が、足音をしのばせて迫田さんのすぐ後ろに立ち、身を折って老婦人の耳元に、何か優しく囁きかけた。どうやら介添え役らしい。迫田さんにはそういうサポートが必要なのだ。私の勘違いではなかった。

「わたし、うちに帰りたいんですけど」

口調はのんびりと、しかし迫田さんはそわそわと目を動かしている。今日は薄手のサマーセーターを着ているが、その丸首の襟元を、しきりに手で引っ張っている。

「すぐお帰りになれますからね。少しのあいだご一緒させてください」

柴野運転手も口添えする。老婦人は不安そうにその顔を見つめ、身を捩ってまじまじと女性警官を仰ぐと、セーターの襟を引っ張りながら、不満そうに口をつぐんだ。

「それじゃ最初に、もう一度皆さんのお名前を確認します」

山藤警部の指示で、刑事が我々に名前の書かれたカードを配って回った。

「運転手　柴野和子《かずこ》」

「乗客　迫田とよ子」

「乗客　田中雄一郎《ゆういちろう》」

「乗客　杉村三郎」

「乗客　坂本　啓《けい》」

「乗客　前野メイ」

坂本君と前野嬢は、真新しいジャージの上下を着ている。色違いのお揃いのように見えるが、微妙にデザインとロゴが違う。二人とも顔色がよく、前野嬢はすっかり落ち着きを取り戻しているが、迫田さんという新たな〈病人〉を発見したのか、さっきから気にしているようだ。

「乗客　園田瑛子」のカードは、配付役の刑事がそのまま手にして、テーブルの脇に立つ。

「すみません、うちの園田は――」

私の問いかけに、「被疑者　佐藤一郎」のカードを手に、山藤警部は軽くうなずいた。

「再現作業には参加したくないと、強いご希望でした」

「まだ病院にいるんでしょうか」

「担当医から許可が出ましたので、帰宅されました。自宅に戻れば落ち着くと思いますよ」

「そうですか。ご迷惑をおかけして申し訳ありません」

まったく園田瑛子らしくない。この事件の、あの老人の何が、そんなにも彼女を痛めつけ、混乱させているのか。

「田中さん、ホントに田中さんだったんですね」

場違いなほどほがらかな声で、坂本君が言った。前野嬢も笑っている。

「わたしも、偽名だと思ってました」

「あんなとき、とっさに偽名なんか思いつくもんかよ」右手を腰にあてて、田中氏は呻くように答えた。

「でもイチロウじゃなくてユウイチロウだ」

「そりゃまあ、勢いでな。じいさんがイチロウって名乗ったから」

〈じいさん〉という言葉に、前野嬢の笑みが消えて目元が翳った。翳っただけだ。涙はない。もう、激情もない。

月並みな表現だが、みんな憑《つ》き物が落ちたようだった。私がいちばん案じていたのは、実はナイーブな前野嬢ではなく、一億円の夢に踊らされていた田中氏の心情だったが、こうして眺める彼は、どこから見ても立派な社会人で、家庭人だった。本人の自称どおりの、中小企業の親父さんだった。

夢は消えた。良い夢も悪夢も、〈じいさん〉の命と彼の弁舌と共に消えた。ただ彼が我々を、どんな形であれ結びつけたことは確かで、憑き物が落ちても、我々のあいだのほのかな親しみは残っていた。

何か感じ取ったのか、田中氏が私の顔を見た。視線を返すと、彼はちょっと恥じるように目を伏せて、口元をへの字にした。

怒りはなかった。私にも、田中氏にも。

事件の再現作業は、柴野運転手のバスが車庫を出たところから始まった。我々はそれぞれ自分が乗ったバス停と、どこに座ったのかを説明した。

〈シースター房総　メインゲート前〉のバス停で降りたのは管理事務所出入りの業者で、既に身元の確認もとれているという。再現がそこまで来たとき、前野嬢が遠慮がちに手をあげて発言を求めた。

「はい、どうぞ」

「あの、昨日の交通事故って、何だったんですか。02系統のバスが止まってたでしょう。道路が通行止めになっちゃって」

私も思い出した。それで迫田さんは03系統に乗ったのだ。

「ああ、あれはね」山藤警部がにっこりした。「トラックの横転事故です。幸い、死傷者はなかったんですが、厄介なものを積んでいた」

〈クラステ海風〉に納品予定の、業務用の洗濯洗剤だそうだ。

「洗浄と復旧作業のために、二時間ほど道路を封鎖しました。風に乗って洗剤の匂いが広がりましたし、泡がたつのでえらい騒ぎだったようです」

今となってはのどかな事故に思える。

「それで迫田さんは、いつもと違うバスに乗ったんですよね？」

前野嬢の問いかけに、迫田さんは目をきょときょとさせるだけで答えない。関節炎だという膝が痛むのか、ときどき思い出したようにさすっている。ズボンの上から、古びたサポーターを付けていた。

「わたくし共もすぐに事故発生と通行止めの連絡をいただきましたが、来訪者と外来患者のために、〈クラステ海風〉からマイクロバスを出して対応するとのことでしたので、01と03系統の臨時増発は行いませんでした」と、柴野運転手が言った。彼女にはまだ笑みもなく、表情が硬い。

「迫田さんも、そのマイクロバスに乗れればよかったですよね」

今度はちょっと身を乗り出し、声も大きくして、前野嬢が迫田さんに話しかけた。迫田さんはサマーセーターの襟を引っ張りながら、目を泳がせて我々を見回した。

「〈イースト街区〉っていうバス停に行きなさいって、係の人に言われたんですよ」

子供のように口を尖らせ、訴えかける。うんうんと、前野嬢と柴野運転手がうなずいた。

山藤警部が続けた。「洗濯洗剤ですから、吸い込んでも人体に害になるものではありませんが、なにしろ大量にぶちまけたので、かなり強く匂ったそうです。それで一時は有毒ガスじゃないかという噂がたって、〈クラステ海風〉では対応に追われたそうです」

混乱のなかで、迫田さんのようにアクシデントに対応できない来訪者は、マイクロバスの情報などからはじかれてしまったのかもしれない。

すると、田中氏が言った。「私も、いつもは02系統を使ってますよ。でも昨日は事故で止まってるって聞いたんで、〈イースト街区〉まで行ったんだ」

「マイクロバスの件は耳に入りませんでしたか？」

「ちょうど出たばっかりで、ピストン輸送だからだいぶ待つっていうからね。ロビーの時刻表を見て、ちょっと歩いても03系統の方が早いと思ったんですよ」

「実は、僕もそうです」坂本君が遠慮がちに手を上げた。「僕は〈イースト街区〉じゃなくて、もうひとつ手前のバス停からですけど。僕がいた建物からは、02系統の〈クラステ海風事務棟前〉のバス停が近かった。あそこへ行ったのは初めてだから、よくわからないけど」

そういえば、彼は仕事の面接を受けにいったのだった。

「そうよ、わたしもいつもあのバス停だもの。総務部のある事務棟やわたしがバイトしてるレストランからは、あっちの方が近いの」

〈クラステ海風〉の敷地は広く、内部の建物同士も離れているので、

「職員の人たちは、なかで自転車を使ってますよ。わたしも、バスに乗れないようだったら、厨房長

さんの自転車を借りて帰ろうかと思っていたんです」

「自転車で通勤しないの？」

「早番のときは自転車だよ。でも、遅番のときは危ないから駄目だって」

前野嬢に「駄目だよ」と言っているのは、彼女の家族だろう。確かにあのだだっ広い一帯は、夜になると人気《ひとけ》がなくなる。施設を彩る人工の自然ばかりではなく、本物の藪や雑木林も残っている。女性が一人で通行するのは不用心だろう。

「そうしますと、洗濯洗剤のせいでいつもと違うバスに乗ったのは、田中さんと迫田さんと前野さん、お三方ということになりますね」

山藤警部の言葉に、私はふと思った。件の事故は、〈佐藤一郎〉にとっても計算外の事態だったのではないか。

あの時間帯の03系統のバスは、いつも空いていた。〈サンセット街区〉から終点の駅前まで、私と編集長の貸し切りだったことさえある。つまり、バスジャックを企む者の目から見れば、掌握するべき人質の数が、運転手も含めてせいぜい三、四人程度という計算が成り立つのだ。

それが昨日は、最初は八人。一人降りて七人になって、柴野運転手と迫田さんを降ろして五人になった。それでもまだ、あの老人の腹づもりよりは多かったのではないか。

——いや、でも。

02系統のバスが事故で止まっていることも、そのせいで03系統の車内がいつもよりにぎやかであることも、老人は知っていた。知っていても決行に及んだ。

彼が警察に要求したのは、特定の人物を現場に連れてくることだ。人質の命と引き替えに、たとえば何かのイベントを中止しろとか、何時までにどこどこへ行けと要求したわけではない。時間的な制約はなく、決行のタイミングはいつでもよかったはずである。トラック横転事故が起こった段階で、今日は見送ろうと決めることもできたはずだ。

それでも〈佐藤一郎〉はバスジャックを決行した。彼にとっては、人質になる乗客の人数など些細な変数に過ぎなかったということだ。相手が何人いようと、掌握してコントロールする絶対の自信があった——

下手の考え休むに似たり、だ。山藤警部は、部下に持ってこさせた〈クラステ海風〉と〈シースター房総〉の施設見取り図を広げている。私はそこに注意を戻した。

「ここと、ここと、ここです」

前野嬢が赤ペンで、バス停に印を付ける。

「佐藤は、〈シーライン・エクスプレス操車場前〉から乗ってきたんですね」

山藤警部の質問に、柴野運転手が立ち上がって見取り図の一点を指で示した。

「そうです。02系統も03系統も、〈クラステ海風〉から駅前に向かう場合は、ここが最初のバス停になります」

「普段、この操車場前から乗る客はいますか」

「ほとんどいません。まわりに施設がありませんし、このあたりにお住まいの方は農家の方ばかりですが、皆さん自家用車をお使いですから」

「そうすると、このバス停はあんまり意味がありませんよね」

「当社がこのラインの営業権を買い上げる際に、もともとあったバス停はそのまま残すという条件があったと聞いております」

そのへんは、運行局長の方が詳しいだろう。

「じいさん、どうして操車場前まで行ったのかなあ」

田中氏がぼそりと呟き、まわりの視線を受けてちょっとあわてた。

「いや、〈クラステ海風〉までバスで行って、そこからバス停ひとつ分歩きゃいいんだろうけど、何でわざわざそんなことをしたのかと思ってね」

「始発のバスに乗って、あとから乗ってくる僕らを観察するためじゃありませんか」

「観察って？」

「だから、手強そうなのがいないかどうか」

田中氏と坂本君は気づいていないようだが、二人のそのやりとりを、今は山藤警部と刑事たちが観察している。

「そうすると私らは、あのじいさんに、手強そうじゃないと判断されたわけですな」

田中氏は山藤警部に言って、ちょっと気まずそうな顔で口を閉じた。昨日のバスのなかでは〈俺〉だった彼だが、この場では〈私〉になり、口調も場合によってラフになったりあらたまったりしている。何だかんだ言って、警察組織という〈お上〉をいちばん意識しているのは田中氏で、そんなところにも彼の社会人らしさが覗いていた。

再現作業はてきぱきと進んだ。老人が慰謝料の件を持ち出したあたりから雰囲気が変わるかと思ったが、それは杞憂《きゆう》だった。みんなサバサバと語っている。ただ、老人の言葉については、みんな記憶をたどって具体的に語るが、自分たちがそれにどうリアクションしたかということになると、発言がやや曖昧になった。坂本君と前野嬢には何の憚るところもなかろうし、もちろん私もそうだけれど、田中氏のことを気にしているのだ。

当の本人は、あんなじいさんのバカ話なんか、千分の一秒だって真に受けたことはありませんでしたという顔と態度で通している。それはそれで、私は安堵した。

「柴野さんがバスから降ろされてしまったとき、皆さんは不安になりませんでしたか」

〈佐藤一郎〉のカードをバスの図面の中央に置いて、山藤警部が我々を見回した。

「不安……ですか？」

前野嬢には意外な質問だったのか、目がくりりと大きくなった。

「佐藤の目的がわからなくて、不安にならなかったかという意味です。普通、こうした乗り物の占拠事件で、運転手が真っ先に解放されてしまうことはありません。犯人の立場からすれば、それでは動きがとれなくなりますからね」

「ああ、ハイジャックなんか、そうですよね」坂本君がうなずき、柴野運転手に目をやった。女性運転手は色のないくちびるを真一文字に閉じている。

「乗り物を乗っ取るのは、それでどこかへ行くためだっていうのが、普通ですよね」

「どこかへ行くという目的がなくても、事態によっては人質ごとどこかへ移動できるというのは、乗っ取り犯にとっては重要なことだろうから」と、私は言った。「だけど、あの——おじいさんは」

老人と言いかけて、私は敢えて〈おじいさん〉と言い換えた。

「最初からそんなことをするつもりはないように見えた。装甲車に囲まれても、まったくあわててなかったし」

出し抜けに、田中氏が私に言った。「あんた、いっぺんバスを動かそうとしたろう」

迫田さんと警察関係者を除く、全員が驚いた。私を見る田中氏の目が笑っている。

「運転席に移ったときに、バスを動かそうと思ったろ。俺はひやひやしてたんだ。下手なことやらんでくれって思ってたよ」

「……そうでしたか」

「そんな派手なことしなくたって、あんなじいさんくらい、いつでも取り押さえられると思ってたからですよ」

するとと山藤警部が、「我々は、杉村さんが運転席に座ってくれたので、少しですがやりとりができて助かりました」

「え？　どうやって？」

カンペの件を聞いて、今度は迫田さんと警察関係者と私を除く全員が驚いた。

「そんなことがあったんだ！」

前野嬢は素直に目を丸くして、思わずというふうに坂本君の腕をつかんだ。つかまれた方も気にしていない。

「杉村さん、怖かったでしょう」

「いや、怖いってことはなかったけど」

「怖くはねえだろう。外と連絡がとれてるってことなんだから」田中氏は言って、ふんと鼻を鳴らした。「俺が運転席にいたって、別にあわてなかったと思うよ」

とうとう〈俺〉が戻ってきた。私は笑いを嚙み殺したが、坂本君は笑った。その笑いのまま、言った。「でも、田中さんの言うとおりです。僕も、いざとなったら何とでもして、あのおじいさんを止められると思っていました。腕なんか、枯れ木みたいに細い人だったから」

「拳銃があっても、ですか」

山藤警部に念を押されて、坂本君の笑みが消えた。だが、拳銃の恐怖を思い出したわけではなさそうだった。彼はバツが悪そうに頭をかいた。

「何か……あるときから、あのおじいさんに撃たれるなんて、ありっこないって気がしてました」

わたしも——と、前野嬢が小声で囁いた。

「みんなで話してるうちに、何とかなりそうな感じがしたんです」

だからねと、言い訳するように上目遣いになって、山藤警部を見る。「バスの外を見て、大騒ぎになってるってわかったら、足が震えちゃいました。だけどそれも、わたしたちが大変な目に遭ってるっていう気持ちじゃなくて、おじいさんが大変なことをやっちゃってる、ホントはこんなつもりじゃなかったんだろうにっていうような……。うまく言えないんですけど」

囁きが先細りになり、最後の方はほとんど聞き取れないほどだった。

「佐藤が、本当はどんなつもりだったと思いますか」

「それは……」

「今、振り返ってみてどう思われます？」

前野嬢はうなだれた。坂本君も目を伏せている。田中氏はそっぽを向いており、柴野運転手はバスの図面を、自分が守るべきだった場所、運転席を食い入るように見つめていた。

「あの人、死んだんですか」

唐突に、迫田さんが言った。サマーセーターの襟を引っ張るのも、膝をさするのもやめていた。しょぼついた涙目、焦点のぼやけているような眼差しなのに、鋭い。

「あなた方があの人を死なせたの？」

女性警官が彼女の肩に手を置いて、耳元に囁いた。今はそのお話ではありませんよ、と。

「わたし、帰ります」

腹立たしそうに言い捨てて、迫田さんは椅子から強引に立ち上がろうとした。

山藤警部は引き留めなかった。女性警官にうなずきかけ、部下の刑事を一人付けて、迫田さんを送り出した。柴野運転手が、その後ろ姿を目で追いかけている。

「いくらかボケてるんですかね」

田中氏が顔をしかめる。事件の影響でしょうと、山藤警部は軽く受け流した。

「一人暮らしだそうなので、近所の方によくお願いしてあります」

「お母さんが〈クラステ海風〉に入ってるって聞きましたけど……」

前野嬢の小声に、警部は答えなかった。そのやんわりとした黙殺に、私は小さな違和感を覚えたけれど、それはこの場で追及するべきことではなさそうだった。

迫田さんが欠けても、再現作業に支障はなかった。どのみち彼女の分は柴野運転手が代わって証言していたのだ。

ひととおりの作業が終わると、山藤警部が突入の際の警察の動きを簡単に説明してくれた。突入の少し前からバスが揺れていたのは、やはり突入準備のために、隊員が必要な機材と共に車体の下に潜っていたからだった。

「あの床の穴は点検口ですか。車内からは開けられないようになっていましたよね」

私の問いには、意外な答えが待っていた。

「実は、何の用途もない穴でした」

株式会社シーライン・エクスプレスは、〈しおかぜライン〉の営業に乗り出したとき、運行に使用するバスの全車両を車椅子対応の仕様に改造しようと試みた。車体の下部に自動式の車椅子専用昇降機を取り付けて、運転席から操作できるように、と。

「実際に改造してテスト走行してみたら、費用はかかるわ車体は重くなるわ、しかも現実には車椅子の乗客はほとんどいないわで、まったく意味がなかったそうなんですよ」

前野嬢が呆れたようにベロを出した。「だって、〈クラステ海風〉には車椅子対応のヴァンが何台もあるもの。クリニックに通ってきてる人でも、車椅子を使ってる人は、みんな専用の車を持ってます」

「はい、そういうことでね。だからあの床の穴は、その改造の名残なんです」

「で、そのまま走らせてるわけですか」

「車体に異常はありませんからね」

田中氏は不満そうだが、あの穴のおかげで突入が容易になったのだ。

「下から留め付けてあったボルトを外しても、手で押したぐらいじゃビクともしないほどきつく塞がっていましたので、圧搾空気で吹き飛ばして開けました。事前に同型の車両で実験して、皆さんに危険がないことは確かめてありましたから」

確かに、床の穴を塞いでいた四角い蓋は、見事に真上に吹っ飛び、元の場所に着地した。警察は、サーモグラフィーを使って我々の位置を確認していたのだし、危険は最小限にとどめられていたろう。それでも怒ってみせる田中氏は、面倒な人だが真面目な市民だ。

再現作業が終わると署長と管理官、刑事たちは退席し、山藤警部と我々が残ったところに、またシーライン・エクスプレスの岸川運行局長が入室してきた。我々四人にそれぞれ名刺を配り、

「今回の事件にかかわる補償等のご相談には、私が窓口を務めます。何かございましたら、いつでもご連絡ください。もちろん、皆様方にはあらためて当社からお詫びとご相談にお伺いいたしますが、それ以前でも、どんな些細なことでもご不満やご疑念がありましたら、私にお問い合わせください」

再び直角の礼をした。柴野運転手も、気の毒なほど忠実にそれに倣う。

我々が黙っているなかで、山藤警部が口を開いた。「今後、皆さんのところにはいろいろと取材が来ると思いますが、事件はまだ捜査中でして」

今まででいちばんくだけた感じで、ちょうど昨夜、部下の今内警部補が部屋を出て私と二人きりになったときと同じように軽く身を乗り出して、警部は言った。「実は被疑者の身元さえ、まだ特定できていないんです」

「じいさん、まだどこの誰だかわからんのですか」と、田中氏が目をしばたたかせた。

「ほとんど手がかりがありません」

「でも、柴野さんはおじいさんの顔を知ってましたよね？」

前野嬢が問いかけると、柴野運転手は土気色の顔を上げた。「はい。何度かバスに乗っていたと思うんですが」

ホラそう言ってますよ——と、前野嬢は無邪気な目を山藤警部に返した。警部は苦笑した。

「そうなんですがね。少なくとも〈クラステ海風〉の患者のなかには、佐藤とおぼしき人物は見あたらないんです。医者も看護師も、誰も覚えていないので」

「以前、入院してたことがあったのかも」

前野嬢がさらに突っ込んだところで、坂本君が軽く彼女を肘で突いた。「それも調べた上で該当者がいないってことだよ、きっと」

椅子の肘置きに片肘をついて、田中氏が思い出したように訊いた。「ネエちゃん、そういうあんたには覚えがないのかよ。じいさんが介護施設やクリニックにいたなら、あんただって顔を合わせてるかもしれないぞ」

「え？　わたし？」

前野嬢はすっとんきょうな声を上げ、指で自分の鼻の頭をさした。

「けど……わたし……厨房にいるから」

「柴野さんの記憶に間違いがなければ——たぶん、間違いないと思いますが」山藤警部は慎重な口ぶりになった。「佐藤が〈しおかぜライン〉に乗車したのは、犯行の下準備のためでしょう」

いやこれもここだけの話と、軽くおどけて人差し指をくちびるの前に立ててみせた。

「でも、千葉県内だけでも路線バスはいくつもあるのに、あえて〈しおかぜライン〉を選んだってことは、何か理由があるはずですよ。きっとあるはずだ」

力を込めて断言する坂本君を、田中氏が笑った。「刑事ドラマの台詞みたいだな」

苦笑にしろ失笑にしろ、笑わなかったのは岸川運行局長と柴野運転手だけだった。見れば、柴野運転手は涙ぐんでいた。

「わたしの力が足らず、皆様を危険にさらした上にお役に立てなくて、本当に申し訳ありません」

あらためて深々と頭を垂れ、そのまま泣き伏してしまった。

「柴野さんのせいじゃありませんよ」

柴野さんは悪くありませんよと、前野嬢は続けた。早くも涙声だ。

「ありがたいお言葉でございます」

岸川運行局長は沈痛な面持ちだった。

「ホントですか？　局長さん、ホントにそう思ってますか？」

前野嬢は岸川氏に食い下がった。

「本気なら、柴野さんのこと、ちゃんとかばってあげてくださいね」

「メイちゃん、僕らがそんなこと言ってもしょうがないよ」

「しょうがなくなんかないでしょ」

柴野運転手がゆっくりと身を起こした。ハンカチを取り出して涙を押さえると、失礼しましたと言った。「心配してくださってありがとうございます」

「柴野さん、精一杯やってくれましたよ」

譫言《うわごと》のように、早口で前野嬢は続けた。

「柴野さんじゃなくっても、身体の大きな男の運転手さんだったとしても、おじいさんは拳銃を持ってたんだから、止めることなんかできなかったですよ。かえって悪い結果になったかもしれないですよ」

そして一人で目まぐるしくうなずいた。

「うん、そうだ。わたし、言います。そういうこと、ちゃんと言います。取材されて訊かれたら、ちゃんと話しますからね。そっか、ブログにも書けばいいんだね！」

メイちゃんメイちゃん——と、坂本君が宥めにかかったところで、不意に田中氏が私を呼んだ。

「怪我人同士、仲良く肩を貸してくれないか。トイレに行きたいんだ」

私は椅子から立ち上がり、田中氏に手を貸した。二人で会議室を出た。

廊下にはさっきの女性警官がいて、トイレの場所を教えてくれた。突き当たって右に曲がり、その左側だ。怪我人同士の我々は、支え合ってゆっくり歩いた。近くの執務室らしい部屋から会議室にいた刑事の一人が出てきたが、我々に会釈しただけで何も言わなかった。

田中氏はトイレに入ると、素早く視線をめぐらせて、ほかに人がいないのを確かめた。

「ちょっと話したくてさ」

私を名指しした意図を察していたから、私もうなずいた。

「名刺、くれないか」

私は上着のポケットから名刺入れを取り出した。まだそれを手渡さないうちに、彼は続けて言った。

「あんた、今多コンツェルンの人なんだってな」

「山藤警部から聞いたんですか？」

「いや、今朝ここに来る前に、先にレントゲンを撮りに行ったんだ。そのとき、待合室にいたあんたの会社の人に挨拶されてね。名刺をもらったけど、名刺入れごと病室に置いてきちまった」

私はピンときた。「橋本という者じゃありませんか？　三十ちょいの」

「そうそう、ちょっといい男」

私を迎えに来たのかもしれない。ならば、今も近くで待っているのだろう。

「会長直属の広報担当者なんです。私はただの平社員ですが、ガタイが大きな会社ですから、こういう派手な事件に社員が巻き込まれた場合は、一応、広報が出てくるんですよ」

私の妻が会長の娘なのだということは黙っていた。橋本氏もそこまでは言わなかったのか、田中氏も〈ただの平社員〉という言葉に反応しなかった。

「今、書くもの持ってるかい？」

「ボールペンなら」

「じゃ、メモってくれよ。俺の連絡先を教えとく」

㈲田中金属加工。その所在地と、自身の携帯電話番号も彼はすらすらと諳《そら》んじた。私はもらったばかりの岸川運行局長の名刺の裏にそれを書き留めた。

「今後、何かで相談しなくちゃなんないときは、あんたがいちばん頼れそうだからな」

何を相談するかは脇に置いて、我々の縁がこれっきり切れてしまうことはなさそうだと、私も感じている。それに、田中氏にこう言われて悪い気はしなかった。

「怪我人同士ですしね」

「所帯持ち同士だしな」

二人でひそやかに笑った。冷たいタイルの壁に、声が響いた。

「あの山藤って刑事」

トイレの壁に手をついて身体を支え、田中氏はいっそう声をひそめた。「あんたには、どんな感じだった？」

「丁寧でしたよ」

「どんなことを訊かれた？」

「事件の経緯です」

田中氏は大柄というより、身体が太い。その身体を前屈みにして、掬《すく》うような目つきになった。

「それだけか？」

「ほかにどんな質問がありますか」

私の顔から目をそらし、古びてはいるが掃除の行き届いた床に目を落として、田中氏は言った。

「俺はのっけから突っ込まれたよ。バスのなかで、じいさんと何か取引しなかったかって」

一瞬だけ、私は絶句した。

「私も、話の流れで自然に慰謝料云々《うんぬん》のことはしゃべってしまいましたが」

「俺には、そういう感じじゃなかった。じいさんに協力したんじゃないかって、最初から疑われてる感じがしたな」

床のタイルの割れ目を見つめる田中氏の目は暗かった。そして意外なことを呟いた。

「警察の連中、俺たちから聞き出す以前に、知ってたんだよ」

「我々があの老人と金の話をしたことを？」

田中氏は深くうなずいて、今度はおかしなことを訊いた。「胃カメラ飲んだことある？」

「は？　ええ、ありますよ」

「今日日、カメラだってあんなに小さいんだよ。チューブの先にくっついててさ。集音マイクなんか、もっと小さいだろう。どんなとこにだって仕掛けられるわなぁ」

彼が言わんとすることがわかって、私は口を半開きにした。

「俺たちがバスのなかでしゃべってたことを、警察の連中、音を拾って聴いてたんだろう。かなりの部分、お見通しだったんだよ」

足を動かして体重をかけ替えると、田中氏は鼻を鳴らして短く笑った。

「そうじゃない限り、あんなに細かいことまで質問できるわけがないって、俺は思ったよ。薄気味悪いくらいだったからさ」

「――なるほど」

「あんたにはそんな感じじゃなかったわけか。じゃ、やっぱり俺がいちばん疑われてたんだな。まあ仕方ないけどさ」

ぐりぐり眼に、自嘲の色がよぎった。

「そんなんじゃ、こっちは太刀打ちできねえよ。気がついたらあらかた吐いてた。じいさんが一億円くれるっていうから、半分ぐらいは本気で話に乗ったって、白状しちまった」

パイプを水が流れてゆく音がする。この階の上にも、同じ場所にトイレがあるのだろう。

正直言って、老人が提示した慰謝料の件を、私や坂本君や前野嬢がしゃべっても、田中氏は認めないだろうと思っていた。一夜明けて、彼にそのこだわりが残っていないようなのは、単に状況から解放されて我に返ったからだろうと思っていたのだが、それだけではなかったのだ。

「率直に話して、よかったんですよ」と、私は言った。

うん——と、田中氏もうなずいた。

「でも田中さん、勘違いを起こしちゃいけませんよ。我々は被害者です。拳銃で脅され、言葉で籠絡《ろうらく》されて、あの老人に翻弄された人質です。犯行に加担したわけじゃない」

「そりゃ、わかってるよ」

壁にもたれているのも辛くなってきたようなので、私はまた彼に肩を貸した。

「こういう話、警察からマスコミに流れるんだろうかね」

私にも確信はない。わかりませんと、正直に答えるしかなかった。

「でも、どうでしょうかね。まだあの老人の身元さえわかっていないわけだし、結果的に彼を死なせてしまったことで、あのタイミングでの突入の是非について、これから異論が出てくるかもしれません」

それが犯人でも、突入によって死者が一人出たことを問題視する向きもあるだろう。

「我々のほかに、老人に名指しされた三人のこともあるわけですし、警察も事件の情報の公開には慎重になるんじゃありませんか」

そういう意味では、我々は一蓮托生だと言うこともできる。対メディアではなく、対〈世間〉においては。

それが〈世間〉の恐ろしさなのだということを、あの老人も示唆《しさ》してはいなかったか。ネットで云々という言葉だけなら耳新しく聞こえるが、老人が件の三人に加えようと企てていたある種の制裁は――それが正しいか間違っているかはさておき――〈世間〉というものを念頭に置かねば出てこない発想だ。

私はふと気がついた。あの老人が何者なのかという謎を解く鍵は、彼に名指しされた三人が何者なのかという謎のなかにある。

「みっともねえよなあ」

田中氏は空いている方の手で白髪まじりの短い髪を掻きむしった。

「いい歳こいて、あんな爺の口車に乗せられてさ。家に帰りにくいよ」

「そんなふうに考えちゃいけませんよ」

田中氏はまた短く笑い、足を踏み出した。「せっかくだから、バス会社の金で、椎間板ヘルニアの手術をやっちまおうかと思ってるんだ」

「いいんじゃありませんか。バスのなかであんなふうに床に座らされたのがいけなかったんだから、その権利はありますよ」

「みみっちいけどな」

田中氏の笑いは痛々しかった。

「あんたみたいな大企業のサラリーマンと違って、俺はちっぽけな個人事業主だからさ。金の問題は切実なんだ」

簡単に〈わかります〉と応じてはいけないと思ったから、私は無言でいた。

「なんでこんな目に遭うのかね」

「お互い、運が悪かったんです」

まったくだと、彼は唸った。私たちはまた怪我人同士かばい合いながら、冷たいトイレから出ていった。

田中氏は病院に逆戻り、岸川運行局長と柴野運転手にはまだ事情聴取があるという。残る我々は帰宅を許され、山藤警部に付き添われてロビーに降りた。

思ったとおり、階段を下りて正面ロビーに出ると、来訪者用の椅子のひとつから橋本氏が立ち上がり、私を出迎えてくれた。

この人のフルネームを、私はしばしば忘れてしまう。名字にしか用がないからだろう。カズヒコだったかマサヒコだったか。

如才なく挨拶を始めた彼の名刺を盗み見して、「橋本真佐彦《まさひこ》」だったと思い出した。正式な肩書きは「今多コンツェルン本部広報課外報係会長秘書室付担当次長」だ。これが、私が彼と最初に出会ったときの肩書きでないことは覚えている。最初はただの「広報課外報係」だった。橋本氏にも平社員時代はある。

坂本君と前野嬢は一様に驚いていた。今多コンツェルンという社名と、スマートな橋本氏の物腰と、彼の肩書きの長さと、そういうポジションの人物が恭しく私を迎えに来たことに。

山藤警部とは昨夜のうちに挨拶が済んでいるらしく、名刺交換の手間はなかった。

「車を調達して来ましたので、よろしければ私が皆さんを順繰りにご自宅までお送りいたしますが」

目顔で私にうなずきかけながら、橋本氏が提案した。坂本君と前野嬢はまた吃驚《びつくり》した。

「え？　いいですよ、わたしたち地元だし」

「杉村さんに悪いですよ」

「そんなことはない。一緒に帰ろうよ」

「署の外に、記者やレポーターがうろうろしていますよ」

橋本氏の言に、途端に前野嬢の頬が強張った。怯えたようでもあり、奮い立ったようでもある。わたし、しっかり話しますから。

「メイちゃん、送ってもらおう」

坂本君が果断に言った。彼と前野嬢は、少なくとも彼の側からは、すっかり〈ちゃん付け〉の距離になったようだ。

「山藤さん、いいですか」

警部の眉毛がひょいと動いた。「皆さんがよろしければかまいませんよ」

「パトカーに乗らなくっていいんですよね？」

小柄な警部は明るく笑った。「君たちは被疑者じゃないんだから、全然かまわない。ああ、でも誰かうちの者が付いていった方が心丈夫なら、そうしますよ。家にも記者が来ているかもしれないからね」

今度は前野嬢の方が果断になった。「ううん、そこまで意気地のないことは言いません。いつまでも隠れてるわけにはいかないし、わたしたち、何も悪いことしてないもの」

「ただ、今はまだちょっと、ね」

坂本君の小声に、橋本氏が「では決まりですね」とにこやかに応じた。

駐車場は建物の裏手だという。我々が正面玄関の手前で回れ右して歩き出したとき、山藤警部が立ち止まり、まるでドラマのなかで名脇役が演じるデカ長のように、ぺしんと手で額を打って、「しまった」と声をあげた。

「皆さんの携帯電話をお返しできるんです。さっき会議室で渡そうと思っていたのに、失念していました。持ってきますから、先に駐車場に行っててください」

橋本氏が乗ってきたのは本部の社用車だが、ボディには社名もロゴも入っていない。広報課でよく使っているものだ。あ、シーマだと前野嬢が言った。

「お好きな車ですか」

橋本氏の気さくな問いに、彼女はこっくりとうなずいた。「わたしが小っちゃいとき、うちのお父さんの会社がまだ景気よかったころに、乗ってたんです」

懐かしい、と呟いた。そこから、彼女の過去と現在の家庭状況を推察することができる発言なのに、当人は気づいていないところが前野嬢らしい。そんなことなどまったく気づかないふりをできるところが橋本氏らしい。

「これは社の車ですが、僕はシーマのシートが硬いところが好きで、隙あらば借り出してくるんですよ」

「そう！　わたしもシートがふわふわしてる車はイヤなんです。シーマは乗り心地、いいですよね」

前野嬢は〈素〉で橋本氏は〈スキル〉だが、いつどんな状況で誰とでも会話に困らない、という点では似ている二人だった。

「僕は高級車のことはわからないけど」

坂本君は言って、しげしげと私を見た。

「杉村さん、そうとう偉い人なんですね」

私は適度に正直になることにした。「ビミョーなんだけどね」

「偉いか偉くないかに微妙はないと思うけど」

「誰が偉いのかって問題でさ」

前野さんには内緒だよと、私は声をひそめた。「照れくさいから、言わないでね。実は、うちの家内が会社の偉い人の娘なんだ。僕はマスオさんなんだよ」

この一両日のあいだで、いちばん感心されたような気がするのは、私のひが目だろうか。

「そうすると杉村さんは縁故入社なんですか？　あ、逆か。入社してから上司の娘さんを射止めたんですか？」

「う〜ん、それもまたビミョー」

ダークブルーのシーマのそばで立ち話をしている橋本氏と前野嬢、そして私を見比べて、坂本君は言った。「どっちにしろ、定職に就けない僕には縁のない話だなあ」

私は彼に微笑みかけた。「うちの編集部のバイトに、野本君っていう君と感じの似た若い子がいるんだ。名字も一字違いだし、何か今後も勘違いを起こしそうだよ」

「あの広報の人も橋本さんですね」

「僕の知り合いに〈三モト〉さんが揃った」

「一字違いで大違いですよ」

ぼそっとした坂本君の呟きにタイミングを合わせたように、車のそばの二人が楽しそうに笑った。

山藤警部が小走りに戻ってきた。我々の携帯電話はひとつずつビニール袋に入れられていて、袋にはラベルが貼ってある。

「すみませんが、ここに受け取りのサインをしてください」

小脇に挟んだクリップボードを差し出し、背広の胸ポケットからはボールペン。

「山藤さん、警部さんなんだから偉いんですよね？」

携帯電話を受け取り、前野嬢が不思議そうに言った。これまたこの娘さんの〈素〉だ。

「うん、そこそこはね」

「なのに、こんな細かいことまでやるんですね。部下のお巡りさんに任せればいいのに」

人によっては（田中氏などは）ムッとしそうな質問だが、山藤警部はけろりと答えた。

「これはね、私の性格」

言って、ちょっと微笑んだ。

「それと、皆さんに親近感があるからかな。一緒に大変な事件を乗り越えた」

心なし、我々が身構えずに済む程度に姿勢を正して、山藤警部は言った。「しかし、結果として被疑者を死なせてしまった、皆さんをその現場に立ち会わせてしまったことを、交渉人として一警察官として、非常に残念に思っています。申し訳ありませんでした」

岸川運行局長のような直角の礼ではなく、目礼だったけれど、その礼は眩しかった。

「皆さんは、終始一貫、勇敢に行動してくださいました。ご協力に感謝いたします」

そうして、我々は海風警察署を後にした。


車内で、我々は携帯電話がちゃんと動くことを確かめ、互いのメールアドレスを交換した。私のケータイは赤外線通信ができなくなっており、前野嬢が私に代わって手早く打ち込んでくれた。

前野嬢が両親と暮らしているという自宅は、小ぎれいな県営住宅だった。まず彼女が降り、それから坂本君が降りた。彼は両親と祖父と四人で暮らしているそうで、生け垣のある古びた一戸建てに住んでいた。

降りるときになって、大急ぎで弁明するように、彼は言った。「僕とメイちゃん——前野さんが同じようなジャージを着てましたけど、あれ、お揃いじゃないんですよ。昨夜、面会に来た親に着替えを頼んだら、たまたま同じ店に買いに行ったらしいんです」

病院の近くに量販店があったのだそうだ。

彼が丁寧な礼の言葉を残し、犬の鳴き声がする生け垣の向こうに姿を消すと、運転席の橋本氏が言った。「照れちゃって……。若い子は可愛いですね」

事件が縁結びの神ですね、とも言った。

「杉村さん、今日はこのままご自宅にお送りします。会長もご自宅でお待ちです」

義父がさしたる用もなく平日に会長室を空けるのは、異例の事態だ。

「いいのかな」

「はい。そのようにご指示を受けました」

私の表情を、ルームミラーで見てとったのだろう。橋本氏は口調を明るくした。

「菜穂子さんは、昨夜は落ち着いてよくお寝《やす》みになったそうです。夕食に杉村さんがお好きなものを用意されると、張り切っておられました」

「そうですか。橋本さんにも、またお世話をおかけして申し訳ない」

「とんでもないことです」

それが私の仕事です、とは言わなかった。

「やっとご自宅に帰れるという時に恐縮なのですが、今後のマスコミ対応について――」

「ええ、どうぞ。どうしますか」

「基本的には、杉村さんへの取材要請はこちらが窓口となって仕切ります。ご自宅にも、しばらくのあいだは遠山が毎日伺って、電話や来客の応対を務めると申しております」

〝氷の女王〟、降臨だ。

「問題は、人質になった皆さんの共同記者会見を求められた場合です。過去の類似の事件では、もちろんある程度の時間が経過してからですが、共同記者会見を行ったケースがありますので」

「それは、そのときが来たら皆さんと相談して決めましょう」

「了解しました。バス会社との補償交渉はいかがしましょうか」

「私が自分で先方と話したいと思います。今のところ、バス会社の対応は丁重ですしね。問題が生じたらすぐご相談します」

話が終わると、私はただ放心した。心のなかでは、これまでの出来事の様々な場面の映像が、未完成の映画のトレーラーのように、脈絡もなく浮かび上がってはくるくると閃《ひらめ》いていた。そんなものは、帰宅した私のもとに、桃子が小さな足で一生懸命駆けてきて、「お父さん！」と呼んでくれた瞬間に、淡雪のように消えて失くなるに違いない。

事実、そうなった。

5

秋風のなかを、私は菜穂子と連れだって、南青山の町筋を歩いている。

十月に入ると、残暑は未練を断ち切った恋人のように姿を消した。代わって登場した秋は足が速く、バスジャックの一夜から一ヵ月足らず、青空にひんやりとした空気が心地いい。

菜穂子は千鳥格子のツィードのジャケットを着て、革のブーツを履いている。妻は、自分がハンドルをとるときは、ヒールの高い靴を避ける慎重なドライバーだ。彼女の好みで買い換えたばかりのボルボは近くのコインパーキングに置いてきた。空が真っ青できれいだし、風は冷たいけど気持ちいいから少し歩きたいというリクエストにお応えして、私は妻をエスコートしているのだった。

行き先は、彼女が贔屓《ひいき》にしているブティックだ。紹介のある客しか入れず、そのかわり難しい注文にも応えてくれる。菜穂子はこのごろ、この店で桃子とペアルックを揃えることに凝っているのだが、今日の目的は、十一月中旬に予定されている桃子の小学校の文化祭で、彼女が着るワンピースを見繕うことだ。桃子はその舞台で、一年生六十三人の児童たちのなかから選ばれて、ピアノ演奏をバックに詩の朗読を行うことになっている。

桃子はこの春、一年生に上がった。妻と、妻の長兄と次兄の妻が卒業し、次兄夫婦の子供もそこの付属高校に通っている私立大学の小学部で、その実績があるおかげか、事前に様々な情報を聞かされて身構えていたほど〈お受験〉に苦労することはなかった。

むしろ大変だったのは、桃子の就学に合わせて我々の自宅を定めることの方だった。渋谷区の閑静な一角にある学校まで、徒歩通学で十分以内。管理体制とセキュリティのしっかりしたマンションで、超高層は不可。世帯数は百世帯以内。できればもっと少ない方が望ましい。時間の制約があるなかで、見事にこの条件をクリアした物件を見つけてきてくれた不動産業者は、プロの鑑《かがみ》だろう。

二年前、我々家族三人を襲った暴力沙汰の嵐が通り過ぎたあと、菜穂子は当時まだ新築ほやほやだった自宅を捨てた。二度とあそこには住めないと言い切って、どんな説得にも耳を貸さなかった。

菜穂子が彼女の資産で建てた家であり、それをどうするのも彼女の自由だ。それでも、君が僕のために造ってくれた書斎を、僕はとても気に入っているんだけど……と遠慮がちに口に出してみて、

「次はもっと気に入ってくれる書斎を造るから、今回はわたしのわがままを聞いて」

と返されて、私も諦めた。

我々はいったん、菜穂子の実家に身を寄せた。世田谷区の松原にある義父の屋敷である。広大な敷地内には長兄も家を構えて住んでおり、一人っ子の桃子は、しばしば遊びに来る従兄姉《いとこ》たちと親しく、楽しく過ごせるようになった。事件が菜穂子の心に残した疵《きず》も、娘時代を過ごした懐かしい家に帰ったことで急速に癒えていった。

今多家のマスオさんである私の立場は、誰が建てたどんな家に住もうと変わりがない。義父のもとに身を寄せたことで、妻が建てた家に暮らしていたときよりも肩身が狭くなったという感はなかった。そんな段階はとっくに通り過ぎていた。

今多菜穂子との結婚を決意し、彼女の父親の要請を受けてそれまで勤めていた児童書の出版社を辞め、今多コンツェルン本社に現在の職を得たとき、私は様々な未来に覚悟を固めた。今多菜穂子の夫となることは、今多菜穂子の人生の一部になることだ。それさえ腹に決めておけば、細かいことにいちいちこだわらなくて済む。居候はどんなふうに生きようが居候だが、居候には居候の役目があり、居候なりの矜持《きょうじ》の持ちようもあるはずだ、と。

菜穂子は義父の外腹の娘である。義父のもとに引き取られたのは、菜穂子が十五歳のとき、母親が

死んでほかに頼るところがなくなったからだった。だから義父の屋敷には、彼女の子供時代の思い出はない。それでも、多感な青春時代を過ごした屋敷内のあちこちに、彼女はきらきらする記憶を隠していた。涙で光っている記憶もあれば、喜びや幸せできらめいている記憶もある。

夫と愛娘を連れてそこに帰ると、菜穂子は今一度義父の娘に戻り、その娘の顔で、私と出会う前の彼女の記憶の一端を、折々に、日々の生活のなかで見せてくれた。それは私にとっても発見で、楽しいことだった。

ときどき、私の側からはそうやって妻に私の過去を見せてやることはできないのだと思うと寂しかったけれど、それもとうに諦めたことだった。正確に言うなら、「できない」わけではないのだし。「しない」「させない」と、私と私の両親が決めただけなのだから。

分不相応だ、釣り合わないのは不縁のもとだ、うまくいきっこないと、頭からこの結婚に反対していた私の両親は、それでも私が菜穂子を妻にすると、私と絶縁すると宣言した。私は逆らわずに絶縁された。

「みっともない。あたしはあんたを、金持ちのお嬢さんのヒモにするために育てたんじゃないよ!」

毒のある口調で吐き捨てた母にも、私は抗議しなかった。口論や説得で解決する問題ではない。時間に任せて、結婚から十年以上が過ぎた。両親が私に宣言した絶縁は、口先だけのものではなかったが、真の断絶でもなかった。たまに超伝導現象が起きて、電流が通うことがあるのだ。これまでのところ、私はそれで満足している。何かを得れば、何かを失う。とりわけ、得たものが大きなものであれば、器の反対側の縁《へり》から出ていくものがあるのは仕方がない。最初から部分的な絶縁だった兄と姉がそのスタンスを変えず、両親の顔を潰さずに、私のことも切り捨てずにいてくれることを有り難くも思っている。

そして私のそういう心情を、いちばん深くくんでくれているのは義父である。そう感じるのは私の錯覚かもしれないが、希望的な錯覚ではないと思う。

実家に戻った菜穂子は、桃子が従兄姉たちと親しんでいることを第一の理由に、いたって壮健だがいつ何があってもおかしくはない父親の年齢を第二の理由に、ずっとそのまま暮らすつもりのようだった。義父の方も、好きなだけいていいと言っていた。

だが、桃子の通学という現実的な問題が眼前に迫ったとき、そういう機会を待っていたかのように、学校のそばに家移《やうつ》りしなさい、また家族三人で暮らしなさいと、言い出したのも義父だった。

「核家族は駄目だの不完全だの、巷《ちまた》じゃいろいろ言うがな。両親と子供、この組み合わせが家族の核だ。核をしっかり作りなさい」

桃子が健全に成長するためには、まず私と菜穂子が独立した大人になることが必要だと、義父は言った。

「困ったときに頼り合うのはいい。いつでも頼っておいで。私もあてにするよ。でも、おまえはもう大人で、桃子の親だ」

一人前になりなさい——と諭されて、菜穂子もようやく納得した。それまでは、桃子は義父の家から運転手付きの車で通学すればいいと主張していたのだが。

義父はけっして、妻の父親の家に寄食している私を哀れんで言ったのではない。今さら哀れむくらいなら、最初から結婚を許さなかったろう。義父の言葉は額面どおりに受け取るべきなのだ。嘘や衒《てら》いを言う人ではない。この十年余りで、私にもそれがわかった。

ひとつ屋根の下で暮らした一年余りのあいだで、さらにもうひとつわかったことがある。義父がなぜ、私を自分の会社に——今多コンツェルンという巨大グループ企業に呼び寄せたのかということだ。

結婚の際、それを条件として提示されたときには、少しばかりの不快感と不審を覚えた。外腹の娘の菜穂子は、今多グループのどんな地位や権力からも外されている。義父は彼女に資産を分け与えても、力は与えなかった。だから私が児童書の編集者を続けても、何の問題もないはずなのに、と。

——俺が信用できる人間かどうか、テストしたいんだな。

一兵卒として膝下《しっか》に置き、観察するつもりなんだ。そう思った。その推察をずっと引きずって暮らしてきた。

だが、義父の真意はそこにはないのだ。逆だった。義父は私を身近に置き、私の目に彼を——今多コンツェルンという巨大グループ企業を創りあげた今多嘉親という人間を見せたかったのだ。

もともと普通の父娘関係ではなかった。しかも菜穂子は義父が人生の折り返し地点を過ぎてから儲《もう》けた娘だ。我々が結婚した時点で、義父は既に七十を越えていた。

義父は菜穂子にも私にも、見せたいものが沢山あった。いつ訪れるかわからない永遠の別離の前に、見せておきたいものが。同居してみて初めて、私にもそれがわかった。能弁ではあっても無用なおしゃべりは嫌いなはずの義父が、日常生活のなかでぽつりぽつりと漏らす昔話のなかに、あるいはそれを語る義父の瞳のなかに、それを見つけた。

義父が我々に再独立を勧めたのは、そんな想いが老いた父親の手前勝手であることも、心の一方では充分承知していたからだろう。自分たちの核を作れという言葉には、義父の自制も込められていたのだ。永遠に娘のそばにいることはできないのだから。

こうして我々家族三人は、代官山のマンションに落ち着いた。妻が新しく調度を調えてくれた私の書斎は、私が諦めた書斎と似てはいなかったけれど、居心地は同じだ。資産家の妻に与えてもらう書斎ならどこでも同じだという見地からも、夫の夢をかなえようと細かく気配りする妻が調える書斎なら、どこであっても居心地がいいに決まっているという見地からも。

日曜日の午後、青山の繁華街から外れた静かな道を、私は妻とのんびり歩いた。住宅街だが、ところどころに洒落たブティックやカフェや画廊が混じる。妻の足取りは軽く、話題は桃子と学校のことばかりだった。

房総の海沿いの町で発生し、たった三時間ばかりで終息したバスジャック事件は、私と菜穂子のあいだに影を落とさなかった。それ以前の、桃子が脅威にさらされた事件の影の方が、今ではその暗い色こそ薄れたものの、妻の心のなかでは未だに大きな場所を占めているせいかもしれない。バスジャックの方では、私は純然たる〈巻き込まれた被害者〉で、犯人とも犯人の動機とも一切関わりを持っていなかったせいかもしれない。

あるいは、妻も私と同じように、いささか事件慣れしたせいかもしれない。

「あなたは笑うかもしれないけど、笑ってもいいから付き合って」

と、今多家の氏神である神社に御祓《おはら》いに連れていかれて、それで妻はきれいに吹っ切れたようだった。

ブティックに着くと、私は中年の女性店長に引き合わされた。五坪ほどの店内は、予想していたよりは親しみやすい雑然とした雰囲気に包まれており、大きな花瓶に投げ込まれた薔薇の花束から淡い芳香が漂っていた。

「早々でございますが、このたびは大変なご災難でしたね。ご無事で何よりでした」

丁重に労られて、私はちょっと慌てた。女性店長は菜穂子から事件のことを聞いて驚いた、という。新聞やニュースからの情報では、人質の男性が顧客の夫であることまではわからなかったろう。

「身近な、しかもお客様の身の上にそんな物騒な事件が起こるなんて……」

「もう一ヵ月経ちますからね。ほとんど忘れています」

「それは良うございました。嫌なことは忘れるのがいちばんですわね」

「わたしは忘れてないけど」と、妻は軽く私を睨んだ。「当分、乗り合いバスには乗らないでねって言ってあるんですよ」

「じゃ、飛行機は？　ハイジャックの方が怖いんじゃないかな」

「変なこと言わないで」

妻は女性店長と笑い合う。私も笑いながら、菜穂子は事件のことを、こんな場所で話していたんだなと思った。店長との親しげなやりとりから推して、どれほど不安だったか、どんなに怖ろしかったか、自分の気持ちも打ち明けたことだろう。私との間に、家庭のなかに事件の影を引きずらないように、彼女なりに工夫していたのだ。

ワンピースの見立ては、周到な店長の品揃えのおかげですいすいと済んだが、菜穂子の買い物にはまだ続きがある。私はここでお役御免だ。青山に来たついでに顔を出したい場所があって、事前に妻とも話してあった。

「じゃ、四時に〈カルロス〉でね」

妻が待ち合わせによく使うカフェテラスだ。私は女性店長に挨拶し、

「ごめんね」

妻にそう声をかけたのは、買い物に付き合わないからではない。あらためて、バスジャック事件の影のことを詫びたのだ。彼女に通じたかどうかはわからないけれど。

バスジャック事件については、マスコミの報道も、ネット上でのやりとりも、我々関係者が懸念していたほどの熱は帯びなかった。その一番目の理由は、もっと世間を騒がせる物騒な事件が、息をつく暇《いとま》もなく発生したことにある。木が森のなかに隠れるように、事件は事件のなかに紛れて見えなくなる。現代では、〈森〉もほうぼうにある。

二番目の理由は、事件から三日後にやっとあの老人の身元が判明したら、そのプロフィールがいかにも地味で、メディアが競って報道したくなるような〈華〉に欠けていたということだろう。

名前は暮木《くれき》一光《かずみつ》という。一九四三年八月十五日生まれ。今年六十三歳。実年齢より老けて弱々しく

見えたのは、生活環境のせいだったらしい。

無職で、足立区のアパートで一人暮らしをしていた。年金には加入しておらず、蓄えを少しずつ切り崩して暮らしていたらしい。本籍地も東京だが、戸籍上は存命しているはずの姉が名乗り出てくることはなかった。彼の身元が判明したのも、仕事がなく、一人きりでアパートに籠《こ》もり、痩せて顔色も悪く、食事さえ満足にしているかどうか怪しい彼を案じて、何度か訪問しては生活保護の受給を勧めていたその地区の民生委員が、「年格好は同じぐらいだし、この数日は不在で連絡もとれないから、もしかしたら」と届け出てくれたからだ。

アパートの住人たちも大家も、仲介した不動産業者も、テレビや新聞で報じられたバスジャック犯の人相風体に、自分たちの隣人や店子《たなこ》の顔を重ね合わせることはなかった。届け出をした民生委員さえ半信半疑だった。バスジャックなんて大それたことができる人じゃない、と。

「おとなしい人で、きれい好きでしてね。誰に頼まれたわけじゃないのに、ゴミ捨て場やアパートのまわりを毎日掃き掃除してました。部屋は二階の隅っこで、外階段の上り下りがきつそうでした」

ニュースの画面のなかで語る、自身も六十歳代だろう男性の民生委員は悲しげだった。

「ペラペラと身の上話をするようなことはなかったんで、私も詳しいことは知らないんですが、昔は何か商売をしていたと言ってたことがあります。奥さんに死に別れて、店も左前だし跡継ぎもいないからって、十年ぐらい前にたたんでしまってね、その後は時給仕事をいくつかやったけども、最近はそんな仕事も見つかりませんって……」

今日日、他人事《ひとごと》じゃありませんと、訥々《とつとつ》と言った。

「私が知ってる限りじゃ、いつもよれよれのシャツとズボンでね。外に出るときジャンパーを羽織るくらいで、スーツ姿なんか見たことがなかった。髪も、散髪代が惜しいからって自分で適当に切ってたらしくて、ですから身ぎれいな感じじゃなかったですね」

公開された似顔絵などの印象とは大きく違い、そのことも民生委員が届け出を躊躇った理由になったという。

「生活保護のことは、話してるうちに、私よりよく知ってるんじゃないかという気がしたんですよ。どっか別の場所で、いっぺん申請して駄目だった経験があるのかもしれないなと思いました」

その暮木一光の口座には、次の家賃が落ちるだけの残高は残っていなかった。六畳一間に小さな台所とトイレ、風呂は付いてないアパートの室内はきれいに片付けられていた。そこの家具や備品からとった指紋と、室内に落ちていた毛髪のＤＮＡ鑑定で、老人の身元が確定したのだ。

「テレビは旧《ふる》いブラウン管のがあったけど、壊れてた。よくラジオを聴いてると言ってました。アパートのゴミ捨て場で拾ったそうで。そういうことも、こっちが十訊いてやっとひとつ返ってくるような、無口な人でしたよ」

民生委員には、暮木一光が名指しした三人に、まったく心当たりがなかった。暮木と〈クラステ海風〉やクリニックとの繋がりも見えなかった。

暮木一光は、あの夜バスのなかで田中氏が言ったとおりの、天涯孤独の人だった。そのアパートに住み着いたのは去年の九月のことで、それ以前の彼の暮らしは、依然、わからないままである。

「せめて賃貸契約のときの保証人でもいれば手がかりになるんでしょうが、仲介の不動産会社が保証するタイプの契約で、だからそっちも何にもわからなくってね。ただ、大家さんを困らせるようなことはいっぺんもなかったそうです。それはそうだったろうと思います。ちゃんとした人でしたよ」

何がどうしてバスを乗っ取ったりしたのか——と、民生委員は肩を落としていた。

あるニュース番組の特集のなかでは、ゲストのコメンテーターが、貧困と孤独のなかで先行きを悲観した暮木は最初から自殺するつもりでいたのであって、バスジャックには何か明確な目的や意図があったのではなく、ただ騒ぎを起こしたかっただけだろうと述べたことがある。

「あるいは、乗客を何人か道連れにするつもりだったのかもしれません。自殺の延長線上の殺人、〈拡大自殺〉といって、過去にも例のあるケースです」

名指しされた三人は、暮木が一方的に怨恨を抱いていた人物で、名指しされた側には思い当たる節がないという可能性も充分ある。

「警察を攪乱《かくらん》するための煙幕だったのかも」

私はその発言を聴いてテレビを切った。あの老人の行動には目的があったと思うし、我々を道連れにする意志は感じられなかった。名指しした三人に対しては、はっきりとした悪意というか、制裁の意志を抱いていた。我々人質はそれを知っている。

孤独で貧しい一人暮らしの老人に、ネット社会も長いこと興味を抱いてはくれなかった。世間にはもっと派手な、騒ぎ甲斐のある事件がある。名指しされた三人についても、予想通り警察が情報公開を控えたことと、

〈所詮、じいさんばあさん同士の揉《も》め事じゃないの？〉

という冷めた観測があって、暮木老人が恃《たの》んでいたほど――我々が案じていたほど盛り上がることはなかった。

一方、我々人質は、暮木老人よりは少しだけ長いあいだ話題の的になった。慰謝料の話も取り沙汰された。我々の実名が出ているサイトも、イニシャルのみのサイトもあった。

我々人質がもっとも突っ込まれたのは、いい大人が四人もいて非力な老人一人を制することができず、なぜ唯々諾々《いいだくだく》と囚《とら》われていたのか、という点だ。そこに慰謝料の話が、金額や暮木老人がそれを我々に提示したタイミングについて不正確な情報をまじえたまま絡まって、我々は〈意地汚い〉〈強欲だ〉と非難されたり、〈無理もないよ〉〈誰だって金は欲しいし命は惜しい〉と擁護されたりした。

面白かったのは、慰謝料の話題が発展して、

〈いくらもらえば、拳銃を突きつけられて人質にされても引き合うか？〉

という議論が沸いたことだ。ネット上の見知らぬ人びとが、我々が暮木老人と繰り広げたやりとりを再現しているようでもあり、現実味を欠いた勝手なやりとりをただ楽しんでいるようでもあった。

実際、我々当事者にとっても、暮木老人が一文無しだったとわかった時点から、慰謝料の話は現実味の欠片《かけら》もなくなった。皮肉にもそのおかげで、我々はマスコミや、ネット上の〈正義の人びと〉から早々に解放されたとも考えられる。これで本当に暮木一光が大金持ちだったならば、もっといろいろ詮索され、疑われたことだろう。

警察からは、老人の身元が判明した際に、山藤警部に連絡をもらったきりだ。その後は事情聴取に呼び出されることもなかった。

孤独な老人の自爆的な死。バスジャック事件はそう分類されて終息した。被疑者死亡で書類送検。捜査本部も解散した。

株式会社シーライン・エクスプレスとの補償交渉にも、厄介なことはなかった。一律に見舞金が出て、田中氏と私には医療費も支払われた。柴野運転手の処遇も、外から見ている限りでは大きな変化はなさそうだった。

そう、〈世間〉の動きでもうひとつ面白かったのは、事件の直後から柴野運転手を励まし、応援する声が上がったことだ。シーライン・エクスプレスの本社にもバスの営業所にも、彼女を処分するな、女性運転手の登用をやめるなという電話やファクス、メールが殺到したという。そのなかには彼女を知っている地元の利用客もいたろうが、多くは善意の一般市民だろう。

こうした動きに、前野嬢のブログの文章が一役買った——と言いたいところだが、事実は違う。海風警察署で別れたときには、柴野さんが運転手として立派に行動したことを世間に喧伝すると思い決めていた前野嬢だが、現実はそう甘くなかったし、彼女はそれほど強くなかった。

〈余計なことするな　おとなしくしてろって　親にもバイト先のヒトたちにも叱られちゃいました〉

事件の二日後、泣き顔の絵文字を付けて、彼女が私に送ってくれた携帯メールだ。

〈取材は断ってるし　ブログ日記は更新をやめてます　わたしが人質の一人だったってこと　他所のサイトで見たらしい人がすぐ書き込んできて変なこと書かれて　すごく怖い〉

大過なく過ぎたようなネット上の反応も、ただ一人の若い女性である前野嬢のところでは、一時は波が高かったらしい。

〈いたずら電話がかかってきて困ってます　家電《いえでん》は電話番号を変えることになりました　ケータイも変えるので　またお知らせします〉

老人の身元がわかったときや、田中氏の椎間板ヘルニアの内視鏡手術のとき、坂本君が別のところで面接を受けて職を得たとき、前野嬢が〈クラステ海風〉の厨房のバイトを辞めたとき、そうした折々の節目では、四人で、一日のうちに何度もやりとりをした。捜査本部が解散する直前に、新聞各社から共同記者会見の要請があって、「断ろう」という結論を出した際にも、ケータイとメールで相談し合った。田中氏は「もう面倒くさい」と言い、前野嬢は「まだ怖いんです」と言い、坂本君は「メイちゃんが怖がってるからやりたくない」と言った。でも、共同記者会見がお流れになっていちばんホッとしたのは私だろう。そんな事態になったら、また〝氷の女王〟や橋本氏の手を煩わせなければならなかった。

四人のなかでは、前野嬢がいちばんまめに他の三人と連絡をとっている。田中氏のメールアドレスを聞き出して教えてくれたのも彼女だ。田中氏は、警察署のトイレではあんなことを言っていたけれど、実際には私に相談してくることはなかった。今も、術後の体調など、こちらから訊かない限り音信はない。

〈暮木のおじいさんが大金持ちじゃなかったってわかって　田中さん　ホントにがっくりしてるんだ

と思いますよ〉

これは坂本君からのメールだ。老人の身元がわかると、〈おじいさん〉から〈暮木のおじいさん〉に変わった。

〈心のどっかでは　まだちょっと期待してたでしょうから〉

私は、〈がっかりしたというより　平常心を取り戻して　面目ないと思っているんだろうね〉と返信した。〈もう　そのことは触れないでおこう〉

田中さんは、事件のことも我々のことも忘れたいんだよ——と打ち込んで、送信する前にその一文だけ消した。

坂本君は〈武士の情けってやつですね〉と返してきた。

坂本君と前野嬢には、橋本氏の言うとおり、事件が縁結びの神になったようだ。どちらから来るメールにも、互いの名前が出てくる。もっとも温度の上がり様にはいくらか差があるようで、メイちゃん、メイちゃんを連発する坂本君を、当の前野嬢が〈ケイちゃん〉と呼び始めたのは、ごく最近のことだ。

そんな二人が、思い出したように送ってくる共通の問いかけがある。

〈園田編集長は　その後いかがですか〉

二人の優しさを有り難く思いつつ、私は変わり映えしない返信を打つ。

〈まだ会社を休んでいるけど　心配ないと思うよ　ありがとう〉

事件以来、園田瑛子は休職している。彼女の休職願を受理すると、グループ広報誌「あおぞら」の発行人である今多嘉親は、即座に編集長代理を任命した。私、杉村三郎だ。

「臨時編集長と編集長代理のどちらがいい？」

問われて、後者の肩書きを選んだのは私だ。発行人に、編集長のクビをすげ替えるつもりがなさそうであることに安堵して、自宅のパソコンとプリンターで編集長代理の名刺を作った。これをひと箱、百枚分を使い切らないうちに編集長が戻ってきてくれればいい――と思ったが、名刺は既に半分方なくなった。

そして、園田瑛子からは連絡がない。電話もメールも、葉書の一枚も。

築年数の経った都営住宅は、都心の一等地に在ることがある。これがマンションだったら販売価格はどれほどか、家賃はどれくらい取れるかと、思わず計算してしまうような場所だ。南青山第三住宅もそのひとつだった。

かつてここの一室に北見一郎《きたみいちろう》という人が住んでいた。北見氏は、二十五年間警視庁に奉職し、犯罪捜査に携わり、あるとき決意してそこから退き、亡くなるまで私立探偵を営んでいた。

私は彼と、二年前の事件の折に知り合った。こちらから何か依頼したわけではなく、最初はただある人物の身元照会に訪ねたのだが、その後の成り行きで親しくなり、末期癌で死支度を調えていた彼から、未解決のファイルをひとつだけ引き継いだ。そのファイルの事件が、私が当時足を突っ込んでいた事件だったからだ。

北見氏が亡くなり、我々の付き合いも終わった。引き継いだファイルも閉じることができた。だから私は北見氏の仕事まで引き継いだわけではない。私立探偵になるなんて、私にはほとんど夢想の域の話だ。それは北見氏もわかっていた。

ただ、彼の残した足跡に、私は今でも心惹かれている。誰にも、とりわけ妻や義父にはけっして言わないけれど、胸の内で密かに。

北見氏には夫人と息子がいた。彼が警察官を辞め、私立探偵を開業するという〝暴挙〟に出た際に一度は解体した家族だったが、夫人は死の床にある彼のもとに戻って彼を看取り、それがきっかけで、家庭を捨てた父親に対する息子の怒りもゆっくりと溶けることになった。父親が私立探偵として立派に仕事を果たし、多くの人を助けたのだということが、頑なだった息子の心を開いたのだ。

北見氏の死後、二人暮らしに戻った北見夫人と息子の司《つかさ》君は、生前の北見氏とのあいだに生まれてしまった空白を埋めるために、いろいろ話し合ったそうだ。そして、母子で「お父さんの住んでいたところ」に住みたいと思うようになった。同じ景色を見て暮らしてみたい、と。新米会社員の司君の年収で、都営住宅の入居基準にはぎりぎりセーフだったそうだ。

「僕が昇給すると危なくなります」

北見氏の一周忌に訪ねた折には、司君はそう言って笑っていた。

入居先は原則として抽選で選ばれるので、かつて家族がそこに住んでいたからと言って、母子が必ず南青山第三住宅に入れるとは限らない。結果としてそうなったのは幸運のしからしむるところだが、北見夫人は「夫が呼んでくれたんです」と言っている。

さすがに部屋は違うし棟も違う。それでも母子は亡き夫と父親が日々を過ごしていた景色のなかで、穏やかに暮らしている。ブティックに妻を残して、私はそこを訪ねてきたのだった。

バスジャック事件の新聞やテレビのニュース報道では、人質の氏名までは公表されなかったので、北見母子が私が巻き込まれていたことを知ったのは、司君がネットを見たからだった。そのとき彼が見た事件サイトでは、「杉村三郎」が「杉村次郎」になっていたが、今多コンツェルンの社員だという情報があったので、私だとわかったのだそうだ。

母子から見舞いの電話をもらい、少し話した。事件から数日後のことだった。それっきりになっていたので、今日は北見氏の仏壇に線香をあげ、すっかり片付いて私は無事だと報告したいと思った。

都営住宅の敷地内にある児童公園から電話してみると、司君は留守だったが夫人はいた。どうぞおいでくださいとの言葉に、私は途中で買い込んだ菓子折の袋を片手に、都営住宅を囲む秋色に染まった植え込みのあいだを抜けていった。

私が初めてここを訪ねたころ、都営住宅は補修工事の最中だった。今はすっかり修繕を終えて、外壁は白と淡いブルーとイエローに塗り分けられ、お洒落な外観を誇っている。エレベーターが取り付けられたので、えっちらおっちら階段をのぼってゆく手間もなくなった。

北見夫人は部屋のドアの前で私を待っていてくれた。司君がうっかりバラしてくれたことがあるので、私は彼女の年齢を知っているけれど、その歳相応の落ち着きと、その歳には見えない若々しさを併せ持っている女性である。

仏壇に手を合わせ、照れたような淡い笑みを口元に浮かべた北見氏の遺影に向き合って、今さらのように彼も〈イチロウ〉だったと思った。それが皮切りで、イチロウもサブロウも偽名くさいし嘘っぽいけれど、小説やドラマにはほとんど登場しない名前だということを、私は夫人とおしゃべりした。

「それにしても、人質の皆さんにお怪我がなくって本当によかった」

二十五年間を警察官の妻として過ごした北見夫人は、ほかの誰よりも事件慣れしているはずだ。だからこそ、我々の無事を喜んでくれる言葉にも重みがあった。北見氏が関わった事件の大半は、誰かが無事では済まなかったから警察が乗り出したという種類のものなのだから。

北見氏は言っていた。警察を辞めたのは、悲劇が起こってしまってから動き出すという仕事に、つくづく疲れたからだと。悲劇が起こる前に何かできないかと思ったから、私立探偵を始めたのだと。

「交渉人を務めた山藤という警部さんが、暮木老人を死なせてしまったことを残念がっていました」

「ああ、それはよくわかります」

現場の警官はそういうものです、と言った。

「直接、交渉にあたって犯人の声を聞いた方なら、なおさらでしょう」

「北見さんも、立てこもり事件なんかの交渉人をなさったことがあったでしょうか」

「さあ……。主人がいたころは、まだそういう役割がはっきり決まっていなかったんじゃないですかね。その場その場で、事件に対処する本部のなかで、適役の人を選ぶというか。犯人の様子を見ながらね」

北見氏なら、たいていのケースで適役だったように、私は思う。

「暮木という人は、年配の人でしょう。それも前科や前歴があるわけじゃなし、おとなしい人だったんですよねえ。主人がいたら、時代が変わったなあと申したでしょうね」

どこから拳銃を手に入れたのだろうと、夫人は首をかしげた。

「買ったからって、トースターみたいにいきなり使えるというものじゃないでしょうし」

「トースターね」と、私は笑った。「拳銃は、ネットで買えるらしいですよ。昨今は何でもネットですね」

拳銃の入手経路については、捜査本部でもずいぶん調べたらしい。だが、これという確証はつかめないままだ。ネットだろうというのも、我々人質の証言で、暮木老人がネットに馴染んでいたらしいというところからの推測だ。但し、老人の通帳にそれらしい取引をした形跡はなかった。現金の引き出しは数千円単位の慎ましいもので、振り込みをした記録もなかったそうだ。

不思議なのは、暮木老人のアパートにパソコンがなかったことである。それは新聞などでも報じられ、私も気になったので、わざわざ山藤警部に電話して確かめた。パソコンは見つからなかった。彼を訪ねていた民生委員も、部屋にパソコンがあったかどうかの記憶は定かでない。少なくとも据え置き型の、ひと目でそれとわかるようなものはなかった。

暮木老人はノートパソコンを使っていて、犯行の前に処分した——たぶん、そういうことなのだろう。パソコン本体がなければ、履歴のたどりようもない。老人は老人なりに、拳銃の入手先に迷惑がかからないようにと考えたのかもしれない。

「つかみどころのない事件でしたね」

夫人は言って、私にコーヒーを注ぎ足してくれた。

「主人も申してました。犯人がわかって、動機とか犯行までの経緯もわかって、警察の仕事は終わっても、何だかすっきりしない事件ってのがあると」

「はあ、プロでもそういうものですか」

「主人がそういう気質だったんでしょうけどね。公判に心配がないように証拠固めが終われば、後は気にしない人は気にしないから」

山藤警部も、携帯電話のことまで自分でやるのは性格のせいだと言っていた。

不思議を通り越して解せないことを、私は口に出してみた。「私がバスのなかで話した暮木って人は、薄気味悪いくらい弁が立ったんですよ」

だが、民生委員の知っている暮木老人はおしゃべりではなく、むしろ寡黙だったようだ。

「何だか別人のように思えて、釈然としないんですよ」

「バスジャックのときは、興奮していたからよくしゃべったんじゃありませんか」

私もそう解釈して、自分を納得させようとしてみたのだ。が、どうにも無理だった。

「単に能弁か訥弁かというだけなら、状況に左右されて、変わることもあるでしょう。赤の他人に拳銃を突きつけて言うことをきかせるなんて、異常なことですからね。日ごろは無口でおとなしい人間が、ハイになって演説したっておかしくないです。普段は無口でおとなしい人だったからこそ、ああいう場面では、腹のなかに溜め込んできたことを全部言うってこともあり得ると思います。でも、バスのなかの暮木老人の能弁は、そういうタイプの能弁ではなかったんですよ。ただ上滑りによくしゃべるというんじゃなくて、言動から自信が——あの老人がそれまでの自分の人生のなかで成し遂げてきたことに対する自負みたいなものが感じられました。つまり、民生委員の人が語っていた暮木老人とは人柄からして違うというか」

ぶつぶつと言い並べて、ふと気がつくと北見夫人が微笑して私を眺めていた。

「杉村さん」

宥めるような目をしていた。

「そういう考え事はおやめになった方がいいですよ。もう事件は終わりました。すべて済んでしまったことです」

ちょっと間を置いて、私も微笑を返した。「そうですね」

私は司君の近況に話題を切り替えた。これは正解だったようだ。北見夫人はいたずらっぽい顔になり、恋人ができたらしいんだけどまだ紹介してくれないんだということを、ちょっと心配そうに、かつ楽しげに語った。

「相手は職場の人ですか」

「まだよくわからないんです」

「司君が、恋人ができたと言ったんですか？」

「まさか。本人の態度なんかから、わたしが何となく察してるだけですよ」

だとすると、紹介は当分先の話だろう。この人と結婚しようと決めるまでは、母親に会わせるふんぎりはつかないだろう。

「のんびり構えておられたらいいですよ」

「そうかしら。わたしなんか、主人と付き合い始めてすぐ、うちに呼びましたけどねえ」

「あ、そりゃ女の子と男の子じゃ違います。全然違うもんです」

「杉村さんも？」

私のケースは特例中の特例だ。笑ってごまかすことにした。

「北見さんも気を揉んでるかな」

「主人は平気ですよ。いつも、なるようになるって言うだけでしたから」

遺影は知らん顔をしている。

「そういえば、近ごろはいかがです？　さすがにもう、北見さんに仕事を頼みたいという人が来ることはありませんか」

北見氏が亡くなった後、彼の死を知らない誰かから紹介された新しい依頼人が、あるいはかつて彼の世話になった依頼人が再び案件を抱えて、主のいなくなったアパートを訪ねてくるということが何度かあった。

その際は、北見氏が親しくしていた団地の役員の人か、北見夫人がここに住んでからは彼女自身が、そういう来客に対応するようにしてきた。私も一度、偶然そういう場面に遭遇したことがある。北見氏を頼りに、杖をついてアパートの階段をのぼってきた老人に、空っぽになった部屋の前で出会ったのだ。かの私立探偵はもうこの世にいないのだと告げることは易しかったが、老人の落胆を受け止めるのは辛かった。北見夫人にとっても悲しい作業であることに変わりはあるまい。

私が遭遇した老人はすぐ諦めてくれたが、夫人が対応した来客のなかには、ならば責任を持って別の人を紹介しろとか、奥さんあんたが仕事を引き継いでくれないかとか、ぐずぐず粘る向きもあった。それだけ困っているわけだが、何かに困って視野狭窄《きょうさく》に陥っている人間は、本人もまた〈困った人〉になってしまう場合があるという見本だ。

それが気になるので、私は時候の挨拶のようにこう問いかけるのが習慣になっていた。北見氏の死後一年を過ぎると、それは時候の挨拶と同様のやりとりになっていた。

が、今回は違った。夫人は、ちょっとうろたえたように目をしばたたいた。

「それがねえ……」

私に言っていいものか、迷っている。

「先週、人が来たんですけど」

「仕事の依頼ですか」

「そうじゃないんです。以前、主人の世話になったという人で……。いえ、ちゃんとした人でしたよ。丁寧にお悔やみを言ってくれましたし」

仏壇を見返って、「ですけど……」と、また迷う。

「よろしければお聞かせください。北見さんがファイルを閉じて、きちんと廃業して亡くなったことを説明する必要があるなら、私からその人にお話ししましょう」

それぐらいは、北見氏に最後の事件を持ち込んだ私の責任だと思っている。夫人は女性だし、司君は若い。相手の出方によっては、さばききれないこともあろう。

「すみません」と、夫人はため息をついた。「事件らしい事件ではないんですけどね」

かえって気になる。

「主人に相談に来られたのは、五年前の四月だったそうで。主人の病気がわかって、最初に入院して退院して、仕事に戻ったすぐ後だったので、ですから、その人は主人の病気のこともご存じでした」

夫人は立ち上がると、仏壇の下の小引き出しを開けて、一枚の名刺を取り出した。

「この方なんです」

私は名刺に目を落とした。〈足立《あだち》則生《のりお》〉。台東区内にある新聞販売店の店員だ。名刺はその販売店のものである。

「住み込みで働いているそうです。一応お知らせしておきますって、裏に携帯電話の番号も書いていきました」

確かに、ボールペンで走り書きしてある。

「連絡してくれという意味ですかね」

「いえ、そんな押しつけがましい感じではありませんでしたけどね」

「どういう事情なのか、訊かれましたか」

「詐欺に遭ったらしいんです」

言ってから、夫人は言いにくそうに顔をしかめて言い直した。「というか、詐欺の片棒を担いでしまったって」

「はあ……。最近ですか？」

「いえ、五年前に、そのことで相談にきたんです。その足立さんって、当時は無職で住所不定で、ご本人が言うには、半分方ホームレスみたいなもんだったって。そこへね、まとまったお金を稼げるって話を持ちかけられて、乗っちゃったらしいんですよ」

よくある——ありそうな話だ。

「それが詐欺の片棒を担ぐことだった？」

「ええ。わたしも詳しく聞き出さなかったし、足立さんもわたしには遠慮があったようですから、大まかな話なんですが」

「北見さんには、何を頼んだんでしょう」

「自分がやったことが詐欺だってわかって、後ろ暗くてしょうがないから、自分を巻き込んだ一味を告発したいって。それで主人に、もっと詳しいことを探ってくれないかと頼んだっていうんですよ」

ただ詐欺の被害に遭ったから告発したいというよりも厄介な依頼である。

北見夫人も苦笑している。「主人もなにしろ当時は病み上がりというか、闘病が始まったところでしたからね。元気なころのようにはいかないし……。気持ちはわかるけれど、易々と運ぶことじゃないって、足立さんを説得したみたいです」

一味を告発すれば、足立氏自身も刑事罰を受ける可能性があるのだし。

「それより、あんた自分の生活をちゃんと立て直しなさいって、職探しをしてあげてね」

「北見さんらしいなあ」

「わたしもそう思います」夫人は大きくうなずいて、今度はにっこり笑った。「それで足立さん、告発のことは諦めて、まあ五年経ったわけですけど」

ところがつい最近、足立氏はひょっこりと、自分を巻き込んだ詐欺グループの一員と再会したのだという。

「それが、ここを訪ねてくる二、三日前だったそうですから、ほやほやの出来事ですよ」

本人にしてみれば、二、三日迷ってから北見氏を再訪したことになる。

「やっぱり、ああいう人間を放っておくのはよくないと思ったんですって」

私は唸ってしまった。「単なる正義感のしからしむるところではなさそうですけどね」

再会した相手が羽振りがよさそうだったから腹立たしいとか、余計なことを考えようと思えばいくらでも思いつく。

「しかし足立さんという人は、この五年のあいだ、まったく北見さんへの音信がなかったんですか。世話になったんでしょうに、年賀状ぐらい寄越してても——」

夫人は、自分がバツの悪いことをしたかのように首をすくめた。「五年前に主人が紹介した職場は、三月《みつき》も続かなかったんですって。だからそれっきり、恥ずかしくて顔を出せなかったんだって言ってました」

私はまたひと唸りして、笑ってしまった。

「まあ、この件は放っておいた方がいいですよ」

「わたしもどうしようもないしねえ」

仏壇の遺影と目を合わせて、夫人はまた首をすくめた。あなたには悪いけどと、目で謝っている。

「一応、この名刺をメモっておきます」私は手帳を取り出した。「あくまでも〈一応〉ですけど」

しめくくりに司君の謎の恋人の件を和やかに蒸し返して、私は北見夫人のもとを辞した。帰りはエレベーターを使わず、コンクリートの外階段を下りた。

都営住宅の敷地内には小さな児童公園があり、一対のブランコがある。私には思い出のブランコだ。因縁もあった。このブランコのそばを通ると、なぜか私のまわりで事が動いたり、何かが起こったりする。

上着の内ポケットのなかで、携帯電話が鳴り始めた。バスジャック事件後に買い換えた新型だ。発信者は〈間野京子〉だった。我がグループ広報誌編集部の四人目の編集部員である。

もしもしと、彼女の声がした。

「杉村です」

「日曜日に、たいへん申し訳ありません」

間野さんの声だが、いつもの彼女の口調ではなかった。

「かまいませんよ。どうしました？」

嫌な予感がする。やはり因縁のブランコだ。

「本当に申し訳ないのですが、わたしには判断のつかないことがございまして、失礼を承知でご連絡いたしました」

折り目正しいという以上に、硬く緊張した口ぶりだ。私はブランコに近づき、空いている方の手でその鎖にそっと触れた。

「何かトラブルですか」

「いえ、トラブルではありません。ただ、実は、あの」

休日勤務についてなのですが――と言う。

「は？」

私は編集長はおろか編集長代理としても間抜けな声を出した。

「わたしは、採用していただいてまだ一年足らずですので、事情を知らないだけなのかもしれないのですが」

間野さんの口ぶりは硬い。ブランコの鎖の感触だ。

「編集部の皆さんは、休日に、ご自宅に仕事を持ち寄ることがあるのでしょうか」

何とも妙な表現だ。

「持ち寄る？」

〈持ち帰る〉ならわかる。私も時々やることだ。忙しいからではなく、その方がじっくり集中できるとか、もろもろの勝手な都合で。だが〈持ち寄る〉とは何だ。

「それは、休日にうちの部員が誰かの自宅に集まって仕事をする、という意味ですか」

「……はい」

「今、そんな急ぎの仕事がありましたっけ？」私が軽く返しても、間野さんは黙っている。「つまり間野さんは、うちの誰かに、これから誰かの自宅に行って、その誰かが持ち帰った仕事を手伝ってくれと要請されている。そう理解していいですか？」

「はい」

この「はい」には安堵の響きがあった。

「そんな例は聞いたことがありませんね。もちろん、仲のいい部員同士が気を合わせてやることなら、いつどんな形で仕事を助け合っても一向にかまいません。でも、このお尋ねはそういう意味じゃなさそうですね」

ひと呼吸おいて、彼女は思いきったようにこう答えた。「はい。業務命令として、自宅に来るよう言いつかったのです」

私もひと息に言った。「その命令は無効です。断りなさい。できない、と断るんです。私に相談して、うちの部ではそういうやり方はしない、駄目だと言われた、だから自分は編集長代理の指示に従うと言っていいです」

「そうですか……」

「これは、今現在の話ですか？」

「はい。一時間ほど前のことです。とりあえずは、子供を預かってくれる人がいないと家を空けられないと返事をしたんですが」

「それでも相手は引き下がらないんですね」

「はい」彼女の困惑と怯えが伝わってきた。「遅くなってもいいからということでした」

瞬間、私は迷った。ここでもう一歩踏み込んでいいものだろうか。微妙な問題だからこそ、彼女も迷っているのだから。

だが私は迷うだけでなく、腹を立て始めていた。間野さんを自宅に呼びつけて、仕事を手伝えと命令した部員は、一人しかいない。名前を出さなくてもバレバレだ。

その人物の顔を思い浮かべると、やっぱり彼女にこう言わずにはいられなくなった。

「私が相手に連絡して、きっちり叱責《しっせき》しましょう。これは本来、そういう種類の問題です」

間野さんのかすかな呼気が聞こえた。

私は訊いた。「井手さんですよね？」

「……はい」

「彼はこれまでにも、同じ職場で働いているあなたに対して、何かと失礼な態度をとることがありましたね」

「私は正社員ではありませんから」

「そういう問題ではありません。あなたを準社員として雇用したのは今多コンツェルンであって、井手さんではない。あなたが彼に遠慮する必要はまったくないんです」

ありがとうございますと、間野さんは小声で言った。

「不愉快でしょう。申し訳ないが、もう少し伺ってもいいですか」

「はい」

「こういうことは、今日が初めてですか」

「自宅に来いと言われたのは、初めてです」

「それ以外には？」

間野さんの声が細った。「残業とか……打ち合わせということで」

「勤務時間外に、彼に付き合えと強要されたことがあるんですね」

「……はい。実際に仕事がないわけではありませんでしたし、打ち合わせというときには、わたしの仕事ぶりについて批判というか、指導というか、そういうやりとりがありましたけれども」

そんなのは口実である。「あおぞら」編集部ではこれという仕事をしていない——仕事を覚えようとさえしていない井手正男に、何の指導ができるものか。

胸がむかむかしてきた。「いつごろからです？」

「この一ヵ月ぐらいです。園田編集長が休職されてから」

私は頭を抱えたくなった。園田瑛子は女性管理職だ。こういうトラブルには敏感だろうし、間野さんも、男の私よりも園田編集長の方が話し易かろう。園田が健在なら、井手から最初におかしな謎をかけられた段階で、すぐに報告なり相談することができたはずだ。

「まったく気がつきませんでした。本当に申し訳ない」

間野さんはあわてた。「いえ、杉村さんの責任ではありません。ホントに、そんなことではありません」

「いえ、私の責任なんです。今日は思い切って知らせてくれてよかったんですよ。私に対しても遠慮する必要はないんです」

「わたしにも至らないところが」

私はぴしゃりと遮った。「その考えはお捨てなさい。あなたはよく頑張って仕事してくれています。井手さんのやっていることは、立派なセクシャル・ハラスメントです。間違っているのは彼の方ですよ」

間野さんを軽んじ、苛《いじ》めるだけでは足りなくなって、こういう形で支配しようとするなど、言語道断だ。

「これはきっちり対処しなくてはなりません。私から井手さんに連絡します」

いえ、それはと、間野さんは言った。「今日のところは、子供を置いて出られないとお断りします。それで突っ張れば、大丈夫だと思います」

「しかし、この件を放っておくわけにはいきません。早い方がいいんじゃありませんか」

お酒が入っているようですから――と、間野さんが言った。私は耳を疑った。

「井手さん、酔ってるんですか？」

「はい、そんな印象を受けました」

「電話でもわかるほど酔ってて、あなたを呼び出そうとしたんですね？」

間野さんは黙ってしまった。

「もともと彼にはアルコールの問題があるからな……」

酒が過ぎるのだ。編集部にも、ひどい宿酔《ふつかよ》いで出てくることがある。

「今は酔っていて、分別をなくしているということもあると思うんです。あの……私は噂で聞きかじっただけですが、井手さんはいろいろとストレスを抱えていて、お酒のことも、今の職場に馴染めないのもそのせいじゃないかって」

確かにそれは事実だが、間野さんも優しい。

「だからってあなたが辛抱してやることはありません。さらに嫌なことを伺うようですが、今までのところは、困惑して不愉快だという以上の実害はないんですね？」

「はい、それは大丈夫です」

彼女の声がきっぱりと芯を取り戻した。

「わかりました。今は間野さんの判断を尊重します。ただ、井手さんがぐずぐず粘るようならまた知らせてください。これこそ業務命令ですよ。一人で抱え込まないこと。いいですね？」

ようやく、間野さんの声が明るくなった。「はい、ありがとうございます」

電話を切り、ケータイをしまいこむと、私はブランコの鎖から手を離した。ブランコは不安定に左右に揺れた。

自分が情けない。私は無能だ。井手正男の間野京子への態度を見ていれば、彼のねじ曲がった怒りと挫折感が、いずれはこういう形で彼女に向かうことも、充分に予想されたはずなのに。

自分の能なし具合を棚に上げて、私は心の底で怒った。園田瑛子よ、何をしている。職場に戻ってきてくれ。我々にはあなたが必要なのだ。

週明け、井手正男は有休をとった。

電話連絡を受けたのはバイトの野本君で、「インフルエンザらしいから、二、三日休むって言ってました」

十月半ばにインフルとは気が早い。仮病だろうが、彼がいないことで、間野さんはぐっと気が楽になる。私も話しやすくなる。

と思ったら、間野さんと野本君がちらりと目顔でうなずき合った。無能な私にも、さすがにわかった。

「野本君は事情を？」

間野さんに水を向けると、彼女は申し訳なさそうにうなずいた。

「たまたまなんですよ、たまたま」野本君は急いでフォローに回る。「このあいだ、間野さんが井手さんに誘われて困ってるみたいだったんで、僕、無理にくっついてったんです。井手さんにはめちゃめちゃ嫌な顔されたけど、それでいろいろ察しがついたから」

〈ホスト君〉の綽名に悪い意味はない。彼はよく気の回る青年なのだ。

幸い、月刊誌「あおぞら」編集部は暇な時期だ。昼休みを挟んで、三人でじっくり話し合うことができた。間野さんは昨日の一件も、私に知らせたときよりはよほど楽な口調で、野本君に打ち明けた。

「ひでぇなあ。ドラマに出てくるスケベ上司そのものじゃないですか」

残業を口実に彼女一人を残し、形だけ仕事をさせて居酒屋やバーに連れ出す。延々と説教したり自慢話をしたり、彼女のプライバシーを聞きだそうとして、帰りは送ろうとタクシーに乗せる。確かに、バカみたいにわかりやすいセクハラ上司の手口である。

「タクシー、一緒に乗っちゃったんですか」

「逃げ切れなくって、一度だけね。でも、スーパーに寄るからって途中で降りたの」

「深夜営業のスーパーって、意外なところでお役立ちなんですね」

ちゃらいことを言う野本君だが、目は怒っている。

間野さんには辛いだろうが、事実関係をはっきりつかむために、私は彼女に質問し、彼女の生真面目な答えを社用箋に書き留めた。

「杉村さん、どうするんですか」

「どうもこうもないよ。手続きとしては井手さんの話も聞かないといけないけど、その上で、うちの発行人に報告を上げて対処する」

会長・今多嘉親の判断を仰ぐのだ。もちろん私も具申を添える。

「僕はこの際、井手さんを異動させてもらうつもりだ。彼にとってもその方がいいだろう」

間野さんと野本君が顔を見合わせた。二人は、「あおぞら」以前の井手正男を知らない。彼がここの〈流人〉となるに至った経緯も知らない。

いい機会だ。中途半端な噂に頼るより、きちんと話しておいた方がいいだろう。

「井手さんが本社の財務部にいたことは知ってるよね？」

「はい。本丸ですよね」

今多グループ内部では、通常〈本丸〉といえば物流管理部門を指す。財務部は〈金庫番〉で、古参の社員たちは〈大番頭〉という呼び方もしている。

「へえ～、知らなかった」

「井手さんは生え抜きじゃないんだ。森さん——僕と編集長がインタビューに通ってた、森信宏さんが都銀からうちに来たとき、一緒に連れてきた人材の一人なんだよ」

だから優秀だった。財務管理のスペシャリストなのだ。

「じゃ、もとは銀行マンだったんですね」

「うん。森さんにも可愛がられてたらしい」

それがかえっていけなかった。

人間は三人寄れば派閥をつくる。今多グループのなかにも数え切れないほどの派閥があり、財務部のそれは、かつて森取締役が隆盛を誇っていたころには、森派と反・森派だった。外様財務と生え抜き財務と言い換えてもいい。森氏が今多コンツェルンにやって来たのは、旧来の保守的でロスの多い財務体質を改善するためだったから、改革派と守旧派ということもできる。そしてこの二派は事あるごとに反目し合っていた。

どの企業でもあることで、珍しい話ではない。サラリーマンは、それが大状況であれ小状況であれ、みんなこうした力関係のなかを泳いでいるのだ。ただ井手さんの不幸と不覚は、あまりにも森派でありすぎたことだった。

「森さんはカリスマ的なところがある人だったし、井手さんが自分を見込んでくれた人を尊敬するのも、心酔するのも当然だよ。だけどそれに頼りすぎて、井手さんは、派閥を離れた職場の人間関係を作らなかったらしい」

だから、夫人の病気を理由に、予想外の早いタイミングで森信宏氏が今多コンツェルンを離れることになったとき、井手さんは、いわば置き去りを食った。大将を失い、味方のいない敵陣に、一人で取り残されたような気分になったのだ。

あくまでも〈気分〉である。事実はどうかわからない。これらの事情を義父から聞かされたとき、私は、井手さんを囲む人間関係のトラブルの少なくとも半分は、彼の挫折感からくる被害妄想が原因ではないかと思った。

「優秀な人だから、部下には厳しかったらしい。別にそれも悪いことじゃないけど、厳しくすれば、時には厳しくやり返されても仕方ないからね」

「ていうか、シンプルな話ですよ。虎の威を借る狐が、虎がいなくなったら威張れなくなったってだけのことでしょ」

「それはちょっと気の毒ですよ」

間野さんが野本君を諫めて、ホスト君は、「お人好しだなあ」と呆れた。

「まあ、それで」社用箋を閉じ、私は言った。「井手さんは、いわばグレちゃったんだな」

「お酒が過ぎるようになったのも、それからですか」と、間野さんが訊いた。

「ええ。もともと酒好きだったようですが、宿酔いで出社するなんてだらしないことをする人じゃなかったそうです」

野本君が目を細める。「奥さんが出ていっちゃったって、噂で聞きましたけど」

「誰に聞いたの？」と、私は苦笑した。

野本君はけろりと答えた。「〈睡蓮《すいれん》〉のマスターです」

このビルの一階にテナントとして入っているコーヒーショップの店長だ。私も親しくしている。今多グループ内で起こる出来事にはなぜかしら敏感で、マスター独自のアンテナがキャッチする情報には、私なんかのぼんくらな耳には百年経っても入ってこないような種類のものもある。

「奥さんが一方的に出ていったのかどうかは知らないけど、別居しているらしいね」

「お子さんは」と、間野さんが眉をひそめる。

「奥さんと暮らしているようですよ。中学生の女の子だそうですから」

「じゃ、なおさら寂しいでしょうね」

「またまた、そんな優しいこと言っちゃって。駄目だよ、間野さん」

妻も娘も離れていってしまい、好天の日曜日に、一人で酒を飲むくらいしかやることがない。私はふと、昨日の井手さんの心境の一端ぐらいはわかる気がした。誰かにかまってもらいたい。誰かに自分の影響力が届くことを確認したい。動機はわかるが、手段がいけない。

今多コンツェルンという巨船を動かすメインエンジンのひとつを受け持っていた井手さんは、森信宏という頭領を失って迷走を始めた。新しいトップと衝突を繰り返し、同僚とは不和になり、部下からは突き上げを喰らう。結果として降格されて肩書きを失い、財務部からも追い出され、関連部署を転々とした挙げ句に、今多会長が趣味でやっている（としか彼には思えない）このグループ広報室に流れついた。「あおぞら」など、彼の目から見れば、巨船の甲板上の日除けパラソルぐらいの価値しかないだろう。

しかし、その価値観こそを変えて欲しいと願って、義父は彼をここに寄越したのだ。財務マンの目を捨てて、グループ全体を見ろ。有機体としての今多コンツェルンを見渡すことのできる目が開けば、些細なプライドなどどうでもよくなる。

——彼がそれに気づくまで、済まんが辛抱してやってくれ。けっして頭の悪い男じゃない。今は己を見失っているんだ。

義父は私にそう言った。私はその言葉に温情を感じたし、だから意気にも感じた。井手さんの異動を願い出ることは、私にとっても挫折なのだ。義父の期待に応えられなかった。

「井手さん、ここに来てまだ十ヵ月くらいですよね？」

間野さんの方が二ヵ月ほど先輩なのだ。彼には無意味なことだろうが。

「未だにエクセルさえ使えないまんまだけど」

「彼なりにプロテストしてるんだろうね。会長には申し訳ないけど、井手さんが立ち直るためには、やっぱり何らかの形で財務に関わってた方がいいんじゃないかな。社内報の編集じゃ、畑が違いすぎたんだろう」

「だったら辞めりゃいいのに」

「そう簡単にはいかないところが正社員なんだよ」

アルバイトとは違うんだと私が言うと、野本君は頭を搔いた。「畏れ入りました。僕も、せめて準社員になれるといいな」

今多コンツェルンの準社員は、待遇としてはバイトと同じだが、準社員だけで構成する組合に入れるというところが違う。そういえば間野さんは、今回のトラブルを、準社員の組合に相談するという手もあったのだ。その方策をとらず、私に連絡してくれたのは、無能な編集長代理にもわずかながら人望があったということか。それとも、これも彼女の優しさだろうか。

どっちも違っていると、すぐにわかった。間野さんが目を伏せて、小さくこう言ったからだ。「今回のことは、杉村さんの奥様のお耳にも入るでしょうか」

私はちょっと固まった。

「家内に知らせる必要はないと思いますが」

間野さんの屈託は、そこにあったか。

「せっかく奥様のご厚意でここに置いていただいたのに……」

「そんな気を使う必要はないですよ。間野さんが悪いんじゃない」

「そうですよ。間野さんは被害者なんだから」

野本君も加勢してくれたが、間野さんの愁眉《しゅうび》はそのままだ。

「そもそも、わたしのような者が、こんな大企業に入れると思うのが図々しかったんじゃないかと思うんです」

野本君はキッとなった。「間野さん、井手さんに変なふうに洗脳されちゃってませんか？　あの人、間野さんのことをまるでホステスを見るような目で見てるって、園田編集長も」

彼はあわてて手で口をふさいだ。

「――すみません」

間野さんは宥めるような顔になった。「男の方には、まだまだエステは馴染みがないでしょうからね。誤解されても仕方がないです」

「誤解じゃなくて、井手さんはわざとやってるんですよ」

「わたしは学歴もないし、ちゃんとした会社に勤めた経験もないし」

「間野さんはちゃんとした仕事をしてましたよ。井手さんなんかより立派な編集部員です。駄目だよ、そんな後ろ向きになっちゃったら」

間野さんは結婚していて、四歳の男の子の母親だ。夫君は半導体メーカーの技術者である。互いに忙しい仕事を持ちつつ、助け合って子育てしてきたのだが、一年前、夫君が二年間の期限でバングラデシュの新工場へ単身赴任することになった。夫婦双方の両親は遠方におり、頼るわけにはいかない——という事情を知り、私の妻が彼女をこのグループ広報室に引っ張ってきたのだ。

「エステティシャンとしてパートで働くという選択肢もあったのに……」と、間野さんは呟く。「ちょっと外の世界を覗いてみたいという気持ちもあって、ついご厚意に甘えてしまったわたしが軽率でした」

「グループ広報室としても、新鮮な戦力が欲しかったんです。それを忘れてもらっちゃ困る」と、私は言った。「間野さんの都合だけを考えて採用したわけじゃありません。うちの発行人はそんな甘い人間ではない」

「そうですよ！」元気よく断言してから、野本君は急に及び腰になった。「僕は会長のこと知りませんけど、きっとそうですよ」

間野さんに笑みが戻り、私はこぼした。「やっぱり、編集長がいてくれないとなあ」

二人が私の顔を見た。私は苦笑した。

「園田瑛子の目が光っていたら、井手さんだって下手なことはできなかったろうからさ」

「それはどうかわかりませんけど、編集長がいないとつまらないのは確かです」

野本君の言葉に、間野さんもうなずく。

「せっつくようになっちゃ悪いと思って黙ってたんだけど、様子を聞いてみようかな。ともかく、園田の戦線復帰までは、僕がしっかり目を光らせることにします」

ところが、結果的にはこの約束は無効になった。無用になったというべきか。二日後、急な展開があったのだ。

私は本社の人事管理課に呼び出された。その場には、本社の事務職員が所属する組合、通称「ホワイト労連」の渉外委員も同席していた。この場合の〈渉外〉の対象は、社内の管理職である。

私はもっぱら、兼田《かねだ》という渉外委員から説明を受けた。

「休職願？」

「はい。昨日、本人が提出してきました。同時に、労連に人事紛争の調停を頼みたいと」

私はとっさにものも言えなかった。

「どんな紛争があるっていうんです？」

銀縁眼鏡の兼田委員は三十そこそこだろう。人事課員は五十代半ばで、白髪まじりのチョビ髭《ひげ》の親父さんである。

「ひと言でいうなら、パワー・ハラスメントです」

さらに呆れてものが言えない。

「私が、井手さんに？」

「そういうことになりますね」

兼田委員は手元のファイルを開くと、A４の用紙数枚にびっしりと印字された文書を私に差し出した。「井手さんの調停申請書です。杉村さんに見せていいと、本人から了解を得ていますから、どうぞ」

字詰めも行詰めもぎっちりの文書には、「あおぞら」編集長代理の杉村三郎が、今多会長の女婿《むすめむこ》であるという立場を利用して、いかに井手正男を不当に迫害してきたかということが、延々と綴《つづ》ってあった。

私には空想物語としか思えない。さらに噴飯ものなのは、

「ここには、準社員の間野とアルバイトの野本も私と結託して、井手さんが職場に居づらくなるよう画策したと書いてありますが」

「そのようですね」

「事実無根です。私はもちろん、間野も野本もそんなことはしていません」

「それは、これから調査すればはっきりすることです」

兼田委員の銀縁眼鏡がちょっと下がった。

「調停申請があった以上、我々労連が介入しないわけにはいきません。そこはご理解を願います」

「病気休職の方は、診断書も揃っていますので、本日付でということで」チョビ髭の人事の親父さんは言った。「今後は、二週間に一度、うちの担当者が本人と面談して健康状態を確認しながら、復職か休職を継続するか、その都度判断していきます」

「どんな病気なんです?」

「そこに精神科医の診断書があります」

文書のいちばん後ろにホチキスで留めてあった。長期間に亘《わた》る不眠、食欲不振、抑鬱《よくうつ》状態とある。最低でも二週間の休養と加療を要すると診断す、か。

思わず、口をついて言葉が出た。「アルコール依存症の診断ではないんですね」

兼田委員の眉毛がぴくりとした。「井手さんには飲酒の問題があるんですか」

「宿酔いで出社してきて、会議室で寝ているというのは飲酒の問題じゃありませんか」

腹立たしくて、私は鼻息が荒くなった。「この場でこちらの言い分を申し上げても？」

どうぞと二人が同意したので、私は率直に、これまでの井手正男の怠慢勤務ぶりと、直近のトラブルである間野京子が被ったセクシャル・ハラスメントの件を説明した。

「セクハラについては、井手さんが出社してきたら話を聞こうと思っていたところです。我々は、彼がインフルで休んでいるとばかり思っていましたから」

まさか有休をとって精神科医にかかり、診断書を取った上で労連に駆け込んでいたとは思わなかった。

「わかりました。そちらの方も、この調停ではっきりさせましょう」

銀縁眼鏡の奥で、兼田委員の眼差しが和らいだ。

「労連も、何が何でも組合員の味方だというわけじゃありません。調停というのは、双方にとって公正で現実的な解決策を見つけるための手段なんです」

「それなら有り難いですが」

「井手さんは出戻りですし、杉村さんは社内で微妙な立場におられる。労連もそこは充分に勘案するつもりです」

〈出戻り〉というのは、上級管理職が平社員に降格されて、労連の組合員になる（資格を得る）ケースをさす。それはともかく、私は今多コンツェルンにとって〈微妙な〉存在だったのか。微妙。便利な表現だ。

兼田委員にちらっと目配せをして、チョビ髭の親父さんが身を乗り出した。「事のついでのようになってしまって恐縮ですが、園田さんは職場復帰が決まりましたよ」

私の顔に、開けっぴろげな安堵と喜びの色が広がったのだろう。二人の〈今多マン〉はちょっと面食らったようだ。

「昨日、面談して意思を確認しました。元気そうでしたよ。来週の月曜日から出勤です。本人からも、今日あたり皆さんに連絡があるんじゃないですかね」

ついでだろうが何だろうが、いい知らせだ。間野さんにとっても援軍になる。

「杉村さんは特別なんで、会長から直にお話があるかとも思いましたが、手続きですのでね。こちらからもご報告しておきます」

短いあいだに腹を立てたり喜んだり、上がったり下がったりで、私も敏感になっている。今度は〈特別〉か。思わず反問した。「特別とはどういう意味でしょう」

チョビ髭が困ったように笑った。「まあ、その……グループ広報室は、会長直属ですから」

杉村三郎個人が直属である、と。

「ご配慮ありがとうございます」

皮肉な口つきになる、私も大人げない。

「では、よろしくお願いします」

チョビ髭の親父さんは席を立った。彼が出て行くのを見送って、兼田委員が私に向き直る。「今後、調停のための調査が始まれば、グループ広報室の皆さんに、多少なりとも時間を割いてもらうことになります。業務に支障がないようこちらも配慮しますが、ご協力をお願いします」

「了解しました。園田編集長が復帰するなら、業務にはまったく問題ありません」

用件は終わりだろうに、兼田委員はまだ何か言いたそうな口つきだ——と思ったら、

「人事課から聞いたんですが」と切り出した。「園田さんは、やっぱりPTSDだったようですね」

心的外傷後ストレス障害。バスジャック事件に巻き込まれたことが原因で、心身両面で不安定になったということだろう。

「拳銃を突きつけられたんですからね。不思議はありません」

「杉村さんはいかがでしたか」

「私はまあ……。ＰＴＳＤの発症には、個体差があるそうですし」

銀縁眼鏡の向こうで、兼田委員の一重まぶたがまばたきをした。「僕はご一緒していないんですが、園田さんも以前、労連の委員だったそうです」

私が今多家に繋がる前のことだし、園田瑛子からも聞いたことがない。

「グループ広報室ができる前でしょうね。私は知りませんでした」

「あの年代の女性社員には、組合で永く活動している人が多いんです。管理職になれませんから」

園田瑛子は、男女雇用機会均等法施行前の、女性社員がざっくり「ＯＬ」とひとくくりにされていた世代の人である。女性社員には庶務役以上のことは期待されず、仕事上の重責や転勤も免れるが、管理職への登用はない。

「今だって、グループ広報室の編集長は、正規の管理職じゃありませんよね。園田さんも委員は辞めましたが、まだ組合員です」

それは事実だろうが、兼田委員が何を臭わせたいのかわからない。

「ひょっとして園田からも、労連に調停要請があったとか？」

彼は狼狽した。あわてて手をひらひらさせる。「いいえ、そういうことじゃありません。園田さんの休職については、我々が介入する必要はまったくないんです」

ただ――と、言いよどむ。

「杉村さんは、園田さんから、休職の理由について何か聞いておられませんか」

私はきょとんとした。「聞いてません」

「突然だし、皆さんには何の断りもなかったそうだし、不審に思われませんでしたか」

不審はあった。だがそれは暮木老人の正体に絡んだ謎であって、会社とは無関係だ。

「事情が事情ですから、不審も何もありませんよ」

「そうですか……」銀縁眼鏡がまたちょっと落ちた。

「私は園田編集長と、仕事を通して一定の信頼関係を築いていたとは思います。しかし、今度の件は純然たる災難で、園田さんは非常に強いショックを受けたんでしょう。PTSDが正確にどういう症状を呈するものなのか私は知りませんが、医者でもカウンセラーでもない私に、ここがこうでこういうふうに具合が悪いんだと、本人が私に説明できるぐらいなら、そもそも休職する必要もなかったんじゃありませんか」

言うに言われぬ苦しみがあったからこそ、医者にかからねばならなかったのだろう。バスジャック事件のとき、最初のうちはいつもの園田節で暮木老人に対峙していた彼女が、どんどん心のバランスを欠いていく様子を、私はその場で見ていたのだ。

それだからこそ、彼女も私には、自分の状態がいかなるものか打ち明けることができなかったのかもしれない。勝ち気な人だから、私に対して面目ないという想いもあったろうし、自分で自分が情けないということもあったろう。

兼田委員は渋面《じゅうめん》でうなずいていたが、つと目を上げて声を落とした。「申し訳ないですが、これはここだけの話ということにしてください」

私はわざと大仰に目を剝き、銀縁眼鏡を見返した。「何でしょう」

「園田さんは以前にも、今回のような形で休職したことがあるらしいんです。何か事件に巻き込まれたショックで」

ずっと昔の出来事です、という。

「園田さんの代が入社七年目のときだそうですから、二十八、九歳のころになりますか」

園田瑛子は大卒で入社、今年五十二歳だ。「およそ二十五年は前か。本当に昔ですね」

「ええ、旧い話ではあるんですが」兼田委員の渋面は晴れない。「当時の女性社員研修で、何かあったらしいんです」

正確なことはわからず、記録もないという。

「僕もちらりと噂で聞いただけです」

「噂の出所は、労連のお仲間ですか」

兼田委員は悪びれない。「ええ、園田さんの同期の女性社員です。ついでに言うと、園田さんの同期の女性はもう彼女一人で、ほかは全員退職しています。その彼女も、当時現場に居合わせたわけではないので、詳しいことは知らないというんですが」

ただ、その〈事件〉とやらが起こったことで、園田瑛子は今多コンツェルン本社の社員のなかで、特別視されるようになったというのである。

私は皮肉を利かせて言った。「私と同じように、園田瑛子も特別なんだ」

「そういう意味ではありません」兼田委員は真顔だ。「ただ、園田さんが巻き込まれたその事件というのは、かなり重大なことだったようなんです。なにしろ会長、当時は社長ですが、社長が自ら事態の収拾に乗り出されたそうですから」

皮肉屋のふりを忘れて、私は素直に驚いた。

「以来、園田さんは特別扱いだと、同期の社員の間では暗黙の了解があったというんですね。ですから——もう十年以上になりますか？　グループ広報室ができて」

「十四年目に入りました」

「そのときも、彼女が編集長に抜擢されたのは、会長の配慮があるからだと思ったと」

私はもやもやと考えた。園田瑛子が今多嘉親会長の愛人だという根強い噂、つまりは誤解の根っこも、そのあたりにあるのではなかろうか。

私は正面から兼田委員の顔に目をあてた。

「労働組合の委員の方にこんなことを訊くのは筋違いかもしれませんが、過去に何があったにしろ、大企業のトップが、たった一人の平社員のことを、二十五年近くもずっと気にかけたりするものでしょうかね？」

兼田委員は破顔した。眼鏡が大きくずれたので、指で押し戻した。「そうですねえ。しかし、うちの会長なら、そんなこともあるかもしれない。これは労組の委員らしくない発言になりますか？」

私も彼と一緒に笑った。皮肉屋を気取るより、その方がずっと楽だった。

「すみません。おかしなことを伺いました」

野次馬根性ですと、兼田委員は言った。

「ただ弁解するなら、うちの労連は幹部の平均年齢が若いですし、どうしたって入れ替わりが激しいので、昔のことがわからないんですよ。それで僕らの代からは、積極的にケーススタディを残そうとしているんです。その延長線上で、過去のトラブルの見直しもしているもので」

だが、園田瑛子に起こった〈何か〉についてはわからない。

「何かあったということだけで、一種のタブーになっている印象があります。封印され、凍結されているといいますか」

義父が収拾し、秘匿を命じたタブーだ。

「それだけに、園田さんの今度の休職も、過去の事件と関係があるんじゃないかという気がするんですよ。だってほかの人質の人たちは無事で――現に杉村さんだって、こうして元気でおられるわけですから」

言葉を切ると、兼田委員は眼鏡をはずし、ポケットチーフでレンズを拭いた。

「私の立場なら、会長に訊いてみることはできます」と、私は言った。「ただ、こればっかりは園田さんの気持ちが最優先でしょう。彼女が掘り起こして欲しくないと思っているものを、横から手を突っ込んで探ることは、私にはできません」

「もちろんです。ご気分を害されたなら、失礼しました」

率直な謝罪に、私は自分の指に目を落とした。その指で鼻筋を掻いた。

「その……おっしゃるとおり、今回の編集長の休職は出し抜けでしたし、正直、これまでひと言の説明もないことには、不審とか不安ではないですが、私なりに心配でした」

ポケットチーフを手にしたまま、兼田委員がうなずく。

「彼女は短時間でバスから解放されましたし、突入まで私と一緒にいたほかの人質の人たちには、今のところ目立った後遺症はありません。園田さんばかりが何故なのか、解せないと言われればそうでしょう。でも、くどいようですが、心の問題ですからね」

私は自分に言い聞かせているのだった。余計な想像をするな、と。

園田瑛子は、二十五年前にも何か衝撃的な心傷を受けていた。バスジャック事件は、彼女にそれを思い出させた。そう仮定すると、暮木老人と対峙したときの彼女の変化にも説明がつくような気がする。問題はバスジャックという出来事そのものではなく、それが喚起した過去の心傷なのだとしたら、あのときの彼女の、彼女らしくない混乱ぶりにも納得がいくのだ。さらに、彼女と老人の謎めいたやりとりも。

——あたし、あなたのような人間を知ってます。

——さぞかし嫌な思い出があるんでしょう。

その〈嫌な思い出〉が、二十五年前の事件であるならば、すっきりと筋が通る。

だが、それを詮索してどうなる？　北見夫人にも言われたではないか。バスジャック事件はもう終わった。我々を翻弄した痩せっぽちの老人は、孤独な一文無しだったのだ。そしてもうこの世にはいない。今さら彼の正体にこだわったところで、何になるのだ。

「ご存じでしょうが、グループ広報室は二年前にもトラブルに見舞われました」

「杉村さんは、個人的にも大変な目に遭われたんですよね」

「幸いみんな無事でしたし、私はあれで事件慣れしました。おかげでこうしてピンピンしている。根が図太いんですかね」

私は軽く笑ってみせた。

「心労という意味では、園田さんも、二十五年も昔のことじゃなくて、二年前の出来事と今回のことが続いたからいけなかったのかもしれませんよ」

眼鏡をかけ直して、兼田委員はうなずいた。「そうですね。確かに、二年前の事件もあるんですよねえ。僕は見当違いな観測をしていたようです」

だがあのときは、園田瑛子は休職などしなかった。むしろ、かえって毅然《きぜん》として、編集長の立場をまっとうしようと気合いを入れ直し、事実そのように働いてきたのだ。

「では、聞き取り調査についてはまたご連絡します」と、兼田委員は立ち上がる。

我々は友好的な雰囲気で別れた。私は自分に言い聞かせ続けた。もう考えるなと。

6

「誰があたしの机のまわりを片付けてくれたの？」

これが、グループ広報室室長兼グループ広報誌「あおぞら」編集長、園田瑛子の復帰第一声であった。

お馴染みの、勤め人らしからぬエスニック系のいでたちで、今日は彩りにも気合いが入っている。少し痩せたが血色はよく、動作もきびきびと元気がいい。

私は安堵した。「わたしたち二人で片付けました」と、そろりと手を上げた間野さんと野本君も笑顔だ。

「あらそう。大事なものを捨てなかった？」

「何も捨ててません。机の上に積み上げてあったものをそっくり段ボール箱に移して、会議室のロッカーに入れただけです」

釈明の後、野本君は編集長には聞こえないよう小さく言い足した。「だって、何が大事なものなのかわかンなかったから」

編集長の復帰に、格式張った儀式も挨拶も必要なかった。今後のスケジュールを確認し、仕事の段取りを決めただけだ。園田編集長には、森信宏氏のロングインタビューの単行本化という大きな宿題が待ち受けていたが、

「あたしが休んでるあいだ、企画が止まってたの？」

「はい、森さんのご希望で」

森氏は、我々が彼を訪ねた帰途でバスジャックに遭い、さらに園田瑛子が休職したことに心を痛めて、企画の進行は彼女が現場復帰してくるまで待つと申し出てくれたのだ。

「ありがた迷惑ねえ。とっくに終わってると思ってたのに。あたし、またあの爺さんの自慢話を聞きにいくなんてまっぴらよ」

憎まれ口も復調した証《あかし》だが、森氏のインタビューはともかく、また〈シースター房総〉を訪ねるのは嫌だというのは本音だろう。私も彼女にそんなことを強いたくない。

「今までのインタビューで、充分に単行本一冊分のボリュームがありますよ。あとは再編集して、章立てをして」

「じゃ、杉村さんがやってよ。版元との交渉はあたしがやればいいんでしょ？」

「はいはい」

こうして、我らが編集部は常態に戻った。

園田編集長の復活を、私は自分で自覚する以上に喜んでいるらしい。ちょうど一週間、まるで休職などなかったことのように彼女が仕事をして、土日を休んでまた月曜日、やっぱり何事もなかったかのように出勤してきて、その日の夕食のテーブルで、妻が私にこう言った。「あなた、嬉しそう」

「え？　何が」

「毎日、楽しそうよ」

「そりゃ、ホッとしたからね」

「これでやっと、バスジャック事件が終わったのね。園田さんが元に戻るまでは、あなたにとっては終わってなかったのよ」

そうかもしれない。予想以上に元気な園田瑛子の顔を見たら、事件に絡んだ不透明なもやもやなど、もうどうでもいいやと思えてきた。一人悶々《もんもん》と、余計なことを考えるなと自分に言い聞かせる作業からも解放されたというか、忘れてしまった。

「いいなあ」

食事の途中だというのに、妻はお行儀のよくない子供のように頰杖をついて、言った。

「わたし、羨ましい」

あなたは園田さんが好きなのね、と言う。

「おいおい」

「あら、ヘンな意味で言ってるんじゃないのよ。誤解しないで」

菜穂子は笑って目を細める。今夜は桃子が義兄の家に遊びに――正確に言うなら従姉の弾くピアノをバックに詩の朗読の練習をしに行っているので、夫婦二人だ。食事と一緒にワインも開けている。妻の目尻がほんのり赤いのはそのせいだ。

「仕事仲間っていいなあって思ったの。わたしはそういう経験がないから」

「じゃ、これから経験してみたら？」

子供が学校にあがると、母親というのは寂しくなるものだそうだ。時間ができて、暇にもなる。菜穂子もそれは覚悟していて、桃子の就学に合わせて、独身時代から続けてきた図書館でのボランティア活動の時間を増やしたり、料理教室に通い始めたりした。後者のおかげで私も恩恵を受けている。ときどき失敗作が出てくるのはご愛敬だ。

「働いてみろってこと？」

「別に仕事を持たなくても、仲間をつくってみればいいんだ」

友達じゃなくて仲間ねと、私は念を押した。

「一緒に何かミッションをこなすような」

菜穂子はワイングラスを手にして、言った。「たとえば、お店をやってみるとか？」

いきなりそこへ話が行くか。

「それはちょっと……」

私の狼狽ぶりに、妻は吹き出した。「冗談よ。お教室の生徒さんに、レストランを開く予定の人がいるの」

「商売となると、まず場所の選択が難しいよ」

「自宅を改装するんですって。白金《しろかね》に住んでる人なのよ。ご近所の奥様方を相手に、ちょっとお洒落なランチを出すお店。大仰なことをやろうとしてるわけじゃないの。でも本気で計画してるんだって」

「もしかして、手伝ってくれとか言われてるのかな？」

すぐに返事をせず、妻はワインを飲んだ。

「手伝ったら面白いかもって、わたしが思ってるだけよ」

そんな深刻な顔をしないで、と言う。

「わたしだって、自分が非力だってことは重々わかってますから」

「非力なんじゃないよ。身体が弱いんだ」

調理師というのは立ち仕事で、実は体力仕事だ。シェフと呼ぼうがパティシエと呼ぼうが、その事実は厳然として変わらない。

それで思い出した。前野嬢のことだ。私が思い出したことを、妻も察した。私は基本的に妻には何でも話すので（このところの例外は間野さんの被ったセクハラ事件だけだ）、彼女も私が人質仲間とその後も音信を続けていることを知っている。

「パティシエになりたいってお嬢さん」

「うん、前野さんだ」

「その後、どうなのかしら」

「まだ学費を稼いでるところらしいね。どっちにしろ、彼女が目指している調理師学校は、入学時期が春なんだ」

「わたしなんかが通ってるのどかな料理教室より、ずうっと本格的な学校なのね」

杉村菜穂子、今夜はやや自虐的である。普段は「わたしなんか」とは言わない。

「わたしも調理師免許をとってみようかな」

ちゃんと学校へ行って、と言う。

「いいんじゃない？　キッチンに免状があれば、僕も鼻が高いな」

「そう？　お父様も喜ぶかしら。いくつになっても、子供が何かを目指して勉強するって、親には嬉しいものなのかしらね」

何か変だ。いつもよりワインをあけるピッチも速い。妻がボトルに手を伸ばしたので、私は先んじて彼女のグラスに注ぎ足した。

「今日はいいペースだね。桃子が帰って来る前につぶれちゃうよ」

「いいの。お義姉さんが送ってきてくれるんだから」

「だったらなおさら、寝てちゃまずいだろ」

妻の目を覗き込んでみた。

「どうかしたの」

「何でもない」

目元も口元も、言葉を裏切っている。

「ただ、ちょっとつまらないだけ」

「どうして？」

妻は椅子にもたれると、ため息をついた。

「桃子にフラれちゃったの」

義兄の家に練習に行くのに、妻も同行すると言ったら、「お母さんはついて来ないで」と断られたのだそうだ。

「もっと上手に朗読できるようになるまで、わたしには聞かれたくないんだって」

「そりゃ、君に褒めてほしいからだよ」

「そうかもしれないけど、〈ついて来ないで〉って、ひどいと思わない？」

私は笑った。「あの子にも自我が出てきたわけだ。喜ばしいじゃないか」

つまンないと、妻はくちびるを尖らせた。その顔は、ムクれたときの桃子そっくりだ。

「これが子離れするってことなのかしら」

「子離れの準備運動だね」

「わたしも自分の自我を育てないといけないわけね。自我を育て直すのか」

「やりがいがありますよ、奥様」

「しょせん、仕事を持ってるあなたにはわからないわね。あ～あ、わたしも主婦と母親を休職してみようかな。そしたら、少しはあなたも桃子も困ってくれる？」

もちろんですと、私は請け合った。

それから一時間ほどして桃子が帰宅し、送ってきてくれた義姉とおしゃべりを始めると、妻の機嫌も直ったようだ。私は女同士のひとときの邪魔をせずに書斎に入り、パソコンと携帯のメールをチェックした。

噂をすれば影で、前野嬢から新着メールがあった。今日の午後、地元の銀行のロビーで田中氏にばったり会ったという。

〈手術は成功したけど　腰の具合はあんまりよくならないって　こぼしていました〉

前野嬢は〈クラステ海風〉の厨房のバイトを辞めたあと、近所のパン屋で働いている。そこで田中氏の夫人に挨拶されたこともあると言っていた。

〈ケイちゃんは　やっと仕事に慣れてきたけど　キツいキツいって　こっちもグチ　杉村さんも園田さんもお元気ですよね？〉

園田瑛子の復帰は、三人に報告済みだ。若いカップルは喜んでくれて、田中氏からは返事なし。まあ、中年のおっさん同士だから、あんまりビビッドなやりとりがあるのもおかしい。便りがないのは良い便りだ。

坂本君は、バスジャック事件後に職を得た。市内で手広く営業しているビル清掃業会社で、まだ三ヵ月の試用期間中だが、順調に職場に馴染んでいるようだ。ただ、若い彼にとっても体力的には辛い仕事であるらしく、

〈休みの日は寝てばっかなので　ろくにデートもできません〉

本人は嘆いているが、デート相手の前野嬢の方は、彼が定職に就けたことを喜んでいる。

私の心には、海風警察署の駐車場で、ぱりっとした背広姿でシーマの脇に立ち、前野嬢と談笑する橋本真佐彦を遠目に、坂本君が呟いた言葉が残っている。一字違いで大違いですよ、と。

頑張れ——と、願うばかりだ。

〈家内が　前野さんに影響されたのか　本格的に料理を学ぼうとしています　うちでは　よくあなたの話題が出ます〉

私はメールを打ち込んだ。人なつっこいメイちゃんの笑顔と泣き顔は、あの事件のきれいな置き土産だ。

〈園田編集長も元気です　人使いが荒いよ〉

苦笑いの顔文字を付けて、送信した。

校了で忙しくなる前に編集長の復帰祝いをやろうというのは、野本君の発案だった。

「お一人様二千円ぽっきりでコース料理、飲み放題で、めちゃめちゃ旨い中華料理の店を、僕、知ってるんですよ！」

新橋駅から徒歩五分だという。我々は大いに怪しんだ。

「その値段で飲み放題じゃあ……」

「ホスト君の〈旨い〉の定義が不安ね」

間野さんも、チャイルドシッターを頼んで参加できるという。そこで相談はまとまり、首都圏企業が標榜する〈ノー残業デー〉の水曜日に、グループ広報室四人組は、勇躍、その店に向かった。

中華料理店ではなかった。ビル街の路地裏にある、赤い暖簾《のれん》が古風なラーメン屋である。しかもガラガラに空いている。

「ほら、ごらん」園田編集長は、なぜか喜んだ。「貧乏バイト君の〈めちゃ旨〉はこの程度よ。いいわ、あたしは生ビールと餃子《ギョーザ》とチャーシュー麺で」

「編集長、印象だけで決めちゃいけません。まあ座って座って」

カウンターのほかは、ボックス席ではなく座敷だ。以前は居酒屋だったような造りである。白い上っ張りを着た店主が、カタコトの日本語で飲み物の注文を取った。お冷やとおしぼりを運んできた女性は彼の妻らしく、やっぱりカタコトでにこにこと挨拶した。

「あんなところにテレビが置いてあるラーメン屋さんなんて、久しぶりです」

カウンターの斜め上、天井近くに鎮座している古ぼけた十四インチのブラウン管テレビに、間野さんが感じ入る。画面には夕方のニュース番組が映っていた。

「大将、料理はお任せでよろしく！」

上機嫌の野本君を、また編集長がくさす。「なぁにが大将よ。常連ぶっちゃって」

ところがである。冷えたビールと三種冷菜の盛り合わせが来て、我々は驚いた。さらにエビのチリソース、かに玉、空芯菜《くうしんさい》の炒め物、白アスパラのクリーム煮と、速攻でできたての料理が続き、さらに驚愕した。旨いのだ。

黙ってしまった我々に、野本君が嘯《うそぶ》いた。「ほら、ごらん」

それから後は、飲みかつ食いながら、野本君がどうやってこの店を見つけたのか、一人二千円で（しかも依然として空いたままなのに）どうして営業が成り立つのか、愛想良く笑っている店主夫妻を尻目に大騒ぎをした。

「お任せだと、いつもこのメニュー？」

「ううん、選べますよ。今日は幹事の役得で、僕の好きなものにしちゃったけど」

「野本君の好物、うちの子とほとんど同じだわ」

間野さんが笑い、編集長は野本君のジャニーズ崩れの長髪頭をぽんと叩いた。「あんた、頭の中身が四歳なのよ」

「うわ、ひどいなあ。僕の味覚は立派に大人ですよ。ここは大人の隠れ家的中華屋！」

「何から隠れるのよ。隠れ家が欲しいなんて、杉村さんみたいなビミョーな立場の大人になって、初めて言う資格があるの。この人はいろいろ背負ってるんだからね」

私をからかう園田節を、久しぶりに聞いた。

「背負ってるんですか、杉村さん」

「背負ってるよ。重くって幸せだ」

編集長が紹興酒に切り替え、実は間野さんが酒に強いことが判明して、さらに場は盛り上がった。

「井手さんもさ、昔の栄光は忘れて、さっさとあたしたちに交じってたら、今ごろ一緒に面白く飲めたんだろうにね」

編集長がふっとぼやき、野本君が奇襲をくらった感じでレンゲを取り落とした。

「ああ、ごめんね。でも労連から連絡があったでしょ？　聞き取り調査とかって」

つい昨日、通知があったばかりだ。聞き取り調査は三人バラバラに行われるらしい。

「労連の方でも変な気を使っててさ。もっと早く取りかかるべきだったのに、あたしがちゃんと復帰できるかどうか、先週は様子を見てたみたいね。おかげで、井手さんは言いたい放題だったんじゃないかしら」

「戻られて早々に申し訳ありません」

やっぱり間野さんは謝るのだ。

「何言ってんの！　あたしが留守してたのが悪いんだわよ。井手さんには見張りが必要だったの。あいうタイプは、男には突っ張るくせに、女には甘えるからね」

「セクハラって、女性に甘えてるんですか」野本君が目をぱちくりさせた。「女性を舐《な》めてるんじゃなくて？」

「舐めてるってことは、許してもらえると甘えてるってことよ」

なるほど。それは言えるか。

「この際、あたしは洗いざらいぶちまけるし、みんなも遠慮しないでいいわよ」

酔っぱらいの編集長は、横目で私を睨んだ。

「だいたいこのお婿さんが、会長のご命令に逆らえないってことがそもそもの元凶よ。井手さんみたいなお荷物、うちで引き受けることなかったのに。グループ広報室は更生施設じゃないんだよ」

すみません——と私は殊勝な顔をつくり、間野さんと野本君は二の句が継げずに困っている。その隙間を縫って、テレビのニュースの音声が引っかかってきた。新聞販売店、と聞こえた。

身をよじり、私は背中側にあるテレビ画面を仰いだ。事件の報道らしい。モルタル外壁の建物が映り、白字のテロップが出ている。

料理がひと区切りついたので、店主夫妻ものんびりテレビを観ている。四川省から出てきて二年目だという彼らは、まだ日本語の読み書きを勉強中で、だから営業時間中もテロップが出るような番組を点けっぱなしにしているのだと、さっき聞いたばかりだ。

「台東区の新聞販売店で殺人事件が」

今度ははっきりとアナウンサーの声が聞こえた。私はぐるっとテレビに向き直った。

「ボリュームを上げてもらえますか？」

店主夫人がリモコンを操作して、もっとよく聞こえるようになった。女性記者が街灯の光の輪のなかに立ち、緊迫した表情でマイクを手にしている。

「死亡した高越勝巳《たかごしかつみ》さんは、今夕五時ごろに新聞販売店を訪ね、この知人の男と話し合ううちに口論となり、刺された模様です。高越さんは現場から百メートルほど離れた自宅マンションへと逃げ帰り、知人の男は逃走しました。男はこの販売店住み込みの四十歳代の店員で、目撃者によると、青いジャンパーにジーンズ、白い運動靴を履いて、東京メトロ稲荷町駅方面に向かった模様で、現在、警察が行方を捜しています」

タクシーのなかから携帯電話をかける。すぐに北見夫人が出た。私が今そちらに向かっていると告げると、

「ご心配かけてすみません」

司君も、残業を切り上げて帰宅しているところだという。ということはつまり、私の推測は杞憂で

はないのだ。殺人事件を起こした台東区の新聞販売店員とは、北見家を訪ねてきた足立則生という男なのである。

「足立という人は、そこまで思い詰めている様子でしたか」

「さあ……。ごく普通の、生真面目な人のようでしたけどねえ」

生真面目だからこそ、怒るとブレーキがきかなくなるということもある。

「もう北見はいないんですし、足立さんがうちに来るとは思えないんですが」

「万が一ということがあります。電話ぐらいはかかってくるかもしれないですしね」

タクシーが青山の町筋に入ったところで、今度は司君から着信があった。今、家に着いたという。

「僕も、今さら足立という人がうちを頼ってくるとは思いませんが、本当に人殺しをしてしまったんなら、きっと本人も今ごろは動転しているでしょうから……」

ニュースからの情報では大したことはわからないが、被害者との諍《いさか》いの後、足立則生はすぐ逃走したようだから、ほとんど着の身着のままだろう。

南青山第三住宅の敷地内には、タクシーを乗り入れることができない。入口で車を降り、私は児童公園のブランコの脇を小走りに抜けた。ブランコは、夜の闇のなかで静かにぶらさがっている。窓明かりが整然と並んでおり、犬を連れて散歩する人影が、遠い街灯の光の下に、ぽつりと見えた。

補修工事の際に取り付けられたエレベーターは、建物の奥の端にある。中央にある外階段の前を足早に通り過ぎるとき、階段脇のゴミ置き場の陰で、人影が動いた。誰かがパッと身をかがめたように見えた。

私は足を止めた。人影が動いた場所に目を凝らす。

ゴミ箱の列の後ろに、人がしゃがんでいる。

「すみません」と、私は声をかけた。〈微妙〉と同じ、便利な言葉だ。誰かにエレベーターのドアを押さえてもらったときも、都営住宅のゴミ箱の陰に隠れる不審者に呼びかけるときにも、同じように使える。

人影はしゃがんだまま動かない。

「探し物ですか」

私は思いきってゴミ箱に歩み寄り、人影の方に半身を乗り出した。

人影が、バネがはじけるように立ち上がった。次の瞬間、小さなゴミ袋が私目がけて飛んできた。とっさに両手で受け止めると、今度はゴミ箱の蓋が飛んできた。かわしきれずにまともに顔で受けてしまい、ぷんと汚臭がする。ゴミ箱の陰から躍り出た人影は、たたらを踏む私を両手で突き飛ばして、私が来た方向へと駆け出した。

突き飛ばされて転倒し、片手をついて、私は大声を放った。「足立さんですか？」

逃げ出した人影が、鉤《かぎ》にでも引っかけられたかのようにぎくりと止まった。中肉中背の中年男性、青いジャンパーにくたびれたジーンズ、運動靴だ。右の靴紐がほどけそうになっている。

肩越しに振り返った顔は、頬がこけていた。街灯の光に、不健康に白く見える。髪は乱れ、息が荒い。

手には何も持っていない。突き飛ばされるのではなく、刃物で刺されることだって予期できたはずだと、刹那に私は考えた。

立ち上がり、彼に近づこうとして、やめた。自然と声が低くなった。

「足立則生さんですね？　五年前、北見一郎さんに調査を頼んだことがあるでしょう？　先日、北見夫人を訪ねてきたでしょう？」

息を荒らげたまま、足立則生はのろのろと首を左右に振った。

「違うんですか。足立さんじゃないんですか」

「──俺はやってないんだ」

彼の声はうわずり、割れていた。

「高越の奴が店に押しかけてきて、俺のことストーカー呼ばわりするもんだから」

震えるというより、身体がぎくしゃくと揺れている。

「それで喧嘩になったんですか」

「でも俺は殺してないよ！」

思わず高くなった自分の声に怯えるように、足立則生は身を縮めた。

「わかりました。わかりましたから」

私はゆっくりと両手を広げてみせた。

「落ち着いて話しましょう。私は杉村という者です。あなたと同じように、生前の北見さんにお世話になったことがある。あなたのことも、先日、北見さんの奥さんから少しお話を伺いました」

いつでも逃げ出せるような体勢のまま、彼は目を細めて私を見た。

「あんた、北見さんの知り合いなのかい」

「あの人が亡くなる直前の、ごく短いあいだの付き合いでしたけどね」

足立則生の尖った顔立ちに、子供のように素直な、無防備な悲しみの色が浮かんだ。

「北見さん、本当に死んじまったんだな」

「ええ。残念です。もっと長生きして欲しかったですよね」

彼の青いジャンパーの胸元は、まだ激しく上下している。取り乱し、興奮しているのだ。呼気も静まらない。

「高越さんという人は、五年前の春に、あなたが北見さんに依頼した調査と関わりがある人なんですか？」

「あんた、俺のこと知ってるの？」

「詐欺の片棒を担がされたとか」

彼はこっくりとうなずいた。

「高越は、俺を巻き込んだ詐欺グループのメンバーだったんだ」

「その人と、最近になってたまたま再会したんですね？」

「俺の担当区域のマンションに引っ越してきたんだよ。勧誘に行ったら、あいつが出てきてさ」

とんでもない偶然だ。

「驚いたでしょう」

「向こうも驚いてたよ」

そのとき初めて、足立則生は引き攣るように短く笑った。

「最初はしらばっくれてたけどな」

まだぎくしゃくと震えて、うなだれる。私の目に見える限りでは、ジャンパーにもジーンズにも運動靴にも血痕はない。

「俺はちゃんと覚えてるから、出るところに出たっていいんだって言ってやったら、あわててたよ」

口先だけの脅しではなかった。だから足立則生は北見一郎を訪ねたのだ。

「高越さんとは、何度かやりとりしたんですか？　以前にも口論になったことがあるんじゃないですか。逆に、高越さんから脅されたことは？」

とにかく彼をこの場に引き留めようと、私は思いついたことを矢継ぎ早に問いかけた。と、足立則生の目が泳いで、私の後ろを見た。

振り返ると、司君がいた。急いで降りてきたらしい。会社帰り、上着を脱いでネクタイを外しただけの恰好だ。

「杉村さんが着くころじゃないかと思って」

呟く司君の目は、足立則生に釘付けだ。

「この人――」

足立則生は、やっと身体ごとこちらに向き直った。司君を見つめて、目をしばたたく。

「あんた、北見さんの息子さんかい」

はい、と司君はうなずいた。

「こんな立派な息子さんがいたんだな」

急に顔を歪めると、足立則生は手の甲で鼻の下をごしごしと擦《こす》った。

「俺はどうしようもねえ阿呆だ。来るんじゃなかった」

すみません――と、司君に頭を下げた。

「北見さんは死んじまったんだ。もう頼れねえのに、ほかにあてがなくって、つい」

私と司君はとっさに顔を見合わせた。司君が一歩前に出た。

「僕でよかったら、力になります。足立さん、僕もおふくろも、こちらの杉村さんも、事情を知っています。うちに来てくれてよかったんですよ。一緒に警察へ行きましょう」

手の甲を顔にあてたまま、足立則生はまたしゃにむにかぶりを振る。

私も彼に近づいた。「あなたは高越さんを殺してないんでしょう？　それなら、何も恐れることはない。出頭して、きちんと説明すればいい」

ぐらぐらとかぶりを振るのをやめて、足立則生は顔を上げた。その目が泣いていた。

「あんたはあの場にいなかったから、そんなことが言えるんだ」

俺はめちゃくちゃ怪しいんだよと、吐き捨てるように言うのだった。

「現状では、怪しく見えるというだけです。それもあなたが逃げたからだ。逃げずに留まっていれば、警察の対応だって違っていた」

違わない――と、彼は頑なに言った。「俺みたいな人間の言うことを、誰がまともに取り合ってくれるもんか。あんたらにはわからないんだ」

「だけどあなたは高越さんを殺してないんでしょう？」

足立則生の頬に涙がひと筋流れ落ちた。

「殺してないよ。でもあいつは、俺に殺されるって叫んでた。俺はハメられたんだ」

私は息を呑んだ。司君は青ざめた。

「だったらなおさら、そう言わなくちゃ！」

「無駄だよ」

「諦めちゃいけません」

「僕らもいるんですから」

「いいや、駄目だ。息子さんを巻き込むわけにはいかない」

あんた、と彼は私に指を突きつけた。

「約束してくれ。俺はあんたに会わなかった。ここには来てねえ。北見さんの奥さんのことも、息子さんのことも知らねえ。俺と高越のことも、誰にも言わないでくれ。警察にも黙っててくれ。あんたらは関わっちゃいけない」

そして司君に、

「おふくろさんを大事にな」

拝むように声をかけると、身を翻して、足立則生は逃げ出した。虚をつかれて立ちすくみ、我に返って追いかけようとする司君を、私は止めた。

彼は抗った。「でも杉村さん！」

よそう、と私は言った。「あの人の言うとおりだ。司君は関わっちゃいけない」

「だって……」

「司君がお父さんの後を継いで私立探偵をしているなら話は別だ。でも違うだろ？」

走り去る足立則生の後ろ姿が、建物の角を曲がって消えた。

司君の肩から力が抜けた。

「親父が生きてたら、どうしたかな……」

「北見さんの代理は、誰にも務まらないよ」

私には、それしか言葉がなかった。


大の大人が口論し、刃傷沙汰になって殺人事件に発展した——というくらいでは、今日日、テレビが長い時間を割いてくれることはない。その後、これという続報は入らなかった。十時台のニュース番組で、現場から逃走した男が未だ発見されていないということが、ちらりと報じられただけだった。

「本当に通報しなくていいのかな……」

夕食にも手をつけず、司君はテレビの前に座り込んでいる。

「ここは、足立さんの気持ちを尊重しよう」

説得力のある言説かどうか、自分でも自信がなかったけれど、私は言った。

「こういうことに関わるとね、善意であっても、ひと欠片の後ろ暗いことがなくても、嫌な思いをする。それだけじゃなくて、自分のなかでも何かが変わってしまう」

私も、こんなことを口にするのは初めてだ。何かが変わるって、どういうことだ。何が変わるんだ。

「だから私は臆病になっているのかもしれないけど……」

「杉村さんは経験者だから」

司君の声が、心配げにくぐもった。私は笑ってみせた。「いや別に、具体的な後遺症があるってわけじゃないんだよ」

「あんた、まだ新米サラリーマンなのよ」と、北見夫人は司君に言った。「会社にも迷惑がかかるかもしれないんだし、今は知らん顔しておきなさい」

それに——と、夫人は小首をかしげた。「通報しなくても、そのうち警察の方からうちに事情を聞きに来ますよ」

私も司君も驚いた。

「あの人、事件のファイルを持ってるんですよ」と、北見夫人は言った。「ファイルっていっても、足立さんの場合は、あの人の話を主人が書き留めただけのものですけどね」

「五年前に、足立さんに渡したんですか」

「いいえ、このあいだうちに来たとき、わたしが渡したんです」

北見氏は、手がけた事件のファイルをきれいに処分して逝った。亡くなる前に、過去の依頼人と連絡を取り、手元に残してあった事件のファイルをすべて、相手に返したのだ。

「正式な事件記録はその場その場で依頼人に渡しておしまいにしちゃうから、残してあったのはあくまでも主人の手控えですけど、それだって、自分がこの世からいなくなる以上、持ってちゃいけないと思ったんでしょうね」

北見さんらしい律儀さだ。

「でも、連絡がとれなくなっていた依頼人も何人かいましてね。そういうファイルは、わたしが預かっているんです」

「ああ、それを返したんだね」

夫人は司君にうなずいた。「だから、足立さんの分は今、あの人の手元にあるはずよ」

警察が家宅捜査でファイルを発見し、その内容を検討すれば、北見一郎にたどり着く。

「そこに高越さんの名前は書かれていたんでしょうか」

「わたしは中身を見てないからわかりませんけど、書いてあるかもしれません。個人名はなくても、詐欺グループのことは書いてあるだろうし」

「当時、北見さんが調べたんですね」

「一応はあたってみたんじゃないかしら。そういう人でしたから」

ビールグラスを手にぼんやりしている司君に、夫人は言った。「警察が来たら、わたしが話すからね。あんたは口出ししないのよ」

司君は苦笑して、はいはいと軽く返答したが、すぐ顔を曇らせた。「ハメられたって言ってましたよね……」

「やめなさいよ、そういうことを考えるのは」

バスジャック事件の暮木老人のことをあれこれ想う私を諫めたときと同じ口調だ。

「素人が手出ししていいことじゃないの。足立さんだって、いつまでも逃げ回れるもんじゃない。腹を決めて自分の言い分を主張しようと思ったら、出頭するでしょう。そっとしておきなさい」

そうだよ、と言おうとしたら、「杉村さんもですよ」と釘をさされた。はいはい。

零時過ぎになって、私は帰宅した。ちょっと風邪っぽいから先に寝るという妻のメモと、冷蔵庫にはフルーツの盛り合わせが待っていた。私はそれをつまんで食べて、司君と同じようにぼんやりした。


開けてびっくりの中華の宴で元気をつけて、我々グループ広報室のメンバーは、労連の聞き取り調査を無事に乗り切った。個別に呼び出され、戻ってきたときの表情は様々だったが、野本君が義憤に燃えていたのと対照的に、間野さんはすっきりと、肩の荷をおろしたような顔をしていた。私自身も、パワハラには身に覚えがないから、労連の担当者の質問に苦しめられることはなかった。

井手さんの言い分は、我々の側にはまだわからない。ただ、聞き取り調査の雰囲気から推して、彼が優勢だとは思えなかった。そのことも私の気を軽くした。

ひとつだけ、この紛争の影響らしいことがあった。森信宏氏から、ロングインタビューの単行本化を見合わせたいという連絡があったのだ。本人からの電話で、私が出た。理由は「妻の具合が思わしくないので」ということで、森氏の口調も穏やかだった。

が、園田編集長は〈邪推〉した。

「俺の可愛いお稚児さんにパワハラをくわせるような奴とは、もう縁切りだってことね」

確かに井手さんは森派の有力メンバーで、森氏を水戸黄門に喩《たと》えるなら助さんか格さんにあたる人だったけれど、

「お稚児さんはいけませんよ。せめて可愛い部下と言いましょう」

「どっちにしたって、井手さんが森さんに言いつけにいったわけでしょ？　そうでなきゃ森さんの耳に入るわけないんだから」

「まあ、それはありそうなことですけど」

だからといって、我々が現実的に圧迫される心配はない。森氏は退任したのだ。

「憶測で怒ったってしょうがないでしょう。森さんは何も知らなくて、本当に奥さんの具合が悪いのかもしれない」

「そんなふうだから、杉村さんはいつまで経ってもただの使い走りで、政治家になれないのよ」

私はどんな形でも社内政治家にはなりたくないから、結構です。

井手さんが休職したことで、部内はむしろ平穏に明るくなった。仕事もはかどる。園田編集長もすっかり元通りだ。間野さんの働きがいいので、欠員補充の必要はない。

足立則生の事件のことを、私は誰にも言わなかった。今度ばかりは妻にも内緒だ。

いつもは妻に隠し事のできない私にそんな芸当ができたのは、妻が忙しがっていたからである。友達のレストラン開業を手伝うという話が、どうやら本物になりかけているらしい。妻は嬉しそうだった。

「計画段階から加わってほしいって言われたの。おうちの改装とかインテリアとか、食器や備品を揃えるとか、やることが山ほどあるのよ」

妻はシェフとして迎えられるわけではないが、そちらの方もやる気まんまんの様子だ。

「わたし、家のことをほったらかしにしちゃうかもしれないけど……」

「あなたの性格からして、完全にほったらかしにできない方に三百点賭けます、奥様」

だからくれぐれも無理をするなとだけ、私は妻に念を押した。

「はい、約束します」と、妻は目を輝かせた。

私も北見夫人も司君も、足立則生との約束を守った。警察はファイルを見過ごしたのか、発見してもその意味がわからなかったのか、ファイルに具体的なことが書かれていなかったのか、一週間経っても、刑事が北見家を訪れることはなかった。

第一容疑者であろう足立則生は、メディア上ではまだ〈知人の男〉〈新聞販売店の店員〉のままである。実名はさらされていない。もちろん指名手配もされていない。それが足立則生にとって吉兆なのか、ただの捜査の遅れなのか、一人でニュースや新聞を見るだけの私には判断がつかなかった。

この事件では、足立則生のほかにも、警察が捜しているものがあった。凶器である。被害者の検視の結果、刃渡り十二センチから十五センチぐらいの片刃のナイフ、おそらく果物ナイフだろうということなのだが、実物が見つからないのだ。販売店住み込みで、賄《まかな》いも受けていた足立則生が、果物ナイフを持っていたかどうかはっきりしない。事件の直前に買った形跡もない。

被害者の高越勝巳は、都内にある特定保健用食品やサプリメントを扱う商社の社員だった。まだ新しい会社だが、テレビ通販を中心に営業を拡大し、最近ヒット商品が出て羽振りのいいところだ。営業部次長だったという高越自身も高給取りで、彼の自宅であり、彼が血を流して死んだ場所であり、足立則生が新聞を配達していたマンションは、地元では億ションとして知られていた。賃貸契約を結び、引っ越してきて一ヵ月足らずだったという。

彼には妻がいた。入籍していなかったそうだから事実婚だが、妊娠四ヵ月の身重だ。いくつかのワイドショーで、彼女の音声だけが流されるのを、私も聴いた。痛ましくて気の毒で、普通なら聴いていられないようなものだが、彼女が事件の様相を何と説明しているのか知りたくて、耳を傾けた。

それによると、事件の日、高越勝巳はいつもより早めに帰宅し、「あの薄気味悪い新聞屋と話をつけてくる」と、出かけたそうだ。足立則生が住み込みで働いていた新聞販売店は、最初の一報のとおり、高越夫妻のマンションから百メートルも離れていないのだ。

「勧誘を断ったのに、すごくしつこくて、契約してもいない新聞を、毎日配達してくるんです。断ってもきかなくて、一ヵ月は無料でいいからって」

そして配達のたびにインタフォンを鳴らし、高越や夫人が応対するまで粘る。それだけ聞けば、確かにストーカーのようなふるまいだ。高越夫人自身ははっきり言っていなかったが、インタビュー役のレポーターや記者は、足立則生に、高越夫人に対する不穏な下心があったのだと考えているらしく、質問もその仮説に沿っていた。夫人の側も、足立則生のことは何も知らないし、夫も知らないという し、恨まれるような覚えはなく、まったく一方的な嫌がらせだったと話している。だからある番組では、新聞の契約や勧誘をめぐって発生した過去の殺傷事件と、この事件を比べて分析していたりした。

足立則生を雇っていた新聞販売店の側では、このトラブルを知らなかった。一ヵ月の無料配達サービスなど、ここではやったことがない。

「本人が自腹を切るつもりだったんでしょうけど、いったい何を考えていたのやら」

こちらも顔にはモザイクがかけられて、肉声だけが流れた店主の声は、それだけでも充分な困惑を伝えるものだった。

足立則生は、自身の暗い過去とつながる高越勝巳の存在を、周囲の誰にも打ち明けていなかったのだ。彼が頼ったのは北見一郎だけだった。

事件の発生は唐突だった。午後五時前、高越勝巳が新聞販売店を訪ね、まず店主に、おたくの足立という店員に嫌がらせをされていると訴えた。血相を変え、どうしても本人と直に話したいと言うので、店の二階にある足立則生の部屋を教えると、二人で話をつけると、階上にあがっていった。店主は階段の下で気を揉みながら様子を窺っていた。ほどなくして怒声が聞こえ、それが悲鳴に変わって、背広の胸元を手で押さえた状態の高越勝巳が、転がるように階段を下りてきた。

――あいつに殺される！　助けてくれ！

蒼白な顔で叫んで、よろめきながら裏口から外へ飛び出したという。

その後を追って、足立則生も降りてきた。店主は彼を問い詰め、何もしていない、何がなんだかさっぱりわからないという抗弁を聞いた。その時点では、高越勝巳が刺されていると気づかなかったし、ナイフも見なかったし、血も流れていなかったという。

足立則生から高越勝巳の住まいを聞き出すと、店主は件の億ションに走った。高越家に駆けつけて、ドアの前に点々と血が滴っていることに気づいた。インタフォンを鳴らしても返事がない。ドアには鍵がかかっており、叩いても誰も応えない。どうしようもなくてその場でうろうろしているうちに、高越夫人が呼んだパトカーと救急車がやって来た。

ここから先は高越夫人の証言に戻るが、高越勝巳は自宅に逃げ帰り、追われることを恐れるようにドアに鍵をかけてから、夫人の腕のなかに倒れ込んだそうだ。左胸の下部を刺されており、大量に出血していた。死因は失血性ショックだ。意識を失う直前まで、「新聞屋の足立則生に刺された」と繰り返していたという。

高越夫人も、新聞販売店の店主と同じく、凶器のナイフを見ていないと話している。彼女が夫を抱き留めたときには、その胸にナイフは刺さっていなかった。室内にもない。途中でどこかに落ちたか、あるいは足立則生が持っていたのか。前者については、警察が高越勝巳が走って逃げ帰った道筋に沿って大捜索を行ったが空しかった。だから今では後者だろうと想定されている。その想定の下に、足立則生の逃走ルートでの捜索も行われたが、やはりナイフは影も形もなかった。

私と司君が遭遇したとき、足立則生はナイフを隠し持っていたのか、否か。わからない。逃げる途中でどこかに捨てたのか。それもわからない。ただ私は、彼の衣服に、顔や手足にも血がついていなかったことを知っている。そして彼が自分は殺していないと訴えていたことを知っている。司君も知っている。だから彼の悩みはなかなか消えず、私も一度ならず連絡をもらって、

「やっぱり、警察に事情を話しましょうか」

「お母さんはどうおっしゃってる？」

「おふくろの意見は変わりません」

それじゃ静観するしかないと、堂々巡りを繰り返しているのだった。

——あんたらは関わっちゃいけない。

——おふくろさんを大事にな。

足立則生はそう言った。その約束を重んじるならば、彼が自ら名乗り出て自分の疑惑を晴らすように願い、待つしかない。

「でもあの人、自棄になって自殺するなんてことはないでしょうか」

司君の悩みは深まる。それはないと、私は言い切った。

「無責任な言い方に聞こえるだろうけど、そう思うんだ。彼には正義感があるだろ？　自分が片棒を担いだ詐欺のことを気に病んでいたくらいだ。何の釈明もなしに、自殺しておしまいなんてことはしないよ」

亡き北見氏のためにも、ほかでもない司君のためにも、足立則生はそんな自滅的なことはしない。彼が我々に真実を話していたのなら――本当に高越勝巳を殺していないのなら、自殺で幕を引いたりはしない。私はそう願わずにいられない。

我々にとってひとつ救いになるのは、

――俺はやってない。ハメられた。

その言葉を、事件発生の直後、新聞販売店に居合わせた彼の同僚や、店主夫人も聞いていることだった。高越夫人の一一〇番通報で駆けつけた警察官が、夫人の訴えを聞いて新聞販売店にやってくる前に、パトカーを見て、彼はそう叫んだ。そして逃亡した。だからその時点では、足立則生は高越勝巳が死んだことも知らなかったはずである。〈やっていない〉が、我々と会ったときの〈殺していない〉に変わったのは、南青山第三住宅へたどり着く途中のどこかでそれを知ったからだろう。

ただ、私が知る限りの報道では、このとっさの叫びはあまり重視されていない。それほどに、足立則生を囲む状況は悪い。

これは北見氏も知らなかった可能性があるが、彼には前科があった。二十二歳のころ、当時住んでいた横浜の繁華街の酒場で、喧嘩の挙げ句に人を殴って重傷を負わせ、傷害罪で短期間だが服役したのである。それまで前科前歴のない若者が、こういうタイプの事件でいきなり執行猶予なしの実刑をくらったのは、よほど犯情が悪かったのか、経済力がなくて被害者に賠償できなかったのか。どのみち明るい材料ではない。

新聞販売店でも、無口でおとなしくてよく働いたが、些細なことでも言い出したら譲らない頑固な一面があり、怒ると目つきが変わるから怖かったと、若い同僚に評されている。事件後のコメントだから、多分に後付けの印象もあるのだろうけれど、北見氏が紹介した勤め先が三月も保《も》たなかったということを考え合わせると、足立則生が人付き合いの上手い人間だったとは思えないし、彼のここ数年の生活が、平穏であったとしても、彼にとっては満足のゆくものであったとも思えない。ここ数年どころか、新聞販売店に出した履歴書によると今年四十三歳の彼の人生の大部分が不本意なものだったのではないか、とさえ思えてくる。

「高越さんが怒鳴り込んで来たとき、一緒に立ち会えばよかった」

店主の後悔の弁を、足立則生はどこで聞いているのだろう。

私は山梨県の北部で生まれ育った。父は役場勤めだったが、果樹園も営んでいた。今は兄が後を継いでいる。

のどかな土地で、今風に言うなら、私は自然のなかで育った。都会育ちのひ弱な坊ちゃんとは違ってタフだ——と言いたいところだが、実はどうしようもなく犬が苦手だ。小学校二年生のときに、隣家が飼っていた犬に追いかけられて、田圃に転がり込んで泥まみれになりながら逃げた経験があるからだ。

雑種の中型犬で、放し飼いにされていた。よく吼える犬でうるさかったけれど、それまでは誰かに噛みついたことなどなかったから、泥だらけの私が泣きべそをかいて家に帰ると、慰められるより先に笑われ、叱られた。特に父は辛辣で、

「おまえが逃げるから、犬も追っかけてくるんだ。犬には弱虫がわかるんだ」

頭から怒鳴りつけられたものだった。

逃げるから追われる。それは人生の教訓のひとつだろう。逃げずに振り返って立ち向かえ、と。だ

が私はこれまで、この教訓を実感したことはなかった。

どんなことにも〈初めて〉はある。

足立則生のことを黙っていようと司君を説得したのは、彼との約束を守るためなのか。それとも、それを口実に、また新しい事件に巻き込まれるのを避けたいためなのか。自分を深く追及することから逃げていた私を、事件の方が追いかけてきた。それも、既に終わったはずの事件が。

そのとき、私は社屋の一階にある〈睡蓮〉で昼食をとっていた。足立則生との遭遇から一週間以上が過ぎて、テレビでも新聞でも、続報はすっかり絶えていた。私は経済新聞を斜め読みしながら、マスター自慢のホットサンドイッチを食べていた。

「やっとこさ平和になったね」

コーヒーを注ぎ足しに来たマスターが、何かの合い言葉みたいに、出し抜けに言った。

「どういう意味です？」

「井手さんが消えてさ、グループ広報室もやっと落ち着いたじゃない」

おたく、人間関係のトラブルが多いよねえと、小粋なごま塩の顎鬚を撫でながら言う。

「二年前の、あの女の子がらみのドタバタのときも心配したけど、今度だって、ひとつ間違ったらスキャンダルだろ？　セクハラ問題なんだから」

「マスター、うちの野本君に余計なことを言ったでしょう」

マスターはコーヒーポットを片手に肩をすくめる。「余計なことなんかしゃべらないよ。必要な情報を提供してるんだ」

気のいい人だが、こういうところは困る。

「じゃ、僕にも情報をくださいよ。井手さんはどうするつもりなのかな。森さんに相談を持ちかけてる気配もあるんですけど」

「〈森閣下〉に？　そりゃ初耳だ」

藪蛇だった。私が首をすくめたとき、テーブルに載せた携帯電話からメールの着信音がした。前野嬢からだ。

私は携帯電話を取り上げた。と、受信メールボックスを開く前に、また次のメール着信音が鳴った。何かと思ううちに、今度は電話の着信音が響く。

「おやまあ、忙しいねえ」

マスターが茶化す。私は電話に出た。最初に聞こえたのは鼻息みたいな音だった。

「もしもし？」

「杉村さんか？」

バスジャック事件の人質仲間、田中雄一郎。善良な市民、中小企業の社長さんの声だ。

「杉村ですが」

「あんた、荷物を受け取ったか？」

息せき切ったような早口だ。

「あんたにも宅配便が届いてるはずなんだ。まだ見てないのかよ？」

「ちょ、ちょっと待ってください」

私は急いで席を立ち、好奇心に目を瞠っているマスターから逃げて、店の外に出た。

「荷物ってどういうことです？　まさか」

田中氏がこんなふうに泡を食って云々する荷物なら、私にはひとつしか思い当たらない。

――慰謝料も必ずお支払いします。

――宅配便を使います。

「金が届いたんだ」と、田中氏が言った。「暮木の爺さんからの慰謝料だよ！」

急いで確認すると、あいついで着信したメールは、同じ事実を告げる坂本君と前野嬢からのものだった。動揺のほどが窺える文面だ。

「これからどうする？　あんたどうするよ。警察に届けるか？」

杉村さん杉村さんと、田中氏は何度も私に呼びかけてきた。電話越しに名前を呼ばれただけなのに、直にすがりつかれたような気がした。

「頼むから届けないでくれ。頼むよ。後生だから、このとおりだから」

携帯電話を手に、頭を下げている田中氏の姿が目に浮かぶ。

「落ち着いてください、田中さん」

「だってあんた、通報する気だろう」

「私はまだ、自分のところに荷物が届いているかどうかも知らないんですよ。早計なことはしません。だから落ち着いて」

鼻息が混じったような田中氏の乱れた声が、少し遠くからこう呟いた。

「――三百万円だ」

田中雄一郎、三百万円か。坂本君と前野嬢はいくらだろう。

「一億円なんざ、やっぱり嘘だったな。爺さんめ、いっぱい食わせやがって」

「少し落ち着いてきましたね」

舌打ちして、田中氏は笑った。「いくらだって、俺には有り難い金なんだよ。だから」

「それは充分よくわかっています。わかっていますが、でも田中さん、これはそう簡単な問題じゃありませんよ」

「何でだよ？」

「慰謝料を送られたのが、我々四人だけとは限りません。うちの園田だっているし、迫田さんも運転手の柴野さんもいます」

今ごろ、誰かが既に警察に届け出ているかもしれない。

「園田ってのは、あんたの上司だろ？」

「そうです。会社にいますから、さっきまでの私と同じで、まだ何も知らないでしょう」

「じゃ、あんたからうまく頼んでくれよ」

「田中さん――」

「迫田ってのは、ボケかかった婆さんだろ？　あの人と運転手なら大丈夫だよ。爺さんは慰謝料を送ってねえよ」

「なぜ、そう言い切れます？」

「だって、爺さんが慰謝料の話をしたのは、俺たちだけだろ。金の話が出たときには、迫田の婆さんも運転手も、もうバスから降りてた。だからこれは、あんたの上司も入れて、俺たち五人だけの問題だよ。あの爺さんには、妙に几帳面なところがあったから」

一見、筋の通った言い分だ。だが田中氏は、大事なことを忘れている。

「暮木老人は、我々に慰謝料を送るという〈後始末〉を、誰か第三者に託していたじゃありませんか。その第三者には、我々の誰が、老人とどこまで話をしたか、詳しいことはわからないはずです。だったら、柴野さんや迫田さんのことも、我々五人と同じように扱うんじゃありませんかね」

田中氏は黙った。私も黙った。

やがて田中氏がゆっくりと、押し殺したような声で問いかけてきた。「だったら何で、俺とあの小僧たちと、金額が違うんだ？」

金額の差は、単純に年齢差かもしれないと、私は考えていた。暮木老人に後始末を丸投げされた誰かが、老人から事前に預けられていた金を前に、我々人質の個人データを眺めて、分配の仕方を考える。元気な若者は少額でもいいだろう。女性と年配者はそれより多く、家庭持ちで働き盛りの田中氏には多めにしようか、などと。

となると、園田瑛子と私に送られている（はずの）金がいくらなのか、いよいよ気になる。

「わかりません。あて推量しても意味のないことだ。ともかく私は、園田にも報せて、荷物が着いているかどうか確かめます」

田中氏は私の言を聞いておらず、途中からおっかぶせるように言った。「そっちへ行く。みんなで集まろう」

「え？」

「こっちの人質を集めてそっちへ行くよ。集まって相談するんだ」

「相談って」

「顔を見て話さんと、あんた、わからんじゃねえか！」

「場所にあてはあるんですか」

「何とでもするさ。また連絡する。あんたも早く、自分の分を確かめてくれ」

通話は一方的に切れた。私はさっき続けざまに来たメールを開いてみた。坂本・前野カップルからの連絡だった。金額はどちらも百万円。二人とも動転している。

〈睡蓮〉に戻って会計を済ませた。好物のホットサンドイッチを、半分以上も食べ残してしまった。

「どうかしたの？」

マスターの心配げな問いかけに、苦笑してみせた。「うちはトラブルが多いですからね」

編集部に戻ると、園田編集長と間野さんがいて、パソコンに向かっていた。

「間野さん、ちょっと急用ができて、これから編集長と二人で出ます。よろしく」

「はい。行ってらっしゃいませ」

訝しげな編集長にバッグと上着を持たせて、外へ引っ張り出した。

「何よ？」

「編集長の家に行きましょう。緊急なんです。理由はあとで話しますから、お願いします」

私は押しが強い方ではないが、園田瑛子も勘の鈍い方ではない。非常事態であることは通じたらしい。我々はタクシーに飛び乗った。

編集長の一人住まいのマンションは茗荷谷《みょうがだに》にある。部下として彼女を自宅へ送り届けるような役割が回ってきたことはないので、私がそこを訪れるのは初めてだ。飾り屋根のついた白い外壁の七階建てで、現状、ほかのどんなものよりも有り難い設備がついていた。カード式の宅配ボックスだ。液晶モニターの小窓に、園田瑛子の部屋番号が表示されている。

「開けてみてください」

訝しさに怒りと不安を加えた目で私をひと睨みしてから、編集長はボックスの荷物を取り出した。宅配便会社の専用封筒が現れた。薄べったい。

「これ、何かしら」

編集長は老眼鏡を出してかけた。私は荷物の送付状を見た。差出人は「株式会社シーライン・エクスプレス　営業総務部」。備考欄に「お忘れ物のお手回り品です」と書いてある。スタンプや印刷ではなく、すべて手書きで記入されていた。仰々しい達筆ではないがきれいな文字で、読みやすい。女性の手跡だと、私は感じた。

「中身を確かめてみてください」

封筒のなかを覗いた編集長の目が泳いだ。

「嫌だ杉村さん、これ何なのよ？」

編集長が封筒を突き出してきた。帯封《おびふう》がついた一万円札の束が見えた。百万円だ。

午後の半端な時刻で、周囲に人気はない。管理人室の窓口には〈巡回中〉の札があった。私はその場で声をひそめ、事情を説明した。

園田瑛子の顔から血の気が引いていく。

「嫌だ。あたしは嫌よ」

「このあとみんなで集まって、相談することになったんです」

「どうでもいいわ。杉村さんに任せる。持ってって。それ持ってってよ」

封筒をぐいぐい私の胸に押しつけると、身を縮めて背中を向けてしまった。

「でも編集長」

「思い出したくないの」

両手で顔を覆って、園田瑛子は言った。「あの事件のこと、何も思い出したくないの。思い出すと、あたし、またパニックになっちゃうから」

封筒を手に、私は立ちすくんだ。

「ごめんなさい。だけど、あたし駄目なの。ちゃんと考えることなんかできない。だからお願い！ お願いします。あたしの分は杉村さんが何とでもしてちょうだい」

わかりましたと、私は言った。園田瑛子の膝ががくがく震えているのがわかった。

「これはお預かりします。編集長のおっしゃるとおりにしますから、安心してください」

ごつんと音がした。編集長が前のめりに宅配ボックスにもたれかかり、頭をぶつけたのだ。そのまま動かない。

「本当にごめんなさい。悪いと思ってる」

「いいんですよ」

あなたをここまで怯えさせる、いったいどんな要素が、あのバスジャック事件のなかにあったのだ。

暮木老人のなかにあったのだ。こみ上げてくる疑問を、私は呑み込んだ。無駄であるばかりか、有害な問いかけだ。園田瑛子は答えない――答えられない。

「編集部には僕が連絡しますから、心配しないで、このまま帰って休んでください」

編集長は私に背を向けたまま、無言で頭を抱えている。私は後ずさりしてその場を離れた。園田瑛子は振り返らなかった。

私の自宅マンションにも、宅配便は届いていた。フロントに預かり票があり、荷物は宅配ボックスに入っていた。

妻は今日、保護者の集まりがあって、桃子の学校へ行っている。幸運だった。もう妻を巻き込みたくない。ボックスを開けるとき、私はそればかりを思っていた。

宅配便会社の専用封筒。きれいな手書き文字の伝票。「お忘れ物のお手回り品です」という記述も、差出人も同じ。

金額は、園田瑛子や坂本・前野カップルと同様だった。百万円だ。

かなり迷ったが、結局、二組の封筒を中身ごと通勤鞄のなかに入れた。私は整理整頓は上手い方だが、妻の目から何かを隠すのは下手だ。今日はいっそ、持ち歩いた方がいい。

キッチンで水を一杯飲み、田中氏に電話をかけた。留守番サービスが出た。連絡を待っている旨の伝言を残し、家を出た。

編集部には、間野・野本が揃っていた。

「何かあったんですか？」

「うん、先月号の記事にからんで、ＯＢ会からお小言を喰らってね」

恰好だけでも謝っておかないと面倒だからと、私は笑った。つるつると口をついて出てくる嘘を、鞄のなかの二百万円が聞いている。

「大企業には面倒なことが多いんですね。ＯＢ会って、ご隠居さんたちの集団でしょ」

「だから、顔だけ立てておけばいいんだよ。編集長はムクれちゃって、今日は直帰だ」

あとはただ待つだけだから、私は普通に仕事をしていればよかった。なのに、ひとつだけ余計なことをした。送付状と二百万円をどこに隠すか迷った時よりも、さらにさんざん迷った挙げ句に、会長秘書室に電話したのだ。

今日も冷ややかな〝氷の女王〟に、杉村が近々、会長にお目にかかりたいと申しているとお伝えくださいと、私は言った。

「今、ご都合を伺ってきます」

遠山女史はすぐ電話口に戻ってきた。

「いつでもいいから、会長の携帯電話に連絡するようにとの仰せです」

そして口調を変えず、こう付け加えた。「やっと私に話を聞きに来る気になったか、とおっしゃっていましたよ」


田中氏は行動的だった。移動の手間と、我々の集合場所という二つの問題をまとめて解決してみせた。マイクロバスを調達して地元の人質メンバーを乗せ、都心まで転がしてきたのだ。

落ち合う場所として指定されたのは、東京の下町にある広いコインパーキングだった。携帯メールで住所だけ教えられていたので、着いてみて驚いた。マイクロバスの窓から、前野嬢が私を見つけて手を振った。

「ここに駐めっぱなしでいいんですか？」

「金を払って駐めるんだ。車内にいちゃ悪いって法律でもあるのかよ」

運転席に陣取る田中氏のジャケットの裾から、腰痛防止用のギプスが覗いている。

「俺が運転に疲れても、交代要員がいるから安心だ」

田中氏の言葉と同時に、その交代要員と目が合って、私は驚いた。柴野運転手だ。前野嬢と並んで、マイクロバスの中ほどの席に座っている。私に会釈すると、前髪がはらりと落ちた。薄手のセーターにジーンズ。私服姿だと、制服のときより若く見える。

「運転手さんも金をもらってたよ」

田中氏の無造作な言い様に、すぐさま前野嬢が抗議した。「もらってませんよ。送りつけられたんです」

「どっちだって同じだろが」

「いいえ、違います」

柴野運転手は、もう一度私に軽く頭を下げると、言った。「迫田さんは連絡がつきませんでした。事件の後、埼玉にお住まいの娘さんのところに行かれたので、自宅はお留守になっているんです」

私はステップを上がり、狭い車内で身をよじって手近のシートに座った。すぐ後ろが坂本君だ。田中氏がドアを閉めた。

「柴野さんは、あれからも迫田さんと会っておられたんですか」

柴野運転手は目を伏せてうなずいた。「ただお顔を見る程度でしたが」

「でも、迫田さんは心強かったと思いますよ」坂本君が言って、私を見た。「杉村さん、編集長は？」

「ここには来ない。僕が代理でいいそうだ」

「まだ具合がよくないんですか」

「大丈夫だよ。でも、この件には関わりたくないそうだ。僕は委任状をもらってきた。僕らの決定に、編集長も従う」

前野嬢が、つとまばたきをした。「じゃ、杉村さんは二票持ってるんですね」

「そうはさせんぞ。多数決に参加できるのは、ここにいる人間だけだ」

マイクロバスの車内の照明は、幸いなことに、機能的な蛍光灯だった。暖色——黄色い光ではない。またあんな色の光のなかで言い合いをするなんて、私はまっぴらだ。

白い光の下で、田中氏の顔は少しだけ赤らんで見えた。興奮しているというより、気負っている。ここまでの果断な行動ぶりは彼の本気度の表れであり、本気だということは、腹が据わっているということだ。

「それじゃ、もしも多数決で警察に届けようと決まったら、田中さんも素直に従ってくださいよ」と、私は言った。

「そうはならねえよ」彼は真顔で返してきた。「あんた以外はみんな、黙って金をもらっておこうと思ってる」

「みんなじゃありません！」

素早く抗議した前野嬢だが、しかし、私が彼女の顔を見ると、逃げるようにうなだれてしまった。坂本君の隣に座らず、柴野運転手にくっついている。坂本君の方も、前野嬢の視線を避けている。

「話が決まったら、迫田の婆さんは俺が説得する。婆さんの娘が相手になるんだったら、むしろそっちの方が話が通じやすいだろう」

私は柴野運転手に言った。「正直言って、あなたがここにおられるとは思いませんでした。意外です」

今度は、彼女は私から目をそらさなかった。ひとつうなずくと、

「わたしも迷いました」と小さく言った。

「警察じゃなくて、まず会社に報せようと思ったんだとさ。忠義の鑑だよなあ」

早いとこつかまえてよかったよと、田中氏はちょっと得意げだ。

「俺がこの人を止めたんだ」

寸止めだったんだと、また鼻息が荒い。

「柴野さん、今日はお仕事は？」と、私は訊いた。

「非番です」

「子供さんは」

「友達の家に預かってもらいました。ときどきお願いすることがあるので、大丈夫です」

「この人はシングルマザーなんだよ」

まるで宣伝するように、田中氏が大声で言う。「女手ひとつで子供を育ててるんだよ。二百万円はでっかい臨時収入だ。この先、ずっと楽になる。杉村さん、あんたそれを取り上げようっていうのか？」

柴野運転手には、二百万円か。

「お気持ちは有り難いですが、田中さん」

声は小さくても、彼女の口調はきっぱりしていた。

「わたしは、あの二百万円をいただくつもりはありません」

「あんた、まだそんなこと言って」

「ただ、皆さんがお金を受け取られるなら、その邪魔はいたしません。わたしの分も皆さんで分けていただきます。皆さんが受け取らないと決めるなら、わたしもそうします。いかようにも、皆さんのご意見に従います」

言葉の終わりの方で、彼女は私を見た。どうやら、彼女の意志は最初から決まっていて、ここまで一緒にやってきたのも、その決意を我々に公平に伝えたかったからなのだろう。

「なぜですか」と、私は訊いた。

「わたしには、それだけの責任があるからです。本来、バスに残るべき立場でしたのに、皆さんを置き去りにして逃げてしまったんですから」

やはり、今でもこだわっているのだ。

「あなたは自分の意思で逃げたわけじゃない。暮木老人に、バスから追い出されたんです」

解放直後に山藤警部と二人で話し合ったことを、私は皆に話した。柴野運転手と迫田さんは、暮木老人がコントロールしにくい人間だったから、最初に退けられたのだ、と。

「そう言われると、うん、ピンときます」坂本君がうなずいた。「柴野さんには立場があるし、迫田さんは時々、あのおじいさんの痛いところを突くようなことを言ってた」

それは私もよく覚えている。

「何だ小僧、おまえ、裏切る気か」

田中氏が目を怒らせる。坂本君もむっとしたのか、眉が一文字になった。

「裏切るなんて言い方をしないでくださいよ。僕はまだ決めてないんだ」

「この金があれば人生やり直せるって言ってたのは、どこのどいつだ？　一生、掃除屋なんかで終わりたくないって言ったのは、どの口だよ」

身体のどこかの栓を抜かれたかのように、坂本君が肩を落とした。前野嬢が彼を横目で見ている。

「ケイちゃん、大学に入り直したいんです」

彼女のそのひと言だけで、事情はよくわかった。

「大学に入り直して、しっかり勉強して卒業して、ちゃんとした仕事に就きたいんです」

ね、そうよね——と、坂本君に話しかける語尾がかすれてしまった。

ちゃんとした仕事なら、坂本君は今も立派にやっている。だが、これはそういう問題ではないのだ。

海風警察署の駐車場で聞いた彼の言葉が、また私の耳の底をよぎった。一字違いで大違いですよ。

大卒の資格を手にすれば、自分も橋本真佐彦のようになる道が開ける。バリッと背広を着て社用車を乗り回す会社員になれるかもしれない。それは若い坂本君にとって、人生のリセットと再スタートだ。百万円は、その足がかりとして充分な金額だ。

「メイちゃんだって、学費は欲しいだろ」

肩をすぼめたまま、同意を求めるというよりは詰《なじ》るように、彼は呟いた。「夢をかなえるためには金が要るってこと、わかってるくせに」

わかってるよと、前野嬢も呟いた。もう涙目だ。指で目頭を押さえて、それでも足りずに、身を折るようにして下を向いた。

「でもこのお金、本当にもらっていいのかどうか、わたし、わからない」

「何がわからねえんだよ。じいさんの慰謝料だぞ。何もかも、じいさんが言ってたとおりの形で送られてきたじゃねえか」

約束と違っていたのは金額だけだ。

「でも、暮木のおじいさんはお金持ちじゃなかった。ぜんぜん、お金持ちじゃなかったじゃないの」

独りぼっちでアパートで暮らしてた！　前野嬢は叫んだ。頰が涙で濡れている。

「おじいさん、頼れる人もいなかった。話し相手だって民生委員の人しかいなかった。ゴミ捨て場で拾ったラジオを聴いてた」

「だから何だってんだ？」田中氏も怒鳴り返した。「金持ちの金ならもらってよくて、貧乏人の金じゃ駄目なのか？　あのじいさんが生きてるときにどんな暮らしをしてようが、俺たちに関係あるってのかよ」

「ないわけないでしょ！」

「ないね！　じいさんは俺たちを人質にして、いいように振り回したんだ。これはその慰謝料だ。俺にはもらう権利がある！」

前野嬢は本格的に泣き出してしまった。柴野運転手が彼女の背中を撫でる。田中氏はそっぽを向くと、拳を固め、運転席の横の窓ガラスをどんと叩いた。

嫌らしい黄色いライトではなく、蛍光灯の白い光の下、シーライン・エクスプレスのバスよりも二回りは小さいマイクロバスのなかで、我々は黙り込んだ。率先してしゃべり、我々にもしゃべらせたあの夜の暮木老人のような存在は、我々のなかにはいない。

「おじいさん、これだけの金を、どうやって貯めたんだろう」

髪をかきむしりながら、坂本君が言った。

「バスジャックを計画したときから、あとで人質になった人たちに払おうって、貯めてたのかな」

的を射た疑問だ。私はうなずいた。「それに、誰に預けていたんだろうね。たぶん、その誰かが、この送付状を書いた人だろうし」

前野嬢の背中に手をあてたまま、柴野運転手が坂本君と私の顔を見回した。

「――調べてみたらどうでしょうか」

私が目を瞠ると、彼女はひるんだ。

「い、いえ、ですからその、お金の出所というか、素性が気になるのなら、調べてみることもできるんじゃないかと思って」

私が驚いたのは、まさに同じことを考えていたからだった。

「私もそう思います。手がかりはありますし」

「手がかりって、どんな？」

驚く坂本君に、私は苦笑してみせた。「君、前野さんの特技を忘れてないか」

あっというように、彼の一重まぶたの目が広がった。

「そうだよ……！　メイちゃん、まだ覚えてるだろ？」

暮木老人が現場に連れてこさせようとしていた三人の住所と名前だ。前野嬢が、老人に代わってメールを打った。

――言ってくれれば、わたし覚えられます。

充血した目にハンカチをあてて、前野嬢はうなずいた。「あの三人のこと？」

「うん、覚えてるよね？」

「覚えてるし、あのあとメモしといた」

坂本君がぱんと手を打った。「やった！」

前野嬢のメモは、携帯の画面メモだった。私はそのデータを転送してもらった。

「わたしは、この送付状が手がかりになるんじゃないかと思ったんですが」

自分宛の宅配便を手にした柴野運転手の言葉に、坂本君は首を振った。「そっちは駄目ですよ。柴野さんのバス会社の住所と電話番号だもん」

「でも、宅配便を受付けた場所がわかります」

ほら――と、柴野運転手は送付状の一角を指で示した。きちんと爪を切り揃えた、ほっそりとした指だった。

「スタンプじゃなくて、ボールペンで手書きしてありますよね。〈サンライズ　竜町店〉。サンライズというのはコンビニのチェーン店でしょう？　うちの近くにも一軒あります。でもこの〈竜町〉というのは、少なくともわたしが知っている限りでは、うちの営業ルートのなかにはない町名ですけど……」

坂本・前野カップルと私は、即座に自分の手荷物から例の宅配便を取り出して、送付状を確かめた。田中氏は怒ったような目つきでそれを見ている。

私宛の便も〈サンライズ　竜町店〉だった。坂本君宛のは〈スーパーみやこ　高橋〉。高橋というのは荷物を受け取った店員の名前だろう。前野嬢のは、殴り書きで〈堀川　青野商店〉と書いてある。

「ちょっと検索してみます。サンライズが手っ取り早いよな」

坂本君は、さっそく携帯電話を握りしめる。

「柴野さん、凄い」

まだ目の縁を赤くしたまま、前野嬢が感嘆した。柴野運転手はちょっとだけ微笑する。

「これだけじゃ足りないでしょうけど」

ふん、と田中氏が鼻を鳴らした。「そんなのを調べてどうなるっていうんだよ」

「気持ちがすっきりするじゃないですか」

「すっきりして金を受け取れるっていうのか？　それなら大いに結構だがな」

「田中さんは何もしたくないなら、いいです。わたしたちだけでやりますから」

涙目のままで言い返す前野嬢を、ケータイ片手の坂本君が押しとどめた。「ちょ、ちょっと静かに。杉村さん柴野さん、〈竜町〉って都内でもないよ。群馬県ですよ！」

「どの辺だい？」

「前橋市の北の方の端っこです」

「〈スーパーみやこ〉も〈堀川〉という地名も、そのエリアにあるのかもしれないな」

「家のパソコンならもっと早いんだけど」

検索は坂本君に任せて、私は席を立つと、運転席のそばに移動した。

「田中さん」

田中氏の小鼻が広がっている。顔の紅潮は引いている。

「聞いてのとおりです。ここでひとつ、取り決めをしましょう」

田中氏は目玉だけを動かして私を見た。

「この金のことを、今は警察に届けません。我々だけの秘密にしておきます。ただ、金の出所と素性を調べます。我々にできる限りの方法で調べてみます。気が進まないなら、あなたは関わらなくてかまわない」

ありがたいこったと、彼は唾を吐くように言った。

「調べてわかったことは、あなたにも伝えます。その上で、もう一度集まって相談しましょう。それまで、金には手をつけずに待っていてください」

田中氏はまばたきした。「どれぐらい待ってりゃいいんだ？」

「一ヵ月でどうです？」

「そんなに待てるか！」

「それじゃ、半月ください。半月経って何もつかめなかったら、我々も方針を変えます」

バスの中程で、三人が私と田中氏を見つめている。

「半月だな」呻くような声だった。「俺には切実に欲しい金なんだ。役に立つ金なんだ」

「わかっています」

「わかるもんか」

「どうしても金に手をつけるというのなら、かまいませんよ。ただその場合、我々が金の素性を調べて、これはやっぱり受け取れない、警察に届け出るべきだと結論を出したとき、あなたは困った立場に追い込まれることになるでしょうね」

本日初めて、興奮と怒り以外の感情が、田中氏の顔に浮かんだ。狼狽だ。

「あんた……俺を脅す気か？」

「申し訳ないが、そうなりますね」

「あんたらだって、半月もひと月も手元に金を置いてから届け出たら、厄介なことになるんだぞ。それ、わかってるのか？」

「承知の上です。そのときは、自分たちが考えたこととやったことを、洗いざらい山藤警部に説明しますよ。あの人なら、我々の言い分を聞く耳ぐらいは持ってくれるでしょう」

前野嬢がうなずいている。

「警察が、今さらあの事件の何を気にするっていうんだよ」

嘆くような声で、田中氏は言った。顔が歪み、まぶたが震える。

「この送付状を書いて、我々に金を送りつけてきた人物は、暮木老人の協力者です。バスジャックの共犯ではないけれど、あの老人の意図と計画を知っていた可能性が高い」

「だから探して突き出すっていうのか」

「突き出すかどうかは、相手に会ってみてからの話です。それじゃいけませんか」

田中氏は目を閉じ、かぶりを振るだけだ。私は他の三人を振り返った。

「分担を決めよう」

三人がはっとしたように背中を伸ばした。

「坂本君と前野さんは、竜町のコンビニや〈スーパーみやこ〉を探してくれ。現地まで行ってほしいんだけど、いいかい？」

もちろんと、二人は勢いよく応じた。

「仕事は大丈夫かな」

「平気です。わたしは何とでもなるし、ケイちゃんは、先週末に会社を辞めちゃったし」

前野嬢の暴露に、坂本君はバツの悪そうな顔をする必要はないのだ。そんなことではないかと、私は察していた。

「個人が会社名の荷物を持ち込んで発送してるから、ちょっと変わってるからね。運がよければ、どんな人がこの荷物を送ったか、店の人が覚えているかもしれない。よく聞き出してみてくれないか」

「わかりました。例の三人の方はどうします？」

「そっちは僕が引き受ける」

私の独断に、若いカップルは瞬間、心外そうな顔をした。

「勝手言ってすまないけど、こっちは慎重にあたった方がいいと思うんだ。若い君たちが行くより、名刺を出せる僕の方が話が通りやすいと思う」

「杉村さんって」前野嬢が大きな目で私を見る。「事件慣れしてるって言ってましたよね」

「うん。実はこういう調べ物にもちょっと慣れてる。私立探偵の知り合いがいるし」

これは嘘だ。今はいない。だが、この場の嘘は北見一郎も許してくれるだろう。

「その探偵さんは信用できる人ですか」

「信用できる。それに僕も、事情は話さない。ノウハウを教えてもらうだけだから、安心してください」

柴野運転手が、薄手のセーターの胸元に手をあてた。「わたしはどうしましょう」

「三つ、お願いがあります。まず、我々の金を預かってもらえますか」

田中氏を見やると、頑なな顔つきでハンドルを睨みつけている。

「田中さんの分は田中さんに保管してもらえばいいですが、うちの園田と我々の分は、柴野さんにお願いしたいんです。こんな大金を家に置くなんて不安でしょうが」

「大丈夫です。しっかり保管いたします」

「二つ目は、何とか迫田さんか、娘さんに連絡をとってください。連絡がついたら、あとは僕が会いに行きます」

三つ目は少々面倒だ。

「暮木老人は、あなたの子供さん——佳美ちゃんの名前を知っていましたよね？」

思い出すと今でも背筋が冷えるのか、柴野運転手は寒そうになった。

「はい、はっきり名前を呼んでいました」

「下見のために何度バスに乗ったって、子供さんの名前まではわからない。あの老人は、もっと積極的な手段をとって、あなたのことを調べたんだと思うんです。会社の同僚とか、近所の人に聞いたりしてね。そういうことがなかったかどうか、それとなく周囲に確かめてみてくれませんか」

暮木老人が、柴野運転手の近くに人間関係を持っていたという可能性は捨てきれない。だからこそ、彼女が運転するあの路線バスを舞台にしたということだってあり得る。

「わかりました。やってみます」

バッグからメモ帳を取り出して、柴野運転手は私の指示を書き留めた。若いカップルと私は四百万円を集めて、彼女に手渡した。

「杉村さん、すぐあの三人の誰かに会いに行くんですか」

「うん。でもその前に、今夜じゅうにできることがひとつある」

注意深く行動しよう、まめに連絡を取り合おう。そして押し黙ったままの田中氏に、くれぐれも安全運転でみんなを地元に連れ帰ってくれるよう頼んで、私はマイクロバスを降りた。歩き出し、文具店を探した。急いで書かねばならないものがある。

7

約束の午後十時よりも三十分早く、私は義父の家に着いた。閑静な住宅街のなかでもひときわ目立つ総檜《そうひのき》の板塀のまわりをゆっくりと歩いて、頭を冷やした。

広大な敷地のなかには、義父の家と義兄一家の家と、いくつかの施設が点在している。つい半年ほど前までは私たち一家も住まっていた義父の家、今多本家は古風な日本建築で、敷地のなかではいちばん南側にある。正面玄関に通じる正門のほかに通用門が東西に二箇所あり、真っ直ぐ本家を目指すなら東側の方が近い。それもここに住んで初めて気づいたことで、それまでは西側の通用門の存在を、私は知らなかった。その些細な事実は、私と今多家との関係性の暗喩《あんゆ》になっている。今多家の人びとにとっては当たり前のことを、私は知らないし、知る機会も少ないのだ。

今さらのようにそんなことを考えるのは、上着の内ポケットに忍ばせているもののせいだろう。私は、菜穂子との結婚を許してもらうため、初めて義父に会ったときに劣らないほど緊張していた。

通用門のインタフォンを押すと、いつものように、義父付きの家政婦さんの声が応じてくれた。義父のために今多家に奉公している人なので、我々が同居（というよりは居候だが）しているころには、意外と家のなかで顔を合わせることがなかった。

「お待ちでいらっしゃいます。どうぞ書斎へおいでくださいませ」

家政婦さんのその言葉に、私は懐かしさと安堵を覚えた。私にとって義父の屋敷は、やはり、こうやって外から訪ねてきて通される場所なのだ。住み着く場所ではない。

読書家の義父の書斎は、むしろ書庫と呼んだ方がふさわしい。義父は和服姿でくつろいでいるように見えたが、深い皺の刻まれた目元に、少し疲労の色があった。

「さっきまで面倒な客が来ていたんだよ」

私はここに来たときの定位置、義父の机の向こう側に座った。すぐに家政婦さんが、ワインクーラーとグラスを載せたワゴンを押してきたので驚いた。

「今日は車じゃないんだろう。少し付き合ってくれ」

義父が自宅で私服で会い、しかし疲れる客というのは、本当に面倒なタイプの客なのだ。私は自分が持ち込んできた面倒を思い、また上着の胸元をそっと押さえた。

「公枝《きみえ》さん、今夜はもういいよ」

つまみのチーズの皿を並べる家政婦さんに、義父は声をかけた。この人のことは、いつも名前で呼んでいる。

「かしこまりました。先に寝ませていただきますが、あまりお過ごしになりませんように」

家政婦さんの微笑に、義父は苦笑いを返して「はいはい」と言った。

「私は一杯だけにして、あとは杉村に飲ませるよ」

スペイン北部の産だという白ワインは、舌に沁みるほどよく冷えていて、辛口だった。

「園田のことだろう」

間接照明のなか、書籍に囲まれた心地よい沈黙と、ワインが与えてくれる安らぎを、義父のその言葉が破った。

グラスを脇に置き、私は座り直した。「はい」

「ずいぶん時間がかかったな。もっと早くに訊きにくるだろうと思っていたんだ」

「遠山さんからもそう伺いましたが、私は、会長にお尋ねするつもりはありませんでした」

義父の白髪まじりの豊かな眉が、ちょっと動いた。「労連の委員から、情報が入らなかったか？」

お見通しだったわけだ。

「昔の噂は聞きました。ただの噂です。それも、かえって謎が増すような内容でした」

編集長が元気に復職してきた以上、詮索する必要はないと思ったと、私は言った。

「まあ、君らしいな」

義父は軽くうなずき、私のグラスにワインを注ぎ足し、ちょっと迷ってから自分のグラスにも足した。「公枝さんには内緒だ」

「はい、わかりました」

私も笑みを浮かべることができた。

「それで？　君が方針を変えてここに来たのは、何か状況の変化があったんだな」

私は懐のポケットから、大急ぎで探した文具店で調達した便箋に書き、封筒に収めたものを取り出した。

「お話しする前に、これをお受け取りいただきたいと思います」

立ち上がり、姿勢を正し一礼して、私はそれを両手で義父に——今多コンツェルン会長の今多嘉親に差し出した。

義父は受け取らなかった。私の差し出す封筒を一瞥し、表書きを見たろうに、訊いた。

「何だ」

私は答えた。「退職願です」

ゆっくりと眠たげに、義父はまばたきをした。手にしたグラスのなかのワインが揺れることはなかった。

「そこに置きなさい」

私は言われたとおりにした。退職願を収めた封筒が斜めにならないように、ことのほか注意深く置いた。

「いいから、掛けなさい」

私は言われたとおりにした。

「君にとって、声をひそめなければ話せないような内容なら仕方ないが、今日は補聴器の機嫌が悪いから、できれば普通にしゃべってくれないかね」

義父が補聴器を使い始めたのは、一年ほど前のことだ。風邪を引き、数日のあいだ寝込んだことがきっかけで難聴気味になり、特に左耳の聴力ががくんと落ちた。すぐに調達した補聴器はドイツ製で、使用者の聴力に合わせてひとつひとつ手作りするという優れものだが、義父によると、日によって機嫌が変わるという。義父の調子と補聴器の調子が合わない日がある、ということかもしれない。

私は打ち明けた。今夜、コインパーキングに駐めたマイクロバスのなかで人質メンバーたちとやりとりした言葉まで、できるだけ正確に再現して話した。

そのあいだに、義父は一度グラスを空にして、今度は迷わずいっぱいに注ぎ足した。

「本来なら、園田編集長自身の口から、あのときの暮木老人とのやりとりはどういう意味だったのか教えてもらうべきなのですが」

「いや、それは無理だろう」義父は言下に否定した。「園田は話すまい。というより話せないんだ」

「編集長の様子から、私もそう思いました」

「うむ。その判断は正しい」

但しそれ以降の推論は怪しい、と続けた。

「園田とのやりとりを解析することで、暮木という男の正体を推測できたとしても、それが金の出所を探る直接的な手がかりになるとは、私には思えないね」

「でも彼の生業がわかれば」

「仮にわかったとしても、昔の話だろう。現役じゃあるまい。暮木が警察に捕まえさせようとした三人の素性を洗う方が、よほど手っ取り早いと思うが」

そこで、義父はちょっと首をかしげた。

「ただ、その三人の口を開かせるには、暮木がどんな人間だかわかっていた方がいいか」

独り言のように呟き、ワイングラスを玩《もてあそ》んでいる。

「どんな人間か」私が復唱すると、義父はゆっくりとうなずいた。

「君の印象はどうだった？」

「教職に就いていたことがあるのではないかと感じました。交渉人を務めた山藤警部も、同意見でした」

うん、と義父は小声で言った。「こういう場合、何と言うんだったかな。当たらずといえども遠からず。それをひと言で表す言い回しがあるじゃないか。若い連中が使う」

私は考えた。「惜しいとか、近いとか」

それじゃ普通の言葉か。

「いや――そうそう、かすってる、だ」

自分で思い出して、義父は笑った。

「といっても、私も園田の言動から推察しているだけでね。こっちもこっちでかすってる程度か、あるいは空っぱずれかもしれない。それを承知で聞いてくれ」

暮木という男はと、義父は声を低めた。

「おそらく、〈トレーナー〉だったんだろう」

トレーナー。その言葉で私に思い当たるのは、アスリートのそばにいて、トレーニングや健康管理をする人びとだが、

「スポーツマンとは関係ないよ。最近じゃ、私が言うような意味合いでは、この言葉は使われないだろう」

義父はワイングラスを置くと、机に両肘をつき、指を組み合わせた。この書斎でそのポーズをすると、今多嘉親は、企業人というより学者か思索家に見える。

「一九六〇年代から七〇年代半ばにかけて、つまり高度成長期だな。企業の新入社員研修や管理職教育に、ひとつのブームがあったんだ。〈センシティビティ・トレーニング〉というのだがね」

頭文字をとって〈ST〉とも呼ぶという。直訳すれば〈感受性訓練〉だろうが、日本語としてはこなれが悪い。

「企業人の——感受性を鍛える訓練ですか」

私がいかにも訝しげだったからだろう。義父は苦笑した。

「この場合は〈企業戦士を鍛える〉と言うべきだろうな」

二十四時間、会社のために働くことができる戦士、か。

「個人の内面を掘り下げることによってその能力を活性化し、同時にその個人が小集団のなかでふさわしい働きをするように、協調性も培う」

「内面を掘り下げるって、心理療法みたいですが」

「そうだよ。STは心理療法だ。ただ、昨今一般的な心理カウンセリングなどとは違う。最終的な目的は個人を鍛えてその能力を開花させる、もしくは底上げすることにあるわけだから、治療的なものではない。もっと要求が厳しい」

私は、何となく嫌な臭いを感じた。

「STの教官のことを、トレーナーと呼ぶんだが」義父は続けた。「トレーナーは受講生とマン・ツー・マンで指導にあたるのではない。受講生の側は、さっきも言ったように小集団、五人から十人、多くても二十人くらいまでのグループでね。そこにトレーナーが一人ないし二人ついて、全体の教育と統率にあたる」

「その形で、個人の内面を掘り下げる」私は呟いた。「やっぱり集団カウンセリングみたいですね。参加者それぞれに自分の内面を語らせて、それについてディスカッションするわけでしょう？」

依存症の治療によく使われるやり方だ。

「そう。但し、その統率役をするトレーナーは医師ではない。そこが、正規の心理カウンセリングとは大きく異なる点だ」

有り体にいえば、誰でもトレーナーになれる。義父の口調は苦々しかった。

「STの効果と手法を熟知しており、自身もそこから様々な意味で恩恵を受けており、頭の回転が速く、口が達者な人間ならな」

心理学や行動心理学の素人が、その方法論の一部だけを学び、そこから大きな効果を引き出すことができるという信念の下に、小集団を率いて〈教育〉する。

私の鼻先に漂う何となく嫌な臭いが、はっきりと嫌な臭いに変わった。

「社員研修ならば、参加者は社命で来ているわけですよね。となると、トレーナーに逆らえません」

義父は私を見つめてうなずいた。

「トレーナーがどんな指導方法をとろうと、逆らうことができない。新人研修として、管理職教育として、これが適切なのだと言い聞かされて参加していれば、参加者の側にも効果を上げたいという切実な希望があるでしょうから、進んで従順になるし」

サラリーマンなら、誰しも出世には欲があって当然だ。この研修でいい成績をあげることが、自分の仕事力の向上にストレートにつながると信じていれば、必死になって〈よい研修〉を受けようと思うのが自然な心情だ。

「しかも、そのお膳立てのなかで参加者個々人の内面に立ち入る〈教育〉をするとなると、トレーナーの性格や指導法に偏りがあれば、怖ろしいことになる可能性がありますね」

「現にそうなった」と、義父は言った。「当時、ＳＴでは何件も事故が起きていたんだ。その多くは主催者側によって伏せられていたが、そういうことは、もみ消しきれるものじゃない」

「どんな種類の事故ですか」

「参加者の自殺だよ」

義父の書斎は、何をどう間違ってもすきま風が吹き込むような場所ではない。それなのに、私は首筋にひやりとするものを感じた。

「未遂で食い止めたケースもあれば、止めきれなかったケースもある。当時、私がつかんだ事故報告は三件あったが、どれも発生のプロセスが似通っていた」

誰か一人が追い詰められるんだ。

「参加者が互いの内面を掘り下げ合う。表現としてはきれいだが、じゃあ具体的にはどうするかというと、まず参加者一人一人に、自分はどういう人間であるかを語らせるわけだ。私の長所はこんなところで、短所はこんなところです。私はこのように自己を認識しています、とな。口頭の場合もあれば、レポートを書かせることもある」

そして次の段階では、それを叩き台にしてセッションを行うという。

「トレーナーが司会者になって、参加者個々の自己認識を評価し合うわけだ。その際には率直で忌憚《きたん》なく、〈はっきり言う〉ほど評価が高くなる。年齢差や、先輩後輩の関係など無視していい。職場でのポジションは一切関係ない。この場では誰もが平等に一個人だ、言いたいことはすべて言っていい、と」

義父はワイングラスを取り上げると、たっぷりと一口飲んだ。

「もちろん、そういう相互評価と話し合いのなかで、職場では望むべくもない新鮮で建設的な関係が生まれることもあるだろう。個人の潜在的な能力が掘り起こされることもあるだろう。実際、STにはその効果があったからこそ、もてはやされていたんだ」

「しかし危険と隣り合わせでしょう」と、私は言った。「どうしたって詰り合いになる」

うなずいて、義父はグラスを置いた。

「それでも、参加者全員が平等にお互いを批判し合うならまだいいが」

そんな形には収まらないのが人間だ。三人集まれば派閥ができる。それが人間だ。

誰かが誰かを批判し、それに別の誰かが同調する。その意見に反対する誰かが現れ、グループは二つに分かれて論争になる。その一時的な派閥はしかし不安定なもので、論争の流れによっては容易に変化し、構成員も変わる。くっついたり離れたりする。

「ここでは誰もが平等な一個人だと言われても、はいそうですかと白紙になれるほど、人間は単純じゃなかろう。STの場には、職場の人間関係や力関係、嫉妬や羨望《せんぼう》や好悪の感情がそのまま持ち込まれる」

相互批判の場では、そうした感情もまた剝き出しになるのだ。

「そういう場では、ちょっとしたきっかけで、誰か一人に批判が集中することがある」

すると、それはすぐに正しい批判ではなくなる。集団によるいじめに変わる。

「STの会場として使われるのは、ほとんどの場合、山中のロッジとか、日常を離れた場所なんだ。主催者側が場所を提供する場合もあれば、企業が自社の研修所や保養所にSTのトレーナーを招く場合もあるが、いずれにしろ外界から隔絶された場所で、研修期間中は受講者たちは外出を許されない。起床から就寝まで、トレーナーの立てるスケジュールに従って、規律を守って暮らすんだ」

だから逃げ場がないと、義父は言った。

「一方で、体力トレーニングもＳＴの重要なメニューだ。日ごろ、スポーツとは無縁の者でも、毎朝起床後に十キロのランニングをさせられるとかな。完走できないと暴力的なペナルティをくらう」

「精神的だけではなく、体力的にも追い詰められることになるんですね」

寒気を覚えるようなシステムだ。

「セッションは長時間にわたり、深夜にまで及ぶことがあるから、睡眠不足にもなる。食事は三食きちんと与えられるが、気力体力を失えば、食べることもできなくなるだろう」

私は思わず言った。「軍隊みたいだ」

「それを言うなら、軍隊の訓練システムの悪い部分だけを取り出したようだ、と言ってくれんか」

義父は軽い言い方をしたが、目は暗く翳っていた。

「私には、ＳＴというのは、どんな意味合いであれ、訓練とは思えません。個人の自我を崩壊させる破壊行為のように思えます」

「だが、それが正しい企業戦士の作り方だと、多くの企業人に信奉されていた時代があったんだよ」

「会長も、ですか」

そうではなかったはずだと思うから、私は思いきって問いかけた。

「会長は流行ものはお嫌いでしょう。とりわけ、多くの人たちがもてはやしているという理由だけで流行っているものは」

義父は黙ってしまった。

「私も企業人だからな」

やがて、声を低めてそう言った。

「目覚ましい効果のあがる社員教育の新システムだと聞いて、興味は抱いたよ。だからこそいろいろ情報を集めたんだがね」

またグラスを取り上げて、今度は飲まずにまた机に戻した。

「だがな、私が最終的に、うちにはSTを導入しないと決めたのは、自殺者が出たという情報のせいじゃない。事故情報を打ち消してしまうような――今思えばあれも大本営発表みたいなもんだが――素晴らしい実例も耳にしたよ。あんまり素晴らし過ぎて、眉に唾をつけたくなるようような」

義父の静かな怒りを、私は感じた。

「私がSTを受け入れられなかったのは、そのシステムのなかに、非常に脆弱《ぜいじやく》な部分があると思ったからだ」

「脆弱な部分？」

「だから、トレーナーだよ」

教官一人一人が、あまりに強大な支配力を与えられ過ぎていると思ったと、義父は言う。

「さっき君が言ったように、その点で軍隊と似ている。初年兵をいたぶる上等兵は、ただ自分が上等兵だということだけで、規律保持と訓練を名目に、それ以前の平穏な日常生活のなかでは本人自身も気づくことのなかった獣性を解放することができた。極端に閉鎖的な上下関係のなかでは、ちっぽけな権力を握ったちょっとばかり上位の人間が、それにふさわしい能力も資格もないのに、下位の人間の生殺与奪の権を完全に握ってしまうことがある。私はそれが嫌いなんだ。私がこの世の何よりも憎まずにいられないものなんだよ」

義父には従軍経験があるが、それについて詳しく語ったことがない。少なくとも私は聞いたことがなかった。

今、その一端を聞いている。

「太平洋戦争では、私は末期になって徴兵されて、もう輸送船がなかったもんだから外地には送られなくてね。本土決戦に備えるために、九十九里の砂浜で穴っ掘りをしているうちに終戦を迎えた」

それでも、嫌なものを見聞きするには充分だった――と言った。

「以来、私のなかにはひとつの確信が生まれた。人間は基本的に善良で建設的だ。だが、特定の状況に置かれると、それでもなお善良で建設的であり続けることができるタイプと、状況に呑まれて良心を失ってしまうタイプに分かれる。その〈特定の状況〉の典型的な事例が軍隊であり、戦争だ」

閉鎖的な極限状況だ。

「私の目には、STのトレーナーが、陸軍の上等兵たちに重なって見えた。有能で冷静で、自分の持つ力をよくコントロールできるトレーナーならば、STで良い効果をもたらすことができる。私が聞かされた社員教育の成功例は、そんなケースだろう。だが自殺者が出るようなケースでは、トレーナーが間違ったんだ。方法を間違ったんじゃない。人間として間違ったんだ」

極限状態のちっぽけな権力に酔い、己のなかの獣性を解放した。

「誰かを攻撃するのが楽しいことがある。相手が追い詰められるのを楽しむんだ。人間には誰でも、そういう邪《よこしま》な部分がある。だがそれ以上に邪悪なのは、そういうふうに他人を駆り立てることだ。煽《あお》ることだ。それが正しいと、他人の頭に刷り込むことだ」

STは、トレーナーという立場の人間をそのようにし向ける危険性を孕《はら》んだシステムだ。だから今多嘉親は、ほとんど体感的にSTを嫌い、遠ざけた。

「会長は正しい判断をされたんです」

私の言葉のあとに、沈黙が降りてきた。義父はワイングラスを見つめて黙り込み、私は義父を見つめて黙り込んだ。汗をかいたワインボトルが、書斎のやわらかな照明の下でおぼろに光っていた。

「七〇年代も後半になると、STは急速に下火になった。一時の熱が嘘のように引いてね。そんなことなどなかったかのようだった」

「社員研修には望ましくない危険なやり方だという情報が浸透したんですね」

「いいや、単に高度成長が終わって、企業が社員に求める理想像が違ってきただけかもしれんよ」

義父には珍しく皮肉な言い方だった。目の奥に尖った光があった。

「言い忘れていたが、STにはたいそうな金がかかるんだ。だからブームのころには、雨後の筍《たけのこ》のように主催者が増えた。儲かるからな。それで玉石混交になって、STはますますうさんくさいものに成り下がった」

金が集まる場には優秀なプロが集まるが、優秀なプロを装う偽物も集まる。そしてその場のもたらす効果の精度が下がり、必然的に場の信頼性と吸引力が下がっていく。

「右肩あがりの成長がひと息つくと、普通の企業なら、ひとつ間違えば人死にが出るような危険な研修に、そうそう大金を注ぎ込めるもんじゃない」

STの需要は減り、ブームは去ったのだ。

だが――と、義父はかぶりを振る。

「科学技術と同じで、心理学のように人間の心に働きかける学問であっても、そこで発見され一般化された方法論は、そう簡単に消え去りはしないものだ。STは消えたが、STのスキル――STの概念は残っていた。ただそれは、社員研修や管理職教育という方向ではなく、別の分野に進出し、拡散し始めていたんだが」

ひと息にそう言って、義父は苦そうにくちびるを湿《しめ》した。

「そんなことは、所詮は言い訳だな。結局、私が判断を誤ったんだ。八二年の四月、園田たち女子社員十八名を、私が社命を以《もっ》て参加させた研修の中身は、STと似たりよったりだった。いくらプロの心理学者を帯同するとか、受講者の意思を最大限に尊重するとか、トレーナー制ではなくカリキュラムごとの専任講師制だとか、STの孕んでいた問題点に、いちいち対症療法的な手当てがなされていたとしても、中身が同じなら同じ危険がある」

受講者が追い詰められ、自我崩壊の危機に直面してパニックになる。自分を見失い、能力が高まるどころか、情緒不安定に陥る。

「園田はああいう気性だ」

ますます苦そうな口つきになって、義父は続けた。「相手が講師だろうが学者だろうが、理不尽に頭を押さえつけられることが我慢できない。筋の通らないことが嫌いだ。そして、嫌だ、嫌いだと思うと黙っていることができない」

私はうなずいた。「それは編集長の美点です。権威や権力が、ただそれだけで正しいとは限らないと考える知性と、それを口にする気骨があるということですから」

「STの考え方では、そういう気骨はへし折られるべきものなんだ」

「だから編集長も、集団で個人攻撃される羽目になったんですか。その結果、パニック状態に？」

すぐには返事がなかった。沈黙のなかで、私は、宅配ボックスの前で頭を抱え、震えていた園田瑛子の姿を思い出していた。

「園田たちが参加した研修は、〈フェノミナ人材開発研究所〉という団体が主催したものでね。企業の女子社員のみが対象だった。八〇年代初頭の段階で、これからは女性社員が企業にとって重要な戦力になる、だから女子社員を鍛えようというのは、なかなかすばしこい発想だった」

だが相手が女の子だから――と言って、義父は急に顔を歪めて笑った。「こんな言い方をすると、園田にも遠山にも叱られるな」

「私は誰にも言いません」

義父は、今度は本当に笑った。「相手が女の子だから、やみくもに厳しく鍛えるというやり方ではなかった。これまで企業のなかでは眠らされてきた女性社員たちの能力を、〈相互理解と融和〉によって活性化させるというのがうたい文句でね」

相互理解と融和、か。攻撃ではなく。

「研修のやり方も、基本的にはグループ単位ではなくマン・ツー・マンで、受講者各自の個性を引き出すことに重きが置かれていた。もっともその方式だからこそ、園田のように、自分の担当講師と反りが合わないと、なおさら辛かったろうが」

私は一歩踏み込んだ。「編集長の担当講師は、彼女に何をしたんです?」

また、すぐには返事がなかった。

「あの研修では、STのように、受講者を体力的にいっぱいいっぱいにして自我の箍《たが》を弛《ゆる》める、などという乱暴なやり方はしない。一日のカリキュラムのなかには自由時間もあったし、睡眠時間もきちんと確保されていた」

逃げるように、義父は早口になっていく。

「ただし、受講者の受講態度が悪く、担当講師の指導に従わない場合は、制裁を加えることが認められていた。受講者の側が認めていたわけじゃないよ。フェノミナ人材開発研究所が勝手に認めていただけだが」

それは、どのような制裁だったのか。

「〈反省室〉に閉じこめるんだよ」と、義父は言った。「連中のセミナー施設には、そのための部屋があった。事前の見学会では、物置や資材置き場に偽装して、けっして見せやしないんだが」

「監禁専用の部屋ということですか」

「そうだ。窓には鉄格子。ドアは外から施錠され、空調も照明も外部からコントロールされる。室内には布団ひと組みと剝き出しの便器。それとモニターが一台あって、そこに連中が作った潜在能力開発と精神解放に効果があるとかいう触れ込みのビデオ映像を、二十四時間ぶっつづけで流すんだ」

私は呆れた。「監禁の上に拷問だ。囚人よりひどい」

下唇を嚙みしめて、義父はうなずいた。

「園田は研修の三日目の夜にここへ入れられ、そのときは二時間で解放された。だがその後、反省が足りないというので、四日目の深夜にまた居室から引っ張り出されて反省室に移され、朝方になって自殺を図った」

何をどのようにして自殺を図ったのか、私は怖ろしくて訊くことができなかった。

「壁に頭をぶつけてね」

義父の声が、囁き声ほどに低くなった。

「そのあいだじゅう、出してくれと叫び続けていたそうだ。室内は照明が消され、真っ暗だった」

それほど飲んでいないはずなのに、ワインの酔いが急に回ってきた。胸がむかつく。

「誰が救出してくれたんですか」

「この研修に同行していた、フェノミナ人材開発研究所専属の心理学者だよ。この先生のおかげで、我々も園田に何が起こったのか、正確に知ることができた。その点では、フェノミナという組織は、かつてのSTの主催者たちよりはましだと認めないとならんな」

組織のなかに、こんなやり方は異常で間違っていると判断できる能力と理性の持ち主を入れていた、という点では。

「警察には通報したんですか」

義父は、まるで私につねられたかのような顔をした。

「断念した。園田が取り調べに耐えられるような状態じゃなかったし」

私も心をつねられたように痛かった。

「そのかわり、私はフェノミナ人材開発研究所を徹底的に調査した。あの組織を生体解剖して、バラバラにしてやるつもりだった。そのために必要なことなら、何だってやった」

義父がそうしようと思ったのなら、事実そうなったはずだ。

「園田の一件から一年後に、フェノミナ人材開発研究所は看板を下ろしたよ。ただ、関係者の誰一人として刑事罰を問われることがなかったのが、私は今でも悔しい」

自分に腹が立つ——と、拳を握りしめる今多嘉親の底光りする眼は、何かはっきりした記憶を見据えている。

「あの組織の連中と、私は片っ端から話をしたよ。今度は私が連中を追い詰めて、連中の自我という奥歯に手を突っ込んでガタガタいわせてやろうと思ってな。実際、大いにガタガタ言わせたが」

自己嫌悪は消えなかったと言った。

「なぜあんな研修に園田たちを送り込んだのか。危惧があったのに。納得してはいなかったのに。なぜ自分で自分を騙して、まあ試してみてもいいだろうと思ってしまったのか」

「会長」と、私は言った。「私は会長に、言い訳を探していただくお手伝いをするつもりはありません。しかし、事実を確認させてください」

義父は私を見た。あの底光りが、蠟燭《ろうそく》が消えるようにすうっと見えなくなった。

「フェノミナ人材開発研究所の研修に女子社員を参加させようというのは、会長のお考えではなかったのではありませんか。会長だけでなく、社の上層部からの発案でさえなかったのではありませんか」

義父は答えない。

「むしろ社員たちからの——あるいは労連からの要請があったのではありませんか」

「労連はそんなことはせんよ」

「それなら、女子社員たち自身の希望では？」

かぶりを振って、義父は私の言葉をはらいのけた。「どんな経過であっても、責任者は私だ。私が判断を誤り、社員の命を危険にさらした。その事実に変わりはない」

「以前、聞いたことがあります。会長は、男女雇用機会均等法のキの字もない時代から、女子社員の積極的な登用を考えておられた。その実現のために、労連組合員の女子社員たちと定期的に懇談会や勉強会を開いておられたこともある、と」

そうした親しい会合の場で、企業のなかでも特に男社会の色合いの濃い物流会社では圧倒的な少数派の女子社員たちから、自分たちの能力を開発したい、チャンスが欲しい、研修の機会を設けてほしいという要請があったなら、聞く耳を持たない今多嘉親ではない。

「フェノミナ人材開発研究所の研修に参加した女子社員たちは、形としては社命でも、本人たちが希望して出かけていったのではありませんか。彼女たちがそういう熱意ある人材だったからこそ、会長の後悔も深いのではありませんか」

昔の話だ——と、義父は言った。

「そんな細かいことは忘れたよ」

「しかし」

「何をどう考えていようと、実現の方法を誤れば、結果も誤りになるんだ。それだけのことだよ」

私は黙ってワインボトルに手を伸ばし、義父と自分のグラスに注ごうとした。どぼどぼ注いでやるつもりだったが、ボトルはほとんど空になっていた。

「公枝さんには内緒だ」

義父は小声で言って、かすかに微笑した。

「事件後、園田は一年ばかり休職した」

復帰してきたときには、ほとんど元通りになったように見えたという。

「当時は、ＰＴＳＤとかパニック障害などという言葉さえ知られていなかったからな。専門家も少なかった。園田を回復させてくれた医者は、優秀な人だったんだろう」

しかし、傷跡は残った。

「園田のなかには、あの事件の落とした影が残っている。それが彼女に、一種のアンテナを与えたのかもしれない」

暮木老人に、他人をコントロールする支配的な意志と能力を見た。嗅《か》ぎ取った。だから面と向かって言ったのだ。あなたのような人間を知っている、と。

「それでも、園田が暮木という男をそう感じたというだけでは、あやふやだよ。だが、暮木という男も園田の言葉に応じて、認めたわけだろう？」

「はい。そして謝っていました」

「そういう応酬があったというから、私も暮木はかつてトレーナーか、それに類する仕事をしていたんじゃないかと思うんだ。ああいう連中にも、独自のアンテナがあるからな」

暮木老人もまた、園田瑛子と向き合ってすぐに、彼女の過去の体験を推察し、嗅ぎ取ることができたということか。

「さっきも言ったが、園田の事件の後、私はフェノミナ人材開発研究所の連中と面談した。連中だけじゃなく、ほかの同業者を探して話を聞きにいったこともある。とにかく連中の内幕を知りたかったからな。それで気づいたことがある」

みんな同じ目をしているんだ、という。

「教官でも講師でもトレーナーでも、呼び方は様々だが、受講者を教える立場にある人間で、その業界では優秀だと評価されている者ほど、そうだった」

どんな目ですかと、私は訊いた。

「人を見る目じゃない。ものを見る目だ」と、義父は言った。「考えてみれば、それは当然なんだ。

人は教育できる。だが連中が目指すのは教育じゃない。〈改造〉だ。人は改造などできない。改造できるのは〈もの〉だよ」

彼らは一様に熱心だった。自分のしていることを正しいと信じていた。

「確信を持って、私に向かってきた。私を説得できる。私にも自分の信念を共有させることができる。私をコントロールすることができる。そうして熱心に語れば語るほど、ものを見る目つきになって私を見るんだ。分解して掃除して組み立て直せばもっといい音が出るようになると、古ぼけた鉱石ラジオを手に取る子供みたいな邪気のない顔でな」

園田瑛子は、暮木老人のその目に気づいたのか。

「暮木という男も、ものを見る目で園田を見たから、彼女がかつて壊れたことがあると察し得たのかもしれない。なぜ、どんな理由で壊れたのかということも含めて」

それが、あの謎のようなやりとりの〈解〉なのだ。

「君も言っていたな。暮木老人は君たち人質を、舌先三寸で丸め込んだと」

「はい、全員がコントロールされていました」

「おそらく、その道では有能な人物だったんだろう。だから特徴も顕著に表れた。園田が気づいても不思議はない」

座り直すと、身を乗り出して机に腕を乗せ、義父はしげしげと私を見た。

「バスジャックの後、君と話したのはいつだったかな？」

「二日後の夜です。前日に私は帰宅して、翌日は出勤して、遠山さんから連絡をいただきました。それで、こちらへ伺ったんだと思います」

「そうだな。ここで話したんだった」

義父はうなずき、懐手《ふところで》をした。

「あのときはまだ、園田があれほど深刻な状況にあるとは知らなくて、呑気《のんき》な話をしたもんだった。君はバスのなかから、空き地に乗り捨てられた子供の自転車を見ていたと言ったよな？」

「はい、確かそんなことを申しました」

「暮木という男が達弁だったことも、君は繰り返し話していたよ。君はそう簡単に他人の弁舌に混乱するような男じゃないからな。よっぽどの相手だったんだろうと、私も漠然とだが不安な気がした」

園田瑛子は大丈夫だろうか、と。

だが、義父はまだ私の顔を見ている。今の〈不安〉という言葉は、私に向けられたものなのだろうか。だとしたら何故だ？　私が問いかける言葉を探しているうちに、義父は目をそらしてしまった。

「仮に、あくまでも仮説として、暮木という男がかつてトレーナーだったとしても、STはとうにすたれているんだから、それが生業だったわけはない。彼の前歴を洗うには、違う業界に目を向けるべきだろう」

「先ほどもおっしゃいましたね。ブームが去っても、STのスキルは残って、他の分野に進出していったと」

「うむ。どんな分野だと思う？」

私が真っ先に思いついたのは、自己啓発セミナーだ。人間を〈改造〉するという点では、STの直系の子孫だろう。

「あれはもともとSTの義兄弟のようなものだからな。ほかには？」

「〈あなたの才能を開花させます〉〈あなたの人生を必ず成功に導きます〉的なうたい文句を並べた広告なら、全てがあてはまるような気がしますが……」

「そうだ。その延長線上に、でかいターゲットがあるとは思わんか」

成功、富、名声、人望、充足、自己実現。

私は顔を上げた。「いわゆる悪質商法ではありませんか」

義父は大きく二度うなずいた。「ああいう業界でも、集めたカモ——会員への教育と訓練は最重要事項だろう」

マルチ商法や架空投資詐欺などの悪質商法は、法規制の網を逃れるためにいろいろと進化・変化してきたが、芯の部分は変わりようがない。要するにネズミ講だ。客を増やし続けることができなければ、いつかは必ず破綻《はたん》する。だから新しい客の勧誘は組織としての絶対的な使命だ。客に客を連れてこさせる。一方で、既につかんだ顧客たちを離反させないことも肝要で、それにも継続的な教育、いや説得が必要になる。ほとんど洗脳と紙一重の深い説得、笑顔の下に暴力性を孕む説得が。

その説得術を、誰が教えるのか。起点はどこか。〈客〉たちは、それまではごく普通の会社員や学生や主婦や年金生活者なのだ。

そこにはプロの〈トレーナー〉の需要があるのではないか。

「確かにそうですね……！」

私の感嘆に、義父は硬いものを噛むような口つきになって、苦笑した。

「そう感心してくれんでもいい。私は実例を知ってるんだ。だから思いついたんであって、カンニングしたみたいなもんだ」

「実例とおっしゃいますと」

「園田を殺しかけた講師の男だよ」

義父は、完全に何かを噛み砕く口つきになって、歯を食いしばった。

「フェノミナ人材開発研究所がつぶれた後、その方面に転身していた。これには私も驚いた。というより呆れた。呆れ返ったよ」

「会長は、フェノミナが失くなった後も、その男を追跡しておられたんですか」

「さすがにそこまではしなかった。向こうから勝手に消息を知らせてきたのさ」

意味がわからない。当惑する私に、義父は猛禽と綽名される所以の鷲鼻に皺を寄せて、こう尋ねた。

「君は、豊田商事事件を知っているか」

私はきょとんとした。

「知らんかな。あれは関西の事件だったし、代表が暴漢に刺し殺されたのが八五年だから——君はいくつだ？」

「十六、七ですね」

「じゃあ、興味もなかったろうな」苦笑いをして、「この国の負の歴史に残るマンモス詐欺事件だったんだよ。金地金《きんじがね》の〈ファミリー契約証券〉というのが売り物で、こいつはいわゆるペーパー商法の嚆矢《こうし》だろう」

豊田商事はもともと金地金の売買を引き受ける投資運用会社だった。

「金地金の売買は、現物取引が大原則だ。投資運用会社は、顧客の発注した分だけの金地金を買い、顧客の発注した分だけを売って、手数料を取る。つまり、顧客の要請に応じて、いつでも純金と現金を交換できるような体制で営業しなければいけない。しかしこれだと、投資会社の旨味《うまみ》は少ない」

そこで考案されたのが〈ファミリー契約証券〉だという。

「顧客に金地金の購入を勧めて、金地金は保管が大変だから、当社でお預かりします、所定の満期まで運用して、賃借料をお支払いしますと提案するわけだ」

顧客は金を買って預けたつもりなのだし、賃借料ももらえるのだから、実に安全で魅力的な投資話に思える。〈ファミリー契約証券〉は多くの人びとを惹きつけ、豊田商事はこの契約の会員を増やしていった。

「だが経営の実態はお寒いものでね。客の注文に見合う金地金は購入されていなかった」

実際には、豊田商事は、会員から集めた金を自転車操業で回して賃借料を払っていた。運用の母体となる金地金は存在しなかった。そもそも運用も投資もなされていなかった。

より多くの会員を誘い入れるため、満期までの期間が長く、配当率の高い証券を販売するようになり、その高い配当金の捻出に苦しみ、会員たちからも不審や不満の声が上がるようになって、組織の瓦解《がかい》が始まったのだ。

客は〈投資〉したつもりでも、〈投資〉の実体は存在しない。幻だ。幻のベールの裏側では、詐欺師がかき集めた金を右から左に流している。もちろん、自分の取り分は懐に突っ込みながら。

そんな投資詐欺の話なら、規模の大小はあれど、昨今も珍しくない。実体のないものを売りつけるペーパー商法も後を絶たない。正体は同じで、外見の装いだけを悪賢く変えてみせる異相の美女に、何度痛い目に遭わされても恋着せずにはいられない男のように、我々の社会は悪質商法の存在を許してしまう。

「豊田商事のセールスには、客先を訪問して勧誘する外交員のほかに、テレフォンレディという女子従業員が大きな戦力になっていたんだ」

テレフォンレディの仕事は、単なる電話セールスではなかった。真の目的は情報収集だ。勧誘電話に出た相手と親しく語らいながら、家族構成や月収、資産状況などを聞き出す。外交員にとっては大いに役立つ事前情報だ。

「じゃ、編集長を殺しかけた男は、豊田商事でテレフォンレディの研修を?」

よくよく女性を教えたがる男じゃないか。

「ということなら、よく出来た話だが」

義父は短く笑った。

「いずれ〈ファミリー契約証券〉が破綻することは、豊田商事の幹部にもわかっていた。だからグループ会社を立ち上げたり、レジャー産業に手を伸ばしたりと、まあ、企業らしい努力もしたわけさ。グループ会社の方にも大げさな名称がついていたが、営業内容は徒《いたずら》に複雑で不透明、ただ本体から莫大な資金が投入されていたことだけは確かだ」

件の講師は、そうしたグループ会社のひとつにいたのだという。

「内部にいたんですね？　社員教育や営業活動に携わっていた？」

「そこまで詳しいことは、私も知らん」と、義父は答えた。急に口ぶりが重くなった。「ただ、グループ会社の社員だったというだけだ」

私は義父の顔を見た。

「八五年の十二月の——中頃だったかな。ともかく押し詰まって忙しない頃だよ」

早朝、義父は警視庁湊《みなと》警察署からの電話で叩き起こされた。湊警察署の管轄内の路上で発見された、高所から転落死したと思われる会社員風の男性の遺体が貴方の名刺を所持していたので、ご連絡しましたと。

「うちの社員ということもあり得るからな。私は遠山を連れて署へ駆けつけた」

遺体の顔に、義父は見覚えがあった。忘れることができない顔だった。

「園田瑛子を殺しかけたあの講師だった、と」

私が言うと、義父はうなずいた。

「遺体は、財布も運転免許証も持ってなかった。だからすぐには身元がわからなくて、警察も、残された所持品の名刺の主に連絡するしかなかったんだよ」

「会長の名刺はどこに？」

「胸ポケットのシステム手帳に挟んであったそうだ。手帳にはほかにも、合わせて三十枚ほどの名刺が入っていた」

私の名刺はワン・オブ・ゼムだと、義父は低く呟いた。

「あの男が、死ぬ前に処分しなくてもいいと思った名刺のワン・オブ・ゼムだ」

私は言った。「その男を殺した何者かが、処分せずに残しておいてもいいと判断した名刺のワン・オブ・ゼムかもしれません」

自殺だったんだと、義父は言った。

「口封じに殺されるほど重要な存在じゃなかった。ただの社員だ。その後の捜査ではっきりしたんだよ。すぐそばのビルの屋上から飛び降りたんだ」

義父は私をなだめるような顔をしていた。

「まあ、そんな次第で」と、軽くため息をついて、「私も思いがけず、あの講師のその後の人生を知ったわけさ」

妙に納得がいったよ――

「口舌《こうぜつ》の徒《と》らしい転身だったな、と」

悪質商法などの組織的詐欺を摘発する場合、警察も検察も、狙うのは本丸だ。ひと握りのトップのみである。裾野の会員はもちろん、側近クラスでも訴追を免れることがある。彼らを訴追するよりも、彼らから情報を引き出すことによって幹部の罪状を固め、詐欺システムの全貌を明らかにすることの方が優先されるからだ。

件の講師の場合も、そうだったのだろう。グループ会社の一社員だったという程度では、雑魚《ざこ》に過ぎない。

それでも私は、本当に自殺だったかどうか怪しいと思う。組織にとっては雑魚でも、彼と直接的な繋がりを持っていた客や部下にとっては、彼が直近の加害者だったはずだ。警察にも検察にも追われなくても、彼が騙した――〈教育〉した個人には追われていたかもしれない。恨まれていたかもしれない。

園田瑛子だって、恨んでいたはずだ。

「あの男が、八二年に会った時に私が渡した名刺を後生大事に持っていたのは、何かしら使い道があるかもしれないと思ったからだろう。私はそのことで、当時はまだ三十代で可愛かった遠山に、こっぴどく叱られたよ。そういう胡乱《うろん》な人物に、軽々に名刺を渡すなと」

「そうですね。会長がご存じないうちに、悪用されていたかもしれません」

「遠山も同じことを言っていた」

「名刺で横っ面を叩いてやりたかったお気持ちはわかりますが、叩いて気が済んだら、その場で取り戻しておくべきでした」

「叩くより、私は私の名刺であの男の喉を掻き切ってやりたかったんだ」

義父がこんな直接的な表現をするとは。耳を疑う思いだ。

「会長」

「何だ」

「まさか会長が殺したのではありませんよね」

アブナい冗談を、二人で笑った。

「ずっと気になっていたんですが、会長は一度もその男の名前をおっしゃいませんね」

「意味がないからだよ」

義父は骨張った肩をすくめた。

「フェノミナにいたときと、死体で発見されたときと、違う名前だったからな」

名前ばかりではない。年齢も出身地も経歴も、すべて異なっていたという。

「身元からして偽っていたわけですね」

言って、私はひやりとした。「もしかしたら暮木老人も……」

義父はうなずいた。「私の想像があたっているならば、暮木一光が本名であるとは限らないと、私は思う」

「でも身元を偽るなんて、そう簡単にできるものでしょうか」

「その気になれば不可能じゃないさ」

警察筋から、こんな話を聞いたことがある──と、義父は私の方に身を乗り出した。

「豊田商事事件の後に、そうだな、十年から十五年くらいのあいだ、架空投資詐欺や悪質商法の事件を摘発すると、そこの幹部や関係者にしばしば豊田商事出身の人間がいて、驚いたものだそうだ。豊田商事くずれが本家本元のやり方を真似ていたんだよ」

ひとつの花が実を結び、そこから無数の種が飛び散り、風に乗って広がり、新しい場所で小さな芽を出す。そういうことだ。ただしその花は、悪の花だった。

「で、そういう連中は、名前も経歴も豊田商事時代とは変えていた。過去を切り捨て、生まれ変わっていた」

私はうなった。

「さすがに昨今はあの業界も世代交代が進んで、豊田商事の残党は見かけなくなったそうだが、スキルは継承されているはずだ。ソフトというものは、一度開発されると、そう簡単には滅びない」

負の地下水脈だ──と、義父は言った。

「そういうスキルに習熟した人間は、それを活かす場所を探そうとする」

汗水たらして何かを作ったり、働いたりして稼ぐよりも、口先で人を動かし、ある考え方を植え付け、騙して儲ける旨味を覚えてしまうと、そこから抜けられなくなるのだ。

「人を教え導くというのは、本来、非常に尊い技だ。難しい技でもある。そうそう誰にでもできることではない。だからこそ教育者には適性というものがあるはずだ。だが、適性だけでは道を誤ることがある。教育の目的の正邪を見極める良心を欠いてしまえば」

ざっとこんなところだ——と、義父は軽く両手を広げた。「私のプレゼンは」

「暮木老人が、どういう形であれ詐欺的な仕事をしていたのかもしれないというお説は、よくわかりました。ただ、STの落とし子という意味では、カルト的な宗教団体の関係者だったという可能性もありませんか」

人を洗脳する、言いくるめる、〈折伏《しやくぶく》〉するという点で、詐欺師と同じスキルが有効な世界だ。

「それは私も考えた。だがバスのなかで、田中という人質の男性が、じいさんは宗教がらみかと尋ねたら、暮木という男はあっさり否定したそうじゃないか」

そういえばそうだ。私は義父の記憶力に驚いた。

「そうですね……。宗教は苦手だと言っていました」

「暮木自身がかつてそういう組織の内側にいて、ちっとも宗教的でないことを見聞きしたから嫌いになったのかもしれない。だから可能性を否定しきることはできないが」

義父は眉根を寄せた。「ただ私は、暮木が警察に連れてこさせようとした三人の存在が気になるんだ。暮木は彼らのことを、君たちに何と言った？」

これは私もよく覚えていた。「罪がある、と言いました」

「どんな罪だか説明したか？　たとえば掟《おきて》を破ったとか、神の教えに背を向けたとか」

「いいえ」私はかぶりを振った。「その種の言葉はありませんでした。もっと現実的な意味合いの〈罪〉だと言っているように、少なくとも私は受け取りました」

暮木老人は、彼らを見つけて連れてくることを要求した際、「警察の威信を見せてください」と言った。そうだ、あの時は私も、その表現に引っかかったのだった。

「何だか生臭くないかね」と、義父は言った。「暮木が早い段階から君たちに、慰謝料云々の金の話ばかりしていたことも考え合わせると、私の想像はどうしても、マルチだの架空投資だのの方に行ってしまうんだよ」

そして急に小さく笑うと、その笑いを打ち消すように手を振った。

「すまん、今のは思い出し笑いだ」

「何を思い出されたんですか」

「若いころ、投資じゃなく融資話に絡んで、私もケチな詐欺師に一杯食わされた経験があってね」

猛禽と呼ばれた今多嘉親にも、そんなことがあったのだ。

「いい経験だと、割り切るしかなかった。当時、事業仲間や先輩にも言われたよ。〈高い授業料を払ったと思え〉と」

教育者と詐欺師は根本から異なる存在だが、詐欺師が教育的指導を残してくれることもある。

「悪質商法では、確信犯の幹部は別として、勧誘されて顧客や会員になった一般人が、今度は自分が身内や友人を勧誘することで、結果的に加害者になってしまうこともあるだろう？」

被害者であると同時に詐欺の加担者、加害者でもあるという厄介な立場だ。加害者ではあるが、詐欺集団が摘発されても、ほとんどの場合は刑事罰を逃れる。スタート時点では巻き込まれた被害者なのだし、加害者的立場に立ったのも、騙された結果なのだから。

それでも、やったことは後に残る。

「私には、暮木という男が件の三人をさして言った〈罪〉が、その類いのもののように思えるんだよ。ここまでいくと、想像というか、妄想がたくましすぎるかもしれないが」

「いえ、やはり思い切ってお尋ねしてよかったと思います」

ありがとうございましたと、私は一礼した。

「で、私はこれをどうすればいいんだ」

義父は目顔で机の上の退職願を示した。

「お預かりいただけませんか」

「預かるのはいいが、その先は？　君たちが暮木からの金を受け取ることにしたとき、正式に受理すればいいのか。それとも、君たちが金を警察に届け出るときに受理すればいいのか」

「この件が表沙汰になれば、社にご迷惑をおかけすることになり」

私が言い終えないうちに、義父は退職願を手に取って、机のいちばん上の引き出しを開き、そこに投げ入れた。

「私がこれを受理するタイミングは、君が決めろ。私に任されても困る。君が受け取れという時期が来たら受け取るし、返してくれと言うなら返そう。それまでは預かる」

私はまた、黙って頭を下げた。

「ただし、ひとつ条件がある」

義父の眼差しが厳しく尖った。

「菜穂子に全て話しなさい。あれに隠しておくのは許さん」

夫婦の問題だ、と言った。

「社のことより、君は本来、真っ先に菜穂子のことを考えるべきだったんだ」

「申し訳ありません」

「菜穂子が、そんな金など受け取らないでくれ、事情を探り回ることもやめてくれと言ったなら、君はどうする？」

「――話し合います」

「何だ、菜穂子の希望を聞いてやらないのか」

「この件では、私は一人ではありません。ほかにも金を送りつけられた人たちがいます。それぞれに事情も違います」

義父の眼差しが、わずかに揺らいだ。

「経営者の資金繰りの苦労なら、君に教えられなくても私は知っているよ」

「はい」

「学費の工面がつかずに、進学を諦めなければならない悔しさも知っている」

「はい」

「君は暮木の金をめぐる事情なんぞを探り回るより、人質仲間を説得して、一時間でも早く山藤警部に会いに行くべきだと思わんか」

私は答えられなかった。後生だから黙っていてくれという田中氏の声が、耳の底によみがえる。瞼の裏には、大学に入り直したいと、うつむいていた坂本君の顔が浮かぶ。

「──わかった」

退職願を投げ入れた引き出しを見つめて、義父は言った。

「では、グループ広報誌の発行人として、君に仕事を命じる」

「は？」

「これから行う調査を記録し、原稿を書いて私に提出しなさい。記事にするかどうかは、私が決める」

「いや、しかし、これを記事になんて」

「それは私が決める。君は調べて書け。園田は元気になったんだし、間野と野本がいれば、通常の編集業務に障りはないだろう」

期限は二週間だ、と言った。

「締切りを守るように。それだけだ」

私は椅子から立ち上がった。「ありがとうございます」

「早く帰りなさい。菜穂子が心配する」

常夜灯の明かりを頼りに勝手口を通って、私は今多邸から外に出た。暗闇に沈む庭にはか細い虫の声がした。秋の終わりの、最後のひと鳴きだ。

我が家に帰り着くと、廊下の先、リビングルームのスタンドが点いていた。ソファに横になっていた菜穂子が身を起こした。

「おかえりなさい」

妻には、義父に会うとは告げていなかった。急用で出かける、遅くなるから先に寝ていてくれと言っただけだった。

「起きてることなかったのに」

妻は眠そうな目で照れ笑いをした。「テレビを観てるうちに、うたた寝しちゃったの」

日頃、妻にはそんな習慣はない。私のあわただしい電話に何か察するものがあって、起きて待っていてくれたのだ。

「実は、フロントで、あなたが午後早いうちにいっぺん帰ってきたって聞いたのよ」

妻は眠そうな目の奥に不安を隠していた。

「そんなの珍しいし、急に遅くなるって言うし……。なんだか気になっちゃって」

このごろ、ゆっくり話もしてなかったしと言って、髪をかき上げた。

「心配かけてごめんよ」

自分でも驚いた。私の声は震えていた。

妻が私の顔をのぞき込んだ。

「――どうしたの？」

私は語った。何から何まで。並んでソファに腰をおろし、話の途中で妻は私の手を握ってくれた。

「あなた」

全て聞き終えると、妻は少し痛そうに微笑んで、こう言った。

「お父様から特命を受けたのね」

勝手なことばかりする夫を許す妻の言葉としては、ずいぶんと珍しい台詞だろう。

8

翌日、グループ広報室の朝会議で、この先二週間の仕事の配分を決めた。

義父の〈特命〉の中身は、もちろんここで口にできるものではない。私は、バスジャック事件の記事を書けと命じられたと説明した。自分の体験だけでなく、人質仲間にもあらためて取材をして、事件の全体像をまとめるように言われたんだよ。

暮木老人が残した金の問題も、バスジャック事件の一部だ。だからこれは嘘ではない。だが野本君に「それ、凄い発案です」と感心され、間野さんに「事件のことを思い出して大丈夫ですか？」と心配してもらうと、やっぱり良心が疼《うず》いた。

園田編集長は、「はいはい、お婿さんは大変ね」と皮肉を飛ばしただけで、あとは何も言わなかった。二週間の期限内に、私が本当は何をするのか察しはついているだろうに、不安や怪訝の欠片も見せなかった。私は半分ホッとして、半分がっかりした。昨夜、妻と話し合った後、ふと考えたからだ。この特命のことを告げたら、ひょっとして編集長が、「あたしも一緒に調べる」と言い出す——言い出してくれるのではないか、と。

「今朝はあたしからもひとつ連絡があります」

私の話題はそそくさと片付けて、編集長は間野さんと野本君の顔を見た。

「今日、労連から調査報告書が来ます」

間野さんが目に見えてたじろいだ。

「報告なんですか。裁定とか処分決定とかじゃなくて？」

野本君の反問に、編集長は薄笑いを浮かべた。「その報告書のお尻に、職場環境改善に関する勧告書がくっついてるのよ」

「はあ、勧告ですか。じゃ、井手さんは処分されないんですね」

「その分、杉村さんもパワハラで追及されずに済むのよ」

痛み分けってことよ、と言う。

「編集長、そういう取引をしたんですか」

「あんた、物の言い方に気をつけなさい。労連は警察でも裁判所でもないのよ。処分だなんて、簡単に言わないの。いいじゃない、井手さんはうちからいなくなるんだから」

取引をしたかどうかは、答えない。

「どこに移るんですか」

「バイト君には縁のないところ。社長室付になるの」

野本君は露骨にむっとした。「それ、出世じゃないですか」

「社長室付なんて肩書きは、便利なもんなのよ。本当に優秀な戦力の社員にも、戦力外だけど扱いに困る社員にもくっつけられるの」

それでも、井手さんのプライドは満足することだろう。日々、新聞の経済面や経済誌を読み、それを基に採用されるあてのないレポートを書き、机に座っていても電話の一本もかかってこない閑職なのだとしても。

「あたしはこれでよかった。間野さんが異動させられたら困っちゃうもの」

「ありがとうございます」

間野さんは硬い表情で頭を下げた。

「でも、パワハラなんてしていない杉村さんが、結果として濡れ衣を着せられてしまう形になるのは――」

「いいのよ、本当のところはどうなのか、関係者はみんな知ってるんだから」

「そうなんですか」と、野本君が私の顔を覗き込む。

「知ってるわよ。この人にはパワハラなんてやらかす度胸はない」

「はい、ありません」私は首をすくめた。

「僕、やっぱりサラリーマン社会は好きになれないな」

大人は汚い、なんて野本君が言うので、思わず我々は笑った。

「笑い事じゃないですよ」

「だったらあんたは永遠に子供のまんま、清らかに自由に生きるのね」

取材があるからと編集長が消えたので、私も出かける支度をしながら、二人に声をかけた。「気にしないで。いい落としどころだと思うよ」

間野さんの目は暗い。野本君は怒っている。

「井手さんは、間野さんにちゃんと謝罪するべきですよ」

「そんなことのために、また彼と接触する方が、間野さんは嫌じゃないかな」

「あ……そうか」

間野さんは遠慮がちにうなずいた。

「杉村さんには申し訳ありませんが、関わらないで済む方が、わたしも気が楽です。労連の委員の方には、ちゃんと話を聞いてもらえましたし」

まともに相手にされないいんじゃないかと、不安だったのだという。

「僕が自慢することじゃないけど、うちの労連は公正なんだよ」

「社長室付になったら、井手さん、けろっとして出社してくるのかなあ」

「どうかな。ちょっとは間を置くんじゃないか。一応、医者の診断書も出てるんだし」

「社長は、杉村さんの義理のお兄さんですよね。なんかその、そっちの伝手《つて》を使ってちょっとやりこめてやるとかできないかな」

「それこそ、汚い大人のやりそうなことだ」

私は笑いながら言ったのだが、野本君は大いに恥じ入った。彼の背中をひとつ叩いて、

「じゃ、行ってきます」

私は足早に外へ出た。それを待っていたかのように携帯電話が鳴った。田中氏からだ。

「おはようござ」

「あれからどうなった？　何かわかったか？」

昨日の今日で、まだ午前十時前である。

「これから例の三人を探しに行くところです」

「警察には届けてないよな？」

「昨日、約束したじゃありませんか。勝手なことはしませんよ」

「ついさっき、三十分ぐらい前かな、〈クラステ海風〉の方へ、パトカーがサイレンを鳴らして走ってったんだ」

しばらくして、もう一台行ったという。

「何かあったのかもしれませんが、だからってあわてることはないでしょう。もし金の一件なら、警察は〈クラステ海風〉なんかじゃなく、我々のところに来るはずですよ」

そうだな――と、田中氏の鼻息が聞こえた。「昨夜は眠れなくて、いろいろ考えちまったんだ。被害妄想だったかな」

その表現が正しいとは思えないが、気持ちはわかる。

「私もいろいろ考えました。でも、今は考えるより調べる方がいい。田中さんは、普段どおりに生活していてください」

わかったよと、存外素直に電話は切れた。


前野嬢は視覚的な記憶力に優れているらしく、暮木老人が名指しした三人のフルネームを、きちんと漢字で覚えていた。

一人目が〈葛原《くずはら》昊《あきら》〉。二人目が〈高東憲子《こうとうのりこ》〉。三人目が〈中藤《なかふじ》ふみ江《え》〉だ。葛原さんは埼玉県さいたま市西区、高東さんは杉並区高円寺北、中藤さんは足立区綾瀬だ。この携帯メモを転送してくれるとき、メイちゃんは、

――高東さんという人の住所を打つとき、暮木のおじいさん、ちょっと手間取ったんです。部屋番号が思い出せなかったみたい。

確かに、三人のなかで高東氏の住所にだけ、部屋番号がついている。五〇六だ。あとの二人は一戸建てということだろう。

高円寺、綾瀬、さいたま市の順番で回るのが効率的だろう。私は東京駅に向かい、中央線の快速に乗り込んだ。

かつて児童書の出版社に勤めていたころは、よく高円寺を訪れた。懇意にしていたイラストレーターが住んでいたからだ。住宅地の奥にぽつりと隠れている小洒落たレストランや、雰囲気のいいワインバーなど、いくつか教えてもらった。菜穂子と結婚してからはとんと足が遠のいていたから、懐かしい。若者が多くてサブカルの香りが漂う面白い町で、菜穂子には少々騒々しく感じられるかもしれないが、いっぺん連れてきてみようか。

目的地に着いた途端に、そんなのんびりした思いから現実に戻った。

七階建ての、煉瓦色のマンションだ。〈パレス高円寺北〉。世帯数は五十戸くらいか。管理人室の先に集合郵便受けが並んでいる。

五〇六号室には、〈角田《つのだ》〉の名札が出ていた。まわりの名札と見比べると、これだけ若干新しいような気がする。

――ある人がどこに住民登録しているか調べることは易しいんですよ。でもね、その住民登録の場所に、必ずその人が住んでいるとは限らないでしょう。

暮木老人はそう言っていた。やはり、この三人を探し出して会うためには、住所はただの手がかりに過ぎないということだ。

私は管理人室に引き返した。ガラス戸の向こうに、作業服を着た五十年配の男性が座って、机に向かい何か書類を書いている。

「ごめんください」

声をかけると、すぐ席を立ってこちらに顔を覗かせた。鼻筋に老眼鏡を載せている。

「すみません、五〇六号室の高東さんをお訪ねしてきたんですが」

高い東と書いてタカトウではなくコウトウと読ませるのは、やや珍しい。

管理人は言った。「コウトウさんなら、お引っ越しされましたよ」

やっぱり。

「そうですか。存じませんでした。最近のことですか？」

「先月だったかなあ」

先月？　では、バスジャックの時も、その後もここに住んでいたのか。

「高東さんのお知り合いですか」

「はい、仕事の関係で、父が高東さんにお世話になったことがあるんです。私が出張で上京すると言ったら、ちょっとご挨拶に伺ってくれと頼まれまして」

私が直接、高東さんと面識があるわけではなく、東京の人間でもないと匂わせた。管理人に、その煙幕が利いたのかどうかは定かでない。

「引っ越しちゃったのか。うちの父は何も知らなかったんだなあ」

私の呟きに、管理人は表情を変えず、無言のまま鼻筋の老眼鏡を持ち上げた。

「今、五〇六号室にお住まいの角田さんは、高東さんのお知り合いではないんでしょうか」

「ええ、違うと思いますよ」

「そちらで高東さんの転居先はわかりますか」

「いえ、それは」管理人はちょっと詰まった。「そういう個人情報は、勝手にお教えできないんです」

管理人の眼差しに、私を検分する光がある。

「そのうち、お父さんの方に転居通知が行くんじゃありませんか」

「そうですね。失礼しました」

会釈して、私は管理人室の窓から離れた。そのまま外へ出ようとして、ロビーの壁に掲示板があることに気がついた。カラフルなマグネットで、書類が何枚か貼りつけてある。

「管理組合からのお願い」「防災点検のお知らせ」などの広報に混じって、「合いがけ布団クリーニング　一割引キャンペーン」のちらしが目にとまった。店名は〈クマちゃんクリーニングのヤマモト〉だ。「布団お持ち込みの場合はポイント二倍サービス」の一文もある。つまり引き取りと配達をするわけだ。私は店の住所を手早くメモして、ロビーを離れた。

住居表示を頼りに探し当てると、二ブロックほど先の通りに面した大きなクリーニング店だった。〈クマちゃんクリーニング〉はチェーン店の名称で、〈ヤマモト〉が店舗名のようだ。愛らしいクマのキャラクターが、看板に描かれている。店の外装はひまわりのような黄色で統一されていた。

自動ドアが開くと、制服なのだろう、胸元にクマのアップリケがついた黄色い上っ張りを着た男性が、「いらっしゃい」と威勢のいい声をあげた。がっちりした体格で、茶髪で片耳にピアス、顔立ちはバタ臭い。カウンターの上には衣類が山積みだ。

「ごめんください。ちょっとすみません」

父に頼まれてパレス高円寺北の高東さんを訪ねてきたのだが、転居されていて——と、私はまた嘘を並べた。

「行ってみたら引っ越していて会えなかったじゃ、まるで子供の使いですからね。どこかで転居先を教えていただけないかと、聞いて歩いているんですが」

いや困った困ったという顔をしてみせる私の口上を、店員は仕分け途中だった洗濯物を太い二の腕に引っかけたまま聞いていた。歳は三十前後だろう。

「さあ、うちじゃわかりませんねえ」

素っ気なく答えると、また仕分け作業に戻る。ワイシャツが何枚もある。

「ああ、そうですか。やっぱりねえ」

私が頭を掻くと、店員の表情がちらりと動いた。瞳の色が薄い。

「うちみたいな商売じゃ、お得意さんでも、引っ越しちゃえばそれで縁が切れちゃいますからね」

「そうですよねえ。高東さんが引っ越したのは、先月のことだと伺いましたが」

「どうだったかなあ」

作業を続けながら、考えているようなふりをする。私はその様子に、管理人のときとはやや異なる手応えというか、匂いを感じた。これまでの経験による勘が働いたというか。

「親父はがっかりするだろうなあ。膝が悪くてね、ほとんど出歩けないもんだから、高東さんにもうずいぶんご無沙汰していて」

仕分け作業が終わった。ダスターでカウンターの上を拭きながら、バタ臭い顔の店員は、今度は上目遣いで私を見た。

「すみませんけど、うちじゃわかりません」

「そうですか。お邪魔しました」

私はまた自動ドアを開けて通りへ出た。ゆっくりと歩み、少し先の電柱の脇で振り返ってみると、カウンターの向こうの店員が、首を伸ばすようにして私を見ていた。彼一人ではなく、もう一人いる。女性だ。仕事仲間か、彼の妻だろう。同じ制服を着て、彼と顔を寄せるようにして何か話している。私が振り返ると、二人はぱっと首を引っ込めた。

やっぱり、何か匂う。ただ〈個人情報はお教えできません〉という以上の何かだ。

私はさらに歩き回り、配達サービスのあるスーパーと、店構えからして土地の古参でありそうな酒屋を見つけて、同じことを尋ねた。スーパーでは何もわからなかったが、酒屋では反応があった。店番の老婦人が、私の（嘘っぱちの）口上にはまるで頓着せず、いきなりこう問い返してきたのだ。

「おたくさん、どっかの記者の人？」

老婦人は白髪を薄紫色に染め、派手な花柄のセーターを着ている。化粧が濃い。

「記者と申しますと」

「週刊誌とかなんかの」

私は空とぼけた。「はあ……？　どういうことでしょうか」

皺顔の老婦人は、さらに鼻筋に皺を刻んだ。私を笑ったのだ。

「たいがいにしてあげなさいよ」

高東さん、気の毒だよ、と言う。

「高東さんは、週刊誌の記者に取材されるようなことがあったんですか」

老婦人の細い目が光った。「あったでしょうよ。もう放っておいてあげなよ」

「いやあ、私には何が何だかさっぱり。親父からも何も聞いてませんが」

さっきの管理人と同じように、老婦人も私を検分した。管理人の眼差しがレントゲンなら、こっちはCTかMRIだ。

「ホントに何にも知らないの？」

嘘ばっかり、という顔つきだった。「もう放っておいてあげなよ」と言う口元がひくひくしている。実はしゃべりたいのだ。

「何か事件でもあったんですか」

問いかけると、老婦人はくるりと私に向き直った。回転式のスツールに腰掛けている。

「先月——九月だから、もう先々月か。千葉のどっかで、頭のおかしい爺さんがバスを乗っ取って騒ぎを起こしたろ」

はいはいと、私は乗り出してみせた。

「あの騒ぎに、高東さん、何か一枚嚙んでたらしいんだよね。警察も来たし、記者とかレポーターみたいな人たちも何人か来たよ」

「そんなことがあったんですか」

私は芝居が下手だ。が、この老婦人のCTもしくはMRIは、そこに映ったものを無視しようと思えばできるタイプのものであるらしい。

「高東さん、あれがきっかけで引っ越すことにしたんだよ。娘さんと同居するって言ってたけど、何だかんだ揉めて手間取ってた」

高東憲子は、バスジャックが発生した段階では、パレス高円寺北の五〇六号室に住んでいた。そこに警察とマスコミが来た。そして事件からひと月ほど経ってから、娘を頼って引っ越していった。

暮木老人はあの三人を「捜す」と言っていたが、少なくとも彼女についてはその必要はなかったわけだ。だったら何故、高東憲子の名前を挙げたのか。

答えは決まっている。暮木老人は、あの三人をさらし者にしたがっていた。警察やマスコミという〈権力〉によって、あの三人を公の場に引っ張り出そうとしていた。

今さらのように、私は暮木老人の悪意と怒りを感じた。

——彼らには罪があるからです。

「しかし、バスジャックをやった爺さんなんかと、いったいどんな関わりがあったんでしょうねえ」

私の猿芝居を、老婦人はまた鼻で嗤《わら》った。

「さあねえ。おたくのお父さんに訊いてみたら？」

「父は何も知りませんよ。しかし、警察とは穏やかじゃないな。マスコミの連中もしつこかったんですか？」

「一週間ぐらいはね。犯人の爺さんが死んじゃったから、ほかから取材したかったんでしょうけど、高東さんは逃げ回ってたし」

「逃げ回ってた？」

「あの人、お金持ってたからね。ホテルとかに泊まってたんじゃないの」

老婦人の目に底意地悪い光が宿った。

「おたくのお父さんも、あの人に騙されたクチなのかい？」

背中がぞくりとしたのを、私は押し隠した。

「騙されるって……」

「本当に知らないの？」

じゃあ、あたしも言わないよと、老婦人はまたスツールを回して横を向いた。だが口元はまたひくついている。

私はいったん引き下がることにした。ほかの二人をあたってから、間を置いてまた来よう。その方がこのご婦人には効果的だ。

「すみませんでした。ありがとうございます」

店を出るとき、目の隅に、老婦人のおあずけを食ったような顔が見えた。次に来たときには、もったいぶらずに洗いざらい話してくれることだろう。

背筋を走った悪寒は、駅に向かうあいだにもなかなか消えなかった。お金持ってた。あの人に騙された。その言葉が耳の奥に反響していた。

綾瀬の中藤ふみ江は、古びたモルタル塗りの二階家に住んでいた。この〈いた〉は断定ではなく過去形だ。彼女もまた転居していた。

表札には、家族五人の名前が列挙してあった。プレートに黒いマジックで、子供の字で書いてある。姓は「田中」だ。狭い駐車場には、補助輪のついた小さな自転車と、チャイルドシートを付けたママチャリがある。

私はインタフォンを押した。すぐに女性の声が聞こえてきた。

「すみません、以前、こちらにお住まいだった中藤さんをお訪ねしてきたんですが」

女性は、この家の主婦であり母親なのだろう。きびきびと応じてくれた。

「中藤さんはうちの大家さんです。ここにはおられませんよ」

「ああ、そうですか。今は田中さんがお住まいなんですね」

「はい。去年の暮れに引っ越してきたんです。大家さんに御用ですか」

「うちの父が古い知り合いでして」

私がまた口上を述べると、女性は言った。

「うちじゃ、大家さんの住所はわからないんですよ。不動産屋さんに訊いてみてください」

駅前のロータリーに面したビルの一階の会社だと教えてくれた。

「ありがとうございます」

私は駅前に逆戻りした。これ以上、忙しそうな田中家の主婦を煩わせることはない。

不動産屋では、背広を着込んだ若い男性社員が応対してくれた。私に椅子を勧め、折り目正しく用件を聞いてくれたが、

「申し訳ありませんが、お客様の個人情報をお教えすることはできないんです」

社会人同士、常識人同士、わかるでしょうという顔だった。私も苦笑してうなずいた。

「そうですよね。駄目元で伺ってみたんですが、やっぱりいけませんよね」

「お父上のところには、中藤さんからの転居通知が届いてなかったんでしょうか」

「どうかなあ。なにしろ歳だから、もらって忘れているのかもしれません」

綾瀬での聞き込みは行わず、私はさいたま市西区に向かった。中藤ふみ江は去年の暮れ前に転居している。暮木老人はそれを知っていたのか。彼が中藤ふみ江の住民登録を調べたのは、いつだったのか。

バスジャックを起こす何ヵ月も前に調べていたとは、心情的に考えにくい。仮に一ヵ月前に調べたのだとしても、中藤ふみ江の転居から八ヵ月経っている。その時点でも、彼女の住民登録は綾瀬に残っていたということになる。

転居したら、できるだけ早く住民登録も変えないと、生活の様々な部分で不便になる。中藤ふみ江に学齢期の子供がいるとしたら通学に支障が出るし、彼女が年金を受け取るような年齢だとしたら、住所変更をしないとまずいだろう。ただ、郵便物は転居届を出しておけば一年間は新住所に転送されるから、それでしのぐことができる。

しかし、不自然だ。転居しても旧住所に住民登録を置きっぱなしにするのは、よほどずぼらであるか、病気や老齢で自分で手続きすることができないか、あるいは、

——転居先を知られたくないか。

つまり、逃げ隠れしている場合である。

先月引っ越して、娘と同居したという高東憲子も、住民登録は未だにパレス高円寺北になったままの可能性がある。

確かめることは、作業としては易しい。だが、役所の窓口で身分を偽り、シレッと嘘をついて住民票を取るのは、客商売の店員や、二度と会うことがない親切な主婦に作り話をするのとは、かなりレベルが違う。それに、三人目の葛原旻も転居しているのかどうか、転居したならそれはいつか、私は早く知りたかった。

高円寺も綾瀬の町も、私が訪ねたあたりは住宅が多かったが、そこここに店舗や小さな工場や作業所などが交じっていた。が、メモにあるさいたま市西区のその一帯は、見事なまでの住宅地だった。

葛原家の表札は、あった。シャレー風の大きな屋根が目立つ、洒落た戸建てである。

表札も凝っていた。色とりどりの、小さな素焼きタイルを組み合わせたプレートの上に、樹脂製のアルファベットの文字を組み合わせて貼りつけ、横書きに〈KUZUHARA〉と表示してある。その下にひとまわり小さい文字で、〈MAKOTO〉〈KANAE〉〈ARISA〉。

いちばん下の行が空いている。この表札を作ったときには、家族の名前は四人分あったらしい。その四人目の名前の文字が外されている。うっすら痕が残っていた。

それは〈AKIRA〉ではないのか。

私はインタフォンを押した。ゆっくりと間を置いて三度押した。返事はなかった。

整然とした町並み。住宅のあいだを走る一車線の舗装道路に人影はない。私は逸《はや》る気持ちを抑えて、

周囲をぶらぶらと歩き回った。一周して戻っても変化はなかった。二周して戻ると、葛原家の二軒手前の家の門扉が開いて、園田編集長と同年配の、偶然だがファッション志向もよく似た感じの女性が、自転車を押して出てくるところだった。

私は急ぎ足で近づいて、すみませんと声をかけた。自転車を押している女性の顔立ちは、園田編集長とはまったく違った。衣服も、間近で見ると、園田瑛子御用達のエスニックショップのものよりは、二段階ぐらい格上のように思われた。

「この先の葛原さんのお宅に、晏さんをお訪ねしてきたんですが、お留守のようですし、晏さんのお名前が表札にないもので、もしかして家を間違ったかと思いまして」

父に頼まれて——という私の作り話を、女性はきれいに整えた眉も、シャドウの濃い目元も動かさずに聞いてくれた。そして言った。

「葛原さんのお祖父様は、亡くなりましたよ」

私の驚きが本物だったからだろう。女性の表情にもさざ波が立った。

「今年の二月だったかしら」

「そうですか……。ご病気ですか」

女性はつと目を瞠り、まじまじと私を見た。検分の視線ではない。かすかに、同情するような色合いがある。

「ご存じないんですね」

私の胸が騒いだ。女性は声をひそめた。

「自殺だったらしいですよ」

高円寺へ戻る途中、東京駅で遅めの昼食を済ませ、構内の洋菓子店でクッキーの詰め合わせを買い込んだ。道中、自転車を押したエスニック風の美女が言葉少なに語ってくれた事柄が、頭のなかで再生され続けていた。

——ご家族だけで密葬されたようです。

それでも、葛原旻が自殺したことは近隣に知れ渡った。

——亡くなったときには、救急車だけじゃなくパトカーも来ていました。けっこうな騒ぎになって、うちはあまりご近所とお付き合いがある方ではないので、何が起こったのか不安でした。

先ほど来たときは気にもとめなかったが、老婦人がいた古風な酒屋は、〈播磨屋《はりまや》〉というのだった。重厚な瓦屋根を戴き、孫庇《まごびさし》の下に屋号の木製看板を掲げている。

店番が、老婦人から老人に代わっていた。見事なきんかん頭、重そうな鼈甲縁《べっこうぶち》の眼鏡。カウンターの向こうで新聞を読んでいる。

「ごめんください」

スツールがくるりと回って、老人が私の方を向いた。「はい、いらっしゃい」

「午前中にも一度お伺いした者なんですが」

あ、来た来たと、はずんだような声が聞こえた。店の奥の藍染めの暖簾を分けて、あの花柄のセーターの上にエプロンをかけて、あの老婦人が登場した。

詮索に長《た》けている彼女の目は、私が提げている洋菓子店の紙袋を、すぐに見つけた。

「最初からそうしてりゃ、もうちょっと上手くあたしを騙せたのに」

おっしゃるとおりだ。私が述べたような理由で父親の知り合いを訪ねる常識的な男なら、菓子折のひとつも提げているべきだった。

「お父さん、この人、高東さんに会いに来たんだよ」

老婦人が老人に言った。鼈甲眼鏡の分厚いレンズの奥で、老人の目が大きくなった。

「おたくさん、被害者の会の人？」

二人は夫婦なのだろう。妻は私に「記者か」と訊き、夫は「被害者の会の人か」と訊く。

「いえ、会には入ってないんですが、奥さんがお察しのとおり、高東さんとちょっとトラブルがあった者です」

私ではなく父が——と続けると、老人は、「ああ、そりゃ気の毒に」と言った。

「あんまり親父さんを責めちゃいけないよ。年寄りが、ああいう話につい乗せられちゃうのは、別に欲の皮が突っ張ってるからじゃねえんだからさ」

なるたけ子供らに迷惑かけたくないからなんだと、力を込めて言う。

「あたしはそうは思いませんけどね」

冷笑的な口調ながら、老婦人は私が差し出した菓子折を受け取ると、スツールを出してきて勧めてくれた。回転式ではなく、赤いビニールがかかっていて、ちょっと脚がガタついている。私は腰かけた。

「こちらは、ここで永く営業しておられるんですか」

老人は新聞をたたみ、老婦人はカウンターの下から煙草《たばこ》と灰皿を出した。

「永いよ。親の代からざっと七十年」

「じゃあ、ご近所のことはよくご存じですね」

「高東さんのマンションにも、お得意さんが多いしね」老婦人が火を点けたのはハイライトだった。

「けど、あのインチキ商売の話は、お客さんから聞いたんじゃないよ。高東さんがうちにもあれこれ売り込みに来たんだよ」

ぴしゃぴしゃぴしゃっと断ったさと、その口調も容赦がない。

「あの人、カッカラカ〜に怒っちゃって、うちからは金輪際何にも買わないって。そんなのこっちから願い下げだよ」

いきまく妻を、夫がなだめる。「そう血圧を上げなさんなよ。高東さんだって悪気があったわけじゃなかろうよ」

播磨屋ダブルスは、妻が〈攻〉で夫が〈守〉の組み合わせのようである。店内を彩る多種多様な酒瓶、立派なワイン棚、びっしりと配達予定が書き込まれたカレンダーから推して、これまでの人生を勝ち越してきた強力なペアであるに違いない。

播磨屋夫は眼鏡を外すと、私の顔を見た。

「で、おたくのお父さん、何を買わされた？」

予測される質問だったので、私は答えを用意していた。「父が言い渋るんで、私には今ひとつよくわからないんですがね。どうも会員権みたいなもんだったようです」

無難な嘘だと思ったのだが、播磨屋妻はすぐ反応した。「それ、あの協会が沖縄に建てるとかいうリゾートホテルだろ？　うちにも言ってきたよ。協会の最大の事業だとか言っちゃって」

「協会、ですか」

「日商フロンティア協会じゃないの？」

「ああ、そうです。やっぱり同じですね」

私は心にメモをとった。日商フロンティア協会か。

「高東さんは、うちには浄水器の話を持ってきたんじゃなかったかい？」

「最初はね。何度もしつこく来たんだよ。最後に持ってきたのが、そのリゾートホテルの会員権だよ」

だから悪気はあったわよと、播磨屋妻は煙草を灰皿に押しつけた。フィルターぎりぎりのところまで吸っている。

「手を替え品を替え、何かしら売りつけようとしてさ。騙す気満々だったんだよ」

「何だか、出来過ぎなくらい条件のいい会員権でしたよね」

そうそうと、播磨屋妻は大きくうなずいた。

「普通、リゾートホテルの会員権っていったら、施設を利用する権利を買うもんだろ？　あれはそうじゃなかったの。ホテル建設に投資して、金額に見合うタイプの広さの部屋を買うんだよ」

購入したホテルの部屋は、もちろんオーナー会員が自由に使うことができる。さらに、空き部屋になっているときは、自動的にリゾートホテルの運営管理会社に賃貸する形になり、ビジター会員が利用してもしなくても、必ず一定の賃貸料を得ることができるシステムだったという。

どこかで聞いたことがあるような話ではないか。金地金がリゾートホテルの一室に置き換えられているだけだ。

「話がうますぎるじゃないさ。一年中満員御礼にでもなってない限り、あんた、そんなふうにしてオーナー会員全員に賃貸料を払ってたら、管理会社は大赤字だよ」

常識的に考えればそうだ。というより、それ以前の段階で引っかかる。

「そのホテル、現物は建ったんですかね」

「建ちゃしないわよ！」

建つわけないじゃないそんなものと、播磨屋妻は二本目のハイライトに火を点ける。

「絵に描いた餅だよ」

「そうすると、会員権詐欺というより、架空投資詐欺ですよね」

「そもそも、沖縄に土地なんか買っちゃいなかったんだってよ」

そうだろう、そうだろう。

播磨屋夫が、ちょっと小首をかしげた。「おたくさん、親父さんから聞くまで、あの協会のことは全然知らんかったのかい？　幹部が捕まったときは新聞にも載ったけどね」

私は慎重に答えを選んだ。「報道は知ってましたけど、まさか自分の親父が被害に遭っているとは思わなかったんですよ」

「そうか、そうだよねえ」

播磨屋夫はスツールから立ち上がると、奥の冷蔵ケースからペットボトルの冷茶を二本持ってきて、ひとつを私にくれた。

「ま、どうぞ」

「ありがとうございます」

播磨屋妻はハイライトだけでいいらしい。

「今日日、あの手の事件は多いからね。新聞でも大して騒いじゃいなかったわよ。被害総額五十億円だっけ？　小さい小さい」

あの何とかという団体は二百億円だったじゃない、そうかねえ、おまえよく覚えてるねなどという夫婦の会話を、私は冷茶で喉を湿しながら拝聴した。

「日商フロンティア協会が詐欺容疑で摘発されたのは、いつごろでしたっけ」

空とぼけて尋ねると、夫の方がすぐに答えてくれた。「昨年の七月だよ。七月のね、七日だった。七夕だ」

「だからよく覚えておられるんですね」

「いやいや」と、播磨屋夫は笑った。「私はね、あのころちょうど、胆石の手術で入院しとったの。内視鏡だから手術は簡単だったんだけども、血圧が高いし糖尿があるんで、ちっと面倒になってね」

昨年の七夕は手術の前日で、新聞を持って見舞いに来た播磨屋妻が、「高東さんはやっぱり詐欺師の一味だったよ！」と騒いだものだから、覚えているのだという。

「一味は気の毒だろう」

「何でよ？　一味じゃないか」

「だって、高東さんだって騙されてたんだろうがよ」

「入口で騙されたって、出口じゃ騙す方に回ってたんだから、悪いのは一緒だよ」

播磨屋夫は分が悪い。

「こちらだけじゃなく、高東さんはほかでも勧誘を？」

播磨屋妻は勢いよく数え上げるように、

「マンションのなかでもやってたし、三丁目のスーパーでしょ、バス通りのクリーニング屋でしょ、美容院でしょ、お孫さんの小学校のＰＴＡ集会でも勧誘して、最後の方はもうなりふりかまわなかったね」

孫が小学生というのなら、高東憲子のだいたいの年齢がわかる。それに、

「バス通りのクリーニング屋って、〈クマちゃんクリーニングのヤマモト〉ですか」

「そうよ、あの真っ黄色の制服の店。奥さんが高東さんに食い下がられて、会員になっちゃったんだよ。旦那はかんかんさ」

私の勘も当たっていたらしい。

「日商フロンティア協会は、経営破綻したのが摘発のきっかけでしたよね」

「会員に配当金が払えなくなってね」

「あら、被害者の会が告訴したからだよ」

ということは、被害者の会は摘発以前から存在し、活動していたのだ。これも、この手の事件の展開としてはよくあるパターンだ。

「高東さんも早く抜けて、被害者の会の方に入りゃよかったんだろうになあ」

播磨屋夫の同情的な呟きに、播磨屋妻はさらにキッとなった。「早く抜けてたら、もっとずるいじゃないか。儲けるだけ儲けといて、危なくなる前にオサラバなんて」

きんかん頭をてからせて、播磨屋夫は私に笑いかけた。「こんな店だけど、うちは一応会社になってて、カミさんが社長なの。私は常務。だから頭が上がンねえんだ」

株式会社播磨屋酒店と、楽しそうに言った。

「あとでワインを見せてください。買って帰ります」

「勉強しとくよ。親父さんに飲ませてやんなさい。ワインは血をさらさらにするから」

こんな用件でなければ、ずっと話していたくなるような夫婦だ。

「奥さんは、九月に千葉で起こったバスジャック事件のことをおっしゃっていましたが」

播磨屋妻はくわえ煙草でうなずいた。

「あの犯人の暮木という老人のことはご存じですか？　高東さんはあの男に恨まれていたみたいですよね」

「でも、あの犯人はうちの地元の人間じゃないよ。新聞で読んだけど——」

「ええ、住まいは足立区のアパートでした」

生活保護を受けるように勧められていたらしいですよと私が言うと、播磨屋妻は鼻の穴をふくらませて何度もうなずいた。

「高東さん、そんな人からもムシってたんだよね」

「いや、事実はわかりませんが」

「だって、あの犯人は警察に、高東さんを引っ張って来いって言ってたんだろ？　それだけ恨んでたんだろうし、だったら日商フロンティアの被害者だったに決まってるよ」

「高東さんのほかにも、あと二人、名前を挙げられていたんですよ」

「じゃ、そいつらも一味だよ」

私が指で鼻筋を掻くと、播磨屋夫も同じようにして、言った。「高東さんの旦那はね、私は町内会で付き合いがあったけども、新宿で輸入雑貨の商社をやっとったんだ」

羽振りがよかった、という。

「高東さんも役員でね。だから、夫婦で顔が広かった。あの人が勧誘しとったのは、この近所の住人に限らんでしょう」

「高東さんのご主人は？」

「亡くなって四、五年になるかなあ。高東さんも旦那が元気なら、あんなインチキビジネスに手を出すこともなかったろうよ」

「裕福な方だったんでしょうか」

「まあ、小金持ちだったわな」

うちの親父は年金暮らしですと、私は言った。これは嘘ではない。山梨の実家にいる私の父は、役場勤めを退いて年金で暮らしている。

「高東さんは、感じの悪い人じゃなかった。垢抜《あかぬ》けたばあさんで、しゃべりが上手くてさ」

おたくのお父さんが騙されたのも無理はない、責めてはいけないと、私はまた諭された。


午後三時過ぎに帰宅すると、マンションのフロント嬢に「お帰りなさい」と頭を下げられた。このごろ、十六階の杉村さんのご主人は半端な時間に会社から帰ってくる、ひょっとしてリストラされたのかしら——などと噂の芽が吹くかもしれないと思いつつ、私も愛想よく挨拶を返した。

そんなつまらないことを思うのは、高円寺の播磨屋夫婦と話し込んで、「人は意外とよく他人に観察されている」と実感したからだろう。播磨屋夫婦（とりわけ妻の方）は筋金入りの商人だから観察眼に優れている、という要素はさっ引いても、都市生活をしている人間が、何かで問題を抱えたとき、それを外部の他人にまったく悟られずに暮らすのは事実上不可能なのだと思わざるを得なかった。

エントランスは自分の鍵で通ったが、急な帰宅で菜穂子をびっくりさせることもあるまいと、玄関ではチャイムを鳴らした。すぐに妻が出てきて開けてくれた。

「調べ物があってね、今日は早引けだ」

妻はぱっと目を見開いた。「その顔だと、収穫があったみたいね」

この半日の経緯と、日商フロンティア協会というキーワードを見つけたことを、私は話した。妻はコーヒーを淹《い》れてくれた。

「去年、摘発されて幹部が逮捕されている集団詐欺事件だから、ネットで検索をかければ詳しいことがわかると思うんだ」

「そうね。わたしも何だかその協会の名称には聞き覚えがあるような気がする」

それにしても——と、妻はくるりと瞳をまわしてみせた。「あなたって運のいい人ね。それとも鼻がいいのかしら。初日に、その酒屋さん夫婦みたいな人にぶつかるなんて」

「おしゃべりも楽しかったよ」

日商フロンティア協会の実態が暴露されると、その後の高東憲子のパレス高円寺北での生活は、いわゆる針のむしろだったらしい。語るに連れて辛辣度を増す播磨屋妻と、語るに連れて同情的になる播磨屋夫では、かなり表現が違っていたけれど。

——それでもあの人は、千葉のバスジャック事件が起こるまでは、あそこで頑張っていたからね。意地があったっていうかねえ。

高東憲子がそうしていたように、中藤ふみ江も葛原旻も、付き合いのある近所の人たちや、友人、知り合い、もちろん親戚や身内の人びとにも、勧誘活動をしていたはずだ。ならば彼らも、摘発後には（程度の差こそあれ）針のむしろだったと考えていい。

協会の摘発が去年の七月七日。中藤ふみ江が綾瀬の家から引っ越したのが去年の暮れ。葛原旻が自殺したのが今年の二月。暮木老人のバスジャック事件が九月で、そのために、高東憲子もとうとうパレス高円寺北から逃げ出した。

三人とも針のむしろでダメージを受け、葛原旻は命まで失った。

「鼻がいいと言ったら、僕よりももっと凄い人がいる」

私は妻の顔に見入らずにはいられない。目元と顎の形がよく似ているから。

「だあれ？」

「君のお父さん」

私はずっと胸の内で感嘆し続けていた。

——お義父さん、あなたは恐ろしい人だ。

まだ何にも調べ始めないうちから、事実関係の大枠をほとんど言い当てていた。

「宗教とかの精神的なものじゃない、必ず金に関わりがあるという読みはどんぴしゃりだったし、悪質商法の、被害者が加害者になって次の被害者を生んでいくシステムがあの三人の〈罪〉の根源だったんじゃないか、という推理もあたっていた」

妻は微笑んだ。「お父様は切れ者だもの」

そのときになってやっと、私は妻が外出着を着ていることに気づいた。化粧も入念にしているし、胸元には、つい先日、義姉とおそろいでこしらえたピンクパールのネックレスを着けている。

「出かけるところだったの？」

妻は反射的にネックレスに触れた。

「桃子を迎えに行くついでに買い物をしようかなって、それだけよ」

小学校に入ってから、桃子は週三日、音楽教室に通っている。今日はその日だ。四時過ぎには終わる。

「ちょっとお洒落しすぎちゃったかしら」

妻ははにかんだような顔をした。

「せっかくだから、今夜は外食しようか」

「何言ってるの。調べ物を始めたら、あなた、夢中になっちゃうに決まってる。うちでご飯にしましょう」

私も妻に、「何言ってるの」と言われるのだ。播磨屋夫婦と自分たちが重なるようで、ちょっと嬉しかった。

「そうだ、お土産があるんだ」

「わたしもさっきから気になってたの。ワインでしょ？」

播磨屋夫は、私がこの銘柄を選ぶと驚いていた。

「シャトー・ラトゥール」

特徴のあるラベルを見て、妻はにっこりした。「じゃ、お肉にしましょうね」

それから私は書斎にこもり、パソコンに向き合った。

被害総額五十億円の集団詐欺事件を、播磨屋妻は「小さい、小さい」と言い捨てていたが、五十億円は伊達ではない。検索を始めるとすぐに日商フロンティア協会インチキ商法の〈まとめサイト〉が見つかり、大いに助かった。

日商フロンティア協会は、一九九〇年の創業である。当時は株式会社日商フロンティアという名称で、主力商品は〈奇跡の名水　アテナ〉という天然水だ。ペットボトルではなく、据え置き型のタンクを交換する方式で販売するのが売りだった。だから通販ではなく訪問販売だったのだろう。

「奇跡の名水で体内浄化！〈アテナ〉が貴方を認知症やがんから守ります」

ファミリー向けではなく、高齢者世帯に的を絞った戦略だった。

タンク交換式の飲料水ビジネスが一般家庭にまで流行り始めたのは、さかのぼってもこの十年のことだろう。その点では、㈱日商フロンティアは先見の明があったと言える。水道水に不安を感じていても、せいぜい浄水器を付ける程度の対策で、重たいペットボトルを毎日買いに行くわけにもいかない。そんな高齢者世帯には、業者が定期的にタンクを運んできて交換してくれるシステムは、確かに便利なものだったろう。同時に、〈認知症とがん〉を防げるというアピールも強い。

ただ、それだけに〈アテナ〉は高価だった。㈱日商フロンティアは、この時点では、ある程度裕福な高齢者世帯に的を絞っていた。

——まあ、小金持ちだった。

播磨屋夫にそう評された高東憲子は、このころからの顧客だったのかもしれない。

複数年契約をすると割引率が上がるなどの特典はあっても、九〇年代前半の㈱日商フロンティアは、会員制度を設けてはいない。九三年からビタミン剤や深海鮫エキスなどの販売も始めているが、〈日商友の会〉という会員制度がスタートしたのは九六年の四月だ。日本国内では、名水アテナの湧出する地中海沿岸ともっとも気候が似ているという静岡県の海辺の町に、〈日商命の家〉という宿泊施設を建てたことが契機になったようだ。

この〈命の家〉は当たり前のリゾート施設ではなく、「会員の皆さんの総合的な健康管理とアンチエイジング」が目的で、三泊四日から二週間までの様々な宿泊コースを選んで宿泊し、用意されたメニューどおりの生活を送ると、完全な体内浄化と細胞の再生を果たすことができるという。

「疲れた心も、傷ついたDNAも癒やします」

当時のキャッチコピーに、私は思わず苦笑した。

このころから、会員たちに「お友達を紹介してください」というアピールも始まった。「長寿と健康を一人でも多くの方に」。もちろん、新しい会員を紹介すれば、多くの特典と共にキャッシュバックもある。そろそろマルチまがい商法の顔が現れてきた。

播磨屋夫婦が話していた浄水器は、一九九九年三月まで商品として登場してこない。これを設置すれば、水道水が〈アテナ〉と同じ効果を持つようになるというのだ。タンクを置くスペースのない家庭向けのサービスだというが、〈まとめサイト〉の筆者は、「〈命の家〉の運営が目論見どおりには行かず、経営が悪化し、新しい顧客層を開拓するために導入した商品だ」と書いている。こちらは高齢者世帯ではなく、一般家庭へのアピールもあって、「水を変えれば二週間でアトピー性皮膚炎が治ります」「ダイエット効果はFDAも認可!」のうたい文句がついている。

FDA、アメリカ食品医薬品局は、食品や医薬品の安全性をテストし、市場に出すかどうかを決定する機関だ。有害な食品や医薬品の摘発も行う。彼《か》の国だけではなく、その評価が厳正であることでは世界的に有名な機関だが、FDAが認可した医薬品を我が国の厚生労働省は認可していないという現象もある。まあ、「ダイエット効果はWHOも認可!」と書くよりは物珍しい感じがするかもしれない。が、どっちにしろ日本語としてこなれていない。

この浄水器ビジネスをきっかけに、㈱日商フロンティアははっきりとマルチまがい商法の方へ舵を切った。ピラミッド型の会員組織を構成し、月々の売り上げによって〈ふたば会員〉〈フラワー会員〉〈パール会員〉〈ゴールド会員〉〈プラチナ会員〉〈プレミア会員〉などのランク付けをほどこす。好成績の会員には派手な表彰式も用意されている。〈日商友の会〉は、〈日商フロンティア協会〉と名称を変えて、独立組織になった。

扱う商品も多種多様になった。健康ドリンク、栄養補助食品、化粧品、補正下着——加入したばかりの〈ふたば会員〉に渡されたという〈スターターキット〉は、革装の分厚いファイルだ。

〈まとめサイト〉のなかの動画ファイルを開けてみると、二〇〇四年九月二十日に都内のホテルの宴会場で行われた表彰式の模様が映っていた。壇上から会員たちにスピーチし、喝采を浴び、「代表、代表！」と呼びかけられているのは、見事な銀髪の偉丈夫だ。六十歳代半ばというところか。歌謡曲全盛時代の人気演歌歌手のような風貌と出で立ちで、動作のひとつひとつが芝居がかっていた。会員たちの熱狂的な声援を受けて、顔をてらてらと光らせている。

この男が、㈱日商フロンティアの創業社長であり、日商フロンティア協会代表の小羽雅次郎《おばまさじろう》だった。副代表で息子の小羽輝彦《てるひこ》ともども、昨年七月に詐欺と出資法違反容疑で逮捕されている。

表彰式の喧噪のなかに、私は暮木老人の顔を探した。見つからなかった。それでいい。彼は組織の裏方、黒子だったはずだ。

〈まとめサイト〉には、協会事務局長や会計担当者など、ほかの逮捕者のリストも載っていたが、そこにも暮木一光の名前はなかった。

最終的に起訴まで持ち込まれたのは、小羽父子と輝彦の妻、紗依里《さえり》という女性だけだ。二十代には人気モデルとして活躍していたという経歴の持ち主だが、協会の売り物に化粧品や補正下着を持ち込んだのは、この女性かもしれない。

〈日商被害者の会〉は、二〇〇四年の十月に発足している。会員たちのなかから、「商品の効能が怪しい」「これはマルチ商法ではないのか」という相談が国民生活センターに寄せられるようになったのもこのころだ。被害者の会の代表者は都内の会社役員で、妻が会員になり、総額で一千万円近い被害を受けたという。

生活にゆとりはあるが、仕事では既に現役ではなく、社交家だが少し人生に退屈していて、社会参加の機会を探している。そんな高齢者が、日商フロンティア協会でもメインのターゲットだった。少なくとも当初は、年金暮らしで、虎の子の退職金を少しでも利回りのいい金融商品に投資したい——

と切望しているような高齢者を狙ってはいない。協会がそういう被害者を生み出し始めたのは、自転車操業が行き詰まって経営が傾き始めてからだ。末期症状である。そして、播磨屋夫婦が教えてくれた沖縄の会員制リゾートホテル建設計画は、日商フロンティア協会が、我々は詐欺組織ではない、まともな企業体であるという幻想にしがみつくためにぶち上げた、最後の起死回生策だった。

無論、それは空しかった。豊田商事が、その終末が近づけば近づくほど華々しく謳《うた》いあげた大仰な計画とよく似ている。

小羽父子は、警察でも検察庁でも、取り調べでは一貫して容疑を否認している。雅次郎は、逮捕前には会員たちに向かって演説していたように、逮捕後は捜査員たちに向かって、しきりと「世直し」という言葉を使っている。

——我が国は、世界でも類を見ない少子高齢化社会なのだ。膨らむ一方の高齢者の医療費で、早晩、国民皆保険制度は破綻する。私はそれを食い止めたい。

——健康な高齢者が、この国を健康にする。高齢者を薬漬け医療から解き放ち、彼らに真の健康と生き甲斐を与えることで、私は世直しをするんだ。

摘発まで会員活動をしていても、協会の運営実態が暴露されると、目が覚めたようになって被害を訴え始めた人びとは多い。一方で、小羽父子が起訴されても彼らへの信頼を失わず、熱心に公判を傍聴し、取材記者たちの質問にも、彼らを擁護する発言を繰り返す元会員たちもいた。

——代表は世直し大臣なのです。

「世直し」が小羽父子シンパのキーワードであるならば、被害者側のキーワードは「洗脳」だった。

——協会で活動すれば、この世の中をよくすることができる。真の幸福を実現できると、思い込まされていました。

——晩年を、社会の世話になって暮らすのは空しい。自立して、社会の役に立ちたい。そういう気持ちにつけ込まれました。すっかり騙されて、洗脳されていたんです。

〈まとめサイト〉に紹介されている元会員たちの証言のなかに、協会で彼らを指導していた幹部や社員たちの実名は挙げられていない。トレーナーの存在も見てとれない。協会では上位の会員が下位の会員を指導教育していて、そのためのマニュアルも存在していたというが、その現物は資料としてアップされていなかった。

その代わり、面白いものがあった。協会内部では、二〇〇二年あたりから上位会員が下位会員に商品購入資金を個人的に融資することが推奨されるようになり、協会の担当者が仲介していた。その際の金銭消費貸借契約書だ。年利に換算すると三六％の暴利で、そのうちの一〇％が協会に上納される仕組みになっていた。また、この個人的な融資を行う資格を得るためには協会が行う審査を通る必要があり、その資格審査にも金がかかった。資格にパスして会員間で高利貸しを行っていたのは、大半がプラチナ会員と、最上位のプレミア会員たちだった。摘発時の登録会員数二千七百八十八人のうち、百四十七名である。

入口では被害者、出口では加害者、悪いのは一緒。播磨屋妻の言葉が、パソコン画面に疲れた私の瞼の裏で、字幕のように文字になってチカチカ光った。

暮木一光は、この組織のどこに、どの段階で存在していたのか。高東、中藤、葛原の三人を選び出し、「罪がある」と指弾したのは何故なのか。被害者かつ加害者であったのは、この三人だけではない。内部で高利貸しをして下位会員たちを食い物にしていた連中だけでも、百四十七人いたのだ。

さらに不可解なのは、暮木老人がバスジャックを起こし、警察にあの三人を連れてくるよう要求した際、葛原旻は既に、おそらくは自責の念で、あるいは針のむしろに堪えかねて、自殺していたということだ。暮木老人が、それを知らなかったわけはない。とっくに死んでいる人間を、なぜ引っ張り出そうとしたのか。

ぐったりと疲れてパソコンを切ったら、ちょうどいいタイミングで夕食に呼ばれた。菜穂子の手料理と桃子の明るい笑顔が、私を慰めてくれた。

食事を終えて、桃子と風呂に入った。学校での出来事、友達との交換日記に書いたこと（桃子の通う学校では、昔ながらのノートを使った交換日記を推奨している）、先週、社会科見学で訪ねたお菓子工場のこと。桃子の甘やかなおしゃべりは、借金して買い込んだ大量の（そして実は二束三文の）浄水器を抱えて途方に暮れている老人や、補正下着を売りつけた同僚たちと気まずくなって退社した若い女性や、住宅購入資金だと偽って親の貯金を借り出し、その金を紙くず同然のリゾートホテル会員権に換えてしまって、その後病気で入院した親の医療費にも事欠いている中年男性の、パソコン画面上からも生々しく聞こえてくる嘆きの声を打ち消してくれた。

「お父さん」

「うん？」

「文化祭、見に来てくれる？」

来週の土曜日だ。

「もちろん見に行くよ」

「モモコ、上手にろうどくできるようになったんだよ」

桃子が寝る前に、ベッドサイドで私は本を読み聞かせる。彼女が三歳のときからの習慣だ。妻に似たのか、もともと本好きの娘だが、一年生になった途端にさらに読書好奇心を発揮するようになり、

「たくさん、たくさん、お話がある本がいい」

というリクエストに応えて、私はトールキンの『ホビットの冒険』を選んだ。読み始めたのはちょうど夏休みが始まったころだ。今、物語は佳境である。

『ホビットの冒険』は、トールキンが大作『指輪物語』の前日譚《ぜんじつたん》として、子供向けに著した冒険物語

である。『指輪物語』のストーリーの核となる、冥王サウロンの力を体現する〈一つの指輪〉も登場する。桃子は『ホビットの冒険』をたいそう気にいって、これを読み終えたら、もっともっとたくさんのお話がある『指輪物語』という続きが待ってるよと教えたら、大喜びしていた。

「このお話に続きがあるなら、ビルボ君は大丈夫だよね？」

主人公・ホビットのビルボ君は、今や桃子の心の友だ。

「もちろん」

偉大な魔法使いガンダルフに導かれ、黄金竜スマウグとあいまみえるビルボ君のお話を読み聞かせているうちに、私はふと、トールキンがこの壮大な物語のなかに描いた、普遍の真理に思い至った。

悪は伝染する。

〈一つの指輪〉は、冥王サウロンの力の源泉であると同時に分身だ。指輪はサウロンのもとへ還ろうとする道筋で出会う中つ国の人びとを汚染してゆく。その心をむしばんで、人格どころか容姿までも変えてしまうのだ。

悪は伝染する。いや、すべての人間が心のうちに深く隠し持っている悪、いわば潜伏している悪を表面化させ、悪事として発症させる〈負の力〉は伝染すると言おうか。

現実を生きる我々は、〈一つの指輪〉を持ってはいない。だが、その代替物なら得ることができる。それは誤った信念であり、欲望であり、それを他者に伝える言葉だ。

——影横たわるモルドールの国に。

我々もまた、生きている。

それから数日間、私はさらに情報を求めて歩き回った。日商フロンティア協会について基礎的な知識を得て、私自身にも何をどう尋ねればいいかはっきりしてきたので、訪ねあてた関係者や関係者の家族の口がほぐれ易くなり、聞き込みはずっとスムーズに運ぶようになった。最初の訪問では後ろ姿を見送られただけだった〈クマちゃんクリーニングのヤマモト〉でさえ、夫妻揃って話をしてくれた。

「高東さんはうちのお客さんでしたから、店に来ないでくれというわけにはいかないし、来たら追い払うこともできませんし」

今思い出してもうんざりするという顔で、山本夫人は言っていた。

「去年の夏、あとから振り返ってみれば、あの協会が破綻する寸前で、なかでもいろいろごたごたしてたんでしょうね。高東さん、カウンターで順番を待っている次のお客さんにも売り込みをかけ始める始末で、ホントに困りました」

山本夫人が協会に突っ込んでしまった金額は二十万円ほどだった。

「あんまりしつこいから負けちゃったんですよ。夫には叱られるわ姑《しゅうとめ》には嫌味を言われるわ、さんざんでした」

その金は今も返ってこない。

「被害者の会にも行ってみたんですけど、百万二百万の被害に遭ってる人が珍しくないんです。一千万円以上の人たちもぞろぞろいました。かえって怖くなっちゃって」

高い授業料を払ったと思って諦めることにしたそうだ。どこかで聞いたことがあるような台詞である。

高東、葛原、中藤の三人は、三人ともプレミア会員だった。加入した時期は葛原旻がもっとも早く、〈日商友の会〉のころからの会員だ。中藤ふみ江の会員歴は浅く、三年余りだが、サイトでつかんだ資料によると、ふたば会員が（途中で脱落せずに）プレミア会員まで昇格するのに平均して六年程度かかっているから、彼女は優秀だったのだろう。三人のなかでは、〈月例表彰会員〉に選ばれた回数ももっとも多い。高東憲子の会員歴は七年ほどで、強引な勧誘をしていた割には、成績では他の二人に見劣りする。

三人とも二〇〇二年あたりからスタートした協会内部での個人融資資格を持っており、こちらの融資金額は葛原旻が頭ひとつ抜けている。

こちらの資料、融資額のリストはサイトで見つけたのではない。ちょっとした勘と幸運のおかげで、ある人からもらった。

本人が自殺しているという事情があり、葛原旻の周辺は口が堅かった。立派な構えの家と、個人融資が多額であることを考え合わせ、私は管轄の税務署に足を向けた。これほどの資産家なら、青色申告をしていただろう。

ロビーに貼り出されていた「青色申告会に加入しましょう」というポスターの連絡先は、すぐ近所だった。訪ねてみると、そこは大きな電器店で、六十年配の社長が青色申告会の会長を務めているのだった。

私の勘は当たった。葛原旻は青色申告会の会員だったし、会長であるこの電器店の社長は、彼と日商フロンティアの件をよく知っていて、突然訪ねた私に親身に応対してくれた。そして、リストをくれたのである。

「被害者の会で見せたこともあるリストだから、いいですよ、差し上げます」

社長自身は日商の被害者ではなかった。私が想像したとおり、葛原旻は地元の青色申告会で活発な勧誘活動をしており、

「いくら注意してもやめなくってね。私も回状を出して警告したり、いろいろやったんだけど、なかなか難しくて」

こういうのは、単に金だけの問題じゃありませんから、と言う。

「葛原さんは古くからの地主さんで、地元じゃ顔だったし……。結局うちの会からも何人か被害者が

出ましてね。みすみす、どっちにとっても残念な結果になりました」

社長は被害者の会にも行ったし、そこでいくつか調べ事もした。私がもらったリストはその成果だった。

「葛原さんが亡くなったときには、どう思われましたか」

社長は渋いというより痛そうな顔をした。

「死んでお詫びしますということだと、まあ、受け取るべきなんでしょう」

「ご自身が勧誘した被害者たちから、だいぶ責め立てられていたようでしたか」

「うちの会のなかの被害者は、みんな地元の人たちですからね。事を荒立てると住みづらくなるから、そのへんは」

また歯痛のような顔をする。平日の昼間でも電器店にはちらほらと客が来るし、電話もしばしば鳴って、事務の女性が何度か社長を呼びに来た。

「すみませんね、騒がしくて」

貧乏暇なしなんですよ、と苦笑する。

「こちらこそお邪魔して申し訳ありません」

「協会が破綻したあと、葛原さんは、個人的な融資の相手とは個別に話し合って、ほとんどの人とは穏便に始末をつけられたんですよ。法外な利息をとってましたが」

「協会内の規定に沿って」

「マルチだけでも悪質なのに、会員に高利貸しをやらせて、そこからまた上前をはねようっていうんだから、ひどい話ですよ」

ただ何人かね——と、言いよどむ。

「葛原さんのやったことが許せないって、ああ、それは地元の人間じゃありません。葛原さんの個人的な知り合いの関係でした。そっちの人が、本人じゃなくて倅さんの会社の方にね、告げ口したといいますかね」

葛原旻の長男、表札の〈MAKOTO〉は葛原誠といい、大手銀行に勤めているという。

「父親のやったことで倅さんが責められる筋合いはないでしょうけど、堅い勤め先ですしね。毎日のように抗議の電話がかかるし、窓口にも押しかけられたりして、倅さん、困ってたようです」

葛原旻の自殺の原因も、むしろそちらの方ではないかと、社長は言う。

「家のなかのごたごたは、年配者には辛いですよ。差し出がましいが、あなたのお宅は大丈夫ですか」

今多コンツェルンも堅い会社ですからね、と言われた。私が名刺こそ本物を出しているが、「父が日商の被害に遭って」という作り話を続けているからだ。

「うちの父はふたば会員でしたから、今のところ何もありませんし、大丈夫だと思います」

「そりゃよかった。いや本当によかったんですよ。あなたのお父さんは幸運だった。優しくしてあげてください」

しみじみとした口ぶりに、作り話をしている私は気が咎めた。

「このリストはね」と、社長は机の上のペーパーを指でとんと叩いた。「私が勝手に作ったんじゃないんです。葛原さんに頼まれたんですわ」

私が驚くと、社長は憂鬱そうな目をした。

「あの人はね、代表の小羽父子が逮捕されたとき、えらく憤激しましてね。自分たちはすっかり騙されていた、小羽はペテン師だって、そりゃえらい剣幕でした。それで、摘発後に最初に開かれた被害者集会にも参加した」

被害者が結束して日商フロンティア協会の実態を究明し、被害を回復する必要があると意気込んでいたという。

「日商の被害者の大半は、金融詐欺の何たるかもわからない素人ばかりだから、自分がまとめ役をしないとならん、とか」

はあ――と、私は言った。社長も「はあ」と苦笑してため息をついた。

「ところがねえ、まわりの人たちは、葛原さんが思うようには思ってなかったわけですよ。何だおまえは、おまえなんか小羽親子と同じ穴の狢《むじな》じゃないか、さんざん儲けやがって、今さら被害者面するなと」

怒る会員たちの気持ちもわかる。

「大勢に囲まれて、小突かれたり怒鳴られたり、まあさんざんな目にあって逃げ帰ってきたそうでね。その足で、私のところに相談に来たわけです。ほら、うちの会員との兼ね合いもありますから」

「それで社長さんがあとを引き受けられたわけですか」

自分はもう被害者の会には行けない。行ったら何をされるかわからない。だが被害の全体像を知り、自分の立場を明らかにしたい。葛原旻は社長に、そう頼んできたのだという。

「特に個人融資にこだわってましたよ。あれは自分が望んでやったことじゃない、協会に強いられたんだって」

他の個人融資者の状況を知りたがったのは、悪いのは自分だけではない、もっと多額の融資をして暴利を得ていた会員だっているはずだという思いがあったからではないか。

「私も、面倒なことになったと思ったけど」

社長は白髪まじりの頭を掻いた。

「放っておけんでしょう。葛原さんも認識が甘いっちゃ甘いが、ああいうお大尽様は、もともと身勝手なところがあるもんです」

客商売で年季を積んでいる人の言葉だ。

「だからこのリストも、私がつかめた範囲内の不完全なものでね。ほしいって人がいたからあげたけど、そんなに立派なもんじゃありません」

「いえ、助かります」私は頭を下げた。「うちの父は、自分が誰を誘ったのか言いたがらないし、正確に誰にどのくらい払ったのかもはっきりしないんです」

「いっぺんああいうものに引っかかると、似たようなのが寄ってくるっていいますよね」

会員名簿が、〈カモ候補者〉のリストとして、裏で流通するからだ。まとめサイトにも、その旨の警告の一文が載せられていた。

「今後のためにも、日商はえらいおっかないところだったんだってこと、お父さんによくよく言い聞かせてあげてください」

「はい、確かにそうします」

まめで面倒見のいい電器店の社長は、高東憲子と中藤ふみ江とは面識がなかった。葛原旻とこの二人が、九月のバスジャック事件に関連があることも知らなかった。ただし、葛原旻はこの二人の女性会員を知っていた。

「葛原さんが私に、個人融資の状況を調べてくれって言ったとき、自分よりも貸付額が多くて儲けてそうな人って、真っ先に名前を挙げたのがこのお二人でした」

だからよく覚えているのだという。

「協会では、プレミア会員限定のセミナーとか、茶話会なんかがよくあったそうなんです。葛原さんははっきり言ってなかったが、プレミア会員のプライドをくすぐって、もっと稼げるように悪知恵をつけるための催し物でしょうな」

葛原、中藤、高東は、そこで互いに知り合ったらしい。

「そうすると、以前からのお友達ということではなかったんですね」

「違うでしょうねえ。葛原さん、この人たちと親しくしているような口ぶりじゃなかったですし」

中藤、高東の評判は悪かった。

「被害者の会の人たちに憎まれてることにかけちゃ、葛原さん以上のように感じました」

セミナーという単語に引っかかって、私は暮木一光のあの似顔絵を取り出した。

「千葉で起こったバスジャックの犯人です。この男が、バスの乗客を盾にして、葛原さんと中藤さんと高東さんを連れてこいと、警察に要求したんです」

社長は顔をしかめた。「この人も、葛原さんにしてやられたクチだったんですか」

「それが逆でして、実はこの男は、会員というよりは運営側にいた可能性の方が高いんです。葛原さんが出席していたセミナーで、講師をしていたのかもしれません」

社長はきょとんとした。

「摘発以前、まだ協会が表面的にはよろしくやっているころに、葛原さんから何かお聞きになっていませんか。凄い講師がいるとか、協会で尊敬できる人物に出会ったとか」

似顔絵を手に取り、社長はしばらく考え込んだ。「葛原さんは、歳も歳だし、誰かに心酔するというよりは、自分が心酔されたいタイプの人でしたからなあ」

お山の大将か。

「あんまり他人を褒めない人でもありました。それに私は、葛原さんが調子よくやっているうちは、個人的には協会の話に耳を貸さないようにしていましたからね」

社長は私に似顔絵を返すと、不思議そうに言った。「しかし、運営側にいた人間なら、何だって葛原さんたちを恨んでたんですか」

「事情はよくわからないんです。ただ、恨んでいたというよりは、葛原さんたちを罰しようとしていたようなんです」

「罰する？」

そりゃ剣呑だと、社長は驚く。

「ええ。たとえば、摘発を機に、詐欺集団の一員だった自分は悔い改めた。だが葛原さんたちはまだ反省が足りない、とか」

言葉にして口にして、私はあらためて認識した。そうだ、暮木老人の意図はそれだった。罰するのではない。あの三人に罪を自覚させ、悔い改めさせようとしたのだと。

不幸な話ですなあと、社長は呟いた。

ほうぼう歩き回り、いろいろな人から話を聞くのは、やるせない作業だった。日商フロンティア協会の一件では、誰も得をしていない。一時はバラ色の夢を見た。儚《はかな》い夢だった。ただの夢なら実害はないのに、この夢は現実を侵食し、後腐れを残した。その事実が私自身の身体にも染み込み、饐《す》えた臭いを放ち始めているのではないかと、気分が萎《な》えた。

その分、この電器店の社長のような人に出会うと救われる。人は基本的には善人だ。そしておそらくこの社長のような人は、どんな状況に置かれても善人であろうとするだろう。まわりに流されず、正しいことと間違ったことを、自分のなかでしっかりと見極めて行動するだろう。

私もかくありたい——と思いながら社に戻ると、まるでその思いを試すようなハプニングが待ち受けていた。

午後一時半だった。昼の休憩時間を過ぎて、一階の〈睡蓮〉も空いている。まずグループ広報室に戻ろうか、先に昼食をとってしまおうかと迷いながらガラス越しに店内を覗くと、ロビー側のボックス席にいた客とまともに目が合ってしまった。

井手正男だった。

出勤してきたのか、人事との面談日だったのか。背広姿でネクタイを締めている。

私は会釈した。彼も会釈を返した。表情からは何も読み取れない。彼は独りで、テーブルにはコーヒーカップとお冷やのグラスがあるだけだ。

迷うのではなく、私は考えた。こんな局面で、あの電器店の社長ならどうするだろう。知らん顔をして通り過ぎるか。それとも、けじめのために、ひと言ぐらいは挨拶を交わしておくか。

私は後者を選び、〈睡蓮〉に入った。情けないことに、ちょっと息苦しい。

「お久しぶりです」

声をかけてボックス席に近づくと、井手さんは座ったまま私を見上げた。マスターが興味深そうにこっちを見やっている。

「よろしいですか」

「どうぞ」

私は井手さんの向かいに腰掛けた。

「お身体の調子はどうですか」

何ということもなくお冷やのグラスを横にどけ、そのグラスに向かって、井手さんは答えた。「何とかやってますよ」

「今日はどちらに？」

「辞令を受け取りにきました」

晴れて社長室付になるわけだ。

マスターがお冷やを運んできた。私は素っ気なくコーヒーだけ頼んだ。情報通のマスターも、空気は読める人だ。早々に引っ込んだ。

「医者の指示で、出勤は来週頭からになるんですけどね」

まだ試し運転ですと、井手さんは言った。

確かに、グループ広報室にいたころよりは、頬がこけた感じがする。だが、しつこい風邪をひいたくらいでも、この程度の面変わりはするだろう。目に力がないが、それも彼の親分の森閣下の天下が終わったときからのことで、今に始まったことではない。

「お互いにいろいろ煩わしいことになりましたが、労連の仲介で、不幸中の幸いの解決を見たと思います」

お元気でご活躍くださいと、私は軽く頭を下げた。

顔を上げると、コーヒーが来た。マスターは井手さんのグラスにお冷やを足して去った。店内では、外から来たらしい婦人客が二人、楽しそうにおしゃべりしているだけだ。

「ここでこっちも頭を下げ返すのが、大人なんでしょうけど」

井手さんは私の目を見て、うっすら笑った。

「すみませんが、私はそこまで人間が出来ていませんので」

私は黙って彼の顔を見た。

四十代後半のサラリーマンにしては、井手さんの風貌はかなり目立つ方だ。病休中の今は色が抜けているが、財務で肩で風を切っていたころには、こんがりとゴルフ焼けしていた。人あしらいが上手いし、闊達《かったつ》でスポーツ好きで、取りまきの部下との付き合いもよかった。女子社員のあいだでも人気があった。彼の目に嫌味な影が宿るようになってからは潮が引くように下降した人気だが、それでもまだまだハンサムで、ちょっと崩れたような雰囲気がかえって魅力的に映るかもしれない。

その顔に、嫌味以上のものが表れていた。私は、知らん顔して通り過ぎてしまえばよかったと後悔した。

「杉村さんは難しいお立場だ。それは私もよく承知しているつもりです。ですから、そうだな、とりあえずお詫びはしておかないと」

彼の声が低くなった。

「あなたはパワハラなんかできる人ではない。私は嘘をつきました。ただ、戦略上あなたを攻めるのがいちばん効果的だったから、そうさせてもらったんです」

ほかの連中は、どこをどう攻めても効き目がないから、と言う。

「失うものがありませんからね」

「どういう意味でしょうか」

本当にわからなかったから、私は訊いた。

「このトラブルで、園田編集長も間野さんも傷ついたんですよ」

井手さんは吹き出した。「それがどうだっていうんです？　傷ついたって、たかだか気分の問題でしょう。何か影響が出るわけじゃない。間野は準社員なんだし、園田だって、たまたま正社員だというだけで、内実はパートのおばさんと一緒じゃないですか」

雑魚ですよ、と言った。「会社の居候です。ただ飯食いだ。でもああいうおばさんに限って、役にも立たないが害にもならないから、組織も切り捨てようがないんです」

もうそんな季節ではないのに、気がついたら私は汗をかいていた。

園田、間野と、二人の女性を呼び捨てにする井手正男の口つきは卑しかった。

「あなたは、自分が周囲に迷惑をかけたと自覚してないようですね」

「私が何をしたんです？　間野のことだって」

井手さんは眉を持ち上げ、戯《おど》けてみせた。

「どこかに証拠がありますか。あの女が騒いでいるだけじゃないんですか」

今度は〈あの女〉ときた。

「野本君が、間野さんがあなたの態度に困惑しているのを何度も見ていますし、その場に居合わせたこともあるんですよ」

井手さんはフンと鼻で笑った。「あんな小僧に、うちのような巨大企業の何がわかります?」

そもそもうちで働けるような人材じゃないんだ、と言う。

「アルバイトの分際で、したり顔でわかったようなことを言ってますがね。野本がうちの採用試験を受けたって、一次を通過することもできないでしょう。書類審査だけでおさらばですよ」

私は、慣れ親しんだ(そして好きだった)児童書の編集者という仕事を捨て、この今多グループにやってきた。十年以上をここで過ごした。それでもまだ、かつて〈あおぞら書房〉を愛し、そこの一員であることを嬉しく思ったようには、今多コンツェルンを愛し親しむには至らない。私の身の丈にはあまりに巨大過ぎる組織だ。

だが今、井手さんの面前で、かつて思ってもみなかったことを思っている。

うち、うちと軽々しく口にするな。今多コンツェルンはおまえのものじゃない。

――お義父さんが育てた会社なんだ。

額の汗を指で拭い、私は気がついた。私の憤激は、今多コンツェルンのためではない。私は義父を想って怒っているのだ。ほかでもないこの井手という男をよろしく頼むと、私に頭を下げてくれた義父のために。

「杉村さんは今多家のお身内だけど、うちの組織の人間としては、私の方がキャリアが永い。ですから、老婆心ながらひと言申し上げておきましょう」

井手さんが乗り出してきたので、私は身を引いた。

「園田や間野のような女には、気をつけなくちゃいけませんよ。杉村さん、親身になりすぎです。少し落ち着いて、まわりの噂にも耳を貸してみるべきです」

「まわりの噂？」

でくの坊のように、私は復唱した。

「会長のお嬢さんがグループの役職には就いていないといっても、家族でしょう。お父さんが会長で、お兄さんが社長なんだ。この事実は否定できません」

そしてあなたは彼女の夫だ——

「今多家の一員です。いくらあなたが、自分には何の力もないと言い張っても、それは通りませんよ」

あなたにくっついていれば、あなたのご機嫌とりをしておけば、何かいいことがあるかもしれない。おこぼれにあずかれるかもしれない。そういうことを考える輩《やから》はいるんです。

「杉村さんは真面目な人だから、持ち上げられるのは嫌いでしょう。ちやほやされるのは苦手ですよね。でも逆に、困っていますと頼られると弱い」

井手さんのよく動くくちびるが、独立した生き物のように見えた。

「間野なんか、それを見抜いているからあなたを頼るんです。そもそも彼女は、あなたの奥さんに取り入って、うちに入り込んできた人間でしょう。それだけでも、充分に警戒して然るべきですよ」

私はようやく言い返した。「私に何を忠告してくださろうというのかわかりませんが、要するに井手さんは、間野さんにセクハラなどしていないと言いたいんですか」

彼は身を起こし、半目になって私を見た。

「そうですよ。私は潔白だ。間野は二枚舌です。嘘ばかりついている」

誰があんな女を——と、吐き捨てた。

「私はね、杉村さん。財務時代、森さんのお供で出張した沖縄で、台風の直撃をくらいましてね。帰りの飛行機が飛ばない。急遽《きゅうきょ》手配したホテルもいっぱいで、森さんの秘書の女性と二人でひと部屋、ひと晩を過ごしたこともありますよ。それでも何の問題もなかった。誰にも疑われたりしなかった。そういう男です。見損なってもらっちゃ困る」

あなたの理屈では、それは相手が森閣下の秘書で、充分に気をつけて対応しなくてはならない正社員だったからではないのか。〈うちの人間〉だったからではないのか。間野さんは〈うちの人間〉ではなく、どこの馬の骨ともわからない女だから、下卑た欲望の対象にしてもかまわなかったのではないか。

その反論をどう吐き出そうかと、私がもたついているうちに、井手さんは続けた。

「まわりの声をよく聞きなさい。組織のなかで生きていくには、限られた情報だけで動いてはいけないんです。たまには聞きたくないことも聞かないと。今じゃ間野が社内で何を言いふらしているか、知らないでしょう」

「何を言いふらしているっていうんです？」

問い返す、私も愚かだ。

井手さんの目に、勝ち誇ったような光が宿った。彼の目がこんなふうに輝くのは、どれほど久しぶりだろうか。

「杉村さんが親切なのは、自分に気があるからだと吹聴してますよ。会長の娘が奥さんじゃ、杉村さんは家でも気が抜けない。心から安らげる女性を求めているんだ、と」

あなた、間野に食いつかれているんですよ、と言う。

「園田のような女は悪知恵がないし、歳もいってますしね、現状でも居心地がいいから無茶はしません。だが間野は違いますよ。あなたに食いついて、甘い汁を吸えるもんなら吸ってやろうと狙っています。駄目でもともとだから、怖いものがないんだ」

夫がいて、小さな子供を育てている女性に対して、暴力に近い中傷だ。

「井手さんから見れば〈取り入った〉ように見えるんでしょうが」私は言い返した。「ご存じのとおり、間野さんをグループ編集部に入れることは、家内の希望でした。家内はめったにそんなことを言う人間ではありません。自分の立場を心得ているからです」

この中傷では、今多菜穂子も貶《おとし》められている。声を抑えるのに苦労した。

「その家内が見込んだ間野さんです。一緒に働いて、私なりに彼女の人となりも見極めてきました。今の話はとても信じられません」

椅子の背もたれに寄りかかり、井手さんは私を見据えた。

「まあ、そうでしょうね。まわりはみんな知っているのに、当人だけが気づかないということは、現実にありますからね。だから、昔からよく言うでしょう？」

井手さんはちょっと間を置いた。何か面白いものを見つけたように、目玉が揺れた。

「知らぬは亭主ばかりなり、とね」

嚙んで吐き出し、吐いたものを私に見せつけるような言い方だった。

「とにかく、忠告だけはしましたよ」

手を伸ばして伝票をかすめ取ると、腰を上げ、慇懃に一礼した。

「杉村さんこそお元気で、ご活躍ください」

昼食は抜きで、私はグループ広報室へ上がった。何食わぬ顔をして留守中のメモをチェックしたり、みんなと仕事の打ち合わせをした。部内の三人の様子に変わったところはなく、間野さんが野本君としゃべったり笑ったりする様子もいつものとおりだ。みんな忙しく、きびきびしている。井手正男と第三種接近遭遇してしまったのは、不運な私だけだったらしい。

彼が本部で辞令を受けて真っ直ぐ帰らず、わざわざ〈睡蓮〉に来ていたのは、もしかしたら間野さんが出てくるのを待ち伏せしていたからではないか。彼と別れてから、遅ればせながら気がついた。まったく、私も抜けている。井手さんに言いたいことを言われただけじゃないか。

待ち伏せというのは不愉快以上の嫌悪感を呼ぶ想像だったし、迂闊《うかつ》に口にできる疑問でもない。どう切り出そうか、黙っていた方がいいかと迷いながら、とりあえず鞄から自分のノートパソコンを引っ張り出した。

聞き込み中に出会った人たちで、受け取ってくれる人には、私は名刺に自分のパソコンのメールアドレスを書いて渡している。あとで何か思い出したら、いつでもいいから教えてくださいと。今のところ収穫はないが、そう簡単に諦めてはつまらない。

前野嬢と坂本君も、送付状の受付場所の捜索を始めてからは、長文になったり写真を添付する場合があるからだろう、ケータイではなくこちらにメールを送ってくることが増えた。柴野運転手のメールもここに来る。

井手さんと遭遇する前に、電車のなかでチェックしたばかりだったから、新たな着信メールはなかった。私はひと息ついて、〈特命〉用のファイルを開き、今日ここまでの分をまとめて打ち込んだ。

間野さんがコーヒーを持ってきてくれた。

「ありがとう」

編集長は熱心に何かのゲラを読んでいる。野本君はパソコン画面に向き合って、マウスを操作してはしかめっ面になり、こめかみを掻いている。

「井手さんに、正式に社長室付の辞令が出たそうなんですが」

三人が私に注目した。

「彼がここに挨拶に来たなんてことは……ありませんよね？」

編集長と間野さんが顔を見合わせる。

「あるわけないでしょ」

「間野さんも、その後は不愉快な出来事はありませんか」

「ありません。大丈夫です」

彼女の言はしっかりしていた。

「そうですか。ならよかった」

「あの人も本部へ行っちゃえば、もうこっちには何にもしないわよ。そこまでバカじゃないでしょう。社長室付でトラブルを起こしたら、今度こそクビもあるからね」

ならば、さっきの遭遇については黙っていようと思ったら、編集長が続けた。「そういえばね、森閣下から連絡があったわよ」

見合わせていた単行本の制作をまたお願いしたいと、電話してきたという。

「井手さんの話題からすぐ森閣下を連想したら、失礼かもしれないけど」

編集長は肩をすくめる。

「だって、単行本化をやめるって言ったのは、井手さんに味方したからじゃなかったみたいなのよ。本当に奥さんが心配だっただけで」

「そうすると、再開したいってことは、奥さんの状態が安定したんでしょうかね」

「ううん、逆よ、逆」

認知症の症状が進んでいるという。

「奥さん、とうとう自宅じゃ介護しきれなくなって、〈クラステ海風〉に入れたんですって。だけど本人は家に帰りたがってね。ついこのあいだも、施設からいなくなっちゃったんだって。警察に通報して捜索してもらうほどの騒ぎになっちゃったって」

「それ、森さんから聞いたんですか」

「そうよ、その電話で言ってたの。森さんも誰かに聞いてほしかったんじゃないかしら」

「お一人で抱え込むには辛いですよね」と、間野さんがうなずく。

私は考えた。「その騒動、いつのことでした？」

編集長は老眼鏡をかけて卓上カレンダーを見る。「えっとね、四日前よ。杉村さんの特命が発動した日」

そうか。私は思い出した。あの日、ここを出て駅まで行き着かないうちに、田中氏からあわただしい電話があった。

——〈クラステ海風〉の方へ、パトカーがサイレンを鳴らして走ってったんだ。

そのサイレンは、森夫人のためのものだったのだ。

「ああいう介護施設で、ちょっと入居者の姿が見えなくなったからって、すぐ一一〇番するもんなのかな。なるべく内部で探そうとするんじゃないんですかね」

野本君の呟きに、間野さんが答えた。「そうね。だから〈クラステ海風〉は立派だと思う。かなり認知症が進んでいる状態で、それでも森さんの奥様が自力でどこかへ移動したということは、拘束されたり、薬で眠らされたりしていないってことだし」

私もそう思う。「奥さんはどこで見つかったんですか」

「結局、施設のなかにいたの。地下のボイラー室に隠れてたんだって。どうやって入ったんだかわからないそうだけど」

裸足《はだし》で震えていたという。痛ましい。

「自宅にいられないほどの状態なのに、自分の部屋を出てどこかへ隠れるとか、そういう判断はできるのかな」

「認知症にかかったからって、何から何までわからなくなるわけじゃないのよ。家に帰りたいって思いがあれば、自分なりに帰り道を探すわけ。ただ、それがうまくいかないから変な場所に入っちゃったりするわけ」

危険な場合もあるのだ。〈クラステ海風〉が警察に捜索依頼をし、危急のケースだと訴えたのは正解だったし、誠実だ。

「森さん、それでだいぶ参っちゃったみたいよ。だから、あたしなんかにもしみじみしゃべっちゃったんだろうね」

——家内に申し訳ない。だが、もう私には何もしてやれない。

「あのロングインタビュー、奥さんのこともたくさんしゃべってるでしょ？」

夫人とのなれそめから、彼女が才女で賢妻であったこと、森氏の企業人としての成功は、夫人の内助の功があってこそのものだったと、何度となく語っていた。

「せめてあれを立派な本にすることで、かつての奥さんの姿を残してあげたいって思ったんだって」

あたしがやるから——と、編集長は言った。「そんな台詞を聞いたのに、意気に感じなかったら女がすたるでしょ」

「それもいい台詞ですね」

〈特命〉の片が付いたら私も手伝おう。森夫妻のために、いい本を作ろう。もしかしたら、それがここでの私の最後の仕事になるかもしれない。

ノートパソコンを閉じて出ようとしたとき、メールが一通届いた。急いで見ると、柴野運転手からだった。タイトルは、

〈迫田さんの娘さんと連絡がつきました〉

留守番電話のメッセージを聞いて、柴野運転手に電話をかけてきてくれたという。

〈バスジャック以来　迫田さんのお加減がよくないので　そっとしておいてくださいというお話でし

た　もう連絡されては困ると　何度もおっしゃいました〉

ここ数日、柴野運転手はあの柔らかな口調で、何件ものメッセージを残していたのだ。彼女は几帳面に、今日は何時に電話をかけてこんなメッセージを残したと、逐一私に知らせてくれていた。ようやくそれに応答があったことになるが――

〈わたしの印象に過ぎませんが　娘さんのお話しぶりは　わたしどもを警戒しておられるというか怖がっているように感じられました　もしかしたら　迫田さんのところにも既にお金が届いていて　そのことで困惑しておられるのではないかと思えます〉

私も同感だ。

〈二度と電話しないでくれということでしたが　どういたしましょうか〉

私はすぐ返信した。〈金のことを伝えてみてください　我々はその出所を調べている　今のところは警察には知らせていないし　この金をどうするかは　全員で話し合って決めるつもりだと　よろしくお願いします〉

二分と待たずに、柴野運転手からも返信が来た。〈了解いたしましましま〉

〈ま〉と〈た〉の打ち間違いから、あわただしさが伝わってきた。

暮木老人が柴野運転手の身辺を探っていたのではないかという私の推測は、外れていたらしい。仕事仲間や、彼女が佳美ちゃんと暮らしているアパートの近隣に、暮木老人が接触していた形跡は見つからなかった。

ただ柴野運転手は、彼女が運転するバスに、佳美ちゃんを乗せることがあるという。母子は地元に住んでいるのだから、あって不思議なことではない。そういう折には、佳美ちゃんが彼女に「お母さん」や「ママ」と呼びかけることもあるだろう。柴野運転手が娘の名を呼ぶこともあるだろう。そういう場面を見かけた乗客には微笑ましいことだし、印象にも記憶にも残るだろう。

暮木老人は、下見のために、何度もあの路線に乗ったはずだ。その何度かのうちに、たまたま柴野運転手が運転席におり、たまたま佳美ちゃんが乗ってきたとしたら？　乗っ取りの計画を練りながらバスに揺られていたあの老人のことだ、子持ちの女性運転手は利用しがいがあると思ったろう。佳美ちゃんの後を尾《つ》ければ、表札を確かめることもできる。暮木老人が持っていた柴野母子の情報は、その程度のものではなかったか。

——私は用意周到な人間なんです。

そういうやり方が、まさに彼のお得意ではなかったか。ほんの些細な情報でも、効果的に利用し、相手の懐に入り込む。そして自分の望むリアクションを得て、相手を誘導する。バスのなかに残った我々五人にやったことを、柴野運転手に対してもやっただけだ。

それにしても、暮木老人はなぜあのバス、あの路線を選んだのか。近辺に土地鑑があったからだとしても、事件後に報道された彼の名前と顔に、あの地域の人びとから何ひとつ反応がなかったことを考えると、それはかなり昔の話になりそうだ。

一方、送付状を調べている前野・坂本コンビも奮戦している。

金が送りつけられたのは現時点では六ヵ所、送付状も六枚。書き込まれた発送の日付の翌日に我々の元に届いた。千葉県内でも、東京都内でも一日で届いたわけだ。

この六枚は、荷物を受付けた場所で三種類に分かれる。①が柴野運転手宛と私宛で〈サンライズ竜町店〉。②が前野嬢と園田編集長宛で〈堀川　青野商店〉。③が田中氏と坂本君宛で〈スーパーみやこ　高橋〉だ。受付欄の記入はすべてボールペンの手書きで、スタンプではない。筆跡は①②③では異なるが、①の二枚、②の二枚、③の二枚ではそれぞれ似ている。同一人物が同時に受付け、記したのだろう。①は丸文字、②は乱筆で、③はペン習字の手本のようなきれいな手跡だ。これは送付状そのものの手跡にも似ている。

①の〈サンライズ〉はチェーン店のコンビニで、竜町店は群馬県前橋市にあった。②の〈堀川〉という地名（もしくは町名）は全国にごまんとあり、前野・坂本コンビも検索に苦労したようだが、〈青野商店〉の方で道が開けた。ここは産直の有機野菜と果物をネット通販している会社だったのだ。宅配便の受付窓口業は、地域住民へのサービスであるらしい。自分のところで毎日大量の宅配便を出すのだから、ご近所の方の荷物もついでに引き受けますよということだろう。

これも群馬県だった。渋川市の堀川町だ。三種類のうち二種類までが群馬県から発送されていることになる。前橋市と渋川市はさほど離れていないし、この二つの町を地図で調べてみると、車を使うなら一時間とかからなそうだ。

問題は③の〈スーパーみやこ　高橋〉だ。

「普通、こういうふうに書いてあるときは、〈みやこ〉がお店の名前で、〈高橋〉は受付けた店員さんの名前だと思うんです」

「だからスーパーマーケットの〈みやこ〉を探そうと。この〈みやこ〉は、宅配便を受付けた店員さんが自分の名前を書く必要があるくらいの人数が働いてる、つまりある程度の規模のお店だと考えられますよね」

目星をつけて、二人はまた検索に励んだ。

ところが、これが容易に見つからない。〈みやこ〉という店名のスーパーや店舗も山ほどあり、全国に散らばっている。まず①②と同じ群馬県内に絞ったが、該当する店は見つからなかった。そこで関東甲信越に検索範囲を広げると、今度は山梨県にたくさんある。どうやら地元のチェーン店らしいが、これはラーメン屋だった。スーパーマーケットではないが、〈和菓子処みやこ〉が川崎市内にあり、②の〈青野商店〉の例もあるから電話して確かめてみると、そこでは宅配便の受付けはしていなかった。

〈スーパーはスーパーマーケットの意味じゃないのかも？〉

〈スーパーみやこの七文字が名称だとすると　業種は何ですかね？　僕が思い当たるのはパチンコ屋だけど〉

パチンコ・スロット、本日は大サービスデーです〈スーパーみやこ〉。なるほどそれらしいが、パチンコ屋は顧客サービスでも宅配便を受付けないだろう。

思い悩んだ二人は、一昨日から③はいったん保留にして、〈サンライズ　竜町店〉と堀川町の〈青野商店〉を訪ねた。二ヵ所合わせて十五人ほどの従業員に会ったが、暮木老人の似顔絵を見せても反応はなく、この宅配便を持ち込んだ人物を覚えている人もいなかった。〈サンライズ　竜町店〉は私鉄線の駅前という好立地だし、〈青野商店〉は有機野菜の店舗販売もしており、どちらも客の出入りが繁多で、忙しい店だという。

〈サンライズでは　防犯カメラの映像を見せてもらえませんかって頼んでみたんですけど　警察でもない人に見せられませんって断られちゃいました〉

前野嬢がメールで知らせてくれた。

〈群馬まで来たついでですから　ここの職業別電話帳をもとにして　スーパーマーケットを片っ端から調べてみます　小さいところで　検索じゃわからないって可能性もありますもんね〉

今日の社会では、ネット検索に引っかからないものは存在していないことと同義だ——と言ったのは誰だったろうか。事実がそうなら、単純で楽なのだが。

そんな次第で、二人は今日も群馬県内をレンタカーで走り回っているはずだ。サンライズの店員が言ったとおり、我々が〈警察の人〉であるならば、こんな苦労はしなくて済む。宅配便会社で伝票番号を調べてもらえば、いつどこで受付けた荷物か、たちどころに判明するからだ。

それでも二人は一生懸命やっている。気を合わせて行動しているが、喧嘩することもあるらしい。

電話で話すと感じないが、メールの文面の方が正直に二人の気持ちを反映していて、短い言葉のなかに迷いや苛立ちが見えることもあった。

〈ケイちゃん　今日はぶすっとしてて口もききませんでした〉

〈一人で張り切ってるけど　メイちゃんはこれがつまるところ　金のからんだ問題なんだってことを忘れてる気がする〉

前野嬢も忘れているのではなく、考えないように努めているのだろう。こんな余計な手間をかけず、さっさとお金をもらっちゃおうかと迷うときもあるはずだ。そんなとき、彼女の頭には、アパートのゴミ捨て場から拾ってきたラジオのか細い音声に、独りで耳を傾けていた暮木老人の姿が浮かぶのではないか。そして思うのだ。おじいさんが何をして、どんな想いでこのお金を貯めたのか知らなくちゃいけないと。

若い二人に、迫田さんの娘さんと連絡が取れた旨のメールを送り、私はノートパソコンを鞄にしまい、次の聞き込みに行くことにした。中藤ふみ江の孫会員だった女性が、日商フロンティア協会がケータリングを頼んでいた業者を教えてくれたのだ。この孫会員の女性は自身もケータリング業をしていたことがあり、日商で供される軽食の類いの質があまりにひどいので、「ボラれてますよ」と事務局に注進したが、相手にされなかったという経験を持っている。

――ホテルでやる表彰パーティの料理も、見かけ倒しでしたからね。食べ物をケチる会社はロクなもんじゃないの。今思えば、一事が万事でした。

グループ広報室を出たところで、私の携帯電話が鳴った。

9

最初のうち、何を言われているのかさっぱりわからなかった。

北見夫人からの電話だった。面倒をかけてごめんなさいねという謝罪はわかるのだが、

「すみません、誰が訪ねてきたんですって？」

「高越さんの奥さんだって、本人は言ってますねえ。まだ確認してはいないんだけど」

北見夫人はマイペースで落ち着いている。

「タカゴシ？」

「ほら、あの高越勝巳さんという人」

この数日、私はそのほとんどが初対面の人たちと次から次へと会って話をし、名乗ったり名乗られたりしていて、頭のなかがいささか飽和状態だ。タカゴシカツミ？

ひと呼吸おいて、やっと記憶の焦点が合った。新聞販売店店員、足立則生の事件だ。高越勝巳は被害者の男性じゃないか。その未亡人が、なんだって北見夫人を訪ねてきたんだ？

「十分で行きます！」

駆けつけてみると、玄関先に出てきた北見夫人が、口元に指を立てて「静かに」と言った。

「ちょっと休んでもらってますから」

報道では、高越の妻は確か妊娠中だったはずだ。私は足音を忍ばせ、北見夫人について奥へ入った。

北見母子の住む都営住宅には、かつて北見氏が来客用に使っていた二人掛けの椅子がひとつある。件の女性はそこに横になっていた。仰向けになってクッションに頭を載せ、爪先から首の下まですっ

ぽりと毛布で覆われている。北見夫人がかけたのだろう。

顔色は青白く、目のまわりに隈《くま》がある。薄化粧しているようだが、くちびるの荒れが目立った。あんまりしげしげと見ては申し訳ない気がして、私は目をそらした。

台所のテーブルで、北見夫人とひそひそ話した。「いつ来たんですか」

「三十分ぐらい前かしら。来たときから真っ青な顔してて、トイレを貸してくれって言うから、すぐ入れてあげたんですよ」

「つわりですかね」

「もうその時期でもないでしょう。妊娠五ヵ月目に入ったって言ってたからね」

玄関には、チロリアンテープの縁取りがついた可愛いローヒールが脱いである。

「本当に高越さんの奥さんなんですかね」

北見夫人はうなずいた。「母子手帳を見せてくれました。籍を入れてなかったので、あの人の名字は高越さんじゃないのね」

彼女の名前は井村絵里子《いむらえりこ》というそうだ。

「だけど、あの人が亡くなった高越さんと一緒に暮らしてた女性だってことは間違いないと思いますよ」

「なぜわかるんですか」

井村さんの顔は、事件後のインタビューの際にもモザイクで消されていた。北見夫人は知らないはずだ。

「だって、これを持ってたから」

テーブルの上に、A4サイズのクラフト紙の封筒がひとつある。北見夫人はその中身を取り出した。

青い表紙に、几帳面な筆跡で書かれたタイトルと日付。私立探偵・北見一郎の調査ファイルだ。

「十月のはじめに足立さんがここへ来たとき、わたしが返したものだけど、井村さんはあの事件の前に足立さんからもらったそうですよ」

私は混乱した。足立則生は高越勝巳と再会したことがきっかけで北見夫人を訪ね、北見氏が亡くなっていることを知り、ファイルだけを手に落胆して帰った。その後、自力で何とかできないかと（ひどく不器用な形で）高越氏に接触を続けた彼は、結果として高越殺害の第一容疑者となり、現在も逃亡中だ。

「事件の後、いつまで経っても警察がうちを訪ねてこないので、足立さんのファイルは見つからないのかしらと思ってたんだけど、高越さんの奥さんの手に渡っていたのね」

「しかし、おかしいですよ」私は抗議した。「このファイルを読めば、足立さんに高越さんを殺す動機があったことがわかるんじゃありませんか？　足立さんは昔、高越さんに不動産詐欺の片棒を担がされていた。ファイルには、その詳細が記されているはずです」

「だから足立さんも、高越さんの奥さんに渡したんでしょうね」

あなたの夫は、過去にこんな悪事に加担していた。詐欺師の一味だったんだぞと暴露するために。それはわかる。そこまではわかるが、井村絵里子はなぜ、そのファイルを今まで警察に渡さず、隠していたのか。

「積極的に隠していたのかどうかはわかりませんよ。言い出せなかっただけかもしれない」

「言い出せないって……」

「これがなくたって、足立さんは充分に怪しくて、現に警察に追われる身でしょう。奥さんが高越さんの昔の、あんまり世間に知られたくないような事は言わなくてもいいんじゃないかと思っても、無理ないわよね」

「いいえ。わたし、隠していました」

うつろな声がした。枯れ木のうろで風が鳴ると、こんな音が出ることがある。

井村絵里子が、椅子で身を起こしていた。毛布を膝に、足を下ろして座ろうとしている。

北見夫人はすぐ席を立ち、彼女に近寄った。「無理に起きなくていいんですよ」

「すみません。もう大丈夫ですから」

目眩がしたんですよと、北見夫人が私に説明してくれた。井村絵里子は寒そうだ。北見夫人は彼女の背中に掌をあて、

「エアコンつけましょうね」

リモコンを操作してから、寄り添うように彼女の隣に座った。狭い部屋だから、台所とリビングの距離も近い。私はあまり二人の女性に近寄らないことにして、そのまま台所の椅子にとどまった。

「私は杉村と申します。北見さんの亡くなったご主人に調査を頼んだこともあって、親しくさせていただいている者です」

うなだれて、自分の腕で身体を抱いたまま、井村絵里子はひとつうなずいた。

私の妻の菜穂子も五ヵ月ぐらいではそうだったが、彼女もあまりお腹のふくらみが目立たない。毛布をかけている状態では、妊婦というより病人のようにしか見えない。

「わたし一人じゃ心許ないのでね。応援に来てもらいました」

北見夫人は優しく彼女に言った。

「わたしは主人の仕事のことは何もわからないけど、杉村さんはちょっと手伝ってくださったこともあって、こういうことに明るい方ですから」

こういうこととはどういうことか、微妙だ。

「少しお伺いしてもいいですか。ご気分が悪いようでしたら、すぐ言ってください」

はいと、か細い声で井村絵里子は応じた。

「このファイルは、足立則生からもらったんですか」

彼女はまたうなずいた。

「いつごろです？」

「事件が起こる一週間ぐらい前でした」

昼頃、買い物帰りの彼女を、足立則生が追いかけてきたのだという。

「わたしに何かしようというんじゃない、だから怖がらないでくれって、あの人の方が怖がってるみたいに、冷汗をいっぱいかいていました」

棒読みのような抑揚のない口調だが、言葉には迷いが感じられない。

「それで、奥さん、頼むからこれを読んでみてくれって」

買い物袋に突っ込まれてしまって、断ることができなかったそうだ。その場では、足立則生はすぐ立ち去った。

「高越に相談しようかと思ったんですけど」

ちらりと目に入ったタイトルが気になって、結局ページをめくってみた。

「それで——高越とあの人が揉めている原因がわかりました」

井村絵里子の眼差しはぼんやりとして、足元に落ちている。

「そのことを、ご主人には？」

少し間が空いた。「すぐには話せませんでした。高越は、わたしが足立さんのことを口にすると、それだけでカッと興奮するような状態になっていましたから」

——またあいつが来たのか？　何かされたか？　何を言われたんだ？

「そのころにはもう、ご主人と足立さんは、何度も衝突してたんですね」

「高越は、あの男はおまえをストーキングしているんだと言ってました」

そこで初めて、井村絵里子は顔を上げて私を見た。「〈ご主人〉って言わないでください」

北見夫人が目をしばたたく。

「わたしは高越のペットじゃありませんから」

今度は私が目をしばたたく番だった。ある考え方に基づき、主人・家内などという表現を嫌う女性や夫婦がいることはわかる。が、それを主張するのに、即座に「ペット」という言葉を持ってくるのは極端だろう。

「失礼しました」私は頭を下げた。「それで、ファイルのことは、その後も高越さんにはお話にならなかったんですか」

井村絵里子はまたうなだれた。痩せた肩も落ちている。室内はエアコンでほどよく暖まってきたが、彼女はまだ寒そうだ。北見夫人が毛布を引っ張り上げてやった。

「おかしいな……って、思うことはあったんです」

幹の半ばにうろを抱き、寒さに震えつつ孤独に立ちすくんでいる細い樹木。ぽろり、ぽろりと葉を落とす。力なく地面に落ちる葉も枯れている。小声で語る井村絵里子から、私はそんなものを連想した。彼女自身も、その口元からこぼれ落ちる言葉も枯れている。

「高越さんが？」と、北見夫人が問う。

「羽振りのいいときと悪いときと、すごく差があったし、ちょいちょい仕事を替えてるみたいでしたし」

「永くお付き合いなさってたの？」

「知り合ったのは三年くらい前です。わたしが働いていた店のお客でした」

言って、目元だけでかすかに笑った。

「わたし、ホステスにはてんで向いてなくて、成績が悪くって、ひとつのお店に長続きできなかったんです。でも高越は、わたしがお店を替わるたんびに追いかけてきて、指名してくれました」

　私は黙って聞いていた。

「それだけあなたを大事に思っていらしたんでしょう」北見夫人は微笑み、井村絵里子の背中をゆっくりと撫で始めた。「三年お付き合いをして、一緒に暮らすようになって、赤ちゃんもできた。お幸せだったのね」

　幸せという言葉に、なぜか井村絵里子は目を大きく瞠った。自分の過去を見定めて、それが幸せであったかどうか再確認しようとするかのように。

「同棲したのは、わたしが妊娠したからです。あのマンションに移るまでは、わたしは一人暮らしをしてました」

　あんな家賃の高いマンションと、首を振る。「分不相応だと思ったけど、高越はすっかり舞い上がっちゃってて、俺たちの子供は最高の環境で育てるんだとか」

　家電も家具も、あの億ションに引っ越すとき、すべて彼が新品を買い揃えたのだという。

「結婚しよう結婚しようって、口を開けばそればっかり。でもわたし」

　踏み切れませんでした――

「籍を入れないままだと、生まれてくる赤ちゃんが可哀相だってことはわかってました。だけどわたし、自分が本当に高越の子を産みたいのかどうかもよくわからなかったんです。妊娠したのは失敗だったし、高越に打ち明けたのも失敗でした」

　堕ろしてしまえばよかったと呟く。乾いた声と、乾いた目をして。

「それで、籍を入れないままだったのね」

　北見夫人の問いかけも、ささやくような声になっている。

「ちょうど高越があのマンションを見つけて、契約の手続きをしてるとき、高越の会社が摘発されたんです」

彼が勤務していたのは、健康食品とサプリメントの商社だ。

「売り出し中の新製品の広告が、薬事法違反だって。これを飲めばがん細胞が消えるとか宣伝してたんですよ」

その手の誇大広告は珍しくなく、その摘発も珍しいものではない。大きな報道にはならなかったのだろう。私は記憶になかったし、北見夫人も知らないようだ。私がチェックした限りでは、件の商社のホームページにも、その旨の謝罪などは見当たらなかった。

「わたし、そういうのがすごく嫌で」

また首を振りながら、井村絵里子は続けた。

「そんな会社、辞めてほしいって言いました。そんなの詐欺じゃないかって。だけど高越は、広告代理店が勝手にやったことだって、ぜんぜん気にしていないんです」

彼女の乾いた目が、激しくまばたきした。「やっぱりこの人、おかしいって思いました。自分のこと、ずっと真面目なサラリーマンだサラリーマンだって言ってるけど、会社勤めしているというだけで、まっとうな人とは限らないでしょう。詐欺まがいのことをやる会社に勤めてて、知ってて加担してるなら、そこの社員だって詐欺師みたいなものです。そうじゃありませんか？」

激しいまばたきが止まったかと思うと、井村絵里子は顔を歪めて笑い出した。

「みたいどころじゃありませんでした。高越は本当に詐欺師だった。ファイルを読んだらよくわかったもの。あの人は、わたしと知り合う以前からあんなことをやってお金を儲けてて、わたしと知り合ってからも、お店でわたしのために使ったお金も、みんなみんな、人を騙して稼いでたんです」

けたたましく引き攣るように笑ったかと思うと、両手で顔を覆ってしまった。

「わたし、よりによって詐欺師とできちゃった。子供までつくっちゃって、どうしよう」

　頭を抱えるようにして揺さぶると、今度は起き直り、嚙みつかんばかりの勢いで北見夫人に迫る。

「あのファイル、本物なんですよね？　あそこに書かれてることは本当のことなんでしょ？」

　北見夫人は動じることもなく、右腕で彼女の肩を包むように抱いた。左手は優しく彼女の手を押さえている。「それを知りたくて、ここにいらしたのね？」

　井村絵里子の目が潤んだ。何度も何度もうなずく。「足立さんが、こちらのことを教えてくれたんです」

　ファイルを渡されてから三日後、今度は病院の帰りに彼に呼び止められた。足立則生の気持ちはわかるが、こんなふうに井村絵里子の動静を覗って周囲をうろちょろしていたのなら、ストーカーだと言われても仕方なかったかもしれない。

　——奥さん、あれ読んでくれましたか。

「わたし、これを作った人に会いたいって言いました。もっと詳しいことを知りたいって。そしたら足立さん」

　——その探偵さんはもう亡くなって、いないんですよ。だけど奥さんがいるから、ちゃんとした探偵さんだったってことは話をしてくれると思うんだ。

「俺も一緒に行きますからって言いました。わたし、断ったの。一人で行きますから場所を教えてくださいって。でも足立さん、一人じゃ心配だって言うから、だったら高越を連れていきますからって言い返しました」

　足立則生はひどく驚いたそうだ。

　——高越さん、あのファイルのこと、奥さんに認めたのかい？

「本人が認めるわけないって、頭から思い込んでるみたいでした。わたしも興奮して顔色が変わってたかもしれません」

――ごめんよ、奥さん。お腹の赤ん坊に障るから、ちょっと落ち着いてくれよ。

「わたしは家に逃げ帰りましたけど、あの人、今にも泣き出しそうな顔をしていました」

足立則生は、周囲とのコミュニケーションのとり方に難があったにしろ、根性が曲がった人間ではない。むしろ、ちょっと融通がきかないくらいに正義感があった。高越勝巳がやったことに、井村絵里子は何の責任もないことぐらいわかっていたろう。わかっていて彼女につきまとい、彼女にお腹の子供の父親の過去を突きつけた自分自身が、恥ずかしくなったのかもしれない。

「絵里子さん、お水をあげましょうか」

北見夫人の言葉に、井村絵里子が返事をしないうちに、私はパッと椅子から立った。水切りカゴに伏せてあるグラスを取り、蛇口をひねろうとしたら、

「杉村さん、そこにあるペットボトルのお水にしてください。それ天然水だから」

私は水を注ぐ。二人の女性はソファで寄り添っている。エアコンが静かに温風を吐き出している。

「常温のお水がいいんですよ。あんまり冷たいのは身体によくないの」

井村絵里子にグラスを渡し、北見夫人は言った。グラスを受け取る手が震え、くちびるも震えて、井村絵里子はコップの使い方を覚えたばかりの子供のように慎重に、ひと口、ふた口と水を飲んだ。

「絵里子さんは今、一人でマンションにいるの？」

グラスを手に、彼女はうなずく。

「誰か一緒にいてくれる人はいますか。泊めてくれるところでもいいけど。ご両親とかご兄弟とかは、お近くにいないのかしら」

出し抜けに、まるで今飲み下した水がそのまま溢れ出たかのように、井村絵里子は涙をこぼした。

「両親はいません。死にました」

声が詰まる。グラスのなかに涙が落ちる。

「わたしが小学校の二年生のときに、二人とも死んだんです。借金を苦にして心中しちゃったんです」

父はちっちゃい工場《こうば》をやってましたと、泣きながら続けた。「ちっちゃいけど、左官屋さんが使う鏝《こて》を作る、地元じゃ有名な工場だったんです。儲けが少なくって、いつもかつかつだったけど、でも立派な父でした」

騙されたのだと、悲痛に吐き出した。

「手形詐欺に遭って、借金がかぶさってきて、家も工場も差し押さえられちゃって」

悪い夢に怯え、泣いて起きてきた子供を抱くように、北見夫人が彼女を抱きかかえた。

「——辛かったね」

「わたし、誰も頼る人なんていません。借金があったから、親戚もみんな冷たかった。ずっと一人で生きてきたんです。ろくに学校にいけなかったから、仕事も見つからなくて、どんなに向いてないってわかってても、水商売に行くしかなかった。だけど、だけど」

ちゃんと生きてきました。

「一人でちゃんと生きてきたのに、どうしてあんな」

詐欺師なんかと。

「人を騙して平気でいられるような男とくっついちゃって、子供までつくっちゃった。どうしよう」

どうしよう、どうしようと泣きながら繰り返す。両手でしがみつくようにグラスをつかんでいる。

それを、北見夫人が優しく取り上げた。私にグラスを渡しながら、夫人は目顔で訴えかけてきた。私はうなずいて応じた。二人とも同じことを考えている。

膝が震えるというか、膝から下の力が抜けていくような感覚を、私は味わっていた。

愉快な感覚ではない。初めての感覚でもない。過去にも二度、三度とあった。謎が解けたとき、霧が晴れて、見えなかったものが見えたとき、いつもこうなった。

「お父さんもお母さんも、わたしのこと怒ってるわ。絶対許してくれない」

「そんなことないよ。そんなことない」

歌うように言い聞かせ、北見夫人は赤ん坊をあやすように揺すってやる。

「ほかに頼る人がいないから、絵里子さんはうちに来てくれたのね」

それでよかった。

「ずっと一人で抱えてるのは辛かったよね。だから泣いていいのよ。だけど、あなたのご両親があなたを怒ってるなんて考えちゃいけません。許してくれないなんてことがあるもんですか。ご両親は心配しておられますよ。あなたのことも、お腹の赤ちゃんのことも心配しておられますよ」

大事な娘と孫だもの。北見夫人が笑いかけると、井村絵里子は夫人にしがみついた。

「あんなことになるなんて、あたし、そんなつもりじゃなかった」

「うん、うん、わかってるよ」

「ファイルを見せたら、高越はびっくりして。だけど、笑ってごまかそうとするんです。足立則生は頭がおかしいんだって。あたしは足立に言いくるめられてる。こんなの、詐欺なんてたいそうなもんじゃない」

彼女にとっては、その言葉もまた詐欺だ。

「高越は、あたしの両親が何で死んだのか知ってるんですよ。前に話したから。そしたらあの人、あたしが可哀相だってぼろぼろ泣いたわ。それなのに」

その彼女の面前で、自分のしたことは詐欺なんてたいそうなもんじゃないと、まだ言う。彼女にとっては、それこそが詐欺だ。

「あたし、別れるって言ったんです。出て行くって言ったんです」

「高越さんは止めたんだね」

夫人にしがみついている彼女の背中に、私は問いかけた。「でもあなたは本気だった」

戦《おのの》くように息を吸い込み、泣きじゃっくりに震えて、井村絵里子はそれでも続ける。

「高越はあわてちゃって、怒り出しました。あたしが一人で赤ちゃんを育てられるわけがないって言いました」

——生活できないだろ。赤ん坊は俺の子なんだぞ。勝手なことされてたまるか。冗談じゃない。

「そうよ、冗談なんかじゃないわよ。あたしは本気なんだから。赤ちゃんがあんたみたいな悪人にならないように、あたし一人で立派に育ててみせるんだからって」

悪人と呼ばれても、高越勝巳はまた笑ったそうだ。一人でできるわけねえだろ。おまえ、売れないホステスだったくせして。

——おまえもおまえの親も、貧乏くじを引かされたんだ。その分、俺が取り返してやる。幸せにしてやろうっていうのに、なんで素直に聞けないいんだ。

——世の中、しょせんは金なんだ。弱い者は強い者に食い物にされるしかないんだよ。

騙される奴らの方がバカなんだ。

「あたし、何がなんだかわかんなくなって」

気がついたら、キッチンに置いてあった果物ナイフを手にしていた。

「別れないっていうなら、死んでやる。本気だからねって、両手でナイフを構えたの。そしたら高越が飛びかかってきて」

つまりあれは事件ではなく、事故だったのだ。高越勝巳は、井村絵里子の手からナイフをもぎ取ろうとする。絵里子は抗う。二人が揉み合ううちに、ナイフが高越の胸に刺さってしまった。

「あんなふうになるとは思いませんでした」

高越の左胸にはナイフが突き立っている。シャツには血もにじんでいる。だが彼はちゃんと立っていたし、自分の身に何が起こったのかと、両手を広げて驚いていた。

「しゃべるし、倒れないし、ぽかんとしちゃって、そんなに痛そうでもないんです」

人が刃物で刺されて死ぬ場合、死因の大方は失血死だ。痛みが強かったり、一気に大量出血して失血性のショックを起こす場合は意識を失ってしまうし、早急に手当てしなければ助からない。

だが希に、刺さった刃物が傷を塞いで栓の役目をし、一時的ながら、当人が大きなダメージを感じないことがある。無論、体内ではじわじわと内出血が起きているし、刃物を抜けばどっと出血する。激痛もくる。だからそういう場合は刺さった刃物をそのままにしておかなければならない。

「大丈夫だ、絵里子、落ち着け落ち着けって」

――大したことないよ。ちょっと痛いけど、平気だ。救急車なんか呼ぶなよ。

「俺が何とかするからって」

事実、彼は立派に〈何とか〉したのだった。

――あいつのせいにすればいい。

足立則生に刺されたことにすればいいと、高越勝巳は言ったのだ。

「わたし、あの人が何を言ってるんだかわかりませんでした」

だが高越勝巳は、混乱する井村絵里子をその場に残し、身体に刺さった果物ナイフが隠れるように上着を着直して、マンションを出ていった。

「俺が戻ってくるまで、絶対に何もするな、誰にも会うなって言って」

そして彼は、足立則生が住み込みで働く新聞販売店へと向かったのだ。

片道百メートル程度の距離だ。普段なら何でもないだろう。だが、胸にナイフが刺さったままなのである。たまたま運良く出血が封じられている状態であるにしても、動けば痛みがなかったはずはない。

「高越さんは、普段から健康管理に気をつけていましたか。たとえばジョギングするとか」

私の問いかけに、そんなことに何の意味があるのかという当惑した眼差しを寄越して、井村絵里子はうなずいた。

「会員制のスポーツジムに通ってました。お腹が出てくるとかっこ悪いって、すごく気にしていましたから」

幸運にプラスして、その鍛錬がものを言ったのだろう。筋力が強く、心肺機能も高く、そして気力があった。何という気力だ。何という頭の回転の速さだろう。

凶事のあった直後に、高越勝巳の頭に浮かんだ事態の収拾案は、確かに名案だ。すべてを足立則生のせいにしてしまえば、井村絵里子とお腹の子を守ることができる上に、彼の人生をかき乱す邪魔者を排除することもできる。一石二鳥だ。

「高越さんは、足立さんに傷害事件の前科があることを知っていましたか」

「あのとき、そう言ってました。だから大丈夫だ、警察はあいつを疑うからって」

やってもいない容疑をかけられたら、足立則生は全力で反論するだろう。高越勝巳と自分との因縁についてもぶちまけるだろう。そのリスクは伴う。

が、彼が逃げてしまえば話は別だ。

顔色を変えて新聞販売店に怒鳴り込み、「殺される！」と派手に騒いで転がるように逃げてゆく。そんな芝居のいちばんの目的は、もちろん周囲の目撃者にアピールすることだが、二義的には、足立則生本人に、厄介な状況に追い込まれたことを悟らせる意味もあったはずだ。俺はおまえをハメたぞ、さあどうする、と。

足立則生は逃亡した。高越勝巳はその可能性まで読み込んでいたのではないか。かつて利用したことのある相手だ。また利用するのは造作もない。足立則生の気質は知っている。高越にとってはただの駒、騙される駄目な奴に過ぎない。ハメられる方がバカなんだ。

「戻って来たときには、さすがに顔色が真っ白になってて」

それでも高越勝巳は井村絵里子の手を握りしめ、何度も何度も繰り返し念を押して、口裏を合わせたという。難しいことじゃない。ただ出来事の順番さえ間違えなければいい。俺は帰宅して、おまえからまた足立につきまとわれたと聞いた。だから頭にきて足立のところに乗り込んだ。そしてあいつに刺されて帰ってきた。いいな？　事実はそういうことだ。あいつはおまえのストーカーだったんだ。いいな？

「よろよろして、座るというより腰を抜かすような感じで、だけど口だけは達者なんです。すがるみたいにあたしの手をつかんで」

井村絵里子は、その手が汚らしいものであったかのように、マタニティウエアにこすりつけた。今もそのときの汚れが残っているというかのように。

「赤ん坊のためだ、赤ん坊のためだって」

血の気の失せた彼女の頬に、もう涙はなかった。目もくちびるも、そこから漏れる言葉も乾いている。

「ナイフはどうしました。あなたが抜いたんですか」

そのままにしてはおけない。凶器だ。出所が高越・井村の自宅だとわかったら、せっかくの芝居が台無しだ。

ぼんやりと目を泳がせたまま、井村絵里子はかぶりを振った。

「あの人が自分で抜きました」

血が、凄くて。囁くように言って、両手で顔を覆った。

「きれいに洗ってしまっておけと言われたから、そのとおりにしました。それから救急車を呼んだんです」

その果物ナイフもまた、高越勝巳が二人の新生活のために買い込んだものだった。銀製のカトラリーセットのなかのひとつで、ビロードの内張りがついたケースに収まるようになっている。今もそのままだという。警察に疑われることはなく、調べられたこともない。

井村絵里子は震え始めた。北見夫人は彼女の背中を撫でてやる。

「ナイフを抜いたら、命も抜けてゆくのがわかりました」

——ああ、死んじゃう。

「床の上に血だまりが出来て、どんどん大きくなっていくんです。それなのにあたし」

果物ナイフを洗い、水気を切ってカトラリーセットに戻した。

「赤ん坊のためだ、赤ん坊のためだ」

低い囁きも震えていた。

「それだけでした。産みたいかどうかわからないって思ってたのに、そのときはただ赤ちゃんのためだって」

手を下ろし、肩を落とし、顔を上げる。その目は何も見ていない。何を見る力もない。ただのうろだ。

「だって、もしも全部バレちゃったら」

またかぶりを振り始める。じっとしていられないのだ。

「あたしの赤ちゃん、詐欺師の子供で、人殺しの子供です。そんなの、あんまりじゃないですか」

答えを求めていないこの呟きに、思いがけないほど強く、北見夫人が答えた。

「ええ、あんまりですよ。その考え方は間違っています。赤ちゃんはあなたがた二人の子供だけれど、あなた方の罪を背負って生まれてくるわけじゃない」

井村絵里子の動きが止まった。うろのような目がまばたきをして、北見夫人を見た。もう涸《か》れたはずの涙が溢れ出る。

「ごめんなさい」

ごめんなさい。ごめんなさい。

私の心に、ひとつの映像が浮かんだ。豪奢なマンションの一室で、床の血だまりのなかに倒れている高越勝巳。彼は死んでゆく。身体から命が抜け出ていく。それを見守りながら、そのときも井村絵里子は、やっぱりこう繰り返していたのではないか。ごめんなさい、ごめんなさい、ごめんなさい。時間が止まったような二人だけの場面に、パトカーと救急車のサイレンが近づいてくる。

上手くいくはずがないと思っていた。

誰かが疑い、見破ってくれると思っていた。こんな嘘が通用するはずはないと思っていた。しかし、誰も彼女を疑わなかった。誰も見抜いてはくれなかった。

「ずっと嘘をついてました」

お腹の子の父親に、そうしろと命じられたから。そうしてくれと、すがられたから。

「みんな、わたしに騙されてるのに、誰も気がつかなかった。優しくしてくれて、同情してくれて」

だけど——と、井村絵里子は両手で腹部をかき抱いた。

「わたしが嘘つきだってこと、この子は知ってる。わたしの血が流れてるんだから。これ以上、嘘はつけません」

声をあげて泣き出した。間もなく母親になろうという若い女性の泣き方ではない。今、彼女のお腹のなかで育まれている子が、やがて月満ちてこの世に生まれ出て、二、三年も経ったなら、きっとこんな泣き方をすることだろう。ママ、転んじゃった。ママ、おなかがすいた。ママ、ママ、ママ。

「じゃ、もう嘘はやめましょう。そう決めたんだもの。ね？　だからあなたはここに来た。そうでしょう？」

固く目をつぶり、北見夫人の言葉に、井村絵里子は何度も何度もうなずいた。

「警察に行きましょう。わたしが一緒についていってあげる」

母娘のように抱き合う二人の女性の傍らで、私はただ手をつかねて、テーブルの上のファイル、北見一郎が残したファイルを見つめていた。

報道は迅速だった。そして、こんな奇抜な事件の割には、その内容は正確だった。

それだけ井村絵里子の供述が一貫しており、信頼性があるということなのだろう。夕方のニュースではまだ事実関係の報道だけだったが、午後九時台には捜査本部の記者会見の模様も映し出された。

この件については、自分が関わったことを、妻には伏せてある。要らぬ心配をかけるのは、バスジャックと〈特命〉だけで充分だ。私は書斎のパソコンでこっそり映像を見て、記者の質問に応じる本部長が、重要参考人として行方を捜している足立則生について、必ずしも事件の被疑者であるという認識ではなかったと発言するのに、ちょっと苦笑した。

嘘をつくことからは解放されても、井村絵里子の今後は、けっして明るいわけではない。今回の決断は、彼女がいつか明るい日差しを浴びるために必要な、正しいものだったけれど、それには時間がかかる。苦い水を泳ぎ切らなくては、甘い水にはたどり着けない。

会ったこともない高越勝巳という男に、私はある種の感嘆を覚えていた。彼の知能と、彼の行動力に。それをもっといい方向に活かすことはできなかったのか——という慨嘆は、何の役にも立たないが。

騙される奴が悪いんだ。

彼は彼なりに井村絵里子を愛していたのだろう。彼女と幸せな人生を築くことを、本気で望んでいたのだろう。二人の価値観、正義感と言い換えてもいいが、その物差しが異なることを知ったとき、彼は素直に驚いたのだろう。

この子に嘘をつくことはできません。

ふと思い立って、私は書斎の書棚を探した。もう何年前になるか、菜穂子と二人で、上野の美術館にレンブラントの展覧会を観にいった。そのとき買った画集がある。

ページをめくり、求める作品を見つけた。アムステルダム国立美術館所蔵の『聖ペテロの否認』だ。そういえばあのとき、いつか現地に観に行こうねと、菜穂子と話した。

聖ペテロは十二使徒の一人で、イエスの一番弟子だ。多感な年頃の若者ではない。もとは田舎の漁師で、素朴な中年男だ。

強大な権力を持つローマ帝国はキリスト教への警戒感を強め、弾圧と迫害が始まる。イエスの逮捕が迫るなかで、十二使徒はそれぞれに変わらぬ信仰心を示し、イエスへの忠誠を誓うが、しかし〈神の子〉は弟子たちの心に潜む迷いを見抜いていた。

銀貨三十枚でイエスを売った裏切り者はユダだが、ペテロも一度はイエスを裏切っている。役人たちと群衆に捕らえられたイエスのもとに、一人最後まで留まった彼も、夜通しの厳しい追及にとうとう負けて、自分はイエスの弟子ではないと誓う。それは、この悲劇の前にイエスが予言したとおりだった。

〈あなたは、鶏が啼く前に三度、私を知らないと言うだろう〉

自らの嘘と、そんな心の有り様をイエスに見抜かれていたことを激しく恥じ、後悔したペテロは真実を述べ、逆十字架にかけられて殉教する。そんな彼の墓の上に立つのがキリスト教の総本山、バチカンのサン・ピエトロ大聖堂だ。

聖人ペテロは嘘をつき、その嘘を悔い改めた人だった。一度は生き延びるために嘘をつき、しかし、嘘を背負って生きることはできないと、壮絶な死を選んだ。

レンブラントの魔術が生んだ美しい明暗のなかで、『聖ペテロの否認』のペテロは、「イエスなど知らない」と嘘を言い並べている。その彼を、役人たちに引き立てられてゆくイエスが振り返る。イエスの顔には光があたり、ペテロの顔は影に沈む。

真実と欺瞞《ぎまん》。生と死。人の心の強さと弱さ。その対比の一瞬を切り取ったこの美しい名画を、だが菜穂子はあまり好きではないと言った。酷《むご》すぎる、と。

——ほかの弟子たちが逃げ去っても、ペテロはイエスのそばに残っていたんでしょう。最後まで頑張って踏み留まったからこそ、厳しい追及に負けて嘘をつくことになってしまった。

——ペテロがもっと臆病な人だったなら、嘘をつかずに済んだのよね。勇気と信念があったばっかりに、恥に苦しむことになった。正しい人だったからこそ、罪を負った。

それが悲しい、と言った。

嘘が人の心を損なうのは、遅かれ早かれいつかは終わるからだ。嘘は永遠ではない。人はそれほど強くなれない。できれば正しく生きたい、善《よ》く生きたいと思う人間であれば、どれほどのっぴきならない理由でついた嘘であっても、その重荷に堪えきれなくなって、いつかは真実を語ることになる。

それならば、己の嘘を嘘と感じず、嘘の重荷を背負わない者の方が、いっそ幸せなのではないか。

どんなペテロにも、振り返って彼を見つめるイエスがいる。だから我々は嘘に堪えられない。だが、自分にはイエスなどいない、イエスなど必要ないと思う者には、怖いものは何もないだろう。

井村絵里子は嘘を通してもよかった。お腹の子供は何も知らない。この子に嘘をつくことはできないという想いは、彼女だけのものだ。あるいはその子が大人になったら、お母さんに嘘をつき通してほしかったと思うかもしれない。なぜ嘘をつき通して、自分を守ってくれなかったのだと。

真実はけっして美しくはない。この世でもっとも美しいものは、真実ではない。終わらない嘘の方だ。

傍らに置いた携帯電話が鳴った。

北見家の番号が表示されている。杉村ですと応じると、聞こえてきたのは北見夫人でも司君の声でもなかった。

「杉村三郎さんですか」

遠慮がちの、臆したような低い声だった。

「あなたは」

足立則生だ。

「こんな時間に悪いんだけど」

彼の言葉に時計を見た。午後十一時に近い。

「北見さんのところに来たら、おたくにも連絡するように、奥さんに言われて」

電話を借りてる、と言う。

「ニュースを観たんですね」

「うん」

「いつ、そちらに?」

「八時ごろ」

挨拶だけと思ったんだけど——と、恥ずかしそうに声が細った。

「夕飯も食わせてもらいました」

本日の北見夫人は大車輪だ。井村絵里子の出頭に付き添って、当然のことながら夫人も事情聴取を受けたろうし、やっと帰宅したと思ったら今度は足立則生の登場だ。

「やっぱり、一度は警察へ行かないといけないと思うんだよね、俺も」

その言葉を期待し、予想していたが、実際に耳にするとホッとした。

「明日、行ってくるよ」

その前に、北見夫人と司君に会いたくて、足を運んできたのだという。

「俺なんかのことで心配かけちゃって、申し訳なかったから」

電話の向こうで、かすかだが司君の声がする。日常的な会話の感じで、北見夫人と話しているらしい。

「奥さん、いい人だね」と、足立則生は言った。「立派な人だ。さすがはあの北見さんの奥さんだ。息子さんもさ」

今度は、「やめてくださいよ」と北見夫人が笑うのが聞こえた。

「だって本当のことだからさ」

足立則生は私にではなく、北見母子に言っている。すると電話口に司君が出てきた。

「こんばんは、杉村さん。遅くにすみません」

「司君こそ」

「足立さん、思ったより元気ですよ」

「それはよかった」

「警察で、そんなに厳しくしぼられることはありませんよね？」

「うん。むしろ、新聞記者とかテレビのレポーターに追いかけられる心配をしておいた方がいいかもしれない」

「やっぱりそうですよねえ」

実はうちも——と、司君は声をひそめる。

「三十分くらい前までは、電話やインタフォンがひっきりなしで、うるさかったんです。やっと静かになったんですよ。自治会長さんが来てくれて、おまえら常識ってもんがねえのかって一喝してくれたおかげです」

うちの母親も付き合いがいいからと、司君は嘆いてみせた。「余計なことに首を突っ込むから。だけど首を突っ込まないといられないんだよな」

親父とそっくりですと、笑った。

「親父が死んだと思ったら、おふくろに親父が乗り移っちゃったみたいだ」

つまんないこと言わないでよと、北見夫人の声がする。

電話が足立則生に戻った。「俺もね、ニュースで、高越の奥さんが知人の女性に付き添われて出頭したって聞いて、すぐ北見さんの奥さんじゃないかって思ったんだ」

根拠などないが、そんな気がしたという。それを確かめたい想いもあって訪ねた、と。

「アパートに入るとき、よく誰にも見つかりませんでしたね」

「そのへんはまあ、な」

またゴミ箱の陰に潜んだか。

「今夜、泊まるところはありますか」

「あんたも、北見さんの奥さんや息子さんと同じこと心配するんだなあ」

大丈夫だよと、彼は明るく言った。

「俺はね、昔、ホームレス生活してたんだよ。今でもノウハウは持ってるんだ」

そうかと、私は納得した。

「だから足立さん、遠くへ逃げる必要はなかったんですね」

そうだよと、彼は私の声に混じる驚きを笑った。「どこへでも歩いて行くのがホームレス暮らしの基本だし、下手に地方へ出たら、勝手がわからなくって、かえって食っていかれないよ」

ずっと都内にいたから、こんなに早く戻ってくることもできたのである。

「けど、明日はちゃんとした格好をして行かないといけないからな。奥さんが、北見さんのシャツとズボンを貸してくれた」

有り難く着て行くよ、と言った。

私もそう思う。

「北見さんがついてきてくれるみたいな気がするし」

「新聞販売店の方はどうしますか」

「警察で用事が済んだら、謝りに行く。また雇ってもらえるかどうかわかんないけど」

前科があるの、バレちゃったからな。少し声が小さくなった。

「ま、何とかなるだろ。何とかしないと、北見さんに恥ずかしいし。もう皆さんに心配かけないように頑張ります」

急に、真面目な中学生みたいな言い方をした。

「警察へ行っても、俺は高越の奥さんには会えないよなあ？」

「無理ですね」

「だよな」

ひと言、謝りたいんだけど——と、彼は言った。「高越の奥さんにあんなことをさせたのは、俺だから」

私は黙っていた。

「自分じゃ、正しいことをやってるつもりだったんだよ。正義の告発をしてるつもりだったんだけどさ」

間違ってたのかな、と呟いた。

「井村絵里子さんのご両親のことは、北見さんの奥さんから聞きましたか」

まだ報道には出ていない情報だ。

少し間があいて、返事があった。

「――うん」

「あれはあなたのあずかり知らぬことだった。高越さんと絵里子さんの関係が不安定なものだったことも、あなたには知りようがなかった。そうですよね」

「うん」

「責任を感じるにしても、そのへんの線引きはきっちりした方がいい。何から何までまとめて背負い込んじゃいけない」

他人のことは言えない。私だってそうだ。携帯電話を片手に、消したパソコンのモニターにぼんやりと映る自分の顔を見る。

「刺したのが高越の奥さんだって知ってたら、さ」

足立則生が何を言おうとしているのか、察しはついた。

「俺、ずっと逃げててもよかった。奥さんには黙ってろって言って、罪をひっかぶっちゃってもよかった」

「それは得策じゃないな」

嘘は終わる。いつかは終わる。

「それに、現実にはそうできなかった。できなかったことをあれこれ考えても仕方ない」

「あんた、不思議な人だね。親切かと思えば、そんな割り切ったようなことも言うし」

モニターに映る私の顔は、少し痛そうに歪んでいる。

「私も、ちょっと変わっているのかもしれませんね」

「ちょっとどころじゃないよ。ずいぶん変わってる」

打ち解けた言い方だった。

「高越の奥さん、そんなに重い罪にはならないよな？」

「私が話を聞いた限りでは、あれは事故ですよ。あなたに罪をかぶせようというのも、高越さんの発案です。だから大丈夫だと思う」

そうだよなと、彼は言った。

「足立さんにできることは、前後の事情を正直に警察に話すことです。余計なかばいだてなんかするより、真実がいちばん効き目があります。ああ、それと」

細かいが大事なことを、私は思い出した。

「高越さんの奥さんは、井村絵里子さんという名前です。事実婚だったから、姓も違う。あの人はそこにこだわっていました。これから先は〈高越さんの奥さん〉じゃなくて、井村さんと呼んであげてください」

「仲よさそうに見えたけどなあ」

「仲が悪かったわけじゃないんでしょうけどね。あの二人にも事情はあったんです」

ふうん――と、足立則生は言った。

「高越ってね、つるつる口が上手いというよりは、強引なタイプだったんだよ。相手を自分のペースに巻き込んで、どんどん連れていくっていうか、呑み込んじまう。俺が組んでるときは、そういうやり方をしてた」

その言葉を聞いて、今さらながら私は気がついた。足立則生もまた、伝染する悪を知り、嘘の罪を知っている。振り返るイエスと目が合ったことがある。彼なら、暮木老人をどう思うだろう。

「落ち着いたら、いっぺん会いませんか」

「何で？」

素直な問い返しに、私は笑った。「元気な顔を見せてくださいよ」

「ああ、そうか。だったら電話するよ」

「ええ、お願いします」

いろいろすンませんでしたと、くだけた挨拶をしめくくりに、電話は切れた。書斎の静けさのなかで、私が身じろぎすると、椅子が軋《きし》んだ。私の心が軋んだのかもしれなかった。


思いがけないアクシデントで日延べになったケータリング業者からの聞き取りは、それ自体に収穫があるものではなかった。ただし、話は面白かった。

この会社の代表者はまだ三十代の女性三人で、短大時代からの仲良しだという。いつか三人で起業しようという夢を果たしたのが、八年前のことだった。

「日商フロンティアには、ダイレクトメールで売り込みをかけたのがきっかけなんです。経営がきつい時期で、何とか新規のお客さんを開拓したかったから、必死でした」

服装もメイクも、髪型はおろか髪質まで似ていそうな三人組の経営者は、それぞれ多弁だった。さすがに声は違うが、しゃべりのノリが一緒なので、もらった名刺を目の前に置いても、話の最後まで、私は三人の誰が誰だかわからなかった。三つ子の姉妹のようだ。

「ここは筋のいいところじゃなさそうだって、わかってはいたんですけどね」

「怪しげな臭いがぷんぷんしたしねえ」

「でも、うちはケータリングするだけですから。会員になろうってわけじゃないし」

「会員になれって、しつこく誘われたけどね」

「儲けさせてやるって、二言目には」

「そうそう！　あの代表のオヤジも脂っこかったけど、倅の方がサイテー」

「あぶく銭を稼いで根本的な勘違いを起こしちゃった、モテねえ男の典型的なパターンだよね！」

女子更衣室のように賑やかだ。

「うちとしてはね、良心的な商売をしたかったわけですよ。だから見積もりは真面目にとったし、先方の催し物の内容に合わせて、こっちからいろいろなプランも出したの」

だが日商フロンティア協会の――というか小羽父子の求めるものは違っていた。

「とにかく見栄えがすればいい、味なんかどうでもいい」

「どうせ誰も食いやしねえんだとか」

「残飯になるに決まってるものに手間をかけるのは、資源の無駄遣いだとか言っちゃって」

大皿のオードブルなどは本物でなくていい、蠟細工の見本で代用できないかと言われ、さすがにそれは断ったそうだ。

「うちにもプライドがありますから」

とにかく細かいことに注文がうるさく、ただ小羽父子は金払いだけはよかった。

「わたしたち女性経営者ってね、逆の体験はホントにしょっちゅうあるんですよ」

女だからと舐められて、値切られたり、支払いを遅延されたりする。

「でも小羽さんには、わたしたちが女だから、いいところを見せてやろうっていう気持ちがあるみたいでした」

「俺は太っ腹だぞ、と」

「まあ、それも下心があったからだろうけどねえ」

「何度も誘われたもんね。飲みに行こうって」

日商フロンティア協会の会員は、年配者が多かった。

「だからあたしたち三十代のオンナでも、あの代表サンには若くてピチピチだったのね」

「倅は倅で、どんな女でも俺になびくはずだってなもんでね、あたしたちが知らん顔をしてると、バカみたいにモーションかけてきたよねえ」

話だけなら愉快だが、その場その場では不愉快なことも多かったろう。

「確かに、他所様と比べると、内容の割には高い代金をもらってました。でも、向こうは言い値で払ってくれましたからね」

「こっちとしては、迷惑料込みのつもり」

小羽父子をあやしながら美味しい商売を続ける一方、彼女たちは、日商フロンティア関連の情報も集めていた。被害者の会の動きにも注意を払っていた。

「あの会のホームページを見てるだけでも、日商フロンティアはそろそろ危ないなってわかりましたから」

こちらから申し出て取引を切ったのは、日商フロンティアが摘発を受ける三ヵ月前のことだったそうだ。

「ぎりぎりセーフでした」

「あとちょっと遅かったら、うちにもいろいろ面倒が降りかかってきたかもしれません」

「いい勉強になりました」

男女を問わず、タフな人間はまわりにもエネルギーを分け与える。この件の聞き込みで、元気をもらったのは初めてだった。

女性経営者か。菜穂子も、友人とこんなふうに〈勉強〉しているのだろうか。そう考えて、私はつい、家内が友人のレストラン開業を手伝っているという話をした。すると彼女たちは口々に大騒ぎをした。

「うわぁ！」

「それ、ホントのお手伝いですか？　それともお金も出すんですか」

「まだ間に合うようなら、奥様を説得してやめさせた方がいいですよ」

「ビジネスはきれい事じゃないもの」

「奥様、お金も友達も若さも、大事なものをみんな失うことになるかもしれませんよ」

「確実に老けるよね！　十歳は老ける」

「小じわが増える」

「自律神経失調症になるし」

ちょっと待ってよと、三人のなかではいちばん長身の女性が笑いながら声をあげた。

「嫌だわ、あたしたち、『マクベス』に出てくる三人の魔女みたいじゃないの！」

私は三人の魔女たちと一緒に笑い、妻にはよく話して聞かせますと約束した。

「つまらないことを言って、申し訳ありませんでした」

別れ際になって、彼女たちは言った。

「奥様のお仕事、くさすつもりはなかったんですよ」

「経営はそれぐらい大変だってこと、ちょっと偉そうに申し上げたかっただけです」

そうね――と、うなずき合う。

「あたしたちも、たかだか八年ぐらいの間に、何度も決裂しそうになりました」

「でも、ここまで保ってます。奥様のお仕事もうまくいくといいですね」

外へ出ると、秋の日差しのなかを歩き、そのうちゆっくり時間をつくって、菜穂子が手伝っているレストラン経営について、もう少し話を聞いてみようと思った。

このごろの私は、自分のことばかりにかまけている。自分と、自分の仲間のことに。菜穂子と桃子がいつでも帰りを待っていてくれるから、安心して目先のことに夢中になってしまうのは、私の悪い癖だ。それは今回に限った話ではない。自然と頭を掻いてしまった。

今日は花でも買って帰ろう。

日商フロンティア協会代表・小羽雅次郎が、半世紀も前、若きサラリーマンだったころ、職場の同僚だったという人物からメールをもらったのは、翌日のことである。

夕食後ののんびりした時間だった。我が家では、来る土曜日の文化祭の舞台で桃子が着る衣装と靴を合わせて、さらに髪型も〈キメよう〉としていて、騒動が勃発していた。

「おさげなんかヤダよ。まとめ髪にしたい」

こういうふうに後れ毛を出して――と、手振りで示す我が娘が、その一瞬だけ妙に大人びて見えて、私はどきりとした。だいたい、〈後れ毛〉なんて言葉をいつ覚えたのだ。

「お母さんは、桃ちゃんぐらいの小さな女の子が背伸びするのは嫌いです」

子供には子供らしい髪型があるのと、妻は言い聞かせる。娘は腰に手をあてて「ヤダもん」と対抗する。私は「ちょっとトイレ」と逃げを打ち、ついでに書斎を覗いたら、立ち上げておいたブログ経由でメールが着いていたのだ。

発信者は〈古猿庵《こえんあん》〉と名乗っていた。件名には〈小羽雅次郎氏について〉とあった。

〈突然ご連絡をいたします　小生はかつて小羽雅次郎氏と机を並べていたことがあり　あなたのこのブログには　氏の名前で検索をかけていて　偶然たどり着きました〉

小羽代表と同年配の人物であることは、文面からも偲ばれた。メールよりも書面を書いていた年月の方が遥かに長い人の文章だ。

〈氏が現在　いくつかの刑事罰に問われていることに　我が人生をも振り返りつつ　ある感慨に打たれております　小生は既に現役を退いた老体であります　思い出話は貴殿がお求めの情報ではないかもしれませんが　小羽雅次郎という人間を理解する一端のお役に立てれば幸甚に存じます〉

特に連絡先は書いてなかったので、私はお礼のメールを返信した。

しばらくして、母娘の内戦を調停して書斎に戻ると、今度は長文が届いていた。

〈丁重なご返信　痛み入ります　小生と小羽氏は　昭和三十七年四月から三十九年の三月まで　当時神田駿河台下交差点近くにあった　㈱森山堂という　英会話教材の販売会社で働いておりました〉

社員二十人ほどの小さな会社だったが、世界を驚かせる高度成長の端緒につき、晴れて国際社会の一員にカムバックしようという、当時の我が国の英会話熱は大変なものだったそうで、おかげで業績はよかったという。

〈小生は十九歳　小羽氏は二十歳だったと記憶しております　文字通り机を並べ　日々営業から帰ると日報を書き　営業成績表でも名前を並べておりました〉

小羽代表は、協会の記録映像で見る限り、歳をとっても押し出しのいい偉丈夫だが、

〈氏は容姿に優れ　社の上司から冗談半分ではありますが　映画俳優になったらどうかと言われるほどでありました　また能弁でありましたので　営業マンとしても優秀でありました　ただし皮肉なことに　氏本人は英会話のセンスを欠いていたようです　逆に言えば　それでも教材を売ることができるほど　営業術に長けていたということでしょう〉

二人はよく連れだって飲みにいったり、若者のことだから、ダンスに行ったり女の子と遊んだりしたそうだ。

〈当時　小羽氏と行動していると　女性に不自由することはありませんでした〉

若者なら、この一文の後に汗をかいている顔文字のひとつも付けそうだ。

〈ちなみに　小生はいわゆる猿顔でして　古猿庵というネームもそこからつけたものです　若いころは男であっても見てくれが気になるもので　それは小生のルサンチマンでありましたが　小羽氏にはよく笑われました　日本の男が　日本猿に似ていてどこが恥ずかしいのだ　胸を張れと〉

敗戦でリセットされ、刷新された昭和を生きる、ぴちぴちした若いサラリーマンの声が聞こえてくるようだった。

〈小羽氏は気性が明るく　前述したように仕事も優秀でしたので　小生には同僚であると同時に　兄のように頼りがいのある存在でありました　ただ不思議だったのは　小羽氏が彼自身のことを　ほとんど語らなかったことです　彼の家族の話などは聞いたことがありません　氏が語るのは常に　未来への大望ばかりでありました〉

——いつか一国一城の主になってみせる。それも、みんなが目を剝くようなでっかい城を持つんだ。

小羽雅次郎の口癖だったという。

〈小生と小羽氏は　同じ時期に森山堂を退社しましたが　当時はたまたまの偶然と思っておりました　もともと小生はいずれ家業を継ぐ身で　一時的に他人の釜の飯を食っており　小羽氏は自分で会社を興すための金を貯めていると言い　もう森山堂ではあまり先が見えないから　もっといいところへ転職すると話しておりました〉

この文章に続いて、私の感想と同じことが書いてあった。

〈あのころ　そのような動機で転職する者は　きわめて希でした　また成功例も　現在以上に　少なかったろうと思います〉

私はパソコンに向かってうなずいていた。

〈森山堂を離れてからも　一年ぐらいは　折々に連絡をとり合っておりましたが　やはり去る者は日々に疎しで　次第に遠のいてしまいました　小生は家業を継ぎ　資金繰りに奔走する日々が永く続

きました　それでも　小羽氏は小生にとって　若き日の楽しい思い出の一部であり　年賀状だけは欠かさず出しておりました　氏からも来信はありましたが　しばしば住所が変わり　それが氏が彼の大望を果たしつつある証左であるのか　はたまたその逆なのか　新年を迎える度に　複雑な思いを噛みしめたものです〉

これだけのボリュームの文章を、たかだか一時間で作れるわけがない。古猿庵氏は、私から返信があるかどうかわからないうちから、この一文を書いていたのだ。一週間ぐらいかかっているかもしれない。

私も古猿庵氏も、互いに互いがどんな人間であるか知らない。私は単にひとつの情報を求める窓口であり、古猿庵氏は、そこに一文を投げてくれただけだ。それだけの繋がりしかないから、古猿庵氏も昔話ができる。

こうして過去を振り返る、現在の貴方は平穏に暮らしておられるのでしょうね――と、私は思う。その平穏が、たとえば播磨屋夫婦のような賑やかなものであれ、高東憲子のような寂しさを含んだものであれ。

〈さて　昭和四十二年の秋だったと記憶しますが　たまたま所用があり神田へ出向いたので　森山堂を訪ねたことがあります　その際　事務員の女性から　小羽氏について意外なことを聞かされました〉

辞めて三年ほど経つ社員が、ふらりと挨拶に立ち寄ってくれた。懐かしさと親しみと気楽さが入り交じり、事務員の女性の口もほぐれたのだろう。

〈小羽氏が森山堂を辞めたのは　小生が辞めたからだというのです　当時　小生が知らなかっただけで　小羽氏の社内における評判には　相当な問題があったというのです〉

使い込みの疑惑があったという。

〈その女性事務員は経理担当でしたので　かなり詳しいことを知っていたのでしょうが　さすがに小生には　ぼかした言い方をしておりました　ただ小羽氏が　社内では数少ない彼のシンパであった小生がいなくなれば　居心地が悪くなることは必定と　急いで辞表を出したのは間違いない〉

二人の同時期の退社は、たまたまではなかったということになる。

〈小生は大いに驚きました　小羽氏はかつて一度たりとも　小銭であっても　小生から借りたことがありません　むしろ気前のいい人で　小生はよくおごってもらったものです〉

後年、日商フロンティア協会代表の小羽雅次郎が、ケータリング会社の三人の魔女たちに、しきりと太っ腹なところを見せようとしていたということを、私は思い出した。

〈今ごろになり　そんな話を聞かされても困ると　小生は彼女に抗弁しましたが　女性事務員は彼女なりの親切で　小生に忠告しているつもりであるようでした〉

――もしもまだ小羽さんと付き合いがあるなら、やめた方がいい。わたしは、あの人のことをよく知っているから。

〈本人が言うには　彼女はいっとき　小羽氏と親密な男女関係にあったのです　森山堂では社内恋愛は禁じられておりましたので　隠していたということでした〉

小羽雅次郎のモテっぷりを知っていた古猿庵氏は、二人の密かな恋愛には驚かなかった。驚いたのは別のことである。

〈彼女は当時　小羽氏との結婚を　真剣に望んでいたそうです　しかし彼は言を左右にして逃げ　あげくに　自分と結婚すると君は不幸になると言ったそうなのです〉

大仰というより、芝居がかった表現である。ここにも、後年、会員たちの喝采に壇上で両手を挙げて応える小羽代表の萌芽が見えるような気がする。

〈当然のことながら　彼女はその理由を問いただしました　すると小羽氏は　以下のような釈明をし

たといいます　もちろん　小生には初耳の話でありました〉

小羽雅次郎の生家は、近畿地方の某地方都市にある。小羽家は土地の旧家で資産家でもあり、代々地元の発展に寄与する優秀な人物を輩出している家系で、雅次郎の曾祖父は県議会議長の要職に就いたこともあった。

ところが、雅次郎の父親の代でつまずいた。地元の山林開発にからんで収賄容疑を受け、逮捕されたのだ。金の問題だけならまだ禊《みそ》ぎをすれば済んだろうが、この件には暴力団が介入し、金の分配をめぐって殺人事件まで起きていた。

雅次郎の父親は、直接この殺人に関与したわけではなかったが、事後の隠蔽《いんぺい》工作に手を貸していた。またそのことで、殺人の実行犯グループから恐喝されていた。政治家としては致命的である。

〈父親の不始末で　小羽氏は故郷を追われました　十六歳のときであったといいます　これによって氏は高校を卒業できず　中退に終わったのですが　森山堂時代に　氏は小生には　神奈川県下の県立高校の出身だと話しておりました　これは　己を語らない氏が珍しく語ってくれたことなので　小生はよく記憶しております〉

言った本人はすぐに忘れてしまう嘘だったろう。

〈小羽氏は彼女に　自分は故郷に憎まれ　自分も故郷を憎んでいる　いつか必ず社会で成功し　自分を石持て追った連中を見返してやりたい　それがかなうまでは　結婚や会社での出世など　皆が願う平凡な幸せはお預けだと言ったそうです〉

——だから君は、こんな呪われた男と結婚してはいけない。

僕はいつか必ず大金を儲けて、良家の子女を妻にし、社会の上層部へ登る足がかりにするつもりだ。それでもどうしても君が僕を愛するというのなら、愛人にしてやる。小羽雅次郎にそう言われて、〈彼女は呆れ果て　小羽氏と別れたということでした〉

親密に交際していた時期に、彼女は小羽雅次郎にかなりまとまった金を貸していた。貢いでいたと言うべきか。その金も返ってこなかった。

〈結婚詐欺で警察に訴えようかとも思ったけれど　世間体を考えて断念した　まったくあの男は口から生まれてきたような嘘つきだと　その当時でもまだ　怒りと傷心がおさまっていない様子でありました〉

古猿庵氏は困惑した。

〈そのころ既に　小生と小羽氏の交流は疎遠になり始めておりましたので　この話を聞いたところで実害はありません　しかし　短いあいだとはいえ　兄のように慕ったこともある人物の裏面を知ったことに　まだ尻の青い若者だった小生は　ずいぶんと動揺したものでありました〉

画面をスクロールすると、メール文の終わりが見えてきた。

〈その後の小生と小羽氏の付き合いは　前述したようなものですが　一度だけ　氏に再会したことがあります〉

おそらく一九九九年のことだと思う、と書いている。

〈小生は日記を付ける習慣がなく　確実な記憶ではありませんが　当時その場で小羽氏と　昔　一九九九年七月に　世界が滅亡するという予言があったけれど　当たらなかったなという話をした覚えがあります〉

偶然の再会ではなかった。小羽雅次郎から、古猿庵氏に連絡があったのだ。

〈新しい商売を始めた　家庭用の高性能の浄水器を販売したり　リースしたりしている　水ビジネスはこれから大きく成長すること確実だから　出資しないかという話でありました〉

私は手元のノートを繰った。日商フロンティア協会が、これを使えば水道水が奇跡の水〈アテナ〉と同じ効果を持つようになるという触れ込みで浄水器を売り出したのは、一九九九年四月だ。古猿庵氏の記憶は正しい。

〈小生は依然　父から受け継いだ小さな商事会社を切り回すだけで精一杯でしたので　仮に小羽氏の申し出に魅力と信頼性を感じたとしても　投資は無理な相談でありました〉

ということは、昭和三十九年（一九六四年）に別れて以来、三十五年ぶりにいきなり呼び出され、再会を果たした小羽雅次郎が持ちかけた投資話は、古猿庵氏にとって、魅力も信頼性も乏しかったのだ。

〈小羽氏はずいぶんと羽振りのいい様子で　小生は　彼が若き日からの大望を果たしたのだと感じましたが　その思いに　一抹の不安も混じっていたことは　否めません〉

羽振りのいい中年オヤジになった小羽雅次郎からは、若かったころの古猿庵氏には見抜けなかった、月の裏面のように隠されていた彼のうさんくささ、生来の嘘つきの性行が、男性用のコロンのように臭ってきたという。

〈そのとき　小羽氏に同行していた男性に紹介されましたが　経営コンサルタントを自称するその男性の雰囲気と　小羽氏がまるで恋する娘のように　彼に心酔している様子にも　小生は危ういものを感じました〉

片肘をついてパソコン画面をながめていた私は、ここで思わず起き上がった。

浄水器ビジネスは、小羽雅次郎が創りあげた日商フロンティア協会が、はっきりマルチまがい商法へ舵を切ったきっかけ、転換点でもある。

その当時、小羽代表が恋する娘のように心酔する〈経営コンサルタント〉がいた――

〈件の経営コンサルタント氏は　小生とはほとんど会話がなく　印象も薄いのですが　小羽氏が　彼と同年配のコンサルタント氏を先生　先生と呼び　小生にも　この先生はめったに会えない人なんだ　これは貴重な機会だと売り込んだことを　覚えております〉

あるいはこの経営コンサルタントが、今回の摘発で小羽父子と共に検挙された幹部の一人なのかもしれない、と書いてある。

〈覚えずして　長文となりました　老人の思い出話にお付き合いをいただき　御礼を申し上げます〉

締めくくりの挨拶に一行空けて、こうあった。

〈小生は　小羽雅次郎が多くの善良な市民を騙し　不正なビジネスを行うことによって　社会にも大きな不安を与えたというその罪を　いささかなりとも庇《かば》うつもりはありません　しかし　彼とて心ある人間であり　嘘つきの性行を秘めていたとしても　人生行路のどこかで選択を誤らなければ　あるいは　正しい導きに出会えていたならば　獄中の人となることもなかったろうと　思えてなりません〉

それは私も同感だ。小羽雅次郎が展開していた健康食品や〈アテナ〉のビジネスは、一種の偽薬ビジネスであり、うさんくさいことは確かだが、それだけで大きな害を及ぼすものではない。だが、一九九九年四月以降の展開は、まったく別の次元に突入している。会員に商品やサービスを売るのではなく、会員を利用して商品とサービスを売らせ、多くの生身の人間を集金マシーンに変えて駆り立てたのだから。

そのスキームを、小羽雅次郎が自分の頭で思いついたのではないとしたら。彼に指南役がいて、知恵を付けたのだとしたら。

〈一連の報道を通し　現在の小羽氏の姿を見る機会に恵まれました　その言動　表情に　かつて氏が恋人に語った過去の話　石持て故郷を追われ　故郷を憎み　いつか見返してやりたいという言葉には　一片の真実があったのではないかと感じております〉

そうだ。小羽雅次郎は、しきりと「世直し」を謳っていた。自分をさげすみ、後ろ指を差した世の中に、世直しの法を以て君臨する。二度と世間の風下には立たない。それが彼の生きる目的、人生と戦う意味だった。

そこに、軍師がついたとしたならば。

私は、書斎ではほとんど使わないスキャナーを持ち出すと、メディアで公開されていた暮木老人の似顔絵を読み込み、古猿庵氏に送るメールを打った。

〈一九九九年当時　小羽雅次郎氏に同行していた経営コンサルタントは　この人物ではないでしょうか〉

気が急《せ》いて、キーを打ち間違う。

〈この似顔絵から　十歳ほど若返らせて考えていただけますか　身長一六〇センチ程度　小柄でやせ形の人物です　また当時　その経営コンサルタントは何と名乗っていたか　お教えいただけると幸いです〉

送信し、落ち着かないので書斎のなかを歩き回っていたら、返信が来た。先方も、メールを読んだ私の反応を待っていたのだろう。

〈小生の記憶では　あの折　小羽氏が心酔しているという経営コンサルタントは　この人物ではなかったように思います〉

膝からがっくりときて、私は回転椅子にへたりこんだ。

〈経営コンサルタントの名前は　覚えておりませんが　当時　名刺をもらった記憶があります　小生は日記は付けませんが　名刺はすべて保存しております　調べてみれば　当時のものが　出てくると思います〉

既に日付が替わる時刻だ。古猿庵氏は、これから引き出しや押し入れを探すつもりだろうか。

〈ありがとうございました　たいへん興味深いお話でした　ご助力に深謝いたしますが　どうぞご無理のありませんように〉

またしばらく書斎を歩き回り、もう今日はここまでにしようと、風呂に入ることにした。桃子はとっくに寝ており、リビングで雑誌をめくっていた菜穂子が、

「今夜は、わたしが絵本を読んで聞かせたから」と、ちょっと口を尖らせて言った。

「ビルボ君のお話のクライマックスは、あなたが担当してちょうだい」

「うん、ありがとう。悪かったね」

結局そのまま座り込んで、妻に古猿庵氏のことを話した。妻は目をまん丸にして、

「ネットの力ね！」

「うん。靴底を減らして歩き回らなくても、情報の方から来てくれた」

その夜の眠りは浅かった。午前六時に起床して、メールをチェックした。来ていない。さすがに気が早いかと、朝食を済ませて着替えていたら、メール受信の音がした。

〈当時　小羽氏からもらった名刺と　一緒にファイルしてありました〉

スキャナーで読み込まれた名刺の映像が添付されている。

「御厨尚憲」

ルビがついている。「ミクリヤ　タカノリ」ではない。「ミクリヤ　ショウケン」だ。

肩書きはない。名前のほかは、住所と電話番号だけだ。渋谷区の番地である。部屋番号はない。急いでパソコンの地図ソフトで調べてみると、存在しない番地だった。

電話番号にかけてみた。つながると、いきなりファクスの「ピー」という音がした。この番号はとっくに転売され、別の持ち主が使っているのだろう。

番地がぬけぬけとデタラメなのだし、この珍しい名字も偽名の可能性が高い。本名か、別名のひとつが暮木一光だったと考えたいところだが、その仮説では、〈この似顔絵の男ではない〉という古猿庵氏の記憶と食い違う。件のコンサルタントは小羽雅次郎と同年配だというのだから、暮木老人であ

ってもおかしくはないのだが……。

頭を抱えるより先に、やることがある。田中氏と柴野運転手、坂本・前野コンビに、大急ぎで新情報を報せた。ミクリヤという名前に注意してほしい。もしもどこかで引っかかってきたら、教えてほしい。

これまで聞き取りで会った人たちにも、メールやファクスを使って報せた。被害者の会のホームページにもメールを送った。日商フロンティア協会のなかに、「ミクリヤ　ショウケン」という人物はいなかったか。暮木老人と同じで、これが偽名だったらどうしようもないが、万にひとつの僥倖《ぎようこう》を恃んで損はないだろう。古猿庵氏から情報をもらったことだって、ほとんど奇跡だ。

彼にも御礼のメールを送った。送信キーを押す前に、少しためらってから文章を足した。

〈古猿庵さん　これから始まる小羽雅次郎代表の公判を　傍聴するおつもりですか〉

遅刻ぎりぎりで出勤し、グループ広報室で朝の業務確認をひととおり済ませてから、自宅のパソコンメールをチェックしてみた。返信が来ていた。

〈せめて小生一人は　若き日の小羽雅次郎の肖像を　守ってやりたいと存じます〉

10

私が小学生のころには、小学校で、子供たちがクラスごとに児童劇を演じたり、合唱をしたり、スピーチ大会をしたり、ともかくそうした文化的な活動をして、それを保護者たちが観にくる——という行事は、〈学芸会〉と呼ばれていた。それが、いったいいつから〈文化祭〉になったのだろう。

「中学や高校の行事と見分けがつかないじゃないか」

「だって、中学部と合同でやるんだもの」

「そこが私立なんだよなあ。僕にはなかなかピンとこないんだ」

桃子の学校の文化祭に行く道々、私は妻とそんな話をした。十一月の第三週、好天の土曜日で、この国の四季のなかでは秋がいちばん美しいと断定したくなるような、そしてその断定にほとんど異論が起きそうにない青空が広がっていた。

今日一日は、もろもろの事件から心を引き離してしまおう。朝起きたときから、そう決めていた。私の桃子が晴れ舞台にのぼるのだ。クラスメイトのピアノ演奏をバックに、担任の先生と相談して選んだ詩を三編朗読する。そんなときに、ほかのことを考えていられるものか。

桃子によると、本当は自作の詩を一編混ぜたかったそうなのだが、

——べつのと比べると、モモちゃんのはへただったから、やめたの。

この〈べつの〉二編は、小学生向けに編まれた『うつくしい詩歌の世界』という本からピックアップしたものだそうだ。菜穂子は、上手下手よりも、子供が自分で作った詩を自分で朗読することの意味の方が大きいのだから、先生はわかってないと少々おかんむりだった。私はまあ、桃子の好きなよ

うにすればいいと思うだけだ。あんなに一生懸命練習していたのだから、本番でも上手にできますようにと祈るだけだ。

古びた学舎《まなびや》は、万国旗や造花で、お祭りらしく華やかに彩られていた。きっと桃子が楽しいだろうと思うばかりではなく、私も楽しくて、足取りが軽くなった。

「あなたって、やっぱり文化祭タイプの男子だったのね」

「それ、どんな定義？」

「今、わたしが思いついた定義」

「文化祭タイプ男子の逆は何？」

「もちろん体育祭タイプ男子よ。体育会系男子とは違うのよ、念のため」

ころころとおしゃべりなのは菜穂子も楽しいからだろうし、同時に、母心が緊張してハイになっているからだろう。

この詩の朗読パフォーマンスは演劇と同じ扱いを受けており、講堂で行われる。桃子たち一年A組の登場は午前十一時の予定だ。私と妻はそれまで、学校内の展示物を見て回った。美術部の特別展示が素晴らしかった。テーマは〈未来〉だ。ど真ん中のSF的な未来都市を描いた作品もあれば、抽象画もある。

「この学校の子供たちは、未来に暗いイメージを抱いてないみたいでよかったわ」

妻の亡母は画廊を経営していた。絵画好きは血筋だし、眼もいい。

「お母さん譲りの鑑定眼で、いかがですか。このなかに、未来の日本画壇を背負って立つ逸材がいますか」

「あなた、知らないの？　十五歳までは、絵が好きな子供はみんな天才画家なの。うちにも一人いるじゃない」

小学部の一年生たちも文化祭のために絵を描いていて、それは各教室に展示されていた。テーマは〈わたしのすきなもの　わたしのすきなひと〉。桃子が描いたのは、耳と鼻面と毛足が長くて、のんびり笑っているみたいな顔に見えるゴールデンレトリバーだった。タイトルは「みんなのボノ」。

「ほら、天才だわ」

ボノは菜穂子の長兄一家の飼い犬だ。子犬から育てたのではなく、ふた月ほど前、海外転勤になった知人から預かったのだそうだが、気のいい犬で、すぐ皆に懐いた。桃子もボノが大好きで、休日というと遊びに行く。それでもこの絵は学校で描いたのだから、そらで描いているはずなのに、実によく描けていた。大型犬のボノの身体の大きさを表すために、わざと画面からはみ出させているところなど、心憎い。

「本当に天才だ」

二人で親バカをして、笑い合った。

いざ一年A組の朗読の時間になると、我々の顔からは笑いが消えた。二人とも完全に上がってしまい、菜穂子は震えてさえいる。満員の講堂の片隅で、妻と私は手を握り合って固まっていた。ピンクのワンピースを着て登場した桃子は、彼女の両親よりもはるかに落ち着いているように見えた。

そして、見事にやり遂げた。

バックの演奏曲も美しかった。ピアノを弾く女の子が、朗読用の台本を両手に舞台の真ん中にぽつんと立つ小さな桃子の横顔に、ときどき励ますような微笑みを向ける。桃子も視線でそれに応える。ただの朗読ではなく、さりとてピアノに合わせて歌うのでもなく、まさに新しい朗読パフォーマンスで、桃子だけでなく登場した一年A組の子供たちみんなが素晴らしかった。

パフォーマンスの終わりに、出演児童が全員登場してお辞儀をする。講堂を満杯にした保護者たちと一緒に、妻も私も手が痛くなるほど拍手を送った。

菜穂子は涙を拭いている。私も泣きそうになっていた。

「A組だけでも、こういう場でピアノを弾ける子があんなにいるのね。凄いわ」

本当はもっといろいろと褒めたいのに、わざとそんなことに感心したふりをしてみせる妻も可愛らしい。

これから子供たちは昼の休憩に入る。一年A組は、午後にも合唱の演目がある。中学部のお兄さんお姉さんたちと競う学校内のコンクールだ。そちらも力こぶを固めて応援するべく、妻と私は、菜穂子曰く〈ガツンとした〉ランチをとりに出かけることにした。

講堂を出る保護者たちの流れに混じり、少しずつ出口へ進んでいるとき、私はいっぱいの人混みのなかに、よく知っている顔を見つけたような気がした。壁際に立ち、こちらに半ば背中を向けている男性だ。顔だけでなく背格好も、その人物のそれだ。なのに〈見つけたような気がする〉と留保を付けたのは、その人物が今日ここにいるわけがないからである。

妻は泣いたせいでマスカラが滲んだのを気にして、指で直しているから気づかない。

「ねえ」と、私が妻に呼びかけたとき、その人物が歩き出した。壁に沿って講堂の前方へ。そちら側には非常口があって、そこからも外に出られるから、その姿はすぐ人混みに紛れてしまった。

「なぁに？」と、菜穂子が私を仰ぐ。

「今日、こっそりお義父さんが観に来てるなんてことはあるかい？」

妻は首を横に振った。「お父様は来ないわ。桃子の晴れ姿は観たいけど、人混みが苦手だからやめておくって。講堂の椅子も、お父様の腰にはちょっとよくないし」

かつては運送業界に新風を吹き込む風雲児であり、財界では〈猛禽〉と呼ばれ、今もそのオーラを濃く身にまとっている今多嘉親ではあるが、八十歳を過ぎていることは事実だ。

「公式記念DVDを楽しみにしてるって言ってた」

参観の保護者がこぞって我が子の動画撮影に熱狂するのを禁止するかわりに、学校側がＤＶＤを作るのだ。もちろん、けっこうな金をとるのだが。

「そう……」私は首をひねった。「それじゃやっぱり、他人の空似か僕の見間違いだな」

「どうしたの？」

「橋本さんによく似た人がいたんだ」

今多コンツェルンの真の広報マン、社長秘書室に君臨する〈氷の女王〉に仕える第一の騎士、橋本真佐彦だ。

「彼がここにいるなら、お義父さんのお供に決まってるだろ？」

保護者の列のなかで、我々はようやく講堂の正面出入口に近づき、吹き込んでくる外の風が冷たく感じられるところにいた。菜穂子は、その風が目に入ったらしく、まばたきをして顔を背けた。

「そうね。人違いでしょう」

私はまた首をひねる。「だけどさ、橋本さんって独身かい？」

妻は出口の方を見ている。「だと思うけど」

「だろ？　実は訊いてみたことないからね。そういう個人的な話はしないから。でもさ、彼みたいな人は結婚したら必ず指輪をしそうなのに、してないから、勝手に〈独身なんだろう〉って思ってる」

出口は一段と混んでいた。私は菜穂子の手を取って、学舎の庭に溢れる秋の日差しの下へと出ていった。

「橋本さんは独身よ」日差しに目を細め、妻は言った。「だけど、甥御さんとか姪御さんが、ここの生徒なのかもしれないわね」

「ああ、そういうこともあるよね」

いついかなるときでも、必要が生じれば風のように飛んできてくれる橋本氏にも、私生活はある。

「ランチのお店、いくつかいいところがあるんだけど、電話してみないと駄目かな」

予約しとけばよかったわと言いながら、妻がバッグから携帯電話を取り出した。まるでそれに呼応するように、私の上着の胸ポケットで携帯電話が振動した。

メールではなく着信だ。柴野運転手からだ。

「ちょっとごめん」

私は妻の肩を抱いて、手近のベンチへ誘導した。着信音が切れて留守番サービスに切り替わる寸前に、電話に出た。

「杉村です」

「柴野でございます。いきなりお電話して申し訳ありません。今、よろしいでしょうか」

「はい、大丈夫です」

いつも落ち着いて丁寧な柴野運転手の声に、今日も急き込んだ様子はなかったが、用件は急を要した。

「迫田さんのお嬢さんと会えることになりました」

迫田さんの荷物を取りに、千葉の家に行くついでがあるから、という申し出だという。

「一度だけわたしと会って話すから、それでもう勘弁してくださいということなんです。いかがしましょうか」

ベンチに座り、妻が私を見ている。

「我々みんなに金が送りつけられていることは――」

「はい、すべてお話ししてあります」

だからこそ会う気になってくれたか。

「わかりました。これから私も伺います。そちらに着くまで、どう頑張っても一時間半はかかってしまうと思うんですが」

「お時間は大丈夫です。迫田さんのお嬢さんも、埼玉から来られますから」

「場所はどこにしましょうか」

「よろしければ、うちにおいでください。先様にもそうお伝えしてあります」

他聞を憚る話ですから、と言う。

「狭いところですが、わたしは今日お休みですし、佳美はうちの両親と動物園に出かけていますから、昼間は誰もいません」

本当はその動物園に、彼女も一緒に行くはずだったのだろう。急な展開で、その約束を反故《ほご》にしてくれたのだ。佳美ちゃん、ごめん。

「ありがとうございます」

教えられた住所を、私は手早くメモした。書く物を出すのにおたおたしていたら、妻がメモ帳とボールペンを差し出してくれた。

「ほかの皆さんにはお伝えしますか」

「いや、柴野さんと私だけでお会いしましょう。話の流れで、田中さんにカッとなられたりすると、迫田さんのお嬢さんに申し訳ない」

そうですねと、柴野運転手は生真面目に応じて、電話は切れた。

「出かけるのね」と、菜穂子がため息をつく。「ごめん」私は彼女を拝んだ。「桃子にもホントに本当に申し訳ない」

「仕方ないわ。お父様の〈特命〉がらみなんでしょう？」

ベンチから立ち上がり、拳を固めて私の胸を軽くぶつと、

「行ってらっしゃい、探偵さん」

東京駅から、運良く時間ぴったりの特急に乗れた。行楽日和で自由席は満員だ。何とか席を確保して、車内販売のサンドイッチとコーヒーで慌ただしく昼食を済ませた。菜穂子の選んだ〈ガツンとした〉ランチとは、ずいぶんの落差だ。

今日はノートパソコンも家に置いたままなので、気が逸っても道中ではすることがない。背もたれに頭をあずけて、このところの経過をぼんやり考えるだけだった。

その後、〈御厨尚憲〉という人物についての情報は、ない。一九九九年前後のある時期、小羽代表が特定の経営コンサルタントに師事し、小娘のように熱くなって入れあげていたということも、今のところどこからも裏付け証言が出てこない。単に知られていないのか、会員たちには隠されていたのか。

おそらく偽名だろう〈御厨尚憲〉が、小羽雅次郎を動かし——あるいは焚きつけ、あるいは〈教育〉して、日商フロンティア協会を、小羽が考えていた以上に悪質かつ強力な詐欺組織に変貌させたこと、少なくともそのために寄与したことは、時期的なタイミングから推して、ほぼ間違いないと私は思う。金持ちになりたい、多くの人間の尊敬を集める大物になりたいという小羽雅次郎の欲望がどれほど強くても、知恵とスキルがなければ、日商をあそこまでの組織にできなかったはずだ。

ではその後、〈御厨〉はどうしたのか。小羽代表に請われて日商の内部に入り、幹部の一人となったのか。その場合は〈御厨〉の偽名を捨て、彼が別の名前を名乗っていなければ、会員たちから〈御厨〉の名前に反応がないことに筋が通らない。古猿庵氏だって、名前は違っても、幹部の顔を見れば「おや、あれはあの時紹介された経営コンサルタントじゃないか」と気づいたろう。幹部の顔は、すっかりマスコミにさらされたわけではないが、ネット上では容赦なく公開されている。被害者の会のホームページにも、内部の行事の際の写真がたくさん載っている。古猿庵氏はある程度ネットに習熟しているようだから、それを見る機会はあったろう。

それに、〈御厨尚憲〉はそんな愚かな人間だろうか。

私はいささか、自分自身の考えに酔っ払っているのかもしれない。〈悪は伝染する〉という発見に、大きな意味を持たせすぎているのかもしれない。

だが、思わずにはいられないのだ。確かに悪は伝染するが、勝手に広まるわけではない。日商フロンティア協会内部だって、会員同士のあいだで伝播《でんぱ》していったのだ。

小羽雅次郎が最初にこの悪質商法のスキルという悪に感染したときも、感染源がいた。それが〈御厨尚憲〉という経営コンサルタントだった。では、小羽代表に悪を感染させる、〈御厨〉の目的は何だろう。何を望んで、我欲も強ければクセも強そうな、小羽雅次郎というへんちくりんな会社経営者に近づいたのだ。

もちろん、一義的には金だ。金銭欲だ。日商フロンティア協会が強力な集金マシーンの集団と化せば、その成立のために軍師として貢献した〈御厨〉に、小羽代表は喜んで報酬を払うだろう。そうなるべく目論んで、〈御厨〉も小羽を焚きつけ教育したはずだ。

しかし、そんな関係を長く続けることも、〈御厨〉の目論見だったろうか。日商フロンティア協会を集団詐欺組織にして、そこに深く関わり長く留まり、報酬を吸い上げることが、〈御厨〉の目的だったのだろうか。

私にはどうしても、そうは思えないのだ。

小羽雅次郎の軍師を務め、マルチまがい商法のノウハウと構造を教え込んだ〈御厨〉は、こんな詐欺商法は遅かれ早かれ破綻する――成功すれば成功するほど加速度がついて破綻に近づくと、ちゃんと知っていたのではないか。それがわからない人間なら、まず自分でそういう組織を作ってトップに立とうと思うだろうし、仮に最初は小羽雅次郎と彼の日商を利用したとしても、いずれは自分が大将になろうと思うだろう。

仕掛けて儲けて、さっさと逃げる。賢い詐欺師は、それを信条とするのではないか。だから〈御厨〉は、自分は表面に出ず、小羽雅次郎を担いだ。何があっても自分は矢面に立たない。もちろん幹部になるなどもってのほかだ。ある程度稼いだら、次はまた別の新しいターゲットを探す。この世に、カモは大勢いるのだ。

古猿庵氏一人の古い記憶から、私は想像をたくましくしすぎているのかもしれない。だいたい、仮にこの妄想的仮説が正しかったとしても、〈御厨尚憲〉と暮木一光の繋がりがわからなければ、我々は一歩も先に進んだことにならないのだ。

古猿庵氏は、〈御厨〉と暮木老人は別人だと言った。別人だと思う、と。だがその記憶が誤りだったら？　十年も経てば、いい大人だって人相が変わったり、太ったり痩せたりして別人のように見えることがあってもおかしくない。古猿庵氏が会った〈御厨尚憲〉は経営コンサルタントらしい背広姿だったろうし、それなりの押し出しもあったろうが、暮木老人は痩せて貧相だった。

もしも〈御厨〉イコール〈暮木一光〉であるならば、暮木老人と日商との関係はすっきり説明がつく。そして次に生じる謎は、かつて〈御厨〉として日商フロンティア協会を創造した暮木老人が、なぜ今ごろになって三人のプレミア会員を選び、世間のさらし者にして罰を与えようとしたかということだ。

素直に考えれば、晩年になって、過去の自分の所行を後悔したからだろう。

日商フロンティア協会そのものは、既に瓦解している。小羽代表ら幹部も逮捕された。だが暮木老人の後悔は、それだけではおさまらなかった。ああいう詐欺組織がどのように機能し、会員同士のあいだでどのように悪を伝播させていくのか熟知していた暮木老人は、やがて司法の場に引き出される幹部たちだけが悪いわけではないと知っていた。会員たちも静かな、かつ積極的な共犯者だった。とりわけ協会内部の個人貸付制度で儲けていたプレミア会員たちは、その筆頭だろう。

だから、そのなかからあの三人を選んだ。個人的に脅すとか傷つけるとか、犯罪的なことをやったところで、当事者を怯えさせることはできても、懲罰効果は薄い。いちばん効き目があるのは、彼らを世間の前に引きずり出してやることだ。被害者面をして隠れている、彼らの仮面を剝いでやることだ。

現実には、暮木老人が期待していたほど、高東・葛原・中藤の三人が、マスコミにたたかれネットでさらされることはなかった。だがそれでも、彼らの私生活には確実に影響が出た。高東憲子と中藤ふみ江が逃亡者のようにこそこそと暮らさねばならなくなったのは、バスジャック事件で名前を挙げられたことで、彼らの身近な人間たちが、あらためて彼らの過去の行動を、彼らが日商のなかで何をやらかしてきたのかを、冷たい視線で検分するようになったからだろう。あの人、やっぱり恨まれていたんだ、と。

葛原旻については、あとの二人よりも酷だったかもしれない。彼は二月に自殺している。葛原旻は死後の安寧を乱され、遺族もまた苦い思いを嚙みしめ直すことになった。こそこそしながらも、まだ自分の口で弁明することはできた高東・中藤より、さらに辛い。

懲罰の対象として、暮木老人がなぜあの三人を選んだのか。貸付額の多寡か、会員歴の長さか。本人が死んでしまった以上、子細を突き止めることは難しそうだ。だが、彼らが日商の被害者的加害者の代表であったことは変わらない。

そういえば、貸付額のリストをくれた電器店の社長から、その後新たな情報を得た。社長も〈御厨尚憲〉にはまったく心当たりがなかったが、二ヵ月前のバスジャック事件の余波が、まだ日商の被害者グループのあいだで広がり続けていて、プレミア会員たちのなかでまた二人、自殺者が出たというのだ。

今では、プレミア会員たちだけでなく、トータルでは被害者になるけれど一時は結構な収益を手にしたことがあるという会員たちのあいだでも、静かなパニックが起こりつつあるという。あのバスジャック事件の犯人と同じように、俺は、わたしはあんたに騙された、人を口車に乗せて日商に誘い込んだあんたは詐欺師だ——と、体当たりの告発をする会員仲間が、また現れるのではないか、と。

新たな二人の自殺者が、百パーセントその恐怖に追い詰められたのではないにしろ、要素としてはあったはずだ。暮木老人がそうした後遺症的なものまで見込んでいたとしたら、彼の企みは大成功したことになる。

バスジャックの終焉《しゅうえん》に、暮木老人は躊躇うことなく自死を選んだ。最初から覚悟していたのだろう。彼は知っていた。自分は、高東・葛原・中藤の三人はもちろん、他の被害者的加害者の会員たちにも、彼らの所行にふさわしい罰を与える。それは彼らの名誉に対する死刑宣告であると同時に、彼らの命への死刑宣告にもなり得る。

他者の命を奪う者は、自らもその命を以て償うべきだ。だから暮木老人は、率先して死を選んだのだ。彼の後には、多くの者の命の死が、名誉の死が、魂の死が続くだろう。暮木一光は、その葬列の先頭を歩むのだ。

特急に揺られながら、私は両手で顔をこすった。

〈御厨尚憲〉が暮木一光であったなら、この筋書きはただの空想ではなくなる。そうなって欲しいと、私は願うようになっている。

悪人が善心に目覚めることだってある。詐欺師も改心することだってあるだろう。我々人質仲間が立ち会ったのは、そういう改心に動かされた寂しい老人の——かつて悪党だった男の人生の最期の場面だったと思いたい。

そんな暮木一光だったからこそ、彼の意を受けて後始末をする協力者もいたのだ。彼がやろうとすることがまったき正義であるかどうかの判断は置いても、彼の気持ちを酌《く》み取り、彼を理解する者がいたのだ、と。

坂本君と前野嬢は、〈スーパーみやこ〉捜索で奮闘し、しかし苦しんでいる。ローラー作戦にも成果がないのだ。この週末は休むと、数日前にメールをもらった。

迫田さんのお嬢さんと話し合ったら、金についての彼女の意向にかかわらず、我々もまた集まった方がいいだろう。私はできることなら暮木一光の正体を明らかにしたいけれど、人質仲間のなかには、警察官でもない我々には難し過ぎるこの調査に、そろそろ疲れている者もいるはずだ。

――もういいから、黙って金をもらおう。

その意見が多数を占めたなら、それはそれで仕方がない。私は一人でも（せめて義父に決められた期限までは）調査を続けたいが、実際問題としてそんな余裕はないというメンバーは、田中氏だけではなさそうだ。

坂本・前野コンビからもらうメールのトーンの違いは、この四、五日でさらに明らかになってきた。坂本君は疲れているというより、クサっている。それはどうやら、前野嬢との問題ではなさそうだ。清掃会社を辞めたきり、この調査に専心して無職のまま、家を空けてばかりいる彼は、よく両親と衝突している。前野嬢がこっそり教えてくれた。

〈わたしはまだ　そんなによく知らないけど　ケイちゃんの話を聞いてるかぎり　ケイちゃんのご両親は　優しい人です　ケイちゃんが　一方的に突っ張ってる感じがします〉

坂本君が大学を辞めたことにも、そのあと職に就いても長続きしないことにも、彼の両親が責めているような様子は感じられないと、前野嬢は言っている。実際、バスジャック中の暮木老人とのやりとりのなかでも、坂本君は、大学を中退するとき、両親から厳しく問いただされたことはないと言っていた。

〈ご両親は　何とも思ってないのに　ケイちゃんが勝手に　ちょっとひがんだみたいになってて　いろいろ悪い方に解釈して　不機嫌になるもんだから　ご両親も怒るんじゃないかと思います〉

さらに、やや心配なことも教えてくれた。

〈わたしの名前は　前野メイですけど〉

小学一年生の頃、前野嬢はカタカナの〈イ〉を上手に書くことができなくて、しばしば〈リ〉と書いてしまっていたそうだ。すると、〈まえのめい〉は〈まえのめり〉になる。

〈わたしはそそっかしくて　早合点な性格だから　ぴったりだって　親とか親戚のおじさんおばさんに笑われて〉

彼女がきちんと自分の名前を〈メイ〉と書けるようになっても、その呼び名は残った。我々とは違い、ごく普通の経緯で前野嬢と親しくなった多くの人びとは、彼女がちょっとあわてんぼうなところを見せると、

——さすがは前のめりだね。

と、笑うのだそうだ。

今回の調査の途中で、何かの折に、大した意味もなく前野嬢がそのことを坂本君に話すと、彼は色をなして怒ったという。

——そんなふうにバカにされて、笑ってちゃ駄目だよ！

ところが、調査の途上で彼女がそそっかしいことをしたり、なかなか埒《らち》のあかない調査に疲れて、少しでも元気を出そうと楽観的な考えを口に出したりすると、今度は坂本君が、自分が怒ったことなどけろりと忘れて、

——そんなんだから、メイちゃんは前のめりなんだよ！

——本物のバカじゃねえの？

まともに罵《ののし》られ、喧嘩になったことも一度や二度ではないというから穏やかではない。

坂本君が、鼻先にぶらさげられた大金――自分の人生を変えるきっかけになる大金になかなか手が届かないことに苛立っているだけならば、その感情はいずれ収まる。だが、彼のなかでその苛立ちが何か別のものと化合しているのなら、少々厄介だ。

みんなでどんな結論を出すことになるのであれ、喧嘩別れだけは避けたい。いい歳の大人がそんなきれい事を言ってどうすると、田中氏には叱られそうだが、私はあの異様な、特殊なだけでなく特別な数時間を共有した人質仲間に、ある絆を感じていた。

菜穂子と一生を共にする決断をしたとき、それまでの人生のなかで得ていた周囲との絆の大部分を断ち切った私は、今もそれを後悔してはいないけれど、絆を断つ痛みには弱くなった。

千葉駅で特急を降りると、駅前からタクシーに乗った。柴野運転手のアパートのそばには大きな郵便局があり、おかげでほとんど迷うことなく五分ばかりで到着した。こぎれいな三階建てのアパートで、空き室があるらしく、不動産屋の看板が出ている。

二階の二〇二号室。インタフォンを押すと、やや緊張した面持ちの柴野運転手が現れた。

「わざわざありがとうございます。ちょうど、いらしたところです」

目顔で奥の部屋を指す。きちんと片付けられた靴脱ぎのスペースには、佳美ちゃんのものらしい小さな運動靴の横に、黒いパンプスが一足揃えてあった。

「散らかっていてすみません」

柴野運転手について奥へ進むと、布張りの二人がけのソファから、パンツスーツ姿の中年女性が立ち上がった。髪をひっつめ、化粧っ気はほとんどなく、アクセサリーもつけていない。腕時計だけだ。

「杉村三郎さんです」

柴野運転手の紹介で、我々はぎこちなく頭を下げ合った。女性の口元は真一文字に閉じられている。

縫い付けられているのではないかと思うほど固く、頑なに。

私は今多コンツェルンの名刺を出した。

「皆さん、きちんとした方だということは存じ上げております」

名刺を手にしたまま、思いのほか弱い声音で、迫田さんの娘さんは言った。

「迫田とよ子の娘の美和子《みわこ》と申します」

あらためて深く頭を下げると、

「その節は、母が大変お世話になりました。柴野さんからも、警察の方からもいろいろ伺っております。母はああいう人ですから、ひとつ間違えば皆さんを危険にさらしたかもしれないのに、お守りくださってありがとうございました」

「それは我々ではなく、柴野さんの功績です。柴野さんが迫田さんを守ったんですよ」

柴野運転手は面を伏せて黙っている。樹脂製の丸テーブルを挟んで、我々は三角形を描いて座っていた。その三角点の上に、これからどんな構造物が立つのか、迫田美和子の険しい眉の角度と、再び固く引き結ばれた口元からは、まだ見当がつかない。

「事件の後、迫田さんはお加減がよくないと伺いましたが、いかがですか」

美和子さんの薄いくちびるが動いた。「体調は安定しています。持病はいろいろありますが、お薬をいただいていますので……」

「膝がお悪かったですよね」

「はい。もう仕方ありません。歳も歳ですし、永年の介護疲れのせいでしょう」

介護、か。あのとき迫田さんは、彼女の母親が〈クラステ海風〉にいると言っていた。大きなボストンバッグも持っていた。

私の表情を読んだのか、美和子さんは細い声で続けた。「母は母の実母——私の祖母を、十年以上も一人で面倒みていたんです。祖母が脳梗塞で倒れてからずっと」

迫田さんは一人娘で、ほかに頼れる兄弟姉妹はいなかった。

「最初の二年ほどは、祖父も元気で祖母の世話をしていたんですが、皮肉なことに祖父の方が先に逝ってしまって……」

わたしが近くにいられればよかったんですがと、一瞬だけまた口が真一文字になる。

「独身ですし、転勤の多い職場で、そうもいきませんでした」

辛いが、世間に珍しい事情ではない。

「母は早くに父――自分の夫とも死に別れているんです。苦労の多い人生でした」

うつむいて、自分の手元を見つめ、声はかぼそいが、少し早口だ。

「去年の九月に祖母が亡くなったので、母もやっと少しは楽に――そんな言い方をしたら祖母には悪いですけど、やっと楽ができるようになったんです。少なくともわたしはそう思ったんですが、違っていました」

そのしゃべり方に、私はあるものを連想した。映画や芝居のなかでしか観たことがない情景だ。

――告解室の信者だ。

私は罪をおかしましたと、カソリック教会の小さな告解室で、シルエットしか見えない神父に懺悔《ざんげ》する信者の姿である。

「母は何だか、呆《ほう》けたようになってしまいました。祖母を支えるという大きな仕事が失くなって、つっかえが外れてしまったんでしょう。皆さんもご存じのように、完全にぼけているわけではないんですが、母が時々とんちんかんなことを言ったりしたりするようになったのは、祖母が亡くなって以来のことなんです。祖母の方は最期まで頭はしっかりしていて、気丈な人だったんですが」

私は柴野運転手の顔を見た。彼女は私の目にうなずき返してきた。

「失礼ですが」私は穏やかに呼びかけた。「迫田さんのお母様――あなたのお祖母様は、もう亡くなっているんですか」

告解室のスリットの入った扉越しに、神父に問いかけられたかのように、迫田美和子は姿勢を正し、私に顔を向けた。

「我々はバスのなかで、迫田さんに、〈クラステ海風〉に入居しているお母様を見舞った帰りだと伺っていたんですが」

膝の上で、彼女は指を組み合わせた。これもまた、祈る信者のようだった。

「母はそう思い込んでいます。母のなかではそういうことになっているんです」

目を閉じ、眉間に浅く皺を刻んで、さっとかぶりを振る。

「いえ、母も本当は、祖母はもう死んでしまったし、〈クラステ海風〉には入れなかったんだって、わかっているんです」

でも、それと認めたくないのだと、美和子さんは言った。

「祖母はまだ生きていて、〈クラステ海風〉にいる。あの施設で親切に世話してもらって、母と二人で狭くて古い家にいたときより、ずっと快適に過ごしているんだって、母は思っていたいんでしょう。そうでないと、やりきれないんです」

だから、事実本当に〈クラステ海風〉に身内の年配者を預けた家族のように、規則正しく見舞いに行っていたのだという。

「週に一、二回は、お昼や夕食時に出かけていました。祖母の食事の介助をするんだって。朝から行って、陽が落ちるまで〈クラステ海風〉にいたこともあるようです」

尋ねるに忍びない質問だが、しないわけにはいかない。「あちらに行って、実際にはどうなさっていたんでしょう。お祖母様は――いらっしゃらないわけですから」

「あれだけ広いところですから、何とでもなりますよ」

確かに、〈クラステ海風〉の敷地内には、公園として開放されている場所もある。

「面会時間のあいだは、施設のなかでも外来者用のスペースが開放されています。老人ホームの棟のなかには入れなかったでしょうけれど、母が一人で座って、ぼんやり時間を過ごしているだけなら、特に見とがめられて追い出されることもなかったんです」

ようやく顔を上げ、そのかわり膝の上に置いた手の指はますます強く握りしめて、美和子さんは私に言った。「実はわたしも、二、三度、母と一緒に行ったことがあるんです。母があちらで何をしているか、それはもちろん不安でしたから」

「ええ、そうでしょうね」

彼女はちょっと肩をすくめて笑った。私には泣き顔に見えた。

「おかしな話ですが、あてもないのにあそこへ行って、オープンスペースのベンチや、バス停に座って、行き交う人たちを眺めていると、わたしも何だか気持ちが安らいだんです。わたしにも、祖母が本当にここにいて、この贅沢《ぜいたく》で綺麗で安心な施設のなかで、幸せに過ごしているように思えたんですよ」

そしたら、もう母を叱ったり、そんなバカなことをするなと止めることができなくなった――と言った。

「幸い、誰にも迷惑をかけてはいないんだし、母の気の済むまでやらせてあげようと思いました。むしろ、まめに母に電話して、今日はおばあちゃんどうしてた？　って訊いたりして」

片手で顔を押さえると、また笑った。今度は嗚咽《おえつ》しているように、私には見えた。

「母はいつも、上機嫌で教えてくれました。おばあちゃんは元気だよって。食事の献立や、施設のなかの行事までちゃんと知ってるんです。今日のお昼はシチューだったよ、体操教室の時間が変わったよ、来週、花火大会があるよとか」

〈クラステ海風〉のなかの掲示物を見れば、わかる情報なのだろう。

「いつか母が現実に戻ってくれることを、まったく期待してなかったわけじゃありません。だけど、無理に引き戻すことはしたくありませんでした。母は祖母を失って、夢を生きてる。それで幸せなら、いいじゃないかと思ったんです」

顔から手を離し、美和子さんは座り直した。ひっつめた髪の生え際が、霜が降りたように白髪になっている。

「祖母を〈クラステ海風〉に入れてあげることは、母の念願だったんですから」

柴野運転手が、ゆっくりゆっくり、二度三度と深くうなずいている。

「そのために、母はいろいろ準備していました。これまでつましくして貯めたお金と、祖父の遺してくれた保険金と貯金と、あと売れるものは売って、何とか入居時の保証金を工面できるって」

あの広大な土地に、大きな総合病院と高齢者向けの介護施設ができることは、何年も前から地元ではよく知られていたのだという。

「土地の買収が始まって、わたしが母からその話を聞いたのは、もう五、六年前のことです。市の広報誌に、施設の名称は〈クラステ海風〉といって、県民の優先入居枠が設けられるんだって告知されて」

迫田さんは希望を抱いたのだという。

「民間の老人ホームじゃ、費用が高すぎて、とても無理でした。公共の特養老人ホームは、順番待ちの人が何百人もいて、いつ入れるかわかりません」

もちろん〈クラステ海風〉も高価な施設だ。が、特養老人ホームの不足を補うために、県が補助金を出してある部屋数を借りて設けた県民優先入居枠ならば、抽選に当たりさえすれば、迫田さんの資力でもぎりぎり手が届いたのだという。

私はうなずいた。バスのなかで私と編集長に、迫田さんは言っていた。有り難いことに県が補助を出してる部屋に当たった、と。

「それでも、特養の場合よりはお金がかかります。だから母は、何とかしようと思って」

言葉が途切れ、美和子さんは口を結ぶだけでなく、下唇を強く嚙んだ。前歯が覗く。

「まず抽選に当たってからの話だし、わたしだって少しはお金を送るからって、言ったんですけどね。母は、あんたに迷惑はかけられないって言いました」

〈クラステ海風〉オープン時の優先入居抽選には外れてしまった。それでも空きが出ればまた抽選が行われる。迫田さんは空き待ちのリストに登録し、当たったらすぐ対応できるように、金策を続けた。

「入居時の保証金はぎりぎり工面しても、毎月の管理費や消耗品代や、祖母の場合は医療費もかかります。母の収入は年金だけですから、心細かったんでしょう。少しでも手持ちの資金を増やせないかって、母なりに一生懸命考えたんです。なにしろ今は預金の金利が低すぎますから」

私の胸に、冷たく暗い地下水のようなものがこみ上げてきた。どこから湧いた水なのかわからない。漆黒の、容赦なく重く、この世には存在し得ない絶対零度の水だ。

「もしかして迫田さんは――」

自分でも情けないほど、声が上ずっている。美和子さんは冷静に私の目を見返して、うなずいた。

「皆さんも、もうご存じだそうですね。ええ、そうです。母は〈日商フロンティア協会〉の詐欺商法に引っかかったんです」

私は言葉を失った。

「いったい誰に誘われたのか、母は未だに教えてくれません。その人に気を使っているんでしょう。今はもう、思い出せなくなっているだけかもしれないけど」

美和子さんの声に、少しずつ力がこもり始めた。怒りのせいだ。

「ああなる前は、うちの母もちゃんとした人だったんですよ。大らかで明るくて、よく働きました。目から鼻に抜けるようなところはなかったけれど、常識人だった。その母が信用しちゃったんですから、わたしは、母にこの話を持ち込んだのは、昔の職場のお仲間だろうと思うんです。永年、とても親しく付き合っていましたから」

「迫田さんはどこにお勤めだったんですか」

美和子さんは微笑んだ。私はそこに、彼女の過去を見た。うちのお母さんは働き者なのよ。愛らしく自慢する聡明な少女だ。

「市の職員でした。給食室で働いていたんです。三十年間ずっと、小学校の子供たちのために給食を作っていたんです」

彼女自身、母親が作った給食を食べて育った生徒だったのかもしれない。

「それくらい親しい相手から聞かされた話じゃなかったら、母がほいほいその気になるはずはないんです。だって、肝心要《かんじんかなめ》の入居保証金にするためだったお金に手をつけていたんですから。それじゃ本末転倒なのに」

よっぽど上手く丸め込まれたのだ。充分にありそうな話だと、今の私ならわかる。

「迫田さんは、あの会の何にお金を出したんですか。浄水器かな」

「リゾートホテルの会員権です」

日商フロンティア協会が末期になって、悪あがきのようにぶち上げた計画だ。

「騙されたとわかったのはいつですか」

美和子さんはため息をついた。「去年の七月です。あの小羽とかいう代表が逮捕されて、協会に警察の捜索が入ったときですよ」

「じゃ、それまでは？」

彼女はかぶりを振った。迫田さんは、小羽代表逮捕のニュースを見て、おろおろして彼女に電話してきたのだという。

「わたしも……呆れ返ってしまって」

最初は怒鳴りつけてしまった。だがすぐ心配になり、駆けつけてみると、迫田さんは老母の世話をすることさえ忘れて、預金通帳や日商から送りつけられた様々な書類をいっぱいに広げたテーブルを前に、呆然と座り込んでいたという。

我々三人は、しばらくのあいだ沈黙を分け合った。まるで黙禱《もくとう》するような沈黙を。まっとうで骨惜しみしない働き者の女性が、年老いた母に人生最後の安楽を与えたい、その安楽を自分も共にしたいという小さな夢を、欲を持ち、足をすくわれて全てを失った。その光景が目の前に浮かんでくる。それは小さな死だ。夢の死。希望の死。だから我々は黙禱した。

「被害額はどれぐらいになりますか」

また眉間に皺を刻み、美和子さんは首を振る。「お金の管理は母がしていましたから、後から調べても、正確なところはわかりません。でも、一千万円にはなるはずです」

「警察には？」

「被害届を出して、いろいろ事情を聞かれましたけど、それだけです」

「被害者の会には参加されていますか」

美和子さんは目に怒りの光を宿した。

「あんなところに参加したって、何になります？　似たような事件は、今までいくらもありましたよね。でも、どんな場合でも、被害者がグループを作って活動したって、それで何とかなりましたか？お金を取り返せましたか？　いくらか取り戻せたとしても、被害額に比べたら涙金でしょう。時間もかかります。そんなの意味がないですよ。裁判所も警察も、詐欺の被害者には冷たいんです。騙される方が悪いんだって、法律も社会も、そういうふうになっているじゃないですか」

難詰するような言い方に、ふと気が咎めたのか、すみませんと呟くと、足元に置いたバッグからハンカチを取り出し、頰を押さえた。

「それに、わたしは母の方が心配でした。自分は騙されたんだ、お金はもう返ってこない、投資したお金は一銭も失くなっちゃったんだって、最初のうちはなかなか理解してくれなくて、ひどく混乱してたんです。日商の会員担当の刑事さんも困っていたくらいでした」

ようやく事態を理解すると、迫田さんは自分を責めるようになった。

「毎日、泣いていました。祖母の世話をしながら、泣いてばかりいました。わたし……母がおかしなことを考えるんじゃないかって、それがもう恐ろしくて」

私は声を低めた。「おかしなことと言いますと」

「祖母と一緒に死のうとするんじゃないかと思ったんです」

よくわかります――と、柴野運転手が囁くように言った。

「母の名誉のために申し上げますけど、うちの母は、一部の会員たちみたいに、小羽というあの詐欺師に入れあげて、信者になっていたわけじゃありません。純粋な被害者です。考えは足りなかったかもしれませんし、もっと慎重であるべきだった。わたしも、もっとしっかり母を監督するべきでした。だからこちらにも落ち度はありましたけれど、母はあの協会にかぶれていたわけじゃありません。だから会員権に投資しただけで、ほかの取引は誘われても断りましたし、母がどなたかを誘ったこともありません」

弁護人のように力説する。迫田さんの娘にとっては、それは守られるべき大切な一線なのだ。今の私にはよくわかる。

「祖母は、何が起こったのか詳しいことは知らなかったと思います。少なくとも、わたしからは話しませんでした。ただ、母の様子がおかしいことは祖母にもわかったでしょうし、だからまるで……母の気落ちが伝わったみたいに弱ってしまって」

昨年の九月末に亡くなったのだという。日商の摘発から、二ヵ月余りだ。

「母の〈クラステ海風〉詣でが始まったのは、それからです」

以来ずっと、規則正しく通っていたのだ。あのバスに乗って。

「初めて母からその話を聞いたときには、驚くより怖くなりました。母が壊れてしまったんだってね。なるべく刺激しない方がいいと思って、じゃあ今日はわたしも一緒に行くよって、出かけてみたんです」

そして迫田さんの行動を見た。表情を見た。不思議と心の安らぐ時間を共にした。

「母は少し現実を見失っていましたが、でも、この様子ならまわりの方に迷惑をかけることはないだろうって……。そんなの希望的観測に過ぎませんでしたけれど」

「事実、そうでしたよ」と、柴野運転手が言った。「わたくし共のバスをご利用いただくときも、いつも挨拶してくださいました」

大きなボストンバッグを提げ、料金箱のそばを通る度に、「こんにちは」「お世話さまです」と運転手に声をかける迫田さんの姿を、私は容易に想像することができた。

美和子さんはまたくちびるを噛みしめた。

「でも、もしそんなことがあった場合にと思って――警備員に捕まるとかね――母に手紙を持たせていたんです。事情は書けませんけど、この人はわたしの母です、何かあったらすぐご連絡お願いしますと、名前と住所と電話番号を書いておきました」

同じ立場なら、私も同じことをするだろう。

「それで何とか、平穏に過ごしてきたんです」

美和子さんの目が不意に焦点を失ったようになり、口の端が下がった。

「バスジャックの後、うちに来てからも、母はしばらくのあいだ、おばあちゃんのところに行かなくちゃって言ってました」

〈クラステ海風〉には、老母がいる。

「それを言い聞かせて、言い聞かせて、おばあちゃんはもういないんだよ、〈クラステ海風〉にはいない、どこにもいない、お母さんは夢を見ていたんだよって」

彼女の声が曇り、すぐ気丈に元に戻った。

「このごろ、やっと落ち着いてきました。先週からは、祖母の納骨の相談をしているんです」

「あ、じゃあ今までは？」

「ええ。母がまだ手元に置いていたんです。不思議ですよね。目の前に祖母の骨箱があって、花を供えて毎日お線香を上げているのに、それでも母は〈クラステ海風〉に通い続けていたんです。母にとっては、ちっとも矛盾した行いじゃなかったんですね」

そこまで語って、美和子さんはようやく目に涙を浮かべた。すぐハンカチで拭った。涙は流れなかった。泣いている場合ではないという決意のようなものを、私は感じ取った。今は、懺悔しているようにも見えなくなった。

こうして何かの秘められた事情を打ち明ける女性と対峙する経験を、私はつい最近にしたばかりだ。井村絵里子である。彼女は真の懺悔者で、泣いてばかりいた。慰めと許しと解放を求め、迷子のように怯えていた。

迫田美和子は違う。秘密を抱えてはいたが、怯えても迷ってもいない。母親を守ろうとしている。

だが、何から守るのだ？

「バスジャック事件の際に、警察には、このことをお話しになりましたか」

「母が〈クラステ海風〉に通っていた理由だけは、話しました。亡くなった祖母をここに入れたかったけれど、抽選が当たらなくて残念だったんだということだけ」

「じゃ、迫田さんが日商フロンティア協会の被害者であることは？」

「話していません」

突然、食いつかんばかりの目つきになった。

「いいじゃないですか、そんなこと、今さら警察に言ったって何の足しにもなりません。何をしてもらえるわけでもないでしょう」

私はちょっとたじろぎ、顎を引いた。

「しかし、事件直後の段階では、暮木老人に名指しされた三人がどんな関係にあるのか、警察にもわかっていなかったはずです。仮にすぐあの三人の関わりが判明していたとしても、バスジャックの人質のなかにも日商の被害者がいたとなれば、警察の対処の仕方も変わっていたかもしれません。重要な情報ですし、隠す必要は何も――」

私は口をつぐんだ。美和子さんの視線が突き刺さってくる。

この人は、まだ全てを語っていない。もっと何かを知っている。隠していることもある。

「杉村さん」

柴野運転手がおずおずと呼びかけてきた。私も美和子さんも、同時に彼女をふり返った。

「美和子さんに会っていただくために、わたしたちがお金を送りつけられていることはお話ししたのですが……」

そうしてくれと、私が頼んだのだ。

「ええ、そうでしたね」

「でも、名指しされた三人のことは、あの」

わたしからはお話ししていないんです——と言って、柴野運転手は逃げるように下を向いてしまった。

そう、そうだった。私も混乱している。柴野運転手が、迫田美和子と対面する前に、勝手にそこまで打ち明けるはずはない。

「ええ、わたしの方から申し上げたんです」

食いつくような目つきのまま、美和子さんは吐き捨てるように言った。

「少しでも皆さんの手間を省いて差し上げられると思って。あの三人がろくでもない人間だって知ったら、皆さんだって気が楽になるでしょう？」

柴野運転手は身を縮めた。

迫田美和子は知っていたのか。我々が調査する以前に。我々から知らされる以前に。

私は口を開いて、でくの坊のように問うた。「どうしてご存じだったんです？」

唐突に、美和子さんは声を荒らげた。

「どうしてか、わたしの方が訊きたいですよ！」

焦れたように拳を固め、片足で床をどんと踏んだ。

「皆さん、どうして黙ってお金を受け取らないんです？　なぜ調べたりするんですよ。いいじゃないですか、受け取ったって。皆さんは人質にとられて、命が危なかったんですよ。迷惑料をもらって当然です。暮木って人も、慰謝料だって言ってたんでしょう？」

語気荒い詰問は、悲鳴のように響いた。

「何も考えずにお金をもらってください。それでおしまいにしてください。お願いします」

そして彼女はその場で身を折り、いきなりソファから降りると床に座って、手をついて頭を下げた。「どうぞお願いです。このとおりです。お願いします！」

柴野母子が暮らす慎ましくも明るい２ＤＫに、場違いな叫びが長く尾を引いた。

私も柴野運転手も凍りついていた。

「そうできたら……楽なんですが」

気がついたら、私はぼそぼそ呟いていた。

「楽だってわかってるんですがね。できないんです。できないんですよ」

床の上にぺたりと正座し、顔が見えないほど深くうなだれたまま、

「五百万円です」

小さな声で、美和子さんは言った。

「事件のあと一ヵ月ほどして、送られてきました」

それは我々と同様だ。

「五百万円ですよ」床に向かって、美和子さんは繰り返した。「わたし、すぐ母に見せました。お母さん、半分だけど、お母さんが騙し取られたお金が返ってきたよ。親切な人が取り返してくれたんだよ」

囁きから、また悲鳴のように声が高まる。美和子さんは両手で頭を抱えた。

「もう何も心配しなくていいよ。嫌なことはみんな忘れていいよ。わたし、母に何度も何度も言って聞かせたんです。母はお金の包みを祖母の骨箱の脇に供えて、毎日手を合わせています。今さら、取り上げないでください。母にお金を返してやってください」

あれは母のお金なんです——

柴野運転手は手で口元を押さえ、目を閉じている。私は椅子に座り込んでいる。

震えるように息を吐いて、美和子さんは身を起こした。「わたしも一人っ子なので、母と二人きり

です」

目尻が濡れ、顔から血の気が引いている。

「わたしたちの秘密は、絶対に他所には漏れません。堅くお約束できます」

私は彼女の目を見た。潤んだ瞳を見た。母親と同じように働き者で、だからこそ母親のそばにいることができなかったこの人の後悔と心痛を見た。この人が守ろうとしているものを理解した。

わかりました。ひと言でいいのに、私にはそれが言えない。

「教えてください」

問い返さずにいられない。

「あなたは何を知ってるんです？　ひょっとして、暮木老人の正体をご存じなんじゃありませんか」

だからこそ確信を持って、母親に、〈親切な人が金を取り返してくれた〉と言ってやることができたのだ。

美和子さんは私を見つめる。「それをお話ししたら、納得してくださいますか。黙ってお金を収めてくださいますか」

私は答えられない。

柴野運転手が顔を上げた。決然とした眼差しだった。「皆さんに事情をお話しして、お金を受け取っていただけるように、わたしがお願いいたします」

「柴野さん――」

「申し訳ありません。でも、わたしはそうしたいと思います」

美和子さんはため息を落とすと、床に座ったままソファに背中を預けた。疲れ切ったように、肩が下がった。

「会ったことはないんですよ」

目はぼんやりと空を眺めている。

「電話で話したことがあるだけなんです。それも、たった二度です」

最初は、今年の六月五日のことだった。

「夕方、五時過ぎだったかしら。わたしの携帯電話にかかってきたんです。〈公衆電話〉の表示が出たから、どきりとしましたよ。母に何かあったのかと思って」

電話の向こうの男は、落ち着いた丁寧な口調で、まずきちんと名乗った。

「〈クラステ海風〉の近所の者で、暮木と申します、と」

私は柴野運転手と顔を見合わせた。

「それから母の名前を言って、わたしが母に持たせた手紙を見てお電話しています、と言いました」

――それはありがとうございます。母が何かご迷惑をおかけしたのでしょうか。

「そんなことではない、自分は施設の職員でも警備員でもないから安心してくださいと、暮木さんは言いました。それで」

美和子さんの喉がちょっと詰まった。

「このへんをよく散歩するので、母のこともちょくちょく見かけていたそうなんです。母の様子がおかしいとか、そんなふうに思ったことは一度もなかった。だけど今日はちょっと気になったから声をかけたんだって」

――お母様が、〈クラステ海風〉の先のバス停のベンチに座って、泣いていらしたものですからね。

「迫田さんが泣いてた？」

美和子さんはうなずいた。「一人でぼろぼろ泣いていたらしいんです。〈クラステ海風〉の先のバス停っていうと、始発に近い方ですよね？　おわかりになりますか」

「ええ、わかります」

「あそこからは施設がよく見えますけど、利用者は少なくて、いつもほとんど無人なんです。だから母も好んで座っていたんでしょうけど」

そして、一人で泣いていた。

——気にかかったもので、不躾《ぶしつけ》だとは思ったけれど声をおかけしました。

「そしたら母は、心配してもらって嬉しかったんでしょうね。いろいろお話ししたそうなんです」

——あなたのお祖母様が〈クラステ海風〉に入れなくて残念だったのだというお話でした。私のような通りがかりの者が伺ってしまって申し訳ありません。

「話しながらも母が泣き続けるし、顔色も悪いので」

——よろしければ、おうちの方にご連絡しましょうか。どなたかに迎えに来てもらいましょう。

「暮木さんがそう言ったら、母は私が持たせた手紙をあの人に渡したそうです。だけど娘は遠くに住んでいるし、仕事が忙しいから来られない、自分は一人で帰れる、どのバスに乗ればいいかわかってるからって」

——しばらくお話をしているうちに、お母様が落ち着かれましたのでね。ちょうど来たバスにお乗せして、ついさっき、お見送りしました。

「でも一応、わたしに連絡しておいた方がいいと思ったのでお電話した次第です、と」

暮木老人は、どこまでも親切だったのだ。

私は驚くばかりだった。まるで童話の『青い鳥』だ。どこだどこだと外の世界を探し回ったのに、青い鳥は身近にいた。迫田さんが、日商フロンティア協会ばかりか、暮木老人とも繋がっていたのだ。

柴野運転手は、私よりも気丈だった。大事なことを問い返した。「じゃ、そのときの迫田さんは、ちゃんと現実を認識しておられたんですね」

美和子さんの顔が痛みに歪む。「そうなんですよ。わたし、あっと思いました。ほっぺたをぶたれたみたいな気がしましたよ」

迫田さんは、〈クラステ海風〉詣でを続けながら、けっして平和な夢を見てばかりいたのではない。現実に戻ることもあったのだ。老女の心は夢と現実のあいだを常に行き来していて、潰《つい》えた希望と後悔と自責の念に苛《さいな》まれながら、あのバスに乗っていたのだ。

「あんまりショックだったものだから、お礼もそこそこに電話を切って、すぐ母に連絡してみました。だけど母ったら、何だかぽかんとしていて、ぜんぜん話が嚙み合わないんです。ついさっき親切にしてくれた人のこと、まるで覚えていないようで、おばあちゃんなら今日も機嫌よくしてたよ、とかって」

「忘れてしまわれるんですね」と、柴野運転手が言った。「空想と現実のあいだを行ったり来たりしていらして、そのあいだのことは抜け落ちてしまわれるんでしょう」

杉村さん、覚えておられますかと、彼女は私に訊いた。「バスジャックのとき、迫田さんは暮木さんに、あなたに会ったことがある、よくクリニックで見かけると言ってましたよね？」

「ええ、覚えてますよ」

「だけど、バス停で会って話したことは、ひと言も口になさいませんでした。あれがお芝居だったとは思えません」

私もそう思う。迫田さんの記憶には、むらと断絶があるのだ。思考も一本道ではない。

「そのときはそれだけだったんです」と、美和子さんは続けた。「わたしは、いよいよ母をあの家で一人にしてはおけない、こっちへ引き取って一緒に暮らそうと、そのことばかりで頭がいっぱいでした。そこへ――」

一週間ほどして、また暮木老人から電話がかかってきた。今度は夜で、九時を過ぎていたそうだ。

——先日の者ですが、その後もお母様を〈クラステ海風〉でお見かけします。

「お元気そうで何よりですが、私のことはお見忘れのようですと言われて、わたし、平謝りに謝りましたよ。だけどあの人、暮木さんは、忘れてもらった方がいいんだって言うんです」

——お母様があのようなご様子であるからこそ、実はお嬢さんに折り入ってお話があります。

——先日、お母様は、あなたのお祖母様が〈クラステ海風〉に入れなかったのは、騙されてお金が失くなってしまったからだとおっしゃっていました。

「通りすがりの人に、母はそんなことまでしゃべってたのかって、わたし」

美和子さんは胸に手をあてた。

「母が詐欺に遭ったことを、わたしはまわりの誰にも話していません。もちろん相談なんかしていません。母もあんなふうですから、しゃべりません。わたしたちのあいだでさえ、もう日商のことは禁句になっていたんです。とにかく早く忘れたくて。だけど母は——やっぱり——」

時には、誰かに話して聞いてもらいたいこともあったのだ。慰めてもらえなくてもいい、軽率だったと責められてもいい。ただ、こんな目に遭って辛かったのだ、後悔しているのだと、聞いてほしかったのだ。それには、通りすがりの他人の方がむしろよかった。それはちょうど、我々が時に、深夜のタクシーの運転手の背中に、身内や職場の愚痴を延々と語ってしまうことがあるように。

「すみません、お恥ずかしいことをお聞かせしましたと、わたしは暮木さんにまた謝りました。そしたらあの人、言うんですよ」

——お母様はその詐欺の話の際に、盛んに〈ニッショウ〉〈ニッショウ〉とおっしゃっていました。もしかするとそれは、昨年七月に摘発された〈日商フロンティア協会〉のことですか？

美和子さんは驚いたが、認めるしかない。

——そうですか。

暮木老人は相変わらず丁寧に、落ち着いた口調で語ったという。

——それならば、私が少しだけ、お母様をお助けできるかもしれません。

「何が何だかわからないまま、わたしはただ電話を耳にあてて、暮木さんの言うことを聞いていました」

その時の美和子さんの気持ちが、私にはよくわかる。暮木老人が本気で相手を説得しよう、自分の言うことを聞かせよう、〈教育〉し操縦しようと思ったら、抗えない。

——これから数ヵ月以内に、私はあることをしようと思っています。それが上手く済んだら、たぶんお母様が騙し取られた分には足りないと思いますが、いくらかのお金をお送りすることができます。お母様を騙した人物を直接罰することはできませんが、あの協会に関わって、お母様のような方々を騙した連中を、ちょっと慌てさせることもできるでしょう。

——お金は、あなたにお送りします。お母様にお渡しください。

美和子さんは私を見て、柴野運転手の目を見て続けた。「私の名前は暮木一光と申します。必ずニュースになりますから、気をつけていてください。あの人はそう言いました」

話を聞きながら、美和子さんはだんだん恐ろしくなってきた。自分が話をしているこの相手は、まともな人間ではないのではないか。

「日商の代表や幹部連中なら、とっくに逮捕されていますからって、言ったんです。そんなんじゃ足りないんだと、あの人は言いました」

——悪いのは小羽代表や幹部たちだけではありません。今は自分も被害者だったような顔をしながら、実はお母様のような方を騙して儲けて、司直の手が自分たちのところには伸びないことを承知の上で、のうのうとしている人間どもが残っています。

——お約束します。いくらかでも、必ずお母様にお金をお送りします。ですから、くれぐれもお願いいたします。お母様には、私のことを忘れてもらっていてください。もしも思い出してしまったら、お嬢さん、どうかあなたから、そのことは忘れてしまえと言ってあげてください。

「電話を切られそうになって、わたし、もう混乱してしまってたけど、あわてて訊きました。どうして母にこんなことをしてくださるんですか、被害者は大勢いるのに」

すると暮木老人はこう答えた。

――そうですね。全員に償うことはできません。

――ですから、これも何かの縁です。

そして電話は切れた。

「それっきりです」

美和子さんはゆっくりとかぶりを振る。

「こんなこと、信じられますか」

私も柴野運転手も黙っている。

「何日かしたら、みんな悪い冗談のように思えてきました。変な人に担がれたんだと。母もバス停で泣いていたときのことは忘れてしまっているし、わたしも忘れようと思いました」

しかし、九月のあの日にバスジャック事件が起きた。その犯人、自殺した男は〈暮木一光〉だと報道された。

「あの人が人質を盾に、何人か呼び出せと警察に要求したと知って、わたしはすぐピンときました」

名指しされ、さらし者にされかけたのは、日商の元会員たちに違いない。

「でも、お金は？　お金はどうなるんだって思って」

その疑問への答えは、一ヵ月後、宅配便の包みとなって現れた。

「卑しくて恥ずかしいですけど、もしかしたら本当にお金が届くんじゃないかって、わたし、事件の後はそわそわしていました」

心底恥ずかしそうに、美和子さんは手で顔を隠した。

「だけど、いざ本当に、仕事から帰って不在配達票を見つけたときには、怖かった。怖くて怖くてたまりませんでした」

それでも、荷物を受け取った。きっちり梱包《こんぽう》された五百万円を目の当たりにしたのだ。

「お金と一緒に、母があの人に渡したきりになっていた、わたしが母に持たせた手紙も同封されていました」

間違いようのない〈証拠〉だ。

柴野運転手は黙り込んでいる。

「そのときの、送り状は？」私はぎくしゃくと声を出した。「送り状はとってありますか」

「捨ててしまいました」

包み紙も捨てた。残ったのは金だけだ。

「天からの贈り物だと思うことにしたんです」

——これも何かの縁です。

「母を哀れんで、神様が恵んでくださったんだと思うことにしたんです」

それなのに、我々人質仲間が騒ぎ出し、金の出所を調べ始めた。そして彼女に連絡した。迫田美和子が恐怖し、我々から遠ざかろうとしたのも無理はない。

「申し訳ありませんでした」

何の考えもなく、私の口からはただその言葉がこぼれ出た。

「本当に申し訳ない」

いいんですよ——と、美和子さんは言った。顔を合わせたばかりのときと同じ、細い声に戻っていた。

「そんな旨い話があるわけありません。うちの母みたいな、ちっぽけで無知でお人好しの人間を、いちいち哀れんでくれる神様がいるわけないんです」

わたしも、それはわかっているんです。そう言った。乾いた目をして。

「皆さんが警察に届け出れば、母のところにも問い合わせがこないわけはありません。お金をもらって黙っていたことが露見《ばれ》たら、母はもっと辛い目に遭うでしょう」

それだけはいけません、と言った。「そう思ったから、今日こうして伺ったんです」

申し訳ありませんと、今度は柴野運転手が言った。

「暮木さんの正体はわかりそうですか」

強いて口調を変え、床から起き上がるとソファに戻って、ここからはもう夢の話ではなく現実の話に戻るのだというように、美和子さんは我々を見た。

「皆さんの調査でどんなことがわかってきたんですか。教えてください」

私はこれまでの経緯を語った。

「暮木さんはもちろんですが、その〈御厨〉という人も、日商の幹部ではありませんよね。その名前は見たことがありません」

「ええ。少なくとも逮捕者のなかには見当たりませんね」

「でもわたしは、暮木さんは日商の関係者だと思うんですよ。ずっとそう思っていました」

美和子さんの口調がはきはきしてきた。

「幹部ではなくても、何ていいましょうか、杉村さんのお言葉を借りるなら〈加害者的な被害者〉？」

「ある程度以上の収益を得ていた元会員ですね」

「そうです。そういう立場の人だったんじゃないでしょうか。お金の出所も、それで説明がつくでしょう」

美和子さんは聡明で実務的な女性なのだ。これがこの人の持ち前だろう。

「電話でお話しになったとき、暮木さんは確かに〈償い〉という言葉を使ったんでしょうか」と、柴野運転手が訊いた。「全員には償うことができません、と」

「ええ、確かです。そう聞きました」

「だとすると、一人の会員にしては、ちょっと重い表現だと思うんですが……」

「それはどうかな。個人の受け止め方によるでしょう」

「でも杉村さんは、その〈御厨〉という経営コンサルタントが暮木さんだとお考えなんでしょう？」

公平に語ったつもりだが、私はやっぱりその説に傾いている。

「二人が別人だと言っているのは、古猿庵さんだけですからね。もっとも、〈御厨〉が存在していることの裏付けも、今のところ古猿庵さんだけなんですが」

「暮木さんが、小羽代表を焚きつけてあんなことをさせた張本人だと？」美和子さんは目を瞠った。

「それはどうかしら。もし暮木さんが一種の黒幕であって、自分は小羽代表よりも責任が重い人間だと自覚していたなら、わたしと話したとき、もっとはっきりそう言ったと思いますよ」

「さすがに、そこまで正直にはなれなかったんじゃないかな……」

「でも、一人の人間が、そんなふうに変わることなんかあり得ますか？　ずるがしこい黒幕で、詐欺師の指導者みたいだった男が、すっかり悔い改めて、あんなことをやるなんて」

「よほどのきっかけが必要ですね」と、柴野運転手もうなずく。「それはつまり、〈改心〉ということでしょう？　少し後悔して反省しましたという程度じゃありません」

すみません、わからなくなってきてしまいましたと呟いた。

「わからないのは僕も一緒ですよ」

三人でため息をついた。

「暮木さんが日商の黒幕であったにしろ、今頃になって後ろめたくなった元会員であるにしろ」

美和子さんはまたくちびるを嚙みしめ、それから言った。

「わたしには、あの人が、根っからの悪人だとは思えないんです。儲けていた会員をさらし者にしようとしたとか、そのためにバスジャックをしたとか、こうしてお金を残していったとか、そんなことは一切抜きにしても、どうしてもそうは思えない」

あの人は、母に声をかけてくれました。

「〈クラステ海風〉へ行って、バス停で独りぼっちになって、座って泣いていたうちの母を、心配してくれたんです。今時、そんな人はいませんよ」

私の心のなかに、底意地の悪い反論が浮かんできた。詐欺師は、人に関わりたがるものですよ。人嫌いなのか、人が好きなのかはわからないけれど、人に接したがるものですよ。本性を露わにするまでは、親切なものですよ。改心したとしても、あの老人は人を操ることに長けていて、それが好きだったんです。

かわりに、こう言った。「今日はありがとうございました。みんなに伝えて、よく話し合います。どうぞ早くお帰りになってあげてください」

柴野運転手も大きくうなずいた。

「話し合った結果をお伝えします。柴野さんはもう結論を出しているようですが」

女性運転手ははにかんだ。「すみません」

迫田美和子が去ると、彼女は言った。

「つい考えてしまったんです。わたしと母も、わたしと佳美も、いつかは迫田さんと美和子さんみたいになるんだなあって」

母子で迎える、人生の秋と冬だ。

柴野運転手がシングルマザーである所以は、リビングにあるまだ新しい仏壇と、そこに置かれた若々しい男性の遺影を見れば、問うまでもなくわかった。

「まだまだ遠い先の話ですよ」私は笑ってみせた。「さて、みんなに招集をかけますか」


「あの金はもらえない」

そう言い出したのは、田中雄一郎だった。

我々は、国道沿いにあるファミリーレストランの一角に集まっていた。競合店に圧《お》されて、いつ行っても閑古鳥が啼いているから安心して話せると、田中氏ご推奨の店だ。実際、夕食前の半端な時間帯だということを割り引いても気の毒なほどがら空きで、おかわり自由のコーヒーは煮詰まっていた。

「ど、どうしていきなり」

坂本君は顔色を変えた。久しぶりに会う生身の彼は、今風の短い顎鬚を生やしていた。私には病人の無精鬚に見えた。それくらい、彼は生気に乏しく見えた。

「田中さん、どうしちゃったんですか。あんなにお金をほしがってたのに」

皮肉ではなく、純粋に驚いて、前野嬢が問いかける。田中氏は苦笑した。

「宗旨替えするだけだ。そんなに驚くなよ」

あれは詐欺師が儲けた金だ、と言う。

「俺がもらっちゃいけない。俺の分は、迫田のばあさんにやる」

私も驚いていた。痛い、とも思った。この〈社会人〉氏は、どうしてこうも易々と、こちらの思惑を裏切るのだろう。おお、そうか。それなら迫田のばあさんのためにも、とっとと金をもらって仕舞いにしよう――と言ってくれると思っていたのに。

「だ、だけど、僕らの慰謝料ですよ」

「慰謝料だろうが何だろうが、詐欺師の金はもらえねえって言ってるんだよ。あの金は被害者に返されるべきだ」

「被害者はほかにも大勢いるんだ。迫田さんだけじゃない」

「だから放っとけっていうのか、小僧」

田中氏の目に怒りの光が灯った。

「大勢騙されてるんだから、一人だけ助けるのは不公平だって？　ふん！」

鼻息は荒いが、最近また腰痛が出たそうで、坂本君の方に身を乗り出そうとして、すぐ顔をしかめた。

「そういうのがおまえの〈平等〉ってもんなのか。学校でそう教わってきたのかよ。何でもかんでも自由で平等がいちばんか」

「そんな意味で言ったんじゃないよ」

「じゃ、どういう意味だ」

「大きな声を出さないで」

にらみ合う二人のあいだに、前野嬢が割り込んだ。「お願いですから、喧嘩しないで」

厨房の出入口に佇むウエイトレスは、あさっての方を向いている。

「日商フロンティア協会の事件のことは、俺はよく知らなかったよ。興味もなかった。珍しくもねえインチキ商売の騒動だ」

田中氏は、少し語気を和らげた。

「だから、あの協会の被害者を助けましょうなんて、殊勝なことを考えてるわけじゃねえ。けどさ」

迫田のばあさんとは知り合いだからな、と言う。

「バスジャックの人質仲間だって意味ですか？　でも迫田さんは、最初にバスから降ろされたんですよ。僕らとは違う」

「いちいち小うるせえ小僧だなあ」

ごめんなさいと、前野嬢が小声で詫びた。

「俺は、金の由来がはっきりしてきたんだから、これから先はてんでに決めようって言ってんだ。で、俺は俺の取り分を迫田のばあさんに渡すってだけだ」

「だから僕は、どうして迫田さん一人なんですかって訊いてるんです」

怒るより、少し呆れたような目をして、田中氏はしげしげと坂本君の顔を見た。

「おまえさん、〈後生が悪い〉って言葉を知らんか？　知らんのかなあ、今日日の若い連中は」

坂本君は、助けを求めるように前野嬢を盗み見た。前のめりのメイちゃんは何も言わず、小さくうなずいただけだ。

「日商の、ほかの被害者のことは知らんよ。だが迫田のばあさんのことは知ってる。顔も知ってるし、こうして事情も知ることになった。バスジャックのときの、あのばあさんが言ったことやったことも覚えてる。その上で、ばあさんを騙した詐欺師が寄越した金を懐に入れちまうわけにはいかねえ。そんなことしたら、寝覚めが悪くってかなわんよ。ああ、こっちの意味もわからねえか。毎朝、気持ちよく起きられないってことだ」

坂本君の鼻筋が怒りで赤くなっている。

「〈俺には慰謝料をもらう権利がある。じいさんが金持ちだろうが貧乏人だろうが、そんなのは俺には関係ない〉」

最初の話し合いのときの田中氏の口調を揶揄《やゆ》するように真似て、坂本君は言った。

「零細企業だから、金はいくらだって欲しいって言ってたくせに」

反抗的なだけでなく、侮蔑的でさえあった。だが、田中氏の痛そうな笑いは消えなかった。

「何とでも言え。好きなように言えよ。俺は詐欺師の金はもらわん。騙されたのが自分の知ってる人間だってことなら、なおさらだ。理屈なんかわからんが、俺は自分の気の済むようにしたいんだ」

私はわざとらしくため息をついてみせて、皆の視線を集めた。

「それはつまり、このまま警察には届けないということですね」

念を押すつもりで、ゆっくり言った。

「まず、そちらを先に決めないと」

田中氏は満足げにうなずいた。「そうそう、そういうこと。順番が逆だったな。金はてんでに懐に入れるんだ。そうじゃないと、迫田のばあさんが気の毒だろ？」

「皆さん、いいんですか」

坂本君は黙っている。前野嬢が彼の横顔を窺って、それから私にうなずいた。

「はい、それでいいと思います」

柴野運転手の目元に安堵の色が浮かんだ。彼女が頭を下げて頼むまでもなかったわけだ。

田中氏がテーブル越しに坂本君の方に頭を傾けた。「なあ、よかったろ？　そんなに拗ねることはねえんだよ、小僧。あの金はおまえさんのものだ。誰も取り上げたりしねえから、安心しろ」

「そんなこと言ってるんじゃない！」

坂本君がいきなり大声を出した。さすがに、ウエイトレスがこっちを見た。

「ケイちゃん、やめて」前野嬢が身を縮める。坂本君はテーブルの端を摑《つか》んで震えている。

「僕を金の亡者みたいに言わないでください。あんたがいちばんガツガツしてたくせして」

田中氏は鼻白んだ。「そうだな。みっともねえところを見せたよ」

「一億円ほしいとか言ってたくせに」

「ケイちゃん、やめてってば」

「今ごろになってカッコつけたって遅いんだよ。迫田さんにお金をあげるなんて、どうせ口先だけじゃないか。本当は自分でガメるつもりなんだ」

坂本君の悪態に、田中氏はさらに白けた顔つきになった。

「金はそれぞれ懐に入れる。みんなで一生秘密にして、それっきりだ。杉村さん、これでいいか？」

私に問いかけながら、椅子の背もたれに手をかけて、もう立ち上がろうとしている。

「済まんが、俺はここに長居したくないよ。こんなガキとやり合いたくないからさ」

すると坂本君がいきなり腰をあげ、田中氏の胸ぐらをつかんだ。テーブルの上のグラスが倒れた。

「偉そうな顔するんじゃねえよ！　自分が金ほしいくせに！　嘘なんだろ？　迫田さんに金をやるなんて、嘘なんだろ？」

幸い、暇そうなウエイトレスは厨房に姿を消していた。私は田中氏の襟元から坂本君の手をもぎ取り、柴野運転手が田中氏を支え、前野嬢が坂本君の胴に抱きついた。

「ケイちゃん、やめて！　そんなこと、もうどうだっていいじゃない」

蒼白になり、田中氏を睨めつけたまま、坂本君は腰をおろした。そして言った。

「俺、警察に届ける。おっさん、詐欺師の金はもらえないんだろ？　だったら警察に届けるのが筋だ」

田中氏の目が飛び出しそうになった。今度は柴野運転手が彼のシャツを引っ張り、坂本君に迫ろうとする彼を引き戻した。

「このガキ、どこまでバカなんだ？　迫田のばあさんのことを考えろ！」

「被害者は迫田さんだけじゃない」

「じゃあ、俺たちがもらった金をかき集めて警察に届ければ、ちっとでもその大勢の被害者の助けになるのかい？　その金を、警察が被害者に分けてくれるのかよ？　ンなことがあるもんか。証拠だって取り上げられて、死に金になっちまうだけだろう」

　確かに、それは現実的な観測だ。

「迫田のばあさんをそっとしといてやってくれ。頼むよ」

田中氏は坂本君ではなく、残りの我々に向かって言った。私には、まるで拝むような仕草をした。このとおりだ、頼むと。

「あんたはまだその歳だし、実感がねえんだろう。だけど、自分もトシくってあっちこっち身体にガタがきてから、親の介護をするってのは本当に大変なんだよ。ちっとでも金に余裕があれば助かるんだ。俺はあのばあさんのこと、他人事に思えねえ」

私は坂本君を見やった。「坂本君、どうする？」

坂本君は意固地に下を向いている。顔に血の気が戻ってきたが、赤くはならず、土気色になった。

「わかったよ、俺が悪かった」

意外なほどあっさりと、田中氏が折れた。

「みんなで金をもらうんだ。それからどうするかは、個人の勝手だ。俺も俺の勝手だ。何もこの場で演説することじゃなかった。悪かったよ」

テーブルにこぼれたお冷やを、柴野運転手がきれいに拭き取った。ウエイトレスが厨房から出てきた。また暇そうに立っている。

「おまえも俺と同じようにしろって、そんなつもりで言ったんじゃねえ。おまえにはおまえの慰謝料をもらう権利があるんだから」

　坂本君は答えない。

「だからさ、頼むから警察には届けないでくれ。それじゃ台無しだ。な、頼むよ」

もう一度、「頼みます」と頭を下げてから、彼はゆっくりと座を離れた。私は彼に肩を貸して、レストランの出入口まで連れていった。

「悪かったよ」田中氏は私にも謝った。「俺が真っ先にあんなこと言っちゃまずかったんだよな？」

「そういうことです」

坂本君は、切実にあの百万円が欲しい。だが後ろめたい。あれは〈詐欺師の金〉だ。おそらく田中氏以上に、強くそう思っている。被害者に返されるべき金だと思っている。一方で、その後ろめたさだけに殉じて諦めることもできない。そこに葛藤《かっとう》があるのに、田中氏はまるで気づいていない。

坂本君だって、迫田さんに同情しているのだ。これまた田中氏以上に、深く同情しているのだ。そんな彼の心情にも葛藤にも無頓着で、ただただ正義漢ぶって詐欺師の金はもらえないと言い張った田中氏が、私も腹立たしかった。最初の話し合いのときの、坂本君の言葉を借りるなら〈ガツガツ〉していた彼の方が、よっぽど爽やかだった。

この人は善人だ。善人だが身勝手だ。身勝手だから、余計なことを言う。

「あんたはどうするつもりなんだい？」

レストランのドアのところで、田中氏が私に訊いた。伺いを立てるような目つきに、私はまた腹が立つ。

「これから考えます」

彼は薄笑いを浮かべて、すぐ応じた。「嘘だろ。あんたも迫田のばあさんにやろうって思ってんだろ」

「いいえ。僕は僕の好きにしますから、田中さんも自由にしてください」

ひと言付け加えずにはいられない。

「ただ、迫田さんの娘さんは、あなたの金を受け取らないかもしれない」

彼は意外そうに眉をひそめた。

「……そうかな」

「田中さんは田中さんの分を受け取ってくれた方が気が楽だ、とおっしゃるかもしれませんよ」

そうか——と、田中氏は目が覚めたようにまばたきした。

「そうなったら、俺も自分の取り分をもらうよ。寝覚めも悪くねえや」

笑って、田中氏は痛そうに前屈みになったまま駐車場へと歩み去った。私はぐったりした。何だ、あの嬉しそうな顔は。

店内のボックス席に戻ると、まだ足元を睨んだままの坂本君の隣で、前野嬢が半べそをかいていた。柴野運転手がいない。見回すと、ちょっと離れたところで携帯電話で誰かと話していた。通話はすぐ終わった。

「娘が帰ってくるので、わたしもそろそろ失礼しなくてはなりません」

それでもいったん席に戻ると、若い二人に笑顔を向けた。「これでよかったんですよ。わたしはほっとしました」

前野嬢はレストランの紙ナプキンで涙を拭いた。目の縁が真っ赤だ。

「柴野さんはどうなさるんですか」

「以前にお約束したとおり、皆さんの結論を尊重いたします」

「でも柴野さんも、わたしたちがお金をもらうって決めても、自分の分はもらえない、わたしたちに分けるって言ってたでしょう」

「分けたら、受け取ってくださいますか」

前野嬢は力なくかぶりを振った。「——受け取れません」

柴野運転手はうなずいた。「わたしが前野さんでも、受け取れないと答えます。あの時のわたしは軽率でした。こうして結論を出した以上、皆さんにお金を分けるのは、責任逃れになりますよね」

「じゃ、迫田さんにもあげないの？」

「はい」

きっぱりと、しかし優しい声だった。

「迫田さんのお嬢さんも、受け取ってはくださらないでしょう」

そこに思いを致しているだけでも、柴野運転手の方が田中氏よりも大人だった。

「田中さんのお考えが間違っているとは思いませんが、絶対に正しいとも思えません。前野さんも、ご自分の気持ちに添うようにすればいいんじゃないでしょうか」

あの人も――と言って、柴野運転手は急いで言い換えた。「暮木さんも、そう望んでおられたと思いますよ」

前野嬢は丸い瞳で、ひたと彼女を見つめる。

「ホントに、それでいいと思います？」

柴野運転手はうなずいた。

「あのお金、好きに使っていいの……？」

自問して、前野嬢の顔が苦しげに歪んだ。また涙が溢れてきた。

「わたし、どうしてもそう思えないんです。どうしても、どうしてもそう思えないんです」

ぼろぼろ泣き始めた。

「こんな汚れたお金はもらっちゃいけないって思っちゃうんです。このお金を使ったら、わたしも詐欺師と同じだって」

「それは違うよ、メイちゃん」

私の言葉に、彼女は激しくかぶりを振った。その隣で、坂本君は石のように動かない。

「暮木のおじいさんは、間違ってました。わたしたちに慰謝料を払うより、日商の被害者の人たちに払うべきだったのに」

「日商の件と、バスジャック事件は別だ。ふたつをごっちゃにしちゃいけない」

押し黙ったままの坂本君には一瞥もくれずに、しばらくのあいだ涙に暮れると、前野嬢は深く息をついて顔を上げた。

「わたし、もっと調べたい。あと少し時間をください。まだ〈スーパーみやこ〉を見つけてないんだし」

それでは、坂本君と前野嬢はいつまでも宙づりだ。金が欲しい。だがこの金はいけない。その葛藤から抜け出せない。

二人は既に、この店のコーヒーのように煮詰まっているのだ。田中氏があんな余計なことを言わなくたって、やっぱり話はこうなっていたろう。

若い二人に、あの金は重い。私が察する以上に重いのだ。

「はっきり言って、もう〈スーパーみやこ〉は見つからないと思うよ。君たちがこれだけ調べてわからなかったんだ」と、私は言い切った。「調査は、僕が続ける。暮木老人の正体をつかめるように、何とか頑張ってみるよ。だけどメイちゃんと坂本君は、もう手を引きなさい。あの金は、バスジャック事件で人質になった我々への慰謝料なんだ。受け取ったって、何も恥じることはない。僕らも受け取るんだから」

「だったら」

低く、唸るような声が割り込んだ。坂本君が口を開いたのだ。

「だったら、最初からそうしときゃよかったんだ。金の素性を調べたりしないで、あっさりもらっときゃよかったんだ」

「結果的にはそうだね。済まなかった」

私は認めた。眉間に皺を刻み、土気色の頬を強張らせている坂本君に詫びた。

「でも、あの段階で、何もわからないままもらってしまうのは危険だと思ったんだ」

「……わたしも同じ気持ちでした」

柴野運転手が加勢してくれた。

「もらってしまった後、何かとんでもないトラブルが起きたら恐ろしいと思ったんです」

「そうだよケイちゃん。あのとき、あたしたちも二人で話したじゃない。忘れちゃったの？　ヤクザがからんでるお金かもしれないって言ったのは、ケイちゃんだよ。拳銃を持ってたんだから、暮木のおじいさんはその筋の人だったのかもしれないって」

二人でそんな話をしていたのか。その筋なんて、私は考えてもみなかった。

「おまえ、ホントにバカだな。マジでそんなこと怖がってたのか」

この頃の坂本君が、ときどき前野嬢にこういう言葉を吐きかけると、知らされてはいた。だが、目の当たりにするのは辛い。

「坂本君は、ずいぶん口が悪くなったんだね」

すみませんと、前野嬢が鼻声で謝る。本人はしらばっくれている。

「さっき田中さんが、〈死に金〉という言葉を使っておられました」

柴野運転手が、穏やかな口調で言った。

「今、いちばんいけないことは、それじゃないでしょうか。暮木さんが残したお金を、死に金にしてしまうことです。逆に言うなら、どんな形であれ〈生き金〉にできるなら、それは正しい使い道だとわたしは思います」

いいことを言ってくれる。

「だから、そんなに泣かないで」

柴野運転手は前野嬢に笑いかけた。

「このお金は、持ち重りのする秘密でもありますよ。皆さんが——いえ、わたしたちみんなで、そういう秘密を抱えていこうと決めたんです。その決断だけでも、迫田さんとお嬢さんをいくらかでもお助けしたことになると思います。それが詐欺師のすることですか？　それでも、自分は詐欺師と同じだと思いますか？」

前野嬢はしょぼしょぼとまばたきをした。

「お二人とも、暮木さんの慰謝料を使って、新しい人生を切り開いてください。お金を自分のものにしてしまうのが、どうしても気が引けるというのなら、一時的に借りておくと思えばいいんじゃないですか。そうして、いつか返していけばいいんです。人助けに使えばいいんです。お二人が切り開いた人生のなかで稼ぐお金を、困っている人のために使っていけばいいんですよ」

「柴野さんって口が上手いんですね。知らなかったよ」と、坂本君が言った。

私も、親切で明るかった若者が、ほんのひと月やそこらでこんな皮肉屋に化けてしまうことがあるなんて知らなかった。

柴野運転手の表情も硬くなった。

「もういい」坂本君は席を立とうとする。「もういいよ。俺、帰る」

「ケイちゃん、どうするの？」

前野嬢の呼びかけにも振り返らず、頑なに背中を強張らせたまま店を出ていった。

「しばらく、そっとしておいた方がいいかもしれませんね」

柴野運転手は言った。怒ってはいない。悲しんでいた。

「お二人で調査をしているあいだに、何かよほど嫌なことでもあったんですか」

前野嬢は首を振る。「そういうことじゃありません。ただケイちゃん、変わってしまいました」言って、自分の言葉に違和感があるかのように眉を寄せた。「ていうか、わたしケイちゃんのこと、よくわかってないんです。今さらバカみたいですけど、このごろそう思うんです」

二人はバスジャックのさなかで出会った。

「あのときのケイちゃんは優しくて、怖がってばっかりで何の役にも立たなかったわたしをかばってくれました。すごく頼もしくて、いい人だった」

「うん、僕もよく覚えてるよ」

「だけどね、あれはああいう場合だったから、そうなっただけなのかもしれない。特別な場合だったから」

不愉快な黄色い光の下、拳銃の銃口が鼻先にちらちらしていたあの場だったから。

「ケイちゃんが変わったんじゃなくて、状況が変わっただけなのかもしれません。わたしはそもそも、普通のときのケイちゃんがどんな人なのか知らなかった。だからケイちゃんは変わったんじゃなくて、元に戻っただけなのかもしれません」

今の坂本君のことなら、前野嬢がいちばんよく知っているはずだ。その言には説得力がある。

「それは……そういうこともあるかもしれませんが」

柴野運転手は納得していない。

「でもね、わたしはやっぱり、坂本さんは変わったと思いますよ。何度も顔を合わせているわけじゃないけど、それでも感じるものがあるんです。だって、この前、マイクロバスのなかで皆さんで話し合ったときと、別人みたいになってますよ。目つきや顔つきが違うんですもの」

前野嬢もしょんぼりとうなずいた。

「あのお金のことで、わたしたちが想像する以上に、坂本さんは苦しんでいるんじゃないかしら。だからさっきも、調査のあいだに嫌なことがあったんですかとお尋ねしたんです」

「嫌なこと……」

「それだと漠然としすぎてますね。たとえば、最初は坂本さん、大学に入り直すためにお金がほしいって言ってましたよね？　それ以上に、何か急にお金が要ることが起こったとか」

それはいい着眼点だ。

「だけど暮木さんの百万円にはすぐ手をつけられないし、調べれば調べるほどますます手をつけにくくなっていく。でもお金が要る事情は解決しない。その板挟みで、坂本さん、一人で悩んでいるんじゃないかしら」

「そんなこと、あるかなあ……」前野嬢は紙ナプキンで鼻の下をこすった。

「そんな話、聞いてないかい？　たとえばご家族の誰かが重病になったとか、お父さんが職を失ったとか」

当惑顔で、前野嬢はかぶりを振る。

「学費が欲しいという気持ちも切実でしょうけれど、杉村さんがおっしゃったようなことがもしも起こっているなら、そちらは次元が違う問題です。坂本さん一人では解決できないことだし」

「だけど、もしも家で何か起きてるなら、ケイちゃん、あたしと二人で呑気に調査なんかしてたかなあ」

「早く調査を終えれば、それだけ早くあの百万円が手に入ると思ったのかもしれない。だから焦ってる。実際、彼は調査のあいだにだんだん変わっていったんだろ？」

前野嬢はまだ考え込んでいる。

「でもね、お金の話なら、あたしたち、このごろはほとんどしてないんです。ケイちゃんと二人のときには、あのお金をもらっていいのかいけないのかって、じっくり話し合ったことなんかないんです」

これは意外だった。

「だからあたし、さっきはつい泣いちゃって、ごめんなさい。皆さんとお話しするまで、あたしも一人でくよくよしてるしかなかったんです。ケイちゃん、あたしがお金の話を持ち出すと、すごく怖い顔して嫌がるから」

「前野さんに心配かけたくないんじゃないかしら」

わかんないと、前野嬢はまた鼻声になって言った。「前はね、お金のこと、よく話したんです。まだお金が届く前、バスジャック事件が終わったばっかりのころは」

——俺たち、ホントに慰謝料がもらえると思う？

「警察から帰って、ほとんどそればっかり気にしてた。あのおじいさんは本気で言ってたのかなって。メールもたくさん来ました。あたし、あんまりマジで受け止めない方がいいと思うよって返事したくらい」

あ、それで、だからと、身振りがついた。

「事件の三日後でしたっけ？　おじいさんの名前がわかったでしょう？」

「うん、身元が割れた」

「あのときケイちゃん、ものすごくガッカリしてたんです。杉村さんは聞いてませんか」

坂本君は私には、そんな感情は見せなかった。あのおじいさんは、ずいぶん寂しい身の上の人だったんですねと、同情的なメールが来たのを覚えているくらいだ。

「ケイちゃん、何かもう完全にヘコんじゃってました。おじいさん、貧乏だったんだなって。金持ちじゃなかった」

——慰謝料なんてもらえるはずないや。やっぱり、そんな旨い話は転がってないね。

「あたしは、どっちかって言ったら、おじいさんが貧乏だったことより、独りぼっちだったことの方がショックだったから、あんまりケイちゃんが貧乏、貧乏って言うから、ひどいって怒ったこともありました」

坂本君は慌ててしまって、謝ったり弁解したという。

「慰謝料のことばっか気にするのは、俺、かっこ悪いねって」

――だけどやっぱ、夢を見ちゃったから。

「期待しちゃってたから、ヘコんじゃったって言うんです」

その気持ちは私にもわかる。

「それでね、自分でしっかり働いて学費を稼ぐって、あの後、清掃会社に就職したんですよ。キツそうだったけど、頑張ってました」

ただ、この仕事をしながら再入学のための受験勉強をするのは無理だから、別のバイトを探そうかなと話してもいたそうだ。

「身体が楽で時給がいいところとか言うから、そんなのホストぐらいしかないよって。そうだよなあって笑ってました」

「でも結局、清掃会社は辞めたよね？」

前野嬢はくちびるを噛みしめた。「このこと、内緒にしてもらえますか」

私も柴野運転手もうなずいた。

「田中さんには言わないであげてください。ケイちゃん、可哀相だから」

「もちろん言わないよ」

清掃会社を辞めたのは、嫌がらせをされたからだと、前野嬢は言った。「派遣先の仕事場で、ケイちゃん、高校の同級生に会っちゃったんです」

同級生は、その会社の正社員だった。

「ケイちゃん、その人とは仲が悪かったらしいんです。ていうか、高校時代のケイちゃんにとっては、どうでもいいような人だったらしいんです。ガリ勉だから成績はよかったけど、クラスでもハブられてるタイプで」

「坂本さんは、学校でも人気者だったでしょうからね」

私もそう思う。明るいし、スポーツマンタイプのハンサムだ。

「その人が働いてる職場へ、ケイちゃん、掃除に通ってた」

かつての人気者とのけ者が、そういう形で再会したのだ。

「ケイちゃん、悔しいし情けないって、正直に言ってました。けど、負けないって。俺だって立派に仕事してるんだからって」

だが、相手はそうは思わなかった。

「何かっていうと苦情を言うんですって。ちゃんと掃除できてないとか、備品を壊したとか、ケイちゃんのこと名指しで、清掃会社の上司の人に言うんです」

清掃作業は、会社が終業してから始まる。だがその同級生は、

「どう見ても残業の用事なんかなさそうなのに、ケイちゃんが掃除にくるのを待ってて、見物してるんですって。ちゃんと見張ってないと、坂本はサボるからって」

それでも坂本君は堪えた。学費のためだ。大学に入り直すためだ。

「それに、ケイちゃんの上司はホントに立派な人で、そんなつまんない嫌がらせに負けるなって励ましてくれたんですって」

人員の手配がつけば、坂本君を別の派遣先に移すことも約束してくれたそうだ。だがその矢先、嫌がらせレベルでは収まらないトラブルが起きた。

「その会社のロッカーからお金が失くなったんです」

当の同級生の金ではなかった。

「窃盗事件だから、警察も捜査に来たそうです。社員の人たちも事情を聞かれて」

その際、あの清掃会社の坂本という社員が怪しいという証言があり、坂本君はことに念入りに事情聴取を受けた。

「もちろん、そいつが言ったんです。ケイちゃんの同級生が、ケイちゃんに濡れ衣を着せようとしたんですよ」

坂本君が犯人に仕立て上げられることはなかったが、さりとて完全に疑いが晴れたわけでもなかった。その窃盗事件は今もって未解決のままだそうだ。

「結局、ケイちゃんの会社はそこの契約を切られちゃって」

——俺の責任だ。

「それでケイちゃん、辞めたんです。上司の人は止めてくれたけど、振り切って辞めてきちゃいました」

辛そうに口元をすぼめてうなずきながら、柴野運転手が言った。「バスジャック事件のときの山藤警部を頼ることはできなかったでしょうか」

「管轄が違うの。海風警察署じゃないんです」

「係も違いますからね」と、私も言った。「頼っていっても、山藤さんにもどうすることもできなかったでしょう。容疑者として逮捕されたわけでもないんだし」

ただ灰色にされただけなのだ。

「でもケイちゃん、仕事を辞めたら明るくなりましたよ。あたしも心配だったけど、何だ、無理に我慢してるよりこの方がよかったのかもしれないって思ったの。仕事はまた探せばいいんだし、ケイちゃんも、あのころは焦ってるようには見えなかった」

——もっと計画的に、効率的に金を稼がなくちゃいけないな。

「友達と会ったり、ネットで調べたりして、仕事を探していました。それで一週間ぐらい経ったときに、あのお金が届いたんです」

そして二人は三種類の送付状の調査に取りかかり、坂本君はだんだんと不機嫌に、内にこもり、激しやすく変わっていった——

「今は、焦ってるんだと思う」と、前野嬢は言った。「あの百万円が欲しいんです。おっかないお金じゃないってわかったもの。現実にお金を目の前にしてから、ケイちゃんが、暮木のおじいさんはその筋の人だったかもしれないってビビってたのは、本当なんですよ。あんな暮らしをしてたのは、組のお金を盗んで逃げてたからじゃないかとか」

「ドラマみたいな筋書きだねえ」

だが、今はその可能性は消えた。あの百万円は後腐れのない金だ。ただ〈詐欺師の金〉ということだわりさえ、振り捨てることができれば。

前野嬢もこう言った。「だけどケイちゃんも、あたしと同じくらい、あのお金は自分のものじゃない、自分のものにしちゃいけない、日商の被害者の人たちのお金なんだと思ってるんです」

「それは考え違いなんだ」と、私は言った。「君たちの慰謝料なんだよ。彼とよく話し合ってみてくれないか」

「自信ないけど……やってみます」

柴野運転手の携帯電話が鳴った。画面を見て、しきりと詫びながら立ち上がる。娘のもとへ帰る彼女を、私と前野嬢は見送った。

11

私は義父に報告書を書いた。現時点までに判明したことと、なお解け残る謎を書き記してゆくと、自分の頭のなかの整理もついた。

心の整理も、強いてつけた。

あの〈慰謝料〉をもらう。人質仲間の皆で決めたことだ。後悔はない。だが将来のどこかで、あの金のことが露見するという危険性はゼロではない。

私は今多コンツェルンを辞める。これ以上、厄介者になってはいけない。義父に退職願を収めてもらわねばならない。

幸か不幸か、義父が急に渡米することになり、指定された二週間が過ぎても、私は義父に会うことができなくなった。国境を越えた財界人のシンポジウムだとかで、義兄が出席するはずだったのだがスケジュール調整がつかず、義父に出番が回ってきたのだという。

妻に事情を話した。菜穂子はさして驚いた顔をせず、反対もしなかった。

「あなたの気持ちはわかりました」

申し訳ないと、私は妻に頭を下げた。

「そもそも退職願を書いたこと自体、君に相談してからするべきことだった。順番が逆だったよ」

「そんなこと、いいのよ。かまわない」

かまわない。妻はこのごろ、よくこの言葉を使う。桃子の文化祭から途中で抜け出したことを謝ったときも、そう言った。いいのよ、かまわないわ気にしないで。

そして今は、あのときは言わなかったことを言った。「わたし、あなたに置いてきぼりにされるのには慣れちゃったもの」

冗談めかしているが、冗談ではないとわかる言い方だった。

「そんなことに慣れないでくれよ」

「はいはい、探偵さん」妻は笑った。「会社を辞めたら、仕事はどうするの？　お父様も兄さんたちも、あなたが辞めることは許しても、ハローワーク通いにはいい顔しないと思うわ」

「でも、普通はそうするんだよ」

「あなたの立場は普通ではないのよ。そうは思わない？」

妻の瞳は、真っ直ぐに私を見つめている。

「そうだね」

すると、妻は私の顔から目を逸らした。「ごめんなさい。今の言い方は間違ってた」

「間違っちゃいないよ」

「ううん、普通じゃないのは、わたしの方なのよ。あなたじゃない」

これまで、菜穂子とこんなやりとりをしたことはない。私は動揺した。

「やっぱり怒ってる？　そりゃ怒るよな。当たり前だ」

その問いかけには答えず、妻は別のことを尋ねてきた。「あなたの分のお金と、あなたが預かってる園田さんの分のお金、どうするか決めた？」

私はうなずいた。「まだ編集長には話してないんだけど、話してもきっと、任せるからいいようにしてくれって言われるからね」

「そうね」

「何か社会的な活動をしている団体に、匿名で寄付しようと思うんだ」

「日商の被害者の会じゃなくて？」

「それも考えたけど、この際、日商にとらわれない方がいいと思う」

その方が、これはバスジャックで人質にとられた慰謝料だと、割り切り易い気がする。

「運転手さんはどうされるのかしら。訊いてみた？」

訊かなかったが、柴野運転手の方から教えてくれた。

「柴野さんは、まさに君の言うとおり、日商の被害者の会に寄付すると言ってた。ああいう会も、活動資金が要るだろうからって」

「全額？」

「だと思うよ」

「少しはご自分のために使ってもいいと思うけど。誰かそういう人がいなかったら、若い二人が可哀相だわ」

「あの二人には、もう何も言わないよ。金の使い道を訊かれても、教えない」

そう——とうなずいて、妻は微笑した。努力して微笑んだように見えたのは、思い過ごしだろうか。

「ハローワーク通いはしないよ」と、私は言った。「昔の伝手を頼って、どこかの出版社か編プロに潜り込めないか、探してみる。結局、僕は編集の仕事が好きなんだ」

だから、グループ広報室を去るのは辛い。「あおぞら」はいい社内報だった。

「あなたがいなくなっちゃったら、園田さん、心細いでしょうね」

「きっと叱られるよ。無責任だって」

「寂しいから叱るのよ。わたしを置いてきぼりにするのかって」

私は妻の顔を見た。「置いてきぼり」という言葉は、本日二度目の登場だ。私と妻のあいだにならあてはまる表現だが、私と園田瑛子のあいだにはそぐわない表現でもある。

「僕は園田さんに、そこまで頼りにされてないよ」

「されてるわ。あなたが気づいてないだけ」

言って、妻は笑った。また無理に笑ったように見えた。

「ごめんね。わたし、あなたに絡んでるね」

そしてとってつけたように、「間野さんはお元気？」

「うん、元気だよ」

「いつでもエステティシャンに戻れるように、研修には通っているんですって。だったら練習台代わりに、うちでホームエステを頼みたいって言ったら、とんでもないって断られちゃった」

——奥様には、最前線に復帰してから、最高の状態でお目にかからせてください。

「間野さんらしいや」

「わたし、お節介焼きだったわね」

それがエステの練習台のことを指しているのか、間野さんをグループ広報室に引っ張ったことを指しているのか、わからない。

「間野さんは活き活きしてるよ」

「それならよかった」

話は終わりよというふうに妻が腰を上げたので、追いかけて、私は言った。

「退職なんて大事なことを一人で決めちゃって、本当にごめんよ」

「イヤだなあ。あなたらしくないわ、そんなにくどくど謝るなんて。でもそんなに反省してるなら、シャトー・ラトゥール一本で勘弁してあげる」

喜んでと、私は約束した。

播磨屋を訪ねると、社長は留守で、常務が店番をしていた。この季節に、きんかん頭が光るほど、一人で汗をかいている。

「こいつめ、手強いんだよ」と、手元のノートパソコンへ顎をしゃくった。「コンピュータってのは、将棋が好きなのかねえ」

少し話し込み、日商がらみで何か新しいことが耳に入ったら教えてくれるように頼んだ。青色申告会の会長の電器店も訪ねて、同じようにした。まだ調べることがあるのかと、社長は少し驚いていた。

ネット上のやりとりで、もう何人か、会って話を聞けそうなあてがある。それ以外は、情報が入ってくるのを待つだけになった。〈御厨〉については、依然、何も出てこない。

ふと思いついて、知り合いに電話してみた。二年前の事件のときに知り合った若手のジャーナリストで、但し本人はそう呼ばれると露骨に不機嫌そうになる。社会学者と呼ぶと、もっと嫌がる。評論家でいいのだそうだ。

多忙な彼は、つい最近も著書を出したばかりだ。超少子高齢化社会へと向かう我が国がこれからとるべき経済政策について、わかりやすく解説した新書だ。

「久しぶりですね、石橋を叩いて渡る、安全印の杉村さん」

私をそんなふうにからかうのは、この秋山省吾《あきやましようご》氏だけである。

「ご無沙汰してます。ご活躍ですね。またベストセラーを出した」

「昨今の新書のベストセラーの水準がどれくらいお寒いものか知らないでしょう」

「今、どれぐらい話せますか」

「ジャスト一〇分」

実名は伏せておいて、私は小羽雅次郎と謎の経営コンサルタントのことを説明した。〈御厨〉という軍師の影響で、日商は悪質商法に走った。それは私の仮説であって、裏付けはない。一企業のトップがそんな形で外部の人間の影響を受けるなどということが、そもそもあるのだろうか。今さら弱気になったものだが、彼の意見を聞いてみたくなった。

「ありますよ」と、彼は即答した。「トップがおかしな人間に影響されて、超能力の研究やＵＦＯ探索に大枚の金を投げ捨てることだってあります」

彼も取材した経験があるという。規模は小さいが優秀な技術を持つ老舗《しにせ》の機械部品メーカーの社長が、永久機関を発明したという自称科学者に幻惑されて、結局会社を潰してしまったケースだそうだ。

「機械メーカーのトップが、エネルギー保存の法則さえちゃんと理解していなかったというお粗末な話です」

融資詐欺ならもっとある、と言う。

「ちょっと古い話になるけど、Ｍ資金詐欺なんか有名です。大企業がころころ引っかかったからね。小説にもなってますよ」

「そういう場合、トップを引っかけた側が、最後まで自分の正体を隠し通すことはできるでしょうか」

「官憲につかまらないというレベルで？」

なぜか彼は好んで〈官憲〉という表現を使う。

「それももちろんですが、たとえばトップの側近レベルにも接触しない、マルチや悪質商法の場合なら、一般会員にはその存在さえ知られないように隠れている」

秋山氏は少し考えた。「ありそうな話ですね。頭のいい詐欺師は、相手が大きな組織であればあるほど、一度に大勢の人間を相手にしません。急所だけ押さえるもんです。杉村さんがお尋ねのケースは、はっきり悪質商法なんですね？」

「そうです。既に摘発されている。トップと幹部は逮捕されましたが、軍師らしい人間は影も形もない」

秋山氏はパソコンのキーを叩いているらしい。やがて言った。「それ、日商フロンティア協会じゃありませんか」

相変わらず鋭い。「ご明察です」

「この一、二年じゃ、いちばん大きな経済事件ですからね。ふうん」

また少し間があって、彼は笑った。「この代表の小羽って男、目立ちたがりですね。カリスマになりたがるタイプだ」

今、ネットの情報を見ているらしい。

「だったら軍師は隠れるでしょう。その方が小羽代表を操縦しやすい」

「でも小羽代表は、一時はこの軍師に、小娘みたいに熱をあげていたらしいんですよ」

「だったらなおさらですよ」

軍師に入れあげ、熱烈に信奉し、彼の言うとおりにしたら全て上手くいった。

「そうなると、途端に全部を自分の手柄にしたくなるのがこのタイプの人間の癖です。先生のおかげではあった。だが実行したのは私だ。私が偉大なのだ。この偉大な私だからこそ世直しを行うことができる」

秋山氏は、会員たちの前で演説する小羽代表の演説口調を上手に真似てみせた。

「そうすると軍師の側としては、潮時だと思ったら、簡単に小羽代表から離れることもできますかね？」

「賢明な詐欺師ならそうしますね」

小羽雅次郎のようなタイプは、どんな形であれ、自分より上位の存在や、ナンバー2を置くことに我慢できないはずだ、と言う。

「下手にこだわって居座ると、追い出される。それどころか消される危険だってある」

私はひやりとした。〈御厨〉が、小羽雅次郎に殺害されている可能性もある？

「日商の活動歴は、結構長いでしょう？」

「はっきり悪質商法に手を出したのは、一九九九年の四月からです」

「だったら、杉村さんがお探しの軍師役の詐欺師は、とっくに日商からおさらばしてますよ。小羽代表がカリスマ風を吹かし始めたら、消えたはずです。もらうものはもらったろうし、カモはほかにいくらでもいる」

私の考えと同じことを言ってくれた。

「その後、どこでどうしているのかが気になりますね。次のカモは、もっとこぢんまりしたところなのかな。今のところ、日商級の大規模詐欺事件の摘発はないんだから」

「ああいう組織は、必ず摘発されるものでしょうか」

「一定の規模を超えたら、時間の問題ですね」

官憲もバカじゃない、と言った。

「ところで杉村さん、相変わらずおかしなことをやってますね。この件は、あなたがバスジャックで人質にされたことと、何か関係があるんですか」

「ご存じでしたか」

「まゆみは知りませんから、ご心配なく」

まゆみという女性は彼の従妹で、以前、グループ広報室で働いていたことがある。

「関係ないということにしておいてください」

「了解。でも、あなたの安全印の看板をお大事に」

「肝に銘じておきます」

遅まきながら——と、電話を切ってから、私は頭を掻いた。

足立則生から連絡をもらったのは、その日の午後のことである。

「本当に電話したけど、よかったのかい」

遠慮がちな声だった。

「もちろんです。その後、どうですか」

「働いてる」

あの新聞販売店にいるという。

「そりゃよかった！」

「俺はね。けど、俺といるのはイヤだって、二人も辞めちゃったから、店長にも奥さんにも申し訳なくって」

「その分、あなたが頑張ればいい。じゃ、お祝いをしましょう」

そんなのいいよと慌てる彼を説き伏せて、野本君が連れて行ってくれたあの中華料理屋で会う段取りを整えた。

約束の時間どおりに現れた足立則生は、こざっぱりと散髪し、糊《のり》の利いたワイシャツに、学生のようなアーガイル柄のベストを着ていた。本人も照れくさいらしく、

「店長の息子さんのお古なんだ」と言った。

「よく似合いますよ」

冷えたビールで乾杯した。

「心配かけちゃったから、俺がおごるよ」

「何を言ってるんですか。僕は何もしてませんよ」

「そんなことないよ。あんた、赤の他人なのにさ、ホント心配してくれた」

北見夫人と司君から、いろいろ話を聞いたと言った。

「それなら、このビールだけおごってもらいます」

運ばれてきた料理は彼を驚かせ、喜ばせた。旨い、旨いと頬張り、つと箸をとめて私の顔を見た。

「俺はさ、前科があるから」

「ええ」

「知ってるんだよね。拘置所の飯も刑務所の飯も」

こんな旨いもんは出てこない、と言った。

「飯の量だけは多いから、太るんだ。高越の奥さん――じゃなくて、井村さん、辛かったろうなあ」

彼女は傷害致死で起訴されることが決まり、既に保釈されている。果物ナイフを手に取ったのは殺意があったからではないが、別れ話に耳を貸さない高越を脅し、場合によっては傷つけてもいいという意図はあったと認定されたからだ。

「弁護士がいい人なんだってさ。女の弁護士さんでね。お腹の子のためにも、少しでも刑が軽くなるように頑張ってくれてるって」

保釈金は、彼女が昔働いていた店のママや、同僚たちがかき集めてくれたそうだ。

「あの人、自分は独りぼっちだって言ってたみたいだけど、そんなことなかったんだよ」

足立則生は、嚙みしめるように言った。自分自身のことも考え合わせているのだろう。

「二人の別れ話の原因も、公判に持ち出されるんでしょうね」

「そりゃそうだよ」

彼がまた自己嫌悪に陥ってしまう前に、私は急いで訊いた。「そうすると、警察もある程度は、高越さんの過去を調べたわけだ」

「……うん」

俺も事情を聞かれたよ、と言った。

「住宅ローン詐欺だったんだ」

一戸建てや分譲マンションを対象に、金融機関から購入資金を借りて、実際には購入せずに逃げてしまう。

「俺はね、〈役者〉だったんだよ」

「役者?」

「購入希望者のふりをする役なんだ。ローン契約をする当事者」

もちろん、彼の経済力では住宅ローン契約を結べない。

「だから、偽物の身分をでっちあげるんだ。俺に必要なのは身体と、高越たち一味に言われたとおりにしゃべる口だけ」

そうした〈役者〉には、生活困窮者がスカウトされることが多かったのだそうだ。

「ホームレスもね、その暮らしに馴染み切っちゃってると、さすがに無理なんだ。俺みたいに半端なのが重宝されたんだ」

身ぎれいに仕立ててあげれば、初めてのマイホームを買おうと意気込んでいるサラリーマンに見えるからだ。

「ものが住宅だからさ、若い奴は使えないんだ。同じ〈役者〉でも、学校やめて仕事もなくて、遊ぶ金ほしさにフラフラしてるような若い連中は、だいたい携帯電話かサラ金相手の詐欺に使われてた」

「じゃあ当時、あなたのまわりでは、そういうちょっと上手い話がよくあったんですね」

彼はうなずいた。「早くあんな暮らしから抜け出したくて、俺、飯を抜いても着るものには気をつけてたし、清潔にしてた。高越みたいな連中には、それで一発でわかるんだよ。ああ、こいつは食いついてくるぞってね」

高越勝巳はその住宅ローン詐欺の首謀者ではなく、雇われのスタッフだったそうだ。

「あいつにはあいつのノルマがあって、やってることは詐欺なんだけど、営業成績とかちゃんとあるんだよ」

「詐欺グループの母体はどんな組織だったのか知ってますか」

「もともとは何かの代理店だったらしいよ。高越が社長、社長って呼んでたのは、パッと見には人の好さそうなおっさんだった」

一度だけ、話したことがあるそうだ。

「いっぺんやれば、俺みたいなバカでも、住宅ローン詐欺の手先に使われてるんだってことはわかるからね。なんてことするんだって抗議したら、あの社長」

泣き出しそうな顔をしたそうだ。

「怒ったり凄んだんじゃなくて？」

「そうなんだよ。子供がべそかくみたいな顔をしてね」

——わしら以上に、銀行屋は悪いことばっかりやっとる。

「わしらは、銀行屋に殺された仲間の敵討《かたきう》ちをしとるんだって言ってたな……」

事実はどうかわからない。それも詐欺師が他人を操る口上に過ぎなかったのかもしれない。だが、その場の足立則生には充分に効果のある台詞だったそうだ。

「どれぐらいのあいだ、やってたんですか」

「期間っていうか、役者として現場に出たのは三回だった」

それでも回数の多い方だったという。

「どうしたって防犯カメラに撮られちゃうからさ、変装しようが髭はやそうが、それぐらいが限界なんだ。たいていは、役者は一度で、端金《はしたがね》をもらって使い捨てだよ」

高越たちのグループは首都圏を転々としながら犯行を重ねていたが、社長はどうやら関西から流れてきたらしかったという。

「社長より、さらに上の人物がちらちらすることはありませんでしたか」

「上の人物って？」

「妙な言い方だけど、黒幕」

彼は吹き出した。「そんなの、いたとしても俺なんかの前には出てこないよ」

そうだよなあ。

「どっかで暴力団とつながってたってことは、あるかもしれないけどね」

「あなたのような役者を訓練する役目の人はいましたか？」

「俺の場合は高越と、あいつが先輩先輩って呼んでた奴」

女性社員もいたそうだ。

「役者の女房役もやるんだ。マイホームを買うなら、たいてい夫婦で契約に来るだろ？」

「ああ、そうですね」

「けど、なかなか女性はね、見つからないんだよ、役者が。若い女の子ならいるんだけど」

「高越さんたちは、どうやってそのグループに入ったんでしょうね」

背もたれに寄りかかり、足立則生は私の顔を見た。「考えてもみなかったなあ。でもそうだよな。あいつらは俺たちみたいにスカウトされるわけじゃないだろうし」

詐欺グループも会社の体裁をとっていれば、社員募集をかけて人を集めるのだろう。が、いざ実行となったときに、そんな仕事はできませんと逃げる者だっているだろう。警察に通報するという者もいるだろう。

「面接のときに、社長が嗅ぎ分けてたのかな。こいつはやれそうだ。こいつには無理だって」

不謹慎だが愉快な想像で、彼は笑った。私も笑った。

「俺ね、あれ以来、水族館が駄目なんだ」

動物のショーをやるだろ、と言う。

「アシカのショーとかイルカのショーとか。あれ見ちゃうと、駄目なんだ」

俺もこいつらと同じだったと思うから。

「鼻先に餌をぶらさげられて、調教されるわけだろ？　あのころの俺と同じだよ」

打ち消すように慌てて首を振り、

「そんなの調教師の人に失礼だし、ホントは同じじゃないんだけどさ。俺よか、お客さんたちを喜ばせてるアシカやイルカの方が、ずうっと上等な生き物なんだけどさ」

私は彼のグラスにビールを注ぎ足した。

「だってあのころ、俺、何も考えてなかったもんな。金が欲しい金が欲しい。まともな暮らしをしたい。それればっかりだった」

「高越さんや社長は、何を考えていると思いましたか」

足立則生は目を細めた。

わからない、と首を振った。

「高越は奥さん——井村さんの親御さんが心中しちゃったこと」

「ええ、知ってたそうですね。だから、おまえの親が損を食った分、俺が取り返してやるんだと言っていた」

「けど、俺をスカウトした高越は、まだ井村さんと会う前だからね」

ニコニコ顔の店主が、湯気のたつ炒飯《チャーハン》を運んできてくれた。その湯気の向こうで、足立則生は遠くを見ている。

「何も考えてなかったのかもしれない。逆に、俺なんか思いもつかないくらいたくさんのことを、いっぱい考えていたのかもしれない」

そのどっちかだと思うんだ、と言った。

「真ん中がないんだよ。空っぽか、みっしりか。そうでないと、あんなふうに人を騙すなんてできないような気がする」

言い換えるならそれは、〈自分がない〉か、〈自分しかない〉ということではないか。

「高越は俺と出くわして、顔色が変わるくらい驚いてた。ビビってた。けど、やっぱり今も似たようなインチキ商売に関わってた」

悪事に手を染めているという自覚はあったが、反省はしていなかった。ビビっていたのは、足立則生が怒り、彼にしつこくつきまとったからだ。使い捨てのゴミみたいな〈役者〉が、一人の人間として彼の前に現れたからだ。

「俺にはわからない。ものすごく腹の立つ奴だったけど、わからないよ」

我々は熱々の炒飯を食べた。過去の話はそれきりに、足立則生の未来の話をした。通信制の高校に入学し、高卒の資格をとろうとしているという。

「次の休みに、奥さんと司さんに、北見さんの墓参りに連れていってもらうんだ」

「僕の分もお参りしてきてください」

ちゃんとするよと言って、彼は私に明るい目を向けた。「杉村さんさ、お堅いサラリーマンなのに、変わってるよな」

「どこが変わっていますか」

「俺みたいな奴に親切だから。会社じゃ、あんまり出世しないんじゃないの」

「確かに出世はおぼつかないですねえ」

「だけど杉村さんは、北見さんの友達だったんだからな」

うんうんと一人でうなずいて、足立則生は満足そうな顔をした。

「北見さんと気が合う人は、そういう人でなくっちゃいけない。なあ、いっそサラリーマンなんかやめて、北見さんの仕事を引き継いだらいいのに」

以前にも、可愛らしい高校生の女の子に、同じことを言われた。北見さんみたいな私立探偵になればいいのに、と。

「僕は、詐欺師になれないのと同じくらい、私立探偵にも向いてないと思うなあ」

「そんなことないさ。あんたって、なんか肝が据わってるところがあるから」

私は、自分の肝が身体のどこにあるのかさえ知らない。

「まあ、いいや。人生、どこで何がどう変わるかわかんねえからね。杉村さんの堅い会社だって、倒産することもあるかもしれない。そしたら考えなよ、私立探偵」

打ち解けて笑う足立則生は幸せそうだ。私立探偵が、ある人の人生のこういう場面にしばしば立ち会うことのできる職業ならば、素晴らしいだろう。こういう場面にだけ立ち会うのならば。井村絵里子は抜きで。高越勝巳は抜きで。

「杉村さん、北見さんに乾杯しようよ」

二人でビールグラスをかちんと合わせた。


義父の帰国は、十一月末と決まった。予定より二日遅い。

「向こうで、ちょっと具合が悪くなったらしいの」

シンポジウムが終わった後、あちらに住んでいる旧知の人びとを訪ねたり、かねてから義父が興味を抱いていた企業を訪問したり、精力的に動き回っていたので、疲れが出たのだろうという。

「帰国したら、念のために検査入院するんですって。わたし、桃子を連れて成田まで迎えに行こうと思うんだけど」

「そりゃあいいね。お義父さんも喜ぶよ」

「ホントは、あなたにも一緒に来てもらいたいんだけど……」

菜穂子は言いよどみ、困ったように苦笑した。「お父様が心配だって、三田《みた》の叔母様や栗本《くりもと》の伯父様もいらっしゃるんですって。あなた、あんまり気が進まないでしょ」

どちらも今多家の親戚筋の人たちだ。

妻が察してくれたとおり、私はこれらの人たちが苦手だ。おかしなもので、義父や義兄たちという今多家のど真ん中の人たちとの確執は感じたことがないのに、こうした一回り外側の人たちとはぎくしゃくしてしまう。

——どこの馬の骨ともわからん男。

露骨にそんな目つきをされ、まともに挨拶さえ受けてもらえない。過去に何度か、一族の集まりの場で、彼らの冷たい視線に往生する私を見かねて、義兄や義姉たちが取りなしてくれたことがあるから、私の一方的な被害妄想ではないはずだ。

「うん。ありがとう」

だが妻も、少なくとも三田の叔母とはあまり良好な関係にはないはずだ。叔母は義父の亡妻の妹で、義父の愛人の娘である菜穂子に対しては、幾重にも含むところがある。そして、その含むところを隠さない、よくいえば率直な、悪く言えば見高な女性だ。

「わたしは平気よ。桃子が生まれてから、叔母様、かなり軟化したから」

「秘書室の人たちも一緒に行くんだろ？」

「うん。だからわたしは何にもすることないの。桃子と手を振って、おじいちゃまお帰りなさいって笑うだけ」

義父には何よりの特効薬だ。

「あの、退職願の件」

特命の件でもあるけどと、妻は言いにくそうな口つきになった。

「お父様の体調の心配がなくなるまで、少し待ってもらえないかしら。あなたが会社を辞めるのは、お父様にとってもショックなことだと思うのよ」

「わかった。もう大丈夫だというタイミングがきたら、教えてくれる？」

「責任持って、そうします」

妻は戯けて敬礼してみせた。

その週は、社内でも、会長の体調不良はかなりの波紋を呼んだ。グループ広報室では野本君がひどく心配し、園田編集長に叱られた。

「身の程知らずね。あんたみたいな雑魚が心配できるレベルのことじゃないわよ」

「僕が雑魚だってことは自覚してますけど、それでも心配なんですよ。取り乱しちゃうんですよ。会長はそれぐらい大きな存在なんですよ」

間野さんには、「杉村さんも奥様もご心痛ですね」と言われた。

「会長は僕なんかとは人間のレベルが違いますからね。体調を崩したのも、あちらでハードスケジュールをこなしたからです。少し休めばすぐよくなりますよ」

森信宏氏からも直々に電話があった。編集長あてではなく、私に。

「驚きましたよ。どんな様子なのか、杉村君に訊けばもっとよくわかると思ってね」

最初の一報をどこから聞いたのか、森氏は言わなかった。私も訊かなかった。今も、森人脈は残っているということだ。

「ご心配をおかけして申し訳ありません。動悸《どうき》がして胸苦しくなったそうなんですが、ホテルでひと晩休んだらおさまったそうです」

「向こうで医者にかかっていないんですか」

「ええ、そのようですね」

「確かシアトルへ行ったんだよな」

「今はニューヨークにいます」

「相変わらず活発な人だ」やっと、森氏の声が和らいだ。「少しは自分の歳も考えてもらわないといけないね。菜穂子さんのためにも」

「私もそう思っています」

「だいぶお手間をおかけしましたが、私の本は順調に仕上がっているよ。園田さんから聞いていますか」

「はい。カバーの色校と、束《つか》見本はごらんになりましたか」

「見せてもらった。作家になったようで、気分がよかったよ」

森氏の口調が丁寧になったりくだけたりするのは、氏と私の距離感のせいだ。私の微妙な立場を反映しているとも言える。

少し迷ってから、私は尋ねた。「奥様のお加減はいかがですか」

「ああ、こちらこそご心配をおかけしました」

落ち着いているという。

「家に帰りたがるのでね。主治医と相談しながら、できるときには一時帰宅させるようにしています」

「森さんご自身のご体調にも留意なさってください」

「ありがとう」

挨拶を交わして通話を終えようとしたら、思い出したように唐突に、森氏が訊いた。

「杉村君、変わりはないんだよね？」

「はい」

「菜穂子さんもお元気なんだね」

「はい、おかげさまで元気にしております」

そうか、そうかと、氏は二度繰り返した。

「こうなってしまうとね、今さらのように家内の有り難みが身に染みるんだ。若いご夫婦をつかまえて、つい説教したくなる。仲良くしなさいよ、お互いを大事にしなさいよ」

「心しておきます」

不自然なやりとりではないのに、何となく引っかかるものが残った。

その週刊誌の記事を見つけたのは、いつものように〈睡蓮〉で昼食をとっているときだ。〈悪質商法の闇　被害会員同士の悲惨なバトル　あなたも部下に訴えられる？〉
日商フロンティア協会の元会員が、入会を勧誘した元会員である会社の上司に、損害賠償の民事訴訟を起こしたという内容だった。被害者の会内部の出来事ならば、とっくに耳に入っていたろうから、当該の元会員は、原告も被告も会には入っていないのだろう。
原告は三十五歳の会社員の男性で、被告は彼の所属する部署の次長だそうだ。このケースが他の元会員たちと違うのは、二人のあいだに職場の上下関係があったからで、原告は被告に勧誘されたというより、実態としては入会を強いられたと主張しているらしい。さらに日商が摘発された後、被告は、一連の事実を社の上層部に訴えようとした原告を圧迫し、退職に追い込もうとしたという。

悪質商法にとらわれて、パワハラが派生する。確かに悲惨だ。ため息が出た。だが昼食を終え、ある連載企画の原稿を受け取りに外出した先で、その程度の憂鬱など吹っ飛んでしまうことが起こった。

その連載の寄稿者はグループ企業の幹部で、会社は幡ケ谷《はたがや》にあった。社屋の隣に金網のフェンスで囲まれた青空駐車場があり、まばらに車が駐まっているなかに、一台だけ自転車があった。つややかな赤色のスポーツタイプで、頑丈そうなチェーンでフェンスに結び付けられている。

それを目にした瞬間、私のなかに記憶が蘇《よみがえ》った。あんなふうに置かれている子供の自転車を見た。閉じ込められたバスのなかから、ぼんやり眺めていた――

いや、いなかった。

自転車の後ろには、フェンスにぴったりと寄せて、大型のヴァンがあった。その位置関係も記憶の呼び水になったのだろう。

私は確かに、ああいう自転車を見た。あれに乗ってこの場から走り去れたらいいのにと思いながら。だが、それはバスジャック事件の時ではない。あの時、暮木老人は柴野運転手に指示して、バスの乗降ドアがある側を塀にくっつけるように駐めさせたのだから。

歩道の真ん中で、私は立ちすくんだ。後ろから来た自転車にベルを鳴らされなかったら、まだそのまま突っ立っていたろう。

いったい全体、どうしてあんな記憶違いを起こしたのか。私が自転車の話をした際、義父が怪訝そうな顔をしたのも無理はない。事件当時のバスの様子を撮った映像や写真の一枚でも見ていたら、私が語ったようなことはあり得ないと、すぐわかるのだから。

私は通勤にバスを使わない。ロングインタビューのために〈森閣下〉詣でを始めるまでは、ほかの取材でも路線バスに乗る機会はなかった。最近バス旅行をしたこともない。ほかのどんなシチュエーションをバスジャックの状況と混同してしまったのか、さっぱり見当がつかなかった。

胸焼けのようにもやもやと気になる。自分で自分の記憶があてにならないなんて、私には我慢できない。もっと早く気づかなかったことも腹立たしかった。

妻に話してみると、彼女は私よりもさらに驚いた。その反応は、私の予想以上だった。

「そんなにビックリする？」

「だって、あなたらしくないもの」

「そうなんだよね」

「事件直後で、やっぱり混乱してたのよ」

「いや、お義父さんと話したときには、もう充分落ち着いていた」

「そう思っていただけで、自分じゃわからないものなのかも」

トラウマと同じよ――と、妻は言った。

週の半ばになって、日商フロンティア協会の元会員からまた自殺者が出た。新聞ではベタ記事だったが、被害者の会のホームページでは詳しく報じていた。亡くなったのは六十八歳の無職の男性で、退職金の大半を日商につぎ込んでおり、そのために家族との関係が悪くなっていたらしい。念のためリストを繰ってみたが、この男性はプレミア会員ではなかった。会員歴も浅いようだ。

犠牲者だ。それとも高越勝巳ならこう言うだろうか。騙される方が悪いんだ。播磨屋夫婦ならこう言うだろうか。世の中にそんな旨い話はないのに、バカだねえ。

月末になり、義父の帰国が近づいてきた。一方、桃子のベッドタイムの読書では、『ホビットの冒険』がエンディングを迎えた。今多嘉親もビルボ君も、異郷での冒険を終えてお家に帰るのだ。

「お父さん、この続きの『指輪物語』は映画になってるって、ホント？」

学校で友達に聞いたのだという。

「うん。三部作の長い映画だよ」

「観たいなあ」

娘を寝かしつけた後、妻にそのやりとりを話すと、彼女は大真面目に思案した。

「わたしは、小説の方を先に読んで、桃子なりのイメージをつくってから映画を観てほしいんだけど」

「読書人のあなたのお考えはよくわかりますよ、奥様」

「でもあの映画は傑作だものね。問題は長いってことよ。三部作を通すと十時間はあるでしょう」

「そんなにあったかなあ」

「わたしも細かいことは忘れてる……」

「先に我々が思い出しておいた方がよさそうだね」

という次第で、翌日の昼休み、私は〈睡蓮〉の前を通過して、最寄りの大型電器店へ行った。DVD売り場を目指してエスカレーターに乗っているとき、胸ポケットの携帯電話が鳴った。前野嬢からだった。

「急にすみません。今、大丈夫ですか」

「大丈夫な場所へ移るから、五秒待って」

階段の踊り場は比較的静かだった。

「どうかしたの？」

前野嬢がいきなり電話をかけてくるのは珍しい。

「実は、見つけちゃったみたいなんです」

〈スーパーみやこ〉を。

坂本君とローラー作戦をしているとき、作戦の首尾とはまた別に、若い二人はいろいろな人たちと知り合った。なかには二人と同年代で、親しくなった人もいる。そうした交友ルートでたどり着いたというのだ。

「今は、その店名じゃないんです。以前は〈みやこ〉っていう小さいスーパーだったコンビニなんですよ！」

栃木県と群馬県の県境にほど近い県道沿いに、〈畑中前原〉という地名がある。

「そこのコンビニなんです。チェーン店ですけど、〈畑中前原県道二号店〉っていうんです。そこが〈スーパーみやこ〉だったんです」

それこそ前のめりでしゃべるメイちゃんを、私は遮った。「ちょっと待って。君の友達は、どうやってその事実をつかんだの？」

「つかんだとかって大げさなことじゃないんです。〈みやこ〉のことを知ってる人が、わたしの話を書いた彼のブログに書き込んで教えてくれたんです」

「メイちゃんは、その友達に、〈みやこ〉のことをどんなふうに話したの？」

「子供のころ、旅行の途中で立ち寄ったお店なんだけど懐かしいとか適当なこと言って、今もあるかなあとかって。子供のころのことだから記憶が曖昧で、場所はわかんないとか」

すると親切な人が情報をくれたというのだ。その〈スーパーみやこ〉なら、今はコンビニになってる店だと思うよ、と。

「〈みやこ〉から今のコンビニになったのは、四、五年前のことらしいです。杉村さん、わたしちょっとビビっちゃって」

作り話をもっともらしくするために、前野嬢は、思い出のなかのその店は店頭で焼き芋を売っていた、お総菜が手作りで美味しそうだった、優しいおばさんが店番をしていたなどと尾ひれをつけたのだが、

「それがみんな当たってたんです。〈みやこ〉は本当にそういうお店だったたって」

「前野さん、落ち着いて」

焼き芋にしろ総菜にしろ、地元に密着した小売り店ならありそうなことだ。

「まだ確定したわけじゃないんだし」

「いえ、確定なんです。そうとしか思えません。杉村さん、ついさっき、わたし、お店に電話してみたんですよ」

前野嬢の電話には、男性が出た。

「そちらは以前、〈スーパーみやこ〉さんでしたかって訊いたら、ハイそうですよって。わたし、そこから先は何をどう訊いたらいいか困っちゃってグズグズしてたら」

すると相手の方から、「おふくろのお知り合いですか？　って」

だったら電話代わりますよと言った。

「母さん電話だよって、呼んでいるのが聞こえました」

そして電話口に出てきたのは、まさに前野嬢が作り話のなかに登場させたような優しいおばさんの声だった。

突然お電話してすみませんと、前野嬢はまず謝った。

「それであの……もうしょうがないから言っちゃったんです。実はわたしの元に届いた宅配便の送り状に、受け付けたお店が〈スーパーみやこ〉って書いてあるんですけど、事情があってどうしてもこの荷物の送り主を見つけなくちゃならなくて云々って。杉村さんにはおわかりでしょう？　わたしこのとおりのアガり性だしそそっかしいし、とにかく一方的にしゃべっちゃったんです。ずっと探して見つからなくてこれまで大変だったとか、しゃべり出したらどこでやめたらいいかわかんなくなって、どんどんしゃべっちゃったんですよ」

電話口に出た女性は、黙って聞いていたそうだ。一度も遮らず、問い返すこともなかった。そして前野嬢の説明が終わり、言うことがなくなってしまうと、

「ごめんなさいって言いました」

今度は、電話口の優しいおばさんが前野嬢に謝ったのだ。

「どうぞもう送り主をお探しにならないで、そのまま荷物をお納めください、お願いいたしますって言ったんです」

そして、逃げるように電話を切った。

「これって、確定ですよね？」

ただ〈スーパーみやこ〉を確定しただけではない。前野嬢はあの宅配便の送り主も見つけた。優しい声のおばさんだ。

「すぐ会いに行こう」

「これからですか？」

「僕一人でもいいよ」

「わたしはどこへでも行けます。ケイちゃんも行くって言ってます。杉村さんはお仕事があるでしょう」

「有休を使うよ。坂本君とは仲直りしたのかい？　彼は落ち着いてるの？」

「さっき話した限りでは」

私は音をたてて携帯電話を閉じた。

レンタカーの運転席の坂本君は、先日の話し合いのときよりは顔色がよかった。鬚も剃ってある。ただ目が充血していて、睡眠不足のようだった。

「メイちゃんが話したそのおばさんが、暮木のおじいさんに頼まれて、俺たちに金を送った人だ、と」

風邪気味なのか、声が掠《かす》れている。

「で、おばさんは、自分がやってるコンビニから荷物を出したってことですよね。だけど伝票には今のコンビニの名称じゃなくて、以前の店の名前を書いた」

俺、一人だけアタマ悪いのかなと、またちょっと僻《ひが》んだようなことを言う。

「わけわかんないですよ。何でそんなことするんです？　だいいち、自分の店で宅配便を受け付けてるなら、全部自分のとこから出しゃいいのに、何でバラしたんですか」

後部座席の前野嬢の不安そうな顔が、ルームミラーに映っている。

「本人に訊いてみるのがいちばんだけど、暮木老人との約束では、きっと、全部の荷物をバラバラな場所から出すことになってたんじゃないのかな」

荷物の足跡をたどりにくくするためだ。

「でも、差出人はその約束を果たせなかった。一個ずつバラバラに出すこともできなかったし、七個のうちの二個は自分の店から出した。忙しかったのかもしれないし、そこまで厳重にする必要はないと思ったのかもしれない」

それでも、手元から出す二個の伝票に、今の店舗名を書くことは憚られ、昔の店名を書いた。集荷の際に宅配便会社の担当者が気づいて指摘されたら、ついうっかりと言い訳すればいい。気づかれなければそのまま通ってしまう。宅配便会社が荷物を管理する際に重要なのは、そんな手書きの情報ではなく、コンピュータで検索できる番号の方だ。

「それって単に気分の問題だと思うけど」

「そうだね」

すぐ前をとろとろ走っている軽乗用車に眉をひそめ、坂本君は気短に言った。

「だいたい、舐めてますよね。そんな小細工したって、俺たちが警察に届けたら、荷物の出所なんか一発で調べあげられちゃう」

「我々が届けないことの方に賭けていたんだろう」

優しい声のおばさんは、暮木老人の遺言執行人だ。どういう間柄なのだろう。どういう間柄ならば、こんな面倒なことに力を貸すだろうか。

「どんな人だろうね」

「わたし、おじいさんの奥さんじゃないかと思うんです」

「まさか。あり得ないよ」坂本君が速攻で否定した。「おじいさんは東京のアパートで一人暮らししてたんだぞ」

「だから、別れた奥さん」

ずっと昔に――と、前野嬢は小声になる。

「でも暮木のおじいさんがこの世を去る前に、大事な頼み事をして、お別れも言いたいと思うくらいの気持ちは残ってた。そんなのあり得ないでしょうか」

「別れ方によるだろ」

坂本君は素っ気ない。先日よりはましな態度だと思えたのは最初のうちだけで、やっぱり、どこか荒《すさ》んでいる。

不愉快だというより、こうも拗《こじ》れると、私は警戒感を覚えた。坂本君は、何かこの件とは別の問題を抱えているのではないか。

「メイちゃんとの電話の様子だと、向こうは、俺たちがこんなふうに探し当てるとは思ってなかったみたいだね」

「そうだね。警察が乗り出してくること以上に、予想してなかったんじゃないかな」

前野嬢が大きく目を瞠った。「だから杉村さん、すぐ会いに行こうって言ったんですね？　おばさんが逃げちゃうかもしれないからですね？」

「いや、逃げはしないだろうけど」

「じゃ、もっと悪いこと？　まさか死」

言いかけて、うろたえたように両手で口元を押さえた。

「そこまで不穏な想像をしちゃいけない」私はルームミラーに笑いかけた。「でも、先方は不安だろうし、僕らが押しかけていったら怯えるかもしれない。できるだけソフトに、礼儀正しくいこう」

その不機嫌を引っ込めてくれという意を込めたのだが、坂本君は反応しなかった。

我々が目指す店は、二車線の県道に面し、〈大好評分譲中〉の大きな立て看板を出した建売住宅地と雑木林に挟まれていた。プレハブの平屋建てで、このフランチャイズ・チェーンのコンビニのトレードマークである小さな赤い時計塔を、屋根の上にちょこんと載っけている。店の脇道を通ってのぼってゆく背後の丘には、こぎれいな住宅がいくつも屋根を覗かせている。

専用駐車場は、店舗の向かい側にあった。午後五時が近く、外はもう暗い。店舗の外にも内にも明かりがついて、ガラス越しに商品棚もレジも見通すことができた。

向かって左手の清涼飲料水の冷蔵棚の前で、茶髪の若い女性が商品を補充していた。レジには六十年配の女性が座り、視線を下に向けている。二人とも淡い水色の制服の上っ張りを着ていた。

店内に客はおらず、車の通行もまばらだ。

レンタカーのキーをポケットに突っ込みながら降りてきた坂本君を、私は振り返った。

「悪いけど、ちょっと待っててくれるかな」

私の意図を察したのか、前野嬢も彼にうなずきかけた。「最初は、わたしと杉村さんで行ってくる」

坂本君はちょっとたじろいだが、女性二人だけで店番している店内に目をやると、
「じゃ、俺は車で待ってます」
店と駐車場を隔てる県道には、押しボタン式信号の横断歩道があった。前野嬢は律儀にボタンを押して信号が変わるのを待ち、両手をこすりあわせながら、「寒いですね」と言った。彼女の呼気が白い。

もともと小さなスーパーであったというこのコンビニの地所と周囲の分譲地とは、どういう権利関係にあるのだろう。些細なことが気になるのが私の気質だ。

歩行者用信号が青になり、前野嬢と私は横断歩道を渡った。店内では茶髪の女性店員がきびきびと作業を続けている。レジの老婦人は、居眠りでもしているかのように動かない。

前野嬢がドアを開けると、軽やかなチャイムが鳴った。いらっしゃいませと、茶髪の女性店員が作業の手を止めないまま声をかけてくれた。

レジの老婦人は、鼻筋に老眼鏡を載せて、何か帳簿のようなものを書いていた。ほとんど銀髪といっていいほどの美しい白髪を洒落たショートカットにして、薄化粧している。彼女も顔を上げ、いらっしゃいませと言いかけて、やめた。口元がかすかに引き攣った。まだ我々は何も言わず、何もしていないのに、ただの客にしか見えないはずなのに、なぜだろう。

「こんにちは」

前野嬢が言って、レジのカウンターに近づいた。ほんの数歩なのに、右手と右足が一緒に出ているような、おかしな歩き方だった。

私はその場に留まったまま会釈した。レジの老婦人は老眼鏡を外した。

「あの……お昼過ぎにお電話した者です」

囁くような小声で、謝るように肩を落として、前野嬢は言った。その声を聞いて、わたしにもわか

った。前のめりのメイちゃんは、もう泣きべそになっている。

無言のまま、私はもう一度老婦人に向かって頭を下げた。

「カナちゃん」と、老婦人が茶髪の女性店員に呼びかけた。「ちょっと出かけてくるから、レジをお願いします」

「は〜い」

返事をして、清涼飲料水のケースの横を抜け、〈カナちゃん〉がこちらへ顔を覗かせた。私に笑いかけ、ついで前野嬢にぺこりとすると、問いかけるように老婦人を見やった。

老婦人は落ち着いていた。

「こちら様、東京からいらしたの。昔、おじいちゃんがお世話になった方のご家族」

「あらまあ」

「ホントに久しぶりなの」

「じゃ、どうぞ奥へ」

「いいのよ、いいの」

忙しなく遮り、老婦人はレジのなかで慎重に立ち上がった。少し脇に動き、そこに立てかけてあった杖を手にした。それに体重を預けて、一歩一歩ゆっくりと歩む。

「あんまりお時間がないの。そうですよね」

老婦人の問いかけに、私は調子を合わせた。

「そうなんです。所用でこちらに参ったもので、ご挨拶だけと思いまして」

「どこかでお茶でもご一緒してくるから」

「そう。じゃ、いってらっしゃい」

カナちゃんは老婦人のおぼつかない足取りを案じている眼差しだ。

「でもおばあちゃん、今日は〈ゆきうさぎ〉は定休日よ」

「あら残念ねえ」

レジの下から取り出した小ぶりのショルダーバッグを肩にかけると、老婦人は私と前野嬢の顔を見た。「じゃ、参りましょうか」

「はい。では、ごめんください」

私はカナちゃんに挨拶し、彼女の笑顔に見送られて外に出た。前野嬢は老婦人に付き添い、泣きべそ顔をカナちゃんに見られまいとうつむいている。

外に出ると、寒気が我々を包んだ。

「僕たちも車で来ているんですが、どうなさいますか」

老婦人に臆した様子はない。杖を持った手で向かいの駐車場の隅に駐めてある白い軽乗用車を指さした。

「あれがあたしの車なんです。あれで参りましょう」

「運転されるんですか」

「もちろんですよ」

ぴしゃりと言った。「歩くのはちょっと不自由ですけどね、運転には支障ないんです。ちゃんと足に力が入りますからね」

「失礼しました」

我々はまた押しボタン式信号を渡った。レンタカーの運転席から首を出した坂本君に、

「あの白の軽についてきて」と、私は言った。

「お三人でいらしたの？」

目ざとく見つけて、老婦人が訊いた。

「七人のはずでしょうに」

「そろそろ押しかけるのも無粋ですから」

老婦人の軽乗用車のなかには、ポプリの甘い匂いがこもっていた。助手席に混色編みのマフラーと、それによく釣り合う色目のコートが置いてあった。

県道を北に五分ほど走って、ファミリーレストランを見つけた。老婦人の運転は堅実で、上手だった。車を駐めて降りるとき、マフラーだけ首に巻いた。夕暮れを通り越し、夕闇が立ちこめている。

「先に言っときますけど、ここ、いっぺんも入ったことがないんですよ」

老婦人はファミレスの出入口に溜まった落ち葉を見て、顔をしかめる。

「次々と看板が変わるんですけど、みんなすぐたたんじゃうんですよ。地元の人間は誰も来やしません」

だからこの店にしたのだろう。

「コーヒーぐらいなら、何とか飲めるものが出てくるでしょう」

私はドアを押し、老婦人が先に店内に入った。杖の先についたゴムキャップが、リノリウムの床とこすれてキュッと音をたてた。

意外に広い店内には、一人客の男性が三人、ばらばらと座っていた。我々は奥のボックス席を占めた。人気がなくて隙間風を感じるほどだった。

そういえば、金をめぐって話し合うときも、田中氏が「いつ行っても閑古鳥が啼いている」と評したファミレスに集まった。いつもこんなふうだと、私は思った。人目を避け、周囲の耳を憚り、こそこそ相談する。あの店とこの店の違いは、あちらには暇そうなウエイトレスがいたが、こちらには暇そうな若い店長がいるというだけだ。

坂本君が店に入ってきた。首をすくめるようにして老婦人に会釈すると、黙ったまま、彼は隣の四人がけの椅子に腰をおろした。

お冷やとコーヒーが揃った。我々三人は、何となく均等に、老婦人から距離を置いて座っていた。みんな考えていることは一緒だろう。老婦人を取り囲み、問い詰めるようなことはしたくないのだ。坂本君でさえ、道中の不機嫌な表情を消し、苛立ちも引っ込めて、今はただ緊張しているだけのように見える。

前野嬢が、テーブルにセットされた紙ナプキンを取ると、それで目を拭いた。

「私が杉村三郎です」

私は切り出し、前野嬢が続いた。「前野メイです」

坂本君はまた首をすくめるような仕草をした。「坂本です」

老婦人は我々三人の顔を順番に見回すと、コーヒーカップに手を伸ばした。

「あたしと同じくらいの年配の方は――」

「迫田さんです」

「お元気なんですか」

言ってコーヒーに口をつけ、渋い顔をした。「お砂糖とミルクでごまかさないと、飲めたもんじゃないわね」

前野嬢に言う。メイちゃんは堅苦しく微笑んだ。

「迫田さんは、今は娘さんと一緒に住んでおられます。お元気でいると思います」

老婦人はコーヒーに砂糖とミルクを入れ、スプーンでやたらにかきまわした。

「お金は届いてるんでしょうかね」

「はい。全員がいただきました」

スプーンをソーサーに戻すと、かちんと音がたった。老婦人はため息をつき、前野嬢に目をやった。

「だったら、あたしを捜さなくたってよかったのに。ちゃんとそうお願いしたのに、あなた、聞いてくれなかったのねえ」

前野嬢の瞳が、またみるみるうちに潤んだ。すみません、と囁いた。

「そうはいかないですよ」

坂本君が口を開いた。ちょっと勢い込んで反論したふうだったが、老婦人に視線を返されると、目をそらした。

「こっちとしては、黙って受け取っちゃうわけにはいかないです」

老婦人はテーブルから手をおろすと、膝の上に揃えた。そうやってちんまりと座ると、何か人形劇やアニメに出てくるおばあちゃんそのもののように小さく、品がよく、可愛らしい。

「あたしは早川多恵《はやかわたえ》と申します」

薄化粧の頬が、かすかに強張っている。

「このとおりのおばあさんですから、どうぞお手柔らかにしてやってくださいな」

そして頭を下げると、やわらかく笑い出した。「まあ、そんなお通夜みたいな顔をしないで。皆さんの方は、何も悪いことをしてるわけじゃないんだから」

目元の笑い皺が深かった。

「それにしても、偉いわねえ。どうやってあたしを見つけたんですか」

私は前野嬢を促し、メイちゃんはつっかえつっかえ説明した。

「ちっとも偉くなんかありません。自力で早川さんを見つけたわけじゃないんです」

弁解しているかのような言い方だ。

「もう諦めかけてたし……」

「じゃ、電話をもらったとき、あたしが空っとぼけてごまかしたら、あなたたちはここに来なかった？」

前野嬢は拗ねたように目を伏せる。あたしがこんなイタズラをしちゃったのは、おばあちゃんがわからんちんだからだよ、と、八つ当たりをしている子供のような顔で。

早川さんは呟いた。「やっぱり、みっちゃんの言うとおりにしとけばよかった」

我々三人は顔を見合わせた。そんな反応には知らん顔で、独り言のように早川さんは続けた。「あの人の言うことに、いつも間違いはなかったんだもの。言いつけどおりにしておけば、何の問題もなかったんだわね」

穏やかに、私は尋ねた。「宅配便の出し方のことをおっしゃってるんですか」

早川さんはうなずいた。「全部、バラバラに出すように言われたんです。ひとつひとつのお店も遠く離してね。できるなら、七つとも県外から発送するようにって。車で行けば造作ないんだから」

だが、彼女はそうしなかった。

「みっちゃんには心配かけたくなかったから、詳しく話してなかったんですけど、手術の後、あんまりよくないんです。だから杖も手放せなくって」

動くのが億劫《おっくう》なのよ、と言った。

「手術をなさった――」

「一年以上前ですけどね。股関節を人工関節に取り替えたんです。手術はうまくいったんですけど、あたしはもう歳だし、リハビリ嫌いでサボったのがよくなかったみたい」

また、目元に笑い皺を寄せる。

「最初はね、ひとつだけ発送したの。そのためだけに大宮まで出て行ったんですよ」

送付状が残っていない、迫田さん宛の荷物だろう。

「そのとき、受け付けてくれたお店の人が、伝票なんてほとんど見てなかったのよね。うちでもそうですけど、じろじろ見たりしないんです。サイズを測って料金を書くだけよ」

それで、気が緩んだ。

「次からは一度に二つずつ出して、最後はもっと面倒になって、うちに帰ってきちゃってから出したんです。ちょうどあのころ、こっちでは雨が続いてましたし、あたしが一人で運転してどこへ行くのか、妙に遠出してるねって、息子が気にしてたのも嫌だったし」

「でも、送付状には〈スーパーみやこ〉と書いた」

「何ていうのかしら、せめてそれぐらいはしないとって……。ごまかしだけど」

「迫田さんは別として、僕たちの住所を正確につかむのは、けっこう大変だったんじゃありませんか」

早川さんは素早くまばたきすると、私を見据えた。その顔に、若いころの彼女がそうであったに違いない勝ち気な美人の面影がよぎった。

「あたしみたいなおばあちゃんにはコンピュータなんか扱えないって思ってるんでしょ」

「いえ、そんなふうには」

「あたしは、ネットのなかに三百人もお友達がいるんですよ。バカにしないでちょうだい」

失礼しましたと、私は丁重に謝った。早川さんは笑み崩れた。

「みっちゃんはね、自分が事件を起こしたら、必ずそうなるって言ってました。皆さんのこと、詳しくネットに載るって。あたしもある程度は予想してたけど、でも現実にああなって、びっくりしたわよ。世の中には野次馬が多いんだねえ」

言って、前野嬢の顔を覗き込む。「前野さん、知らない人たちに名前や住所を知られて、怖い想いをしなかった？」

「す、少しだけ」

「そう。ごめんなさいね」

「早川さんのせいじゃありません」

「でも、みっちゃんのせいだから、みっちゃんに代わってお詫びしないと。だから慰謝料も受け取ってほしかったの」

みっちゃんもそう願っていたの、と言った。

私は尋ねた。「みっちゃんというのは、暮木一光さんのことですよね」

ご本名ですか、と訊いた。「カズミツだから、愛称がみっちゃんなんでしょうか」

早川さんの表情が硬くなった。

「早川さんをお探しするだけでなく、僕らは、暮木さんのことも調べたんです」

少しわかりましたと、私は言った。

「でも、わからないことの方が多い。勝手に推測するしかなくて――」

「詐欺師だったんだ」と、出し抜けに坂本君が言った。「そうでしょう？」

早川さんは坂本君と目を合わせた。彼の目は怒っている。早川さんはその怒りの光を覗き込んでいた。

「バスジャックのとき、暮木さんが名指しで呼び出そうとした三人の方が手がかりになったんです」

私はこれまでの経緯を説明した。

テーブルの上のコーヒーは冷え切って、ミルクが濁った膜をつくった。

「僕がいちばん知りたいのは、早川さんのおっしゃる〈みっちゃん〉が、暮木一光であると同時に、〈御厨〉という人物でもあるのかということです。みっちゃんはカズミツではなく、〈御厨〉の愛称なんでしょうか」

しばらくのあいだ、早川さんは座り込んだまま何も言わなかった。膝の上に揃えた指先さえ動かさない。

「暮木一光は、みっちゃんの本当の名前じゃありません」

そう言って、私に目を向けた。

「でも、まるっきり偽名でもないんですよ。みっちゃんは、本物の暮木さんと戸籍を取り替えたんです。もちろんお金を払いましたし、本物の暮木さんがみっちゃんの戸籍になることで、迷惑がかかる心配はありませんでした。みっちゃんは、仕事してるあいだは、絶対に本名を使いませんでしたから」

仕事。本名を使えない仕事。

「ただ、足を洗おうって決めたときに、自分の過去ともきっぱり切れたかったんでしょう。だから戸籍を取り替えたんです。本物の暮木さんには身寄りがなくて、この世で独りぼっちでしたから、それもちょうどよかったみたいでね」

お冷やのグラスを取り上げると、ひと口だけ口を付けた。手が震えていた。

「みっちゃんは御厨さんでもありません。二人は別人です」

前野嬢が息を呑んだ。「じゃ、御厨さんって人は本当にいるんですか」

「いますよ。みっちゃんの仲間っていうか」

言って、早川さんは苦いものを嚙むように口の端を曲げた。目をしばしばさせた。

「そうね、仲間ですよ。仲間でした」

過去形のところに力を込めた。

「皆さんにお会いしたときのみっちゃんは、もう違ってましたよ。足を洗って、御厨さんとは切れてたし、あんな人とつるんでたことを後悔していたんです」

嫌だわ——と小声で言い、早川さんはめまいでもしたかのように手で額を押さえた。

「皆さん、そんなことまで調べてたの。どうしてそんなことを知りたがるの」

「あんな大金を送りつけられたからですよ」と、私は言った。「どんな種類の金かわからずに、もらうわけにはいかないからです」

「だって償いのお金なんですよ。慰謝料なんですよ」

「それでも気になります」

「みっちゃんたら」

その場にいない、もはやこの世にさえいない相手に文句を言うように、早川さんは声を荒らげた。

「ぜんぜん話が違うじゃないの。みっちゃん、言ってたんですよ。自分が皆さんを説得すれば、必ずうまくいくって。警察にはバレないし、けっして誰にも疑われない。みんな素直にお金を受け取ってくれて、丸く収まるって」

収まらなかったじゃないと、怒っている。

「みっちゃんも衰えたのね。あたしも真に受けちゃいけなかったんだわねえ」

バスのなかの暮木老人の弁舌を体験した私は、彼があれで〈衰えた〉のなら、それ以前はどれほどだったのだろうと思った。

この人は、それを知っているのだ。

「おじいさんが死んじゃったからです」と、前野嬢が言った。「警察に捕まったとしても、おじいさんが生きていたなら、わたしたちもこんなふうに迷ったり困ったりしなかったと思います」

早川さんは両手で顔を覆ってしまった。

私は尋ねた。「御厨という人物は、本当に経営コンサルタントなんでしょうか」

深く息を吐き出し、早川さんは起き直った。

「それはね、あの人のたくさんある肩書きのひとつですよ」

「やっぱり詐欺師なんですね」

また容赦のない直截《ちょくせつ》さで、坂本君が訊く。早川さんはうなずいた。

「あたしがみっちゃんから聞いた限りじゃ、催眠学習研究所とか、スピーチが上手になるセミナーとか、能力開発教室とか、何やかんやいろいろやってましたけどねえ」

人生の局面局面で、様々な事業に手を出し、人と金を集めた事業家だ。だが、たった今早川さんの口から出た三つの事業と、それに経営コンサルタントにも、共通点がある。何らかの形で〈人に教える〉ということだ。

「みっちゃんは、ずっと御厨さんの助手みたいなもんでした」と、早川さんは続けた。「別に、助手だったんだから罪が軽いってかばうわけじゃないのよ。弟分ていうか、右腕みたいなもの。コンビだったんだから」

ふと投げやりな目つきになり、疲れたようにファミレスの安っぽいソファにもたれた。

「日商フロンティア協会はね——」

我々三人は緊張した。

「あの二人の最後の仕事でした。小羽っていう代表を教育して、日商をあそこまで大きくしてね、もらうものをもらって、御厨さんとみっちゃんは引退したんです」

「いつのことですか」

「ちょっと待って。ええとね」

早川さんは指を折って数をかぞえた。

「おとしだったかしら。うちの母の十回忌に、みっちゃんが来てくれた年だから」

日商がマルチ商法へと踏み出した転換点であり、古猿庵氏が小羽雅次郎から、経営コンサルタントの御厨を紹介されたのは一九九九年だ。二〇〇四年はそれから五年後。なるほど日商という黒い果実は大きく熟れ、収穫は充分にあり、小羽代表を操っていた軍師とその助手にとっては、いい見切り時だったろう。

「引退、ね」坂本君が皮肉っぽく呟いた。「詐欺師にも定年があるなんて驚きだ」

早川さんは何も言い返さなかった。

「日商フロンティア協会のために、御厨さんと〈みっちゃん〉は何をしたんですか」

「あの会をつくったんですよ」

「二人で？」

「小羽って人を担いでね。会の仕組みをつくるのは御厨さんの仕事で、みっちゃんは教育係でした」

いつもその分担だったそうですよ、と言う。

「みっちゃんは人を教えるのが巧いから、御厨さんが自分でやってたほかのセミナーみたいなところでも、ずいぶんよく働いていたようでした」

「それじゃ、日商の内部では、二人のことはよく知られていたはずですよね？」

早川さんは目を細めて私に問い返した。「知られていました？　みっちゃんたちのこと知ってるっていう会員さんがいたかしら」

いいえと、私は首を振った。

「御厨さんは、絶対に自分は表に出ないんです。みっちゃんも同じ。幹部の人たちの教育はしましたけど、会員さんたちと混じることはいっぺんもなかったはずです」

本人からそう聞いた、と言う。

「自分たちは影だから、それでいいんだって言っていました」

「でも、日商の幹部に訊いたら、少なくともみっちゃんのことは知ってるはずですよね。直に教育を受けたんだから」

「でしょうね」

「だったら、日商が摘発されたとき、暮木のおじいさん、どうして警察にマークされなかったのかな」

前野嬢の疑問を、早川さんは笑った。「どうしてみっちゃんが警察にマークされなくちゃならないの？　日商の管理職になる人たちに、会員たちを束ねて会を運営するための技術や、上手なセールスのやり方を教えただけよ。そんなの、いろいろなところで研修でやってるでしょう。悪いことじゃないわよね」

それに、日商が摘発されたときには、御厨軍師とその助手はとっくに組織を離れていた。日商は小羽父子の天下だったのだ。

「充分、悪いことですよ」

坂本君が言った。目の充血がひどくなっている。

「日商がああなるって、小羽代表がああなるって、わかっててやったんだ」

全てお膳立てしてやって、報酬も得た。

「それで、ヤバくなる前にさっさと逃げた。小羽よりももっと悪いですよ。狡賢いんだ」

ケイちゃん――と、前野嬢が諌めた。

「いつもその分担だったって、さっき言ってましたよね？　いつもって、あっさり言うなよ。いったいどんだけ、そんなようなことを繰り返してきたんだよ」

「ケイちゃん、声が大きい」

早川さんは目を伏せた。「みっちゃんにとっても、日商は大きな仕事だったと思いますよ。引退の前にいちばん大きな花火をあげたって言ってたから」

「ほかの詐欺はもっと規模が小さかったって？　そんなの言い訳になるかよ」

私は坂本君の肩に手を置いた。彼はびくりとして目を尖らせた。

「ここで早川さんを責めたって仕方ない」

小鼻を震わせて、彼は黙った。

「早川さん、教えていただけませんか。〈みっちゃん〉はどこの誰なんです？　あなたとはどういう関係だったんですか」

早川さんはまた手で顔を覆った。手のぬくもりで顔を温め、頬のこわばりを溶かそうとするかのように。

手をおろし、私の目を見た。「畑中前原ってね、今は合併してひとつの町になってますけど、十年前までは別々の村だったんです。もっと北の、山のなかです。あたしもみっちゃんも、その畑中村の出身です」

七十歳ですよ、と言った。「同い歳なの。近所の幼なじみでした。三輪車に乗ってるころからの仲良しだったのよ」

〈暮木一光〉は六十三歳だった。その年齢より老けて見えたのは環境のせいだと思っていたのだが、実はもっと年上だったのだ。

「そうそう、みっちゃん、暮木さんと戸籍を取り替えるとき、歳がちょっと違うんだよって気にしてた」

名前には同じ音があったけれど。

「羽田《はだ》光昭《みつあき》っていいます」

だから〈みっちゃん〉か。

「羽田さんの家は戦前から材木の加工会社をやってて、お金持ちでした。でもみっちゃんが十歳のときに、ご家族は亡くなったんです」

家が火事で全焼したのだという。光昭の祖母と両親、三歳年上の兄が、その火災で犠牲になった。

「みっちゃんは身が軽かったから、火が回る前に二階の窓から飛び降りて助かったんです。それでも煙を吸い込んで、半月ぐらい入院していました」

光昭は孤児になり、父方の祖父の弟、大叔父のもとに引き取られた。

「この大叔父さんは、いろいろある人で」

言って、そこで少しためらった。横目で前野嬢を気にしている。

「若い娘さんには嫌な話だけど、いいのかしらねえ」

前野嬢は顔を上げると、うなずいた。

「火事が起きる前の年に、みっちゃんのお祖父さんが亡くなりました。大叔父さんにとっては兄さんですよ。そのとき、相続で揉めちゃってね」

羽田光昭の祖父は、自分の息子――光昭の父親に会社を遺した。法律的にも何の問題もない処理だ。だがこれに、祖父の弟である大叔父が文句をつけた。

「会社の株の半分は自分がもらう約束になってたって騒ぎだしましてね」

話し合いを重ねても埒があかない。身内のことなので事を荒立てたくないと、光昭の父親が弱腰なのをいいことに、大叔父の側はどんどん強硬になった。羽田家に押しかけ、暴力沙汰に及んだこともあるという。

「それでとうとう、みっちゃんのお父さんも裁判に訴えることにしたんです。その矢先ですよ、火事が起きたのは」

坂本君が充血した目をしばたたく。

「出火の原因がねえ、よくわからなくて」

早川さんはため息を吐き出した。

「古い家だったから、漏電じゃないかって言われてましたけどね。なにしろ昔の、山の村のことですから、今みたいに調べ上げることはできなかったんでしょう」

思い切って私は訊いた。「放火の疑いが残ったんですね」

早川さんはうなずいた。「うちの父が消防団にいましてね。母にひそひそ話していました。ありゃ怪しいって」

孤児になった羽田光昭は、そんな疑いにまみれた大叔父と暮らさねばならなくなったのだ。針のむしろという以上の、異常な生活だったのではないか。

「大叔父さんがみっちゃんを引き取ったのも、後見人になって会社をいいようにしたいからだろうって、もっぱらの噂でした」

事実、そうなった。光昭が成人したとき、彼の手元に資産らしい資産は残っていなかったという。

「みっちゃん、誰も信じられないって、よく言ってましたよ」

家でも学校でも孤独だった。友達はいなかった。早川多恵だけだった。

「しょっちゅうあたしと一緒にいるんで、おまえは女の金魚のフンかって、それでまたいじめられたりしてましたねえ」

高校を卒業すると、光昭は村を出た。

「東京で仕事を探すって言いましてね」

それが彼の意思であることを、早川さんは知っていた。だが傍目《はため》には、光昭が大叔父の家を追い出されたように見えたそうだ。

「田舎の高校を出ただけの男の子ですからね。苦労したでしょう。たびたび仕事が変わるんで、あたしなんか覚えきれなかった」

それでも、東京は自由でいいと言ったそうだ。故郷には何の未練もないと。

「たまに帰ってきても、大叔父さんの家には一度も近寄らなくてね。家族のお墓参りをして、あたしに顔を見せると、どんなに遅い時間でも東京へ帰って行きました」

あるとき、早川家に遊びに来た光昭が、上りの終電がとっくに出てしまった時刻なのに東京へ帰ると駅に向かったので、心配した早川さんは父親と共に様子を見に行ったそうだ。すると光昭は無人駅の待合室で丸くなって寝ていた。

「うちに連れてって一泊させました。それ以来、みっちゃんは遠慮しちゃって、遅い時間にはうちに来なくなりました」

光昭の孤独な人生に変わりはなかった。金にも困っていた。

だが、いい変化もあった。

「東京に出たら、みっちゃん、明るくなったんです」

学校時代は石のように無口な少年だった。それが、むしろ多弁になった。

「ただおしゃべりだってわけじゃないんですよ。話が上手になったっていうのかしらね。相手に合わせられるんです」

周囲の大人を憚り、息を潜めて暮らした少年時代が、光昭に、他人を観察する集中力を与えた。彼はよく人を〈見た〉。その洞察が、その相手とはどのように付き合ったらいいか、どんな言葉を選んで話したらいいかを彼に教えた。

こちらの本心は隠したままで。

「それにみっちゃん、学校ではダメでしたけど、それはあんな家に閉じ込められていたからでね。もともと頭はよかったんです。あたしは知ってました」

読書家だったという。

「ああいうのを本の虫っていうんでしょう。どしどし本を読んで、難しいことでも独学で勉強していました」

皆さんご存じなのかしらと、少し明るい目になって、早川さんは我々に訊いた。

「みっちゃん、外国の人に道を教えるくらいなら、英語ができたんですよ。それも独学だったんです」

仕事は何でもやった。セールスマンから力仕事まで、様々な職種を転々とした。

「社会勉強になるからいいんだって言ってましたねえ」

結婚はしなかった。恋人ができたらしい様子もなかった。ちゃんと一人前になるまでは所帯なんか持てないと言っていたという。

一方で、都会へ出ていった幼なじみを案じながら、早川さんは地元で見合い結婚をし、子供を持った。彼女が結婚や出産の報告の手紙を書くと、いつも、ほどなくして光昭はお祝いを持って訪ねてきたという。

「さっき店にいたカナちゃんは、うちの次男の嫁の妹なんですよ。高校を出たけど就職先が決まらなかったもんだから、うちを手伝ってくれてるの」

妻として母として充足し、責任も増していく早川さんを、光昭は「俺の唯一の自慢は多恵ちゃんだ」と言っていたそうだ。

そんな彼に、人生の大きな転機が訪れた。光昭が三十二歳の、三月末のことだったという。

「娘を産んで間もなくでしたから、あたしもよく覚えているんです。上の二人が男の子でしたから、女の子がほしかったんでね。みっちゃんも、今度は女の子だって喜んで、可愛いおくるみを買ってきてくれました」

そして彼は言った。

――多恵ちゃん、俺、先生になるよ。

「学校の先生じゃないけどなって、笑うんです。どういうことなのって訊いたら、今の会社で研修を受けて資格を取ったから、トレーナーっていう先生になって、今度は生徒さんを教える立場になったんだって」

その少し以前から、光昭がひとつの仕事に落ち着き、やりがいがある職場だと話していたことは、早川さんも覚えていた。

「トレーナー」と、私は復唱した。背中がぞくぞくした。「当時、光昭さんが勤めていた会社の名前を覚えていますか」

「それがねえ、人材何とかかんとかって、長い名前で」

簡単な足し算でわかる。羽田光昭は三十二歳。一九六八年。それは、ＳＴの黎明《れいめい》期だ。

「当時、光昭さんから、〈センシティビティ・トレーニング〉という言葉を聞いたことはありませんか？　あるいは〈ＳＴ〉とか」

早川さんの瞳から、楽しい回想の生む光が消えた。「あら嫌だ。なんでそんなことを知ってるんです？」

私は心中で呟いた。お義父さん、的中だ。

「その会社は、企業の新入社員や管理職を集めて研修をする、社員の能力を高める教育をするのが仕事じゃありませんでしたか」

「そうよ。テレビでコマーシャルをするような大きな企業が、たくさん社員を寄越していたんです。みっちゃんの会社で研修を受けるといいんだって」

羽田光昭にとってやりがいのある仕事は、ＳＴのトレーナーだった――

私の驚きぶりに当惑しながらも、早川さんは続けた。「みっちゃんは御厨さんとも、その会社で会ったんです」

「じゃ、御厨氏もトレーナーだったんですか？」

「そうでしょうよ。一緒に働いてたんですから。一年先輩で、年はふたつ上でした」

軍師と助手の前身は、共にトレーナーだったのだ。

「それから十年ぐらいかしら。みっちゃんはその会社で頑張っていたんですよ。チーフ・トレーナーとかになったし」

会社は繁盛し、光昭は高給取りになり、見るからに羽振りがよくなった。このころ、短期間だがある女性と婚約していたが、まだ早川さんがその女性を紹介してもらわないうちに、破談になった。

「仕事の方が面白いから、結婚なんかしてる暇ないんだって言ってましたよ」

びっくり箱からぽんと飛び出す人形のように、本当に軽く頭を揺らして、前野嬢が言った。「おじいさん、早川さんのことを好きだったんですよ」

早川さんは目を瞠った。前のめりのメイちゃんは、あわてて謝った。「ごめんなさい。でもわたしはそう思います。光昭さんは早川さんが好きだったから、ほかの女性と結婚する気になんかならなかったんですよ」

早川さんは気まずそうに下を向いた。少し、はにかんでいるように見えた。

「そこでトレーナーをしていたのは十年ぐらいだとおっしゃいましたね？　十年で辞めたんですか。それとも他社へ移ったとか」

「御厨さんが独立して、自分でトレーナーの会社を興すからって、みっちゃんも誘われたんです」

でもその前に——と、早川さんは少し眉をひそめた。「会社で、ちょっとした事故があったんだって話をしてました」

「事故？」

「研修に来ていた生徒さんが怪我をしたとか」

光昭がチーフ・トレーナーを務めているときで、事故の責任は彼にあった。が、当時、彼よりさらに上の地位についていた御厨が、光昭が問責されることがないよう、事を収めてくれたのだという。

「そんなことがなくっても、御厨さんは独立の計画を立ててたそうだけど」

不快で不吉な想像が、私の目の裏で踊った。研修で事故が起きた。それは表沙汰にされずに揉み消された。どんな事故だ。本当に怪我で済んだのか。

「みっちゃんも、そのことは詳しく言いたがりませんでね。あたしも訊かなかったけど、大事なことだったのかしら」

「今となってはどうでしょうか」

いずれにしろ、その一件で、羽田光昭にとって御厨という男は、ただの先輩でも友人でもない、恩人となったのだ。

「御厨さんは本名ですか？」

私の語気が鋭かったのか、早川さんは軽くぶたれたような顔をした。

「さあ……知りませんけど」

「光昭さんは、早川さんと話すときには、〈御厨さん〉という呼び方をしていたんですね？」

「ショウケンさんとも呼んでましたね。尚《なお》に憲法の憲よ」

「早川さんは、御厨氏に会ったことは」

「ありませんよ」

嘘だと、私は思った。直感だが、はずれていないと思う。羽田光昭が、永年コンビを組んでいた兄貴分のような相手を、早川多恵に一度も紹介しなかったわけはない。

「いろんな名前を使い分けて、いろんな事業をしていましたからね」

うさんくさい人でしたよ、と言った。

「みっちゃんがあんなにあの人に頼ってなかったら、あたしだってもう少し——そういう人との付き合いは考えた方がいいんじゃないかって、説教のひとつもしたと思うんです」

早川さんの口調が弁解がましく、非難混じりになった。

「だって、みっちゃんが胡乱な仕事をするようになったのは、御厨さんに引っ張られてＳＴの会社を辞めてからですからね」

「八〇年代に入ると、ＳＴは急速に下火になったんです。そのまま元の会社にいても、先はなかったでしょう」

御厨尚憲が興した会社も、早晩行き詰まったに違いない。そして二人は様々な事業に手を伸ばすことになった。トレーナー時代に身に付けた、人心掌握とコントロールのスキルを存分に活かして。

「で、詐欺師コンビの誕生かよ」と、坂本君が鼻先で囃《はや》すように言った。

「二人していろんな名前を使い分けていたんなら、御厨っていうのも偽名のひとつかもしれないけど、印象に残りやすい変わった名字だから、意外と本名かもしれませんよ。偽名に混ぜて本名も使ってたとか」

不愉快そうに息を吐き出す。

「今さらどっちだっていいけどさ」

「おじいさんじゃなくって、ホッとした」

前野嬢が呟く。坂本君は言い返した。

「おじいさんとは別人でも、おじいさんも御厨と同じ穴の狢だったんだ。ホッとするも何もないだろ」

「御厨さんは関係ありませんよ」

早川さんが二人のあいだに割り込んだ。

「みっちゃんのバスジャックと、御厨さんは無関係です。とっくに切れてたんだからね。日商のことまでは二人でやったけど、それっきりだったんだから」

急に力んでいた。老女の手がまた震えていることに、私は気づいた。

「そうですよね。それっきりだった。いいだけ儲けて、七十代を目前に引退、悠々自適の生活をしてた」

喧嘩腰に目を光らせ、坂本君は早川さんに嚙みついた。

「だったら何故、おばさんの大事なみっちゃんは、あんなバスジャックなんか起こしたんです？　俺たち、みんな迷惑しました。日商になんか何の関係もないのに、一方的に巻き込まれてさ」

「ケイちゃん、そんな失礼な言い方しないで」

坂本君は止まらない。「俺にもわかるように教えてくださいよ。みっちゃんはどうしちゃったんです？　もう足を洗っているのに、何でまた急に、自分たちでつくった日商の会員を選んで、あんなやり方で懲らしめようなんてしたんですか」

早川さんは坂本君を見つめていた。手の震えに自分で気づいたのか、指を組んで握りしめた。

「——みんなを懲らしめることはできないからですよ」

声が上ずり、瞳が揺れている。

「懲らしめる？」坂本君の声が高くなる。「ご立派なことだよ。そんなら、まず真っ先に自分自身を懲らしめるべきだった！」

「懲らしめましたよ！」早川さんも声をあげる。「みっちゃんは充分苦しんだの。うんと悔やんでいたんだから」

さらに言い返そうとする坂本君を、私は手で制した。彼の目の充血は濃くなり、特に右目の瞳の脇の一ヵ所はひどい。ただ睡眠不足とか、結膜炎とかの充血ではなさそうだ。

「坂本君」私はやっと気づいた。「その目、誰かに殴られたのか？」

彼はあわてて手で目をこすった。

「大したことないんです」瞼が裏返りそうなほど強くこする。「友達が酔っ払って、ちょっと暴れただけですよ。そいつの拳骨《げんこつ》が俺の目に入っちゃって」

目薬が切れてきちゃったんだと、ズボンのポケットを探るが、見つからない。舌打ちした。「車に置いてきちゃった」

「冷やした方がいいね」

言って、早川さんは首を伸ばすと、暇そうな若い店長に呼びかけた。「すみません、冷たいおしぼりをくださいな」

店長はすぐ持ってきてくれた。新しいおしぼりの封を破り、老女はそれを小さくたたむと、坂本君に差し出した。

「目医者さんには行ったの？」

坂本君は黙っておしぼりを受け取り、右目にあてた。

「行ってないの？　目薬、売薬なの？　それじゃ駄目ですよ。ちゃんと診てもらいなさい」

目は大事よ——と、小さく言った。

坂本君の口元が、母親に叱られた子供のようにへの字になっている。

少しのあいだ、皆で沈黙を共有した。暇そうな店長が、ガラスの仕切りの向こうに姿を消した。

「人間はね」と、早川さんは言った。「改心するもんなんですよ」

どんな悪人でもね、と言った。

「光昭さんも」

「ええ、そうですよ」

「何かきっかけがあったんじゃないですか」

「どうしてそんなことを気にするの」

「光昭さんの改心が、劇的に過ぎるからです。その後でやったことも派手だ。ただ時間が経過しただけじゃ、そこまで急な心の変化が起こるものじゃないと思うんですよ」

早川さんは私の顔を見た。「杉村さんでしたっけ。いろんなことを考える方なのね、あなたは」

褒め言葉には聞こえなかった。

「引退した後、みっちゃん、日本中を回ってました。旅行っていうより、下見って言った方がいいかしら。残りの人生、どこで暮らそうかって、いい場所を探していたの」

気楽な独り身で、金はある。好きなところへ行けたろう。

「いっとき、貸家を借りて房総にも住んでいました。気にいってたの」

前野嬢が目を瞠った。「もしかして、〈クラステ海風〉のそばですか？」

早川さんはうなずいた。「そのころは、まだクリニックは開業してなかったみたいだけどね。大きな別荘地があるんですって？」

「はい。〈シースター房総〉といいます」

「多恵ちゃん知ってるか、房総半島は、東日本じゃどこよりも早く春の花が咲くんだぞ」

早川さんは声色を使って言ってみせた。

「黒潮が流れてるからなんだ。暖かくていいところだぞって」

「じゃ、あの別荘地のなかに」

「そうよ。おっつけ大きな病院が開業するし、老人ホームもできるそうだから、ここはいいなって言ってました」

だから土地鑑があったのだ。

「あのバスの路線も知ってたんですよ。いつもガラガラなんだって言ってた」

バスジャック――と呟き、早川さんは苦笑した。「あたしみたいなおばあちゃんが口にすると、笑っちゃうような言葉だわね」

暮木老人にも不似合いだった。

「みっちゃんがあの計画を立てたとき、あのバス路線を選んだのは、いつも空いてたからなんですよ。東京近郊で、あれくらい確実に乗客の少ない路線はほかにないからって」

そして下見をしているうちに、迫田さんに遭遇したわけだ。

「ああ、ごめんなさい。話が前後しちゃって」

早川さんはゆるゆるとかぶりを振った。

「とにかくそうやってあっちこっち回っているうちに、みっちゃん、死にかけたのよ。あたしもその時はもちろん何も知らなくて、後で本人から聞いて、腰を抜かしそうになったんですけどね」

溺《おぼ》れかけたのだ、という。

「みっちゃんは釣りが好きだったんです。川釣りね。そんなに険しいところに行くわけじゃなくて……わかるでしょ」

「ええ、何となく」

「子供のころは好きでした。あたしもよくみっちゃんにくっついていって、みっちゃんがフナとか釣るのを見物してた」

東京へ出てからは、金も時間も余裕がなかった。御厨と働き始めてからは、金があっても暇がなかった。引退し、そのどちらにも恵まれるようになって、羽田光昭は子供のころ好きだったことを再開したのだ。

「それで、そんなことがあったのは、どっか信州の方に行ってるときでした」

イワナが釣れるというスポットに出かけ、浅瀬を渡っているときに、光昭は足を滑らせて転んだ。

都会暮らしに慣れきって老齢になった彼は、川の怖さを忘れていたという。

「浅瀬だと思ったのに、ざぶんとはまったら流されちゃって」

幸い、近くにいた釣り人たちが気づいて救助に駆けつけてくれたのだが、春先の冷たい水から引き上げられたとき、光昭は心肺停止状態になっていた。

「完全に息が止まってたんですって」

そこは著名な釣りスポットで、シーズンになると、河川敷に釣り客用の簡単な店舗や休憩所が設けられていた。

「そこに、ホラ何ていうの？　電気でもってショックを起こして、心臓を動かす機械」

「ああ、ＡＥＤですね」

「それが置いてあったし、釣り人のなかに医学生の人がいて、皆さんでみっちゃんを助けてくれたんです。生き返らせてくれたのよ」

回復した羽田光昭は、転倒した際の打撲傷にまだ湿布をあてた状態で、まっしぐらに早川多恵に会いにきたという。

「目がね、こう、変わってた」と、早川さんは言った。「きれいに澄んでた。晴れ晴れとした顔でね、興奮してた」

そして早川さんにこう言った。

——多恵ちゃん、俺、あの世を見てきた。

「親父とおふくろと兄さんに会ってきたって言いました」

——おまえはまだこっちに来ちゃいけないって、帰されたんだ。

「大きな川の畔《ほとり》にいたんだ。あれは三途の川だ、絶対そうだって言ってました」

——親父が俺に話しかけてきたんだよ。

おまえは現世で悪いことをしたろう。それを償わないと、家族のいるところには来られんぞ。だから まだ早い。

「帰って生き直せって言われたそうです」

驚いているのか呆れているのか、前野嬢はぽかんとしている。坂本君は右目にあてていたおしぼりを取って、まばたきをしている。

「臨死体験ですね」と、私は言った。

「そうそう」早川さんは酸っぱそうな顔をした。「みっちゃんが『あの世を見てきたってよ』って話したら、うちの長男もそう言いましたよ。リンシ何とか。だけどね、死にかけた人が、先に亡くなった身内や友達に会って、まだ早いから帰りなさいって諭してもらうって、昔からよくある話よ。うちの子も何だか難しいことをあれこれ言ってたけど——テレビで観たとかって」

死に瀕し、そこから生還した人が、希に、そのあいだに体験したあれこれを語ることがある。体験談には様々なパターンがあるが、いくつかに大別することができると、私も何かで読んだことがある。

あの世の入口で故人と再会した。自分の肉体から離れて、救命措置を受ける自分自身の様子を見つめていた。凄まじい速度で、しかし明晰に、自分の人生のあらゆる場面が映画のように再現されるのを見た。地獄の獄卒や悪魔に追いかけられ、恐怖に震えてこの世に舞い戻った。こうした目撃や体感の前後には、暗いトンネルを通り抜けて光溢れる場所に出るとか、まばゆい光の塊が近づいてきてそれに包み込まれるなどの体験が共通していることも多いという。

こうした体験談が、死後の世界が実在する証拠だと主張する人びとがいる。一方で、臨死体験は純粋に生理的な現象であって、多くの場合は脳の無酸素症が引き起こす幻覚であろうという説もある。ある種の麻酔薬や鎮痛剤を使って、被験者に、臨死体験にきわめて近い体験をさせることもできるそうだ。

幸運にも、まだ一度も瀕死の状態になったことのない私は、現代人らしい常識的な判断で、日々発達を続ける脳神経科学が提示している後者の説に与《くみ》する。ただ、原因は何であれ、それほどの強烈な体験——一時的に異世界に運ばれるような神秘体験が、それを味わった人びとのその後の考え方や感性に、大きく影響を与えないはずはないとも思う。

臨死体験後、信仰に目覚める人もいるという。宗教に傾倒しなくとも、生きる喜び、与えられた生の尊さに目覚めて、それまでとは暮らし方を変える人は多いという。それはいわば、宗教という枠を超えて敬虔《けいけん》になるということだろう。

羽田光昭に劇的な改心を起こさせたのは、この出来事だったのだ。彼の場合は、引き裂かれるように死別した両親と兄との再会は、その死が彼の人生に落とした黒々とした影が大きかった分だけ、幸福で温かなものであったはずだ。

まだ早い。現世に帰って生き直せ。

光昭の父親の言葉だという。だがそれは、私には光昭本人の声に思える。彼が人を騙し、人を操り、社会の負の水脈を渡っているあいだは、彼のなかで深く眠っていた声。彼自身の良心の声だ。

前野嬢が訊いた。「それ、いつごろのことですか」

「去年の春。三月の中頃よ」早川さんは少し疲れたように肩を落とした。「それ以来、みっちゃん、もうあたしなんかついていかれないくらい、いろんなことを始めて」

「どんなことを？」

「お金をね、寄付したの。自分の稼いだお金。あの気ままな暮らしに使ってたお金をね、どんどん吐き出しちゃってた」

社会的な活動をしているＮＰＯや児童養護施設、犯罪被害者の支援団体。

「もちろん匿名よ。銀行振り込みのときは、昔の偽名も使ってるって言ってた。あんまり大金をいっぺんにひとつのところへ送ると目立っちゃうから、手間なもんだって言ってた」

「そういう団体などは、どうやって調べていたんでしょう」

「そんなのパソコンでできるわよ。あたしとも、ずっとネットでやりとりしてたのよ」

言って、早川さんは苦笑した。「おばあちゃんは話が下手で困るわね。ごめんなさい、あたしがパソコンを使えるようになったのも、みっちゃんに教わったからなの。あの人、引退した後、多恵ちゃんパソコンは便利だよ、電話なんかよりずっと楽しいぞって、わざわざうちに来て教えてくれたのよ」

「それで頻繁にやりとりしてたんですね」

「ええ。みっちゃんはもともと仕事で使ってたから詳しかったし、それに」

ちょっと言いよどんだ。

「それに何です？」

「引退した後は、もう生身の人間には関わりたくないって言ってね。うっかり関わると、俺はまた人を騙すかもしれないからって」

ぽろりとこぼれた、それもまた彼の良心の声だったろう。

前野嬢が無理に作り笑いをした。「でも、いくら幼なじみが相手でも、早川さんがしょっちゅうパソコンで羽田さんとデートしてたら、旦那さんは怒りませんでした？」

「亭主はもういないから。亡くなって五年になります」

「……すみません」

「いいのよ。みっちゃんも気にしてたもの。俺があんまり頻繁に顔を出すと、息子さんや嫁さんの手前、多恵ちゃん、きまりが悪いだろうって。だからパソコンでやりとりできるのは便利でしたよ。あたしもみっちゃんが心配で、どうしているのか知りたかったもの」

坂本君がぼそっと言った。「バスジャックの後、暮木一光って人は、あの足立区のアパートに引っ越して一年ぐらいだったって」

「そうだね。僕もニュースでそう聞いた」

「じゃ、去年の三月にそんなことがあって、少なくとも九月には、おじいさんはあそこにいたんだ……」

民生委員に案じられ、ゴミ捨て場で拾ってきたラジオを聴くような生活をしていた。

「お金だけじゃなく、みっちゃん、身に付ける物とかも、みんな手放していましたからね。人を騙した金で買ったもんだからって」

「光昭さんが暮木一光になったのは、引退したときですよね。二〇〇四年」

「ええ、そうですよ」

「川で溺れたときも、既に暮木さんだったわけだ。当時、助けてくれた人たちは、バスジャック事件の報道を見て気づかなかったんでしょうか。名前も似顔絵も出たんだから」

「気づいたからって、わざわざ何かするかしらねえ」

「でも、驚きませんか」

「その場で救助してくれた人たちは、みっちゃんの名前まで知らなかったかもしれないし、顔だって覚えてたとしても、バスジャックをやったときにはもう別人みたいになってたから、わかりゃしませんでしたよ」

私はひやりとした。前野嬢も同じ気持ちなのだろう。ちょっと怯えたようになった。

「そんなに変わっていたんですか」

「変わりましたよ。みっちゃん――」

早川さんは目を動かし、言葉を探した。

「まるでお坊さんみたいだって、あたし思いましたもの。修行中のお坊さんみたい。ろくに食べないし、身体を楽にすることもしない。どんどん痩せて貧相になって、そうやって自分に罰を与えてるみたいだったのよ」

人を騙して稼いだ金を浄財として社会に返し、自分は身を削っていく。削って削って、消えようとするかのように。

「自殺は考えてなかったんですか」抑揚を欠いた口調で、坂本君が訊いた。目から怒りの光は消えた。倦《う》んだように、瞳が曇っている。「自分で自分の始末をつけるってことは、言ってなかったんですか」

「そのつもりだったんでしょうよ」少し気色ばんで、早川さんは言い返した。「だから現に、ああやって死んでいったじゃないの」

「バスジャックのことを言い出したのは、いつごろでした？　日商が摘発されたのは去年の七月ですよね。それで思いついたことだったのかな」

そうだよ思いつきだよなと、坂本君は吐き捨てた。「詐欺師の新ネタだ」

「そんな言い方をしないでよ！」

早川さんの顔色が変わった。坂本君もびくりとした。

「命を拾って生まれ変わって以来、みっちゃんは必死で考えていたの。いったいどうしたら自分の播《ま》いた種を刈ることができるかって。今さら自分にできることがあるのかって」

「そりゃ、あったでしょうよ。自首すりゃよかったんだ。自分が日商で何をやったか、警察に言えばよかったじゃないか」

早川さんはくちびるを嚙みしめる。

「いいこと？　みっちゃんが播いた種は、日商だけじゃなかったのよ」

そうなのだ。日商フロンティア協会は、羽田光昭が播いた種のなかでは最も大きく開花した醜い花だったが、唯一の花ではなかった。

「だから、そうね、日商が摘発されたことは、確かにきっかけにはなったのよ。みっちゃんは、ああいう組織が摘発されたとき、どういう成り行きになるかよく知ってた。罪を問われるのは、てっぺんにいる限られた人たちだけだって。でも、それだけじゃ足りない。自分たちも加害者になってたんだって自覚しない人たちが残ってしまう。それじゃ何も変わらないのよ」

「だから、あんな手を思いついたって？」

日商でいい目を見たけれど、刑事罰を問われることはない立場にいる人びとから誰かを選び取り、見せしめにすることで、悪の伝播を断ち切ろう。負の宣伝をしよう、と。

「傲慢《ごうまん》だよ」坂本君の倦んだ目に怒りが戻った。「元はといえば自分の責任なのに、そっちは棚上げにして」

「ちょっと待て」

私は二人のあいだに割り込むように半身を乗り出した。

「早川さん、もう少し具体的な話をしましょう。光昭さんは、どうやってあの三人を選んだんですか。あなたには説明しましたか？」

早川さんは急に勢いを失い、私から目をそらした。「それは――あの」

前野嬢が呟いた。「おじいさん、被害者の会に行ったんじゃないのかな」

そうじゃありませんかと、早川さんの顔を覗き込む。「それがいちばん手っ取り早いもの。会合に行けば資料も手に入る。おじいさんのことは会員さんたちには知られてなかったんだし、別にまずいことはないでしょう」

「それなら、バスジャック事件のニュースを見て、誰か気づきそうなものだったけど」

「大勢のなかにまぎれちゃえば、顔なんか覚えられなかったんじゃないのかな」

その光景を想像すると、いっそう冷え冷えとしたものに包まれる。後悔や非難や哀訴の弁が交錯する会合で、痩せた老人がただ一人、息をひそめて、元会員たちを観察している。誰にも関わらず、いずれ下す審判のための材料を集めている——

下を向いたまま、早川さんが言った。「一度だけ、あたしも一緒に行きました」

本当に一度だけだと繰り返した。

「夫婦のふりをして行ったの。連れてってくれって、あたしが頼んだの」

「何故そんなことを?」

「あたしだって、みっちゃんを止めたいと思ったからよ」

被害に遭った人びとは、こんなに大勢いる。言い分も意見も、傷の深さもとりどりだ。このなかから誰かを選んで罰するなんておかしい。みっちゃんがそんなことをしちゃいけない。みっちゃんにそんな資格はない。

「説き伏せたかったの」

早川さんは身をよじり、呻くように言った。「だけど、あたしじゃみっちゃんには歯が立たなかった」

羽田光昭はこう言ったという。

——多恵ちゃん、この人たちは、俺が耕した畑に生えた悪い芽なんだ。俺が何とかしなくちゃいけない。

「勝手なこと言うな!」坂本君はまた興奮状態になった。「何が悪い芽だよ。みんなじいさんの被害者なのに!」

「ケイちゃん、静かにして」

暇そうな店長が、仕切りの陰から首を伸ばし、こちらの様子を覗っている。

「そうですよ、みんな被害者よ」

両手で顔を覆い、早川さんは泣き出した。

「ごめんなさい。本当にごめんなさい」

我々は押し黙り、訝しげな目をしたまま、店長は首を引っ込めた。

葛原・高東・中藤の三人はプレミア会員で、個人貸付額が多かった。羽田光昭にとってもっとも大事な要素はそれであって、他の個人的事情は気にならなかったのかもしれない。葛原旻が二月に自殺していたことも、ひょっとしたら知らなかったかもしれない。

それでもいいのだ。本人の生死さえ、実はこの計画には関係ない。大切なことは、これは人の形をした悪い芽であると、世間に周知させることなのだから。

身勝手で残酷で高飛車だ。生涯をかけて人を操り続けた羽田光昭という人間にふさわしい審判の形だ。

彼は後悔していたという。だが、変わってはいなかった。

「おじいさん、迷ったりしなかったのかな」

前野嬢の口調には、そうであってほしいという願いがこもっていた。

「やっぱりやめようって、思ったりしなかったのかな」

大きく息をついて顔を上げ、早川さんは前野嬢を見た。

「迷いはなかったはずよ。むしろ、勇気づけられたことがあったくらいで」

「勇気って……」

「〈クラステ海風〉で迫田さんと遭遇したことですね」と、私は言った。「とんでもない偶然だが、光昭さんを後押しする出会いではあった」

ただ、あの偶然を演出したのは、それほど性悪な悪魔ではないと思う。日商は首都圏で活動し、会員には高齢者が多かった。〈クラステ海風〉に出入りする人びとも首都圏から集まり、施設の性質上、高齢者が多くて当たり前である。単純に確率の問題だったのだ。

「みんなに償うことはできないし、みんなを罰することもできない」

だから羽田光昭はプレミア会員の三人を選んだ。そして偶然が、迫田さんを選んで彼に引き合わせた。

「早川さん」私は座り直し、できるだけ口調を穏やかにした。「お疲れでしょう。最後にひとつだけ教えてください」

御厨尚憲は、今どこでどうしているのか。

「生きているんですか」

羽田光昭が己の所行を後悔していたなら、彼の耕した畑に生えた悪い芽を刈り取る以前に、真っ先にやるべきことがある。共に畑をつくった農夫を倒すことだ。

「御厨はみっちゃんの共犯者だ。どっちが主犯でどっちが従犯であるにしろ、放っておくわけにはいかないでしょう」

早川さんは私の問いから逃げた。こうして顔を合わせてから初めて、老婦人は取り乱している。それが既に答えになっていた。

「あたしは知りません」

異国の言葉のように聞こえた。意味のわからない暗号を、ただ口にしているだけのように聞こえた。

「知らないんです。知りません。みっちゃんは何も言わなかった」

そこで言葉が嗚咽に変わった。

「あたしが知ってるのは、みっちゃんは拳銃なんか持ってなかったし、御厨さんとは違って、そんなものを手に入れる伝手もなかったってことだけよ」

前野嬢がはっとした。「早川さん、それってつまり」

言いかけるのを、私は止めた。目が合うと、彼女の恐怖が私にも伝わってきた。

拳銃は御厨のものだった。御厨が隠し持っていた拳銃が、羽田光昭の手に渡り、バスジャック事件で使われた。

借りたわけではあるまい。もらったわけでもあるまい。みっちゃんが御厨から手に入れたのだ。

「御厨さんはもう、誰にも迷惑をかけませんよ」

誰かを騙し、操ることもない。きっぱり言い切る早川多恵の目は暗い。

御厨尚憲は死んでいる。おそらく、みっちゃんの手にかかって。

「おじいさんは――」

前野嬢の声が詰まった。

「バスジャックで、最初から死ぬつもりだったんですね」

警察が突入してきたとき、彼は微笑んでいた。笑顔で銃口を自分の頭に向けた。

彼は既に、直接手を下して人を殺《あや》めていた。だから死ぬしかなかった。それが自分自身に下した審判だった。

「死んだんじゃないわよ」

子供の失礼な言い間違いを宥めるように、早川さんは前野嬢に言った。「みっちゃんは、お父さんとお母さんとお兄さんのいるところに行ったの」

だから、早川多恵は止めなかった。みっちゃんを止めなかった。

止められなかったからそう思うしかないんだろうと、詰るのは簡単だ。だが、その言葉が誰のためになるだろう。

身勝手だと、坂本君がまた言った。か細いような声で、繰り返し繰り返し。

「ええ、そうですよ。あたしは身勝手でバカなおばあさんよ」

いいのよ、どう思われたって。涙で目元を濡らしながら、早川さんは言った。

「でもね、あたしはみっちゃんが大事だった。みっちゃんの望みをかなえてあげたかった」

何度だって同じことをやる、と言った。

「あたしが今こうしていられるのは、みっちゃんのおかげなんだもの」

手の甲で洟《はな》を拭い、強がるように両眉を上げて、早川さんは言い募る。

「うちの店、見たでしょう？」

あそこ借地なのよ、と言った。

「昔はね、あの一帯はみんな農地で、住んでる人たちも、昔から農家をやってるところばっかりだったの。うちは一軒だけのスーパーだった。〈みやこ〉っていうのは、うちの父が付けた店名なんです。あのへんに住んでる人たちは、みんなうちのお客さんでした」

家業なのよ、と言う。

「主人も、もともとは店員でした。父が見込んで入り婿にして、後を継がせたの。夫婦で一生懸命頑張ってきました」

だが、七年前のことだ。地主が離農し、土地を宅地開発業者に売却することを決めた。

「だから借地権は更新しないって言ってね。出し抜けで、あたしたちホントにどうしたらいいかわからなかった」

困り果てて、早川さんはみっちゃんに相談した。東京で広い世間を相手にしているみっちゃんなら、いい助言をしてくれるかもしれない。

「そしたらみっちゃん、すっ飛んできてくれた。俺に任せておけってね」

そして羽田光昭は交渉に取りかかった。渋る地主と開発業者を相手に、〈スーパーみやこ〉を残す

ことで生まれるメリットを説き、データにはデータで、法律論には法律論で対抗し、

「とうとう地主さんを説き伏せてくれたのよ。おかげであたしたち、あの場所に店を残すことができたんです。商売を続けていられたから、長男が失業したときも、すぐ戻ってこいって呼んでやれたし」


五年前、早川さんの夫が病没した際、その長男の発案で、個人経営の〈みやこ〉からフランチャイズのコンビニに商売替えをした。最初のうち早川さんは反対したが、

「そのときも、みっちゃんがアドバイスしてくれたの。この際、若い者の言うことを聞いてやれって。あてずっぽうじゃないのよ。ちゃんと調べてくれた。マ、マ、マーケットなんとか」

「マーケティング・リサーチですか」

「そう、それ！」

涙目のまま、場違いに明るい声になる。

「多恵ちゃん安心しろ、おまえさんの倅は旦那と同じくらい商才があるぞ、いいとこに目をつけてるぞって、パソコンでいろいろ見せてくれたんですよ。数字とかグラフとか、あたしにはさっぱりわからなかったけど」

みっちゃんが親身になってくれていることはわかった。

「うちが今、ああしてみんなで暮らしていられるのも、店を続けていられたからなんですよ。みっちゃんのおかげなの。みっちゃんはあたしたち一家の恩人なの」

自分は独りぼっちだったのに――と、また手で涙を拭う。

「多恵ちゃんは家族を大事にしろ、この世でいちばん大事なのは家族だぞって言ってた」

自分が独りぼっちだったからこそ。

「あたしなんか、みっちゃんのために何もしてあげられなかったのに。みっちゃんが寂しいときも、

辛いときも、あたしは何もできなかったのに」

だから、最後ぐらいは助けてあげたかった、と言った。

「あたしには、それしか考えられなかった」

あたしはバカなおばあさんだから。

「みっちゃんの分まで、あたしが謝ります。だからみっちゃんを許してやって」

早川さんはおしぼりをつかむと、それを両目に押しあてた。

窓の外で、木立が風に揺れている。

いきなり、前野嬢が言った。「杉村さん、帰ろう」

傍らに置いたバッグをひっつかみ、何かを振り払うように身をもがきながら椅子から立ち上がった。

ボックス席を離れ、店内を横切り、外へ出ていってしまった。

坂本君ものっそりと腰を上げる。

私は早川さんに訊いた。「一人でお帰りになれますか」

おしぼりに顔を隠したまま、早川さんはうなずいた。

「気をつけて運転してください」

「余計な心配しないでよ」

泣いたせいでむくんだ目が現れた。

「あなたたちこそ迷子にならない？」

「大丈夫です」

去ろうとする坂本君に、早川さんは呼びかけた。「あなた、お若い方」

坂本君は病んだ犬のような目で振り返る。

「あたし、知らなかったの。みっちゃんが東京であんなことをやってるなんて、知らなかったの。みっちゃんが打ち明けてくれるまで、何も知らなかったの。長いこと、何も気づかなかった」

言い訳したいわけじゃないの、と言った。

「気づいてたら、きっと止めてた。だけど気づかなかったのよ。手遅れだったの。みっちゃんやあたしぐらいの歳になったら、間違ったと思っても、もう人生をやり直すことなんかできないの。ただ、終わらせることしかできないのよ」

一気に吐き出すと、ふと目元を緩めた。

「あたしを見つけてくれてありがとう。話せてよかった。あとはもう、死ぬまで黙ってますよ、このおばあちゃんは」

だから皆さんは忘れてください、と言った。

私も坂本君も、黙ったまま席を離れた。勘定を済ませて店の外に出ると、前野嬢がバッグにしがみつき、しゃくりあげて泣いていた。

夜の県道は暗かった。レンタカーの車内は冷え切っていた。

帰り道では、私がハンドルをとった。坂本君は助手席に、前野嬢は後部座席に乗った。ただ前後に分かれたという以上に、二人の距離が開いていることを、私は感じた。

通りがかりに一瞥すると、元〈スーパーみやこ〉のコンビニにはぱらぱらと客がいて、レジには水色の上っ張りを着た男性が立っていた。訪問客とちょっと出かけてくる、と言って外出したおばあちゃんの帰りが遅いことを、カナちゃんは心配しているだろう。

寝静まったように静かな家々に囲まれ、コンビニの灯は明るい。七年経ってもまだ〈大好評分譲中〉のままの土地に、この店を残してよかったと、地主も今では納得していることだろう。羽田光昭の目は確かだった。

「やっと終わったね」

頭を窓ガラスにもたせかけ、泣き疲れたのかぼんやりして、前野嬢が呟いた。

「何にも終わりじゃないよ」坂本君が低く応じた。「何も終わってねえよ」

まだまだ続くんだよ、と言った。彼も疲れて、目がくぼんでいる。

「あのじいさんのやったこと、意味なんかなかった。何にもならなかったよ」

ただ大勢が迷惑しただけだ、人が死んだだけだ、と言った。

「これからも死ぬよ。日商の被害者の会から、自殺者が出てるじゃないか。あのじいさんの手柄さ。けど、それが何だってんだよ。それで世の中がきれいになるのかよ」

その声は呪詛《じゅそ》のように聞こえた。

「悔い改めたの、罪だの罰だの、そんなの無意味だ。日商がなくなったって、インチキ商売はほかにいくらだって出てくる。目先の欲に目がくらんで、誰も懲りないんだ。何にも変わらないんだよ」

堪らなくなって、私は強く言った。「変えようと思わなきゃ変わらないさ」

だから、変えよう。みんな家に帰って、明日から新しい生活を始めるのだ。

ケイちゃん——と、前野嬢が呼びかけた。

「あたしたち、サヨナラしよう」

坂本君は返事をしなかった。

12

帰国した今多嘉親は、一週間の検査入院を終えて、会長室に復帰した。高血圧と動脈硬化の進行が問題だが、当面の健康状態に心配はないという。仮に私が身内の一人でなく、そういう情報を知り得なくても、モニター越しに訓示をたれる会長のつややかな顔色を見ただけで、安堵することができたろう。

まとまった休養は義父を元気づけたが、その間ペンディングになっていた用件が、また猛然と追いかけてくる。私は特命の報告書を仕上げて〈氷の女王〉に託し、義父からは内線で慌ただしい電話をもらった。

「一段落したら時間をつくるから、家に来てくれ。ゆっくり話そう」

「かしこまりました」

「君はまだうちの社員だ。辞職のことは口にするな」

「もちろんです」

畑中前原から帰った後、柴野運転手と田中雄一郎と、それぞれ一度ずつ電話で話した。田中氏は、暮木一光こと羽田光昭の後始末を引き受けたのが女性だったことに大いに驚いたが、柴野運転手は違った。

「誰かそういう、親しい女の方じゃないかと思っていました」

あの慰謝料をどうするか、二人の考えに変化はなかった。田中氏はひとしきり、腰痛がちっともよくならないことと、近頃の円高傾向を嘆いてみせた（うちみたいなちっぽけな会社だって海外取引はしてるんだよ）が、その声には張りがあった。

私は日常に戻った。師走に入って気ぜわしくなるなか、日曜日の朝から晩までどっぷりと、家族三人で映画『ロード・オブ・ザ・リング』の三部作を観た。通しで観せたら桃子が疲れてしまうなんて、親の杞憂だった。途中で何度か居眠りをしたのは私の方で、

「お父さん、ロスローリアンの森に着いたよ。エルフの女王が出てきたよ」

などと揺り起こされるたびに、お父さんはいっぺん観たことがあるからさ、と言い訳をした。それでもその夜は、さすがに疲れたのか、桃子は本を読んでくれとせがむこともなく、電池が切れたように眠った。きっといい夢を見たことだろう。

森信宏氏の本が完成し、届けに行く段取りを相談していたら、先方から、ぜひ一度グループ広報室を表敬訪問したいという申し出があった。ついでに一席設けたいから付き合ってほしい、とも言う。

「編集長だけじゃなく、我々全員ですか？」

「そうよ。閣下は太っ腹ね」

間野さんと野本君はひどく恐縮したが、せっかくの厚意だから受けることになった。話はとんとん進み、「あおぞら」校了明けの十二月十三日、森閣下はグループ広報室を訪れ、ひととおりの見学の後、我々を赤坂にある古びたイタリア料理店へ連れて行ってくれた。

「夫婦で贔屓にしていた店でね。もう二十年からの付き合いになる」

いわゆる隠れ家的な店だった。料理もワインも素晴らしかったが、緊張で笑顔さえぎこちなくなりがちだった間野さんと野本君の気持ちをほぐしたのは、気取りのない店の雰囲気と、人をそらさない森氏の話術の方だったろう。これは私にも意外なことだった。

森氏は二人に親しく話しかけた。間野さんがエステティシャンであることも、野本君が大学で何を専攻しているのかも知っていた。

「事情が許せば、あなたはいずれ社を辞めて、元の仕事に戻るんだね？」

問われて、間野さんは素直にうなずいた。

「そのつもりでおります。グループ広報室で学んだことを、しっかり活かしていきたいと思っています」

「そうしてください。どんな専門職に就いている人にも、時には視野を広げる経験が必要だ。きっと役に立つと思うよ」

それから話は森夫人のことになった。

「うちの家内もエステに通っていたんだが、施設に入ってからは、そんな機会がなくなってしまった。本人も、頭のはっきりしているときには、まだまだ身形《みなり》にもこだわりがあるようだったから、きっと残念なはずなんだ」

老人介護施設の女性入居者を対象とした、訪問エステのビジネスモデルはつくれないかと、森氏は熱心に語った。間野さんも真剣に聴き入っていた。

デザートと一緒に、「意外と酒豪だった」という森夫人の好みのグラッパが供された。

グラッパは強い酒だ。既にかなりワインを飲んでいた野本君の顔は真っ赤になり、間野さんと、やっぱり「意外と酒豪」のクチの編集長の飲みっぷりに、森氏は目を細めて喜んだ。

「うちでも、コーヒーじゃなくてワインを出せばよかったな」

皆が楽しんでいた。かつて森氏を〈閣下〉と呼んだ部下たちは、ただ畏敬《いけい》の念からのみ、その綽名を呈したのではなかろう。私はそれを実感した。

店を出る段になると、森氏はちょっと気恥ずかしそうに、我々に言った。

「皆さん、もう気疲れしているだろうが、あと一時間だけ付き合ってくれないか。この近くに、いいバーがあるんだよ」

場所を知っている人に連れて行ってもらわねば、そこに店があると気づかないようなところにひっそりと隠れている、カウンター席しかないバーだった。年配のマスターが、顔をほころばせて森氏を出迎えた。

「お久しぶりです」

ほかに客はいない。実は予約しておいたのだと、森氏がこっそり打ち明けた。

「私は強引なんだよ。最初から皆さんをここへ引っ張ってくるつもりだったんだ」

額装した写真が、壁にいくつか掛けてあった。そのうちのひとつは、森氏が夫人と旅行した際に撮ったものだという。

「サン・ピエトロ大聖堂ですね」

テレビでしか観たことがないと、野本君が言った。「世界遺産の番組で」

「これからいくらでもチャンスはある。行って観てきなさい」

休暇のたびに、森氏は夫人と旅行に出かけたそうだ。数えてみたら、世界の二十二ヵ国を踏破していたという。言葉豊かに語られる思い出話に、我々は驚き、笑い興じた。

一時間どころか二時間以上が経ったところ、森氏がつと言葉を切って、皆の注目を促すように右手の人差し指を立てた。

「この曲、知っているかね?」

店内のBGMである。インストルメンタルで、私には聞き覚えがあった。

「ああ、これ」と、園田編集長が言った。「〈テネシー・ワルツ〉ですね」

「そうだ。あなたは日本語の歌詞の方を知っているかな。江利チエミが歌っていた」

「わたし、CDを持っているんです。江利チエミが好きなもので」

「本当かね? 何だ、もっと早く言ってくれよ。うちの家内も江利チエミのファンでね。なかでも、彼女の歌う〈テネシー・ワルツ〉は、ほかのどんな歌手よりも素晴らしいと言っていた」

そして森氏は、メロディに合わせて口ずさんだ。マスターが、BGMの音量を少し上げた。

さりにし夢
あのテネシー・ワルツ
なつかし愛の唄
面影しのんで　今宵もうたう
うるわし　テネシー・ワルツ

「自分の恋人を親友に奪われてしまった女性の傷心を歌っているんだ」

若い野本君に、森氏は説明した。

「ワルツを一曲踊るあいだに恋人の心を盗まれてしまった、とね」

人生にはそんなこともあるさ、と言った。

「実際、私の家内はね、女子大生のころ、卒業したらすぐ結婚しようとまで思っていた恋人を、後輩に横取りされた経験があるんだ。人生に絶望して、一時は本気で尼僧になろうと思ったそうだ。キリスト教系の大学だったからね。まあ、結局は思いとどまったが」

「何故、思いとどまれたんでしょう」

「そりゃ、私が現れたからだ」

森氏が胸を張り、我々は笑った。森氏も笑った。酔いのせいばかりでなく、目の縁が赤くなり、瞳が潤んでいた。

早川多恵も、こんなふうに涙ぐんでいた。泣きながら語っていた。調査は終わっても、私の脳裏から離れない泣き顔だった。

ようやく、それが遠くなるのを感じた。森氏の瞳に、涙と同時に宿っている想いの温《ぬく》もりが、あの日、畑中前原のさびれたファミレスで冷えた心を、体温に戻してくれた。

バーが看板になる時刻までいて、皆で森氏のハイヤーを見送り、酔いざましもかねて、タクシーの拾えるところまで歩いた。

「閣下、はしゃいでたわね」

こういう言い方は園田瑛子の癖だが、口調は優しかった。

「家内、家内の連発だったしさ」

「まさにベターハーフっていう言葉がぴったりのご夫婦だったんですね」間野さんはしんみりしている。「奥様のお加減がよくないのは、お辛いでしょうね」

「だけどさ、なんだかんだ言ったって、閣下も奥さんも幸せだわよ。医療も介護も最高レベルのところにいるんだから」

「それはそうですけど……」

「ああいう晩年を迎えるには、人生をぶっちぎりで勝ち抜かなくちゃならないの。あんた、その覚悟はできた？」

話を振られて、ついでにちょっとフラつきながら、野本君はしゃっくりをした。

「僕は今夜、ステキに酔っ払ってるんです。現実に戻さずにそっとしといてください」

編集長が間野さんを、私が野本君を送っていくことになった。男二人でタクシーに乗り込み、野本君はすぐ窓を開けた。

「僕、酒臭いですね」

おっしゃるとおりだ。

「寝ちゃってもいいぞ。起こしてやるから」

「スミマセン」

と言いつつ、しばらくすると彼は小声で言い出した。「酔っ払って、僕、口が軽くなってる。ちょっといいですか」

「何を」

「間野さんから聞いてませんか」

一件落着したはずのセクハラ騒動だが、まだ余震があるという。

「間野さんのこと、しつっこく悪く言う人たちがいるんですよ。あれは井手さんが気の毒だ、間野さんは、杉村さんに目をかけてもらってるから、いい気になってるとか」

井手正男本人も、そんなようなことを言っていた。

「僕が目にかけてるわけじゃないけどね」

「間野さん美人だから、何にもしなくてもやっかまれるし、疑われるんです」

「野本君は、女子社員間の感情的軋轢に詳しいんだな」

「カンジョウテキアツレキ」と言って、野本君は酔っ払いらしい笑い方をした。「はい、僕は情報通です。お姉様方にウケがいいし」

「結構なことだ。サラリーマン人生をぶっちぎりで勝ち抜くためには、得難い資質だ」

またヘラヘラと酔っ払い笑いをしてから、野本君は弛緩《しかん》したまま真顔になった。

「そういえば、杉村さん知ってます？　井手さん、交通事故に遭ったんですよ」

まったく初耳だ。

「いつ？」

「つい二、三日前です。社長室の庶務のお姉様に聞いたんですけど」

正しくは事故に遭ったのではなく、事故を起こしたのだそうだ。

「それも飲酒運転だったんですよ。べろんべろんで、ハンドル切り損なって、歩道に乗り上げて電柱にぶつかって」

何と午前二時過ぎの出来事だという。井手さんは今でも、そんな時刻まで深酒しているのか。呆れ返る話だ。

「ほかに怪我人は？」

「いなくてよかったですよ」

今多グループにとっても、不幸中の幸いだった。第三者を巻き込んだ事故だったら、確実に新聞種になったろう。

庶務の女性の話では、報告のために出勤してきた井手さんはギプスで固めた右腕を吊っており、額には縫合の痕があり、鼻筋が腫れていたという。

「入院してないの？」

「でも、また休職ですよ。ああいうのが許されるんですか、杉村さん。僕が社長だったら、その場でクビにしますよ。懲戒解雇ですよ」

息巻くが、その息が酒臭い。

「今度という今度は、処分があるさ。でも、仮に解雇するにしても手順を踏まないと」

井手さんも今はまた組合員だから、労連も乗り出してくるだろう。

「だって飲酒運転ですよ。それもめっちゃ悪質じゃないですか。社会人失格ですよ」

森閣下はあんな立派な人なのに、何で井手さんなんかを側近に置いてたんだろう云々かんぬんと、しばらくブツブツ言っていたかと思ったら、寝てしまった。

まずいことに、野本君は寝るとなったらどこでも爆睡するタイプらしく、彼のアパートに着いて、起こそうとしたら今度は起きない。酔いも手伝って脱力しているから、担いでやらないと立つこともできない。

野本君の部屋は、三階建てのアパートの三階にある。エレベーターはない。外階段の手すりが冷たく光っている。ため息が出た。

「手間がかかりそうですから、ここで一緒に降ります」

何とかかんとか彼を自室のベッドに転がしてやるまで、大骨を折った。汗をかいた私は、意外と片付いているキッチンで、水を一杯もらった。玄関ドアの鍵をかけ、その鍵を新聞受けのなかに落とし込み、やれやれとまた外階段へ向かう。

三階の踊り場で、夜風を顔に受けた。寒さが心地よく、私は足を止めて深呼吸をした。闇のなかで宙に浮いているような外階段から、見慣れない夜の町を見下ろした。

郊外の住宅地である。大小のアパートやマンションに、とりどりの意匠の一軒家が入り交じる。そのなかで、石垣に囲まれた古風な日本家屋に目を引かれた。全体のスケールは小さいが、義父の屋敷のたたずまいに通じるものがあった。ああいう家は、昔なら地元の豪農だろう。きっと地主だ。

この高さからだと全景が見える。植栽の入り組んだ庭に、常夜灯が灯っていた。

その庭の隅で、形のいい立木がひとつ、枝に花を咲かせていた。いや、十二月も半ばになって、花のはずはないか。密集した木の葉が、光の照り返しで白い花のように見えるだけか。

それでも綺麗な眺めだ。いい心持ちのまま階段を下りようとして、私はぎくりとして手すりをつかんだ。古い鉄階段が軋んだ。

思い出したのだ。

四月の中頃、八王子の先まで、遅咲きの山桜を観に行った。そのとき、車高の高いリムジンバスの座席から、遠く離れてぽつりと一本だけ咲いている、色の淡い、華奢《きやしや》な桜の木を眺めたことがある。

何であんなところに一本だけ桜があるのか。仲間外れだな。寂しくはないのか。いや、気楽なのかもしれないな、などと考えていた。

あれは、日帰りの観桜会だった。今多家の親戚、「栗本の伯父様」が毎年恒例にしている行事で、今年、私と菜穂子と桃子は、初めて参加したのだった。

招待状なら、毎年もらっていた。栗本の伯父は義父の従兄弟にあたる人で、いろいろと複雑な感情が交錯する今多嘉親の亡妻の側の親戚とは違い、菜穂子は子供のころから可愛がってもらっていた。だが、私は別だ。今多グループのトップの一角に座を占めている栗本の伯父は、私と菜穂子の結婚に反対だった。従兄弟の嘉親が、外腹の子とはいえ大事な一人娘に私のような虫がくっつくのを許したことに、折あらば、今でも不快感を露わにしていた。

——気億劫でしょ？　いいのよ、適当に断っちゃうから。

毎年、菜穂子はそんなふうに言った。そのたびに気が引けた。だから今年は、一度ぐらいは顔を出しにいこうよと、私から言い出したのだ。

豪華なリムジンバスに、ほかに自家用車で参加するメンバーもいた。私も本当はマイカーで行きたかったのだが、桃子はバスに乗りたがった。

私には、知らない顔の方が多い集まりだった。知っている人たちも、こうして彼らだけの内輪のグループになると、にわかに遠い存在に見えた。一緒に行った妻の次兄夫婦も、菜穂子自身でさえもそう見えた。

行きの道中から、桜見物の間も、その後の食事会でも、ずっと愛想笑いを続けているうちに、頬が引き攣りそうになった。自分は場違いな人間だと、何かするたびに、まわりに目をやるたびに思った。菜穂子は人びとの輪のなかで明るく談笑している。こんなに親しい人たちと楽しく出かける機会を、結婚以来、私のために我慢してくれていたのか。

私はその場を抜け出した。会場のレストランから離れ、裏手の駐車場に行った。バスはおとなしく一同の戻りを待っており、運転手が外で一服していた。

私は少し彼と立ち話をして、車内で休ませてほしいと頼んだ。昼間っから飲んで、眠くなっちゃいました、と。運転手は快くドアを開けてくれた。私はこそこそと車内に逃げ込んだ。一人になりたかった。

そして窓から、遠くにぽつりと立つ桜の木を見つけた。私とそっくりだと思った。

中学生のような感傷だ。何か粗相があってはいけないから、私はほとんど酒を飲んでいなかった。酔ってなどいなかった。自分で自分が恥ずかしく、だが、こんな気持ちになるのは自分のせいではないと腹を立てていた。

せめて自分が、自力で今多コンツェルンに入った社員であればよかった。もう少しいい大学を出ていればよかった。実家が裕福だったらよかった。そんなことを思った。でも今多家だって、日本でも指折りの資産家になったのは、義父の代からだ。彼らだって成り上がりじゃないか。そんなことも思った。

私もあの桜のように孤独で貧相だ。都心の住人が、リムジンバスを仕立てて見物にくるほど見事な山桜の森からはじき出され、そこに入る術《すべ》はない。根っこが違うのだから。

ずっと隠れているわけにはいかない。会場へ戻らなくては、菜穂子が心配する。そう思っても、身体が動かなかった。

そう――そして私は、駐車場の隅にとめてある、赤い自転車に気づいたのだ。レストランの従業員のものだろう。手入れがいい。よく走りそうだ、と思った。

あれで走りたい、と思った。

こそこそ隠れたりするより、あの自転車にまたがり、こんな場所からとっととおさらばするのだ。

私はここにいるべき人間ではない。振り返らず、風のように消えてしまうのだ。

それができたら、どんなにいいだろうと思った。心の底からそう思った。

赤い自転車の記憶は、観桜会の記憶だった。あの日の私の心境を映した景色だった。

それがなぜ、五ヵ月も後に起こったバスジャックの記憶と混同されたのか。どちらもバスの窓からの眺めだったから？　そんな単純なものじゃない。ほかでもない義父に問われて喚起された記憶なのに、私の心はなぜ、そんないたずらをしたのか。何がこの二つを結び付けたのか。

無力感だ。閉塞感だ。私は囚われている。自由を奪われ、閉じ込められている。

誰か私を解放してくれ。私は外に出たい。こんなところにいるのは嫌だ。

錆びた手すりにしがみつき、夜風に吹かれながら、私は立ちすくんでいた。


「急な話で悪いんだけど、今日、昼休みにちょっと会えないか」

思いがけず、実家の兄・杉村一男の声が受話器から聞こえてきた。始業間もなく、私が机についたと思ったら、間野さんが電話を回してくれたのだ。

近年の私は、両親と音信不通の状態だ。姉とも年々疎遠になっている。兄からの音信も頻繁ではないが、とりたてて理由がなくとも、「しばらく声を聞いてないから」と連絡してくれるのは、この人だけだ。ただ、たいていは私の携帯にかけてくるのに、今日はなぜ職場の電話なのか、訝しかった。

「こっちに出てくるの？」

「うん。これから〈あずさ〉に乗る」

兄は父の後を継ぎ、果樹園を営んでいる。

「じゃあ、昼飯をご馳走するよ。新宿駅の近くがいいだろ？」

たまに上京してくると、兄は忙しく動き回る。挨拶しておきたい取引先や、出席したい会合をいくつも回るからだ。兄は農家を切り回すビジネスマンであり、勉強家だ。

「いや、俺がおまえの会社まで行くよ。そっちの方に用事があるから」

そういうことならと、私は〈睡蓮〉を指定した。兄は甲府駅のホームの喧噪のなかで場所を確認し、慌ただしく電話を切った。

「杉村さん、お兄様がいらっしゃるんですね」

「お兄様なんて上等なもんじゃありませんよ」

間野さんはニコニコした。「ご自分では気づいていないでしょうけど、お声がよく似てますよ。そっくりです」

「へえ、そうかな」

「はい。杉村ですがって言われたとき、びっくりしちゃいました」

〈睡蓮〉のマスターも、私が兄と窓際の席につくと、お冷やを運んできてこう言った。

「いつも弟さんにご贔屓にしていただいてます。どうぞごゆっくり」

兄は目をぱちくりした。「何でわかるんだ？」

オーダーを取るとき、マスターは種明かしをしてくれた。「背格好がそっくりだよね」

兄と顔を合わせるのは三年ぶりだった。そう言うと、「三年と五ヵ月だ」と訂正された。

「元気そうで安心した」

「兄さんも」

私の兄は、いわゆる〈口が重い〉人である。余計なおしゃべりをしない。愛想も悪い。だが今日は、いつも以上にその口元が重たげで、顔色も冴えないように見えた。着慣れないし、窮屈で嫌だという背広のせいばかりではなさそうだ。

何かあったのだ。いくら心身両面で実家から遠ざかっていようと、私にもそれくらいの勘は働く。

「急用のようだけど、どうしたの」

私から切り出すと、兄はほっとしたように肩から力を抜いた。そして呟いた。

「癌《がん》なんだ」

私は息を止めた。

「親父だよ。先月の高齢者健診でわかった」

「……そうか」

「県立病院に入る段取りになってるんだが、手術するべきかどうかで、担当の先生の意見が分かれてな。そしたら風間《かざま》先生が、大学の先輩が東京の専門病院にいるから、紹介状を書いてやるって」

風間先生とは、親子二代で杉村家が世話になっている町医者の先生だ。

「何ていうんだ、ほら、その」

「セカンド・オピニオン？」

「そうそう」

「今日、これから？」

「二時に予約をもらってる」

「一緒に行こうか」

「急だからいいよ。今日は喜代子《きよこ》たちにも黙って出てきたんだ。うるさいから」

喜代子は私の姉、兄の妹だ。〈たち〉というのは、ご亭主の窪田《くぼた》氏をひっくるめての呼称である。

二人とも教育者で理詰め一方の気質だから、いろいろ混乱しているであろう現状では、兄が煙たがる気持ちもわかる。

兄は訥々と、父の病状を説明した。

「……本人は知ってるの」

兄はお冷やをひと口飲み、うなずいた。

「もういい歳なんだから、覚悟はできてると言ってるよ。いろいろ片付け始めてる」

それは私の父らしいふるまいだった。

「母さんはどう？」

「まあ、大丈夫だろう」

ランチセットが運ばれてきて、兄と私は少し沈黙した。

「実は、おまえにも報せたもんかどうか迷ったんだ。先行きがもうちょっとはっきりするまで伏せておこうかとも思った」

水くさいなと言い返せない、私の立場だ。

「携帯にかけると、あの時間じゃ、おまえ、まだ家にいるかもしれないと思ってさ。会社に伝言を頼もうかと思ったんだけど」

「九時だったら、出勤してるよ」

「そうなんだなあ。おまえ、重役出勤じゃないんだな」

訥弁の兄は父に似て、毒舌の姉は母に似ている。今の言葉も、姉の口から出たら毒が含まれたろうが、兄のそれには素朴な驚きの響きだけがあった。

「菜穂子さんの耳には入れないでくれよ」

私の妻への距離感も、兄と姉ではかなりの開きがあった。兄はひたすら菜穂子に遠慮している。姉は菜穂子を怒っている。憎んでいるのではない。ただ腹を立てている。彼女のぼんやり者の弟を、とんでもないところにさらっていった都会のお嬢様の気まぐれを。

「今は黙っとくよ。でも、ずっと隠しとくわけにはいかない」

兄は困ったように私の顔を見た。

「正月に、親父に会いに帰るよ。俺一人で帰るから」

ランチセットのトーストに目を落とし、「悪いな」と、兄は小声で言った。

重病にかかった親を、息子が見舞いに行く。何が悪いわけがあろう。当たり前のことだ。謝るなら私の方じゃないか。

菜穂子は私の両親の顔を知らない。桃子には、その存在さえあやふやだ。それもこれも、どうしても菜穂子と結婚したかった私が、

——あたしはあんたを、金持ちのお嬢さんのヒモにするために育てたんじゃないよ！

顔を真っ赤にして面罵《めんば》する母に背を向けて、故郷を捨て去ったからなのだ。

「これで親父もおふくろも、ちっとは軟化するかもしれない」弱々しく笑って、兄は言った。「むしろ喜代子の方が難敵だ」

「それは昔っからだよ」と、私も微笑した。

兄を駅まで送り、私は職場に戻った。どんな報せを受けた後でも、人は働くし、電話に出るし、同僚との会話に応じる。私は上の空にはならなかった。兄が少し老けたことも、歩み去る後ろ姿が父によく似てきたことも、強いて頭に浮かべないようにした。

なのに、あの赤い自転車のことは、しきりと考えた。

森氏との酒宴から二日経ち、宿酔いが消えると同時に、深夜の呆然からも、私は覚めた。酔っ払っていたから、ことさら重大に思えただけだ。あの程度の錯覚は、どんな立場の人間にだって起こる。たった一度の憤懣の噴出を、そんなに後ろめたく思う必要はない、と。

それなのに今また、兄の後ろ姿に、あの赤い自転車を重ねて考えている。小粋な角度で壁にもたれ、さあ一緒に遠くへ行こう、ここから立ち去ろうと私を誘っていた銀輪を。

あれは、「帰ろう」と誘っていたのではないか。本来、私が棲むべき場所へ。

就業時間が過ぎると、私は洗面所へ行き、ワイシャツの袖をまくって顔を洗った。今夜はとりわけ、こんな屈託を抱えたまま帰宅したくない。菜穂子が友人たちとの忘年会に出かけるので、私は桃子と二人で過ごすのだ。桃子の好きな店で外食をし、家に帰ったら『ロード・オブ・ザ・リング』三部作のＤＶＤを鑑賞し直す。桃子の好きな場面をチョイスして、杉村父娘の選ぶ名場面ベスト10を作るのだ。

私の帰宅を、菜穂子は支度を済ませて待っていてくれた。今日もピンクパールのネックレスをつけていた。自宅でレストランを開業するというあの友人が幹事役の忘年会で、だから女性ばかりの集まりだが、そのなかでも目立ってしまいそうなほど綺麗だった。

「レストランの方はどうなの？」

「年明けに開店よ。今日はその前祝いも兼ねてるの。でも、あんまり夜遊びしないで帰ってくるからね」

「つまらないことを言いなさんな。ゆっくりしておいでよ」

妻が午前一時に帰宅したとき、私と桃子はＤＶＤをつけたまま、ソファで寝ていた。桃子はうっとりするほど温かく、私を揺り起こす妻の手も、ほのかに温かかった。

今年のクリスマス・イヴは、家族の皆が義父の屋敷に集まることになった。

「親父ももう歳だからなあ」

という菜穂子の長兄の言葉がきっかけである。これまでは、当の義兄たちや義父のスケジュールがいっぱいで、ホームパーティどころではなかったのだが、今年は何とかやりくりをつけるという。義父の体調不良と検査入院は、こんなところにも影響を及ぼしたのだ。

ホームパーティと言っても少数の招待客はおり、まったく身内だけの集まりではないので、料理を含めた当日の切り盛りにはプロが関わる。ピアノと弦楽四重奏の生演奏もあるそうだ。私は毎年、桃子のためにサンタクロースの扮装をしていたが、今年はこれも次兄が代表でやってくれるという。妻と義姉たちはたいそう張り切って、事前の買い物や下準備に忙しく、その結果、家族のためのプレゼント購入という大仕事は、二十三日にまでずれ込んでしまった。

その日も、出かける寸前まで、菜穂子はリストのチェックに忙しかった。奥のひと部屋には、既に購入が済んだプレゼントの包みが山になっている。義父の屋敷の使用人たちや、挨拶にやって来る会長室や社長室で働く人たちの分である。もちろん、〈氷の女王〉の分もある。中身が何か、私は知らない。

「あててごらんなさい」

「遠慮しとくよ。橋本さんへのプレゼントなら、あてられそうな気がするけど」

コーヒーテーブルに向かい、私に背を向けて立ったままリストに書き込みをしていた妻の手が止まった。

「どうして？」

「男同士だからさ」

妻は肩越しにちらりと私を見た。「じゃ、あててみて」

「札入れか、名刺入れじゃない？」

妻はちゃんと振り返った。「へえ……。どうしてそう思うの？」

「どっちも、彼みたいな立場の人にとっては消耗品だからね。あんまりよれよれのものを持ってちゃまずいし、安物も駄目だ」

実は私も新しい札入れが欲しいので、半分はあてずっぽうだと、ちゃんと白状した。

「じゃ、あなたのプレゼントは札入れ」

「分かり易くていい旦那だろ」

「ホント、手間が省けて助かります」

私の個人的なリストには、北見夫人と司君と、足立則生が入っていた。今日、帰りがけに北見家に寄って届けるつもりだ。北見家でも明日は夕食会を開くそうで、足立則生が招かれている。自分なんかが北見母子の邪魔をしていいのかと、本人から気弱な電話をもらったので、私は励ました。

「せっかくの招待なんだから、無駄にしちゃいけません。お土産にシャンパンを持っていくといい」

「シャンパンなんて、どこで買えばいいのかわかんないよ」

播磨屋へ行けと言いたいところだが、ちょっと遠い。

「デパ地下に、何でも揃ってますよ。でも当日はおそろしく混むから、早めにね」

「やっぱケーキの方がよくないか？」

「ダメダメ、北見さんも用意してるから、かぶっちゃって持て余しますよ」

「あ、そうか」

その少し後、今度は携帯メールで、〈パーティだからクラッカーも買ってく　パンパン鳴らすヤツ〉と、続報が来た。文字が楽しげだった。

妻と私は昼前に家を出て、まず桃子を長兄の家に送り届けた。従兄姉たちと、明日披露する合唱の練習をするのだそうだ。

「合唱じゃないよ、グリーだよ」

「グリーは男子だけじゃないのかな」

「今は違うんだもん」

最初に、義父へのプレゼントを買った。ウールのコートだ。続いて桃子の洋服を買い、車を都心の大型書店に向けた。

「僕の用はすぐ済むよ。注文してあるから」

「やっぱり『指輪物語』？」

「そう。ただし原書」

実はこれも、半分は私が欲しかった。辞書を引きながら読んでもいいし、眺めるだけでもよかった。

桃子と一緒なら、なおのこと。


書店のそばで遅い昼食をとりながら、今後の買い物の段取りをしているとき、最初の異変があった。

携帯電話が鳴り、ディスプレイに〈田中雄一郎〉の表示が出たのだ。

早川多恵との面会と、その報告をひとつの節目に、その後は誰とも連絡を取り合っていない。一番まめだった前野嬢からのメールも絶えていた。あの夜、彼女が「ケイちゃん、あたしたちサヨナラしよう」と呟いてから後のことを、私は知りたくなかったし、若い二人も知られたくないだろうと察していた。

人質仲間の蜜月は終わった。今後はもう、遠ざかっていく方がお互いのためだ。それは、他の人質たちよりも多少は事件慣れしている私の経験則からくる実感でもあった。日常のなかに、非日常の残滓を持ち込んではいけない。今回の場合は、非日常の最大の置き土産である慰謝料が存在しているのだから、なおさらだ。

私は妻を残して席を立ち、通路でひそひそと電話に出た。「杉村です。何かあったんですか？」

そう問わねばならぬ用件でない限り、田中氏からいきなり電話があるわけがない。

「祝日だってのに、悪いな」

口調に、とりたてて剣呑なものはなかった。

「今、ちょっといいかい？」

坂本君がそっちに行ってないか、と言う。

「あの兄ちゃん、一昨日から行方がわからねえんだ。家出らしいんだけどさ」

「家出って――」

「別に、書き置きとかあるわけじゃないけど、もう子供じゃないんだから、さらわれたってんじゃねえだろうよ」

「前野さんも、彼の行方を知らないんですか」

「だってあいつら、別れたんだろ」

田中氏が、二人が交際していることに気づいていたとは思わなかった。

「坂本君はもちろん、前野さんからも、私は何も聞いていませんが」

「あのネエちゃん、あんたには遠慮してるんだよ。杉村さんは地元の人じゃないんだから、もうこんなことでいちいち迷惑かけられないって」

おかげでこっちにとばっちりだ、と言う。

「俺はむしろ、あの小僧が職探しに東京へ行こうっていうんなら、あんたを頼るんじゃないかと思ってさ」

幸か不幸か、私は頼られていない。

「彼のご両親は何と言ってるんです？」

「そのご両親が慌ててるんだよ。小僧の友達や知り合いに片っ端から電話して、行方を捜してるんだ」

だとすれば、坂本君の〈家出〉には何か不審な色があるのだ。

「俺も、まだ詳しいことは知らないんだ。何かわかったら報せ――報せていいか？」

「もちろんです。こっちも、坂本君から連絡があったら報せます」

電話を切って席に戻ると、妻がコーヒーカップから目を上げた。「どうしたの？」

「大した用じゃないよ」

ちょうど、菜穂子本人へのプレゼントの相談をしているところだった。例年、私なりに知恵をしぼってこっそり用意していたのだが、今年はオープンだ。気が楽だが、スリルはちょっと減殺されてしまう。

「あなたのお気に入りのブランドの靴はいかがでしょうかね、奥様。ご自身では進んでお買い求めになりにくい、思い切った色使いやデザインのものなど」

「わたし、靴ならもう、タコにならないといけないくらい持ってる」

「でも、まだタコなんだろ。イカになってみれば？」

妻はころころ笑った。「じゃ、スニーカーを買ってもらおうかな」

「それだと、よっぽどいいものにしないと、僕の札入れと釣り合いがとれないよ」

「だからオマケがほしいの」

妻は指先をテーブルについて、私の方にちょっと顔を寄せた。

「連れていってほしいところがあるの」

以前から、家族でヨーロッパ旅行をしようという話はある。桃子の最初の春休みは、いいタイミングかもしれない。義父の健康状態への不安もひとまず消えたし——と思っていたら、妻はこう囁いた。

「あのバスに乗せてほしいの。あなたが乗ったバス」

シーライン・エクスプレスだ。

私は、すぐには返事ができないほど驚いた。

「どうして？」

顔色が変わったわけではないと思う。それでも妻はひるんだ。「ごめんなさい。やっぱり、そんなの無理よね」

「いや、無理じゃないよ」

「嫌なことを思い出させちゃう」

「そんな心配は要らないよ。ただ、景色のいいところを走ってはいるけど、何てことない地方の路線バスだからさ。わざわざ乗りに行くほどの」

言いかけて、私は気を回した。

「もしかして、お義父さんに頼まれた？」

今度は妻がきょとんとした。「何でそんなふうに思うの？」

「いや、君が見学したいのはバスじゃなくて、〈クラステ海風〉の方なんじゃないかと思って」

義父は八十歳を過ぎている。今回の検査入院が、隠居後の生活について考えるきっかけになったのかもしれない。〈クラステ海風〉には、森信宏氏の夫人もいる。自分が直に下見するのはまだタイミングが早い（余計な憶測をまき散らすことになるし）が、愛娘に一度見学してきてほしいと頼んだのではないか。もしも義父が高級老人ホームで暮らすようになれば、菜穂子はもっとも頻繁に、そこに通うようになるはずだし。

「あなた、気を回しすぎ」妻は笑った。「お父様が聞いたら、怒るわよ」

「すみません」

「お父様は、隠居しても都心から離れないと思うわ。根っからの都会《まち》っ子だから、自然がいっぱいのところにいると、〈逆ハイジ〉になっちゃうんですって」

お山が恋しいのではなく、町灯りが恋しくなるのだ。義父はあらゆる意味でネオン街を愛する人ではないから、その感情はかえって純粋な、住み慣れた場所への愛着だろう。

「いいのよ。忘れて。変なことを言ってごめんなさい。わたしもね、あなたと同じ体験をしてみたいと思っちゃったの。追体験でもいいから」

「僕は、心の底から、君や桃子があんな体験をしなくてよかったと思ってるよ」

「うん、わかってる」素直にうなずいてから、妻はぽろりと言い足した。「でも、園田さんはあなたと同じ体験をしてる」

　わたし、ヤキモチ焼いてるのよ、と言った。

「園田さんが羨ましいの。みんなが無事に帰ってきたから、こんな呑気なことを言えるんだってこともわかってる。でも、妬《や》けちゃうの。わたし、ヤキモチ焼きなのよ」

　私が何も言わないうちに、行きましょう、と席を立った。

　それからまた買い物に没頭した。いつか未来のどこかで完全なる男女平等が実現され、オリンピック競技で〈男子〉〈女子〉の区別がなくなったとしても、こと買い物に関してだけは別だろう。この場合、ハンデをもらえるのは男性のはずだ。女性の〈買い物筋力〉は桁違いに優れている。瞬発力も持久力も回復力も、ついでに集中力も。

　疲れたから休みたいと言い出せない夫は、トイレに行く。二度目の異変は、用を足して手を洗っているときに起こった。今度は柴野運転手から電話がかかってきたのだ。

「お休みの日に申し訳ありませ」

　私はせっかちに彼女を遮った。「坂本君、見つかりましたか？」

「まだなんです」

　柴野運転手は今日は出勤日で、今は休憩時間。更衣室からかけているという。

「勤務中にもらったメールをまとめて読んだところなんです」

「どういう事情なのか、わかりましたか」

「前野さんも、今朝、坂本さんのお母さんから電話があって、初めて事情を知ったそうなんですが」

　坂本君は、一昨日つまり十二月二十一日の昼ごろ、ちょっと出かけると言って外出し、二時過ぎに戻って来たとき、友人を二人連れていた。三人で彼の部屋に入り、しばらく話をしていたが、やがて口論になり、その声が家族にも聞こえたそうだ。

「そのうち、お友達は二人とも帰ってしまって、坂本さんは、ちょっとのあいだ部屋にこもっていて」

それから、急にゴミ袋を抱えて庭に出てきて、ゴミを燃やし始めたのだという。

坂本家ではときどきそうやって燃やせるゴミを燃すことがあり、庭には専用の一斗缶が備えてあった。

「その後、また外出したらしいんです」

らしいというのは、誰も彼が出かけてゆく様子を見ていなかったからだ。部屋からは、坂本君がいつも持ち歩いているリュックがなくなっていた。

「その夜は帰ってこなくて、翌日も帰ってこなくて、でもまあ、若い男の子のことですからね。お母様も、友達のところに行ってるんだろうと思っていらしたとかで」

ところが今朝になって、とんでもないことが発覚した。

「今朝、お祖父様が庭掃除のついでに一斗缶を片付けたら――」

水をかけてどろどろになった灰のなかに、燃え残った一万円札の断片が、たくさん混じっていたのだという。

「あの金でしょうか」

ほかにあるわけがない。

「ご家族は、あのお金のことは何もご存じなかったようです」

「彼は黙っていたんでしょうね」

坂本家の人びとは仰天し、不在の息子を捜し始めた。その時点で、前野嬢にも連絡がいったのだ。

「そんなことをするなんて、彼なりの結論だったのかな……」

坂本君はあの金をほしがっていた。同時に、あの金を忌避していた。欲しい。だが自分のものにするわけにはいかない。詐欺師の金なんか、もらっちゃいけない。だが人にやってしまうのも惜しい。いっそ、この金を消してしまおう。

こんなにも、こんなにも自分を苦しめるこの金なんか、燃やしてしまおう。

そして、同時に自分も消えた。

「柴野さん、また仕事に戻るんですよね？」

「はい、今日は二十時までのシフトです」

「あれこれ考えてると、仕事に障ります。後のことは我々に任せて、忘れてください。慌てたってどうしようもないことだ。田中さんも言ってましたが、坂本君はもう子供じゃないんですから。いいですね？」

「ありがとうございます。そうします」

私は妻の元へ戻り、買い物を続けた。小一時間経って、妻があるブティックの試着室にいるときまた携帯に着信があり、画面に〈前野メイ〉と表示されたが、出る前に切れてしまった。

敢えてかけ直さなかった。前のめりのメイちゃんのことだ。私にかけてしまってから、慌てちゃいけないと思い直したのかもしれない。進展があったなら、またかけてくれるだろう。

それきり、携帯電話は沈黙していた。

煤《すす》で真っ黒になった一斗缶のことを、私は考えないようにしていた。その底にへばりついた、燃え残りの一万円札のことも。坂本君はいくら燃やしたのか。彼が受け取った百万円を全額？　それとも、いくらかは使ってしまった残りだろうか。

坂本君が〈消えた〉と考えたことも、自分のなかで何度も打ち消した。彼はただ外出しているだけだ。ひょっとしたら田中氏の言うように、明日あたり、ひょっこり私を訪ねてくるかもしれない。やっぱり東京で仕事を見つけようと思うんですけど、さしあたってどうすればいいでしょうね、杉村さん。

リストの買い物をすべて終えて、最後に立ち寄ったデパートの駐車場へ向かうころには、午後七時近くになっていた。今夜は長兄の家で、子供たちみんなとピザを食べる約束になっている。トランクも後部座席もプレゼントの包みでいっぱいになった妻の愛車の助手席に乗り込み、シートベルトを締めたところで、携帯電話が鳴った。足立則生からだった。

「もしもし杉村さん？」

背後でテレビの音が聞こえている。人の声もするようだ。

「ああ、こんばんは。すみません、今ちょっと出先に」

私の返答を聞かずに、彼は早口に続けた。

「テレビ見てないの？　どこにいるんだい？　外？　俺、店のみんなとニュース見てるんだけど、びっくりしちゃって。杉村さんは無事なんだね？」

私が無事かとは、どういう意味だ。

「家内とデパートに来てるんですよ。ニュースで何をやってるんです？」

足立則生のそばで、誰かが彼に話しかけている。うんうんと、彼が応じる。今度は俺の知り合いは乗ってない、と答えている。乗ってないって、何に？

「杉村さん、無事でよかったよ。あのさ、悪いこと言わないから、できるだけ早いとこニュースを見た方がいいよ。警察から連絡があるかもしれないし」

どういうことなんだ。私の表情に、妻も不安げに目を瞠っている。

「またバスジャックなんだよ」と、足立則生は言った。「あのバスだよ。シーライン何とか。九月のときと同じ路線バス。あのときと同じ場所に駐まってて、犯人が人質とってたてこもってるんだよ」

妻がわたしの腕に手を置いた。「どうしたの？」

私は無言でその手をつかんだ。

「その犯人が、サカモトって名乗ってる。若い男だよ。自分から警察に、九月のバスジャックのとき人質になってたって言ってるようなんだ。それで、あのとき犯人と話した警察官を連れてこいって」

私は携帯電話を取り落としそうになった。

「画面じゃ見えないけど、柳刃包丁を持ってるって、現場の記者が言ってる。人質の人数もまだよくわかんないんだけど、運転手は車内に残ってる」

「女性ですか？」とっさに私は訊いた。「柴野さんかな？」

「名前はわかんないけど、男の運転手だよ」

杉村さん杉村さん、聞こえてる？　足立則生の声が、遠くなった。


妻を長兄の家に行かせ、私はタクシーを拾って会社へ向かった。ここからならワンメーターで、他のどこよりも近い。〈睡蓮〉の厨房にマスターがテレビを置いていることも知っていたし、あの店は年中無休だ。

期待通り、客のいない店の奥で、マスターはテレビを見ていた。十四インチの小さな液晶画面に、見覚えのあるバスの車体が映っている。マスターはほっとした顔をして、

「ああ、今度は巻き込まれてなかったね」

〈睡蓮〉に着いたころから、続々と他の人びとからも着信があった。まず田中氏、迫田さんの娘の美和子さん、北見夫人と司君。皆、足立則生と同じタイミングで、テレビで新たなバスジャック発生を知ったのだった。我々は息せき切って話し合った。

「柴野さんとは連絡がとれましたか？　今日、八時までのシフトだって」

「別のルートを走ってるんだろう。バス会社から連絡が行ってるんじゃねえか」と、田中氏は言っ

た。「あのガキ、いったい何考えていやがるんだ。あんた、何も聞いてなかったのかい？」

「何も知りません。でも、坂本君はずっと様子がおかしかった」

「あのネエちゃん、一枚嚙んでねえだろうな。電話に出ないんだよ」

「かけ続けてみてください」

「杉村さんのところには、海風警察署から連絡がありましたか？」真っ先にそれを気にしたのは迫田美和子だ。「坂本さん、どういうつもりなんでしょう。何でこんなことを」

「わかりません。とにかく慌てないで。坂本君が何を要求しているのか――いや、本当にあれが坂本君なのかどうか、まだわからないんですから。お母さんの様子はどうですか」

「母は何も気づいていません」

北見夫人と司君は、私が無事だと確認したかっただけだと言った。「慌てちゃってすみません。けど、また同じ光景だから」

「まったくです」

何故か、前野嬢だけはまったく連絡してこない。こちらからかけても、留守番電話サービスに切り替わってしまう。メールにも返信がない。

テレビ画面の映像に、動きはない。三晃化学のフェンスに取り付けられたあの電球は、外から見てもやっぱり濁った黄色い光を放っている。バスの車内は暗く、ただ運転席だけ明かりがついている。そこに運転手の姿はないが、現場からのレポートによると、人質は運転手を含めて二名で、バスの床に座らされているらしいという。

犯人のシルエットが、ちらりと窓を横切った。確かに若い男だが、顔までは確認できない。刃物も見えなかった。本当に坂本君なのか。本当に彼が柳刃包丁なんかを振り回しているのか。

着信があった。田中氏だ。「おい、ネエちゃんはやっぱり出ないよ」

「こっちもです」

「山藤さんから連絡があったか？」

「私の方にはありません」

「まあ……冷静に考えてみりゃ、俺らは無関係なんだからな。何も知りゃしねえよ」

田中氏は、強いて自分にそう言い聞かせているような口ぶりだった。

「坂本君が我々を現場に呼べと言っているなら、連絡がくるでしょう」

「なんで俺らが呼ばれなきゃならないんだ」

「理由なんかありませんよ。ただ、そういう可能性を言ってみただけです。私が聞いた限りでは、坂本君は山藤警部と話したがってるそうですが」

「俺はそんなこと知らねえぞ。どのニュースでやってた？」

やりとりを続けているうちに、携帯電話のバッテリーがあがってしまって、電話は切れた。マスターが充電器を貸してくれて、厨房を出て行き、〈営業中〉の札を裏返して戻ってきた。コーヒーを淹れ始める。

「この子、最初からちゃんと名乗ってたよ」

マスターは、通常のニュース番組に速報が入った時点からずっと見ているという。

「九月のバスジャックで人質になってたことも、はっきり言ってた。確かめてくれって」

「本人が警察に電話したんですか」

「そうじゃなくて、バスにはあと二人、乗客がいたんだけどね、その人たちを降ろすとき、伝言を持たせたんだって」

自分は落ち着いているし、警察が要求を聞いてくれるなら人質を傷つけるつもりはないとも言っているという。

「まあ、コーヒーでも飲みなよ」

マスターは、いつものカップではなくマグカップを出してくれた。

「今度は、杉村さんたちが慌てなくちゃならない事件じゃない。関係ないんだろ？」

疑問形になったのは、これまでの私のやりとりから、マスターが不安を覚えているからだろう。

私は湯気のたつマグカップを見つめた。「関係ないと言えるかどうかわからないんです」

マスターは立ち上がった。「今日はクラムチャウダーがあるんだよ。あったためるかね。夕飯、まだだろ」

テレビの画面では、警察の動きは見てとれない。黄色い光に照らされて、バスはしんとして駐まっている。

携帯電話が鳴った。表示を見ずにすぐ出ると、荒い息づかいが聞こえてきた。

「す、杉村さん」

前野嬢だった。泣いている。

「ずっと電話してたんだよ！　今どこにいる？　どうしてるんだ？」

ごめんなさい、ごめんなさいと繰り返しながら、彼女は泣いた。

「わたし、ケイちゃんの、家にいるんです」

「彼のご両親は？」

「さっき、警察の人と、現場に行きました。ケイちゃんを説得するって」

私の膝から力が抜けた。では、もう間違いないのだ。あれは坂本君なのだ。

「ゆ、夕方、五時過ぎに、ケ、ケイちゃんから、電話がかかって、きて」

「彼、何て言ってた？」

「自分の手で、決着をつけるって」

彼もまた、しきりに謝っていたという。

「でも、もう、これしか、ないって」

「どうしてすぐ報せてくれなかったんだ」

「ごめんなさい。でも、ケイちゃん、が、何考えてるのか、わたし、わからなくて」

どうしていいかわからなかった――

「今朝からずっと、ケイちゃんを、捜してたんだけど、見つからなくて」

前野嬢は、まだ坂本君の家族に紹介されていなかった。そこまで行き着く以前に、二人は〈サヨナラ〉していた。

「でも、挨拶ぐらいは、してたので、それであの、ケイちゃんのお母さんは、わたしのバイト先のパン屋さんを知ってて、だから、今朝はそっちに電話があって」

そのままずっと、二人の共通の友人に問い合わせたり、坂本君の元の職場の人を訪ねたりして、彼の行方を捜していたのだ。

「ケイちゃん、ケータイを持って出ちゃったから、おうちの人には、友達の連絡先とかわからないんです」

そこへ、坂本君から電話がきたわけだ。前野嬢は坂本家へ飛んでいった。すると、彼女への電話の後、彼が両親にもかけていることがわかった。

「ご両親には何て言ったんだろう」

「親不孝して、ごめんとかって」

「燃やしてしまった金のことは、説明したって?」

「ううん、お母さんが訊いたら、電話を切っちゃったそうです」

「前野さん、坂本君の家でニュースを見たんだね」

泣きじゃっくりが聞こえた。

「今、警察の人は？」

「来てます。ケイちゃんの部屋を調べてる」

「前野さん一人？」

「ケイちゃんのお祖父さんがいます」

一斗缶の中身を見つけたお祖父さんだ。

「わたしたちも、ケイちゃんの行き先の、手がかりがないか、探してたんですけど」

わななくように息をついて、続けた。

「わたし、ケイちゃんと付き合ってたって、それだけ言いました。ほかのことは、言ってません」

慰謝料のこと。我々の調査のこと。自称・暮木一光の正体と、彼の意図。

「ほかのことは、言いませんから」

「——余計な心配しなくていいよ」

これから坂本君がどうするか、何を要求しているかによるが、我々の秘密は秘密でなくなってしまう可能性が高い。

「迫田さんに、悪いもの」

また泣きじゃくる前野嬢の声を、聞いていられなくなった。

「長電話はよくないね。今度はこっちからかけるから、少し落ち着いて休んでいなさい」

電話を切ると、マスターがテレビ画面を指さして言った。「警察の交渉役の人がバスに近づいてくよ」

今度も、バスは乗降口の側を塀にぴったりと寄せて駐めてある。リアウインドウに向かって、両手を軽く広げ、ゆっくりと歩み寄っていく人の姿があった。山藤警部だ。

その手を下げ、右手に持っていた携帯電話を耳にあてた。何か話している。

「さっき現場中継の記者が言ってたんだけどさ、この犯人、家出する前に、何か揉めてたんだって?」

「友達と喧嘩していたらしいと聞きました」

「金の問題みたいだよ。坂本君に金銭トラブルがあったんじゃないかってさ」

妙な話だ。坂本君に金銭トラブル? 金をめぐる彼の葛藤は、手のなかに残った百万円をどうするかという問題であって、第三者とのあいだのトラブルではないはずだ。

ない——はずだ。

私は考えた。マスターが温めてくれたクラムチャウダーを前に、九月のバスジャック以来の出来事を、ひとつひとつ思い出して考えてみた。

坂本君は、確かに様子がおかしかった。前野嬢に対してさえとげとげしく、田中氏には逆らい、早川多恵には抗弁し、ときには面罵し、冷たく拗ねていた。

彼がそんなふうに変わってしまったのは、正確にいつごろからだったろう?

もともと、我々は永い付き合いではない。しかも最初の出会いはバスジャックの車中だ。何がその人の素で、何が変化なのか、見極めるのは難しい。それでも、坂本君が最初の坂本君ではないと、我々が感じ始めたのはいつだったろう。金を送りつけられたときか。その出所を調査しなければ受け取れないと、私が言い出したときだったか。

あのときから既に、彼は葛藤していた。だが、前野嬢の手前もあるかもしれないが、調査には積極的だった。

彼の目つきが暗くなり、態度が冷ややかに、内向的になったのは、〈暮木一光〉と日商フロンティア協会の関係が見えてきたあたりからではなかったか——

あのころは、それぞれの調査でわかったことを、電話やメールで少しずつ報告し合っていた。私が暮木老人を調べ、坂本・前野組は〈スーパーみやこ〉を探していた。柴野運転手は彼女の身辺に暮木老人の影がないか点検しつつ、迫田美和子に連絡をとろうと努力を続けていた。

一歩一歩、我々の調査は進んでいた。進んで——進んで——

いや、あの段階では、進んでいたのは私の調査だけだった。暮木老人に名指しされた三人の素性を洗うことで、老人の正体と意図に迫ろうとしていた。

その過程で、坂本君はだんだんと内向していった。

まさに〈内向〉だ。彼には、我々人質仲間には言えない秘密があったのではないか。彼だけの秘密だ。前野嬢にも打ち明けることができない秘密だ。

九月のバスジャックが解決した直後、彼は前野嬢に話していたという。ホントに慰謝料がもらえるのかな。前野嬢が不謹慎だと怒ると、彼はしょげた。でも、ホントだったらいいと思ってしまうと。そして、解決から三日後に暮木老人の寂しい身の上が報じられると、彼はひどく落胆したという。おじいさんはお金持ちじゃなかった。慰謝料の話は嘘だった。そんな旨い話は転がってないね。

金銭トラブル。彼が揉めていたという友人。彼が就職した清掃会社でのトラブル。まとまった金さえあれば、また大学に入り直して人生をやり直せるという彼の希望。

——一字違いで大違いですよ。

颯爽《さっそう》とした橋本真佐彦を横目に、呟いた彼の言葉。

私の心に、ある考えが閃いた。それはただの閃きではなかった。以前からそこにあった。私の脳裏に芽生えて、潜んでいた。ただ、検討してみることがなかっただけだ。

金銭トラブル。

テレビ画面に動きはない。私が考え込んでいるあいだに、山藤警部の姿は消えていた。

私は前野嬢に電話をかけた。彼女はすぐに出たが、「ちょっと待ってください」と、場所を変えたらしい。

「もしもし？　あの、まだおまわりさんが見張りに残ってるので、わたし、庭に出ました」

ちょうどいい。「前野さん、庭にはまだ、坂本君が使った一斗缶が置いてある？」

「はい、あると思います」

「その中身、燃え残りや灰はどうなった？」

「警察の人が、調べるって持っていきました」

遅かったか。私は急いで考えた。

「じゃ、坂本君の部屋か、家のゴミ箱を調べてみてくれないかな。燃えるゴミじゃなくて、燃えないゴミの方。何かサンプルとか、ファイルみたいなものがあるんじゃないかと思うんだ。あるいは、もっと大きなものがあるかもしれない」

「大きなもの？」

「うん。たとえば浄水器みたいなもの。お祖父さんに訊いてみてくれないか。この一ヵ月ぐらいのあいだに、坂本君がどこかから買い込んできて、家にストックしてなかったかどうか」

電話を切って、私は待った。バスジャックの現場は膠着《こうちゃく》状態で、山藤警部の姿は見えない。現場からの記者のレポートも、同じことの繰り返しだ。

前野嬢から着信があった。「杉村さん」

「何かあった？」

「変な——変なっていうか、けっこう立派なファイルが捨てられてました。お祖父さん、そんなの見たことないって」

私の背筋に悪寒が走った。「どんなファイル？」

「革製みたいに見えますけど——合皮かな。中身は空っぽです」

坂本君が燃やしてしまったのだ。

「表紙に何か書いてある？」

「はい。えっと……〈スペシャルスターターファイル〉」

マスターが驚いている。私が身じろぎしたからだ。

「企業名は書いてある？」

たどたどしく、前野嬢は読み上げた。「株式会社ミヤマ・ビューティ＆ヘルス＆ハピネス」

冗談くさい名称だ。だからこそ、私の記憶の隅にひっかかっていた。調査の際に見たことがある。

暮木老人の調査ではない。最初は、足立則生と高越勝巳の方の調査だった。

高越勝巳が勤めていたサプリメントの販売会社には、誇大広告と薬事法違反の疑いがあった。足立則生に詐欺師だと告発されようとしていた高越勝巳は、今も懲りずにそんな素性の怪しい会社で稼いでいた。その際、健康食品や化粧品の通販や訪問販売について、私はいくつかのまとめサイトや参考になりそうなニュースサイトを覗いてみて、そこで〈株式会社ミヤマ・ビューティ＆ヘルス＆ハピネス〉を見つけたのだった。

輸入ものの化粧品と健康食品に加えて、筋力アップと痩身効果があるという小型のトレーニング機器を売り物にしている会社だった。このトレーニング機器に効能がないという訴えがあり、裁判になっている。さらにこの会社も会員制をとっており、成績優秀なフレンド会員には報奨制度を設けているという。規模と扱う商品こそ違え、日商フロンティア協会と同類だ。そう、だからその後、日商フロンティア関係のまとめサイトを見ているときも、「次はここが摘発されそうだ」という話題で、またこの企業名に出くわした。

坂本君が、そこのファイルを持っていた。スターターキットとかスターターファイルというのは、この手の組織が新入会員に渡すマニュアルの典型的な呼称だ。

「前野さん」携帯電話を握り直し、私はゆっくりと問いかけた。「一昨日、坂本君が家出する前に口論してたっていう友達に心当たりがある？」

「わたしも、ケイちゃんのお母さんから聞いたんですけど」

私の口調のせいか、前野嬢の声が不安げに細くなった。

「一人は熊井《くまい》君だったって」

「君の知ってる人？」

「ケイちゃんの大学時代の友達です」

前野嬢も、坂本君と三人で二、三度、居酒屋に行ったことがあるという。

「優しくていい人です。ケイちゃんと喧嘩するなんて信じられない」

「その人のケータイの番号、知ってる？」

「――はい」

私が手振りで要求すると、マスターがメモとペンを貸してくれた。

「前野さん」私は電話で呼びかけた。「警察から、もしかしたら山藤警部から、坂本君を説得してくださいって頼まれない限り、そこから動いちゃいけないよ。坂本君のお祖父さんと一緒にいなさい。君一人の考えで、現場に近づいちゃいけないよ。坂本君に連絡してもいけない。いいね？」

「杉村さん」

「いいね？」

「――はい」

私は電話を切り、即座に熊井君にかけた。知らない番号の表示を警戒しているのか、なかなか出てくれなかった。頼む、頼むから出てくれ。

「はい？」

「熊井君ですか」

「そうですけど」

呆れたように見守っているマスターの前で、私は厨房のスツールに座り直した。

「突然申し訳ありません。私は杉村と申します。九月にシーライン・エクスプレスで起こったバスジャックのとき、坂本啓君と一緒に人質になっていた者です」

ああ、というような驚きの声が聞こえた。

「今、何とか坂本君を投降させたくて、説得の材料を探しているところなんです。それでお伺いしたいんですが、一昨日、坂本君と口論したのはあなたですか？」

ええ、まあという返事がもごもご聞こえた。

「その口論の原因は、株式会社ミヤマではありませんでしたか？　坂本君に、会員になってくれと誘われたとか、商品を買ってくれと頼まれたとか、そういうことではありませんでしたか」

少しのあいだ沈黙があった。

「ついさっき、警察の人にも同じことを訊かれたばっかりなんですけど」

私は目を閉じた。

「俺、坂本と一緒に会員になったんですよ」

「――いつの話ですか」

「九月の末だったかなあ。ひと口、五万円だっていうから、俺は十万出したんです。坂本はひと口だったけど」

優しい人柄だという熊井君は、少しこもったような声の持ち主だ。

「その話は、坂本君が持ってきたんですか」

「もともとは、あいつがまだ大学にいるころ、サークルの先輩に誘われたんですよ。それっきりになってたんだけど、今ごろになって、あいつが思い出したみたいに言ってきて、いろいろ調べてみたけどこれは絶対儲かるって言うから」

そういうことだったのか。坂本君には、以前から糸がついていたのだ。

ただ、彼はその糸をつかんでいなかった。バスジャックの車中で暮木老人に多額の慰謝料の話をちらつかされ、ふと甘い夢を見て、その夢が老人の死からたった三日後に、彼が一文無しだったという報道で淡くも消え去るまでは。

「あいつ、けっこう熱心にやってて、新しい会員を誘うって頑張ってたんだけど、このごろ何かちょっと熱が冷めたっていうか。それで、今週の頭ですよ。いきなりうちに来て、十万円突っ返してきて、これでみんな終わりにしろって言うんです」

「ミヤマの会員をやめろと？」

「そうです。理由を訊いたら、あれは詐欺だったって言うんですよ。俺、今のゼミの友達も誘っちゃってたから、メンツ丸つぶれだし、それで、その友達と一緒に坂本に会って談判したんだけど、あいつ、全然ワケわかんないことばっかり言うもんだから、喧嘩になっちゃったんですよね」

熊井君はまだ何か話していたが、私は礼を述べて電話を切った。冷たい汗が噴き出した。その汗を手で拭い、そのまま目を覆った。

「大丈夫かい、杉村さん」

テレビからは、現場にいる記者のレポートが聞こえてくる。犯人が温かい飲み物と食事を要求している――

これは詐欺師の金だ。おっさん、詐欺師の金はもらえないんだろ。坂本君の声が耳に蘇る。

暮木一光を、羽田光昭を詰っているように見えて、実は、あれは叫びだったのだ。坂本君の告白だったのだ。俺も詐欺師だ。俺も同じことをやっちゃった。俺も同じ穴の狢だ。

携帯電話の着信音が鳴った。私もマスターも飛び上がりそうになった。

「もしもし?」

「杉村三郎さんですか」

忘れようのない山藤警部の声だった。

「突然申し訳ない。今、こちらで発生している事件はご存じでしょうか」

「はい、テレビで見ています」

「坂本啓君をご存じですよね」

「事件以来、親しくしてきました」

少し間が空いた。

「坂本容疑者は、現在、人質を取ってバスの中に立てこもっています。それで、つい先ほど、彼から要求が来ました。ある人物を探し出すように、と」

私は空いた手を固く握りしめた。

「ミクリヤショウケンという人物です。名前にお心当たりはありますか」

私は答えられなかった。

「実は、あなたの前に、順番にあのバスジャックの関係者に連絡してみたんです。田中さんと柴野運転手は署の方に来てもらっています。おっつけ前野さんも来るでしょうし、迫田さんの娘さんとも連絡がつきました」

「――そうですか」

「皆さん、このミクリヤという人物に心当たりがあるそうなんですが、詳しいことはあなたから聞いて欲しいとおっしゃるんです」

それはつまり、人質仲間の総意として、どうするか私に一任するということだろう。

どうしろというのだ、私に。

「警部」

「はい」

「申し訳ないが、私には申し上げられません」

私は座ったまま胴震いした。警部が何か言うより先に、一気に続けた。

「ただ、この人物を捜し出すことはできます。少し時間をいただけませんか」

それだけ言って、通話を切るだけでなく、電源も切った。そして、私はマスターに言った。車を貸してもらえないか、と。


「あんたねえ、このあたしに車を貸せって、図々しいにもほどがあるよ」

マスターの愛車はおんぼろのベンツだった。本人は今、運転席で肩を怒らせてハンドルを握っている。

「山あり谷ありの人生を一緒に乗り切ってきた、こいつはあたしと一心同体なんだ。女房より大事なんだよ。他人に貸すなんて」

「わかりました。すみませんでした。だからあんまり飛ばさないでください」

「だって急いでるんだろ？」

「事故を起こしちゃ困ります。マスターの奥さんにも申し訳ない」

「あれ、言わなかったっけ？　俺は独身だよ」

「だって今、女房より車が大事だって」

「だから離婚しちゃったのさ」

関越自動車道は空いていた。帰省が始まっていなくて、せめてもの幸いだった。

「俺のことなんかどうでもいいんだ」マスターが横目で私を見た。「これから押しかける相手には、先に連絡しといた方がいいんじゃないの？」

私は助手席で携帯電話を握りしめていた。「たぶん、そうなんでしょう」

「だったらかければ」

「かけたら、逃げてしまうかもしれない」

早川多恵は、ただ幼なじみのみっちゃんの遺言を執行しただけだ。こんな面倒に巻き込まれ、自分のしたことを暴露されるのはまっぴら御免だろう。

それでも、頼る相手はあの可愛いおばあちゃんしかいない。

携帯電話が鳴った。園田瑛子からだ。「いったい全体、どうなってるの？」

いきなり怒られた。騒々しいというほどではないが、賑やかな場所にいるらしい。背後で人声がして、小さく音楽が流れている。

「ニュースを見たんですね」

「全然知らなかったのよ。カラオケボックスにいるんだもの」

それでよかったと思った。

「そのまま歌っていてください」

「そうはいかないでしょ。ついさっき、山藤さんから連絡があって」

「じゃ、これから海風警察署へ行くんですか」

「行くべき？」

「いいえ、編集長にはその義理はありません」

園田瑛子は何も知らない。

「何が何だかさっぱりわからないし、あたしは無関係だって言ったけど」

「それでいいです。誰と歌ってるんですか」

ちょっと間をおいて、編集長はぶっきらぼうに答えた。「労連の委員をやってたころの友達よ」

「今も委員をしている人なら、いろいろお世話をおかけしましたと伝えてください」

「杉村さん、どこにいるの？」

私は答えず、電話を切った。

菜穂子からは、メールが二通来ていた。

〈落ち着いたら連絡をください〉

そのあとすぐに、〈どういう事情であれ　冷静に行動するようにと　お父様がおっしゃっています〉

その文章を何度も何度も読み返してから、私は携帯電話の電源を再び切った。

カーラジオのニュースは、ずっとバスジャックの状況を伝えていた。目立った進展はない。坂本君の要求の詳細も、ミクリヤショウケンの名前も、まだ報道には出ていない。

おんぼろベンツが関越を降りる。車はあの県道に入った。マスターは飛ばしている。

カーナビが、目的地が近いことを報せた。車のスピードが落ちる。畑中前原の町は、あの夜と同じように寝静まっていた。〈大好評分譲中〉の看板は闇に沈んで見えなかったが、コンビニの明かりはひときわ明るい。クリスマスケーキやフライドチキンのパックを宣伝する幟《のぼり》が、夜風に揺れていた。

「あの店だね」

「駐車場は道の反対側です」

ガラス越しに、レジに座っている早川多恵の姿が見えた。老女一人ではない。誰か一緒にいる。

「マスターは車で待っててもらえますか」

「一人で大丈夫なのかい？」

「相手は可愛らしいおばあちゃんなんです」

私はベンツから降りた。足が重かった。回れ右をして帰りたくなった。帰るべきなのだとも思った。海風警察署へ行こう。山藤警部には、何とでも言い訳すればいい。

言い訳。どんなふうに？　私が口走った言葉はごまかせても、坂本君の言葉を、彼の切実な要求を言い繕うことはできない。

それとも彼は——

その可能性に思い至って、私は走って横断歩道を渡った。引き返すことはできない。

コンビニの入口に達する前に、早川多恵は私に気づいた。クリスマスカラーの装飾に楽しく彩られた店内で、その顔は、天から引きずり下ろされた満月のように青ざめていた。

老女の隣には、彼女と面立ちのよく似た男性が付き添っている。私と同年代だろう。早川家の長男だ。早川多恵は、近づいていく私を見つめる。長男は、気遣わしげな、不安げな、怒りを含んだ眼差しで、母親と私を見比べている。

彼の方が先に声を発した。「いらっしゃいませ——」

私はかぶりを振った。客ではない。客ではないんですよ。

レジの前で足を止め、深く頭を下げた。

「良夫《よしお》、この方よ」

早川多恵は、レジのカウンターに両手でつかまっている。良夫と呼ばれた老女の息子は、私に目を据えたままゆっくり立ち上がった。

「申し訳ありません」私は頭を下げたまま言った。「できることなら、早川さんにご迷惑をおかけしたくなかった」

返事がない。早川多恵は黙っている。

「おふくろ」と、早川良夫が呼びかけた。それから私に言った。「おたく、おふくろに何の用があるんですか」

私は顔を上げて彼を見た。「私は」

「いいよ、おたくらがどこの誰かってことは、おふくろから全部聞いたから」

私は驚いた。早川多恵の青白い月のような顔が、うつむいた。

「全部、みっちゃんのせいなんでしょう」

囁くような声だった。

「みっちゃんのしたことが、あの若い人をおかしくしちゃったんでしょう」

店内でラジオやテレビの音はしていない。が、後ろにノートパソコンがあった。画面に、黄色い光に照らされたシーライン・エクスプレスのバスが映っている。

早川多恵は涙ぐんでいた。顔を伏せたまま、手を伸ばして息子の手に触った。

「あんたたちにも、ホントにごめんね」

早川良夫の小鼻が震えている。

彼の老いた母親は、私に言った。「きっといらっしゃるだろうと思いました」

だから、店で待っていてくれたのだ。坂本君のバスジャックを知り、この人は、大事な息子にも事情を打ち明けて、私を——あるいは警察を待ち受けていた。

「皆さん、いえ、杉村さんは、あの若い人を見捨てることなんかできないものね。あの人、何を要求してるの？」

「報道されていますか」

早川多恵は首を振った。「でも杉村さんは知ってるんでしょう。あの人、どういうつもりなんですか。ああやってマスコミを集めて、みっちゃんのことを全部ぶちまけようとしてるのかしら」

それなら、まだよかった。

「坂本君は警察に、御厨さんを捜し出すよう要求しているんです」

老女の身体から力が抜けた。カウンターから手が離れ、丸まった背中が椅子の背もたれに落ちた。

「御厨さんは……もういないって……あたし、言いましたよね。あの人、その意味がわからなかったのかしら」

「わかっていました。でも坂本君には、それじゃ充分ではなかったんです」

御厨尚憲を、安らかに死なせておくわけにはいかなかった。それでは腹がおさまらなかった。すべて明るみに出さねば気が済まなかった。坂本君は許せないのだ。御厨も、羽田光昭も、自分自身も。

そして、事を覆ってしまおうとした我々人質仲間も。

坂本君はただの人質ではなくなってしまったから。御厨の、羽田の同類に堕ちてしまったから。同じ穴の狢の詐欺師たちの罪を、暴かずにはいられなかった。

株式会社ミヤマのことを、私は語った。坂本君が一万円札を焼き捨てたことを、彼が誘って会員にした友人たちに、何と言ったのかを説明した。

早川良夫が、かばうように母親の肩を抱く。

「ミヤマのことは、早川さんのせいじゃありません。我々がもっと早く気づいてやるべきでした」

早川多恵は息子の腕に身を預けて、ゆるゆると首を振る。「いいえ、みっちゃんとあたしのせいですよ。みっちゃんが、大金の話をちらつかせたからです。あたしがもっと早くに慰謝料を送ってあげなかったからです」

あたし、ビクついてたのよ――と、老女は泣き声で言った。「みっちゃんとの約束を破って、知らん顔しようかと思ったの。みっちゃんは、自分が死ねば、一週間もすれば報道は収まるし、警察も手を引くだろうって。だから、皆さんにお金を送っても大丈夫だって言ってたの。なのにあたし、ビクついてグズグズしちゃったのよ」

おふくろが悪いんじゃないよと、早川良夫が呟いた。短時間のうちに多くのことを打ち明けられ、今また新しい情報を渡されて、混乱しているに違いない。母親の肩に回した彼の手の、指先がわなないている。

「坂本君は、人質を傷つけたりしません」

彼が清算したいのは自分自身だ。

「事を明らかにして、自分が消えるつもりなんです。何とか止めてやりたい。やり直せるんだから」

息子の手に手を重ね、早川多恵が顔を上げ、私を見た。その瞳に、私は言った。

「教えてください。御厨はどこにいるんです？　あなたはご存じなんでしょう」

御厨尚憲の遺体はどこにある。

「どうして……あたしが知ってるの」

「羽田さんが、あなたには告げたはずだからです。御厨を殺したことだけ打ち明けて、遺体の場所を黙っているわけがない」

それでは早川多恵の心を乱すだけだ。

「この国は広いようで狭い。辺鄙な山のなかや、海や湖からでも、ひょっこり死体が見つかって騒動になることがあるでしょう。羽田光昭が、そんな危険を冒したとは思えない」

それが本名であれ偽名であれ、御厨の遺体が見つかれば、警察はいずれ身元を突き止める。遺体は雄弁なのだ。外見的な特徴、遺留品、歯形、ＤＮＡ。御厨に家族がいれば、捜索願が出ている可能性もある。

身元が割れれば、遅かれ早かれ御厨と羽田のつながりも露見する。そこからは、羽田光昭と親しかった早川多恵まで一直線だ。

「御厨の遺体は自分がきちんと始末した。どこそこにあって、けっして誰にも見つからない。だから多恵ちゃん安心してくれと、羽田さんは言ったはずです。海に沈めたの、どこかへ捨てただの、そんな漠然としたものじゃなく、あなたが安心できる場所に葬ってあると、あなたにだけは打ち明けたはずだ」

老女は目をつぶり、縮こまった。息子の手にしがみつく。

「このあいだ、坂本君も一緒にいたとき、そこまで伺っておくべきでした。我々の目で確かめておくべきだった」

そうしなかったのは、ただもう終わりにしたかったからだ。御厨という人間のことなど放っておいても、もう終わりにできると思っていたからだ。

「羽田さんと御厨の間柄だから、他人目《ひとめ》のないところに呼び出して殺すことまでは、一人で何とかなるでしょう。だが、死体の始末は難しい。運ぶだけでもひと仕事です。埋めるなんて大変だ。土地鑑のある場所で、さほど苦労しなくても遺体を隠せる場所。羽田さんには、最初からそういう場所の用意があったんじゃありませんか」

おふくろ——と、早川良夫が母親に顔を近づけた。「この人の言うとおりなのか？　おふくろ、知ってるのか」

「ごめんね、良夫」

もうこの店は駄目だねと、老女は泣いた。

「あたしがバカだから」

「そうだよ、おふくろはバカだ」息子の目尻が赤らんでいる。「羽田なんておっさんとはもう付き合うなって、俺、あれほど言ったのに。あのおっさんはろくでなしだ」

「だから、あたしはみっちゃんを見捨てたくなかったのよ。みんなにろくでなしだって言われてたから」

「早川さん」と、私は良夫に言った。「あなたのお母さんは、バスジャックに関係したわけじゃない。もちろん殺人にも無関係だ。ただ羽田光昭の話を聞いただけです。彼が本気なのかどうかもわからなかった」

「あんた、何言ってるんだ」

責めるような早川良夫の問いかけに、私は声を励まして応じた。

「あなたのお母さんは、罰を受けるようなことはしていないと言ってるんです。寂しい身の上の幼なじみが、突拍子もないことを言ってみせるのを、うんうんと優しく聞いてあげただけです」

「だけど、あんたらに金を送ったのはおふくろだぞ！」

「それも、みっちゃんの遺言のとおりにしてあげただけじゃないですか。彼は本当にバスジャックなどやらかしてしまった。そして自殺してしまった。事件で迷惑をかけた人たちに、少しでも賠償したい、だから金を送ってくれという遺言は、彼の本心からのものだったとわかった。だから、頼まれたとおりにしてあげただけだ。その金も、羽田光昭の資産だ。出所が怪しい金じゃない。彼の蓄えた金だった」

早川良夫は、わななく指先でさらに強く、母親の肩を抱きしめた。

「御厨の遺体の場所も、あなたは知らない。私が見当をつけてあなたに尋ねて、私が確かめる。それでいいんです。あなたは、みっちゃんが御厨を殺したかどうか半信半疑だった。みっちゃんは口が達者で、いつも本当のことを言っているのかどうか、あなたにはわからなかった。恐ろしくて確かめてみる気にもなれなかった。それでいいんです」

この店が駄目になるなんてことにはさせません——と、私は言った。「お約束します」

早川多恵は息子の手をふりほどくと、傍らに置いた杖をつかんだ。

「墓地だと思うの」

立ち上がろうとする。

「照心寺《しょうしんじ》っていうお寺さんの墓地。みっちゃんのご家族のお墓があるのよ」

「場所はどこですか」

「この前、皆さんと行ったファミレスがあるでしょう。あの道をもっと北へ上って、丘をひとつ越えた向こう側よ。案内するわ」

両手で杖にすがり、私を見た。「このあたりはね、昔から、大きなお墓をつくるの。骨壺を収める石室も広いの。うんと広いの」

私は大きくうなずいた。「わかりました。だから案内は要りません」

「俺が行く」と、早川良夫が動いた。

「息子さんも駄目だ。お母さんのそばにいてあげてください。私一人で充分です」

彼は嚙みつくように言い返した。「無理だよ。でっかい墓地だぞ。あんた、夜の山道へ入ったことなんかないだろ。わかりっこないよ。俺が案内する」

そして急に肩を落とすと、泣き濡れた母親を見返った。「いいよな、おふくろ」

「――ごめんね」

早川良夫は強がる子供のように笑った。

「ったく、俺の言うこと聞かないから、こんな羽目になるんだよ。何でもっと早く言わないんだ」

「しかし、早川さん」

私の懸念は通じていた。早川多恵は、杖を戻し、しっかりとした口調で言った。

「あたしは大丈夫よ。変な気を起こしたりしません。ここで待ってます」

私は真っ直ぐにその目を見つめた。

「じゃ、すみません、息子さんをお借りします。車はありますから」

早川良夫は、カウンターの下から大型の懐中電灯を取り出した。

「行きましょう」

二人で駐車場へ走った。運転席のマスターがむっくりと身を起こす。早川良夫がちょっとひるんだ。私は急いで言った。「あの人は私の知り合いだけど、事件には関係ないから」

うなずいて助手席に乗り込む早川良夫に、マスターは目を剝いた。「この人は？」

「カーナビですから気にしないでください」と、早川良夫は答えた。

「あ、そ。俺もこの車の自動運転装置だから、気にしないで」

地元の人の言葉は聞くものだ。あのファミレスから横道に入り、上り坂にかかると、あたりは真っ暗になった。雑木林のなかに、かろうじて車がすれ違える幅の道が延びている。街灯はまばらで、光も弱い。信号はひとつもなく、ところどころにカーブミラーや表示が出ているが、近づかないと見えない。

「そこを右」

的確に指示を出し、前を見たまま、早川良夫が言った。「おたく、先月も来たでしょう」

「ええ、お母さんに会いに」

「おふくろに客が来て、何か様子が変だったたって聞いたから」

カナちゃんだ。

「心配してたんですよ。嫌な感じだった」

独り言のように、ぼそぼそと言う。

「九月の事件のとき、新聞に犯人の似顔絵が出てた。あれを見て、俺にはすぐ羽田さんだってわかったんですよ」

道が悪く、おんぼろベンツは大きく揺れる。

「だけどおふくろは、違うって言うんだ」

「あなたは羽田さんに会ったことがあるんですか」

「あの人が来ると、挨拶ぐらいはしましたからね。昔、世話になったって聞いてるし」

弁舌ひとつで、みっちゃんがあの店を守った一件である。

「地元じゃ、羽田さんの顔を知ってる人は、もうほとんどいませんよ。うちの人間ぐらいじゃないかな」

「そうですか……」

「おふくろがムキになって、この犯人はみっちゃんじゃないよ、名前が違うだろって言い張るから、かえって気になったんです」

でも、それ以上はどうしようもなかったと言った。「うちのおふくろ、頑固だから。昔からそうでした。口が固いし、こうと決めたら絶対にやり通すんだ」

ヘッドライトのなかに、「照心寺」の文字が浮かび上がった。白地の看板に、くっきりとした黒い文字だ。

「墓地の入口はこの先です。ここで駐めた方がいいな」

私が止める前に、マスターも降りてきた。「こんなところで留守番は御免だよ」

大型の懐中電灯を点けた早川良夫を先頭に、我々は夜の墓地のなかに踏み込んだ。確かに広大な墓地だった。通路は舗装されておらず、アップダウンも激しい。雨が降ったら滑りそうなところには、板きれが敷かれていた。あちこちに雑草が生い茂っている。

「立派な墓ばっかりだな」

マスターが感嘆する。ひとつひとつの墓所は、優に三坪以上の広さがある。それぞれ石垣に囲まれており、そのなかに複数の墓石が集まっている。

「うちの親父の墓もここにあるんだけど」

迷いのない足取りで闇のなかを進みながら、早川良夫が言う。「近い親族の墓をひとつの囲いのなかに入れるのが、ここらの習慣なんです。けど、羽田さんの家族だけは死に方が死に方だったから――と、声をひそめた。

「羽田一族の墓所から追い出されて、端っこの方にあるんだ」

みっちゃんの両親と兄の三人だけで。

「おふくろは、お彼岸には必ずお参りに来てました。羽田さんに頼まれてたのかな」

頼まれなくてもそうしたろう。

「ここです」

早川良夫が懐中電灯を持ち上げた。本当に墓地の外れだ。雑木林がすぐ背後に迫っている。

やはり大きな墓だ。まわりを囲む石垣は低く、私の膝まで達しない。ひと坪ほどの区画のなかに、墓石はひとつだけ。ひと抱えもありそうな御影石を積み重ねたもので、わずかに右に傾いている。ここは斜面なのだ。

「羽田家之墓」

マスターが声を出して読み上げた。呼気が白く舞い上がる。

「墓石は立派だけど、まるで飾りっ気がないね。野中の一軒家みたいだ」

三段重ねになっている御影石の、いちばん下の部分に石室の蓋がついている。羽田家のものだろう家紋が彫られていた。畳半分ほどのサイズがある。私は身震いした。

両手でライトを捧げ持ち、早川良夫もその場から動かない。マスターは墓石に軽く手を合わせてから、身をかがめて周囲を探り始めた。そして声をあげた。

「羽田大吉《だいきち》、よし子《こ》、光延《みつのぶ》」

墓石に刻まれた名前を読み上げる。

「あと、光昭って彫ってあるよ。四人家族の墓なんだね」

私は驚いた。「亡くなったのは両親と兄さんですよ。光昭という人は生きている」

いや、今年の九月までは生きていた。私は早川良夫を振り返った。懐中電灯の光の輪の外で、彼は目を伏せた。

墓石の陰から、マスターが言う。「だってこれ、同じ時期に彫られたもんだと思うなあ。もうちょっとこっちを照らしてくれる？」

前へ出て懐中電灯を動かし、早川良夫が小声で言った。「おふくろの話じゃ、羽田さんの大叔父さんって人の仕業ですよ」

羽田家の家族三人が焼死した後、資産を受け継ぎ、光昭を引き取った人だ。

「光昭一人だけ残されちゃって可哀相だから、名前だけでも彫っておいてやろうって」

唾を吐くような言い方だった。

「そんなの、残された子供にとっちゃ酷いだけだ」

「……そうですね」

まるで、おまえも早く死んでここへ入れと言わんばかりだ。いや、おまえも死んでここに入るはずだったのに、生き残りやがってと言っているのだ。

「こんなやり方、他所で聞いたことないよ」

立ち上がり、ズボンの膝を払いながら、マスターが言った。「胸くそ悪いねえ」

私の脳裏に浮かんだのは、〈暮木一光〉の顔ではなかった。耳の底に、彼の流暢《りゅうちょう》な弁説も蘇りはしなかった。彼の身の上を語る、早川多恵の声も聞こえてこなかった。

思い出したのは、顔も知らない古猿庵氏が教えてくれた、日商フロンティア協会代表・小羽雅次郎の人生だ。

父親の不始末で、小羽は故郷を追われた。彼は故郷に憎まれ、彼もまた故郷を憎んでいた。自分を石持て追った連中を見返してやることが、彼の人生の目標だった。

幼い羽田光昭は、この墓石に何を見たろう。彼を保護し育ててくれるべき人間が、この墓石に彼の名を刻んだ。おまえもここに入ればよかった、おまえは要らない命だと。そのとき、羽田光昭の人生は、この墓石の下に閉じ込められてしまった。

羽田光昭と小羽雅次郎は、ハンターとカモの関係だった。利用し、利用されるだけの関係だった。だが、彼らの出会いはただの偶然だったろうか。欲得だけが引力だったのか。

小羽雅次郎だけではない。騙し合う者たちは、互いの身体から同じ匂いを感じるのではないのか。自分ではどうすることもできない運命への憎しみを。自分を受け入れてくれなかった世間への怒りを。自分には与えられなかった良き人生への憧憬を。意識の表面には上らずとも、その暗い引力が、騙す者と、騙す者をつくる者とを引き合わせる——

羽田光昭は、両親と兄と共に、とっくに死んでいた。この世にいて世渡りしていたのは、彼の抜け殻だ。彼は臨死体験で変わったのではない。本来あるべき姿を取り戻したのだ。

「ここ、開けるんだろ」

石室の蓋の前にしゃがみこみ、マスターが私を仰ぐ。私はうなずいて前に出た。

石室の蓋は、なかなか動かなかった。が、二人で力を合わせてずらすと、マスターが転びかけてしまうほど滑らかに、すうっと横に開いた。

「なかを照らしてください」

光の輪が上下する。早川良夫が震えているのだ。私は彼の手から懐中電灯を受け取った。

「すみません」

呟いて、彼は顔を背けた。

造作ないことだった。強い白色光に、衣類のようなものが浮かび上がった。背広の袖だ。私も上着の袖をまくり、石室のなかへ手を突っ込んだ。手探りで摑んで、動かしてみる。それはカサカサと音をたてた。

頭髪が見えた。その下に、白い骨も。ぽっかりと空いた眼窩《がんか》だ。

寒さのせいか、腐臭は感じない。埃っぽいだけだ。遺体は半ばミイラ化しているように見えた。体格の見当はつきにくいが、御厨尚憲は骨太な人ではなかったようだ。袖をめくって覗いた腕の骨は華奢だった。

「あったねえ」と、マスターが言った。

広大な墓地の、こんな隅っこだ。羽田光昭と早川多恵のほかには、参る人もいない墓所だ。誰にも気づかれまい。深夜なら、遺体を背負ってこっそりここまで来ることも、さして難しくはなかったろう。

羽田光昭は、人生の幕引きに、自分と共に間違った道を歩んできた相棒を、自分が閉じ込められてきた場所に葬った。

マスターに懐中電灯を預けて、私は携帯電話を取り出し、手早く数枚の写真を撮った。それを坂本君の携帯メールアドレスに送った。

立ったまま、ゆっくりと五十数えた。それから彼の携帯電話にかけた。

コール音が鳴って、すぐやんだ。

「坂本君、杉村だ」

真っ暗な墓所を、北風が吹き抜ける。雑木林がざわめいて闇をかき乱す。

「御厨の遺体を見つけたよ」

メールを見てくれと、私は言った。

「君の目で確かめてくれ。そしたら投降するんだ。こんなことを続ける意味はない」

返事はない。かすかに息づかいが聞こえる。それとも風の音に過ぎないか。

「聞こえてるんだろ？」

坂本君の声はかすれていた。「今、どこにいるんですか」

「羽田光昭の家族が眠っている墓地だよ。骨壺を収める石室のなかに、御厨の遺体が入っていた。写真を見てごらん」

「どうやって――」

「この前、一緒に早川さんを訪ねたときから見当はついてたんだ。あのとき確認しておけばよかったな」

すまないと、私は言った。

「全部、暴露しなくちゃいけないんだ」と、坂本君は言った。

「ああ、そうだ」

「死んでたって許しちゃいけない」

「ああ、そうだ」

「羽田のじいさんは、葛原って人にも同じことをしたじゃないか」

「ああ、そうだ」

「全部ぶちまけなくちゃいけないんだ！」

坂本君が叫んだ。

「放っておいちゃいけないんだ！　根絶やしにしなくっちゃ！」

彼が泣いていると、私にはわかった。

「人質を解放して、バスから降りなさい。もう終わったんだ」

羽田光昭の呪いは解けた。あの老人が、贖罪《しょくざい》と祝福のつもりで残していった呪いだ。金という呪いだ。

坂本君の息づかいが荒くなった。

「全部ひっくり返して、ぶちまけるんだ。本当に悪い奴を引きずり出すんだ。汚水溜なんだから、底まできれいにするんだ」

子供の喧嘩のように、しゃにむに言う。

「逃がしちゃったら、また同じことになる。誰かがまた汚水溜に落ちるんだ」

「わかってるよ」と、私は言った。「株式会社ミヤマのスターターファイルを見た」

坂本君は息を呑んだように黙った。

「杉村さん」

俺も同類だと、彼は言った。

「俺も詐欺師だよ」

「君は被害者だ。騙されたんだよ」

「――金が欲しかったんだ」

「ああ、わかってる」

サークルの先輩から誘われたときには、彼は心を動かさなかった。彼がついよろけてしまったのは、バスジャックの最中に、羽田光昭から慰謝料の話を聞かされたからだ。

絵に描いた餅だった。だが、切実に人生をやり直す機会を求めていた坂本君には、そのための金を欲していた彼には、甘美な夢に聞こえた。もし本当に慰謝料がもらえるのならと、彼の心は震えた。

そして〈暮木老人〉は死に、一文無しだったとわかった。あの時点では、それは正しい情報だった。

一度は夢を見てしまった坂本君は、どれほど落胆しただろう。やっぱり嘘だったのか。あのじいさんは金持ちじゃなかった。本来ならもっともカッコつけてみせるべき場面なのに、前野嬢にさえもそうこぼしてしまうほど、坂本君はがっかりしていたのだ。

金があったらなあ。漠然と思っているだけだったなら、彼は惑わされなかったろう。だが、一度降って湧いた甘い夢を味わってしまったがために、彼の心の防御は弱くなった。

「杉村さん、俺」

「うん」

「斉木《さいき》さんまで誘っちゃったんだよ」

「どんな人だい」

「清掃会社の上司だよ。俺にはずっとよくしてくれた」

彼が窃盗の濡れ衣を着せられたときも、かばってくれた人物だ。

「いい話です、絶対に儲かりますからって、俺、斉木さんに言ったんだ。あの人、笑ってた。俺が食い下がると、だんだん困った顔になっちゃってさ」

坂本君は泣き笑いをしている。自分を嘲っている。

「手っ取り早く報奨金をもらうには、誰か知り合いを連れてくるのがいちばんいいって言われたんだ。友達を誘って会員にすれば、それだけで分け前がもらえるんだよ」

だから俺、斉木さんまで誘ったんだ――

「あんないい人を、俺、騙そうとした」

「騙そうという意図があったわけじゃ」

「騙そうとしたんだ！」

バスのなかで興奮し、携帯電話を手に泣き叫ぶ彼に、人質は怯えているだろう。警察が突入を決めるかもしれない。私は息を整え、精一杯やわらかな声を出した。

「坂本君、投降しよう」

死んじゃいけない、と言った。

「そのつもりなんだろ？」

返事はない。

「いけないよ。死んで終わりにしようなんて、いけない。それこそ羽田光昭と同じ轍《てつ》を踏むことになる。暮木のおじいさんは間違っていた。君、そう言ってたじゃないか」

震える囁きが聞こえてきた。「俺なんか、もうおしまいだ」

「おしまいじゃない。まだやり直せる。どんな場所からだって、人生はやり直せる」

私は足立則生の顔を思い浮かべていた。中学生の配達仲間から、パーティならクラッカーを買って行きなよと勧められたと、弾むような彼のメールの文字を思い浮かべていた。

「みんな心配してる。我々だけじゃない。君のご家族も、君が帰ってくるのを待ってる。後のことは警察に任せよう。遺体が出たんだから、御厨の正体を突き止めてくれる」

坂本君が何か言った。泣き声だ。

「すみません」

謝っているのだ。

「俺のせいで、全部台無しだ。みんな捕まっちゃう」

「それはどうかな。僕らは慰謝料をもらったことを黙ってただけだよ」

「迫田さんの金も取り上げられちゃうだろ」

「みんなで支えよう」私は言った。「人質仲間のみんながね、我々がどうするべきか、私に一任してくれた。君を助けたいからだ。金より、君の命が大事だからだ」

「俺なんかのために」

「仲間だからさ」

ごめんよ——と、私は言った。「ミヤマのこと、もっと早く気づいてあげるべきだった。君は一人で抱え込んでたんだな」

「だって、俺の責任だ」

「君はまだ若いんだ。ひよっこじゃないか。世間のことをよく知らない。落とし穴に落ちることだっててあるさ」

石室の前にしゃがみ込んだまま、マスターがうんうんとうなずいている。

「メイちゃんが泣いてるよ」

卑怯《ひきよう》な台詞かもしれない。

「これ以上、彼女を泣かせちゃいけない」

はい——と、聞こえた。

「じゃ、電話を切るよ。すぐ山藤警部に連絡しなさい。ほかのみんなは海風警察署にいる」

「今はここにいます」と、坂本君は言った。「さっき、バスのそばまで来ました」

「そうか……」

「ケイちゃん駄目だよって、あいつ言ってた。降りてきなよって泣いてました」

「メイちゃんの言うとおりだ。できるよな？」

また、はい——と応じたようだ。私は携帯電話をおろした。坂本君が先に切った。

「ここで待ちますか」

寒さに顔を白くして、早川良夫が言った。

「現場保存のためには、ここにいなくちゃいけないかな」

「せめて車に戻りましょうか。ニュースも聴きたいし」

三人で来た道を戻った。夜の闇の底を、おんぼろベンツを目指して戻った。

「おふくろ、警察にしぼられるでしょうか」

「そんなことにならないよう、私がしっかり説明します」

マスターがエンジンをかけ、車のヒーターを入れた。三人の身体が温まりきらないうちに、ラジオが坂本君の投降を報じた。

彼も、人質も無事だった。

13

私のクリスマスと正月は、静かで寂しいものになった。

暇ではなかった。連日のように海風警察署へ通って事情聴取を受けていたし、御厨の遺体発見現場へも、県警の捜査官たちと一緒にもう一度出向いた。

坂本君を除く人質仲間には、海風警察署でよく会った。意図的なのだろうが、微妙に時間をずらして呼ばれるので、廊下やロビーですれ違う。だが、互いの事情聴取が終わるのを待ち、警察署の外で話をする分には、特に咎められることはなかった。携帯電話に残っていたメールのデータを供出すると、ケータイそのものは取り上げられなかったから、連絡も自由に取り合うことができた。

最も早くお役御免になったのは、園田瑛子である。彼女は私にすべてを一任しており、自身の目で〈慰謝料〉を見ることとさえなかったのだから、これは妥当な処置だろう。次が田中雄一郎氏と柴野運転手で、二人の事情聴取は年内で終わった。人質組で年越しになったのは、私と前野嬢と迫田母子だ。

早川母子とは、一度も遭遇していない。早川多恵の事情聴取は、彼女の地元で行われている。足が弱っている彼女のためには優しい措置だが、その分、近隣の人びとの好奇の目にさらされることになる。痛し痒《かゆ》しだが、今さら私が文句を言える筋合いではない。

「警察に留められないだけでも有り難いです」

早川良夫はそう言っていた。彼は慎重で、私にはけっして直接連絡を取らず、〈睡蓮〉のマスターに伝言を残す形で近況を報せてくれる。私もマスターを通してこちらの皆の様子を報せて返すように心がけた。

山藤警部は、我々に対するスタンスを少し変えた。強面《こわもて》になったわけではないし、大きな声を出すこともなかったが、冷ややかになったと言えばいいか。

前野嬢はこれを評して、「警部さん、気を悪くしてるんですよ」と言った。「あたしたちが大事なことを隠してたから」

今となっては、隠すことは（ごく一部しか）残っていないので、私は素直に事情聴取を受けた。ときどき坂本君の様子を尋ねてみたが、具体的なことは教えてもらえなかった。

あの夜、坂本君の投降が報じられた時点で、私は義父に連絡をとった。本日ただ今この瞬間に、私の退職願を収めてくれるよう頼んだのだ。義父は理由を問わなかった。

——わかった、そうしよう。

——ありがとうございます。こんな形になって、本当に申し訳ありません。

何度目かの取り調べのとき、私が辞職したことを口にすると、山藤警部は何とも素朴に驚きを顔に出した。

「ああ、だから今回は広報課の人が来なかったんですね」

「もう彼らに迷惑をかけられません」

「不思議に思ってたんですよ。杉村さんには、真っ先に弁護士が飛んできそうなもんだと思っていたし」

今回の件で弁護士を連れてきたのは、田中氏だけである。地元の商工会議所の斡旋《あっせん》だそうだ。もっとも、大して奮戦してもらう必要はなかった。現実問題として、我々人質仲間は犯罪に加担したわけではない。被害者が加害者の意思に基づいて慰謝料の支払いを受けただけのことだ。加害者が既に死亡していたから、いったい誰が慰謝料を手配してくれたのか、気になったから調べただけだ。受け取った金額によっては贈与税か一時所得の申告が必要になるだろうが、それだけだ。あの金が、たとえばバスジャックの際に〈暮木老人〉がバス会社から脅し取ったものであり、我々もそうと知りながら受け取ったというのであれば立派な犯罪だが、事実は違う。

早川多恵は、羽田光昭の共犯者ではない。彼の〈贖罪〉とバスジャックの計画を聞かされていたが、計画の実行を手伝ってはいない。彼女は一度、羽田光昭に同道して日商フロンティア協会の被害者の会に出席した。そして彼の死後、彼に頼まれたとおりに、預かっていた金を送った。やったことはそれだけだ。羽田光昭が本気でバスジャックを起こすのかどうか、早川多恵にはわからなかった。そんな共犯者がいるものか。

老女が共犯者でなかったなら、彼女の存在を隠していた我々も、犯罪者をかばったわけではない。〈御厨尚憲〉の遺体発見については、私はあくまでも「ヤマ勘があたっただけだ」と主張した。一刻も早く坂本君を投降させたかった。事情を知らず、管轄も違う畑中前原の地元警察に通報したところで、いたずらに時間を食うだけだ。自分の目で確かめた方が早いと思った。羽田家の墓所のことを思いついたのも本当にただの勘で、外れていたらほかにはあてがなかった。そもそもそれ以前に、御厨という人物の実在にも、その死にも、我々は確証がなかった。あったのは、早川多恵の言葉だけだ。

早川多恵も、遺体発見の経緯については、私があのとき言い聞かせたとおりに証言してくれており、我々の言い分に食い違いは生じていない。ただ老女は、御厨殺害への関与については厳しく追及されているらしく、残念ながらこの点に関しては、我々人質仲間にはどうすることもできなかった。老女の話を聞く限り、羽田光昭という男が幼なじみの女性に殺人を手伝わせるなんてあり得ないと、意見を言うのがせいぜいだった。

「当日のあなたの行動を裏付けるために、奥さんからもお話を聞いたんですが」

山藤警部は、ちょっと小声になって言った。「お子さんを連れて、ずっと実家にいるそうですね」

「別に、今回のことで揉めているわけじゃありません」

私が苦笑すると、警部は困ったように鼻筋を掻いた。

「またいろいろ騒がれるので、万が一のことがあっちゃいけませんから、避難させているんです」

年末年始のテレビは、能天気なバラエティ番組で埋め尽くされる。ニュース番組も一年を回顧する内容のものになるので、坂本君のバスジャックについての報道の量は、羽田光昭のときよりもずっと少なかった。

だが、ネット上では事情が違った。九月のバスジャック事件の人質の一人が今度は犯人になり、そこに〈慰謝料〉がからんでいた。実際に、我々人質には大金が支払われていた。本当に金が動いていた。その事実が、一部の人びとの憤激を買ったらしい。

あいつら、上手いこと大金をせしめていた。許せない――。一途にそう怒る人びとは、慰謝料を寄付して、手元に残していない人質もいるという事実をまったく無視していた。誰かがそれを指摘してくれても、一時でも〈不当な利得〉を受けていた以上、薄汚い欲張りだと決めつける声が高くなるだけだ。

ネット上で攻撃されるだけならまだ我慢のしようがあるが、田中氏も前野嬢もいわゆる〈電凸《でんとつ》〉をかけられたり、前野嬢は外出する姿を動画に撮られて、それをネットで流されたりしている。嫌らしいいたずら電話や脅迫メールはひっきりなしで、結局は彼女も一時的に自宅を離れ、東京の親戚のところへ身を寄せる羽目になった。

〈世の中には、こんなにも悪意が満ち溢れているんですね〉

彼女から来たメールの文面が泣いているように、私には見えた。

汚いボロ儲けをしやがってと、我々に悪罵を投げつけてくるのは、ごくごく限られた人びとであるはずだ。だが、匿名の情報の巨大な集積場であるネット社会では、十人の常識人の発言を、たった一人の煽動者《せんどう》が簡単に打ち消してしまうことができる。

「殺人事件の被害者の遺族が加害者に賠償を求めただけで、そんなに金が欲しいのかって詰られるようなご時世だからね」

ため息混じりに、マスターが言っていた。「金が敵《かたき》の世の中なんだよ」

柴野運転手はバス会社を休職している。営業所にも本社にも、抗議の電話やメールやファクスが殺到したからだ。その大部分が、彼女が九月のバスジャックの共犯者で、死亡した犯人とグルになってバス会社から身代金を奪ったのだと誤解している内容だった。

たまりかねた本社がホームページで事実関係を説明しても、焼け石に水だった。年明けには、我々人質も全員が最初からグルだったという〈真相〉が、もっともらしく流布されるようになってしまった。

事件の報道の量が少なかったことが裏目に出た格好だ。こうなるともう、時間が経ってほとぼりが冷め、デタラメな〈真相〉を言いたてる煽動者が飽きてくれるのを待つしかなくなった。

それでも、坂本君も九月の事件ではグルだったが、良心の呵責《かしやく》に耐えかねて、事の真相を暴露するべく二度目のバスジャックを起こしたのだ、警察がこれらの事情を隠しているのは、九月の事件の捜査に遺漏があったことを認めたくないからである——というバージョンアップした〈真相〉に出くわしたときには、五秒間ほど笑い、次の五秒で記者会見を開くことを夢想した。ただの夢想だ。すぐにやめた。

こうした流れのなかでは、当然のことながら、迫田母子がもっとも激しい攻撃を受けた。この攻撃には日商フロンティア協会の元会員たちも、少数ながら加勢していた。母子が、自分たちだけ被害を回復し、他の日商の被害者たちには黙っていたことが許せないのだという。「同じ立場だったら、自分も同じようにする」と、迫田母子を擁護する声もあがったが、いかんせん多勢に無勢だ。

事情聴取に通いながら、私はしばしば考えた。あのときの、〈杉村三郎に一任する〉という決断を、迫田美和子はどれほど後悔しているだろうか。賢明な女性のことだから、口裏を合わせて黙っていたとしても、坂本君が逮捕されるか投降すれば、すべて明らかになってしまう、それよりも自発的に事実を話した方がよかったんだと、頭ではわかっているだろう。だが頭と心は別物だ。私は、迫田母子にだけは連絡をとることができなかった。

皮肉なことに、この件で日商の被害者の会のホームページは一気に賑わったが、羽田光昭・御厨尚憲の二人組と小羽代表との関わりについて、何か新しい情報が出てくることはなかった。御厨を知っているという会員も現れない。御厨という謎の人物のことは、小羽代表から聞き出すしか手がなさそうだった。

「それにはだいぶ根気が要りますな」と、山藤警部が教えてくれた。「小羽雅次郎は、最近になってますます言動がおかしくなっているんです。息子の方は、全部親父がやったことだとほっかむりしているし」

石室に隠されていた遺体と、捜索願が出ている失踪者との照合も行っているが、まだ収穫はない。遺体を確認しにきた家族が数組いたが、半ば安堵し、半ば落胆して帰っていったそうだ。

「御厨という男も、羽田と同じく、ふっと姿を消しても、心配した誰かが捜索願を出してくれるような生活をしていなかった可能性が高いですね」

山藤警部は言って、考え込むように腕組みをした。

「私も昔、知能犯や経済犯を担当していた時期があるんですよ」

詐欺師の世界には、一種の徒弟制のようなものが残っているという。

「技術やノウハウを、ベテランが若い世代に伝えていくんです」

山藤警部がかつて扱った被疑者のなかに、〈籠抜《かごぬ》け〉専門の詐欺師がいた。人なつっこい男で、取調室でよくしゃべべったそうだ。

「特に、自分を仕込んでくれた師匠のことを、懐かしそうに語りましてね。親兄弟のことは何にもしゃべらないのに、師匠のことはぺらぺらと」

既に故人だったその〈師匠〉は、彼にとって他の誰よりも親《ちか》しい人だったのだ。

「駆け出しのころ、師匠から厳しく叩き込まれた教訓があると、教えてくれました」

――おまえの影を消せ。

実体のある人間であることをやめろ、という教えだ。

「御厨尚憲も、そういう男だったんじゃないでしょうかねえ」

死んだことでようやく、遺体という実体に戻った。

御厨の殺害時期については、遺体発見後、早々に所見が出た。四月の中旬から五月の初めごろだろうと推定されている。が、死因は判明していない。生前につけられた外傷は見当たらず、銃創もないということだけははっきりしている。

「死因はまだわからないんですが」

山藤警部はちょっと小首をかしげてから、「薬物ではないかと思われます」と言った。

「消去法でいくと、それしか残らない」

「でも、薬物なら遺体から何か出るでしょう」

「そうとは限りません。代謝の速いものもありますからね。薬と別の手段の併用という可能性もある。睡眠薬で眠らせておいて、枕で窒息させるとかね」

非力な女性に多い殺害方法だ。非力だが、しかし決然と計画的に殺人を行おうとしていた羽田光昭にもふさわしい手段だったかもしれない。

おまえを消し、おまえの影も消し、俺も消えてゆくよ、相棒。

冷ややかになった山藤警部と、質問・応答という形ではないやりとりをしたのは久しぶりだった。

私は思いきって問いかけた。

「迫田さんと娘さんは、どんな様子ですか」

警部の右眉の黒子がぴくりと動いた。「おや、あなた方は連絡を取り合っているんでしょう？」

皮肉っぽい口つきだが、目は怒っていない。

「申し訳なくて……」

「あなたは甘いなあ」

山藤警部は苦笑すると、取調室の椅子にゆったりともたれた。

「迫田美和子さんの方が、よっぽど腹が据わっていますよ」

「二人一緒に事情聴取を受けているんですか」

「あの母子をバラバラに呼び出すのは、現実問題として無理ですからね。母親の方は、自分のまわりで何が起こっているのかもわかっていないようですよ」

なおさら美和子さんは辛いだろう。

「――こうなったのも、そもそもは日商なんかに引っかかったせいだ、自業自得だ」

呟くように、警部は言った。

「自分たちのところにだけ、騙し取られた金が戻ってくるなんて、夢のような話があるわけがなかった。赤の他人を巻き込んで傷つけたり、将来のある若い人をあたら死なせてしまう羽目になるより、これでよかったと話しています」

私は目を伏せた。

「そんな言葉を聞いて、杉村さんの気が楽になるかどうかはわかりません。それが彼女の本音かどうかもわかりません。でも、この際そうやって割り切るしかないと、私は思いますがね」

警察官の言葉というより、年長者の助言のように、私には聞こえた。

「私からもひとつ訊いていいですか」

問われて、私は山藤警部の顔を見た。

「羽田光昭と迫田とよ子が、バスジャックの前に出会っていたことは、単なる偶然でしょう。数奇な偶然ですが、まああり得ないわけじゃない」

私はうなずいた。「日商にも〈クラステ海風〉にも、高齢者が多く集まっていましたからね」

「ええ。だが、羽田光昭がバスジャックを決行したその車内に迫田さんが乗り合わせていた。そっちも偶然でしょうか。羽田はなぜ、あんな形で迫田さんを巻き込んだのか」

そのことについては、私も考えていた。

「結果的にそうなってしまった偶然だと思うんですよ」

あの日、迫田さんがいつも使っている路線は、急遽運休になっていた。トラックの横転事故が起こったからだ。

「だから迫田さんは、バスジャックがあった路線に乗るために、わざわざ〈クラステ海風〉の敷地内をえっちらおっちら歩いたんです」

羽田光昭は、迫田とよ子が乗り合わさないように、彼女がいつも使っている路線を避けた。なのに、予想外の運休があって、迫田さんは彼が事を起こそうとしているバスに乗ってきた。

「羽田光昭は、その段階で思い留まることもできたはずです」と、私は言った。「突然の運休と、迫田さんの存在に、何かの兆しを感じとることができたはずだ。〈やめろ〉と。少なくとも今日はやめろと」

だが、彼はやめなかった。バスジャックを決行した。

「今やめたら、もう二度と決行できなくなると思ったのかもしれません」

勝手な想像ですが——と言い足した。

「意外とね、そんなもんなんです」警部は言った。「事件を起こす前に、何かそういうブレーキがかかる。そこで止まれるか止まれないかが、人の運命を分けてしまう。いや、そこが自分の運命を分ける瞬間であることに、気づけるか気づけないかの問題かな」

「御厨を殺すときにも、羽田老人にはそんな瞬間が訪れたでしょうか」

山藤警部は答えなかった。少し間を置いて、こう問いかけてきた。

「杉村さん、これからどうするんですか」

私はちょっと返事に詰まった。

「いつまでも無職ではいられませんから、仕事を探します」

「この不景気だ。大変ですよ」

余計な心配ですなと呟いて、警部は目をそらした。まるで、私を哀れむように。

被害妄想ではない。事実、私は平和な家庭人に哀れまれても当然の状況にあった。

菜穂子と桃子が義父の屋敷に留まっているのは、彼女たちの身体と心の安全のためだ。だが、その義父の屋敷に私が近づかないのは、なかで嵐が吹き荒れているからだった。

次から次へと警察沙汰に巻き込まれるあの男を、いい加減で今多一族から叩き出せ。

声高な糾弾は、ネット上だけでなく現実でも起こっていた。私にとって有り難いことに、その声は義父のものでも、菜穂子の兄弟たちからのものでもなかったが、その分、かえって厄介だった。以前から私に冷たい目を向けてきた親戚筋の人びとが、今回の事件を絶好の機会ととらえて、菜穂子に離婚を勧めている。

「ほとぼりが冷めれば大丈夫よ」

ネット社会の沸騰をやり過ごすのと同じだと、妻は言う。少し待っていれば、やがて温和で常識的な見解が戻ってきてくれる。

「わたしは大丈夫だから、心配しないで」

タイミングも悪かった。クリスマスも正月も、一族の人びとが集う機会だ。口うるさいおじさまやおばさまが、菜穂子のまわりに集まっている。

義父も私に電話をくれた。つまらん言い合いになるから、私がいいと言うまで家には近づくな。菜穂子と桃子とは、外で会え。当分は会社にも挨拶に行くな。

指示されたとおり、私は妻子とレストランやホテルで会い、その際に着替えなどの日用品を渡す。自分は自宅に隠れ、嫌がらせのメールや留守電のメッセージを消し、時間つぶしに掃除をし、妻の蔵書を片っ端から読んだ。新聞の求人欄には目を通さず、私を雇ってくれそうな昔の知り合いを思い出すことの方に労力を割いている。

「坂本啓については、人質になった運転手や乗客からも、同情的な声があがっています」

あそこまで追い詰められるに至った彼の心情を酌んでくれたのだという。車内の坂本君が、刃物は見せても、人質に危害を加えるそぶりは見せなかったことも大きいようだ。

「前野さんも、彼の今後を見守るつもりのようです」

だからもう心配は要らないと、山藤警部は言って、取調室の椅子から立ち上がった。これで私もお役御免のようだった。

「杉村さんは、早く自分の生活を立て直してください」

一礼して、私は取調室を出た。海風警察署を出た。北風に吹かれて、マフラーが揺れた。

もうこの土地に縁もなくなるだろう。寒さに肩をすくめて、そう思った。

縁がなくなる——

そんな言葉を、胸の内だけであっても囁いたことで、出し抜けに、私のなかに、今までなかった考えが閃いた。

私は、本当に今多一族から出ていくべきではないのか。菜穂子にそう説きつけている人たちの意見が正しくて、それに抗おうとしている私も、妻も、間違っているのではないか。

人と人を繋ぐのは縁だ。縁は生きものだ。生きて血が通っていた縁が、何かの理由で弱り、細り、ついに死んでしまったならば、その縁にはもうしがみついていてはいけないのではないか。

私と菜穂子のあいだには、別れなくてはならない理由はないはずだ。何度も心配をかけて、本当に本当に済まないけれど、彼女と結婚すると決めたときから今まで、私の気持ちは変わらない。菜穂子は私の人生の宝だ。そして今では、桃子も宝だ。

妻も、「わたしは大丈夫よ」と励ましてくれる。その言葉に嘘はないと、私は信じている。私と菜穂子と桃子の縁は、生きている。

だが、その縁をずっと生かしておくためには、よりよく生かしていくためには、私は今多一族の外の人間になった方がいいのではないか。菜穂子が大事なら、桃子が大事なら、事あるごとに親族の非難を浴び、妻子に肩身の狭い思いをさせるのは間違っている。

――あなたは悪くない。

妻は言ってくれる。つい昨日会ったときもそうだった。どの事件のときも、あなたは巻き込まれただけじゃない。あなたが悪いんじゃないのよ。

確かに私は巻き込まれた。だが、巻き込まれた後の行動を決めたのは私だ。そのとき、それが自分にとって最善であるという以上に、妻子にとって最善の手段であるかどうか考えたろうか。そうやって自分の思考や行動を吟味してきただろうか。

私は結局、妻の寛大さに甘え、妻の経済力に甘え、義父の知力に甘え、好き勝手をしてきただけではないのか。

私はそんなに我が儘《わまま》な男だったろうか。いつからこんなふうになったのだろう。何を根拠に、私は甘えてきたのだろう。

吹きつけてくる北風に、潮の匂いがかすかに混じっている。ここは海風の町なのだ。

私は自分を変えて、合わせてきた。慣れない環境に。一変した生活様式に。それが義父の命令だったから、好きだった仕事も捨てた。

故郷も捨てた。親から絶縁を言い渡され、それでも菜穂子と結婚したかったから、絶縁を受け入れた。両親は、あのときこそ私に抗ってほしかったのではないか。絶縁など受け入れられないと。だが、私はそうしなかった。実家との繋がりを断つ方が、そのときの私には楽だったからだ。

そうだ、私はまだ、重病の床についている父を見舞うことさえできないでいる。今度のことがあって、しばらく行かれなくなったと電話をしたら、兄は怒りもせず、菜穂子さんに心配をかけるなと言っただけだった。

兄姉《きょうだい》とも遠くなった。

それを私は、自分が我慢して諦めているのだと思ってきた。実は我慢でも諦めでもなく、私はただ楽な方を選んだだけだった。そのくせ、自分の我慢と諦念に、なにがしかの対価があってもいいじゃないかと、無意識に思ってきたのだ。

それが、甘えの正体だ。

風のなかで、私は一人かぶりを振った。

私の人生にも、さっき山藤警部が言っていた瞬間が訪れているのではないか。


正月が過ぎると、寒気は強くても、日一日と陽が長くなってゆくのを感じる。

私はグループ広報室を訪れた。ようやく退職の挨拶と引き継ぎをすることができる。

義父が私に、当分は会社にも行くなと命じたのは、社内にも私を快く思わない今多一族の人びとの息がかかった社員がいるからである。所属や肩書きだけではわからない、複雑な人脈が入り組んでいる。それでも解禁になったのは、少なくとも菜穂子の身辺で巻き起こっていた嵐は一応の収束を見たと、義父が判断したからだろう。

——グループ広報室で挨拶したら、あとは人事課だけで手続きは済む。

今朝方、起き抜けの時刻にかかってきた電話で、義父はてきぱきとそう言った。

——会長室には顔を出すな。一般社員の依願退職の際に、いちいち私が挨拶を受けることはない。秘書に任せれば済むことなのに、わざわざ直電してくれたのは、そちらの方を念押しするためだろう。会長室に近づくな。

さらに、義父はわずかにためらってから、こう言い足した。

——親族としての話し合いは、家でやろう。また連絡する。

グループ広報室では、三人が揃って待っていてくれた。私の顔を見ると、間野さんと野本君が椅子から立ち上がった。

「やっとお出ましね」と、園田編集長が言った。「本年最初の校了までに来てくれて助かったわよ」

事前に、三人で何か申し合わせていたのかもしれない。個人的な状況については、誰も私に尋ねなかった。

「お変わりなくて、ほっとしました」

間野さんはそう言った。

「いろいろお疲れさまでした」

野本君はそう言った。髪型が変わっていた。こざっぱりと短くなっている。

私は義父に退職願を預けた時点で、引き継ぎ用のファイルを作り始めていた。パソコン上のものは完成しており、文書のものは年明けになって家で仕上げた。

「すみません、パスワードがかかってなかったから」

野本君は、パソコン上のものは偶然発見してしまったそうで、しきりと恐縮している。

「いいんだよ、どっちにしろ君に見てもらうものなんだし」

ひととおりの引き継ぎが済むと、編集長が私を会議室に呼んだ。

「ご迷惑をかけてすみませんなんて、あたしに言わないでよ」

椅子に腰掛けながら、すぐ続けた。「あなたの辞職の理由を、みんなてんでに察してる。事実とは全然違う察し方かもしれないけど、少なくともあなたに悪いように解釈してはいないから、弁明も要らないよ」

「ありがとうございます」

「ただ、間野さんがあなたに謝ったら、そんな必要はないって言ってあげて」

彼女、責任を感じてるのよと言った。

私は察した。「私と間野さんがどうのこうのという噂があったからですね」

「知ってたのね。その噂の出所が、井手さんだけじゃないってことも知ってる？」

「はい」

編集長は短く笑った。「間野さんをうちに引っ張ったのは、菜穂子さんなのに」

園田編集長が私の妻を、「お嬢様」とか「奥様」ではなく、名前で呼ぶのは初めてだった。

「間野さんがそういう立場だからこそ、私が手を出しやすかったという説なんでしょう」

「そういうことね」

編集長は私の顔を見ず、自分の手の爪を点検するふりをして、それから小指を立てた。

「あたしもさんざん、会長のコレだって囁かれた立場だから、そういう噂の力学はわかる。杉村さんを知ってる人は、そんな噂なんか笑い飛ばしてるしさ」

私は無言で頭を下げた。

「あたしもね、今度の件の責任をとって辞めますって言ったの」

知らなかった。義父からも聞いていない。

「会長に蹴られちゃった。そのかわり、異動願は聞いてもらえた」

「――どこへ移るんですか」

「労連の事務局の専従になる」

言って、顔を上げ、園田瑛子は薄く笑った。「労連も連合広報誌を出してるのよ」

「知ってますよ。あっちの編集長のインタビューをとったことがあります」

「あら、そうだっけ」

埃を吹き飛ばすようにふっと指先に息をかけると、今度は机に頬杖をついた。

「あたしの異動は四月一日付。間野さんは今月いっぱいで辞める。野本君はゴールデンウィーク明けまでいてくれるって」

「間野さんも辞めるんですか」

「急だけど、あなたとは関係ない。三月末に、旦那が単身赴任から帰ってくるんだって。予定が早まってよかったわよ」

野本君は、五月になるとゼミが忙しくなるのだそうだ。

「バラバラね。変革のとき来《きた》るって感じかな」

良いことには必ず終わりがくるのよ、と言った。

「良いこと？」

「そうよ。だって楽しかったじゃない。いろいろあったけど、あたしたち、いいコンビだったと思わない？」

私は何も言えなかった。

「今度のことで面倒かけちゃったし。あたしの方から言うべき台詞じゃなかったか」

「いいえ、いいコンビでした」

「ど素人のあたしに編集長が務まったのは、杉村さんのおかげよ。感謝しています。ありがとう」

回転椅子をちょっと動かし、私に正対すると、園田瑛子はひとつお辞儀をして、笑顔になった。

「あたしとしては、杉村さんにとってはこの方が幸せだって思うの」

自由になったんだもの——と、言った。

「だからお別れは言わない。元気でね」

会議室を出て、間野さんと野本君としばらく話をした。もう用件は全部済んでいるのに、そうなってから名残惜しくなった。

「僕、やっぱり杉村さんが辞める必要なんて全然ないと思うんですけど」

「個人的なけじめだから」

間野さんは、編集長がこもったきりの会議室をしきりに気にしている。私は先に言った。

「さっき聞きました。ご主人が帰国されるそうですね」

「そうなんです。本来なら、きちんとお伺いして奥様にもご挨拶するべきところなのに」

「そんな固いことを言わずに、よかったらお揃いでうちに遊びに来てくださいよ。間野さんが本業に復帰するのは、家内も喜びます」

さらに何か言いたそうな間野さんは、喉につっかえているらしいもろもろを呑み込むと、大人らしくこう言った。「本当に、いろいろお心遣いをいただいてありがとうございました。ここで学んだことは、一生の財産になります」

「間野さん、やっぱ硬いなあ」

冷やかしておいて、野本君は自分の胸をひとつ叩いてみせた。「僕がしっかり編集長と間野さんを守ります。僕にとっても社会勉強になりますから」

「よろしく頼みます」

「で、送別会のことなんですけど」

「そんなのはいいよ」

「杉村さん、そう言うに決まってると思ってましたよ。だからね、四月頭に編集長が異動したら、皆さんの新生活スタート祝いってことで、まとめて宴会をやりましょう。またあの中華料理屋で。ね？」

ならばその四月までに、私も生活を固めておかねばならない。園田瑛子流に言うならば、自由の身になってからの生活を。

「うん。おかげでいい目標ができた」

二人と握手して、私は本社ビルの人事課へ回った。確認したり受け取ったりしなくてはならない書類が山積みだったが、手続きは淡々と進んで、終わった。

社名入りの大きな封筒を抱え、〈睡蓮〉に寄ろうと別館に戻ると、ロビーで意外な人物が待ち受けていた。〈氷の女王〉である。

私は立ち止まった。遠山女史の方から歩み寄ってきて、姿勢を正すとしとやかに一礼した。

「ひと言、ご挨拶をと思いまして」

私はあわてて彼女に近寄った。今多嘉親会長自身がここへ来るよりも、遠山女史がここへ来ることの方が、〈降臨する〉感が強いのは不思議な現象だ。

「ご挨拶しなくてはならないのは、私の方です。いろいろとご迷惑ばかりおかけしました」

今日も〈氷の女王〉は、かっちりとした仕立てのスーツを着ていた。この人の普段着姿を、私は想像することができない。おそらくこの人を知る社員全員がそうだろう。

「わたくしどもにも、至らないところが多々ございました。失礼をお許しください」

遠山女史は真っ直ぐに私の目を見た。

「どうぞお元気で。お幸せをお祈りしております」

「ありがとうございます」

礼を返し、私は思わず言った。「義父を――よろしくお願いいたします」

〈氷の女王〉は微笑した。私はそんな微笑を初めて見た。彼女がその通り名を戴く所以となった、あの冷ややかな笑みではなかった。

「しっかりお仕えして参ります」

遠山女史は私の横を通り、ロビーから出ていった。歩いているときも姿勢が正しい。

「いいねえ」

驚いて振り返ると、〈睡蓮〉のマスターがすぐそばにいて、軽く手を打ち合わせていた。

「義父をよろしくなんて、婿さんらしい挨拶だよ。上出来、上出来」

「そんなつもりじゃ――」

「つもりがなくたって、これからはそうならなくちゃいけないんだよ。今までの杉村さんには平社員っていう属性もついてたけど、これからはただの娘婿だ。今多家の一員だ。遠山さんとの距離感も変わって当然だ」

いつも姿勢の正しい〈氷の女王〉と、私の距離。

「そのへんのところを、あの人もきちんと線引きしておきたかったんじゃないの。頭のいい人だからね」

だから、杉村さんの挨拶はあれでよかったんだと、マスターは言った。「遠山さんも嬉しそうだったじゃねえか」

私にはよくわからない。ただ、園田瑛子の言うように、私は完全に〈自由〉になったのだと喜んでばかりはいられないような気がしてきた。

「あの人、会長さんの秘書になって以来、まったく酒を飲まなくなったんだ。若いころは酒豪で鳴らした女番長だったんだけどね」

知らなかった。

「いろいろ武勇伝もあるんだってさ。けど、もう二十年以上も一滴も飲んでない。そういう人なんだ」

言って、さてさてと、マスターは今度は両手を擦り合わせた。「手続き、済んだんだね。晴れて無職になったんだ」

寂しくなるなあ、と言った。

「杉村さん、次の仕事はもうあてがあるの？」

「まだちょっと」

ふうんとうなずいて、マスターは自分の店の看板に目をやった。

「ここさ、今年の七月に賃貸契約の更新が来るんだよね。ずっと同じとこにいて飽きてきちまったし、俺もどっかへ移ろうかと思ってるの」

そして、私にニッと笑いかけた。

「杉村さんの次の勤め先の近所に行こうかなあ。うちの日替わりランチ、食いたいだろ？　ホットサンドも恋しくなるよ」

私もマスターに笑みを返した。「そのお気持ちだけで、充分有り難いです」

我々は握手を交わした。

「最後の最後になって面倒に巻き込んじゃって、すみませんでした」

「ちっとも面倒じゃなかったよ」

にわかに、胸を衝かれるように、私は寂しくて、寂しくて、立ち去り難くなった。

「そういえば、杉村さんにちゃんと名乗ってなかったような気がするんだけど」

言われてみればそうだ。いつも〈マスター〉で通っていた。

「水田大造《みずたたいぞう》っていうんだよ。これ名刺」

よろしくねと、マスターはぽんと私の肩を叩いた。サヨナラではなく、よろしく、と。


一人で住んでいると、広いマンションは、どんなに暖房を効かせていても肌寒い。兄と電話で話しながら、気がついたらソファで足を縮めていた。

実家の父は入院先が決まった。県内で評判のいいところで、すぐ手術することも決まった。ずるずると延期になっていたが、もろもろに一区切りがついた今、私はすぐにも見舞いに行きたかった。

「いきなり、おまえ一人で行くのも何だろう。親父はともかく、おふくろがまた余計な意地を張るだろうし」

今度の日曜に、兄夫婦と同道することになった。

「会社を辞めたことは、まだ親父には伏せとけ。次の仕事を見つけて、落ち着いたころに、実はって感じでさらっと言えばいいさ」

兄にこんなふうに気を使わせる、私は厄介な弟だ。

「菜穂子さんは、まだ実家なのか」

さらに気を使っている声音で、兄は訊きにくそうに訊いた。

「うん。そろそろ戻っても大丈夫だと思うんだけど、今の世の中は物騒だからね」

兄は何か言いかけたことをやめて、ちょっと黙った。それから突拍子もないことを言い出した。

「おまえ、いっぺん家族で神社へ行って、お祓いしてもらえよ」

「へ？」

「前の家も、新築早々に離れることになっちまったろ？　今度だってそうだ。またバラバラに暮らす羽目になってさ。引っ越すとき、ちゃんと方位を見てもらったか？」

私は笑った。「古風なこと言うね」

「現に次から次へと事件に巻き込まれてるんだから、笑い事じゃない。何か普通じゃない出来事があったときは、きりをつけるためにも、お祓いってのは大切なんだ」

わかったよと、私は言った。兄は、戸締まりに気をつけて寝ろと、まるで年頃の女の子に言うようなことを言った。考えてみれば、私が疎遠にしていた年月のなかで、兄の子供は本当に年頃になっているはずだった。

受話器を置き、言われたとおりに戸締まりを確認してから風呂に入ろうと立ち上がったら、携帯電話が鳴った。

私は目を疑った。着信表示に〈井手正男〉とある。

反射的に時計を見た。午後八時半を回ったところだ。

「杉村ですが」

電話の向こうから、荒い息づかいが聞こえてきた。とっさに、井手さんまた酔っ払ってるなと思った。

「——すぐ来てくれ」

今度は耳を疑った。何を言ってるんだ？

「井手さんですよね？」

「そうだよ。セクハラ男の井手正男だ。あんたにパワハラされた井手正男だよ」

やっぱり酔っている。電話をかけてきて絡むなんて、子供じみている。

「どうしたんですか」

「俺はどうもしてない。ともかくすぐ来い」

ひどく性急で、呂律《ろれつ》が怪しい。

「どこで飲んでるんです？　また飲酒運転でとっつかまりでもしたんですか」

「うるさい！」

私は驚いて携帯電話を遠ざけた。井手さんの怒声のせいではない。その声が悲鳴のように聞こえたからだ。

「早く来てくれよ」

一転して懇願する声音になった。

「俺一人じゃどうしようもないんだ。手を貸してくれ」

「――何に、どう手を貸すんですか」

「森さんの家だ」

私は携帯電話を握り直した。「森さんがどうかしたんですか？」

「来りゃわかる」

私は間違っていた。井手正男は酔っているのではない。動転しているのだ。

「何があったんです」

「電話じゃ言えない」

言っても信じないと、彼は泣くような声を出した。

「俺のためじゃない。森さんのためなんだ」

「緊急事態なら、私よりもっと――」

「そんなことできるか！　ほかに誰か頼めるなら、おまえになんか頼らないよ」

強気のくせに、声は泣いている。

「頼む。早く来てくれ」

あんた一人だけで、という。

「ほかの誰にも報せるな。森さんのためなんだ。車で来いよ。タクシーは駄目だ。あんた、車持ってるだろ」

「ええ」

「場所はわかるよな？　閣下の家には何度も来てるんだろ。門灯を点けとくから」

「井手さん」私は強い声を出した。「何が起きてるのか知りませんが、森さんのためというだけじゃ、のこのこ出かけて行くわけにはいきません。あなたと私の間にそれほどの信頼関係があるわけじゃないのは、あなたがいちばんよく知っているはずだ」

「──面倒なことになるぞ」

再度、私は耳を疑った。

「今、何て言いました？」

「俺の言う通りにしなかったら、あんた、大変なことになるって言ってるんだ」

私は脅されているらしい。

「何がどう大変になるんですか」

井手さんは少し黙った。呼気が荒いままだ。

「スキャンダルは困るだろ」

意味がわからない。スキャンダル？　誰の？

「私は──」

「あんたのじゃない。だけど、あんたにとっても重大なスキャンダルだ。そこまで言えばわかるか」

私はまた携帯電話を耳から遠ざけ、液晶画面の表示を見つめた。井手正男。かつての森閣下の側近。今はただの孤独な酔っ払い男。

「井手さん。あなたにどんな屈託があるのか知らないが、その腹いせに会長を貶めようというのなら、私にも考えが」

「会長じゃない」

吐き捨てるような口調だった。

「あんたの大事な奥さんだ。会長のお嬢様だ」

私の周囲から音が消えた。エアコンの静かな作動音も、時計の針の動く音も。

「菜穂子が何をしたって言うんです」

「それを知りたきゃ、俺の言う通りにすることだ」

一方的に、電話は切れた。

私の大事な妻。義父の大事な一人娘。

その菜穂子が何をした？


九月のあの日から半年も経っていないのに、森家の前庭は荒れたように見えた。門灯の明かりの輪のなかに、枯れた植木鉢が転がっている。

チャイムを鳴らすと、内側で見張っていたのか、すぐに井手正男がドアを開けた。ノーネクタイのスーツ姿で、上着は肩から羽織っているだけだ。もう右腕を吊ってはいないが、サポーターを付けているか包帯を巻いているらしく、シャツの袖がそこだけぱんぱんになっている。

「車で来たな？」

私は無言で、車寄せに駐めたボルボを示した。

「入れよ」

私が玄関ホールに足を踏み入れると、井手正男はすぐにドアを閉め、鍵をかけた。さらに門灯を消した。

室内はほの暗い。廊下と、二階へあがる階段の明かりが点いているだけなのだ。暖房も効いておらず、冷気がしんと身に染みた。

「森さんはどちらですか。ご無事なんでしょうね」

井手正男は私を睨みつけた。目が血走り、目尻が赤くなっている。

「二階の寝室だよ」

言って、先にたって階段をあがり始めた。

この家を訪問して、二階にあがったことはない。今が初めてだ。廊下の左右にドアが並んでいる。森氏が、もう少しこぢんまりした家でよかった、誰もいない部屋ばかり並んでいて寂しいと言っていたことを思い出した。

突き当たりのドアが開けたままになっており、室内のどこかで明かりが点いていた。井手正男はそこに向かうと、ドアの脇で足を止め、壁に寄って私を促した。

「オヤジはここにいるよ」

井手さんは、森氏を〈オヤジ〉と呼んでいるのか。彼にとっては、森氏の通称は〈閣下〉ではないのだ。

板張りの廊下から、絨毯《じゅうたん》敷きの寝室に一歩踏み込んだだけで、私は立ちすくんだ。

ツインベッドの窓際の方に、仰向けに、胸元まで毛布をかけて、女性が横たわっている。光源はその枕元のスタンドだった。

女性は眠っているように見える。毛布の下で、きちんと胸の上に手を組み合わせている。写真でしか顔を知らないが、森夫人だとわかった。

スタンドの脇には電話機の子機があった。小さな花瓶に花も活けてある。

「夫人は、亡くなっているんですか」

〈クラステ海風〉に入ってからも、状況が許せばまめに外泊——帰宅させていると、森氏は話していた。家内が家に帰りたがるのでね。

広い寝室だ。スタンドの明かりの輪は小さい。夫人の側のベッドを照らすだけで、部屋の隅々までには届かない。

「森さんはどこですか」

ようやく足を踏み出し、私は気づいた。ドアの右手の壁一面にしつらえられたクロゼットの扉の前に、誰かが座り込んでいる。

目をやり、目を凝らし、それが誰でどういう状態なのかわかるまで、私の心臓は止まっていたと思う。

森信宏氏だった。閣下がそこにいた。糊の利いた白いワイシャツに、スーツを着てベルトを締めている。背中を折り戸式のクロゼットの扉にもたせかけているが、ただ座っているにしてはあまりにも不自然な姿勢だった。

クロゼットの引き手からぶらさがっている。引き手にしっかりと縛りつけたネクタイを首に巻きつけて。

顎を引き、目を閉じていた。両手は身体の脇に垂れている。

こういう姿勢でも充分に気管が圧迫され、呼吸が止まって縊死《いし》できるものだと、推理小説で読んだことがあった。

「自殺したんだ」

息がかかるほど近くに、井手正男がいた。食い入るように森氏を見ている。スタンドの温かく淡い光に、彼の目尻が濡れていることがわかった。

「心中したということですか」

「オヤジは奥さんを連れていったんだ」

井手正男は喉声で言った。彼がよろめいて、我々の肩と肩がぶつかった。

「今の家内はもうただの抜け殻だ、本当の家内はとっくに死んでしまったって、よくそう言っていた」

私も、似たような言葉を聞いた覚えがある。昔の家内が、今の家内の身体のなかに閉じ込められて泣いている、と。

「遺書があるんですね」

井手正男はうなずいた。「リビングのコーヒーテーブルの上に」

「井手さんは、なぜ今日ここに」

彼の声が詰まった。「社長室付になってから、二、三日に一度はオヤジに電話してたんだ。様子を聞かせろって言われたから。オヤジは、俺がしゃんと立ち直るのを見たいって」

「だから今日も？」

「昼過ぎから、何度電話しても出なかった」

おかしいと思った、と言った。

「一昨日の夜に話したとき、やたらに昔話をして、何となく寂しそうだったし」

まさかと疑い、よもやと思って、終業するとすぐに訪ねてきたのだ。

「俺が見つけたとき、オヤジはまだ身体に温もりが残ってた」

「何時ごろです？」

「あんたに電話するちょっと前だよ」

私は胴震いをした。それで身体を動かせるようになった。

「井手さん、何かに触りましたか」

「何でそんなこと訊くんだ」

「奥さんは確かに亡くなっていますか」

「自分で確かめてみろ」

私はベッドに歩み寄り、スタンドの光のなかに入った。指先を森夫人の鼻先に近づける。息はなかった。

そっと毛布の襟元をめくってみると、首筋が見えた。ぐるりと赤い痕が残っていた。

森氏はたぶん、夫人の首を絞めたネクタイを使い、自分も縊死したのだろう。

「警察に通報しましょう」

私が携帯電話を取り出すと、井手正男は猫のように素早く近寄ってくると、左手を使って叩き落とした。

「何するんです」

「通報なんかしてたまるか」

こんなの駄目なんだ、と言った。喉声が裏返り、口元がわなないていた。

「こんなの、認められるかよ」

むずかる子供のようだった。

「オヤジの最期が、こんな様《ざま》であってたまるか。森閣下だぞ。こんな死に方をしちゃいけないんだ」

私は彼の顔を見た。井手正男は泣いていた。

「だからって、どうするっていうんです」

私は声を強めた。

「どんな最期であろうと、森さんがご自身で決断して選んだ道だ。こんな様だなんて言い方をしちゃいけない」

「おまえなんかに何がわかるか！」

叫んで、また左手で私の襟首をつかんだ。思いがけず強い力で揺さぶった。

「おまえなんかにわかるもんか！　おまえなんかにオヤジの気持ちが」

「あなたにはわかるというんですか。じゃあ、森さんは何を望んでいたというんです」

「遺体を隠す」

私は目を瞠った。もう揺さぶられてはいなかったが、それでも揺れていた。私をつかまえている井手さんが震えているからだ。

「どこかに隠して、遺書も隠して、部屋を片付けて、何もなかったようにするんだよ。オヤジがこんな死に方をしたことが誰にもわからないように」

誰にも知られないように――と、彼は震えながら繰り返した。

「オヤジは敵が多かった。みんな、ろくでもない連中だ。無能で我欲ばっかり強い、オヤジの足元にも及ばない連中だ」

私もその一員であるかのように、軽蔑も露わに、彼は私を突き放した。

「俺はよく知ってる。ああいう連中がオヤジのこんな最期を知ったら、大喜びするだろうさ。惨《みじ》めなもんだって笑うだろうよ。気の毒だって、哀れむかもしれない。俺はそんなの、絶対に許さない」

「井手さん」

この男は完全に理性を失っている。

「遺体を隠して取り繕って、それでどうなるというんです。森さんも夫人も、安らかに眠れないだけじゃありませんか」

「つべこべ言わずに手伝え！」

怒声ばかりは威勢がいいが、顔は蒼白で、むしろ怯えている。

「一人で、やれるんだったら」

おまえなんかに頼むかと、呻くように言って、井手さんは両手で頭を抱え、その場に座り込んだ。

「俺は、こんな腕じゃ、一人でオヤジを動かすこともできないんだよ。車もない。オヤジを連れ出してやることができないんだ」

飲酒運転で事故を起こし、怪我をして、免停になった。今の井手正男には何もできない。

「お二人の遺体を動かすことも、どこかへ運ぶ必要もありません」

立ったまま彼を見おろし、私は言った。

「このまま静かに旅立たせてあげましょう。こうなる前に止めることができたなら、それがベストだった。でも、もう間に合わない。それなら、ご夫妻の亡骸《なきがら》に礼を尽くすのが残された者の務めです」

井手正男は手で顔を覆った。私がその肩に手を置くと、身を強張らせて振り払った。

「おまえらのせいだ」

あんな本なんか作るからだ、と言った。

「記念になったって、オヤジは言ってた」

私もその言葉を聞いた。打ち上げは楽しかった。森氏はよく語り、よく笑った。思い返せば、ほとんどが夫人の話か、夫人との思い出話だった。

「残念に思います」

井手正男は顔を伏せたまま、身をもがくようにして上着のポケットを探ろうとした。不自由な動きに、上着が脱げてしまった。

「何をするんです」

「ほかの誰かに頼むんだよ」

左手で不器用に携帯電話を取り出した。

「誰を呼びつけたって、事態は変わりません。みんな私と同じことを言うだけですよ」

私も彼のそばにしゃがみこんだ。

「森さんの最期は、惨めでも哀れでもない。残念きわまりないですが、森さんが選択した道です。それを哀れに思うのは、思う方が間違っている」

井手さんの手から携帯電話が落ちた。拾って、また取り落とした。

「遺体を隠し、事実を隠そうというのは、ほかの誰よりも先に、あなたが森さんのこの姿を惨めで哀れだと思っているからだ」

井手正男の手の動きが止まった。獣のように爪をたてて携帯電話を掴んでいる。そのままゆっくりと首をねじり、私を見た。

「よくもそんなことを」

「私に腹を立てるなら、いくらでもどうぞ。殴ってもかまいません」

またひと筋の涙が、彼の頬を伝った。

「森さんは、あなたが立ち直るのを見たいとおっしゃっていたんでしょう」

井手さんは携帯電話から手を離した。電話は厚い絨毯の上に音もなく落ちた。

「俺宛の、遺書は、なかったんだ」

彼の目からぼろぼろと涙が落ちた。

「そんな必要はなかったんでしょう。森さんは、あなたが立ち直ると信じていた。自分がそう願っているのだから、あなたが聞き届けてくれると信じていた」

それが遺言ですと、私は言った。

「『オヤジの遺言』を果たしなさい。それができるのはあなただけだ、井手さん」

私は腰を上げ、彼の膝をまたいで広いスペースに出た。

「警察に通報します。それともあなたが電話しますか」

寝室の両端で、森信宏氏とかつての彼の側近は、点対称のように同じ姿勢をとっていた。壁にもたれ、尻を落として、首をうなだれている。

「俺が一一〇番するよ」

私は無言でうなずいた。

「あんた、いつもそうだな」

うなだれたまま、井手正男は言った。「きれい事ばっかり言って」

私はコートを着たままだった。それでも冷気を感じた。足の裏から伝わってくる。

「すまし顔してたって、本性は見え見えだ。能力もない、資格もないのに、あんたが今多グループの中枢に居座っていられるのは、要するに色仕掛けじゃねえか。会長の娘をたらしこんだからだ」

既に亡骸ではあっても、私は森氏の前でこんな言葉を聞きたくなかった。

「森さんも、あなたと同じ意見でしたか」

井手正男は顔を上げた。まばたきすると、ベッド越しにクロゼットの方に目をやった。

「――みっともないことを言うなって、叱られたよ」

寝室の闇のなかで、森氏の亡骸のシルエットはひときわ暗い。

「オヤジはあんたを気に入ってたんだ。あんた、大した人たらしだ」

「森さんは、菜穂子を気に入っておられたんです。彼女の娘時代からよく知っていた」

井手正男は聞いていない。

「浅ましい真似をするなって叱られたよ。菜穂子さんを巻き込むなって」

森氏にそんなふうに諌められる、井手正男は何をしたのか。私の菜穂子は何をしたのか。

「休職して、暇だけは腐るほどあったからな。あんたの正体を暴いてやろうと思ってさ」

井手正男は、引き攣ったような笑い声をたてた。

「ずっと尾け回してたんだ。あんた、気づかなかったのか？　俺は一時、あんたら夫婦のマンションのすぐそばに住んでたんだ。ワンルームでもべらぼうな家賃をとるんだな、あの気取った町は」

私は寒気に震えた。

「外面はどう繕ったって、あんたが本気のわけはない。会長の娘は、あんたにとっちゃただの道具だ。あんたはただ、金と地位が欲しいだけだった」

浮気してるに決まってると思った――と言った。

「他所に女をつくって、よろしくやってるに違いないと思った。だってそうだろ？　あんな生活、息苦しくってしょうがないだろ。もともとあんたには務まらない、あんたには荷の重い役割なんだ」

それがどうだよ？　井手正男は、寝室の暗がりに向かって両手を広げてみせた。

「さすがの俺も、腰を抜かしそうになったよ。浮気してたのはあんたじゃなかった。あんたの大事な奥さんの方だった」

私はただ突っ立っていた。

ぱたりと手を下ろすと、井手さんは私の顔を仰ぎ、薄笑いをした。

「会長のお嬢様は、あんたに飽きたんだ。あんたじゃもの足らないとさ。お払い箱だよ」

あんたはもう終わりだ――と言った。

「俺も終わりだ。あいこだな」

また痙攣《けいれん》するように笑った。

「オヤジがこうなっちゃ、もう俺をかばってくれる人はいない。退任したって、オヤジにはまだまだ影響力があった。だからオヤジの顔を立てて、俺が何をしたって、皆様ご寛大だったんだ

でも、もう駄目だと言った。

「俺は終わりだ。だけど俺一人だけ終わりにはならない。あんたにも引導を渡してやる」

身体が重い、と思った。この場に立ちこめている冷気に押し潰されそうだ。

「何で訊かないんだ？　教えてくれって言えよ。本当かって訊けよ。妻は本当に浮気してるのか？相手は誰なんだって訊けよ」

俺に訊けよと、彼は叫んだ。

「そこで土下座して頼めよ！　バラさないでくれって頭を下げたらどうだ！」

私は身動ぎしなかった。

「あなたは、まるでガキだ」

森信宏という偉大な父親に甘えてきた。何をしてもオヤジは許してくれる。俺にはオヤジがついてる——

「森さんはもういない。あなたは一人になった。あなたの問題は、あなたが解決していくしかない」

ゆっくりと足を動かし、私は寝室の出口に向かった。ドアの脇で、彼に背中を向けたまま言った。

「私と菜穂子の問題も、夫婦で解決していくしかない。菜穂子は賢い女性です。私のことも、義父のことも考えるだけの分別を持っている。我々夫婦のあいだに本当に問題が存在するのなら、あなたにどうこうされなくても、彼女の方から打ち明けてくれる」

私の言葉の途中から、井手正男はくつくつ笑い始めていた。

「まあ、せいぜい頑張るんだな」

私は廊下へ足を踏み出した。彼の声が追いかけてきた。

「リビングにある俺のコートのポケットに、デジカメが入ってる。動かぬ証拠の写真が山ほどあるぜ。持ってって見ていいよ」

消したって無駄だぜと、さらに声を張り上げた。私は階段を下り始めた。

「ケータイでも、たっぷり撮らせてもらったからな！」

大声と同時に、何かが壁かドアにぶつかる音がした。井手さんがその携帯電話を投げつけたのかもしれない。彼がまた頭を抱え、うずくまるのが目に見えるようだ。

私は思い出していた。森氏が、菜穂子さんは元気か、仲良くしなさいよと、私に言ったことがある。おそらくその時期に、井手さんから菜穂子さんの〈問題〉について聞かされたのだろう。

そして彼を諫めてくれたのだ。みっともないことを言うな。浅ましい真似をするな。菜穂子さんを巻き込むな。

森さん、申し訳ありません。心配の種を残したまま、あなたを逝かせてしまいました。

井手正男のトレンチコートは、リビングの入口に落ちていた。

私は自分で自分に首を振った。

リビングの電話機の赤いランプが点いた。暗闇のなかでよく目立った。井手さんが寝室の子機を使ったのだ。警察に通報するために。

回れ右をして、私は玄関に向かった。コートの裾が翻った。だんだん足が速くなった。立ち去ろう。私はここにはいない。私はここには来なかった。

私は逃げようとしていた。

ボルボのエンジンをかけ、車を出すと、来た道とは反対の方へ走り出した。車は妙にがたついた。砂利道だ。私の手は震え、膝も震えて力が入らなかった。気ばかり焦ってスピードが出なかった。

森家の門灯が、バックミラーに映っている。

後方から、パトカーのサイレンが聞こえてきた。

私はアクセルを踏み込んだ。何も考えられなかった。一人になりたかった。

携帯電話にメールの着信音がした。

緩やかな坂道を上って下りて、森家のシルエットが見えない場所まで来た。私は車を駐め、携帯電話を手探りした。

井手正男からのメールだった。写真が添付されている。文章は短かった。

〈同じものを　今　橋本にも送ってやった〉

写真のなかで、菜穂子が橋本真佐彦と寄り添って歩いている。二人は腕を組んでいた。

〈みんな終わりだ〉


車のなかで、どれぐらい過ごしたろう。

時間の感覚がなくなっていた。真冬の夜は長い。闇は深い。

私はどうしてここにいるのだろう。何故、家に帰らないのだろう。

私は義父の屋敷を囲む塀の外にいた。塀に寄せて車を駐め、運転席に座っていた。

千葉から、どうやって戻ってきたのかわからない。どうしてこんなふうに、塀際すれすれに車を駐めたのかもわからない。これでは運転席のドアが開けられない。バスジャックのときと同じじゃないか。

自分で自分を閉じ込めるつもりなら、他所でやればいい。目を閉じ耳を塞ぎ現実を遮断するなら、もっとふさわしい場所がある。

少しでも眠ろうと思った。五分でいい。現実と切れて、目が覚めたらすべてが夢だったとわかる。

助手席の窓が、こつこつと鳴った。

私は目を上げた。窓の外に、菜穂子が立っていた。車の時計は午前三時を示している。なのに彼女はセーターを着て、コートの前をかき合わせて立っていた。

髪が少し乱れて、化粧気はまったくない。深夜運転に疲れたドライバーを驚かせる、青ざめた美女の幽霊のようだった。

私と目が合うと、菜穂子は小さくうなずいた。〈乗せてくれる?〉と、口が動いた。声は聞こえない。声を出していないのかもしれない。

私はシートベルトさえ外していなかった。手が凍えて、うまく動かない。菜穂子は辛抱強く、寒そうに待っていた。

ドアを開けると、深夜の冷気が流れ込んできた。私は手を擦り合わせ、指に血を通わせてから、エンジンをかけて暖房をつけた。

菜穂子はするりと助手席に収まった。ドアの開け閉めや車の乗り降り。そんな些細な仕草に、人の育ちが現れる。菜穂子はいつでも優雅だった。

「防犯カメラに映ってるのよ」

コートの裾を整えながら、菜穂子は言った。

「気づいてたんだ」

「うん。でも、あなた車から出てこないから」

来ちゃった——と、言った。

「乗せてくれてありがとう」

私の妻は、ヒッチハイクの女の子のようなことを言った。

「そんなとこにいたら寒いのに、早くうちに入ってくればいいのにって思ったけど」

妻は手で前髪をかきあげ、両腕を身体に巻きつけた。

「考えてみたら、あなた——こんな話、桃子が寝ている屋根の下でしたくないよね」

私も妻と同じように、自分の腕で自分の身体を抱いた。そうすることで、互いの身体が触れあうことを避けるように。

長い間、二人で黙っていた。

「橋本さんから連絡をもらったの」

橋本真佐彦は、井手正男からメールを受けるとすぐに、妻に報せたのだろう。

「写真を送りつけてきたのがどんな人なのかってことも、教えてもらった」

「そう」

車内は少しずつ暖まってきたが、ボルボのエンジン音とかすかな振動は、車が「まだ寒い」と訴えているかのようだった。

妻はこうして私に会いに来てくれた。彼女の方から近づいてきてくれた。

ならば、私の方から問いかけるべきだ。

「あれは、事実なのかな」

妻は私を見なかった。横顔に睫《まつげ》が長い。

「——事実です」

私は空っぽになったような気がした。身体の内側にあった負の重力が、一度に消え失せたような気がした。

「最初はね」

フロントガラスから夜の路上を見つめながら、妻は言った。「六月の末ごろ。四時過ぎだったかな。都内で凄い雷雨があったこと、あなた覚えてる?」

私は小さくかぶりを振った。

「わたし、元麻布にいてね。用事を済ませて帰る途中だったの。だけど急な雨でタクシーが全然つかまらなくて。まだお店にいればよかったんだけど、外に出ちゃってて」

それで——と、乾いたくちびるを湿した。

「会社の車両部から車を回してもらえないかと思って、秘書室に電話したの」

その電話が、橋本真佐彦につながった。

「橋本さん、自分がお迎えに行きますって、すぐ来てくれた」

わたしがいけなかったのよと、淡々と続けた。「天気予報をよく見てなかった。たまには地下鉄に乗って、少しは歩かなくっちゃって、車を置いて出かけちゃって」

こんなときなのに、私は微笑んだ。「君は、雷が大嫌いだよね」

妻は少女のように素直にうなずいた。

今夜は曇っていたんだ。今さらのように私は気づいた。月も星も見えない。

空は真っ暗だ。どこまでも、どこまでも。

「うちまで送ってくれて、今後も、何か御用があればいつでも申しつけてくださいって、携帯電話の番号を教えてくれたの」

橋本真佐彦は、有能な広報マンであると同時にトラブルシューターでもある。今多コンツェルンの忠実な戦士でもある。

姫君に仕える騎士でもある。

「本当に、それだけだった」

妻がまた手をあげ、前髪に触れた。今度はその手が震えていた。

「九月に、バスジャック事件が起こったとき」

妻は私のスケジュールをよく知っている。あの日、私があれぐらいの時刻にシーライン・エクスプレスに乗ることはわかっていた。バスジャックの報道を見て、即座に事態を察したはずだ。

「わたし、真っ先に橋本さんに連絡したの。一人じゃどうしたらいいかわからなかったから。あなたのそばに行きたかったけど、行っていいものかどうかもわからなかった。おろおろするだけで、泣いてしまって」

　彼が助けてくれたんだねと、私は言った。

「何から何まで、全部引き受けてくれたの」

私も、海風警察署から妻子の待つ家まで、彼に送ってもらった。あのときの彼の姿を覚えている。坂本君が、一字違いで大違いですよと言ったことも。橋本真佐彦が、いともたやすく前野嬢を笑顔にさせたことも。

「だけど、きっかけはそんなことじゃない」

妻は、緊張すると前髪をいじる癖がある。今、たびたび髪に触れるのもそのせいだろう。手の震えが抑えられず、それを隠すように右手で左手を押さえて膝の上におろした。

「橋本さんが何かしたからとか、そういうことじゃないの。わたし――」

　わたしの問題なのよと、妻は言った。

「二年前に、うちで怖いことがあったでしょ」

　グループ広報室から解雇されたアルバイト社員の逆恨みを買い、私が嫌がらせを受けた挙げ句に、桃子が人質にとられるという事件が起こった。

「あのとき、思ったの。あなたは何て大人なんだろうって。あなたはちゃんとした社会人で、いろいろなことを受け止めて、解決して、ちゃんと生きてる。だけどわたしは」

　妻のくちびるが震えた。何時間か前には、私は同じように口元を震わせる井手正男の傍らにいた。

「わたしはただ、ぼんやり生きているだけだわ」

私は言った。「君は立派な母親だよ」

妻は答えなかった。

「あれ以来、わたし、決めたのよ。心のなかで決めてたの。自分も大人になろう。いざという時にはあなたに頼ってもらえる、あなたを支えることができる奥さんになろうって」

だけど――と、うつむいた。

「どうしたらいいかわからないのよ。どうしたら大人になれるのか、どうしたら強くなれるのか、全然わからないの」

何をしても駄目なのよ、と言った。

「すぐ行き詰まってしまうの。ちょっと何かしようと思うと具合が悪くなるし」

「君の身体が弱いことは、君の責任じゃない」

妻は顔を上げると、思い切ったように私を見た。

「世の中には、わたしよりもっともっと病弱でも、生活のために働いている人が大勢いるわ。子供のために働いている人も大勢いるわ」

わたしは、みんな人任せにしてきた。

「まわりに頼って、甘えてばかりきた。お父様にも、兄さんたちにも、お義姉さんたちにも。ねえ、あなた知ってる？　桃子が担任の先生に話したのよ。うちのお母さんは身体が弱いから心配ですって」

わたしは何者でもないのよ――と言った。

「ただふわふわして、甘ったるいだけの人間なの。一人じゃ何もできないの」

「だけど僕は」

私は声を出し、自分の声にどれほど力がないかを知った。

「――だけど僕は、君といて幸せだよ。一緒に幸せになってきたよ」

妻は私を見つめている。眼差しが揺れている。そして、私が思ってもみなかったことを口にした。

「本当に幸せかしら」

あなたは、本当に幸せかしら。

「桃子が幼稚園に上がって、お受験をして、学校に行くようになって、わたしにも少しは社会との関わりができたのよ。いろいろな家庭の様子を垣間見ることができるようになってきたの」

そして考え始めたという。

「わたしの家庭は、わたしがあなたと築いてきた家庭は、本当に家庭なのかしら。ただわたしにとって居心地がいいだけの、繭《まゆ》みたいなものに過ぎないんじゃないかって」

「居心地のいい繭のどこがいけないの」

妻は間髪を入れずに問い返してきた。

「あなたにとっては居心地がいい？」

我々は見つめ合って黙った。

「わたしには、そうは思えないの」

だってあなたは我慢している、と言った。

「わたしのために、たくさん我慢してるわ」

「どんな夫婦だってそうだよ」

「そうね。そうよ。だけどわたしは我慢してないの。わたしの分も、あなたが我慢してくれてきたから」

突然、妻は感情を高ぶらせた。

「わたし、フェアじゃなかった。あなたを遠ざけたくなくて、あなたに特別扱いされたくなくて、付き合ってるときには、自分が今多嘉親の娘だってことを隠してた。結婚しようって、二人でこれからの人生を過ごしていこうって、真面目なあなたが、もう引き返せないところへ来るまで、わたし、黙ってたのよ！」

妻の目尻に涙がにじんだ。

「だからあなた、わたしのためにいろいろなものを捨てなきゃならなくなった。大好きだった仕事も、お父さんもお母さんも、兄さんも姉さんも、故郷も、みんなみんな」

わたしがそうさせたのよと、妻は言った。

「わたしはあなたを幸せになんかしてない。あなたから、あなたの生き甲斐のある人生を取り上げて、わたしのお守り役にしただけ。わたしが我が儘で、どうしてもあなたと結婚したかったから、あなたからあなたの人生を奪ってしまった」

いつも思ってたの。申し訳ないって。

「あなたがあちこちで事件に巻き込まれるたびに、心配だったわ。あなたは優しくて、困っている人を放っておけない。真面目だから、間違ったことを放っておけない。どんどん事件のなかに踏み込んでいって、わたし、ハラハラしてばっかりだった。だけど」

妻は初めて指で目尻を拭った。

「そういうときのあなたは、いつも活き活きしてた。わたしのそばにいるときより、わたしと贅沢しているときより、あなたらしい顔をしていた。わたしが出会って、好きになったころのあなたに戻ってた」

あなたは、わたしといて幸せになんかなっていない――と、妻は言った。

「わたしはあなたを、わたしの幸せのなかに閉じ込めてきた。あなたは窒息しかけてる」

気がつくと、視界が曇っていた。自分が泣いているのだと気づいて、妻のどんな言葉よりも、その事実が私を打ちのめした。

「ごめんなさい」

妻が私に謝っている。

「あなたは息が詰まってる。わたし、わかってた」

妻は気づいていたのだろうか。あの観桜会のときのことを。私が赤い自転車に乗り、遠くへ走り去りたいと願ったことを。自分はここにいるべき人間ではないと思ったことを。

あのとき限りではなかったのだ。一度や二度ではなかったのだ。私自身が無自覚だっただけで、妻はもっと何度も、何度も、何度もそういう私を見て、聞いて、察していた。

そして憂えていた。危ぶんでいた。わたしたちの結婚は間違っていたのではないか、と。

「彼は窒息しないのかい」

私は何を訊いているのか。

「僕が窒息してしまう場所でも、橋本さんなら平気なのか。彼なら大丈夫なのか」

橋本真佐彦は騎士だから。今多菜穂子の真実の姿は姫君だと、最初から心得ているから。

「だから、彼がよかったのか」

妻は私から顔を背け、目を閉じた。涙が何滴かしたたり落ちた。

「わからない」

目を閉じたまま言った。

「でも、あの人といるときは、わたし、楽なの。いつも楽になれたの」

「彼が君に尽くすのは、それが彼の仕事だからだよ」

妻はかぶりを振った。

「彼だって立場が変わったら、今の彼ではなくなるかもしれないんだ」

妻はかぶりを振り続けた。

「彼は君に何を言った？　何を約束した？」

そんなことを訊いてはいけない。妻にしゃべらせてはいけない。なのに、私は声を荒らげて尋ねている。

「彼はどんな甘いことを言って、君に取り入ったんだ？」

「取り入ってなんかいない」

「君がそう思ってるだけだ。そんな気分になってるだけだよ」

「あなたがわたしに取り入ったりしなかったように、あの人もわたしに取り入ったりしてないわ」

約束なんか何もしていない、と言った。

「あの人は、ただわたしのそばにいるって言った。それだけでいいって。許される限り、わたしのそばを離れないって」

車内は温気《うんき》でむしろむっとするほどになった。しかし私は震えていた。妻もまた寒気から逃れるように腕で身体を抱きしめていた。

「わたしは卑怯なの。意地が悪いの」

自分に言い訳をしていたの。

「橋本さんに会いたくなると、ただ口実を探すだけじゃ足りなかった。いつも自分に言い訳をしてたの。わたしだって、少しぐらいいいじゃないって」

「どういう意味だ」

「あなた、よく前野さんって女の子の話をしてた」

私は目を瞠った。前のめりのメイちゃんが、何でここで出てくるんだ。

「最近、彼女はこんなことをしてる。こんなメールをくれた。あなた、楽しそうに話してた。わたしね、そのたびにちょっぴり疑ってたのよ」

「いったい、何を」

「あなたが口にしてる〈前野さん〉って、本当は〈間野さん〉じゃないのかなって。あなた、本当は間野京子さんの話をしてる。たまたま名字が似てるから、前野さんの話にしてごまかしてる。間野さんのことを考えずにいられないから、そうやってごまかしてる」

私は啞然として口を開いた。

「そんな莫迦な」

「ええ、そうよ！」

かすれた、だがまぎれもなく悲鳴に聞こえる声だ。

「わたしはバカなやきもち焼きよ。勝手に妄想してただけでしょうよ。だけど、考えずにいられなかった。わたしはあなたを閉じ込めてる。あなたの幸せも生き甲斐も、わたしの世界の外にある。あなたが本当に心から打ち解けられる女性も、きっと外の世界にいるんだって」

妻の言葉が脳裏をよぎった。わたし、園田さんが羨ましいの。妬いてるのよ。

私と、私を囲む外の世界。菜穂子抜きで存在している世界。

「あなた、まるで気づいてなかったけど、わたしにだって耳はあるの。少しは情報網らしいものも持ってるの。あなたと間野さんが会社で噂になっていること、わたしがまったく知らなかったと思うの？」

寂しかったの——と、菜穂子は言った。

「身体だけ閉じ込めても、あなたの心は他所にある。あなたが本当に望んでいた生活がある場所に行っちゃってる」

窓の外の闇は変わらない。この夜は永遠に明けない。

「どうして迎えに来てくれなかったの」

「――え？」

「クリスマスに、海風警察署から戻ったら、真っ直ぐ迎えに来てほしかった」

わたしはあなたの妻なんだから。どんな困難があっても、あなたのそばにいたかった。

「僕は……君を……守りたかった」

「だからお父様に預けたの？」

自分を抱きしめていた腕をほどくと、すがるように、妻は私のコートの袖をつかんだ。

「お父様に任せておけば、私は安全だから？　それでいいと思ったの？　あなた一人で、警察も、マスコミも、あなたたちのことを悪く言う人たちにも立ち向かって乗り越えられる？　あなた一人の方が乗り越えられる？」

わたしは邪魔だったのと、妻は訊いた。

「わたしだって、あなたと一緒に困難を乗り越えたいと思うの。何かあるたびにそう思っていたのよ。だけど、あなたはわたしがいない方が身軽になれたのね」

「だって桃子もいる」

「ええ、わたしたちの子供よ。わたしたちが二人で守るべき子供よ」

そして子供は成長すると、菜穂子は言った。

「どんどん大きくなって、独り立ちしていくの。そしたらわたしはどうなるのかしら」

桃子にも置いていかれるのよ。わたしはまたお荷物になるのよ。

「何でそんなふうにばっかり考えるんだ」

「あなたにはわからないの？」

わからないのね、と言った。

「あなたは優しくて、本当に本当に優しくて、だからどんどん遠くなってた」

私のコートをつかんでいる妻の手に、触れようと思った。その手を握ろうと思った。だが、私が腕を動かすと、妻は手を離してしまった。

「――君は、これからどうしたいの」

私の問いかけに、かすかに妻の表情が変わった。安らぎが見えた。安堵が見えた。

あなたはやっと、私の意思を問うてくれた。

「あなたに、あなたの人生を返したい」

本来あるべきだった人生を。

「わたしがあなたから取り上げてきたものを、全部あなたに返したい」

あなたを解放したい、と言った。

「別れたいのか」

妻はゆっくりと二度かぶりを振った。

「別れたくない。だけど、あなたにあなたの人生を返すためには、離れなくちゃ」

そしてわたしも成長するの、と言った。

「もう守られなくてもいいように。わたしも自力で、自分の人生を生きられるように」

私はやっぱり空っぽで、その洞《うろ》のなかに妻の声が反響している。

別の声が聞こえた。私の声だ。私がこんなことを言っている。

「彼とはどうするの」

菜穂子は微笑んだ。愛らしく、それでいて小娘のように小生意気な笑みだ。

「男の人って、本当にそういうことを訊くのね。小説の台詞みたいだわ」

あの人は関係ない、と言った。

「もう終わりにする」

「彼が納得するわけがない」

「わたしが納得させる」

一瞬、妻の目の奥に、私がこれまで目にしたことのない強い光が閃いた。

「自分の気持ちにけりをつけるために、あなたを利用しただけですって、正直に言うわ。それで怒る人なら、それだけよ」

「君はわかってない」

「何をわかってないの？　男というものを？　だったら、これがいい機会になるでしょう。わたし、学ぶわ」

世界はわらわの手の内にある。姫君はそう言いました。だって、わたしは姫だから。

「君の気持ちはわからない。僕にはわからないよ。でも、彼は間違いなく恋してる」

「ずっと昔、わたしたちがそうだったみたいにね」

私はお人好しだと言われる。それも底抜けだと。自分でもわかった。空っぽの洞のなかに痛みが走った。私の痛みではない。橋本真佐彦の痛みだ。

「彼がどうなるか、想像つくかい？」

「あの人だって、覚悟の上だったでしょう」

ひとつ息をつくと、妻はしっかりと顔を上げた。もう泣いていない。

「わたし、あの人と寝ました」

何度も寝ました、と言った。

「恋人に夢中なティーンエイジャーみたいだった。わたし、そういう青春時代を送らなかったから、楽しかった」

私は自分が死んだのを感じた。楽しかった。妻はそう言った。

「だけど、そのたびに思ってた。こんなこと、長く続くわけがないって」

良いことには必ず終わりがくるのよ。園田瑛子はそう言った。

「あんなメールなんか送りつけられなくたって、あなたに打ち明けようと思ってた」

すべてを終わりにするために。

「ごめんなさい」

気丈にくちびるを引き結び、妻は私に向き直った。

「あなたを傷つけた」

私は動けず、まばたきもできず、ボルボの運転席に座ったまま死んでいた。

「こんなわたしでも、人を傷つけることができるのね」

こんなわたしでも。噛みしめるように繰り返した。

「わたしのこと、怒って。恨んで。蔑《さげす》んで。どんなふうに思ってもいい。だけど、ひとつだけ忘れないで」

あなたは、わたしに最高の贈り物をしてくれた、と言った。

「人は、自分で生きなくちゃいけないって教えてくれた。誰かにおんぶされたままでは、どんなに恵まれていても、幸せにはなれないってことも」

私は何か呟いた。自分では聞き取れなかったのに、妻はうなずいて「そうね」と言った。

「わたしは世間を知らないわ。お父様の庇護がなかったら、一日生き延びることもできないでしょう。でも、これから少しずつ、一ミリずつでもいいから変わっていくの」

不意に妻は手を伸ばし、ふたつの掌で私の頬を包んだ。

「ごめんなさい」

その手は柔らかく、温かい。

「あなたがあなたに戻るまで、どれくらいかかるのかしら。本当にごめんなさい」

「僕が……」

「鏡を見てみて。今のあなた、お父様とそっくり同じ目をしてる」

妻の手が私の頰を撫でた。

「あなたは、お父様のミニチュアになってしまった」

最後にもう一度、「ごめんなさい」と呟くと、菜穂子はドアを開けて車を降りた。私に背を向けたまま振り返らずに、去った。

エピローグ

快晴だった。

この季節だというのに、よく手入れされた芝生の緑が目に心地よい。丈が短く、踏みしめると弾力を感じる芝で、明るい日差しを照り返している。

私は、目黒区の一角にあるこぢんまりした洋館を訪れていた。昭和前期に建てられたもので、補修と補強を繰り返しつつ、外観は建築当時そのままに保たれている。個人所有の建物だが、居住者がいるわけではなく、一階のリビングからテラス部分までがレストランになっており、貸し切りで結婚披露宴などの祝宴に使われることも多いそうだ。

芝生の庭の向こうにはバラ園がある。小規模だが温室もあり、そこには多種多様な蘭が咲き乱れている。

店の人にはテラス席を勧められたが、私は庭で待つことにした。芝生が好きなのだ。白い丸テーブルと椅子が二脚。真夏なら、パラソルも立つのだろう。

冷え込みはきついが、今日は風がない。日向《ひなた》にいれば、充分に暖かかった。

腕時計を見る。約束の時間まで八分ある。

義父——今多嘉親は、どんな会合や面談の場にも、必ず五分前に姿を現す。五分以上でも、以下でもない。

——早く着いても、わざわざ五分前まで時間を潰すんですか。

——そうだよ。五分がベストなんだ。早過ぎもせず、遅すぎもしない。先方に、〈待った〉とも

〈待たせた〉とも感じさせない。三分では短すぎる。十分では長すぎる。

義父は、私にも同じようにはからってくれるつもりなのだろう。

このごろ、一人でぼんやりすると、様々なことを考えた。頭の奥で、映像や音声が勝手に再生されてしまう。だが今は、静かだった。何も思い浮かばない。庭の景色のおかげだ。

これも義父のはからいだろう、と思った。

「お見えになりました」

白いブラウスに黒いロングスカートの店員が、恭しく告げに来た。私は椅子から立ち上がった。

今多嘉親は、キャメル色のコートを着ていた。光沢のある生地が美しい。

そのコートは、去年のクリスマスに、菜穂子と私が選んでプレゼントしたものだった。

——お父様は派手だって言うと思うけど、これぐらい着たっていいと思うの。

イタリア製のウールを使った、羽のように軽いコートだ。もちろん高価だし、一点ものだが、オーダーメイドではない。現に、小柄な義父には丈が長すぎて、くるぶしの上まで届いてしまう。

そこがいいのだと、菜穂子は言っていた。

——禁酒法時代のギャングの親玉みたいに見えると思わない？

義父はソフト帽もかぶっていた。帽子もコートも店員に預けず、磨き込まれた革靴で芝生を踏みしめ、私に歩み寄る。

足を止め、軽く手を広げた。

「どうだ？」

私は首をかしげた。

「シシリアン・マフィアの首領《ドン》のように見えるだろう」

私は微笑した。義父の口元に、最初から照れ笑いが浮かんでいたから、素直に笑えた。

我々は小さな丸テーブルを挟み、庭に向かって腰をおろした。

「素晴らしい庭ですね」

義父は日差しに目を細めている。

「私もこういう庭を造りたかったんだがね」

何故か違ってしまった、と言った。

「建築家にも造園家にも、ちゃんとイメージを伝えておいたんだが、なにしろ本体の家の方が洋館じゃないからな。今みたいな日本庭園の方がしっくりしたんだろう。旧宅の方ならよかったんだろうが、あそこには土地がないし」

義父の旧宅とは、現在は今多コンツェルンの別館として使われている。グループ広報室が入っている、あのビルである。

コーヒーが運ばれてきた。白いブラウスに黒いロングスカートの店員は、静かな笑みを浮かべて給仕を済ませると、すぐに去った。

義父は紅茶には砂糖をたっぷり入れるが、コーヒーはブラックだ。

「今日、役所に届を出すそうだな」

いきなり本題に入った。

「はい、そう聞いています」

もうすぐ私は、すぐ傍らに座っている、マフィアの首領のように見える財界の大立者を、〈お義父さん〉と呼ぶ資格を失うことになる。

「しばらく別居してみたらいいじゃないかと、私は勧めたんだよ」

旨そうにコーヒーを味わいながら、義父は言った。

「だがなあ、菜穂子はああいう気質だから」

「はい」

「決断すると、せっかちなんだ。きっちりけじめをつけずにいられない」

「わかっています」

「こんなことも言っていたよ。また巡り合うためには、一度きちんと別れなければいけない、と」

芝生がきらめいている。

「また巡り合うことはありそうか」

私は、かなり長いこと黙って考えた。ふさわしい言葉を探した。義父も、私の顔を見ずに、私と同じ方向に視線をやったまま、静かに待っていてくれた。

「縁があれば、そういうこともあるでしょう」

そうかと、義父は言った。

「大変申し訳ない結果になりました」

義父は目を伏せ、軽く首を振った。

「私に詫びるのは筋違いだ。菜穂子の人生だし、君の人生だ」

カップを置き、軽く指をすり合わせる。日向にいても、やっぱり指先は冷たくなる。

義父は私を見ようとしない。

「君と菜穂子が、桃子の親であることに変わりはない」

「はい」

「君らのことだから、よく話し合った結果だとは思う。それでも念のために確認したい。桃子を菜穂子に渡すのは、君の意思か」

「はい」

私は義父の横顔を見た。

「まだ、切実に母親が必要な年齢です」

「父親は必要ないと？」

「必要ですが、切実さの質が違うと思います」

「面会の約束はどうなってる？」

「二週間に一度。電話やメールはいつでも」

桃子の学校行事には、必ず参加する。

「今回の事態を、あの子が理解していると思うか」

「私と話したときには、あの子なりに理解してくれていると感じました」

これから離れて暮らすことになる。私がそう打ち明けると、桃子は大泣きしたし、嫌がった。だが、芯の部分では落ち着いているように見えた。何か、予想していた出来事が起こった――というように。子供は聡《さと》い。悟るものがあって、察していたのかもしれなかった。

「学校友達のなかにも、離婚家庭のお子さんがいるようです」

義父はゆっくりとうなずいた。

「あれくらいの歳の子供でも、両親の離婚が世界の終わりに等しいわけではないと思うくらいの客観性を身につけている。我々の社会がそこまで成熟したのか、退廃したのか、どっちだろうな」

返事を求めている問いではなかった。

「ひとつ、君に詫びることがある」

そのために呼び出したのだ、と言った。

「いえ、お義父さん――」

「まあ、聞いてくれ」

ちょっと手を上げて、義父は私を制した。

「君が結婚の許しを求めてきたとき、私は交換条件を出した。今の仕事を辞めて、今多コンツェルンの一員になれ、と」

義父の横顔に、私はうなずいた。

「私は、君を監視しようと思ったわけではない。君を値踏みしようと思ったわけでもない」

それを言っておくべきだった、と言った。

「私はな、ただ」

義父が何かを言いよどむのは、きわめて珍しいことだった。

「君に理解してほしかった」

急に、陽が陰った。見上げると、太陽の前をひとかたまりの雲が通過していく。

「私は菜穂子を、コンツェルンから切り離した。あの子の立場と、性格と、体調と、すべてを勘案してその方がいいと思ったから、決然として切り離した」

だから、菜穂子は天上の姫君になった。

「それでも、コンツェルンが生み出す富からは、あの子を切り離さなかった」

「当然です」私は言った。

「だが、危険なことだ」と、義父は続けた。

「富は天からの贈り物ではない。それを生み出す無数の労力があって、初めて恵まれるものだ。だが、私のせいで、菜穂子はそれを実感できる生き方ができなくなってしまった」

「彼女は理解していると思います」

「理解はしているさ。しかし実感はない」

義父はようやく、私の顔を見た。

「だから私は、君にその役割を担ってほしかったんだ」

巨大な組織の一員となり、そこで働く人びとの無数の思惑の一端を感じとる。喜びも、怒りも、充足感も、挫折も。

「君を通して、菜穂子に実感してほしかった。私の娘であるというのは、どういうことなのか。私の築き上げた富の傘の下で生きるというのは、どういうことなのか」

頭上の雲が通り過ぎた。太陽が顔を出し、きらめく冬の陽光が戻った。

「それと同時に、私の立場を、今多家の一員の立場を、君にも知ってほしかった。知っておいてもらわねば、必要なときに適切なふるまいをすることができなくなる」

私だって永遠に生きるわけじゃないんだと、義父は微笑んで言った。

「私という大きな城壁が失くなったとき、コンツェルンにも変化が訪れる。菜穂子の兄たちも、私がそうしたように菜穂子を庇護するだろう。だが彼らは私ではない。親ではない。それぞれに家庭を持ち、私とは関わりのない人脈も持っている」

どんな変化が、どんなふうに現実化するかわからない。

「菜穂子を担いだり、利用しようという者も現れるかもしれない。菜穂子自身も、そうした人間の言葉を聞き入れるかもしれない。そんなときのために、私は君に、私とは違い、兄たちとも違う、菜穂子の城壁になってほしかった」

だから君を呼び寄せた――と言った。

「初めて会ったとき、一時の恋愛感情ではなく、君が本当に菜穂子を愛しているとわかったから、君に頼もうと思った。困難で損な役回りだが、君は頼むに足る男だと思った」

私は顔を伏せ、義父の眼差しから逃げてしまった。

「それを話しておけばよかった」

しかしね――と、ちょっと肩をすくめて、

「最初の段階でいきなりそこまで打ち明けたら、さすがの君もビビって逃げてしまうんじゃないかと思ったんだよ。一生に一度の恋の成就を邪魔して、菜穂子に恨まれるのは、私も勘弁してほしかった」

申し訳ありませんと、私は言った。

「謝ることはない。君はよくやってくれた」

息をつき、義父は笑った。微笑ではなく、大きく笑った。

「だって、見てごらん。この結果は君にも私にも予想外だったろう。当の菜穂子自身が、一生を城壁の内側で暮らすのは嫌だと言い出したんだから」

人は、強いな――と言った。

「よりよく生きようという意思を持っている。安穏だけでは充足できない」

「お義父さんが、菜穂子をそういう人間に育てられたからです。安穏だけをよしとしない女性に」

義父は私を見つめたまま、眩しそうに瞬きをした。

「ありがとう」

私は目を上げることができなかった。

「私だけの手柄ではないよ。菜穂子の成長には、君の存在も必要だった。君がいなくては、今の菜穂子はなかった」

君が菜穂子を育ててくれた。

「桃子の力もあるかもしれない。親になると、子供を育てながら、親も育つ。子供によって育てられるんだ」

私は何度もうなずいた。

「失敗ではなかった」と、義父は言った。「君たちの結婚も、私がそれを許したことも、今までの生活も、失敗ではなかった。成長し、これまでの枠が狭くなってきたから、君たちは枠のなかから外へ出ていく。私がそんなことを思うのは、老人の身勝手だろうかね。ただの親バカだろうか」

あなたはお父様のミニチュアになってしまった。

菜穂子はそう言った。私も彼女の城壁に、彼女の枠になってしまった。

もう一度巡り合うとしたなら、それは城壁の外側で、枠の外で、新しく出会い直すのだ。

「別離は辛い」

義父は言って、冬の太陽を見上げた。

「胸が張り裂けそうになる。誰だってそうだ。それでも、一ヵ月後に君がまだそんな顔をしていたら、私は君を見損なうぞ」

はい——とうなずいて、私はようやく顔を上げた。

「橋本が退職願を持ってきたよ」

やっぱりそうか。

「私は受け取らなかった。傘下の会社に出向を命じた。一からそこでやり直して、やっぱり辞めたいと思ったらまた退職願を書け。そう言ってやった」

義父はまた小さく笑った。

「実は、君の退職願を預かったときも、同じようにしようと思っていたんだよ。辞職は許さない。どんな形であれコンツェルンのなかにいて、自分の生きる道を探せと」

菜穂子の夫である以上、富の源泉とつながっていなくてはならない。どれほど辛く、居心地が悪かろうと、それが私の役割だった。

「女は怖いな」

義父の言葉に、私は瞬きをした。

「我が娘ながら、菜穂子は怖い女になった。橋本も高い授業料を払ったもんだ」

「恋をしたんです」

義父は破顔した。嬉しそうな、どこか懐かしそうな顔をした。

「森みたいなことを言う」

「森閣下ですか」

義父はうなずいた。「彼もロマンチストだった。経済の専門家には珍しい。いや、あれくらいロマンチストだったら、普通は経済畑にはいないもんだと言い直そうか」

残念なことになったが――と、続けた。「森にはあれでよかったんだろう。何より、夫人もそう望んでいた。残念だと思うのは残った者の感傷だ」

「私もそう思います」

「あの夫婦は、ずっと互いに恋をしていたんだよ。だから別離に耐えられなかった。どんな形の別離でも」

ロマンチストだよと、義父は優しく言った。

お義父さん――と、私は呼んだ。

「こうお呼びできるのは、この場が最後でしょう」

私は立ち上がり、姿勢を正して一礼した。

「これまで、ありがとうございました。お義父さんから教えていただいたことは、数えきれません」

義父は私を仰いだ。「私から何かを教わったと思う、そういう君の土台を形作ったのは、君の父上と母上だ。忘れてはいけない」

結婚以来、今多嘉親という財界の傑物のそばにいて、ともすると私は、義父と実の父を引き比べるようになっていた。義父の方が眩しく、大きな存在になっていた。絶縁したとかしないとかにかかわらず、実の両親は、私のなかではどんどんちっぽけになっていた。

義父はそれを見抜いていたのだ。勘違いするなと、最後の最後に諭してくれた。

「お加減が悪いのは、お父上か、お母上か」

私は心底驚いた。こんな事態になり、父の病気のことは、菜穂子にさえ打ち明けられずにいた。今さらそんなことを言っても、なおのこと彼女を苦しめるだけだと思ったからだ。

「園田に聞いたんだよ」

「編集長が――」

察知されるような機会はなかったはずだ。

「園田は、〈睡蓮〉のマスターから聞いたと言っていた。兄上が上京されたそうだな」

私は思わず手で額を押さえた。

「くれぐれも大事にして差し上げなさい。何か力になれることがあったら、いつでもいい、遠慮しないで相談してくれ」

「ありがとうございます」

義父も椅子から立ち上がり、私に手を差し出した。私はその手を握った。冷たく、骨張って、力強い手だった。

「寂しくなる」

言って、空いた手で私の肩をひとつ叩いた。

「もう少し、ここにいてくれ」

義父が去り、私は一人になった。自分の影を踏んで佇んでいた。

「お父さん！」

振り返ると、バラ園の方から桃子が走ってくる。転がるように走ってくる。タンポポ色のジャケットを着て、あたたかそうなズボンをはいている。スニーカーは、私と菜穂子がクリスマスに贈ったものだ。

私が手を広げると、桃子は飛び込んできた。

頬が真っ赤に上気している。

「おじいちゃまが連れてきてくれたの。バラがいっぱい咲いてるのを見に行こうって」

私は何も言えずに娘を抱きしめた。

「お父さん」

息を切らしながら、桃子は私の目を見つめた。「遠くに行くんだよね」

私は黙ったまま、ただうなずいた。

「お母さんが言ってた。お父さんは旅に出るんだって」

遠くなんだよね、と言った。

「ごめんよ」

桃子は私のコートの襟元にしがみつくと、さらに顔を寄せてきた。

「帰ってくるよね」

いつかは帰ってくるでしょ？　と言った。

「フロドとサムみたいに。王様みたいに」

『指輪物語』だ。『ロード・オブ・ザ・リング』だ。あの壮大な映画に親子三人で見入ったのが、遠い昔のような気がする。

「そうだね。帰ってくるよ」

帰る場所がどこであろうと、私は帰る。

そのころには、桃子はどんな娘になるだろう。私の夕星姫《ゆうづつひめ》は。

私は見守るのだ。私の姫の成長を。菜穂子の言葉は正しい。私たち二人で見守るのだ。離れていても。共にはいなくても。

「お父さんも、〈滅びの山〉へ行くんだね」

わたし、待ってる。桃子は言った。

「お父さんが帰ってくるの、待ってる」

あの夜、車のなかで菜穂子が私にしてくれたように、私も娘の小さな顔を掌ですっぽりと包んだ。

「待ってるあいだに、大きくなってくれ。大きくなるのをやめちゃ駄目だよ」

「うん」

私の夕星姫の瞳が、星のように輝き、私の進路を照らしてくれる。私がこれから、どこへ行くのであろうとも。

「いいなあ、俺も一緒に乗っていこうかな」

ホームの人混みのなかで、足立則生が呑気そうな口ぶりで言った。

「特急なんか、何年も乗ってないからさ」

「どんどん乗ればいいさ。好きなところに行けばいい」

新宿駅のホームで、特急〈あずさ〉を待っている。ひとまず、私は故郷の町に戻ることにしたのだ。父の病状を見守り、どんな形であれ一段落するまでは、留まろうと思う。

その予定を報せると、足立則生と北見母子が見送りに来てくれた。挨拶を交わしたと思ったら、どこへ行ったのか、北見夫人と司君は消えてしまった。

「杉村さん、さ」

言いにくそうに、足立則生は指をもじもじさせている。

「何か、いろいろ大変だったんだってな」

辞職のこと、離婚のことを、北見母子には話した。彼は母子から聞いたのだろう。

「心配かけてしまって」

足立則生は照れ笑いをした。「話を聞いたときはびっくりしたけど、そんなに心配したわけじゃないんだ。でも、今は心配だ」

彼の表情が翳った。

「だって杉村さん、かなりダメージ入ってる顔してるよ」

私は手で顎を撫でてみた。

「顎、こけてるし。体重もだいぶ減ってるんじゃないの」

「自分じゃ気づかなかった」

「そこまでの余裕がなかったんだろうな」

ホームにアナウンスが流れた。予定時刻どおりに、私が乗る〈あずさ〉がやって来る。

「俺はこんな人間だから、立派なことなんか言えないけど」

もじもじと動かしていた指を握りしめると、足立則生は真顔になった。

「人生はやり直せるよ。諦めちゃいけない」

急に照れくさそうになって、指を握ったまま拳で鼻をこすった。

「よくそう言うじゃないか。杉村さんも言ってなかったか？」

言った覚えがある。坂本君にも言った。他人に助言するのは、何と易しいことか。

「杉村さんは、ダメージに負けるような男じゃないだろ。俺はそう思う」

少しのあいだ言葉を探して、結局、私はこう言った。

「ありがとう」

北見母子が戻ってきた。売店に行っていたらしい。司君がビニール袋を提げている。

「これ、お弁当とお茶」

「ああ、すみません」

「今でも冷凍ミカンって売ってるんですね。つい買っちゃった。杉村さん、嫌いじゃないですよね？」

「ビールは？」と、足立則生が言う。「男の一人旅なんだからさ」

線路の先に列車が見えてきた。

「お元気でね」

「はい、ありがとうございます」

「メールください」

「うん」

「戻ってくるときは連絡してくれよ。迎えに来るから」

いつになるかわからないが、私は約束した。

列車がホームに滑り込んできた。みんなの髪やマフラーが風に揺れた。

「じゃ、行ってきます」

私は足を踏み出す。小さなボストンバッグと、弁当とお茶と冷凍ミカンをお供に。

「杉村さん、ちょっと」

足立則生が呼んだ。私は振り返る。北見母子も意味ありげに彼を見ている。

「これから、しばらく時間があるだろうから」

考えてみてよ、と言った。

「本当に、北見さんの後を継いでもいいんじゃないかって」

私は目をしばたたき、北見夫人と司君は笑っている。

「三人でよく話してたんだ。杉村さん、探偵に向いてるよ」

私は笑って手を振った。三人も手を振った。

〈あずさ〉が新宿駅を離れる。動き出した車窓に、三人の笑顔が見える。

故郷へ帰る列車なのに、私は出発するような気がした。靴紐を締め、荷物を背負い、装備を調えて旅立つのだ。

道は遠い。だが、旅の目的はわかっている。

私の〈滅びの山〉は、どっちだ。

本書は完全なフィクションであり、作中に登場するすべての人びと、すべての出来事は、もっぱら作者の頭のなかにのみ存在するものです。

左記の書籍より多くの知識をいただきました。末尾ながらここに記して厚くお礼申し上げます。

『豊田商事事件とは何だったか　破産管財人調査報告書記録』
豊田商事株式会社破産管財人 編　朝日新聞社
『心をあやつる男たち』　福本博文 著　文藝春秋

平成二五年一二月吉日　宮部みゆき

初出
この作品は、二〇一〇年九月二日～一四年一〇月三日の期間、千葉日報、福島民友、北國新聞（夕）、南日本新聞、日本海新聞、岩手日報、北羽新報、東愛知新聞、荘内日報、静岡新聞（夕）、苫小牧民報、上毛新聞、佐賀新聞、岐阜新聞（夕）、東奥日報（夕）、河北新報（夕）など二一紙に順次掲載されたものに加筆修正したものです。

宮部みゆき（みやべ・みゆき）
1960年、東京都生まれ。1987年『我らが隣人の犯罪』でオール讀物推理小説新人賞を受賞してデビュー。1993年『火車』で山本周五郎賞、1997年『蒲生邸事件』で日本ＳＦ大賞、1999年『理由』で直木賞、2001年『模倣犯』で毎日出版文化賞特別賞、2007年『名もなき毒』で吉川英治文学賞、2008年　英訳版『BRAVE STORY』で The Batchelder Award受賞。ほか、受賞・著作多数。近著に『ソロモンの偽証』『泣き童子』『ここはボツコニアン』シリーズなど。

ペテロの葬列《そうれつ》

2013年12月25日　第１刷発行

著　者　宮部《みやべ》みゆき
発行者　加藤　潤
発行所　株式会社 集英社
〒101-8050　東京都千代田区一ツ橋２－５－10
電話　03-3230-6100（編集部）
03-3230-6393（販売部）
03-3230-6080（読者係）

印刷所　大日本印刷株式会社
製本所　加藤製本株式会社

ISBN978-4-08-771532-3 C0093